Sentimental
Sentimental
Sentimental
Sentimental
Sentimental
Sentimental
Sentimental
Sentimental

CB079995

a Educação

a Educação
a Educação
a Educação
a Educação
a Educação
a Educação

a Educação *Sentimental*

a Educação *Sentimental*

GUSTAVE FLAUBERT

Tradução
Christine Janczur

MARTIN CLARET

Prefácio

A epopeia burguesa de Flaubert e seu papel na história das letras ocidentais

> Todo mundo lerá, saboreará, linha por linha,
> *A educação sentimental*, este romance deveras histórico
> no sentido real da palavra, no qual o menor quadro,
> finalizado com uma precisão homérica em seus menores detalhes,
> é uma composição completa, harmoniosa,
> que tem sua vida própria sem perturbar em nada,
> no entanto, a magnífica e sóbria unidade do conjunto.
> Théodore de Banville[1]

A vida de Gustave Flaubert não foi muito curta para os padrões do século XIX (58 anos longos e fecundos, inclusive quatro décadas consagradas a um intenso trabalho criativo), porém seu legado, numericamente falando, tampouco resultou muito extenso. Ele escreveu apenas três romances: quase nada em comparação com aquelas bibliotecas que nos deixaram Honoré de Balzac e Alexandre Dumas, seus contemporâneos bem mais prolíficos. Entretanto, cada um desses romances, por menos volumoso que seja, vale dezenas ou, quem sabe, centenas de tomos esquecidos nas prateleiras das nossas estantes, lidos por mera diversão ou curiosidade, que não fizeram nenhuma diferença em nossa realidade existencial. Cada um deles representa, ou melhor, resume toda uma época na história cultural da França e do mundo inteiro.

---

[1] *Le National*, lundi 29 novembre 1869.

O primeiro romance flaubertiano, *Madame Bovary*, apareceu em 1857, provocando um notável escândalo com uma descrição clara e franca, desagradável para quem se reconhecesse nela, dos costumes medíocres de uma cidadezinha interiorana, povoada de pequenos burgueses sensatos e limitados. O segundo, intitulado *Salammbô*, cuja ação se desenrolava naquela exótica Cartago que nem se poderia imaginar em tempos atuais, foi lançado em 1862 e arrebatou o público leitor com um quadro formidável, se não estarrecedor, das paixões e proezas impossíveis numa sociedade moderna. O terceiro, publicado em 1869, teve um propósito ambicioso, o de compor "a história moral dos homens de minha geração (sentimental, a bem da verdade)", no dizer do autor.[2] Seu título mundialmente conhecido é *A educação sentimental*, seu subtítulo é *História de um jovem*. Sua nova versão portuguesa, assinada por Christine Janczur, está entrando no mercado livreiro do Brasil.

Flaubert redigiu a versão inicial d'*A educação sentimental* em sua primeira juventude, finalizando-a em 1845, e ficou descontente com esse esboço da obra-prima por vir. "Eu fracassei", confessou a uma das suas amigas íntimas. "Quaisquer retoques que se fizerem naquela obra... ela sempre será defeituosa; há coisas demais que lhe faltam".[3] Nada obstante, conservou sua ideia abortada em estado latente, algures no fundo da memória, para tentar ressuscitá-la num momento propício. Esse momento chegou em 1864, quando Flaubert já era uma celebridade nacional e se considerava apto a realizar seus planos outrora malogrados. "Tenho uma montanha a escalar diante de mim e sinto fadiga nos jarretes e aperto no peito,"[4] comentou logo de início, antevendo uma tarefa hercúlea que esperava por ele. Trabalhou incansavelmente, "como um forçado,"[5] por cerca de cinco anos seguidos, preenchendo 2355 folhas ao todo, de ambos

---

[2] Gustave Flaubert. *Lettre à Mlle Leroyer de Chantepie*, 6 octobre 1864. (As cartas de Flaubert são citadas com base na edição digital completa de sua correspondência, elaborada pela Universidade de Rouen e disponível em: https://flaubert.univ-rouen.fr/correspondance/).

[3] *Lettre à Louise Colet*, 16 janvier 1852.

[4] *Lettre à Mlle Leroyer de Chantepie*, 11 mai 1865.

[5] *Lettre à George Sand*, 12 janvier 1867.

os lados, com sua letra miúda, rasurando e reescrevendo inúmeras vezes o texto que caberia, depois de passado a limpo, em 498 folhas manuscritas, usadas de um lado só. Em várias ocasiões, exausto e desesperado com as dificuldades que enfrentava em sua empresa, queixou-se amargamente do livro, movido pelo seu perfeccionismo excepcional: "Você não sabe o que é a gente ficar um dia inteiro com a cabeça entre as duas mãos a pressionarem seu desgraçado cérebro para achar uma palavra."[6] [...] "Estou quebrado, meu pobre velho! Hoje tenho trabalhado sem descontinuar desde as quatro horas da tarde (são quase três da madrugada), e isso por *duas* linhas que não estão feitas. Por momentos, dá para enlouquecer disso! Seria mesmo mais fácil bater logo as botas..."[7] [...] "...faz dois dias inteiros que estou virando e revirando um parágrafo sem chegar ao cabo dele. De vez em quando, tenho vontade de chorar!"[8] Soltou um brado vitorioso ao terminá-lo: "ACABADO, meu velho! Sim, meu livrinho está acabado!... Tenho um baita peso a menos sobre o estômago".[9] Decerto intuiu ter atingido o ponto máximo de sua carreira.

Menos famoso do que *Madame Bovary*, *A educação sentimental* possui um imenso valor estético por dois motivos fundamentais. Antes de tudo, desempenha um papel tríplice, marcando uma ruptura definitiva com a tradição romântica de Victor Hugo e Alfred de Musset, consolidando a fase madura da escrita realista, preconizada por Balzac, e abrindo caminho às vertentes literárias posteriores, em especial ao Naturalismo de Émile Zola e Guy de Maupassant. Ao mesmo tempo, apesar de relativamente conciso, impressiona com a amplitude de suas dimensões macro- e microcósmicas, com a variedade do seu conteúdo. Embora não se pareça com *Os miseráveis* de Hugo nem, menos ainda, com *Guerra e paz* de Tolstói, é um verdadeiro romance épico, uma das amostras clássicas daquela

---

[6] *Lettre à George Sand*, 27 novembre 1866.

[7] *Lettre à Jules Duplan*, 26 novembre 1866.

[8] *Lettre à George Sand*, 5 décembre 1866.

[9] *Lettre à Jules Duplan*, 16 mai 1869.

"epopeia burguesa" de que fala, em seu artigo enciclopédico, o pensador húngaro Georg Lukács.[10]

O macrocosmo d'*A educação sentimental* é a história da nação francesa nos anos de 1840 a 1867, que são os lindes temporais da narrativa flaubertiana; seu microcosmo é a biografia de Frédéric Moreau, um rapaz inexperiente, indefeso perante a vida como ela é, o qual se transforma, vivendo e aprendendo a viver, num homem bastante decepcionado, aliás, amargurado com suas vivências, mas, em compensação, perfeitamente sóbrio e sincero para consigo mesmo, as pessoas que o rodeiam e seu país em geral. A personalidade desse homem cristaliza-se pouco a pouco, ao longo dos anos, vindo a refletir, como se fosse um espelho vivo, os mais diversos eventos políticos e processos sociais, por ele testemunhados, que pautaram a evolução material e intelectual da França nas sucessivas épocas da Monarquia de Julho, da Segunda República e do Segundo Império. O romance europeu dos séculos XVIII e XIX

> abandona a imensurável área da fantasia e resolutamente procede à representação da vida privada de um burguês. A aspiração do romancista ao papel de historiador da vida privada forma-se nesse período com plena clareza. Estreitam-se os largos horizontes históricos do romance antigo; o mundo do romance se restringe cada vez mais à realidade cotidiana da vida burguesa, e as grandes contradições motrizes do desenvolvimento histórico-social são pintadas apenas porque se revelam concreta e ativamente naquela realidade cotidiana. Ainda assim, tais contradições são pintadas, e o realismo da vida cotidiana, a recém-descoberta "poesia do dia a dia", a vitória artística sobre a prosa desse dia a dia, são apenas meios de uma representação viva e concreta dos grandes conflitos sociais da época […][11],

estipula Lukács, e não podemos deixar de lhe dar razão nem de aplicar o mesmo conceito ao romance de Flaubert. É uma epopeia burguesa, sim, mas, em hipótese alguma, por ser produto de um escritor burguês ou fruto da mentalidade burguesa, sempre criticada

---

[10] Г. Поспелов, Г. Лукач. Роман: Литературная Энциклопедия в 11-ти томах. Том 9 (ОГИЗ: Москва, 1935), стб. 773-832.

[11] Г. Лукач. Ук. соч., стб. 813.

e satirizada pelo seu autor. É a burguesia francesa, provinciana e metropolitana, característica daquela Europa em vias de romper com seu passado feudal, que protagoniza *A educação sentimental*, e Frédéric Moreau nos mostra, com seus ditos e feitos, um retrato sintético dela, toda uma comunidade de "espécimes exatos da média humana burguesa"[12] encarnada num indivíduo qualquer. Vemos uma França real, ora sacudida pelo desenfreio das tempestades históricas, ora pacífica, quase estagnada, com seus olhos bem abertos, e tanto mais acreditamos que não se trata de nenhum herói romântico, agraciado com faculdades extraordinárias e capaz de façanhas incríveis, mas de um cidadão comum, de alguém que mal se enxergaria, se não descrito por quem o descreveu, no meio da multidão. Sua imagem, assim como as de Emma Bovary e da criada Félicité,[13] surpreende-nos com sua veracidade psicológica.

E não apenas sua imagem! "*A educação sentimental* é um longo relato de toda uma vida, sem que as personagens tomem, por assim dizer, uma parte ativa na ação", declara Marcel Proust. "As coisas têm tanta vida quanta têm as pessoas..."[14] E, de fato, todas aquelas coisas são tão autênticas e tangíveis quanto as personagens humanas que contracenam com elas. As paisagens francesas e os modos de pensar, de sentir e de se comportar em tal ou tal ambiente, os gestos e as posturas, os trajes e as mobílias, os sons, odores e sabores — tudo isso nos fornece, retratado "com uma precisão homérica" ou, em termos técnicos, fotográfica, uma prova irrefutável da perseverante laboriosidade de Flaubert, que passava meses e meses lendo jornais e documentos antigos ou fazendo pesquisas de campo, observando os sintomas das moléstias infantis num hospital, informando-se sobre as corridas de cavalos junto ao Jockey-Club parisiense e tomando notas "por duas horas sob a chuva" para reproduzir, com absoluta fidelidade, a topografia de uma das localidades mencionadas no

[12] Hippolyte Taine. *Lettre à Gustave Flaubert*, 19 ou 26 novembre 1869: Gustave Flaubert. *L'Éducation sentimentale*. Louis Conard: Paris, 1910, p. 703.

[13] Veja "Um coração simples", um dos *Três contos* de Flaubert, editados em 1877.

[14] Marcel Proust. À propos du «style» de Flaubert: *La Nouvelle Revue Française*, Tome XIV, 1920, pp. 78, 75.

livro. O resultado final de seus esforços titânicos foi esplêndido. Eis como o refere, por exemplo, Émile Zola:

> Que não se engane naquilo: ali está seu talento, seu gênio particular. Outros fitarão os infinitamente pequenos com lupas mais ampliadoras, estudarão o real de mais perto; outros terão uma paciência igual, uma visão tão nítida, um método tão poderoso. Mas o que lhe pertence a ele, o que é ele, é aquele penetrar nervoso nos mínimos fatos, aquele notar, ao mesmo tempo meticuloso e vivo, da vida. Não voltaremos a ver, sem dúvida, um poeta analista, um lírico que consinta em alfinetar os insetos humanos num quadro. Ali está o milagre[15]

N'*A educação sentimental*, o realismo flaubertiano se revela pleno e rematado, indo além dos horizontes alcançados por Stendhal, Turguênev e George Eliot, de sorte que fica difícil sabermos onde a ficção autoral e a realidade objetiva trocam de lugares e não se distinguem mais uma da outra. "Flaubert e vida, quem de vós dois imitou a quem?": essa pergunta retórica, originalmente relativa ao teatrólogo grego Menandro, bem poderia ser feita ao romancista francês!

"Seu último livro me encanta e me entristece", escreveu Victor Hugo, emocionado com o romance recém-lançado, a Flaubert. "Vou relê-lo como releio, abrindo ao acaso, aqui e acolá. Só os escritores pensadores é que resistem a esta maneira de ler, e o senhor é dessa forte estirpe."[16] Espero que muitas pessoas, aqui no Brasil, acabem repetindo essas palavras ao conhecê-lo, e que sua simpatia o mantenha longe daquelas prateleiras empoeiradas nas quais se perdem dezenas ou, quem sabe, centenas de tomos lidos por mera diversão ou curiosidade.

Oleg Almeida

---

[15] *La Tribune*, dimanche 28 novembre 1869.

[16] Victor Hugo. *Lettre à Gustave Flaubert*, 20 décembre 1869: Gustave Flaubert. *L'Éducation sentimentale...*, p. 704.

a Educação *Sentimental*

Parte 1

Capítulo I

Em 15 de setembro de 1840, por volta das seis horas da manhã, o *Ville-de-Montereau*, prestes a partir, lançava grandes turbilhões de fumaça defronte ao Quai Saint-Bernard.

As pessoas chegavam afobadas; barricas, cabos, cestos de roupas atrapalhavam a circulação; os marujos não davam atenção a ninguém; todos se esbarravam; os pacotes subiam entre os dois tambores e o ruído era absorvido pelo assobio do vapor, que, escapando pelas folhas de metal, envolvia tudo em uma nuvem esbranquiçada, enquanto o sino da proa não parava de tilintar.

Finalmente o navio partiu e as duas margens, povoadas de lojas, de canteiros de fábricas, foram sumindo como duas grandes fitas que se desenrolam.

Um jovem de dezoito anos, de longos cabelos, com um álbum sob o braço, estava parado junto ao leme, imóvel. Através da névoa ele contemplava campanários, edifícios cujo nome não conhecia; em seguida, ele abraçou, num derradeiro olhar, a Île Saint-Louis, a Cité, Notre-Dame; e então, quando Paris desapareceu, ele suspirou profundamente.

Monsieur Frédéric Moreau, recém-formado no ensino médio, estava voltando para Nogent-sur-Seine, onde flanaria por dois meses, antes de ir *fazer seu direito*. Sua mãe, com a quantia necessária, tinha-o enviado ao Havre para ver um tio, cuja herança ela esperava que ele recebesse; tendo retornado de lá na véspera, ele compensava o fato de não poder permanecer por algum tempo na capital voltando para sua província pelo caminho mais longo.

O tumulto se acalmava; todos tinham ocupado seus lugares; alguns, de pé, aqueciam-se ao redor da máquina, e a chaminé cuspia com um ruído lento e rítmico sua pena de fumaça preta; gotículas de orvalho escorriam sobre os cobres; a ponte tremia com uma pequena vibração interna, e as duas rodas, girando rapidamente, agitavam a água.

O rio era margeado por praias de areia. Viam-se balsas de transporte de madeira ondulando ao sabor das ondas, ou então, numa embarcação sem velas, um homem sentado pescava; depois, as brumas errantes se dissiparam, o sol apareceu, a colina que seguia à direita o curso do Sena gradualmente baixou e emergiu outra, mais próxima, na margem oposta.

A colina era coroada por árvores em meio às casas baixas cobertas por telhados italianos. Elas tinham jardins em aclive divididos por muros novos, portões de ferro, gramados, estufas e vasos de gerânios, espaçados regularmente em terraços onde era possível se acotovelar para apreciar a paisagem. Alguns, ao ver essas graciosas residências tão tranquilas, desejavam ser seus donos para nelas viver até o fim de seus dias com um bom bilhar, uma chalupa, uma mulher ou um outro sonho qualquer. O prazer totalmente novo de uma excursão marítima facilitava o entusiasmo. Os brincalhões já começavam a fazer gracejos. Muitos cantavam. Todo mundo estava feliz. Serviam-se de pequenos copos.

Frédéric pensava no quarto que ocuparia por lá, no projeto de um drama, em temas para pinturas, em futuras paixões. Achava que a felicidade que ele merecia pela excelência de sua alma demorava a chegar. Declamou para si mesmo versos melancólicos; andava no convés a passos rápidos; avançou até a proa, pelo lado do sino; — e, numa rodinha de passageiros e marujos, ele viu um homem fazendo galanteios a uma camponesa, enquanto tocava na cruz de ouro que ela levava sobre o peito. Ele era um sujeito forte, de cerca de quarenta anos, cabelos crespos. Seu porte robusto preenchia uma jaqueta de veludo preto, duas esmeraldas brilhavam em sua camisa de cambraia e suas grandes calças brancas caíam sobre estranhas botas vermelhas, feitas de couro da Rússia, com detalhes em azul.

A presença de Frédéric não o perturbou. Ele se voltou na sua direção várias vezes, interpelando-o com piscadelas; depois ofereceu charutos a todos ao seu redor. Mas, aparentemente entediado com essa companhia, ele se afastou. Frédéric o seguiu.

A conversação rolou primeiramente sobre as diferentes espécies de tabaco, depois, muito naturalmente, sobre as mulheres. O homem de botas vermelhas deu conselhos ao jovem; expunha teorias, contava anedotas, citava a si mesmo como exemplo, expressando tudo em tom paternal, com uma ingenuidade de divertida corrupção.

Ele era republicano; tinha viajado, conhecia o interior dos teatros, dos restaurantes, dos jornais, e todos os artistas famosos, que ele chamava familiarmente pelos seus nomes; Frédéric logo lhe confiou seus projetos; ele os incentivou.

Mas fez uma pausa para observar o cano da chaminé, depois murmurou rapidamente um longo cálculo, a fim de saber "quanto cada golpe do pistão, tantas vezes por minuto, devia etc." — E, apurada a soma, ele admirou profundamente a paisagem. Ele se dizia feliz por ter fugido dos negócios.

Frédéric experimentava um certo respeito por ele e não resistiu ao desejo de saber seu nome. O estranho respondeu de pronto:

— Jacques Arnoux, proprietário de *L'Art Industriel*, boulevard Montmartre.

Um criado com um galão dourado no boné veio lhe dizer:

— O senhor poderia descer? Mademoiselle está chorando.

Ele desapareceu.

L'Art Industriel era um estabelecimento híbrido, que compreendia um jornal de pintura e uma loja de quadros. Frédéric tinha visto aquele nome várias vezes na vitrine do livreiro de sua terra natal e sobre imensos prospectos, nos quais o nome de Jacques Arnoux aparecia magistralmente exposto.

O sol dardejava a pino, fazendo brilhar as cavilhas de ferro ao redor dos mastros, as placas das amuradas e a superfície da água; esta, fendia-se na proa em dois sulcos, que se estendiam até a borda das pradarias. A cada curva do rio, encontrava-se a mesma cortina de choupos pálidos. O campo estava completamente vazio. Havia pequenas nuvens brancas paradas no céu, e o tédio, vagamente propagado, parecia enfraquecer o avanço do barco e tornar ainda mais insignificante a aparência dos viajantes.

Com exceção de alguns burgueses na primeira classe, os demais eram trabalhadores e comerciantes com suas esposas e filhos. Como o costume na época era vestir-se desleixadamente em viagem, quase todos usavam velhos barretes gregos ou chapéus desbotados, velhos casacos pretos puídos de tanto esfregar na escrivaninha, ou sobrecasacas com as casas dos botões arregaçadas de tão usadas pelos comerciantes de lojas; aqui e acolá, algum colete de gola careca deixava entrever uma camisa de algodão cru manchada de café; alfinetes baratos imitando ouro espetavam gravatas esgarçadas; tiras costuradas à barra das calças prendiam sapatilhas de corda; dois ou três vagabundos que seguravam bengalas com cordão de couro lançavam olhares oblíquos, e pais de família arregalavam os olhos, fazendo perguntas. Eles conversavam em pé ou agachados sobre as bagagens; outros dormiam nos cantos; vários comiam. O convés estava sujo de cascas de nozes, de guimbas de charutos, de cascas de peras, de restos de charcutaria trazidos embrulhados em papel; três marceneiros, em vestes de trabalho, estavam parados na frente da cantina; um tocador de harpa em farrapos descansava debruçado sobre o seu instrumento; ouvia-se a intervalos o barulho do carvão na fornalha, vozes altas, risos; e o capitão, sobre a passarela, andava de um tambor ao outro, sem parar. Frédéric, para retomar seu lugar, empurrou o portão da primeira classe, incomodou dois caçadores com seus cães.

Foi como uma aparição:

Ela estava sentada no meio do banco, sozinha; ou pelo menos ele não viu ninguém, no esplendor que os olhos dela lhe enviaram. No mesmo instante em que ele passava, ela levantou a cabeça; ele curvou involuntariamente os ombros e, quando foi se postar mais longe, do mesmo lado, ele a fitou.

Ela usava um grande chapéu de palha, com fitas cor-de-rosa que dançavam ao vento por detrás dela. Seus cabelos pretos, contornando a ponta das suas grandes sobrancelhas, desciam bem baixo e pareciam pressionar amorosamente o contorno oval do seu rosto. Seu vestido claro de musselina, salpicado de bolinhas, se espalhava em numerosas pregas. Ela estava bordando algo; e o seu nariz reto, seu queixo, enfim, todo o seu corpo recortava-se contra o fundo da atmosfera azul.

Como ela matinha a mesma postura, ele deu várias voltas, pela direita e pela esquerda, para disfarçar sua manobra; então, plantou-se bem perto de sua sombrinha, apoiada contra o banco, e fingiu observar uma chalupa no rio.

Ele nunca tinha visto aquele esplendor de sua pele morena, a sedução de seu porte, nem a delicadeza dos dedos atravessados pela luz. Observava seu cesto de costura com admiração, como uma coisa extraordinária. Qual seria o seu nome, onde morava, qual era sua vida, seu passado? Desejava conhecer a mobília de seu quarto, todos os vestidos que ela tivesse usado, as pessoas que ela frequentava; e o próprio desejo da posse física desaparecia sob um desejo mais profundo, uma curiosidade dolorosa que não tinha limites.

Uma negra, com um lenço na cabeça, apareceu segurando pela mão uma garotinha já crescida. A criança, com os olhos cheios de lágrimas, tinha acabado de acordar. Ela a colocou sobre os seus joelhos. "Mademoiselle não estava se comportando bem, embora logo fosse completar sete anos; assim sua mãe não ia mais gostar dela; perdoavam demais seus caprichos." E Frédéric se alegrava ao ouvir essas coisas, como se tivesse feito uma descoberta, uma aquisição.

Ele a imaginava de origem andaluza, de um território ultramarino caribenho talvez; teria ela trazido das ilhas essa negra?

Um longo xale de franjas roxas pendia de suas costas, sobre a amurada de cobre. Muitas vezes, no meio do mar, nas noites úmidas, ela devia ter envolvido nele seu corpo, coberto seus pés, dormido debaixo dele! Mas, arrastado pelas franjas, ele deslizava lentamente e ia cair na água; Frédéric deu um salto e o agarrou. Ela lhe disse:

— Obrigada, Monsieur.

Seus olhos se encontraram.

— Minha esposa, você está pronta? — gritou Monsieur Arnoux, aparecendo no topo da escada.

Mademoiselle Marthe correu para ele e, agarrando-se ao seu pescoço, puxou-lhe o bigode. Os sons de uma harpa soaram, ela quis ir ver a música; e logo o instrumentista, conduzido pela negra, entrou na primeira classe. Arnoux o reconheceu como um antigo modelo; ele o tratou com informalidade, o que surpreendeu os presentes. Por fim, o harpista jogou seus longos cabelos para trás dos ombros, estendeu os braços e começou a tocar.

Era uma romança oriental que falava de punhais, de flores e de estrelas. O homem em andrajos cantava com uma voz corrosiva;

os batimentos da máquina cortavam a melodia fora do ritmo; ele dedilhava com mais força: as cordas vibravam e os seus sons metálicos pareciam exalar soluços, como o lamento de um amor orgulhoso e vencido. Dos dois lados do rio, bosques inclinavam-se até a beira da água; uma corrente de ar fresco passava; Madame Arnoux olhava ao longe, de um jeito vago. Quando a música parou, ela piscou várias vezes, como se acordasse de um sonho.

O harpista se aproximou deles, humildemente. Enquanto Arnoux procurava um trocado, Frédéric estendeu a mão fechada em direção ao boné e, abrindo-a com pudor, depositou ali um luís de ouro. Não era a vaidade que o levava a dar essa esmola diante dela, mas um pensamento de bênção ao qual ele a associava, um gesto de coração, quase religioso.

Arnoux, mostrando-lhe o caminho, instou-o cordialmente a descer. Frédéric disse que tinha acabado de almoçar; na verdade, ele estava morrendo de fome; e não tinha mais nem um centavo no fundo de sua bolsa.

Em seguida, ele pensou que tinha bem o direito de permanecer ali naquele recinto, como outro qualquer.

Em torno das mesas redondas, burgueses comiam, um garçom circulava; Monsieur e Madame Arnoux estavam no fundo, à direita; ele se sentou sobre o longo banco de veludo, depois de recolher um jornal que se encontrava ali.

Eles deveriam pegar a diligência para Châlons em Montereau. A viagem deles à Suíça duraria um mês. Madame Arnoux culpou o marido por sua fraqueza com a criança. Ele sussurrou em seu ouvido um gracejo, provavelmente, porque ela sorriu. Então ele se moveu para fechar a cortina da janela atrás dela.

O teto, baixo e todo branco, refletia uma luz crua. Frédéric, do lado oposto, conseguia distinguir a sombra de seus cílios. Ela mergulhava os lábios no copo, quebrava umas migalhas de pão entre os dedos; o medalhão de lápis-lazúli, preso em seu pulso por uma correntinha de ouro, de vez em quando tilintava ao bater no seu prato. Os que ali estavam, entretanto, não pareciam notá-la.

Às vezes, pelas vigias, via-se deslizar a lateral de um barco que atracava junto ao navio para pegar ou deixar viajantes. As pessoas sentadas às mesas se debruçavam nas vigias dizendo o nome das terras ribeirinhas.

Arnoux reclamava da comida: gritou escandalosamente quando veio a conta e exigiu que fosse reduzida. Em seguida, ele levou o jovem para a proa do barco para beberem grogues. Mas Frédéric logo voltou para o toldo, para onde Madame Arnoux havia retornado. Ela estava lendo um volume fino com capa cinza. Os dois cantos de sua boca se levantavam de tempos em tempos e uma centelha de prazer iluminava sua testa. Ele teve ciúme de quem tinha inventado aquelas coisas com as quais ela parecia entretida. Quanto mais ele a contemplava, mais sentia abismos crescendo entre eles. Ele pensava que precisaria deixá-la em breve, irrevogavelmente, sem ter conseguido arrancar uma palavra dela, sem ter lhe deixado sequer uma lembrança!

Uma planície estendia-se à direita; à esquerda uma pastagem ia se juntar suavemente a uma colina, onde se avistavam vinhedos, nogueiras, um moinho em meio à vegetação e pequenos caminhos mais além, formando ziguezagues na rocha branca que tocava a orla do céu. Como seria bom subir ali ao lado dela, com o braço em torno da sua cintura, com seu vestido varrendo as folhas amareladas, ouvindo sua voz, sob o esplendor de seus olhos! O barco poderia parar, eles só teriam que descer; e essa coisa tão simples, no entanto, não era mais fácil do que mover o sol!

Um pouco mais adiante, descortinava-se um castelo de telhado pontiagudo, com torres quadradas. Um canteiro de flores se desdobrava diante de sua fachada; e avenidas mergulhavam como abóbadas negras sob as altas tílias. Ele a imaginou passando pela borda do caramanchão. Naquele momento, uma jovem e um jovem apareceram na escada, entre as caixas de laranjeiras. Então tudo desapareceu.

A menina brincava em torno dele. Frédéric quis beijá-la. Ela se escondeu atrás de sua criada; sua mãe a repreendeu por não ser gentil com o cavalheiro que havia salvado seu xale. Teria sido uma indireta, uma abertura?

“Será que ela finalmente vai falar comigo?”, ele pensou.

O tempo estava se esgotando. Como ser convidado para ir à casa dos Arnoux? E ele não imaginou nada melhor do que chamar sua atenção para a cor do outono, acrescentando:

— O inverno já está chegando, época de bailes e jantares!

Mas Arnoux estava totalmente ocupado com sua bagagem. A costa de Surville apareceu, as duas pontes se aproximavam enquanto eles margeavam uma cordoaria, depois uma fileira de casas baixas; havia potes de alcatrão, lascas de madeira; e crianças corriam na areia, girando em saltos estrela. Frédéric reconheceu um homem com um colete de mangas e gritou para ele:

— Depressa!

Estavam quase chegando. Ele procurou com afinco por Arnoux no meio da multidão de passageiros e o outro respondeu, apertando-lhe a mão:

— Foi um prazer, Monsieur!

Quando se viu no cais, Frédéric se virou. Ela estava perto do leme, em pé. Ele lançou um olhar em sua direção, no qual tentou colocar toda a sua alma; ela permaneceu imóvel, como se ele não tivesse feito nada. Depois, sem dar atenção às saudações de seu criado, ele disse:

— Por que você não trouxe a carruagem até aqui?

O homem pediu desculpas.

— Que desajeitado! Dê-me dinheiro!

E foi comer em um albergue. Quinze minutos depois, quis entrar, como por acaso, no pátio das diligências. Ele a veria novamente, talvez?

“Mas para quê?”, pensou.

E a americana[1] o levou embora. Um dos dois cavalos não pertencia à sua mãe. Ela havia tomado emprestado um de Monsieur Chambrion, o coletor de impostos, para atrelá-lo ao lado do seu. Isidore, que partira com eles no dia anterior, havia descansado em Bray até a noite e dormido em Montereau, de forma que os animais revigorados trotavam agilmente.

---

[1] Veículo leve de quatro rodas, atrelado a dois cavalos. (2)

Campos recém-colhidos estendiam-se a perder de vista. Duas fileiras de árvores margeavam a estrada, as pedras se sucediam; e sucessivamente, Villeneuve-Saint-Georges, Ablon, Châtillon, Corbeil, enfim, todos os lugares, e toda a sua jornada de barco voltaram à sua lembrança de forma tão clara que agora ele podia distinguir novos detalhes, peculiaridades mais íntimas; sob o último babado de seu vestido, passava o pé dela calçando uma pequena bota de seda, de cor marrom; o toldo de cotim formava um grande dossel sobre sua cabeça, e, na sua borda, as pequenas borlas vermelhas estremeciam sem parar com a brisa.

Ela lembrava as mulheres dos livros românticos. Ele não queria acrescentar nada, tirar nada de sua pessoa. O universo acabava de se expandir subitamente. Ela era o ponto luminoso para onde todas as coisas convergiam; — e, embalado pelo movimento da charrete, com as pálpebras semicerradas, o olhar nas nuvens, ele se deixava abandonar por uma alegria sonhadora e infinita.

Em Bray, não esperou que dessem aveia aos cavalos, foi na frente, sozinho na estrada. Arnoux a tinha chamado de "Marie!". Ele gritou em altos brados "Marie!". Sua voz se perdeu no ar.

Uma ampla cor púrpura inflamava o céu no ocidente. Grandes medas de trigo, que se erguiam em meio ao restolho, projetavam sombras gigantescas. Um cachorro começou a latir em uma fazenda ao longe. Ele estremeceu, tomado por uma preocupação injustificada.

Quando Isidore o alcançou, ele se sentou no lugar do condutor. Seu abatimento se fora. Ele estava decidido a introduzir-se na casa dos Arnoux de qualquer maneira e se relacionar com eles. Sua casa devia ser divertida. Aliás, Arnoux o agradava; aí, quem sabe? Então uma torrente de sangue subiu ao seu rosto: suas têmporas zumbiam, ele estalou o chicote, sacudiu as rédeas e passou a conduzir os cavalos com tanto ímpeto que o velho cocheiro repetia:

— Devagar! Devagar! O senhor vai deixá-los sem fôlego.

Pouco a pouco Frédéric se acalmou e acabou por escutar o que dizia seu criado.

Monsieur era esperado com grande impaciência. Mademoiselle Louise tinha chorado por não ter podido ir no veículo para buscá-lo.

— Mas quem é Mademoiselle Louise, afinal?

— A menina de Monsieur Roque, sabe?

— Ah! Eu tinha me esquecido! — respondeu Frédéric distraidamente.

Os dois cavalos não aguentavam mais. Ambos mancavam; e já soavam nove horas em Saint-Laurent quando ele chegou à Place d'Armes, em frente à casa de sua mãe. Essa espaçosa casa, com um jardim voltado para o campo, reforçava a admiração que tinham por Madame Moreau, a pessoa mais respeitada da cidade.

Ela vinha de uma antiga família de nobres, agora extinta. Seu marido, um plebeu com quem seus pais a obrigaram a se casar, morrera de um golpe de espada durante sua gravidez, deixando-a com uma fortuna comprometida. Ela recebia três vezes por semana e ocasionalmente oferecia um belo jantar. Mas o número de velas era calculado com antecedência, e ela aguardava impacientemente receber o aluguel de suas terras. Esse constrangimento, disfarçado de vício, tinha-a tornado séria. No entanto, sua virtude era exercida sem demonstração de pudor, sem amargura. Suas menores caridades pareciam grandes esmolas. Ela era consultada sobre a escolha de criados, a educação das moças, a arte das geleias, e o Monsenhor visitava sua casa em suas viagens episcopais.

Madame Moreau nutria uma grande ambição para seu filho. Ela não gostava de ouvir culpar o Governo, por uma espécie de prudência antecipada. Primeiro, ele precisaria de proteção; depois, graças aos seus próprios méritos, seria conselheiro de Estado, embaixador, ministro. Seus triunfos no colégio de Sens legitimavam esse orgulho; ele havia ganhado o prêmio de honra.

Quando ele entrou no salão, todos se levantaram causando grande tumulto; eles o beijaram; e com as poltronas e cadeiras, um grande semicírculo foi feito ao redor da lareira. Monsieur Gamblin imediatamente lhe pediu a opinião sobre Madame Lafarge.[2]

---

[2] Madame Lafarge (1816-1852) fascinou a curiosidade pública por muito tempo. Acusada de ter envenenado o marido, que morreu no dia 14 janeiro de 1840, ela compareceu perante o Tribunal de Corrèze no dia 2 de setembro seguinte. Após doze dias de emocionantes debates, ela foi condenada com circunstâncias atenuantes e condenada a trabalhos forçados vitalícios. (1)

Esse julgamento, que causou furor na época, não deixou de provocar uma violenta discussão; Madame Moreau, no entanto, deteve a conversa, para desgosto de Monsieur Gamblin; ele a considerava útil para o jovem, na sua qualidade de futuro jurisconsulto, e saiu do salão furioso.

Nada devia surpreender vindo de um amigo do Père Roque! A respeito do Père Roque, falou-se de Monsieur Dambreuse, que acabara de adquirir a propriedade da Fortelle. Mas o cobrador de impostos havia arrastado Frédéric para um canto, querendo saber o que ele achava do último trabalho[3] de Monsieur Guizot.[4] Todos queriam saber de seus planos; e Madame Benoît o fez habilmente perguntando sobre seu tio. Como ia aquele bom parente? Ele não dava mais notícias. Ele não tinha um primo distante na América?

A cozinheira anunciou que a sopa de Monsieur estava servida. Todos se retiraram, por discrição. Então, assim que eles ficaram sozinhos no salão, sua mãe lhe disse baixinho:

— E então? Como foi com seu tio?

O velhote o havia recebido muito cordialmente, mas sem deixar claras suas intenções.

Madame Moreau suspirou.

"Onde ela estará agora?", ele pensava.

A carruagem rodava e ela, provavelmente envolta no xale, apoiava a sua bela cabeça adormecida no forro do cupê.

Eles estavam subindo para seus quartos quando um menino do *Cigne de la Croix* trouxe um bilhete.

— O que foi?

— É Deslauriers que precisa de mim, disse ele.

— Ah! Aquele seu amigo! — disse Madame Moreau com um risinho de desprezo. A hora é bem oportuna, mesmo!

---

[3] Parece tratar-se dos seis volumes de *Washington* de Guizot. Os meios burgueses se interessavam, por princípio, pelo chefe da centro-direita, que se opunha à centro-esquerda de Thiers. (2)

[4] Monsieur Guizot (1787-1874) já tinha sido ministro várias vezes na época em que se passa o relato de Flaubert e estava prestes a se tornar presidente do Conselho. No dia 29 de outubro de 1840, Louis-Philippe lhe confidenciava, com o portfólio das Relações Exteriores, a liderança efetiva do Gabinete, que era presidido nominalmente pelo Marechal Soult. Guizot era o líder inconteste dos conspiradores da ala conservadora. (2)

Frédéric hesitou. Mas a amizade era mais forte. Ele pegou o chapéu.

— Pelo menos, não demore muito! — disse sua mãe.

Capítulo II

O pai de Charles Deslauriers, antigo capitão de navios de combate, demissionário em 1818, tinha se casado novamente em Nogent e, com o dinheiro do dote, comprou um cargo de oficial de justiça, que mal era suficiente para seu sustento. Amargurado por longas injustiças, sofrendo com suas velhas feridas e sempre saudoso do Imperador, ele despejava sobre os que o cercavam os rancores que o sufocavam. Poucas crianças foram mais espancadas do que seu filho. O garoto não cedia, apesar das surras. A mãe, quando tentava intervir, era igualmente maltratada. Por fim, o capitão o empregou em seu escritório e, durante todo o dia, ele o mantinha curvado sobre a mesa, copiando certidões, deixando o seu ombro direito visivelmente mais forte do que o outro.

Em 1833, a convite do senhor presidente, o capitão vendeu seu escritório. Sua esposa morreu de câncer. Ele foi morar em Dijon; em seguida, estabeleceu-se como um mercador de homens[5] em Troyes; e, tendo conseguido para Charles uma bolsa de estudos parcial, colocou-o no colégio de Sens, onde Frédéric o conheceu. Mas um tinha doze anos, o outro quinze; além disso, mil diferenças de caráter e de origem os separavam.

Frédéric tinha todo tipo de provisões em sua cômoda, coisas sofisticadas, um estojo de toalete, por exemplo. Gostava de dormir até tarde pela manhã, de olhar as andorinhas, de ler peças de teatro e, sentindo a falta dos doces da casa, achava difícil a vida no colégio.

Essa vida parecia boa, no entanto, para o filho do oficial de justiça. Ele era tão bom aluno que após dois anos no colégio passou para

---

[5] Os mercadores de homens forneciam substitutos para o serviço militar. (1)
A lei de recrutamento de 1832, baseada no sorteio, deixava aos azarados a possibilidade de se fazerem substituir: os "substitutos" tinham um valor de mercado que dava lugar a todo um comércio. (2)

uma turma mais adiantada. Porém, por causa de sua pobreza ou de seu gênio briguento, uma surda hostilidade o cercava. Mas certa vez, tendo sido chamado de filho de mendigo por um criado no meio do pátio dos Médios, avançou-lhe na garganta e o teria matado se três bedéis não tivessem interferido. Frédéric, levado pela admiração, tomou-o em seus braços. Daquele dia em diante, a intimidade foi completa. A afeição de um *grande*, sem dúvida, lisonjeou a vaidade do pequeno, e o outro aceitou como uma ventura essa devoção que lhe era oferecida.

Seu pai, durante as férias, o deixava no colégio. Uma tradução de Platão aberta por acaso o entusiasmou. Então ele se apaixonou pelos estudos metafísicos; e seus progressos foram rápidos, pois ele os abordava com força jovem e com o orgulho de uma inteligência que se libertou; Jouffroy, Cousin, Laromiguière, Mallebranche, os escoceses, tudo o que havia na biblioteca passou por ele. Ele precisou roubar a chave para conseguir os livros.

As distrações de Frédéric eram menos sérias. Ele desenhou na Rue des Trois-Rois a genealogia de Cristo, esculpida em um poste e mais tarde no portal da catedral. Depois dos dramas da Idade Média, ele começou a ler as memórias: Froissart, Comines, Pierre de l'Estoile, Brantôme.

As imagens que essas leituras traziam à sua mente o deixavam tão obcecado que ele sentia a necessidade de reproduzi-las. Aspirava ser um dia o Walter Scott da França. Deslauriers meditava sobre um vasto sistema de filosofia, que teria as mais remotas aplicações.

Eles falavam de tudo isso durante o intervalo, no pátio, diante da inscrição moral pintada sob o relógio; cochichavam a esse respeito na capela, sob as barbas de Saint Louis; sonhavam com isso no dormitório, de onde se avistava um cemitério. Nos dias de caminhadas, eles se alinhavam atrás dos outros e conversavam infindavelmente.

Conversavam sobre o que fariam mais tarde, quando deixassem o colégio. Primeiro, fariam uma grande viagem com o dinheiro que Frédéric tiraria de sua fortuna, quando atingisse a maioridade. Depois voltariam para Paris, trabalhariam juntos, não se afastariam; — e, para relaxar do trabalho, teriam os amores de princesas em boudoirs de cetim ou se entregariam a fulgurantes orgias com cortesãs ilustres. A seus arroubos de esperança, sucediam-se dúvidas. Após acessos de alegre tagarelice, eles caíam em silêncios profundos.

Nas noites de verão, depois de muito andar pelos caminhos pedregosos à margem dos vinhedos ou na estrada principal, em pleno campo, quando o trigo balançava ao sol e os aromas da angélica enchiam o ar, uma espécie de asfixia apoderava-se deles, e eles se deitavam de costas, tontos, inebriados. Os outros, em mangas de camisa, brincavam de pega-pega ou empinavam pipas. O servente os chamava. Eles voltavam, seguindo pelos jardins atravessados por pequenos riachos, depois pelas alamedas sombreadas por antigos muros; as ruas desertas ressoavam sob seus pés; o portão se abria, subiam as escadas; e ficavam tristes como depois de grandes perversões.

O bedel afirmava que, quando juntos, eles se inflamavam. No entanto, se Frédéric frequentou as turmas mais adiantadas, foi por meio das exortações de seu amigo; e, durante as férias de 1837, ele o levou para a casa de sua mãe.

O rapaz não agradou Madame Moreau. Ele comeu demais, recusou-se a assistir aos cultos dominicais, fazia discursos republicanos; por fim, ela deduziu que ele havia levado seu filho a locais pouco recomendáveis. Suas relações eram vigiadas. Eles passaram a se gostar ainda mais; e as despedidas foram dolorosas quando Deslauriers, no ano seguinte, deixou o colégio para ir estudar direito em Paris.

Frédéric esperava juntar-se a ele lá. Já fazia dois anos que eles não se viam; e, terminados os abraços, foram caminhar sobre as pontes para conversar mais à vontade.

O Capitão, que agora era dono de um bilhar em Villenauxe, ficou vermelho de raiva quando seu filho exigiu suas contas de tutela, cortando até mesmo sua comida, de forma categórica. Mas, como pretendia mais tarde concorrer a um cargo de professor na Faculdade de Direito e não tinha dinheiro, Deslauriers aceitou um emprego de escrevente em Troyes, no escritório de um advogado. À custa de privações, ele economizaria quatro mil francos; e, se não tocasse em nada da herança materna, teria como trabalhar livremente durante três anos, enquanto aguardava uma colocação. Portanto, eles tinham de abandonar o velho projeto de viver juntos na Capital, pelo menos por enquanto.

Frédéric baixou a cabeça. Era o primeiro de seus sonhos que desabava.

— Console-se — disse o filho do Capitão —, a vida é longa; nós somos jovens. Vou me juntar a você! Não pense mais nisso!

Ele o sacudia pelas mãos e, para distraí-lo, perguntou sobre a viagem.

Frédéric não tinha muito o que contar. Mas, com a lembrança de Madame Arnoux, sua dor se dissipou. Ele não falou dela, contido por um pudor. No entanto, discorreu sobre Arnoux, relatando seus discursos, seus modos, suas relações; e Deslauriers o incentivou fortemente a cultivar essa ligação.

Frédéric não tinha escrito nada nos últimos tempos; suas opiniões literárias tinham mudado: ele estimava acima de tudo a paixão; Werther, René, Franck, Lara, Lélia e outros mais medíocres o entusiasmavam quase da mesma forma. Às vezes a música parecia ser a única forma de expressar seus problemas mais íntimos; então ele sonhava com sinfonias; ou então era a superfície das coisas que o apreendia, e ele queria pintar. Na verdade, ele havia composto versos; Deslauriers os achou muito bonitos, mas não lhe pediu que escrevesse outros.

Quanto a ele, não estava mais interessado na metafísica. A economia social e a Revolução Francesa o preocupavam. Era agora um desafortunado de vinte e dois anos, magro, com uma boca larga e um ar decidido. Naquela noite, ele vestia um paletó gasto de lã; e seus sapatos estavam brancos de poeira, pois ele havia percorrido a estrada para Villenauxe a pé, com o propósito de ver Frédéric.

Isidore se aproximou deles. A senhora pedia que o filho voltasse para casa e, temendo que ele pudesse estar com frio, havia lhe mandado o casaco.

— Ora, fique! — disse Deslauriers.

E continuaram a caminhar de uma ponta a outra das duas pontes apoiadas na estreita ilha formada pelo canal e pelo rio.

Indo em direção a Nogent, eles tinham à frente um bloco de casas ligeiramente inclinadas; à direita, a igreja surgia atrás dos moinhos de madeira, cujas comportas estavam fechadas; e, à esquerda, as sebes de arbustos ao longo da margem limitavam jardins que mal se podia distinguir. Mas, para o lado de Paris, a estrada principal descia em linha reta e os prados se perdiam ao longe, nos vapores da noite. Ela estava silenciosa e com uma claridade esbranquiçada. Os odores de folhagem úmida chegavam até eles; a queda d'água da barragem, cem passos adiante, era murmurante, com aquele grande ruído suave que fazem as ondas na escuridão.

Deslauriers parou e disse:

— Essas boas pessoas que dormem em paz, é curioso! Paciência! Um novo 1789 se prepara! Estamos cansados de constituições, de cartas, de sutilezas, de mentiras! Ah! Se eu tivesse um jornal ou uma tribuna, como eu vos livraria disso tudo! Mas, para fazer qualquer coisa, é preciso dinheiro! Que maldição ser filho de um taberneiro desperdiçando a juventude em busca de pão!

Ele abaixou a cabeça, mordeu o lábio, tremendo sob sua roupa fina.

Frédéric jogou a metade de seu casaco sobre os ombros dele. Ambos se enrolaram sob ele; e, abraçando-se pela cintura, eles foram caminhando lado a lado.

— Como você quer que eu viva lá, sem você? — disse Frédéric. A amargura do amigo trouxe de volta sua tristeza. — Eu teria feito alguma coisa ao lado de uma mulher que me amasse... Por que você está rindo? O amor é o alimento; é como a atmosfera do gênio. Emoções extraordinárias produzem obras sublimes. Quanto a procurar aquela de que eu precisaria, eu desisto! Além disso, se algum dia eu a encontrar, sei que ela vai me repudiar. Sou da raça dos deserdados e eu terei meu fim com um tesouro que será de pedra de strass ou de diamante — sei lá.

A sombra de alguém se alongou por sobre os paralelepípedos, ao mesmo tempo que ouviram estas palavras:

— Com licença, senhores!

Quem lhes falava era um homenzinho vestido com uma sobrecasaca marrom folgada e um boné que deixava à mostra um nariz pontudo sob a viseira.

— Monsieur Roque? — exclamou Frédéric.

— Ele mesmo! — redarguiu a voz.

O morador de Nogent justificou sua presença dizendo que voltava da inspeção de suas armadilhas para lobos à beira d'água, em seu jardim.

— E você, está de volta às nossas terras? Que bom! Fiquei sabendo disso pela minha filhinha. A saúde ainda está boa, espero? Não vai embora tão já, não?

E partiu, sem dúvida aborrecido, diante da fria acolhida de Frédéric.

Madame Moreau, na verdade, não o frequentava; Père Roque, como era chamado, vivia em concubinato com sua empregada e era muito malvisto, embora fosse o crupiê de eleições[6] e administrador de Monsieur Dambreuse.

— O banqueiro que mora na Rue d'Anjou? — retomou Deslauriers. — Sabe o que você devia fazer, meu caro?

Isidore os interrompeu novamente. Ele tinha ordens para levar Frédéric de volta, definitivamente. A Madame inquietava-se com sua ausência.

— Está bem, está bem! Estamos indo — disse Deslauriers. — Ele não vai ficar aqui fora a noite toda.

E, tendo o criado partido, continuou:

— Você deveria pedir a esse velho que o apresente aos Dambreuse; nada é mais útil do que frequentar uma casa rica! Já que você tem um casaco preto e luvas brancas, aproveite! Você precisa entrar nesse mundo! E, mais tarde, vai me levar também. Um milionário, pense nisso! Trate de agradá-lo, a ele e a sua esposa também. Torne-se amante dela!

---

[6] "Os colégios eleitorais (sob Louis-Philippe) compunham-se, em geral, de poucos eleitores; muitos contavam com no máximo 200 deles, entre os quais muitos eram funcionários. A corrupção era, portanto, fácil: os funcionários obedeciam às ordens recebidas e comprava-se o eleitor comum, dando a seus protegidos lojas de tabaco, bolsas de estudos ou dando a ele mesmo alguma função administrativa importante." (Albert MALET, *Histoire Contemporaine*, p. 350.) (1)

Agente mais especialmente encarregado dos tráficos eleitorais favorecidos por uma lei que limitava singularmente o número de eleitores, excluindo do direito de voto todos os que pagavam menos de 200 francos de impostos. (2)

Frédéric gritou surpreso.

— Mas só estou lhe falando de coisas que são clássicas, não é mesmo? Lembre-se do arrivista Rastignac na *Comédia Humana* de Balzac! Você vai se dar bem, tenho certeza!

Frédéric confiava tanto em Deslauriers que se sentiu abalado e, esquecendo-se de Madame Arnoux, ou incorporando-a à predição feita sobre a outra, não pôde deixar de sorrir.

O escrevente acrescentou:

— Um último conselho: passe nos exames! Um título sempre é bom; e, francamente, abandone seus poetas católicos e satânicos, tão avançados em filosofia como se era no século XII. Seu desespero é uma bobagem. Figuras importantes tiveram começos mais difíceis, a começar por Mirabeau. Além disso, nossa separação não será tão longa. Farei o trapaceiro do meu pai voltar atrás. Preciso ir, adeus! Você tem um trocado para eu pagar meu jantar?

Frédéric lhe deu dez francos, o resto do que pegara com Isidore naquela manhã.

Enquanto isso, a cerca de quarenta metros das pontes, na margem esquerda, uma luz brilhava na claraboia de uma casa térrea.

Deslauriers a avistou. Então ele disse enfaticamente, enquanto tirava o chapéu:

— Seu perdão, Vênus, rainha do céu! Mas a Penúria é a mãe da sabedoria. Já fomos caluniados o suficiente por isso, misericórdia!

Essa alusão a uma aventura comum lhes trouxe alegria. Eles riram muito alto pelas ruas.

Então, depois de pagar suas despesas no albergue, Deslauriers acompanhou Frédéric de volta ao cruzamento do Hôtel-Dieu; — e, após um longo abraço, os dois amigos se separaram.

Capítulo III

Dois meses depois, tendo desembarcado uma manhã na Rue Coq-Héron, Frédéric logo pensou em fazer sua grande visita.

O acaso o ajudou. Père Roque tinha vindo lhe trazer um rolo de papéis, rogando-lhe que os entregasse pessoalmente ao senhor

Dambreuse; e um bilhete não lacrado acompanhava a remessa, no qual ele apresentava seu jovem conterrâneo.

Madame Moreau pareceu surpresa com essa atitude. Frédéric disfarçou o prazer que ela lhe causava.

O verdadeiro nome de Monsieur Dambreuse era Conde d'Ambreuse; mas desde 1825, abandonando gradativamente seu título de nobreza e seu partido, ele voltara sua atenção para os negócios; e, com seus ouvidos abertos em cada escritório, sua mão em cada empresa, à espreita de cada oportunidade, tão sutil quanto um grego e tão laborioso como um nativo de Auvergne, ele acumulou uma fortuna que diziam ser considerável; além disso, ele era oficial da Legião de Honra, membro do conselho geral de Aube, deputado, par da França um dia desses; além disso, complacente, ele fatigava o ministro com seus pedidos contínuos de ajuda, de condecorações, de permissões para tabacarias; e, em seu mau humor contra o poder, ele se inclinava para a centro-esquerda.[7] Sua esposa, a bonita Madame Dambreuse, citada nas revistas de moda, presidia as reuniões de caridade. Bajulando as duquesas, ela acalmava os rancores do nobre subúrbio habitado pela burguesia de centro-direita e deixava a impressão de que Monsieur Dambreuse ainda poderia se arrepender e prestar serviços.

O jovem se sentia inquieto ao entrar na casa deles.

—Talvez eu devesse ter vindo de casaco. Será que me convidarão para o baile na próxima semana? O que eles vão me dizer?

Sua autoconfiança voltou quando ele refletiu que Monsieur Dambreuse não passava de um burguês e ele saltou resoluto do cabriolé[8] para a calçada da Rue d'Anjou.

---

[7] A partir de 1836, o partido conservador, o "partido da resistência ", como diziam em 1830, estava dividido em duas facções: a de centro-direita, liderada por Guizot, e a de centro-esquerda, sob a liderança de Thiers. Esses dois homens estavam separados não apenas por uma rivalidade de ambições ministeriais mas também por doutrinas opostas. "O trono", dizia Guizot, "não é uma poltrona vazia". Para Thiers, ao contrário, era preciso que "o rei reinasse e não que governasse". (1)

[8] O *Cabriolet* ou carro de duas rodas e dois lugares, incluindo o do cocheiro, fez sua aparição em Paris em 1800. Era, ao lado do fiacre, a única categoria de veículo de passageiros na época. A tarifa, fixada em 1 franco por corrida, foi posteriormente aumentada para 1 fr 25. (1)

Empurrando uma das folhas da porta dupla da entrada da propriedade, ele atravessou o pátio, subiu os degraus e entrou em um vestíbulo com piso de mármore colorido.

Uma escada dupla, reta, coberta por um tapete vermelho preso em cada degrau por hastes de cobre, apoiava-se contra as altas paredes de estuque brilhante. Nos primeiros degraus, havia uma bananeira cujas folhas largas caíam no veludo do corrimão. De dois candelabros de bronze pendiam globos de porcelana, suspensos por correntes; os orifícios de ventilação dos caloríferos escancarados exalavam um ar pesado; e só o que se ouvia era o tique-taque de um grande relógio, disposto na outra extremidade do vestíbulo sob uma armadura completa da Idade Média.

Um sino tocou; um empregado apareceu e conduziu Frédéric a uma pequena sala, onde existiam dois cofres com prateleiras repletas de caixas de papelão. No centro, Monsieur Dambreuse escrevia sobre uma escrivaninha com pequenas gavetas e tampa de correr.

Ele leu a carta de Père Roque, abriu com seu canivete a tela que envolvia os papéis e os examinou.

À distância, por conta de seu corpo pequeno, ele até podia parecer jovem. Mas seus cabelos brancos e ralos, seus membros fracos e especialmente a palidez extraordinária de seu rosto mostravam um físico desgastado. Uma energia implacável repousava em seus olhos, de um verde pálido, mais frios que olhos de vidro. Ele tinha maçãs do rosto salientes e mãos nodosas.

Por fim, levantando-se, ele fez ao jovem algumas perguntas sobre pessoas que eles conheciam, sobre Nogent, sobre seus estudos; então ele o dispensou, inclinando-se. Frédéric saiu por outro corredor e se viu ao pé do pátio, perto dos galpões.

Um cupê azul atrelado com um cavalo preto estava parado na frente da escada. A portinhola se abriu, uma senhora entrou e o carro, com um ruído surdo, começou a rolar na areia.

Frédéric, ao mesmo tempo que ela, chegou ao portão de entrada da propriedade, mas pelo outro lado. Como o espaço não era grande o suficiente, ele foi forçado a esperar. A jovem, debruçada na janelinha, falava com o porteiro em voz baixa. Ele só conseguia ver as costas dela, cobertas por uma pelerine violeta. No entanto, ele lançava um olhar para o interior da carruagem, forrada de tecido grosso azul, com passamanarias e franjas de seda. As vestes da dama preenchiam o interior da carruagem; escapava daquela caixinha acolchoada um perfume de íris e algo como um suave odor de femininas elegâncias. O cocheiro largou as rédeas, o cavalo roçou abruptamente na lateral do portão e tudo desapareceu.

Frédéric voltou a pé, seguindo pelos bulevares.

Ele lamentava não ter sido capaz de distinguir Madame Dambreuse.

Um pouco mais adiante, na Rue Montmartre, um aglomerado de carruagens o fez virar a cabeça; e, do outro lado, à sua frente, ele leu em uma placa de mármore:

JACQUES ARNOUX

Como ele não tinha pensado nela mais cedo? A culpa era de Deslauriers, e caminhou em direção à loja, sem, no entanto, entrar; ele esperou que Ela aparecesse.

Os altos espelhos transparentes, em disposição estratégica, ofereciam aos olhares estatuetas, desenhos, gravuras, catálogos, números de *L'Art Industriel*; e os preços da assinatura eram repetidos na porta, decorada no meio com as iniciais do editor. Nas paredes, viam-se grandes quadros com um verniz reluzente, depois, ao fundo, dois baús, repletos de porcelanas, bronzes, curiosidades sedutoras; uma pequena escada os separava, a qual era fechada no topo por uma porta acarpetada; e um lustre antigo de porcelana de Saxe, um tapete verde sobre o assoalho, com uma mesa em marchetaria, davam àquele interior mais a aparência de uma sala de estar do que de uma loja.

Frédéric fingia examinar os desenhos. Após infinitas hesitações, ele entrou.

Um empregado levantou o postigo e respondeu que o Senhor não estaria "na loja" antes das cinco horas. Mas, se ele quisesse deixar um recado...

— Não é preciso! Eu voltarei — Frédéric respondeu baixinho.

Os dias que se seguiram foram empregados na procura de um lugar para se instalar; e ele escolheu um quarto no segundo andar de uma pensão, na Rue Saint-Hyacinthe.[9]

Carregando sob o braço um bloco de notas novinho, encaminhou-se para o início das aulas. Trezentos jovens, com a cabeça descoberta, enchiam um anfiteatro onde um velhote com uma túnica vermelha falava com uma voz monótona; as penas rangiam sobre o papel. Ele reencontrava naquele recinto o cheiro empoeirado de salas de aula, um púlpito do mesmo formato, o mesmo tédio! Ao longo de quinze dias ele voltou lá. Mas ainda não tinham chegado ao artigo 3º e ele já havia largado o Código Civil e abandonado as institutas na *Summa Divisio Personarum*.

As alegrias que ele havia prometido a si mesmo não chegavam; e, depois de esgotar uma sala de leitura inteira, de ter percorrido as coleções do Louvre e de ter ido várias vezes a espetáculos, caiu em um ócio profundo.

Mil coisas novas aumentavam a sua tristeza. Ele tinha que cuidar de sua roupa suja e aturar o zelador, um homem rústico que parecia um enfermeiro e que vinha de manhã arrumar sua cama cheirando a álcool e resmungando. Seu quarto, adornado com um relógio de alabastro, não o agradava. As paredes entre os quartos eram finas; ele podia ouvir os alunos preparando bebidas, rindo, cantando.

Cansado dessa solidão, ele procurou um de seus antigos colegas, chamado Baptiste Martinon; ele o encontrou em uma pensão burguesa na Rue Saint-Jacques, estudando com afinco seu Código Civil, diante de um fogareiro de carvão.

Na frente dele, uma mulher com um vestido indiano serzia meias.

Martinon era o que se pode considerar um homem muito bonito: alto, bochechas arredondadas, fisionomia regular e olhos azulados proeminentes; seu pai, um grande agricultor, o pretendia para a magistratura, — e, já querendo parecer sério, usava a barba cortada em colar.

---

[9] Foi nessa rua (hoje Rue Paillet, entre a Rue Soufflot e a Rue Malebranche) que Flaubert, jovem estudante de direito, instalou-se pela primeira vez em Paris. (2)

Como os problemas de Frédéric não tinham causa racional e ele não podia se queixar de qualquer infortúnio, Martinon não entendeu nada de suas lamentações sobre a existência. Ele, por seu lado, ia à faculdade todas as manhãs, depois passeava pelo Jardin de Luxembourg, tomava sua meia xícara no café à noite, e, com mil e quinhentos francos por ano e o amor daquela operária, sentia-se perfeitamente feliz.

"Que felicidade!", Frédéric exclamou por dentro.

Ele tinha conhecido uma outra pessoa na faculdade, Monsieur de Cisy, filho de família numerosa e que parecia uma senhorita, tal a gentileza de seus modos.

Monsieur de Cisy cultivava o desenho, amava o gótico. Várias vezes eles foram juntos admirar a Sainte-Chapelle e a Notre-Dame. Mas a polidez do jovem patrício ocultava uma inteligência das mais modestas. Tudo o surpreendia; ele ria muito da mais simples piada e mostrava uma ingenuidade tão completa, que Frédéric primeiro achou que era um farsante e, por fim, o considerou um parvo.

Os desabafos, portanto, não eram possíveis com ninguém; e ele ainda estava à espera do convite dos Dambreuse.

No dia de Ano-Novo, ele enviou-lhes cartões, mas não recebeu nenhum.

Ele tinha voltado a *L'Art Industriel*.

Voltou lá ainda uma terceira vez, quando finalmente viu Arnoux, que discutia no meio de cinco ou seis pessoas e que mal respondeu à sua saudação; Frédéric ficou ressentido. Mas continuou tentando descobrir como chegar até Ela.

A princípio teve a ideia de aparecer por ali com frequência, para negociar quadros. Depois pensou em colocar na caixa de correio alguns artigos "muito fortes", o que o levaria a se relacionar com eles. Talvez fosse melhor ir direto ao ponto, declarar seu amor? Então, escreveu uma carta de doze páginas, cheia de movimentos líricos e apóstrofes; mas a rasgou e não fez nada, não tentou nada — imobilizado pelo medo do fracasso.

Acima da loja de Arnoux, no primeiro andar, havia três janelas que ficavam iluminadas todas as noites. Sombras circulavam ao fundo, especialmente uma; era a dela; — e ele se deslocava de muito longe para olhar aquelas janelas e contemplar essa sombra.

Uma negra, que ele viu um dia nas Tuileries segurando uma menina pela mão, o fez lembrar a negra de Madame Arnoux. Ela devia ir lá como as outras; toda vez que ele atravessava as Tuileries, seu coração batia forte, na esperança de encontrá-la. Em dias de sol, ele continuava sua caminhada até o final da Champs-Élysées.

Mulheres sentadas displicentemente em caleches, com véus que tremulavam ao vento, desfilavam ao seu lado, no passo firme de seus cavalos, com um ritmo impassível que fazia o couro envernizado estalar. As carruagens iam ficando mais numerosas e, a partir do Rond-Point, elas iam diminuindo a velocidade e ocupavam toda a avenida. Crinas ao lado de crinas, lanternas ao lado de lanternas; os estribos de aço, os bridões de prata, as fivelas de cobre lançavam aqui e ali pontos luminosos entre os culotes curtos, as luvas brancas e as roupas de peles que caíam sobre o brasão das portinholas. Ele se sentia como que perdido em um mundo distante. Seu olhar flutuava por sobre as cabeças femininas; e vagas semelhanças traziam Madame Arnoux à sua memória. Ele a imaginava no meio das outras, em um daqueles pequenos cupês, como o cupê de Madame Dambreuse. — Mas o sol se punha, e o vento frio levantava redemoinhos de poeira. Os cocheiros escondiam o queixo por dentro das gravatas, as rodas começavam a girar mais rápido, o macadame rangia; e todas as carruagens desciam em grande trote a longa avenida, esbarrando umas nas outras, ultrapassando-se, afastando-se, para depois se dispersar na Place de la Concorde. Atrás das Tuileries, o céu exibia a cor das ardósias. As árvores desse jardim formavam duas massas enormes, violáceas no topo. Os bicos de gás eram acesos; e o Sena, esverdeado em toda a sua extensão, rasgava-se em cintilações prateadas ondulantes contra os pilares das pontes.

Ele ia jantar, por quarenta e três soldos, em um restaurante da Rue de la Harpe.

Olhava com desdém para o velho balcão de mogno, os guardanapos manchados, a prataria imunda e os chapéus pendurados na parede. Aqueles ao seu redor eram alunos como ele. Eles conversavam sobre seus professores, suas amantes. Pouco lhe interessava saber dos professores! Saber se algum tinha uma amante! Para evitar aquelas alegrias, ele chegava o mais tarde que podia. Restos de comida cobriam todas as mesas. Os dois garçons cansados dormiam nos cantos e um cheiro de comida, de lamparinas e de tabaco enchia a sala deserta.

Depois ele caminhava lentamente pelas ruas. Os lampiões balançavam, fazendo tremer na lama longos reflexos amarelados. Sombras deslizavam à beira das calçadas, com guarda-chuvas. O chão estava escorregadio, a névoa descia e lhe parecia que a escuridão úmida, envolvendo-o, penetrava continuamente em seu coração.

Um remorso apoderou-se dele. Voltou às aulas. Mas, como não sabia nada sobre as matérias abordadas, coisas muito simples o embaraçavam.

Começou a escrever um romance intitulado: *Sylvio, le fils du pêcheur*. A coisa se passava em Veneza. O herói era ele mesmo; a heroína, Madame Arnoux. Seu nome era Antonia; — e, para tê-la, ele assassinava vários cavalheiros, queimava parte da cidade e cantava sob seu balcão, onde as cortinas de damasco vermelho do Boulevard Montmartre tremulavam com a brisa. As numerosas reminiscências das quais se deu conta o desencorajaram; ele não foi adiante, e sua ociosidade redobrou.

Então ele implorou a Deslauriers que viesse compartilhar seu quarto. Eles se arranjariam para viver com sua pensão de dois mil francos; qualquer coisa era melhor do que aquela existência intolerável. Deslauriers ainda não podia deixar Troyes. Ele o incentivava a se divertir, a frequentar Sénécal.

Sénécal era professor particular de matemática, um homem obstinado com convicções republicanas, um futuro Saint-Just, dizia o escrevente. Frédéric tinha subido três vezes os cinco andares onde ele morava, sem receber dele nenhuma visita. Não voltou mais lá.

Quis se divertir. Foi aos bailes da Ópera. Essas diversões tumultuadas o congelavam desde a entrada. Aliás, ele era contido pelo medo de uma afronta pecuniária, imaginando que jantar em trajes dominó, com capa longa e chapéu tricorne, acarretava despesas consideráveis; era uma grande aventura.

Parecia-lhe, porém, que ele deveria ser amado. Às vezes, acordava com o coração cheio de esperança, vestia-se com esmero, como se fosse a um encontro, e fazia incessantes caminhadas por Paris. Para cada mulher que passava na frente dele, ou que vinha ao seu encontro, ele dizia a si mesmo: "É ela!" Era sempre uma nova decepção. A lembrança de Madame Arnoux fortalecia esses desejos. Talvez a encontrasse em seu caminho; e ele imaginava, para abordá-la, complicações do acaso, perigos extraordinários dos quais a salvaria.

Assim os dias foram passando, repetindo os mesmos problemas e os hábitos que havia adquirido. Ele folheava brochuras sob as arcadas do Odéon, ia ler a *Revue des Deux Mondes*[10] no café, entrava numa sala do Collège de France, ouvia durante uma hora uma aula de economia chinesa ou política. Todas as semanas ele escrevia longamente a Deslauriers, jantava de vez em quando com Martinon, às vezes via Monsieur de Cisy.

Alugou um piano e compôs valsas alemãs.

Uma noite, no Théâtre du Palais-Royal, viu Arnoux perto de uma mulher em um camarote do proscênio. Seria ela? A cortina de tafetá verde, estendida diante do camarote, escondia seu rosto. Finalmente o pano subiu; a cortina do camarote se abriu. Era uma pessoa alta, com cerca de trinta anos, pálida e cujos lábios grossos exibiam, ao rir, dentes esplêndidos. Ela conversava familiarmente com Arnoux e lhe dava tapas em seus dedos com o leque. Depois, uma jovem loira, com as pálpebras um pouco vermelhas, como se tivesse acabado de chorar, sentou-se entre eles. Arnoux então permaneceu meio apoiado em seu ombro, fazendo seus discursos, que ela ouvia sem responder. Frédéric se esforçava para descobrir a condição dessas mulheres, vestidas modestamente com vestidos escuros e golas rebatidas.

---

[10] A *Revue des Deux Mondes* foi fundada em 1829, por Ségur, Dupeyron e Mauroy, mas sua existência data, na realidade, somente a partir de 1830, com a direção de Buloz. Sob a Monarquia de Julho (1830 a 1848), seus principais colaboradores foram Sainte-Beuve, Victor Hugo, Alfred de Vigny, Alfred de Musset, George Sand, Balzac, Alexandre Dumas.

No final do espetáculo, precipitou-se para os corredores. A multidão os enchia. Arnoux, à sua frente, descia as escadas, degrau por degrau, dando o braço às duas mulheres.

De repente, um bico de gás o iluminou. Ele trazia um crepe de luto no chapéu. Estaria ela morta? Essa ideia atormentou Frédéric tão fortemente que ele correu no dia seguinte para *L'Art Industriel*, e, pagando rapidamente por uma das gravuras expostas na frente do relógio, perguntou ao rapaz que o atendia como estava Monsieur Arnoux.

O rapaz respondeu:

— Muito bem!

Frédéric acrescentou, empalidecendo:

— E Madame?

— Madame também!

Frédéric se esqueceu de levar a sua gravura.

O inverno acabou. Ele ficou menos triste na primavera, começou a se preparar para o exame e, tendo sido aprovado de forma medíocre, partiu para Nogent.

Não foi a Troyes ver o amigo, para evitar as observações de sua mãe. Depois, no início do ano letivo, deixou seu alojamento e alugou dois quartos no Quai Napoléon, os quais mobiliou. A esperança de um convite dos Dambreuse o abandonara; sua grande paixão por Madame Arnoux estava começando a se apagar.

Capítulo IV

Certa manhã de dezembro, a caminho da aula de Direito Processual, ele notou que havia mais movimento do que o de costume na rue Saint-Jacques. Os estudantes saíam apressados dos cafés ou chamavam uns aos outros pelas janelas abertas; os funcionários das lojas, no meio da calçada, olhavam com um ar preocupado; as venezianas se fechavam; e, quando ele chegou à Rue Soufflot, viu uma grande aglomeração em torno do Panthéon.

Jovens, em grupos desiguais de cinco a doze, caminhavam de braços dados e abordavam os grupos maiores parados aqui e ali;

no final da praça, junto às grades, homens com roupas de trabalho discursavam, enquanto, de tricorne sobre as orelhas e mãos atrás das costas, sargentos da cidade perambulavam ao longo das muralhas, fazendo soar o calçamento sob suas pesadas botas. Todos tinham um ar misterioso, perplexo; certamente algo era esperado; cada um retinha uma pergunta na ponta da língua.

Frédéric encontrava-se ao lado de um jovem louro, de rosto afável, de bigode e cavanhaque, como um homem refinado da época de Louis XIII. Ele lhe perguntou qual era a causa da desordem.

— Eu não sei de nada — disse o outro —, nem eles sabem! É a moda entre eles agora! Que bela diversão!

Ele explodiu numa gargalhada.

As petições para a Reforma,[11] que eram assinadas na guarda nacional, aliadas ao censo de Humann[12] — sobre a reforma pelo direito do voto — e ainda por outros eventos, vinham provocando em Paris, havia cerca de seis meses, aglomerações inexplicáveis;[13] e elas já aconteciam com tanta frequência que os jornais nem falavam mais delas.

— Falta-lhes forma e cor — continuou o vizinho de Frédéric e, simulando em sua fala um linguajar, acrescentou: — Quero creer,

---

[11] A partir de 1841, a reforma eleitoral tornou-se a plataforma da oposição, que clamava pela redução do imposto eleitoral para 100 francos ou ao menos pelo direito de votar por certas *capacidades*, bacharéis, oficiais da Guarda Nacional etc. A campanha dos "banquetes reformistas" havia começado no dia 2 de junho de 1840 no 10º arrondissement. Outros banquetes aconteciam no mesmo ano em Paris, Limoges, Tours, Auxerre, Toulouse, Lille, Metz, Rouen, Marselha. (1)

[12] Humann era Ministro das Finanças no gabinete Guizot. O recenseamento, ordenado pela lei de 14 de julho de 1838, tinha por objetivo aumentar os impostos. Os fiscais encarregados dessa operação não foram acompanhados por comissários, cuja presença era exigida pela lei de 1832. Daí os protestos de vários conselhos municipais. Perturbações, às vezes sangrentas, aconteceram por causa disso no corrente ano de 1841 em Toulouse, Estrasburgo, Bordeaux, Lille, Montpellier, Clermont-Ferrand, Lyon e Paris. (1)

[13] Desde 1840 circulavam por toda a França petições reclamando uma reforma do sistema eleitoral. As fórmulas que se propunham variavam do extremismo à moderação, mas iam todas no sentido de uma democratização do direito de voto. A essa agitação se sobrepunha aquela provocada pelas investigações prescritas pelo ministro das finanças Humann sobre contribuição; essas medidas, aliás previstas por uma lei de 1838, mas aplicadas de forma desastrada e interpretadas como anúncio de um agravamento da carga fiscal, provocaram sérios problemas, às vezes sangrentos, em Lille, Clermont-Ferrand, Bordeaux, Toulouse. (2)

senior, que degeneramos! Nos bos tempos de Loys onze, assy que de Benjamin Constant, havia mais desavenças entre os alumnos. Creo que son tam pacíficos como ovelhas, tam estultos como um chuchu e bos para serem merceeiros, bo Deus! E é isso que chamam de Juventude Estudante!

Ele abriu amplamente os braços, imitando Frédéric Lemaître no papel de *Robert Macaire*, o personagem vigarista que se fazia passar por banqueiro.

— Juventude estudantil, eu te abençoo!

Em seguida, interpelando acintosamente um catador de trapos que revirava restos de conchas de ostras junto à parede de um comerciante de vinhos:

— Você faz parte da Juventude estudantil?

O velho ergueu um rosto horrível no qual se distinguiam, em meio a uma barba grisalha, um nariz vermelho e dois olhos estúpidos de bêbado.

— Não! Você me parece mais *um daqueles homens de rosto sinistro que vemos em vários grupos semeando ouro a mancheias*... Ah! Semeia, meu patriarca, semeia! Corrompe-me com os tesouros de Albion! *Are you English*? Não rejeito os presentes de Artaxerxes![14] Vamos conversar um pouco sobre a união aduaneira.[15] [16]

Frédéric sentiu alguém tocá-lo no ombro; ele se virou. Era Martinon, incrivelmente pálido.

— Pois é! Mais um tumulto — ele disse, soltando um profundo suspiro.

---

[14] O rei da Pérsia, Artaxerxes, ofereceu recompensas ao médico grego Hipócrates para que ele socorresse os soldados persas durante uma epidemia, mas o médico os recusou, alegando que, por sua honra, não poderia fazê-lo, pois isso significaria socorrer os inimigos de sua pátria!

[15] Sugerindo que o indivíduo era inglês, como provocação, ele faz alusão à união aduaneira da França com outros países (Espanha, Suíça e Bélgica) para competir com a Inglaterra.

[16] O movimento de ideias e de interesses que se desenvolvia em torno do livre-comércio não era apenas de ordem econômica: os ingleses, partidários do livre-comércio, favorável a eles, eram acusados de subornar, em Paris, aqueles que pudessem servi-los. A anglofobia era veemente nessa época. (2)

Ele tinha medo de ser envolvido na confusão, lamentava-se. Homens com aquelas roupas de trabalho, especialmente, preocupavam-no, pois pareciam pertencer a sociedades secretas.[17]

— Você acha que existem sociedades secretas? — perguntou o jovem de bigode. É uma velha piada do governo, para assustar a burguesia![18]

Martinon pediu que ele falasse em voz baixa, temendo a polícia.

— Você ainda acredita na polícia? Aliás, como o senhor sabe que eu não sou um delator?

E olhou para ele de tal maneira que Martinon, muito nervoso, a princípio não entendeu a piada. A multidão os empurrava, e os três foram forçados a subir na pequena escada que conduzia, através de um corredor, ao novo anfiteatro.

Logo a multidão se dispersou naturalmente; várias cabeças se descobriram; cumprimentavam o ilustre professor Samuel Rondelot, que, envolto em sua pesada sobrecasaca, erguendo no ar seus óculos de prata e ofegante devido à asma, avançava a passos tranquilos para dar sua aula. Esse homem era uma das glórias judiciais do século XIX, o rival dos Zachariæ, dos Ruhdorff. Sua nova dignidade como par da França não tinha modificado em nada suas atitudes. Sabia-se que ele era pobre, e era cercado de grande respeito.

Enquanto isso, no fundo da praça alguns gritaram:

— Abaixo Guizot!

---

[17] As principais sociedades secretas sob Louis-Philippe foram: os *Amigos do Povo*, a Sociedade dos *Direitos do Homem*, a *Sociedade das Famílias*, a *Sociedade das Estações*. A *Sociedade dos Amigos do Povo* foi fundada em setembro de 1830. Seus principais membros eram Godefroy Cavaignac, Audry de Puyraveau, Marrast, Raspail, Trélat, Flocon, Blanqui, Delescluze, Lamarque, Cabet. A *Sociedade dos Direitos do Homem* foi fundada no final de 1832. O comitê executivo incluía entre seus membros Audry de Puyraveau, Voyer d'Argenson, de Kersausie, Godefroy Cavaignac, Trélat, Guinard. As seções eram patrocinadas por Robespierre, Marat, Babeuf, Louvel etc. O título de sociedade secreta, aplicado a essas sociedades, não é totalmente justo. Seria mais correto chamá-las de sociedades mais ou menos secretas. Elas não tiveram o caráter misterioso do *Carbonarismo* sob a Restauração. Para a Sociedade das *Famílias*, que depois se tornou a Sociedade das *Estações*, ver a nota dedicada a essa sociedade. (1)

[18] As sociedades secretas, de tendências republicanas e às vezes socialistas, multiplicavam-se. Elas iriam desempenhar um papel importante na Revolução de 1848. Os meios burgueses temiam, por vezes não sem razão, as tendências terroristas de algumas delas. (2)

— Abaixo Pritchard![19]

— Abaixo os vendidos![20]

— Abaixo Louis-Philippe!

A multidão se movimentou, e as pessoas comprimidas contra a porta do pátio, que estava fechada, impediam o professor de avançar. Ele parou na frente da escada. Logo foi visto no último dos três degraus. Ele começou a falar; um vozerio encobriu sua voz. Embora até pouco tempo atrás gostassem dele, no momento ele era odiado, porque representava a Autoridade. Cada vez que ele tentava fazer-se ouvir, os gritos recomeçavam. Ele fez um grande gesto para exortar os estudantes a segui-lo. Uma vociferação universal veio em resposta. Ele deu de ombros com desdém e mergulhou no corredor. Martinon aproveitou a situação para desaparecer.

— Que covarde! — declarou Frédéric.

— Ele é prudente! — retorquiu o outro.

---

[19] Flaubert comete um erro ao falar sobre o caso Pritchard em 1841; na verdade ele ocorreu em 1844. Lembremos resumidamente desse famoso caso, que teve uma imensa repercussão. O contra-almirante Dupetit-Thouars tinha ocupado, na Oceania, as Ilhas Marquesas, e a rainha do Taiti, Pomaré, tinha se colocado sob o protetorado da França. Um inglês chamado Pritchard, ao mesmo tempo cônsul, comerciante e missionário protestante, incitou a rainha Pomaré contra os franceses e inflamou os nativos, que massacraram vários dos marinheiros franceses. O almirante prendeu Pritchard. Os ingleses imediatamente exigiram uma reparação; a opinião francesa se pronunciou fortemente contra essa solução. Na Inglaterra, sociedades bíblicas levavam o fanatismo protestante a uma galofobia enraivecida. Na França, todos os antigos ódios contra a Inglaterra foram despertados com extraordinária intensidade; nos teatros, exigia-se a famosa melodia: *Jamais na França, o Inglês jamais reinará*. O governo de Guizot recusou-se a dar as satisfações exigidas pela Inglaterra, mas concedeu uma indenização a Pritchard. Quando esse assunto foi levado à galeria da Câmara, o governo obteve apenas uma maioria de oito votos. As atitudes de Louis-Philippe e de Guizot ofenderam fortemente a opinião pública e, até 1848, isso foi frequentemente lembrado nos ataques da oposição de Pritchard e dos *pritchardistas*. (1)

[20] Monsieur Guizot, que havia sido embaixador em Londres e que estava trabalhando para reduzir as diferenças da França com a Inglaterra, era suspeito na esquerda. O caso Pritchard, que durou de 1836 a 1845, quase levou à guerra. Pritchard, britânico, missionário e então comerciante cônsul, tendo-se estabelecido no Taiti, pretendia estabelecer ao mesmo tempo o protestantismo e o protetorado de seu país, com o apoio que desejava obter da rainha Pomaré. Ele enfrentou os missionários católicos franceses, o almirante Dupetit-Thouars etc. Depois de vários períodos de extrema tensão, em que o burlesco às vezes se misturava com o trágico, o caso foi resolvido em benefício da França, com arrependimentos oficiais e uma indenização em favor de Pritchard — um acordo que foi violentamente reprovado em Guizot. Os comentaristas censuram Flaubert por ter antecipado eventos aqui; mas, embora o caso Pritchard não tenha terminado antes de 1844 e 1845, ele já ocupava a opinião pública havia muitos anos. (2)

A multidão explodiu em aplausos. A retirada daquele professor tinha sido uma vitória para eles. Em todas as janelas, pessoas curiosas observavam. Alguns cantavam a *Marseillaise*; outros sugeriam ir até Béranger.[21]

— A Laffite![22]

— A Chateaubriand![23] [24]

— A Voltaire! — gritou o jovem de bigode loiro.

Os policiais tentavam dispersar, dizendo o mais baixinho que podiam:

— Vão, senhores, vão, retirem-se!

Alguém gritou:

— Abaixo os arruaceiros!

Era um insulto comum desde os distúrbios de setembro.[25] Todos repetiram. Eles vaiavam, assobiavam contra os guardiões da ordem pública; os policiais começavam a empalidecer; um deles não resistiu e, ao ver um rapazinho que se aproximava demais, rindo da sua cara, empurrou-o com tanta força que o lançou a cinco passos de distância, em frente à loja de vinhos. Todos se afastaram; mas quase de imediato o próprio policial rolou no chão, derrubado por uma espécie de Hércules, cuja cabeleira, parecendo um pacote de estopa, transbordava por debaixo de um boné de lona encerada.

Parado há alguns minutos na esquina da Rue Saint-Jacques, ele havia largado rapidamente no chão uma grande caixa de papelão que carregava para saltar na direção do policial que segurava sob

---

[21] Béranger (1780-1857) era republicano. Em 1830 ele se mostrou favorável ao advento de Louis-Philippe, mas não considerava a Monarquia de Julho como um compromisso. "Faço como os Savoyards — ele dissera; — quando chove, eu jogo uma tábua sobre o riacho." Durante todo o reinado de Louis-Philippe, ele evitou favores oficiais e até recusou a Legião de Honra que o rei lhe havia oferecido. (1)

[22] Laffitte (1767-1844) ocupou as fileiras da oposição desde sua saída do Ministério (13 de março de 1831) até sua morte. (1)

[23] Chateaubriand simpatizava com o partido republicano sob a Monarquia de Julho (como ele tinha sido com o partido liberal sob a Restauração). Manifestando uma fidelidade de grande aparato à Legitimidade, profetizava com complacência o advento da Democracia. (1)

[24] A *Marseillaise* era então um canto subversivo. Béranger, Laffitte, Chateaubriand eram vistos como os apoiadores da oposição democrática. (2)

[25] Alusão aos distúrbios provocados pelo recenseamento de Humann que aconteceram em setembro de 1841 em várias cidades da França. (1)

ele, espancando seu rosto com grandes socos. Os outros policiais acorreram. O terrível rapaz era tão forte que foram necessários pelo menos quatro para dominá-lo. Dois o sacudiram pelo colarinho, outros dois o puxaram pelos braços, um quinto deu-lhe joelhadas nas costas, e todos o chamaram de bandido, assassino, desordeiro. Com o peito nu e roupas esfarrapadas, ele protestou sua inocência; ele não pudera, a sangue-frio, ver uma criança sendo agredida.

— Meu nome é Dussardier! Trabalho na loja dos irmãos Valinçart, rendas e novidades, Rue de Cléry. Onde está minha caixa de papelão? Eu quero minha caixa! — Repetia: — Dussardier... Rue de Cléry. Minha caixa!

Ele se acalmou, porém, e, com ar estoico, deixou-se conduzir ao posto da Rue Descartes. Um mar de gente o seguiu. Frédéric e o jovem de bigode caminharam logo atrás, cheios de admiração pelo empregado e revoltados com a violência do Poder.

À medida que avançavam, a multidão ia diminuindo.

De vez em quando, os policiais se voltavam para o grupo com ar feroz; e os desordeiros, não tendo mais o que fazer, os curiosos, nada mais para ver, todos acabaram pouco a pouco indo embora. Os transeuntes por quem passavam olhavam para Dussardier e faziam comentários ultrajantes em voz alta. Uma velha à sua porta até exclamou que ele havia roubado um pão; essa injustiça aumentou a irritação dos dois amigos. Finalmente, chegaram em frente ao corpo da guarda. Restavam apenas umas vinte pessoas. A presença dos soldados foi suficiente para dispersá-las.

Frédéric e seu companheiro exigiram ousadamente ver aquele que acabara de ser preso. A sentinela ameaçou prendê-los também, caso insistissem. Eles pediram a presença do chefe do posto e proferiram seus nomes, indicando sua condição de estudantes de direito e alegando que o prisioneiro era colega deles.

Eles foram conduzidos a uma sala totalmente vazia na qual havia quatro bancos estendidos contra as paredes de gesso, enfumaçadas. Ao fundo, um postigo se abriu. Então apareceu o rosto robusto de Dussardier, que, com a cabeleira desgrenhada, olhinhos francos e o seu nariz de ponta quadrada, lembrava vagamente a fisionomia de um bom cão.

— Você não nos reconhece? — disse Hussonnet. Era esse o nome do jovem de bigode.

— Mas... — gaguejou Dussardier.

— Ora, não se faça de bobo — disse o outro. — Sabemos que você é, como nós, um estudante de Direito.

Apesar de suas piscadelas, Dussardier não entendia nada. Ele pareceu refletir, então de repente:

— Encontraram minha caixa de papelão?

Frédéric ergueu os olhos, desanimado. Hussonnet respondeu.

— Ah! sua caixa, onde você coloca suas anotações das aulas? Sim, sim! Fique tranquilo! — Eles redobraram sua pantomima. Dussardier finalmente entendeu que eles tinham vindo para ajudá-lo; e ele se calou, temendo comprometê-los. Na verdade, ele sentia um certo constrangimento ao ver-se elevado à categoria social de estudante, como a daqueles jovens que tinham mãos tão brancas.

— Você quer mandar algum recado para alguém? — perguntou Frédéric.

— Não, obrigado, para ninguém!

— Mas, e a sua família?

Ele abaixou a cabeça sem responder; o pobre rapaz era um bastardo. Os dois amigos ficaram surpresos com o silêncio dele.

— Você tem algo para fumar? — Frédéric continuou.

Apalpou-se e tirou do fundo do bolso os fragmentos de um cachimbo — um belo cachimbo com haste preta de madeira, tampa de prata, bocal de âmbar, feito de um mineral muito leve, conhecido como espuma do mar.

Fazia três anos que ele se empenhava em torná-lo uma obra-prima. Tinha o cuidado de mantê-lo sempre guardado em um estojo de camurça, de fumá-lo o mais lentamente possível, sem nunca o colocar sobre mármore, e de pendurá-lo todas as noites à cabeceira da cama. Agora, sacudia os pedaços na sua mão, cujas unhas estavam sangrando; e, queixo no peito, olhos fixos, boquiaberto, ele contemplava essas ruínas de sua alegria com uma expressão de tristeza inefável.

— E se a gente lhe desse charutos, hein? — disse Hussonnet em voz baixa, fazendo o gesto para pegá-los.

Frédéric já havia colocado na beira do postigo um porta-charutos cheio.

— Tome! Adeus, boa sorte!

Dussardier se jogou na direção das duas mãos que avançavam. Ele as apertou freneticamente, a voz entrecortada por soluços.

— Como?... Para mim!... Para mim!...

Os dois amigos se esquivaram de seu reconhecimento, saíram e foram almoçar juntos no Café Tabourey, em frente ao Jardin de Luxembourg.

Enquanto cortava o bife, Hussonnet disse a seu companheiro que trabalhava em jornais de moda e fazia anúncios para *L'Art Industriel*.

— Na loja de Jacques Arnoux? — indagou Frédéric.

— Você o conhece?

— Sim! Não!... Quer dizer, eu já o vi, já nos encontramos.

Ele perguntou casualmente a Hussonnet se ele já tinha visto sua esposa.

— De vez em quando — respondeu o boêmio.

Frédéric não ousou continuar com suas perguntas; aquele homem acabara de ocupar um lugar desmedido em sua vida; ele pagou a conta do almoço sem que o outro protestasse.

A simpatia era mútua: trocaram endereços e Hussonnet cordialmente convidou-o a acompanhá-lo até a Rue de Fleurus.

Eles estavam no meio do Jardim quando o empregado de Arnoux, prendendo a respiração, retorceu o rosto em uma careta abominável e começou a imitar um galo. Então todos os galos da vizinhança responderam com prolongados cocoricós.

— É um sinal — disse Hussonnet.

Pararam perto do Théâtre Bobino, em frente a uma casa na qual se entrava passando por um corredor. Na claraboia de uma mansarda, entre capuchinhas e ervilhas-de-cheiro, apareceu uma jovem de cabeça descoberta, de espartilho, apoiando os dois braços na beira do parapeito.

— Bom dia, meu anjo, bom dia, meu benzinho — disse Hussonnet, mandando beijos para ela.

Ele abriu o portão com um chute e desapareceu.

Frédéric esperou por ele a semana toda. Não ousava ir à sua casa, para não parecer impaciente pelo almoço que esperava em retribuição; mas ele o procurou por todo o Quartier Latin. Uma noite ele o encontrou e o levou para seu quarto, no Quai Napoléon.

A conversa foi longa; eles desabafaram. Hussonnet aspirava à glória e aos lucros do teatro. Ele colaborava em vaudevilles que não davam certo, "tinha muitos planos", compunha umas coplas, cantou algumas. Então, ao notar um volume de Hugo e outro de Lamartine na estante, irrompeu em sarcasmo sobre a escola romântica. Esses poetas não tinham bom senso nem correção e, acima de tudo, não eram franceses! Ele se gabava de conhecer sua língua e dissecava as frases mais belas com aquela severidade ranzinza, aquele gosto acadêmico que distingue as pessoas de humor zombeteiro quando abordam a arte séria.

Frédéric se sentiu afrontado em suas predileções; tinha vontade de acabar com a amizade. Por que não arriscar logo a palavra da qual dependia sua felicidade? Ele perguntou ao rapaz de letras se ele podia levá-lo à casa dos Arnoux.

Era uma coisa simples e eles combinaram para o dia seguinte.

Hussonnet faltou ao encontro; faltou em outros três. Um sábado, por volta das quatro horas, ele apareceu. Mas, aproveitando o carro, parou primeiro no Théâtre-Français para comprar um bilhete de camarote; parou em um alfaiate, em uma costureira; escrevia recados deixando-os com os porteiros. Finalmente eles chegaram ao Boulevard Montmartre. Frédéric atravessou a loja, subiu a escada. Arnoux o reconheceu no espelho colocado na frente de sua mesa; e, sem parar de escrever, estendeu-lhe a mão por sobre o ombro.

Cinco ou seis pessoas, de pé, enchiam a peça estreita, iluminada por uma única janela que dava para o pátio; ao fundo, um sofá de lã marrom adamascado ocupava o interior de uma alcova, entre dois reposteiros de tecido semelhante. Sobre a lareira coberta de papelada havia uma Vênus de bronze; dois candelabros, enfeitados com velas rosa, a ladeavam paralelamente. À direita, perto de um arquivo, um homem numa poltrona lia o jornal, de chapéu na cabeça; as paredes desapareciam sob gravuras e pinturas, gravuras preciosas ou esboços de mestres contemporâneos, decoradas com dedicatórias, que testemunhavam o mais sincero carinho por Jacques Arnoux.

— As coisas continuam bem? — ele disse, voltando-se para Frédéric.

E, sem esperar pela resposta, perguntou a Hussonnet em voz baixa.

— Como se chama o seu amigo?

Depois, em voz alta:

— Então, pegue um charuto, ali em cima do arquivo, na caixa.

L'Art Industriel, situado na parte central de Paris, era um ponto de encontro conveniente, um terreno neutro, onde rivalidades se cruzavam familiarmente. Nesse dia se via ali Anténor Braive, o pintor de retratos de reis; Jules Burrieu, que começava a popularizar as guerras da Argélia com seus desenhos; o cartunista Sombaz, o escultor Vourdat, e ainda outros, e nenhum endossava os preconceitos do estudante. Suas maneiras eram simples, suas falas, livres. O místico Lovarias contou uma história obscena; e o inventor da paisagem oriental, o famoso Dittmer, usava uma camisa de tricô sob o colete e pegou uma diligência para ir embora.

Falou-se primeiro de uma certa Apollonie, uma ex-modelo, que Burrieu afirmava ter reconhecido no bulevar, em uma luxuosa caleche. Hussonnet explicou essa metamorfose pela sucessão de homens que a mantinham.

— Como esse sujeito conhece as moças de Paris! — disse Arnoux.

— Depois do senhor, se sobrar alguma — respondeu o boêmio, com uma saudação militar, imitando o granadeiro que oferecia seu cantil a Napoleão.

Em seguida, comentaram sobre algumas telas, para cujas figuras femininas a cabeça de Apollonie tinha servido de modelo. Os confrades ausentes foram criticados. Surpreendiam-se com o preço das obras deles; e todos reclamavam de não ganhar o suficiente, quando entrou um homem de estatura mediana, o casaco fechado por um único botão, olhos afiados, com um ar um pouco maluco.

— Que bando de burgueses vocês são! — ele disse. — Isso não tem nada a ver, misericórdia! Os velhos que confeccionavam obras-primas não se preocupavam com os milhões. Corrège, Murillo...

— Some a eles Pellerin — disse Sombaz.

Mas, sem notar o epigrama, ele continuou falando com tanta veemência, que Arnoux foi forçado a repetir duas vezes para ele:

— Minha esposa precisa do senhor, quinta-feira. Não se esqueça!

Essas palavras remeteram o pensamento de Frédéric à Madame Arnoux. Será que se chegava até ela pelo gabinete perto do divã? Arnoux, para pegar um lenço, acabara de abrir a porta que levava a ele; Frédéric distinguiu uma pia ao fundo. Mas algo como um resmungo foi ouvido no canto da lareira; era o personagem que lia seu jornal na poltrona. Ele tinha um metro e setenta e cinco, as pálpebras um pouco caídas, o cabelo grisalho, o ar majestoso — e se chamava Regimbart.

— O que é que há, cidadão? — disse Arnoux.

— Mais uma canalhice do governo!

Tratava-se da destituição de um mestre-escola; Pellerin retomou seu paralelo entre Michelangelo e Shakespeare. Dittmer estava indo embora. Arnoux o alcançou para colocar duas notas bancárias em sua mão. Então, Hussonnet, acreditando ser o momento favorável:

— O senhor não poderia me dar um adiantamento, meu caro patrão?

Mas Arnoux já tinha se sentado novamente e administrava uma severa reprimenda a um velho de aparência sórdida, de óculos azuis.

— Ah! Que belo sujeito você é, seu Isaac! Olhe só! Três obras depreciadas, perdidas! Todo mundo está rindo de mim! Agora elas são conhecidas! O que você quer que eu faça a respeito? Vou ter que mandá-las para a Califórnia!... Que inferno! Feche essa boca!

A especialidade desse fulano consistia em colocar na base dessas pinturas assinaturas de antigos mestres. Arnoux recusava-se a pagá-lo; ele o dispensou rudemente. Em seguida, mudando de comportamento, cumprimentou um senhor condecorado, austero, de costeletas e gravata branca.

Com o cotovelo na cremona da janela, ele falou com ele por um longo tempo, com um ar afável. Finalmente ele explodiu:

— Ei! Não me envergonho de ter corretores, senhor conde!

Tendo o cavalheiro se resignado, Arnoux pagou-lhe vinte e cinco luíses e, assim que saiu, comentou:

— Como são desagradáveis, esses grandes senhores!

— São todos uns miseráveis! — murmurou Regimbart.

À medida que o tempo passava, as ocupações de Arnoux redobravam; ele classificava artigos, abria cartas, organizava contas; ao ouvir o som do martelo na loja, saía para supervisionar as embalagens, depois retomava suas tarefas; e, enquanto fazia correr sua pena de ferro sobre o papel, ele respondia às piadas. Ele jantaria à noite com seu advogado e partiria para a Bélgica no dia seguinte.

Os outros conversavam sobre coisas do dia: o retrato de Cherubini,[26] o hemiciclo das Belas-Artes, a próxima Exposição. Pellerin vociferava contra o Instituto. A fofoca, as discussões se entrelaçavam. O apartamento, com o seu teto baixo, estava tão cheio que era impossível mover-se ali; e a luz das velas cor-de-rosa passava pela fumaça dos charutos como raios de sol na névoa.

A porta próxima ao divã se abriu e uma mulher alta e esbelta entrou — seus gestos abruptos faziam tilintar sobre seu vestido de tafetá preto todos os berloques de seu relógio.

Era a mulher que tinha sido vista no verão passado no Palais-Royal. Alguns, chamando-a pelo nome, trocaram com ela apertos de mão. Hussonnet finalmente tinha conseguido arrancar uns cinquenta francos; o relógio bateu sete horas; todos se retiraram.

Arnoux pediu a Pellerin que ficasse e conduzisse Mademoiselle Vatnaz ao gabinete.

Frédéric não ouvia o que eles falavam; eles estavam cochichando. No entanto, a voz da mulher se elevou:

— Há seis meses que o negócio está feito e eu ainda estou esperando!

Houve um longo silêncio, Mademoiselle Vatnaz reapareceu. Havia ainda outra coisa que Arnoux havia lhe prometido.

— Está bem! Está bem! Veremos isso depois!

— Adeus, homem feliz! — ela disse, indo embora.

---

[26] O retrato de Cherubini pintado por Ingres, a decoração de Delaroche para o Museu de Belas-Artes eram muito discutidos, um como antiquado, outro como avançado demais. (2)

Arnoux retornou rapidamente ao gabinete, esfregou algum cosmético no bigode, levantou os suspensórios para ajustar as presilhas; e, ao lavar as mãos:

— Eu vou precisar de dois painéis decorativos para a porta, a duzentos e cinquenta a peça, tipo Boucher, combinado?

— Que seja — disse o artista, enrubescendo.

— Bom! E não se esqueça da minha esposa!

Frédéric acompanhou Pellerin até o alto do Faubourg Poissonnière e pediu sua permissão para ir vê-lo de vez em quando, um favor que lhe foi graciosamente concedido.

Pellerin lia todas as obras de estética para descobrir a verdadeira teoria do Belo, convencido de que, quando a encontrasse, produziria obras-primas. Ele se cercava de todas as ajudas imagináveis, desenhos, gessos, modelos, gravuras; e procurava, e se consumia; culpava o tempo, os nervos, o ateliê, saía à rua em busca de inspiração, estremecia por tê-la agarrado, depois abandonava sua obra e sonhava com outra que devia ser mais bonita. Assim, atormentado por desejos de glória e perdendo seus dias em discussões, acreditando em mil absurdos, nos sistemas, nas críticas, na importância de um regulamento ou de uma reforma em matéria de arte, aos cinquenta anos, ele não tinha produzido nada além de esboços. Seu orgulho robusto o impedia de sofrer qualquer desânimo, mas ele estava sempre irritado, com aquela exaltação ao mesmo tempo artificial e natural que caracteriza os atores.

Viam-se, entrando na sua casa, dois grandes quadros nos quais os primeiros tons, colocados aqui e ali, imprimiam na tela branca manchas de marrom, vermelho e azul. Um emaranhado de linhas desenhadas a giz se estendia sobre ele, como malhas de uma rede que tivessem por vinte vezes sido refeitas; era até impossível entender qualquer coisa. Pellerin explicou a Frédéric o tema dessas duas composições, indicando com o polegar as partes que faltavam. Uma deveria representar a *Insanidade de Nabucodonosor*, a outra, *O Incêndio de Roma por Nero*. Ele as admirou.

Ele admirou os estudos acadêmicos de corpos de mulheres descabeladas, paisagens onde abundavam os troncos de árvores retorcidos pela tempestade e, sobretudo, representações à pena, lembranças de Callot, de Rembrandt ou Goya, cujos modelos ele não conhecia. Pellerin não valorizava mais essas obras de sua juventude; agora ele era a favor do grande estilo; ele dogmatizou sobre Phidias e Winckelmann, eloquentemente. As coisas ao seu redor reforçavam o poder de sua palavra: via-se uma caveira sobre um genuflexório, iatagãs, uma túnica de monge; Frédéric a vestiu.

Quando chegava cedo, ele o surpreendia em sua cama de armar puída, escondida por uma cortina de tapeçaria; pois Pellerin ia para a cama tarde, frequentando assiduamente os teatros. Ele era servido por uma velha vestida de andrajos, jantava na taverna e vivia sem uma amante. Seus conhecimentos, reunidos desordenadamente, tornavam seus paradoxos divertidos. Seu ódio contra o homem comum e a burguesia transbordava em sarcasmos de um lirismo soberbo, e ele tinha uma reverência tão grande pelos mestres que quase atingia o nível deles.

Mas por que ele nunca falava de Madame Arnoux? Quanto ao marido, às vezes referia-se a ele como um bom sujeito, outras, como um charlatão. Frédéric ansiava por suas confidências.

Um dia, folheando um de seus cadernos de esboços, ele encontrou no retrato de uma boêmia as feições de Mademoiselle Vatnaz e, como essa pessoa o interessava, quis saber a posição que ela ocupava.

Pellerin achava que, primeiramente, ela tinha sido uma professora nas províncias; agora ela dava aulas e tentava escrever para os pequenos jornais.

Pelo seu modo de agir com Arnoux, era possível supor, segundo Frédéric, que ela fosse sua amante.

— Ah! Não! Ele tem outras!

Então o rapaz, virando o rosto, que se ruborizou de vergonha sob a infâmia de seu pensamento, acrescentou com ar cruel:

— Sua esposa, sem dúvida, deve retribuir!

— De jeito nenhum! Ela é honesta!

Frédéric sentiu remorso e se tornou mais assíduo no jornal.

As grandes letras que compunham o nome de Arnoux na placa de mármore no alto da loja pareciam-lhe bastante particulares e cheias de significados, como uma escrita sagrada. A calçada larga, em declive, facilitava a passagem, a porta girava quase sozinha; e a maçaneta, macia ao toque, tinha a suavidade e como que a inteligência de uma mão na sua. Imperceptivelmente, ele se tornou tão pontual quanto Regimbart.

Todos os dias, Regimbart sentava-se na sua poltrona junto à lareira, pegava o *National*,[27] não mais o largava, e exprimia os seus pensamentos com exclamações ou com um simples encolher de ombros. De vez em quando, enxugava a testa com o lenço de bolso enrolado de comprido e que usava sobre o peito, entre dois botões da sobrecasaca verde. Ele usava calças pregueadas, botas, uma gravata longa; e seu chapéu, com as abas dobradas o tornava reconhecível de longe na multidão.

Às oito da manhã, ele descia dos altos de Montmartre para tomar o vinho branco na Rue Notre-Dame-des-Victoires. O almoço, seguido de várias partidas de bilhar, estendia-se até as três da tarde. Ele então se dirigia à Passage des Panoramas, para tomar o absinto. Após a sessão na casa de Arnoux, ele entrava na taberna Bordelais para tomar o vermute; depois, em vez de se juntar à mulher, muitas vezes preferia jantar sozinho num pequeno café da Place Gaillon, onde pedia que lhe servissem "pratos caseiros, coisas naturais"! Para finalizar, ia para outro bilhar e lá ficava até meia-noite, até uma da manhã, até o momento em que, uma vez o gás apagado e as venezianas fechadas, o dono do estabelecimento, exausto, implorasse a ele que saísse.

E não era o amor pelas bebidas que atraía o cidadão Regimbart a esses lugares, mas o antigo hábito de ali falar de política; com a idade, sua verve havia diminuído, ele tinha apenas uma morosidade silenciosa. A julgar pela seriedade em seu rosto, até se poderia pensar que todos os assuntos do mundo giravam em sua cabeça. Mas nada saía dali; e ninguém, nem mesmo seus amigos, tinha

---

[27] Fundado em janeiro de 1830, o *National* contribuiu ativamente para a queda de Charles X. Depois da Revolução de Julho, ele se firmou pouco a pouco como o órgão da oposição republicana, sem, todavia, declarar-se abertamente demais. Armand Marrast tornou-se o redator-chefe em 1836. (2)

conhecimento de qualquer ocupação, embora ele alegasse ter um escritório de negócios.

Arnoux parecia estimá-lo infinitamente. Ele disse um dia a Frédéric:

— Esse sabe muito, com certeza! Ele é um homem poderoso!

Em outra ocasião, Regimbart espalhou em sua mesa papéis sobre minas de caulim na Bretanha; Arnoux se valia da sua experiência.

Frédéric mostrou-se mais cerimonioso com Regimbart — chegando até a lhe oferecer absinto de vez em quando; e, embora o considerasse estúpido, muitas vezes permanecia em sua companhia uma boa hora, só porque ele era amigo de Jacques Arnoux.

Depois de ter incentivado mestres contemporâneos quando eram iniciantes, o comerciante de quadros, um homem progressista, tinha tentado, sempre conservando uma postura artística, estender seus lucros pecuniários. Buscava a emancipação das artes, o sublime num preço acessível. Todas as indústrias do luxo parisienses sofreram sua influência, que foi boa para as pequenas coisas e funesta para as grandes. Com seu ímpeto de bajular a opinião pública, ele desviou do caminho artistas habilidosos, corrompeu os fortes, exauriu os fracos e ilustrou os medíocres; ele dispunha deles por meio de suas relações e de sua revista. Os pintores aspiravam a ver suas obras na vitrine dele e os estofadores tomavam como modelos seu mobiliário. Frédéric o considerava ao mesmo tempo um milionário, um diletante e um homem de ação. Mas muitas coisas, no entanto, o espantavam, pois Monsieur Arnoux era astucioso em seus negócios.

Ele recebia dos confins da Alemanha ou da Itália uma tela comprada em Paris por mil e quinhentos francos e, apresentando uma fatura que a elevava a quatro mil, revendia por três mil e quinhentos, por benevolência. Um dos seus truques habituais com os pintores era exigir como propina uma miniatura da sua pintura, dizendo que seria publicada como gravura; ele sempre vendia a miniatura que recebia e nunca publicava a gravura prometida. Aos que reclamavam de exploração, ele respondia com um tapinha na barriga. Sendo de resto excelente, esbanjava charutos, tratava estranhos com informalidade, entusiasmava-se com uma obra ou com um homem e, obstinando-se então, e sem medir consequências, multiplicava as compras, as correspondências, os anúncios. Ele se considerava muito honesto e, em sua necessidade de expansão, relatava ingenuamente suas improbidades.

Certa vez, para ofender um colega que inaugurava outro jornal de pintura com uma grande festa, pediu a Frédéric que escrevesse diante de seus olhos, um pouco antes da hora do evento, bilhetes desconvidando os convivas.

— Isso não ataca a honra, você compreende?

E o rapaz não se atreveu a recusar-lhe esse favor.

No dia seguinte, quando entrava com Hussonnet no escritório dele, Frédéric viu pela porta (a que se abria na escada) desaparecer a barra de um vestido.

— Mil desculpas! — disse Hussonnet. — Se eu soubesse que havia mulheres…

— Ah! Essa é a minha — replicou Arnoux. — Ela está só de passagem, para me fazer uma visitinha.

— Como? — disse Frédéric.

— Sim! Mas ela já está voltando para seus aposentos em casa.

O encanto das coisas daquele ambiente subitamente se esvaiu. O que ele sentia ali confusamente espalhado simplesmente acabava de desaparecer, ou talvez nunca tivesse mesmo estado lá. Ele experimentava uma surpresa infinita e algo como a dor de uma traição.

Arnoux, remexendo na gaveta, sorria. Estaria rindo dele? O empregado colocou um maço de papéis úmidos sobre a mesa.

— Ah! Os cartazes! — gritou o comerciante. — Parece que não vou conseguir jantar esta noite!

Regimbart estava pegando o seu chapéu.

— O quê, você está me deixando?

— São sete horas! — disse Regimbart.

Frédéric o seguiu.

Na esquina da Rue Montmartre, ele se virou; olhou para as janelas do primeiro andar; e ria por dentro, com pena de si mesmo, lembrando-se do amor com que tantas vezes as contemplara! Onde ela morava, afinal? Como encontrá-la agora? A solidão se reabria em torno de seu desejo, mais imenso do que nunca!

— Você vem tomá-la? — disse Regimbart.

— Tomar quem?

— A bebida! Absinto!

E, cedendo às suas obsessões, Frédéric deixou-se levar à taberna Bordelais. Enquanto seu companheiro, acotovelado, contemplava a garrafa, ele lançava olhares para a direita e para a esquerda. Mas o que vislumbrou foi o perfil de Pellerin na calçada; deu uma forte batida na vidraça e o pintor nem bem tinha se sentado e Regimbart já foi logo perguntando por que ele não era mais visto no *Art Industriel*.

— Que eu morra, se eu voltar àquele lugar! É um grosseiro, um burguês, um miserável, um bizarro!

Esses insultos alimentavam a raiva de Frédéric. No entanto, ele ficou magoado, pois tinha a impressão de que, de certa forma, atingiam Madame Arnoux.

— O que ele fez para você, afinal? — perguntou Regimbart.

Pellerin bateu no chão com o pé e bufou pesadamente, em vez de responder...

Ele se entregava a trabalhos clandestinos, como retratos de dois lápis (o de grafite negro e o giz branco) ou pastiches de grandes mestres para os amadores menos esclarecidos; e, como essas obras o envergonhavam, geralmente preferia não falar delas. Mas a "sordidez de Arnoux" o exasperava demais. Ele desabafou.

Por conta de uma encomenda, testemunhada por Frédéric, ele havia levado dois quadros para ele. O comerciante, então, achou-se no direito de fazer críticas! Recriminou a composição, a cor e o desenho, sobretudo o desenho e, em suma, não quis adquiri-los de forma alguma. Mas, forçado pelo vencimento de uma nota promissória, Pellerin acabou por vendê-los ao judeu Isaac; e, quinze dias depois, o próprio Arnoux os vendia a um espanhol, por dois mil francos.

— Nem um centavo a menos! Que canalhice! E ele faz outras semelhantes, com certeza! Ainda vamos vê-lo, um dia desses, no Tribunal de Justiça.

— Como você exagera! — disse Frédéric com voz tímida.

— Ah, claro! Pois sim que eu exagero! — gritou o artista, esmurrando a mesa com força.

Essa violência restaurou o autocontrole do jovem. Sem dúvida, era possível proceder de forma mais gentil; no entanto, se Arnoux achava que aquelas duas telas eram...

— Ruins! Fale logo! Você as conhece? Esse é o seu trabalho? Ora, sabe, rapazinho, eu não admito isso, amadores!

— Ei! Eu não tenho nada a ver com isso! — disse Frédéric.

— Então que interesse você tem em defendê-lo? — retrucou Pellerin friamente.

O rapaz balbuciou:

— Ora... é porque sou amigo dele.

— Dê um abraço nele por mim, então! Boa noite!

E o pintor saiu furioso, sem mencionar, é claro, o que tinha consumido.

Frédéric havia convencido a si próprio ao defender Arnoux. No calor da sua eloquência, foi tomado de ternura por esse homem inteligente e bom, caluniado pelos seus amigos e que agora trabalhava sozinho, abandonado. Ele não resistiu à necessidade singular de revê-lo imediatamente. Dez minutos depois, empurrava a porta da loja.

Arnoux elaborava com seu empregado enormes cartazes para uma exposição de quadros.

— Veja só! O que o traz aqui novamente?

Essa pergunta muito simples deixou Frédéric desconcertado; e, sem saber o que responder, perguntou se por acaso seu caderno, um caderninho com capa de couro azul, não tinha sido encontrado.

— Aquele onde você colocou suas cartas de mulheres? — disse Arnoux.

Frédéric, corando como uma virgem, defendeu-se de tal suposição.

— Seus poemas, então? — replicou o comerciante.

Ele manipulava os espécimes estendidos sobre a mesa, discutia sua forma, cor, borda; e Frédéric se irritava cada vez mais com seu ar meditativo e, sobretudo, com as mãos que vagavam pelos cartazes — mãos grandes, um pouco flácidas, com unhas chatas. Por fim, Arnoux levantou-se; e, dizendo "Está pronto!", passou a mão sob seu queixo, familiarmente. Essa intimidade desagradou a Frédéric, ele recuou; depois cruzou a soleira do escritório, pela última vez em sua vida, acreditava. A própria Madame Arnoux parecia diminuída pela vulgaridade do marido.

Na mesma semana, recebeu uma carta na qual Deslauriers anunciava que chegaria a Paris na quinta-feira seguinte. Então, ele se voltou com todas as forças para esse afeto mais sólido e mais elevado. Um homem assim valia todas as mulheres. Ele não precisaria mais de Regimbart, Pellerin, Hussonnet, de ninguém! Para acomodar melhor o amigo, comprou uma pequena cama de ferro, uma segunda poltrona e separou a roupa de cama; e, na quinta-feira de manhã, estava se vestindo para encontrar Deslauriers quando a campainha de sua porta tocou. Arnoux entrou.

— Só uma palavrinha! Ontem, enviaram para mim uma bela truta de Genebra; contamos com você logo mais, às sete em ponto... O endereço é Rue de Choiseul, 24 bis. Não esqueça!

Frédéric precisou se sentar. Seus joelhos tremiam. Ele repetia para si mesmo: "Até que enfim! Até que enfim!". Depois escreveu bilhetes ao alfaiate, ao chapeleiro, ao sapateiro; e fez com que esses três bilhetes fossem transportados por três emissários diferentes. A chave girou na fechadura e apareceu o porteiro, trazendo uma mala no ombro.

Frédéric, ao ver Deslauriers, começou a tremer como uma mulher adúltera sob o olhar de seu esposo.

— Qual o problema com você? — perguntou Deslauriers — você deve ter recebido uma carta minha, não?

Frédéric não conseguiu mentir.

Abriu os braços e se jogou contra seu peito.

Então o escrevente contou sua história. Seu pai não quis prestar contas de sua tutela, imaginando que essas contas prescreveriam em dez anos. Mas, entendendo bem de processos, Deslauriers havia conseguido, no final das contas, arrebatar toda a herança de sua mãe, sete mil francos líquidos, que guardava ali consigo, em uma velha carteira.

— É uma reserva, em caso de infortúnio. Devo pensar na melhor maneira de investi-lo, além de encontrar um lugar para me estabelecer, a partir de amanhã de manhã. Por hoje, estou completamente livre e à sua disposição, meu velho!

— Ah! Não se preocupe comigo! — disse Frédéric. Se você tiver algo importante esta noite...

— Ora, vamos! Eu seria um perfeito miserável...

Esse epíteto, lançado ao acaso, tocou Frédéric em pleno coração, como uma alusão ultrajante.

O porteiro tinha arrumado sobre a mesa, perto do fogo, costeletas, galantina, uma lagosta, uma sobremesa e duas garrafas de vinho de Bordeaux. Uma recepção tão boa comoveu Deslauriers.

— Você me trata como um rei, verdade!

Eles falaram sobre seu passado, sobre o futuro; e de vez em quando se davam as mãos sobre a mesa, olhando-se com ternura por um minuto. Mas um mensageiro trouxe um novo chapéu. Deslauriers comentou em voz alta como o revestimento era brilhante.

Depois o alfaiate veio pessoalmente trazer o casaco que ele havia passado a ferro.

— Parece que você vai se casar — disse Deslauriers.

Uma hora depois, um terceiro indivíduo apareceu e tirou de uma grande bolsa preta um par de esplêndidas botas de verniz. Enquanto Frédéric as experimentava, o sapateiro observava jocosamente o sapato do provinciano.

— O Senhor não precisa de nada?

— Obrigado — respondeu o escrevente, enfiando seus velhos sapatos de cordão embaixo da cadeira.

Essa humilhação deixou Frédéric constrangido. Ele recuava à ideia de fazer sua confissão. Por fim, exclamou como se tivesse acabado de se lembrar de algo:

— Ah! Veja só, eu ia esquecendo!

— Do quê?

— Eu vou jantar na cidade esta noite!

— Na casa dos Dambreuse? Por que você nunca me fala deles em suas cartas?

Não era na casa dos Dambreuse, mas na dos Arnoux.

— Você deveria ter me avisado! — disse Deslauriers. Eu teria vindo um dia depois.

— Era impossível! — Frédéric respondeu abruptamente. — Só fui convidado esta manhã, agora há pouco.

E, para se redimir de seu erro e distrair seu amigo, ele desamarrou as cordas emaranhadas de sua mala, arrumou todas as suas coisas na cômoda, sugeriu dar-lhe sua própria cama, indo dormir no quartinho de vestir. Então, às quatro horas, ele começou os preparativos de sua toalete.

— Você tem muito tempo! — disse o outro.

Finalmente, ele se vestiu e partiu.

"Eis os ricos!", pensou Deslauriers.

E foi jantar na Rue Saint-Jacques, em um pequeno restaurante cujo dono ele conhecia.

Frédéric parou várias vezes na escada; de tão forte que batia seu coração. Uma de suas luvas, muito apertada, estourou; e, enquanto escondia o rasgo sob o punho da camisa, Arnoux, que vinha por trás, agarrou-o pelo braço e o fez entrar.

A antessala, decorada em estilo chinês, tinha uma lanterna pintada no teto e bambus nos cantos. Ao cruzar a sala de estar, Frédéric tropeçou em uma pele de tigre. Os candelabros não tinham sido acesos, mas duas lamparinas estavam acesas no boudoir bem ao fundo.

Mademoiselle Marthe veio dizer que sua mamãe estava se vestindo. Arnoux a ergueu até a altura de sua boca para beijá-la; depois, querendo escolher ele mesmo algumas garrafas de vinho da adega, deixou Frédéric com a criança.

Ela havia crescido muito desde a viagem de Montereau. Seu cabelo castanho caía em longos anéis encaracolados sobre seus braços nus. Seu vestido, mais estufado do que a anágua de uma bailarina, exibia suas panturrilhas rosadas, e toda sua gentil pessoa tinha o fresco odor de um buquê. Ela recebeu graciosamente os cumprimentos do cavalheiro, fixou nele os olhos profundos e, esgueirando-se por entre os móveis, desapareceu como um gato.

Ele não sentia mais nenhuma inquietação. Os globos dos candeeiros, revestidos por uma renda de papel, emitiam uma luz leitosa que suavizava a cor das paredes, recobertas de cetim lilás. Através das lâminas do guarda-fogo, como um grande leque, via-se o carvão na lareira; encostado no relógio de pêndulo, havia um pequeno baú com fechos de prata. Aqui e ali, coisas íntimas estavam espalhadas: uma boneca no meio da conversadeira, um lenço no encosto de uma cadeira e, na mesa de trabalhos manuais, um tricô de lã do qual pendiam duas agulhas de marfim com a ponta para baixo. Era um lugar ao mesmo tempo tranquilo, honesto e familiar.

Arnoux voltou; e, pela outra porta, apareceu Madame Arnoux. Como ela estava envolta em sombras, inicialmente ele só conseguiu distinguir sua cabeça. Ela usava um vestido de veludo preto e, no cabelo, um longo adereço argelino com uma rede de seda vermelha que, enrolada em seu pente, caía sobre seu ombro esquerdo.

Arnoux apresentou Frédéric.

— Ah! Reconheço perfeitamente o Senhor — ela respondeu.

Então chegaram todos os convidados, quase ao mesmo tempo: Dittmer, Lovarias, Burieu, o compositor Rosenwald, o poeta Théophile Lorris, dois críticos de arte colegas de Hussonnet, um fabricante de papel e, finalmente, o ilustre Pierre-Paul Meinsius, o último representante da grande pintura, que carregava galhardamente, junto com sua glória, seus oitenta anos e sua barriga protuberante.

Quando passaram à sala de jantar, Madame Arnoux tomou seu braço. Uma cadeira vazia ficou reservada para Pellerin. Arnoux gostava dele, embora o explorasse. Além disso, temia sua língua viperina — tanto que, para amenizá-la, publicou em *L'Art Industriel* seu retrato, acompanhado de elogios hiperbólicos; e Pellerin, mais sensível à fama do que ao dinheiro, apareceu por volta das oito horas, todo esbaforido. Frédéric imaginou que há muito tinham se reconciliado.

A companhia, a comida, tudo o agradava. A sala, parecendo um salão da Idade Média, era forrada de couro batido; uma prateleira holandesa ficava em frente a um aparador com cachimbos longos turcos; e, ao redor da mesa, as taças da Boêmia de várias cores, em meio a flores e frutas, produziam um efeito de iluminação num jardim.

Ele teve que escolher entre dez tipos de mostarda. Comeu gaspacho, curry, gengibre, melros da Córsega, lasanha romana;

bebeu vinhos extraordinários, lip-fraoli[28] e tokai. Arnoux orgulhava-se de receber bem. Ele cortejava todos os entregadores do correio, visando os comestíveis, e era ligado a cozinheiros das grandes casas que lhe forneciam molhos.

Mas era especialmente a conversa que divertia Frédéric. Seu gosto por viagens foi afagado por Dittmer, que falou do Oriente; satisfez sua curiosidade a respeito das coisas do teatro ouvindo Rosenwald falar sobre a ópera; e a existência atroz da boêmia pareceu-lhe engraçada, graças à alegria de Hussonnet, que narrou, de maneira pitoresca, como passara um inverno inteiro tendo apenas queijo de Holanda para se alimentar. Depois, uma discussão entre Lovarias e Burrieu a respeito da escola florentina revelou-lhe obras-primas, abriu-lhe horizontes, e ele quase não conteve o entusiasmo quando Pellerin exclamou:

— Me deixe em paz com sua realidade horrorosa! O que isso quer dizer, a realidade? Alguns veem preto, outros o azul, a maior parte do povo não entende nada. Nada menos natural do que Michelangelo, nada mais forte! A preocupação com a verdade exterior denota a baixeza contemporânea; e, se continuarmos assim, a arte vai se tornar não sei que tipo de coisa rocambolesca, abaixo da religião como poesia e abaixo da política como interesse. Vocês não alcançarão o objetivo dela — sim, o objetivo dela! — que é o de nos causar uma exaltação impessoal, com pequenas obras, apesar de todos os seus artifícios de execução. Vejam os quadros de Bassolier, por exemplo: são bonitos, graciosos, limpos e leves! Podem ser colocados no bolso, levados em uma viagem! Os notários compram isso por vinte mil francos; não valem quase nada em matéria de ideias; mas, sem a ideia, nada é grande! Sem grandeza, nada é belo! O Olimpo é uma montanha! O monumento mais arrojado sempre será o das Pirâmides. Mais valem a exuberância que o gosto, o deserto que uma calçada e um selvagem que um cabeleireiro!

Frédéric, ouvindo essas coisas, olhava para Madame Arnoux. Elas caíam em sua mente como metais em uma fornalha, somavam-se à sua paixão e produziam o amor.

---

[28] Corruptela do vinho do Reno, região de Worms, o *Liebfraumilch*. (2)

Ele estava sentado a três lugares de distância dela, do mesmo lado. De vez em quando, ela se inclinava um pouco, virando a cabeça para dizer algumas palavras à filhinha; e, como então ela sorrisse, uma covinha surgia em sua face, o que dava a seu rosto um ar de bondade mais delicada.

No momento dos licores, ela desapareceu. A conversa ficou muito livre; Monsieur Arnoux então brilhou e Frédéric ficou espantado com o cinismo daqueles homens. No entanto, a preocupação deles com a mulher estabelecia entre aqueles homens e ele como que uma igualdade, que o elevava em sua autoestima.

Voltando ao salão, ele pegou, para manter a pose, um dos álbuns que estavam sobre a mesa. Nele, os grandes artistas da época tinham desenhado ilustrações, colocado prosa, verso ou simplesmente suas assinaturas; entre os nomes famosos, havia muitos nomes desconhecidos, e os pensamentos surpreendentes apareciam apenas debaixo de uma enxurrada de tolices. Todos continham uma homenagem mais ou menos direta à Madame Arnoux. Frédéric teria sentido medo de escrever uma linha ao lado deles.

Ela foi até seu boudoir buscar o pequeno baú com fechos de prata que ele havia notado no aparador da lareira. Era um presente do marido, uma obra da Renascença. Os amigos de Arnoux o elogiaram, sua esposa agradeceu; ele foi tomado de afeto e deu-lhe um beijo na presença de todos.

Em seguida todos conversaram, aqui e ali, em grupos; um certo Monsieur Meinsius estava com Madame Arnoux, em uma bergère perto do fogo; ela se inclinava em direção ao ouvido dele, suas cabeças se tocavam; — e Frédéric teria aceitado ser surdo, aleijado e feio em troca de um nome ilustre e cabelos brancos, enfim, para ter qualquer coisa que o entronizasse em tal intimidade. Ele destroçava o coração, furioso com sua juventude.

Mas ela foi até o canto do salão onde ele estava, perguntou se conhecia algum dos convidados, se gostava da pintura, há quanto tempo estudava em Paris. Cada palavra que saía de sua boca parecia a Frédéric algo inteiramente novo, intimamente associado à sua pessoa. Ele olhava atentamente para as pontas de seu cabelo, que acariciavam seu ombro nu; e não conseguia tirar os olhos dela, mergulhava sua alma na brancura daquela carne feminina; no entanto, não ousava erguer os olhos para vê-la mais acima, face a face.

Rosenwald os interrompeu, implorando à Madame Arnoux que cantasse alguma coisa. Ele fez a introdução, ela esperava; seus lábios se entreabriram, e um som longo e puro ergueu-se no ar.

Frédéric não entendeu nada das palavras italianas.

A canção começava num ritmo grave, como um canto de igreja, então, animada em um crescendo, multiplicava as explosões sonoras, acalmava-se subitamente; e a melodia voltava encantadoramente, com uma oscilação ampla e indolente.

Ela se mantinha de pé, perto do teclado, com os braços caídos, o olhar perdido. Às vezes, para ler a música, ela piscava os olhos, avançando a testa por um instante. Sua voz de contralto assumia uma entonação sombria, que fazia gelar nas cordas graves, e então seu belo rosto, com grandes sobrancelhas, inclinava-se sobre o ombro; seu peito se enchia, seus braços se separavam, seu pescoço, de onde escapavam trinados, rolava suavemente para trás, como sob beijos aéreos; ela emitiu três notas agudas, desceu novamente, lançou uma outra ainda mais alta e, após um silêncio, terminou com uma fermata.

Rosenwald não saiu do piano. Ele continuou a tocar sozinho. De vez em quando, um dos convidados desaparecia. Às onze horas, quando os últimos convidados estavam saindo, Arnoux saiu com Pellerin, a pretexto de acompanhá-lo. Ele era uma daquelas pessoas que se dizem doentes se não fizerem *sua caminhada* depois do jantar.

Madame Arnoux tinha se dirigido à antessala; Dittmer e Hussonnet a cumprimentaram, ela lhes estendeu a mão; estendeu-a também a Frédéric e ele sentiu como se algo estivesse penetrando em todos os átomos de sua pele.

Ele deixou seus amigos; precisava ficar sozinho. Seu coração transbordava. Por que aquela mão estendida? Foi um gesto impensado ou um encorajamento? "Ora essa! Estou ficando louco!" Aliás, o que importava, já que ele agora poderia frequentar sua casa à vontade, viver em sua atmosfera?

As ruas estavam desertas. Às vezes, uma carroça pesada passava, chacoalhando os paralelepípedos. As casas se sucediam com suas fachadas cinzentas, suas janelas fechadas; e ele pensou com desdém em todos aqueles seres humanos deitados atrás daquelas paredes, que existiam sem vê-la, dentre os quais nenhum deles suspeitava que ela existisse! Ele não tinha mais consciência do ambiente, do espaço, de nada; e, batendo no chão com o calcanhar, golpeando com a bengala as venezianas das lojas, ia sempre em frente, sem rumo, perplexo, arrastado. O ar úmido o envolveu; ele voltou a si na beira do cais.

Os lampiões brilhavam em duas linhas retas, indefinidamente, e longas chamas vermelhas tremeluziam nas profundezas da água. Ela era de cor ardósia, enquanto o céu, mais claro, parecia sustentado pelas grandes massas de sombras que se erguiam de cada lado do rio. Edifícios, que não se viam, redobravam a escuridão. Uma bruma luminosa flutuava mais além, sobre os telhados; todos os ruídos se fundiam em um único zumbido; soprava um vento leve.

Ele havia parado no meio da Pont-Neuf e, com a cabeça descoberta, o peito aberto, aspirava o ar. No entanto, ele sentia subir de dentro de si algo inesgotável, um afluxo de ternura que o fatigava, como o movimento das ondas diante de seus olhos. O relógio de uma igreja bateu uma hora, lentamente, como se uma voz o chamasse.

Então ele foi tomado por um daqueles arrepios de alma em que parece que somos transportados para um mundo superior. Ele se sentiu dotado de uma faculdade extraordinária, cujo objetivo ele não conseguia determinar. Perguntou seriamente a si mesmo se poderia vir a ser um grande pintor ou um grande poeta; — e decidiu pintar, porque as exigências desse trabalho o aproximariam de Madame Arnoux. Ele havia, portanto, encontrado sua vocação! O propósito de sua existência estava claro agora, e o futuro infalível.

Quando fechou a porta, ouviu alguém roncando no quartinho escuro contíguo ao quarto. Era o outro. Não pensava mais nele.

Viu seu rosto no espelho. Ele se achou bonito; — e ficou por um minuto admirando seu reflexo.

Capítulo V

No dia seguinte, antes do meio-dia, ele comprou uma caixa de tintas, pincéis, um cavalete. Pellerin concordou em dar-lhe aulas e Frédéric o levou até o seu apartamento para ver se faltava algo em seus apetrechos de pintura.

Deslauriers havia retornado. Um jovem ocupava a segunda poltrona. O escrevente disse, apontando para ele:

— É ele! Aqui está! Sénécal!

Aquele rapaz não agradou a Frédéric. Sua testa era realçada pelo corte de cabelo à escovinha. Alguma coisa dura e fria perpassava seus olhos cinzentos; e sua longa sobrecasaca preta, todo o seu traje cheirava ao pedagogo e ao eclesiástico.

Conversaram primeiro sobre assuntos da atualidade, dentre os quais o *Stabat* de Rossini; Sénécal, quando questionado, declarou que nunca ia ao teatro. Pellerin abriu a caixa de tintas.

— Isso tudo é para você? — perguntou o escrevente.

— É claro!

— Imagine! Que ideia!

E ele se inclinou sobre a mesa, onde o professor de matemática folheava um volume de Louis Blanc. Ele próprio o trouxera e lia passagens em voz baixa, enquanto Pellerin e Frédéric examinavam juntos a paleta, a espátula, as bolsinhas de tinta, depois foram conversar sobre o jantar na casa dos Arnoux.

— O negociante de quadros? — perguntou Sénécal. Aquele cínico!

— Ora, mas por quê? — indagou Pellerin.

Sénécal respondeu:

— Um homem que consegue dinheiro com baixezas políticas!

E se pôs a falar de uma litografia famosa, representando toda a família real envolvida em ocupações edificantes: Louis-Philippe segurava um código, a rainha, um livro de orações, as princesas bordavam, o duque de Nemours cingia um sabre; Monsieur de Joinville mostrava um mapa geográfico aos irmãos mais novos; ao fundo avistava-se uma cama com dois compartimentos. Essa imagem, intitulada *Uma boa família*, tinha feito o deleite dos burgueses, mas a aflição dos patriotas. Pellerin, em tom de irritação como se fosse o seu autor, respondeu que todas as opiniões eram iguais; Sénécal protestou. A Arte devia visar exclusivamente à moralização das massas! Era necessário reproduzir apenas temas que incentivassem ações virtuosas; os outros eram prejudiciais.

— Mas isso depende da execução! — gritou Pellerin. — Eu posso fazer obras-primas!

— Pior para você, então! Ninguém tem o direito...

— Como?

— Não! O senhor não tem o direito de determinar meu interesse por coisas que eu desaprovo! Que necessidade nós temos de ninharias laboriosas, das quais é impossível tirar qualquer proveito, como essas Vênus, com todas as suas paisagens? Não vejo nisso nenhum ensinamento para o povo! Em vez disso, mostre-nos suas misérias! Inspire-nos pelos seus sacrifícios! Ora! Por Deus, temas é que não faltam: a fazenda, a oficina...

Pellerin balbuciava de indignação e, acreditando ter encontrado um argumento:

— Molière, o senhor aceita?

— Que seja! — disse Sénécal. Eu o admiro como um precursor da Revolução Francesa.

— Ah! A Revolução! Que arte! Nunca houve um momento mais deplorável!

— Nem maior, meu senhor!

Pellerin cruzou os braços e, olhando-o no rosto:

— Você está me parecendo um famoso guarda nacional!

Seu antagonista, acostumado a discussões, respondeu:

— Não, eu não sou *ele*! E eu o odeio tanto quanto você! Mas, com tais princípios, as multidões são corrompidas! Isso, aliás, é muito útil para o Governo, que não seria tão forte sem a cumplicidade de um bando de espertalhões como ele.

O pintor assumiu a defesa do negociante, pois as opiniões de Sénécal o exasperavam. Ele até ousou afirmar que Jacques Arnoux tinha um verdadeiro coração de ouro, que era devotado aos amigos, amável com a esposa.

— Hum! Hum! Se lhe fosse oferecida uma boa soma, para que ela servisse de modelo, ele não recusaria.

Frédéric empalideceu.

— Então ele o prejudicou bastante, senhor?

— A mim? Não! Eu o vi uma vez no café, com um amigo. E isso é tudo.

Sénécal dizia a verdade. Mas todo dia ficava irritado com os reclames de *L'Art Industriel*. Arnoux era, para ele, o representante de um mundo que ele considerava funesto para a democracia. Republicano austero, ele considerava que toda elegância era suspeita de corrupção, não sentindo necessidade dela e sendo de uma probidade inflexível.

A conversa custou a ser retomada. O pintor logo se lembrou de um compromisso, o professor, de seus alunos; e, quando eles partiram, após um longo silêncio, Deslauriers fez várias perguntas sobre Arnoux.

— Você vai me apresentar a ele mais tarde, não vai, meu velho?

— Com certeza — disse Frédéric.

Depois, trataram dos planos para se estabelecer. Deslauriers tinha conseguido, sem dificuldade, o cargo de segundo escrevente em um escritório de advocacia, feito a sua inscrição na Faculdade de Direito, comprado os livros essenciais — e a vida com que tanto tinham sonhado começou.

Ela foi encantadora, graças à beleza da juventude de ambos. Não tendo Deslauriers falado de qualquer acordo pecuniário, Frédéric também não tocou no assunto. Ele se encarregava de todas as despesas, arrumava o armário, cuidava do serviço doméstico; mas, se fosse necessário dar uma reprimenda no porteiro, era o escrevente que se encarregava dele, mantendo, como no colégio, seu papel de protetor e de mais velho.

Separados durante todo o dia, eles se encontravam novamente à noite. Cada um tomava seu lugar ao lado do fogo e se punham a cumprir suas tarefas. Mas não demoravam a interromper um ao outro. Eram desabafos intermináveis, alegrias sem causa e, às vezes, discussões, sobre a lamparina que vazava ou sobre um livro perdido, raivas momentâneas, que as risadas aplacavam.

A porta do quartinho contíguo ficava aberta e eles conversaram de longe, em suas camas.

De manhã, eles caminhavam em mangas de camisa no terraço; o sol nascia, uma névoa leve passava sobre o rio, um grito era ouvido no mercado de flores próximo; — e a fumaça de seus cachimbos turbilhonava no ar puro, que refrescava seus olhos ainda inchados; eles sentiam, ao inspirá-lo, expandir-se uma vasta esperança.

Quando não estava chovendo, aos domingos, eles saíam juntos; e, de braços dados, caminhavam pelas ruas. Quase sempre a mesma reflexão lhes ocorria ao mesmo tempo, ou então conversavam, sem ver nada ao seu redor. Deslauriers aspirava à riqueza, como meio de poder sobre os homens. Queria sensibilizar muita gente, fazer muito barulho, ter três secretários sob seu comando e oferecer um grande jantar político uma vez por semana. Frédéric imaginava mobiliar um palácio mouro, para viver deitado em divãs de caxemira, ao murmúrio de uma fonte, servido por pajens negros; — e essas coisas sonhadas acabavam por se tornar tão precisas, que elas o desolavam como se ele as tivesse perdido.

— De que adianta falar dessas coisas — disse ele — se nunca vamos tê-las!

— Quem sabe? — retrucava Deslauriers.

Apesar de suas opiniões democráticas, ele o incentivava a frequentar a casa dos Dambreuse. O outro se opunha às suas tentativas.

— Ora! Volte lá! Você será convidado!

Em meados de março, entre contas bastante pesadas, eles receberam as do dono do restaurante que lhes fornecia o jantar. Frédéric, não tendo a soma suficiente, pediu emprestadas cem coroas a Deslauriers; quinze dias depois, ele repetiu o mesmo pedido, e o escrevente o criticou pelas despesas em que incorria ao visitar Arnoux.

De fato, ele não era nem um pouco moderado. Uma vista de Veneza, uma vista de Nápoles e outra de Constantinopla no meio das três paredes, motivos equestres de Alfred de Dreux aqui e ali, um grupo de Pradier na lareira, números de *L'Art Industriel* sobre o piano, encadernações no chão e nos cantos entulhavam a moradia de tal forma que era difícil mover os cotovelos ou encontrar um lugar para pousar um livro. Frédéric afirmava precisar de tudo aquilo para sua pintura.

Ele trabalhava na casa de Pellerin. Mas Pellerin saía com frequência, — ele tinha o hábito de assistir a todos os funerais e eventos que os jornais tinham de cobrir; — e Frédéric passava horas completamente sozinho no ateliê. A calma daquele grande aposento, onde só se ouvia o vaivém dos camundongos, a luz que caía do teto e até o rugido do aquecedor, tudo o mergulhava primeiro numa espécie de bem-estar intelectual. Depois, seus olhos, abandonando o trabalho, pousavam nas lascas descascadas da parede, nos bibelôs da estante, ao longo dos torsos onde a poeira acumulada lembrava retalhos de veludo; e, como um viajante perdido no meio de um bosque em que todos os caminhos levam de volta ao mesmo lugar, ele redescobria continuamente, no fundo de cada ideia, a lembrança de Madame Arnoux.

Ele fixava os dias para ir à casa dela; quando chegava ao segundo andar, diante da porta, hesitava em tocar a campainha. Passos se aproximavam; abriam a porta e, ao ouvir estas palavras: "A madame não está", era uma libertação, e como um fardo a menos em seu coração.

No entanto, ele a reencontrou. Na primeira vez, ela estava com três senhoras; em outra tarde, foi o professor de caligrafia de Mademoiselle Marthe que chegou. A propósito, os homens que Madame Arnoux recebia não lhe faziam propriamente visitas. Ele não voltou mais lá, por discrição.

Mas, para ser convidado para os jantares das quintas-feiras, não deixou de comparecer regularmente em *L'Art Industriel* todas as quartas-feiras; e ali permanecia mais que todos os outros, mais tempo que Regimbart, até o último minuto, fingindo olhar uma gravura, folhear um jornal. Finalmente, Arnoux lhe dizia: — Você está livre amanhã à noite? Ele aceitava antes que a frase fosse concluída. Arnoux parecia ter carinho por ele. Ensinou-lhe a arte de reconhecer vinhos, de queimar o ponche, de preparar pratos de aves; Frédéric seguia seus conselhos docilmente — amando tudo que tivesse alguma relação com Madame Arnoux, seus móveis, seus empregados, sua casa, sua rua.

Ele mal falava durante esses jantares; apenas a contemplava. Na têmpora direita ela tinha uma pequena pinta; seus bandós eram mais negros do que o resto do cabelo, sempre um pouco úmido nas pontas; ela os acariciava de vez em quando, com apenas dois dedos. Ele conhecia a forma de cada uma de suas unhas, ele se deleitava em ouvir o farfalhar de seu vestido de seda quando ela passava pelas portas, ele aspirava escondido o cheiro de seu lenço; seu pente, suas luvas, seus anéis eram para ele coisas especiais, importantes como obras de arte, quase animadas, como pessoas; todas tomavam seu coração e aumentavam sua paixão.

Ele não tinha tido forças para esconder isso de Deslauriers. Ao voltar da casa de Madame Arnoux, acordava-o como que inadvertidamente, para poder falar dela.

Deslauriers, que dormia no quartinho contíguo, perto do vaso de água, dava um longo bocejo. Frédéric se sentava aos pés de sua cama. Primeiro falava do jantar, depois contava mil detalhes insignificantes, nos quais via sinais de desprezo ou de afeto. Uma vez, por exemplo, ela havia recusado seu braço, para pegar o de Dittmer, e Frédéric ficou desolado.

— Ah! Que bobagem!

Ou então ela o tinha chamado de "amigo".

— Vá em frente, então!

— Mas não me atrevo — dizia Frédéric.

— Está bem. Não pense mais nisso, então! Boa noite.

Deslauriers se virava para o outro lado e adormecia. Ele não entendia nada desse amor, que considerava como uma derradeira fraqueza da adolescência; e como sua intimidade, sem dúvida, já não era mais suficiente, Frédéric pensou em reunir-se com os amigos em comum uma vez por semana.

Eles chegavam no sábado, por volta das nove horas. As três cortinas de padrão argelino eram cuidadosamente fechadas; a lamparina e quatro velas ficavam acesas; no meio da mesa, o pote de fumo cheio e cachimbos esparramados entre as garrafas de cerveja, o bule, uma garrafa de rum e alguns biscoitinhos. Discutiam a imortalidade da alma, faziam comparações entre os professores.

Certa noite, Hussonnet trouxe um jovem alto, vestido com uma sobrecasaca muito curta nos punhos, com um semblante encabulado. Era o rapaz que eles tinham acompanhado ao posto policial no ano anterior.

Não tendo conseguido devolver ao patrão a caixa de papelão contendo rendas que havia sido perdida na luta, este o acusou de furto e ameaçou levá-lo aos tribunais; agora ele trabalhava em uma empresa de entregas. Hussonnet, pela manhã, o tinha encontrado numa esquina; e ele o trazia consigo, pois Dussardier, por gratidão, queria ver "o outro".

Ele entregou a Frédéric o porta-charutos ainda cheio, que guardava religiosamente, na esperança de devolvê-lo. Os jovens o convidaram a voltar outras vezes. E ele assim o fez.

Eles simpatizavam uns com os outros. Em primeiro lugar, seu ódio ao governo tinha a dimensão de um dogma indiscutível. Apenas Martinon tentava defender Louis-Philippe. Eles o sobrecarregavam com os lugares-comuns dos jornais: o embastilhamento de Paris,[29] as leis de setembro, Pritchard, Lord Guizot,[30] tudo que sugeria um aumento de poder de censura e da polícia — até que Martinon ficasse em silêncio, temendo ofender alguém. Em sete anos de faculdade, ele não tinha recebido nenhuma punição, e na faculdade de direito, sabia agradar aos professores. Geralmente usava uma sobrecasaca espessa, cor de betume, galochas de borracha; mas certa noite ele apareceu com um terno de noivo: colete de veludo com gola trespassada, gravata branca, corrente de ouro.

---

[29] Em 1833, o Governo tinha apresentado à Câmara dos Deputados um pedido de fundos para fortificar Paris. A Câmara respondeu com uma recusa devida a uma vigorosa campanha de oposição. O General Demarçay qualificou as fortalezas como "Bastilhas dirigidas, pelo menos pela metade, contra a população de Paris". (1)

[30] A oposição criticava Guizot por suas complacências anglófilas. Monsieur Thureau-Dangin relata que, no dia da entrada das cinzas de Napoleão em Paris, houve gritos de "Abaixo Guizot! Abaixo os traidores! Abaixo os ingleses!". (1)

O espanto redobrou quando ficaram sabendo que ele estava saindo da casa de Madame Dambreuse. De fato, o banqueiro Dambreuse acabara de comprar do pai de Martinon um lote considerável de madeira; tendo o velho lhe apresentado o filho, havia convidado os dois para jantar.

— Havia muitas trufas — perguntou Deslauriers — e você segurou pela cintura a esposa dele, entre duas portas, *sicut decet*?[31]

Então a conversa foi direcionada às mulheres. Pellerin não admitia que existissem mulheres bonitas (preferia os tigres); além disso, a fêmea do homem era uma criatura inferior na hierarquia estética:

— O que os seduz é particularmente o que a degrada como ideia; isto é, os seios, o cabelo...

— Mas — Frédéric objetou — longos cabelos negros, com grandes olhos negros...

— Ah! Isso é sabido! — gritou Hussonnet. Basta de morenas! Coisas antigas? Não, obrigado! Porque, afinal, convenhamos, sem piadas! Uma cortesã é mais divertida que a Vênus de Milo! Sejamos gauleses, em nome dos céus! E Regência, a libertinagem da corte, se pudermos!

Que corram bons vinhos; mulheres, dignem-se a sorrir!

— É preciso passar da morena à loira! É essa a sua opinião, Monsieur Dussardier?

Dussardier não respondeu. Todos o pressionaram para descobrir seus gostos.

— Bem — ele disse corando — por mim, eu gostaria de amar a mesma, sempre!

Isso foi dito de tal forma que houve um momento de silêncio, alguns se surpreendendo com essa franqueza, e outros descobrindo, talvez, o desejo secreto de sua alma.

[31] Como deveria. (N.T.)

Sénécal pousou sua caneca de cerveja no aparador e declarou dogmaticamente que, sendo a prostituição uma tirania e o casamento uma imoralidade, era melhor se abster. Deslauriers considerava as mulheres uma distração, nada além disso. Monsieur de Cisy, por sua vez, tinha todo tipo de medo em relação a elas.

Educado sob os olhos de uma avó devota, ele achava a companhia desses jovens atraente como um lugar maléfico e instrutiva como uma Sorbonne. Eles não lhe poupavam lições; e o rapaz se mostrava cheio de devoção, a ponto de querer fumar, apesar das dores de coração que sempre o atormentavam, regularmente. Frédéric o cercava de cuidados. Admirava a nuance de suas gravatas, a pele de seu sobretudo e principalmente suas botas, finas como luvas e que pareciam insolentes em sua limpeza e delicadeza; sua carruagem ficava esperando por ele embaixo, na rua.

Uma noite, quando ele tinha acabado de sair e com a neve caindo, Sénécal começou a sentir pena do cocheiro. Depois discursou contra as luvas amarelas,[32] o Jockey-Club. Ele se importava mais com um operário do que com esses cavalheiros.

— Eu, pelo menos, trabalho! Eu sou pobre!

— Isso está claro — declarou Frédéric afinal, já impaciente. O professor ficou magoado com ele por essas palavras.

Mas, como Regimbart havia dito que conhecia um pouco Sénécal, Frédéric, querendo fazer uma cortesia ao amigo de Arnoux, pediu que ele viesse às reuniões de sábado, e o encontro foi agradável para os dois patriotas.

No entanto, eles eram diferentes.

Sénécal — que tinha um crânio pontudo — considerava apenas os sistemas. Regimbart, ao contrário, via nos fatos apenas os fatos.

---

[32] Aos olhos dos democratas, eram o símbolo do ócio aristocrático, assim como o avental de trabalho e o boné eram do proletariado. (2)

O que mais o preocupava era a fronteira do Rhin,[33] o rio Reno, que, ocupada, poderia proteger contra os ataques dos prussianos. Ele se fazia passar por um conhecedor da artilharia e vestia-se com o alfaiate da École Polytechnique.

No primeiro dia, quando foram oferecidos bolos, ele encolheu os ombros com desdém, dizendo que isso convinha às mulheres; e ele não pareceu mais agradável nas vezes que se seguiram. Assim que as ideias atingiam um certo nível, ele sussurrava: "Ora! Sem utopias, sem sonhos!" Em matéria de arte (embora frequentasse os ateliês, onde às vezes dava, por complacência, uma aula de esgrima), as suas opiniões não eram transcendentes. Ele comparava o estilo de Monsieur Marrast ao de Voltaire[34] e o de Mademoiselle Vatnaz ao de Madame de Staël, por causa de uma ode à Polônia, "na qual havia coração". No final das contas, Regimbart desagradava a todos, especialmente Deslauriers, pois o Cidadão era íntimo de Arnoux. Ora, o escrevente aspirava frequentar aquela casa, na esperança de fazer amizades vantajosas. "Quando você vai me levar

---

[33] Após a Revolução de 1830, quando se temia uma nova coalizão da Europa contra a França, houve uma explosão patriótica extraordinária. Os republicanos evocaram as memórias de 1792 e se mostraram calorosos partidários de uma guerra, que permitiria aos franceses destruir os tratados de 1815 e tomar a margem esquerda do Reno; pode-se dizer que eles representavam uma grande parte da opinião francesa. A Revolução de 1830, que tinha exibido pela primeira vez em quinze anos a bandeira tricolor, parecia tão nacional quanto liberal, uma espécie de revanche contra os Aliados. Tudo foi acalmado pela política pacífica de Casimir Périer. Em 1840, durante as dificuldades relacionadas ao Egito, houve uma explosão semelhante. Puseram-se a cantar a *Marseillaise* e a falar da margem esquerda do Reno. A brochura de Edgar Quinet, *1815 e 1840*, é muito significativa a esse respeito. Os alemães retaliaram evocando memórias de 1813; foi então que Becker compôs sua famosa canção: "Eles não terão, o Reno livre alemão". Musset respondeu, 1841, com seu "Reno Alemão". Deve-se notar que essa preocupação dos liberais e dos republicanos franceses em relação à fronteira do Reno tinha sido de Carlos X. Em 1830, ele tinha tratado secretamente do assunto com o czar da Rússia; A França devia apreender a margem esquerda do Reno e apoiar a Rússia ao lado das províncias do Danúbio.

[34] Marrast (1801-1852) foi um ex-professor do Lycée Louis-le-Grand e da École Normale. No início do reinado de Louis-Philippe ele dirigia o jornal republicano, *Tribune*, o que lhe rendeu muitas condenações. Após o levante de abril, Marrast foi preso, mas conseguiu escapar com vários de seus companheiros de prisão. Ele morou no exterior até a anistia. Retornando à França, tornou-se, com a morte de Carrel, o principal editor do *National*, e suas lutas da imprensa contra o governo de Louis-Philippe não ficaram sem um certo brilho. Ele foi secretário do Governo Provisório de 1848, depois presidente da Assembleia Constituinte. Não foi reeleito para a Assembleia Legislativa e morreu na pobreza em 1852. Marrast tinha publicado em 1846 uma série de seus artigos no *National* e no *Tribune* sob o título de *Galerie des pritchardistes*. (1)

lá?" Ele perguntava. Arnoux estava sobrecarregado de trabalho, ou então estava viajando; depois dizia que não valia a pena, porque os jantares iam acabar.

Se fosse preciso arriscar sua vida por seu amigo, Frédéric o faria. Mas, como queria se apresentar para os Arnoux da maneira mais favorável possível, como cuidava de sua linguagem, de seus modos e de seu traje, a ponto de chegar ao escritório de *L'Art Industriel* sempre irrepreensivelmente enluvado, ele temia que Deslauriers, com seu velho casaco preto, seu jeito de promotor e seus discursos arrogantes, desagradasse Madame Arnoux, o que poderia comprometê-lo e rebaixá-lo diante dela. Ele admitia os outros sem problemas, mas aquele, precisamente, o teria deixado mil vezes mais constrangido. O escrevente percebia que ele não queria cumprir sua promessa, e o silêncio de Frédéric lhe parecia um agravamento de insulto.

Ele gostaria de guiar Frédéric incondicionalmente, de vê-lo se desenvolver segundo o ideal de juventude que haviam planejado juntos; e sua indolência o revoltava, como um ato de desobediência e de traição. Além disso, Frédéric, que pensava obstinadamente em Madame Arnoux, falava do marido dela frequentemente; e Deslauriers começou uma intolerável cantilena, repetindo seu nome cem vezes por dia, no final de cada frase, como o tique de um idiota. Quando alguém batia em sua porta, ele respondia: "Entre, Arnoux!". No restaurante, ele pedia um queijo Brie "como Arnoux"; e à noite, fingindo ter um pesadelo, ele acordava seu companheiro gritando: "Arnoux! Arnoux!". Até que um dia Frédéric, exasperado, lhe disse com uma voz deplorável:

— Mas me deixe em paz com esse Arnoux!

— Nunca! — respondeu o escrevente.

Sempre ele! Em toda parte! Ou tórrida ou álgida.
A imagem de Arnoux....

— Cale-se! — gritou Frédéric, erguendo o punho. Ele retomou gentilmente: — É um assunto doloroso para mim, você sabe.

— Ah! Desculpe, meu caro — respondeu Deslauriers, curvando-se muito baixo numa reverência —, os nervos da Mademoiselle serão respeitados de agora em diante! Perdão mais uma vez. Mil desculpas!

E assim acabou a brincadeira.

Mas, três semanas depois, certa noite, ele lhe disse:

— Então, eu vi Madame Arnoux outro dia!

— Onde?

— No Palais-Royal, com Balandard, o advogado; morena, de estatura mediana, não é?

Frédéric assentiu com a cabeça. Ele ficou esperando que Deslauriers falasse. À mais leve palavra de admiração, ele teria desabafado profusamente, estava pronto para adulá-lo; o outro continuava em silêncio; finalmente, não conseguindo mais aguentar, perguntou com ar indiferente o que ele pensava dela.

Deslauriers a achava "normal, sem nada de extraordinário".

— Ah! Você acha — disse Frédéric.

Chegou o mês de agosto, época de seu segundo exame. Segundo a opinião corrente, quinze dias deveriam ser suficientes para preparar as matérias. Frédéric, sem duvidar de suas forças, engoliu de imediato os primeiros quatro livros do Código Processual, os três primeiros do Código Penal, várias peças da Instrução Criminal e uma parte do Código Civil, com as anotações de Monsieur Poncelet. No dia anterior, Deslauriers fez com ele uma recapitulação que durou até a manhã seguinte; e, para aproveitar o último quarto de hora, ele continuou a questioná-lo na calçada, enquanto caminhavam.

Como vários exames estavam acontecendo simultaneamente, havia muitas pessoas no pátio; entre outros, Hussonnet e Cisy; ninguém deixava de vir a esses testes quando se tratava dos colegas. Frédéric vestiu a tradicional toga preta; depois, seguido pela multidão, entrou com três outros estudantes em uma grande sala, iluminada por janelas sem cortinas e mobiliada com bancos ao longo das paredes. No centro, cadeiras de couro ao redor de uma mesa decorada com um pano verde. Ela separava os candidatos dos senhores examinadores em togas vermelhas, todos com estolas de arminho sobre os ombros e chapéus com galões de ouro na cabeça.

Frédéric era o penúltimo na lista de chamada, uma posição ruim. À primeira pergunta sobre a diferença entre acordo e contrato, ele inverteu as definições; e o professor, um bom homem, lhe disse: "Não se deixe abalar senhor, recomponha-se!", então, tendo feito duas perguntas fáceis, que receberam respostas obscuras, ele finalmente passou para outro candidato. Frédéric ficou desmoralizado com esse começo medíocre. Deslauriers, do outro lado, na plateia, fazia sinal para lhe dizer que nem tudo estava perdido; e na segunda questão de direito penal ele se mostrou aceitável. Mas, depois da terceira, relativa ao testamento místico, tendo o examinador permanecido impassível o tempo todo, sua angústia redobrou; pois Hussonnet juntava as mãos como se fosse aplaudir, enquanto Deslauriers encolhia os ombros sem parar. Por fim, chegou o momento em que foi necessário responder sobre o Processo! Tratava-se da oposição de terceiros. O professor, chocado por ter ouvido teorias contrárias às suas, perguntou-lhe num tom brutal:

— Quanto ao senhor, é essa a sua opinião? Como concilia o princípio do artigo 1351 do Código Civil com essa via extraordinária de ataque?

Frédéric sentia uma forte dor de cabeça por ter passado a noite sem dormir. Um raio de sol, entrando pela fresta de uma gelosia, atingiu-o no rosto. De pé atrás da cadeira, ele se balançava e puxava o bigode.

— Estou esperando sua resposta! — retomou o homem de chapéu dourado. E, como o gesto de Frédéric sem dúvida o irritava:
— Certamente não é na sua barba que vai encontrá-la!

Esse sarcasmo causou risos no auditório; o professor, lisonjeado, amoleceu. Fez mais duas perguntas sobre o aprazamento e sobre o processo sumário, então baixou a cabeça em sinal de aprovação; o ato público estava concluído. Frédéric voltou para o vestíbulo.

Enquanto o funcionário retirava sua toga, para entregá-la imediatamente a outro, seus amigos o cercaram, acabando por confundi-lo com suas opiniões contraditórias sobre o resultado do exame. Logo a seguir alguém proclamou com voz sonora na entrada da sala: "O terceiro estava... reprovado! "

— Acabou! — disse Hussonnet. — Vamos embora!

Na frente da guarita do porteiro, eles encontraram Martinon, vermelho, emocionado, com um sorriso nos olhos e a auréola de triunfo na testa. Ele tinha acabado de ser aprovado em seu último exame, sem dificuldade. Faltava apenas a tese. Antes de quinze dias ele estaria diplomado. Sua família conhecia um ministro, "uma grande carreira" se abria diante dele.

— Esse aí, parece que acaba mesmo com você — disse Deslauriers.

Nada é mais humilhante do que ver os tolos tendo sucesso nos empreendimentos em que fracassamos. Frédéric, vexado, respondeu que não se importava. Suas pretensões eram mais altas; e, como Hussonnet ensaiava partir, ele o chamou de lado para dizer:

— Nem uma palavra sobre isso tudo na casa deles, é claro!

Era fácil manter o segredo, pois Arnoux, no dia seguinte, partiu em viagem para a Alemanha.

À noite, ao retornar, o escrevente encontrou seu amigo estranhamente mudado: ele fazia piruetas, assobiava; e, como o outro se surpreendesse com esse humor, Frédéric declarou que não iria para a casa da mãe; ele usaria suas férias para trabalhar.

Com a notícia da partida de Arnoux, ele fora tomado de alegria. Poderia se apresentar ali à vontade, sem medo de ser interrompido em suas visitas. A convicção de uma segurança absoluta lhe daria coragem. Ele não ficaria longe, afinal, não seria separado d'Ela! Algo mais forte do que uma corrente de ferro o prendia a Paris, uma voz interior clamava para que ficasse.

Obstáculos se opunham a isso. Ele os suplantou, escrevendo para sua mãe; primeiro confessava seu fracasso, ocasionado por mudanças feitas no programa, um acaso, uma injustiça; — além disso, todos os grandes advogados (citava seus nomes) tinham sido reprovados em seus exames. Mas ele planejava concorrer novamente em novembro. Agora, não tendo tempo a perder, não iria para casa este ano; e exigia, além do dinheiro para um trimestre, duzentos e cinquenta francos para aulas extras de direito, muito úteis; — tudo adornado de arrependimentos, condolências, ternura e protestos de amor filial.

Madame Moreau, que o esperava no dia seguinte, ficou duplamente triste. Ela relevou a desventura do filho e disse-lhe "para vir assim mesmo". Frédéric não cedeu. Seguiu-se uma discussão. No final da semana, porém, ele recebeu o dinheiro do trimestre junto com a quantia para as aulas extras, que foi usada para pagar uma calça cinza-pérola, um chapéu de feltro branco e uma bengala com castão de ouro.

Quando estava em posse daquilo tudo:

"Será que esse não foi apenas um capricho de minha parte?", ele pensou.

E uma grande hesitação se apoderou dele.

Para saber se iria para a casa de Madame Arnoux, ele lançou três vezes no ar umas moedas. Em todas as vezes os presságios foram bons. Portanto, o destino ordenava. Tomou um fiacre até a Rue de Choiseul.

Subiu rapidamente as escadas, puxou o cordão da campainha; ela não tocou; ele se sentiu à beira de um desmaio.

Então ele sacudiu, com um golpe furioso, a pesada borla de seda vermelha. Um sino tocou, diminuiu gradualmente; e não se ouviu mais nada. Frédéric teve medo.

Encostou o ouvido na porta; nem um sussurro! Pôs o olho no buraco da fechadura e viu na antessala apenas duas pontas de junco, na parede, entre as flores do papel. Por fim, já rodava em seus calcanhares quando mudou de ideia. Dessa vez, ele deu um golpe pequeno e leve. A porta se abriu; e, na soleira, com cabelos desgrenhados, rosto carmesim e expressão taciturna, o próprio Arnoux apareceu.

— Ora veja! Que diabo o traz aqui? Entre!

Ele o fez entrar, não no boudoir ou em seu quarto, mas na sala de jantar, onde se via sobre a mesa uma garrafa de champanhe com duas taças; e, abruptamente perguntou:

— Você tem algo a me pedir, caro amigo?

— Não! Nada! Nada! — gaguejou o jovem, procurando um pretexto para sua visita.

Por fim, disse que tinha vindo saber das novidades, porque pensava que ele estivesse na Alemanha, segundo relato de Hussonnet.

— De jeito nenhum! — respondeu Arnoux. — Que atrapalhado é esse moço, que entende tudo errado!

Para dissimular sua confusão, Frédéric andava de um lado a outro na sala. Batendo contra a perna de uma cadeira, ele derrubou uma sombrinha que descansava sobre ela; o cabo de marfim se quebrou.

— Meu Deus! — gritou assustado —, lamento muito ter quebrado a sombrinha de Madame Arnoux.

Ao ouvir essas palavras o comerciante ergueu a cabeça e abriu um singular sorriso. Frédéric, aproveitando a oportunidade oferecida para falar dela, acrescentou timidamente:

— Será que eu poderei vê-la?

Ela estava na sua terra natal, junto de sua mãe doente.

Ele não ousou fazer perguntas sobre a duração dessa ausência. Apenas perguntou qual era a terra natal de Madame Arnoux.

— Chartres! Isso o surpreende?

— A mim? Não! Por quê? De forma alguma!

Eles não encontraram absolutamente nada a dizer um ao outro depois disso. Arnoux, que tinha enrolado um cigarro para si, rodeava a mesa, fumando. Frédéric, encostado no aquecedor, contemplava as paredes, a estante, o piso; e imagens encantadoras desfilavam em sua memória, diante de seus olhos. Finalmente ele se retirou.

Um pedaço de jornal, enrolado como uma bola, estava jogado no chão da antessala; Arnoux o pegou e, ficando na ponta dos pés, enfiou-o no sino da campainha, para continuar, disse ele, a sesta interrompida. Então, dando-lhe um aperto de mão:

— Por favor, diga ao porteiro que não estou em casa!

E ele fechou a porta nas costas dele, violentamente.

Frédéric desceu as escadas, degrau por degrau. O fracasso dessa primeira tentativa o desencorajou sobre a chance das outras. Então começaram três meses de tédio. Como ele não tinha nenhum trabalho, sua ociosidade reforçava sua tristeza.

Passava horas observando, do alto de sua sacada, o rio que corria entre os cais acinzentados, enegrecidos, aqui e ali, pela baba dos esgotos, com um pontão de lavadeiras atracado na margem, onde as crianças às vezes se divertiam, na lama, dando banho num cãozinho.

Seus olhos, ignorando à esquerda a ponte de pedra de Notre-Dame e três pontes suspensas, dirigiam-se sempre para o Quai aux Ormes, por sobre um aglomerado de árvores antigas, como as tílias do porto de Montereau. A torre de Saint-Jacques, o Hôtel-de-Ville, Saint-Gervais, Saint-Louis, Saint-Paul erguiam-se do lado oposto, entre a confusão dos telhados, — e o gênio, no alto da Colonne de Juillet, na Place de la Bastille, brilhava no oriente como uma grande estrela de ouro, enquanto, no outro extremo, a cúpula das Tuileries arredondava, no céu, sua pesada massa azul. Era ali atrás, daquele lado, que devia estar a casa de Madame Arnoux.

Ele voltava para seu quarto; depois, deitado no divã, entregava-se a uma meditação desordenada: planos de obras literárias, projetos de conduta, aspirações para o futuro. Finalmente, para se livrar de si mesmo, saía.

Subia aleatoriamente o Quartier Latin, costumeiramente tão tumultuado, mas deserto naquela época, porque os alunos tinham voltado para suas casas. Os grandes muros dos colégios, como que alongados pelo silêncio, tinham um aspecto ainda mais sombrio; podia-se ouvir todo tipo de ruídos tranquilos, o bater de asas em gaiolas, o ronco de um torno, o martelo de um sapateiro; e os mercadores de roupas, no meio das ruas, interrogavam com os olhos cada janela, inutilmente. No fundo dos cafés solitários, a senhora do balcão bocejava entre seus garrafões repletos; os jornais se mantinham arrumados nas mesas da sala de leitura; no ateliê das passadeiras, os lençóis tremiam sob as lufadas do vento morno. De vez em quando, ele parava diante da vitrine de um vendedor de livros de segunda mão; um ônibus, que descia raspando a calçada, o fazia voltar-se; e, ao chegar diante do Jardin de Luxembourg, ele parava.

Às vezes, a esperança de uma distração o atraía em direção aos bulevares. Depois de passar por ruelas lúgubres exalando frescores úmidos, ele chegava a grandes praças desertas, deslumbrantes de luz, e onde os monumentos desenhavam na beira do calçamento recortes de sombra negra. Mas as charretes e as lojas reapareciam, e a multidão o atordoava — principalmente aos domingos — quando, da Bastille até a Madeleine, havia uma vaga imensa ondulando no asfalto, em meio à poeira, num rumor contínuo; ele se sentia bastante nauseado com a baixeza dos rostos, a tolice das palavras, a satisfação imbecil transpirando sobre as testas suadas! No entanto, a consciência de valer mais do que aqueles homens abrandava o cansaço de olhar para eles.

Ele ia todos os dias para *L'Art Industriel*; — e, para saber quando Madame Arnoux voltaria, indagava longamente sobre a mãe dela. A resposta de Arnoux não variava; "ela estava melhorando", sua esposa, com a filha, estaria de volta na próxima semana. Quanto mais ela demorava para voltar, mais preocupado Frédéric se mostrava — tanto que Arnoux, tocado por tanto carinho, o levou cinco ou seis vezes para jantar no restaurante.

Frédéric, nessas longas conversas face a face, percebeu que o negociante de quadros não era muito erudito. Arnoux percebia esse esfriamento; e então Frédéric julgou ser essa a ocasião para retribuir um pouco suas cortesias.

Desejoso, então, de fazer tudo muito bem, vendeu a um negociante de segunda mão todas as suas roupas novas por oitenta francos; e, acrescentando a esse valor outros cem que lhe restavam, foi à casa de Arnoux para convidá-lo para jantar. Regimbart estava lá. Dirigiram-se ao Trois-Frères-Provençaux.

O Cidadão começou tirando a sobrecasaca e, seguro da deferência dos outros dois, decidiu o cardápio. Mas, por mais que tenha ido à cozinha falar com o próprio chef, descido à adega da qual conhecia cada canto e chamado o dono do estabelecimento, em quem "passou um sabão", não ficou satisfeito nem com a comida, nem com o vinho, nem com o serviço! A cada novo prato, a cada garrafa diferente, desde a primeira mordida, o primeiro gole, ele largava o garfo ou empurrava o copo para longe; depois, acotovelando-se na toalha em toda a extensão de seu braço, bradava que já não se podia mais jantar em Paris! Por fim, sem saber o que imaginar para sua boca, Regimbart pediu feijão no azeite, "muito simplesmente", o qual, embora não estivesse tão bom, o acalmou um pouco. Depois ele conversou com o garçom, falando dos antigos garçons do Provençaux: "O que tinha acontecido com Antoine? E um tal de Eugène? E quanto a Théodore, um baixinho, que sempre servia lá embaixo? Naquele tempo a comida era muito mais requintada, e havia garrafas de Bourgogne, como nunca se voltará a ver!"

Em seguida o assunto foi o valor dos terrenos nos subúrbios, uma especulação de Arnoux, infalível. Enquanto esperava, ele perdia seus ganhos. Embora não quisesse vender por preço algum, Regimbart lhe arranjaria alguém; e esses dois senhores fizeram cálculos, com um lápis, até o final da sobremesa.

Foram tomar o café no Passage du Saumon, em uma taberna, no mezanino. Frédéric assistiu, em pé, a intermináveis partidas de bilhar, regadas com inúmeras canecas de chope; — e lá ficou até a meia-noite, sem saber por quê, se por covardia ou por estupidez, na esperança confusa de algum acontecimento favorável ao seu amor.

Quando ele a veria novamente? Frédéric se desesperava. Mas uma noite, no final de novembro, Arnoux lhe disse:

— Minha mulher voltou ontem, sabe!

No dia seguinte, às cinco horas, ele foi à casa dela.

Começou com felicitações, a respeito de sua mãe, cuja doença havia sido tão grave.

— Imagine! Quem lhe disse?

— Arnoux!

Ela fez um leve "ah", depois acrescentou que teve sérios temores, agora dissipados.

Ela encontrava-se junto ao fogo, na bergère estofada. Ele estava no canapé, com o chapéu entre os joelhos; e a conversa não fluía, ela se distraía a cada minuto; ele não encontrava uma chance de expressar seus sentimentos. Mas, como ele reclamava de estudar as questões jurídicas, ela respondeu: "Sim... eu entendo... os negócios...!", abaixando o rosto, repentinamente absorvida por suas reflexões.

Ele tinha sede de conhecê-las e, na verdade, não pensava em outra coisa. O crepúsculo lançava suas sombras ao redor deles.

Ela se levantou, pois tinha uma compra a fazer, então reapareceu com um capuz de veludo e um manto negro com bordas de pelo de esquilo. Ele se atreveu a se oferecer para acompanhá-la.

Não se via nada; o tempo estava frio e uma forte neblina, eclipsando as fachadas das casas, deixava fétido o ar. Frédéric o inalava com deleite; pois ele sentia, através do enchimento da roupa, a forma de seu braço; e sua mão, encerrada numa luva de camurça com dois botões, a mãozinha que ele queria cobrir de beijos, apoiava-se em sua manga. Por causa do pavimento escorregadio, eles oscilavam um pouco; ele tinha a impressão de que os dois estavam como que embalados pelo vento, em meio a uma nuvem.

O brilho das luzes no bulevar o trouxe de volta à realidade. A oportunidade era boa, o tempo estava se esgotando. Ele se deu até a Rue de Richelieu para declarar seu amor. Mas quase que imediatamente, diante de uma loja de porcelanas, ela parou, dizendo a ele:

— Chegamos, obrigada! Até quinta, como sempre, certo?

Os jantares recomeçaram; e quanto mais ele frequentava Madame Arnoux, mais seus langores aumentavam.

A contemplação dessa mulher o incomodava, como o uso de um perfume forte demais. Aquilo desceu às profundezas de seu temperamento e tornou-se quase uma forma geral de sentir, uma nova forma de existir. As prostitutas que ele encontrava embaixo dos lampiões a gás, as cantoras soltando seus trinados, as amazonas em seus cavalos a galope, as burguesas a pé, as costureiras simplórias em suas janelas, todas as mulheres o faziam lembrar-se dela, pelas semelhanças ou pelos contrastes violentos. Ele olhava, passando pelas lojas, as caxemiras, as rendas e os pingentes de pedrarias, imaginando-os envolvendo seus quadris, costurados em seu corpete, iluminando sua cabeleira negra. Na barraca dos mercadores, as flores desabrochavam para que ela as escolhesse ao passar; na vitrine das sapatarias, as sapatilhas de cetim com orla de penas de cisne pareciam estar à espera de seus pés; todas as ruas levavam à sua casa: as carruagens ficavam estacionadas nas praças apenas para chegar lá mais rápido; Paris tinha tudo a ver com sua pessoa, e a grande cidade sussurrava com todas as suas vozes, como uma imensa orquestra em torno dela.

Quando ia ao Jardin des Plantes, a visão de uma palmeira o levava a terras distantes. Eles viajavam juntos, no dorso de dromedários, sob o toldo no dorso de elefantes, na cabine de um iate entre arquipélagos azuis, ou lado a lado, em duas mulas com sininhos, que tropeçavam na grama contra colunas quebradas. Às vezes, ele parava no Louvre, diante de quadros antigos; e com seu amor abraçando-a até mesmo nos séculos desaparecidos, ele a substituía pelos personagens das pinturas. Com um penteado típico da Idade Média, ela orava de joelhos atrás de um vitral de chumbo. Senhora de Castela ou de Flandres, ela ficava sentada com um colarinho engomado e um corpete de barbatanas com grandes detalhes bufantes. Em seguida, ela descia uma grande escadaria de pórfiro, entre os senadores, sob um dossel de penas de avestruz, em um vestido de brocado. Outras vezes, ele sonhava com ela em calças de seda amarela, nas almofadas de um harém; — e tudo o que era belo, o cintilar das estrelas, certas árias musicais, a condução de uma frase, os contornos de um rosto, o levavam a pensar nela de forma brusca e insensível.

Quanto a tentar fazer dela sua amante, ele estava certo de que qualquer tentativa seria em vão.

Uma noite, Dittmer, que estava chegando, beijou-a na testa; Lovarias fez o mesmo, dizendo:

— A madame me permite, já que somos amigos, não é mesmo?

Frédéric gaguejou:

— Parece que somos todos amigos, não é mesmo?

— Nem todos são velhos amigos! — ela retrucou.

Indiretamente, isso significava que ela o rejeitava de antemão.

Aliás, o que era possível fazer? Dizer a ela que a amava? Sem dúvida ela o baniria; ou então, indignada, o expulsaria de sua casa! Mas ele preferia todas as dores à horrível possibilidade de não tornar a vê-la.

Ele invejava o talento dos pianistas, as cicatrizes dos soldados. Ele desejava uma doença perigosa, esperando que isso despertasse o interesse dela.

Uma coisa que o surpreendeu foi não sentir ciúme de Arnoux; e ele só conseguia imaginá-la vestida — de tão natural que parecia seu pudor, e impelia seu sexo para uma sombra misteriosa.

No entanto, sonhava com a felicidade de viver com ela, de tratá-la com intimidade, de passar longamente a mão nos bandós, ou de se ajoelhar diante dela, com os dois braços envolvendo sua cintura, bebendo sua alma nos seus olhos! Para isso, teria sido necessário subverter o destino; e, incapaz de agir, amaldiçoando a Deus e acusando a si próprio de ser um covarde, vagava em seu desejo, como um prisioneiro em sua masmorra. Uma angústia constante o sufocava. Ele ficava parado por horas, ou então explodia em lágrimas; e, um dia, quando lhe faltavam forças para se conter, Deslauriers lhe disse:

— Mas, francamente! O que você tem?

Frédéric sofria dos nervos. Deslauriers não acreditou em nada daquilo. Diante de tamanha dor, ele tinha sentido despertar sua ternura e o confortou. Um homem como ele se deixar abater, que tolice! Na juventude, ainda passa, mas, depois, é uma perda de tempo.

— Você está estragando o Frédéric que eu conheci! Quero o antigo de volta. O mesmo rapaz de sempre! Eu gostava dele! Vamos, fume um cachimbo, animal! Mexa-se um pouco, você me angustia!

— É verdade — disse Frédéric — estou louco!

O escrevente retomou:

— Ah! Velho trovador, eu sei bem o que o aflige! O coraçãozinho? Admita! Ora! Perde-se uma, ganham-se quatro! Nos consolamos de mulheres virtuosas com as outras. Quer que eu lhe apresente mulheres? Você só tem que vir para o Alhambra. (Era um baile público aberto havia pouco no alto da Champs-Élysées, e que se arruinou logo na segunda temporada, pelo luxo prematuro para esse tipo de estabelecimento.) As pessoas se divertem por lá, pelo que parece. Vamos! Você poderá levar seus amigos se quiser; eu até deixo que você leve Regimbart!

Frédéric não convidou o Cidadão. Deslauriers privou-se de Sénécal. Eles apenas levaram Hussonnet e Cisy com Dussardier; e o mesmo fiacre levou os cinco até a porta do Alhambra.

Duas galerias mouriscas estendiam-se à direita e à esquerda, paralelamente. A parede de uma casa, do lado oposto, ocupava toda a parte de trás, e o quarto lado (o do restaurante) ostentava um claustro gótico com vitrais coloridos. Uma espécie de telhado chinês abrigava o tablado onde os músicos tocavam; o solo ao redor estava coberto de asfalto, e lanternas venezianas penduradas em postes formavam, à distância, sobre as quadrilhas, uma coroa de luzes multicoloridas. Aqui e ali, um pedestal sustentava uma bacia de pedra, da qual saía um pequeno filete de água. Podia-se ver, em meio a folhagem, estátuas de gesso, Hebes ou Cupidos, pintados com uma tinta a óleo de aspecto pegajoso; e os numerosos caminhos, decorados com areia de um amarelo profundo, cuidadosamente arrumada, faziam o jardim parecer muito maior do que era.

Estudantes passeavam com suas amantes; os vendedores de novidades se pavoneavam empunhando uma bengala entre os dedos; colegiais fumavam charutos de Havana; velhos solteiros acariciavam com um pente suas barbas tingidas; havia ingleses, russos, gente da América do Sul, três orientais com seus chapéus vermelhos típicos, cobertos por um turbante branco e uma borda de seda azul. Cortesãs, costureiras simplórias e moças tinham ido lá, na esperança de encontrar um protetor, um amante, uma moeda de ouro ou simplesmente pelo prazer de dançar; e seus vestidos de túnica verde-água, azul, cereja ou violeta, passavam ondulando entre as árvores de ébano e os lilases. Quase todos os homens usavam tecidos xadrez, alguns com calças brancas, apesar do frescor da noite. Os lampiões a gás estavam sendo acesos.

Hussonnet, devido às suas conexões com revistas de moda e pequenos teatros, conhecia muitas mulheres; mandava beijos com a ponta dos dedos e, de vez em quando, deixando os amigos, ia conversar com elas. Deslauriers ficou com inveja daqueles modos. Ele abordou cinicamente uma loira alta, vestida de nanquim. Depois de olhar para ele com ar de enfado, ela disse: "Não! Sem confiança, mocinho!", e girou nos calcanhares.

Ele recomeçou, perto de uma morena gorda, sem dúvida maluca, pois deu um pulo ao ouvir a primeira palavra, ameaçando chamar a polícia se ele continuasse. Deslauriers tentou rir; então, descobrindo uma pequena mulher sentada sozinha sob um poste de luz, ele convidou-a para uma contradança.

Os músicos, empoleirados no tablado, em poses de macaco, arranhavam e sopravam, impetuosamente. O maestro, em pé, batia o compasso mecanicamente. Todos se apertavam e se divertiam; os laços dos chapéus desamarrados resvalavam nas gravatas, botas se enfiavam sob as anáguas; tudo saltava em cadência; Deslauriers apertava contra ele a pequena mulher e, vencido pelo delírio do cancã, oscilava entre as quadrilhas como uma grande marionete. Cisy e Dussardier seguiam em seu passeio; o jovem aristocrata cobiçava as meninas e, apesar das exortações do empregado, não ousava falar com elas, imaginando que sempre havia na casa dessas mulheres "um homem escondido no armário com uma pistola, e que sai dele para fazer você pagar notas de câmbio".

Eles voltaram para perto de Frédéric. Deslauriers tinha parado de dançar; e todos se perguntavam como encerrar a noite, quando Hussonnet exclamou:

— Vejam quem está aqui! A Marquesa de Amaëgui!

Era uma mulher pálida, de nariz arrebitado, com luvas até os cotovelos e grandes cachos negros que caíam por suas bochechas como duas orelhas de cachorro. Hussonnet lhe disse:

— Que tal uma festinha na sua casa, uma noitada oriental? Você poderia tentar reunir algumas de suas amigas para esses cavaleiros franceses! Bem, o que a impede? Por acaso estaria esperando pelo seu hidalgo?

A andaluza baixou a cabeça; conhecendo os hábitos pouco faustosos de seu amigo, ela temia ter de pagar pelas bebidas. Por fim, quando ela deixou escapar a palavra dinheiro, Cisy propôs cinco napoleões, tudo o que tinha em sua bolsa; a coisa ficou acertada. Mas Frédéric não estava mais lá.

Ele pensou ter reconhecido a voz de Arnoux, viu um chapéu de mulher e rapidamente mergulhou no bosque ao lado.

Mademoiselle Vatnaz estava sozinha com Arnoux.

— Com licença! Estou incomodando?

— De jeito nenhum! — respondeu o negociante.

Frédéric, pelas últimas palavras da conversa deles, compreendeu que ele havia acorrido ao Alhambra para falar com Mademoiselle

Vatnaz sobre um assunto urgente; e sem dúvida Arnoux não estava totalmente tranquilo, pois disse-lhe com ar preocupado:

— Você tem certeza?

— Certeza absoluta! Todos gostam do senhor! Ah! Que homem!

E ela fazia beicinho para ele, mostrando seus lábios grossos, quase ensanguentados de tão vermelhos. Mas ela tinha olhos admiráveis, fulvos, com pintas douradas nas pupilas, plenos de espírito, amor e sensualidade. Eles iluminavam como candeeiros a tez ligeiramente amarela de seu rosto magro. Arnoux parecia gostar de suas afrontas. Ele se inclinou para ela, dizendo:

— Você é uma gracinha, me dê um beijinho!

Ela o pegou pelas orelhas e o beijou na testa.

Nesse momento as danças pararam; e, no lugar do maestro, apareceu um jovem bonito, demasiadamente gordo e branco como cera. Ele tinha longos cabelos negros arrumados à maneira de Cristo, um colete de veludo azul com grandes palmas douradas, vaidoso como um pavão, tonto como um peru; e depois de cumprimentar o público, ele começou a entoar uma cantiga. Representava um camponês narrando sua própria viagem à capital; o artista falava baixo-normando, fingia estar bêbado; o refrão:

Ah! Eu ri de você, eu ri de você,
Nesta miserável Paris!

suscitava um bate-pé de entusiasmo. Delmas, "cantor expressivo", era inteligente demais para deixar esse entusiasmo esfriar. Rapidamente lhe passaram um violão e ele gemeu uma romança intitulada *O irmão da albanesa*.

A letra fez Frédéric se lembrar daquela que o homem em farrapos cantava entre os tambores do barco. Seus olhos involuntariamente focavam a bainha do vestido que estava diante dele. Depois de cada copla, havia uma longa pausa — e o sopro do vento nas árvores lembrava o barulho das ondas.

Mademoiselle Vatnaz, afastando com uma das mãos os ramos de um arbusto que lhe obscurecia a visão do tablado, contemplava fixamente o cantor, com as narinas abertas, os olhos quase se fechando, como que perdida numa alegria séria.

— Muito bem! — disse Arnoux. — Eu entendo por que você veio ao Alhambra esta noite! Delmas lhe agrada, minha querida.

Ela não quis confessar.

— Ah! Quanto pudor! — E, apontando para Frédéric: — É por causa dele? Você estaria enganada. Não existe um rapaz mais discreto!

Os outros, que procuravam o amigo, entraram na sala das plantas. Hussonnet os apresentou. Arnoux distribuiu charutos e presenteou a todos com sorvetes.

Mademoiselle Vatnaz enrubesceu ao ver Dussardier. Ela se levantou rapidamente e, estendendo-lhe a mão:

— Não me reconhece, senhor Auguste?

— Como? Você a conhece? — perguntou Frédéric.

— Já estivemos na mesma casa! — ele replicou.

Cisy puxava-o pela manga, saíram; e, mal ele desapareceu, Mademoiselle Vatnaz começou a elogiar o seu caráter. Acrescentou até mesmo que ele tinha o *gênio do coração*.

Em seguida, conversaram sobre Delmas, que poderia, como um mímico, fazer sucesso no teatro; e seguiu-se uma conversa na qual se mesclaram Shakespeare, a censura, o estilo, o povo, as receitas da Porte-Saint-Martin, Alexandre Dumas, Victor Hugo e Dumersan.[35] Arnoux conhecera várias atrizes famosas; os jovens se inclinavam para ouvi-lo. Mas suas palavras eram encobertas pelo barulho da música; e, assim que terminavam a quadrilha ou a polca, todos corriam para as mesas, chamavam o garçom, riam; as garrafas de cerveja e de limonada gasosa explodiam nas folhagens, mulheres gritavam como galinhas; às vezes dois cavalheiros queriam lutar; um ladrão foi preso.

Galopando, os dançarinos invadiram as alamedas do jardim. Ofegantes, sorridentes e com os rostos vermelhos, desfilavam num

[35] Nascido em 1780, esse autor dramático escreveu nada menos que 238 peças, entre as quais, algumas, segundo Monsieur René Dumesnil, ainda continuam sendo bem divertidas. (2)

redemoinho que erguia os vestidos e os casacos; os trombones rugiam mais alto; o ritmo se acelerava; atrás do claustro da Idade Média, ouviam-se estalos, explodiam fogos de artifício; sóis começaram a girar; brilharam os fogos de Bengala; a cor esmeralda iluminou todo o jardim por um minuto; — e, no último foguete, a multidão emitiu um grande suspiro.

E se dispersou lentamente. Uma nuvem de pólvora pairava no ar. Frédéric e Deslauriers caminhavam passo a passo no meio da multidão, quando um espetáculo os deteve: Martinon recebia o troco no guarda-volumes; e ele acompanhava uma mulher de cerca de cinquenta anos, feia, magnificamente vestida e de um nível social problemático.

— Esse sujeito — disse Deslauriers — é menos simples do que se supõe. Mas onde está Cisy, afinal?

Dussardier mostrou-lhes a taberna, onde viram o filho dos valentes, diante de uma tigela de ponche, na companhia de um chapéu rosa.

Hussonnet, que estava ausente havia cinco minutos, reapareceu no mesmo momento.

Uma jovem estava apoiada em seu braço, chamando-o em voz alta de "meu gatinho".

— Mas não! — ele dizia a ela. — Não! Não em público! Melhor me chamar de Visconde! Dá um ar de cavaleiro, Louis XIII e botas macias, que me agrada! Sim, meus camaradas, uma das antigas! Ela não é adorável? — E segurava seu queixo. — Cumprimente esses senhores! Eles são todos filhos de pares de França! Eu os frequento para que me designem embaixador!

— Como o senhor é louco! — Mademoiselle Vatnaz suspirou.

Ela implorava a Dussardier que a acompanhasse até a sua porta.

Arnoux os observou se afastarem, então, voltando-se para Frédéric:

— A Vatnaz lhe agradaria? Aliás, você não é franco a esse respeito. Acho que você está escondendo seus amores, não?

Frédéric empalideceu e jurou que não estava escondendo nada.

— É que nunca soubemos de nenhuma amante sua — retrucou Arnoux.

Frédéric quis citar um nome, ao acaso. Mas a história poderia ser contada a ela. Ele respondeu que, de fato, não tinha uma amante.

O negociante o censurou.

— Esta noite era uma boa oportunidade! Por que você não fez como os outros, que estão saindo todos com uma mulher?

— Bem, e o senhor? — disse Frédéric, impaciente com tanta persistência.

— Ah! Eu! Meu garoto! É diferente! Eu volto para a minha!

Ele chamou um cabriolé e desapareceu.

Os dois amigos partiram a pé. Soprava um vento leste. Nenhum dos dois falava. Deslauriers lamentava não ter *brilhado* na frente do diretor de um jornal, e Frédéric mergulhava na sua tristeza. Por fim, ele disse que tinha achado o bailinho uma coisa estúpida.

— E de quem é a culpa? Se você não nos tivesse abandonado pelo seu Arnoux!

— Ora! Qualquer coisa que eu pudesse ter feito teria sido completamente inútil!

Mas o escrevente tinha teorias. Para obter as coisas, bastava desejá-las fortemente.

— Mas, você mesmo, agora há pouco...

— Eu não estava ligando para elas! — disse Deslauriers, interrompendo a alusão. — E você acha que vou me envolver com mulheres!

E discursou contra sentimentalismos delas, suas tolices; em suma, isso o desagradava.

— Então, não queira parecer o que não é! — disse Frédéric.

Deslauriers ficou em silêncio. Então, de repente:

— Você quer apostar cem francos que eu pego a primeira que passar?

— Sim! Apostado!

A primeira que passou era uma mendiga abjeta; e eles já se desesperavam com o acaso, quando no meio da Rue de Rivoli viram uma menina alta carregando uma caixinha nas mãos.

Deslauriers a abordou sob as arcadas. Ela virou bruscamente na direção das Tuileries e foi rapidamente em direção à Place du Carrousel; lançava olhares para a direita e para a esquerda. Ela correu atrás de um fiacre; Deslauriers a alcançou. Ele caminhava ao lado dela, falando com ela com gestos expressivos. Por fim, ela aceitou seu braço e eles continuaram ao longo do cais. Então, na altura do Châtelet, por pelo menos vinte minutos, eles caminharam pela calçada, como dois marinheiros montando guarda. Mas de repente eles cruzaram a Pont au Change, o Marché aux Fleurs, o Quai Napoléon. Frédéric foi atrás deles. Deslauriers o fez entender que ele os incomodaria e que ele só tinha que seguir o seu exemplo.

— Quanto você ainda tem?

— Duas moedas de cem sous!

— É o bastante! Boa noite!

Frédéric ficou surpreso ao ver uma farsa bem-sucedida: "Ele está zombando de mim", pensou. "E se eu o seguir?" Deslauriers por acaso estaria pensando que ele invejava esse amor? "Como se eu já não tivesse um, e cem vezes mais raro, mais nobre, mais forte!" Uma espécie de raiva o impulsionava. Ele chegou à frente da porta de Madame Arnoux.

Nenhuma das janelas externas pertenciam ao seu aposento. Porém, ele permaneceu com os olhos grudados na fachada — como se acreditasse que, com essa contemplação, pudesse ser capaz de abrir as paredes. Agora, provavelmente ela estava descansando, calma como uma flor adormecida, com os seus lindos cabelos negros entre as rendas do travesseiro, os lábios semicerrados, a cabeça apoiada em um braço.

Então Arnoux apareceu. Ele se afastou, para fugir dessa visão.

O conselho de Deslauriers lhe veio à mente; ele ficou horrorizado. Então ele vagou pelas ruas.

Quando um pedestre se aproximava, ele tentava distinguir seu rosto. De vez em quando, um raio de luz passava entre suas pernas, descrevia um imenso quarto de círculo no calçamento; e um homem surgia nas sombras com seu cesto nas costas e sua lanterna. O vento, em alguns lugares, sacudia o cano de metal de uma chaminé; sons distantes se elevavam, misturando-se ao zumbido de sua cabeça, e ele tinha a sensação de ouvir, no ar, o vago ritornelo das contradanças. O movimento de sua caminhada sustentava essa embriaguez; ele se viu na Pont de la Concorde.

Então ele se lembrou daquela noite do outro inverno — quando, saindo da casa dela pela primeira vez, ele teve que parar, de tão rápido que batia seu coração sob o abraço de suas esperanças. Todas elas estavam mortas agora!

Nuvens negras cruzavam a face da lua. Ele a contemplou, sonhando com a grandeza dos espaços, com a miséria da vida, com o vazio de tudo. O dia amanheceu; seus dentes batiam; e, meio adormecido, molhado pela névoa e mergulhado em lágrimas, ele se perguntou por que não acabar com tudo isso? Bastava um único movimento! O peso de sua testa o arrastava, ele via seu cadáver boiando na água; Frédéric se inclinou. O parapeito era um pouco largo e, por lassidão, não tentou transpô-lo.

Um terror apoderou-se dele. Voltou para os bulevares e se afundou em um banco. Policiais o acordaram, convencidos de que ele "tinha se excedido".

Ele começou a andar novamente. Mas, como estava com muita fome e todos os restaurantes estavam fechados, foi jantar em um cabaré dos Halles. Depois disso, julgando que ainda era cedo demais, caminhou ao longo do Hôtel de Ville até as oito e quinze.

Deslauriers há muito havia dispensado sua jovem; e ele escrevia na mesa no meio do quarto. Por volta das quatro horas, Monsieur de Cisy chegou.

Graças a Dussardier, na noite anterior ele tinha se arranjado com uma mulher; e tinha inclusive a levado de carruagem, na companhia de seu marido, até a porta de sua casa, onde ela havia acertado com ele um encontro. Estava saindo de lá. O nome dela não era conhecido!

— O que você quer que eu faça a respeito? — disse Frédéric.

Então o cavalheiro começou a divagar; falou de Mademoiselle Vatnaz, da andaluza e de todas as outras. Enfim, com muitas perífrases, explicou o propósito de sua visita: confiando na discrição de seu amigo, ele vinha para que ele o aconselhasse sobre uma decisão a tomar, após o que ele definitivamente se consideraria um homem; e Frédéric não negou sua ajuda. Ele contou a história a Deslauriers, sem dizer a verdade sobre o que tinha a ver com ele pessoalmente.

O escrevente achou que "então, ele estava indo muito bem". Essa deferência aos seus conselhos aumentou seu bom humor.

Foi com essa atitude que ele seduziu, desde o primeiro dia, Mademoiselle Clémence Daviou, bordadeira de ouro para fardas militares, a mais doce das pessoas, que era esbelta como um junco, com grandes olhos azuis, sempre espantados. O escrevente abusava de sua candura, a ponto de fazê-la acreditar que ele tinha sido condecorado; ele adornava sua sobrecasaca com uma fita vermelha, quando estava só com ela, mas se privava dela em público, dizendo que era para não humilhar seu chefe. De resto, ele a mantinha à distância, deixava-se acariciar como um paxá, e a chamava de "a filha do povo", para fazer graça. Sempre que se viam, ela lhe trazia pequenos buquês de violetas. Frédéric não teria querido um amor assim.

No entanto, quando eles saíam de braços dados para ir a um espaço reservado de restaurantes como o Pinson ou Barillot, ele sentia uma tristeza singular. Mas Frédéric não tinha ideia do quanto ele já tinha feito Deslauriers sofrer, no último ano, todas as quintas-feiras, quando ele escovava as unhas para ir jantar na Rue de Choiseul!

Uma noite, do alto de sua sacada, ele tinha acabado de vê-los sair, quando avistou Hussonnet de longe, na Pont d'Arcole. O boêmio começou a chamá-lo por sinais, e, Frédéric, tendo descido os cinco andares, ouviu:

— É o seguinte: No próximo sábado, dia 24, Madame Arnoux vai celebrar o onomástico.

— Como, se o nome dela é Marie?

— Angèle também, mas não importa! Será comemorado em sua casa de campo em Saint-Cloud; estou encarregado de avisá-lo. Você encontrará um veículo às três horas no jornal! Então, está combinado! Desculpe o incômodo. Mas tenho tanta coisa a fazer!

Frédéric mal tinha se virado e seu porteiro lhe entregou uma carta:

"Monsieur e Madame Dambreuse pedem a Monsieur F. Moreau que lhes faça a honra de vir jantar em sua casa no sábado, 24 do corrente — R.S.V.P."

"Tarde demais", ele pensou.

No entanto, ele mostrou a carta para Deslauriers, que exclamou:

— Ah! Finalmente! Mas você não parece feliz. Por quê?

Frédéric, hesitando um pouco, disse que no mesmo dia tinha outro convite.

— Dê-me o prazer de mandar às favas a Rue de Choiseul. Não faça uma bobagem! Vou responder por você, se isso o constrange.

E o escrevente redigiu uma aceitação, na terceira pessoa.

Por nunca ter visto a alta sociedade, a não ser pela febre de seus desejos de fazer parte, ele a imaginava como uma criação artificial, funcionando em virtude de leis matemáticas. Um jantar na cidade, o encontro com um homem influente, o sorriso de uma mulher bonita, podiam, por uma série de ações logicamente encadeadas, ter resultados gigantescos. Alguns salões parisienses eram como essas máquinas que pegam o material em seu estado bruto e o tornam cem vezes mais valioso. Ele acreditava nas cortesãs aconselhando diplomatas, nos casamentos ricos obtidos por intrigas, na inteligência dos escravos de galeras, nas sutilezas do acaso sob as mãos dos poderosos. Por fim, considerava frequentar os Dambreuse algo tão útil, e falou tão bem, que Frédéric não sabia o que decidir.

Mas nem por isso ele devia deixar de dar um presente à Madame Arnoux, uma vez que se tratava de sua festa; ele pensou, naturalmente, em uma sombrinha, a fim de reparar sua atitude desastrada. Ora, ele encontrou uma sombrinha de seda mesclada em cinza, azul e rosa, com um pequeno cabo em marfim cinzelado, recém-chegada da China. Mas ela custava cento e setenta e cinco francos e ele não tinha um centavo, vivendo inclusive do crédito do trimestre seguinte. Entretanto, ele a queria, estava determinado e, apesar de sua aversão, ele recorreu a Deslauriers.

Deslauriers lhe disse que não tinha dinheiro.

— Preciso desse dinheiro — disse Frédéric —, preciso muito!

E como o outro repetia a mesma desculpa, ele se exasperou.

— Bem que você poderia, de vez em quando…

— O quê?

— Nada!

O escrevente tinha entendido. Tirou de sua reserva a soma em questão, e depois de despejar moeda por moeda:

— Não lhe peço um recibo, já que vivo às suas custas!

Frédéric pulou no seu pescoço, com mil protestos de carinho. Deslauriers permaneceu frio. Depois, no dia seguinte, ao perceber a sombrinha sobre o piano:

— Ah! Era para isso!

— Vou enviar a ela, quem sabe... — disse Frédéric descuidadamente.

O acaso o favoreceu, pois recebeu à noite um cartão com a borda preta, no qual Madame Dambreuse, anunciando a morte de um tio, se desculpava por adiar o prazer de conhecê-lo.

Ele chegou à redação do Jornal às duas horas. Em vez de esperá-lo para que fossem juntos em sua carruagem, Arnoux havia partido no dia anterior, não resistindo à necessidade de tomar ar fresco.

Todos os anos, assim que brotavam as primeiras folhas, por vários dias seguidos, ele fugia de manhã, fazia longas caminhadas pelos campos, bebia leite nas fazendas, brincava com os aldeões, informava-se sobre as colheitas e trazia pés de alface em seu lenço. Finalmente, realizando um sonho antigo, ele tinha comprado uma casa de campo.

Enquanto Frédéric conversava com o empregado, Mademoiselle Vatnaz apareceu e ficou desapontada ao não ver Arnoux. Ele ainda ficaria lá mais dois dias, talvez. O empregado a aconselhou a "ir até lá"; ela não podia ir; poderia escrever uma carta, mas temia que a carta se perdesse. Frédéric se ofereceu para levá-la pessoalmente. Ela escreveu uma rapidamente e implorou que ele a entregasse sem testemunhas.

Quarenta minutos depois, ele desembarcava em Saint-Cloud.

A casa, cem passos além da ponte, ficava no meio da colina. Os muros do jardim ficavam escondidos por duas fileiras de tílias e um amplo gramado descia até a beira do rio. Estando o portão aberto, Frédéric entrou.

Arnoux, estendido na grama, brincava com uma ninhada de gatinhos. Essa distração parecia absorvê-lo infinitamente. A carta de Madame Vatnaz o despertou de seu torpor.

— Diabo, diabo! Que chatice! Ela tem razão; eu tenho que ir embora.

Então, enfiando a missiva no bolso, ele ficou satisfeito em mostrar para ele sua propriedade. Mostrou-lhe tudo, o estábulo, o galpão, a cozinha. O salão ficava à direita e o lado desse aposento, que ficava voltado para Paris, dava para uma varanda de treliça, carregada de clematitas. Mas, acima de suas cabeças, um chilreio irrompeu; Madame Arnoux, acreditando estar sozinha, divertia-se cantando. Ela fazia escales, trinados, arpejos. Havia notas longas que pareciam ficar suspensas; outras caíam precipitadas, como gotinhas de uma cachoeira; e sua voz, passando através da treliça, quebrava o grande silêncio, e subia para o céu azul.

Ela parou subitamente, quando Monsieur e Madame Oudry, dois vizinhos, chegaram.

Então ela mesma apareceu no topo da escada; e, enquanto ela descia os degraus, ele viu seu pé. Ela calçava sapatinhos abertos, de couro marrom com reflexos dourados, com três tiras transversais, que desenhavam uma rede de ouro em suas meias.

Os convidados chegaram. Com exceção do doutor Lefaucheux, advogado, eram os mesmos convidados de quinta-feira. Todos trouxeram algum presente: Dittmer, uma echarpe síria, Rosenwald um álbum de romanças, Burieu uma aquarela, Sombaz sua própria caricatura e Pellerin um desenho a carvão, representando uma espécie de dança macabra, uma fantasia hedionda de execução medíocre. Hussonnet desobrigou-se de qualquer presente.

Frédéric esperou os outros, para oferecer o seu. Ela lhe agradeceu muito. Então ele disse:

— Mas... é quase uma dívida! Fiquei tão chateado.

— Ora, mas por quê? — ela retrucou. — Não estou entendendo!

— Todos à mesa! — disse Arnoux, agarrando-o pelo braço; depois falando ao seu ouvido: — Você não é muito esperto, hein!

Nada era mais agradável que a sala de jantar, pintada de verde água. Em um dos cantos, uma ninfa de pedra mergulhava os dedos dos pés em uma bacia em forma de concha. Através das janelas abertas podia-se ver todo o jardim com o extenso gramado ladeado por um velho pinheiro da Escócia, despojado de três quartos de suas folhas; canteiros de flores arredondavam de forma irregular o gramado; e, para além do rio, estendiam-se em um amplo semicírculo os bosques de Boulogne, Neuilly, Sèvres, Meudon. Em frente ao portão, do lado oposto, um pequeno barco a vela bordejava.

Conversaram primeiro sobre essa vista, depois, sobre a paisagem em geral; e as discussões começaram quando Arnoux ordenou que seu empregado atrelasse uma charrete americana por volta das nove e meia. Uma carta do funcionário que cuidava do seu caixa o convocava.

— Quer que eu volte com você? — perguntou Madame Arnoux.

— Mas certamente! — e, fazendo uma graciosa reverência: — Sabe muito bem, Madame, que não posso viver sem a sua presença!

Todos a felicitaram por ter um marido tão bom.

— Ah! Eu não estou sozinha! — ela replicou baixinho, mostrando sua filhinha.

Depois, tendo sido retomada a conversa sobre pintura, falou-se de um Ruysdaël, de quem Arnoux esperava somas consideráveis, e Pellerin perguntou-lhe se era verdade que, no mês anterior, o famoso Saül Mathias, de Londres, tinha-lhe oferecido vinte e três mil francos pelo quadro.

— A mais pura verdade! — e, voltando-se para Frédéric — Trata-se do cavalheiro que eu levei outro dia ao Alhambra, bem a contragosto, eu lhe asseguro, porque esses ingleses não são nem um pouco divertidos!

Frédéric, que suspeitava que a carta de Mademoiselle Vatnaz tinha a ver com alguma história de mulher, admirara a facilidade de Monsieur Arnoux em encontrar uma maneira honesta de se safar, mas sua nova mentira, absolutamente desnecessária, o fez arregalar os olhos.

O negociante acrescentou, com um ar despretensioso:

— Como é mesmo o nome daquele rapaz alto, seu amigo?

— Deslauriers — respondeu Frédéric de pronto.

E, para reparar os erros que sentia ter cometido anteriormente, ele o elogiou dizendo ser o amigo dotado de uma inteligência superior.

— Ah! É mesmo? Mas ele não parece ser um rapaz tão bom como o outro, o empregado da empresa de entregas.

Frédéric amaldiçoou Dussardier. Ela ia pensar que ele se relacionava com pessoas medíocres.

Em seguida falaram dos embelezamentos da capital, dos novos bairros, e o tal de Oudry chegou a citar, entre os grandes especuladores, Monsieur Dambreuse.

Frédéric, aproveitando a oportunidade de se autovalorizar, disse que o conhecia. Mas Pellerin lançou-se em uma catilinária contra os donos de mercearia; vendedores de velas ou de prata, ele não via diferença. Depois, Rosenwald e Burieu citaram a porcelana; Arnoux conversava sobre jardinagem com Madame Oudry; Sombaz, um gaiato da velha escola, divertia-se brincando com o marido dela; ele o chamava de Odry,[36] como o ator, dizendo que ele devia ser descendente de Oudry, o pintor de cães, porque a protuberância dos animais era visível em sua testa. Ele até quis tatear-lhe crânio, o outro se defendia por causa da peruca; e a sobremesa terminou com gargalhadas.

Depois de tomarem o café sob tílias, fumando, e de darem várias voltas no jardim, foram passear à beira do rio.

O grupo parou diante de um pescador que limpava enguias em uma peixaria. Mademoiselle Marthe queria vê-las. Ele esvaziou a caixa sobre a grama; e a menina ajoelhando-se para alcançá-las, ria de prazer, gritava de medo. Todas se perderam. Arnoux pagou por elas.

Ele então teve a ideia de fazerem um passeio de canoa.

Um lado do horizonte começava a esmaecer, enquanto no outro uma grande faixa de cor laranja se espalhava pelo céu e estava mais arroxeada nas cristas das colinas, que se tornaram completamente pretas. Madame Arnoux estava sentada em uma grande pedra, com aquele fulgor de incêndio atrás dela. As outras pessoas passeavam aqui e ali; Hussonnet, embaixo, na margem, lançava pedras que ricocheteavam sobre a água.

Arnoux voltou, seguido por uma velha chalupa, na qual, apesar das mais sensatas advertências, amontoou seus convidados. Ela começou a afundar; foi preciso desembarcar.

---

36 Esse ator, na época com uns sessenta anos, tornou-se famoso por suas composições de personagens estúpidas e ridículas. Era um dos intérpretes habituais de Dumersan. (2)

As velas já queimavam no salão, todo revestido de tecido grosso acetinado, com candelabros de cristal nas paredes. A velha Madame Oudry dormia calmamente numa poltrona, e os outros ouviam Monsieur Lefaucheux dissertando sobre as glórias da ordem dos advogados. Madame Arnoux estava sozinha perto da janela, Frédéric se aproximou dela.

Eles conversaram sobre o que estava sendo dito. Ela admirava os oradores; ele preferia a glória dos escritores. Mas — ela prosseguiu — eu acho que se deve sentir um prazer maior quando as próprias pessoas tocam diretamente as multidões e veem que estão infundindo em suas almas todos os sentimentos que animam a sua própria. Esses triunfos tentavam muito pouco Frédéric, que não tinha ambições.

Ah! Por quê? — ela perguntou. É preciso ter um pouco de ambição!

Eles estavam próximos um do outro, parados em pé olhando pela janela. A noite se estendia diante deles como um imenso véu escuro, cravejado de prata. Era a primeira vez que não falavam de coisas triviais. Ele até ficou conhecendo suas antipatias e seus gostos: certos perfumes lhe faziam mal, os livros de história a interessavam, ela acreditava nos sonhos.

Ele partiu para o capítulo das aventuras sentimentais. Ela se compadecia dos desastres da paixão, mas se revoltava com as turbulências hipócritas; e essa retidão mental relacionava-se tão bem com a beleza regular de seu rosto, que parecia depender dela.

Ela sorria algumas vezes, fixando os olhos nele por um minuto. Então ele sentia os olhares dela penetrarem sua alma, como aqueles grandes raios de sol que descem até o fundo da água. Ele a amava sem segundas intenções, sem esperança de retorno, de modo absoluto; e, nesses arroubos mudos, como explosões de gratidão, ele tinha vontade de lhe cobrir a testa com uma chuva de beijos. No entanto, um sopro interno o elevava para fora de si mesmo; era um desejo de se sacrificar, uma necessidade de devoção imediata, e que era ainda mais forte porque não podia satisfazê-la.

Ele não partiu com os outros, Hussonnet também não. Eles deviam voltar na carruagem; e a americana esperava ao pé da escada quando Arnoux desceu ao jardim para colher rosas. Então, estando o buquê amarrado com um fio, como os caules se projetavam desigualmente, ele remexeu no bolso cheio de papéis, pegou um ao acaso, embrulhou-as, consolidou seu trabalho com um alfinete forte e o ofereceu à esposa., com alguma emoção.

— Tome, querida, desculpe-me por ter me esquecido de você!

Mas ela soltou um pequeno grito; o alfinete, colocado de maneira descuidada, a tinha ferido, e ela voltou para o quarto. Eles esperaram por ela por quase um quarto de hora. Por fim, ela reapareceu, pegou Marthe, atirou-se para dentro da carruagem.

— E o seu buquê? — disse Arnoux.

— Não! Não! Não vale a pena!

Frédéric estava correndo para ir buscá-lo; ela gritou:

— Eu não o quero!

Mas ele o trouxe rapidamente, dizendo que acabara de colocá-lo de volta no papel que o envolvia, pois havia encontrado as flores no chão. Ela as enfiou no anteparo de couro da carruagem, encostado no assento, e eles partiram.

Frédéric, sentado ao seu lado, percebeu que ela tremia horrivelmente. Então, quando cruzaram a ponte, quando Arnoux estava virando à esquerda:

— Não! Você está errado! É por ali, à direita!

Ela parecia irritada; tudo a incomodava. Por fim, tendo Marthe fechado os olhos, ela puxou o buquê e atirou-o pela portinhola, depois agarrou Frédéric pelo braço, fazendo sinal com a outra mão para ele nunca mais tocar no assunto.

Em seguida, ela colocou o lenço contra os lábios e não se mexeu mais.

Os outros dois, no assento, conversavam sobre a gráfica, assinantes. Arnoux, que dirigia descuidadamente, perdeu-se no meio do Bois de Boulogne. Então, mergulharam em caminhos menores. O cavalo andava a passo; os galhos das árvores roçavam na capota. A única coisa que Frédéric via de Madame Arnoux eram seus olhos, nas sombras; Marthe estava deitada sobre ela, e ele apoiava a cabeça da criança.

— Ela está cansando você! — disse a mãe.

Ele respondeu:

— Não! De maneira alguma!

Lentos redemoinhos de poeira se levantavam; eles passavam por Auteuil; todas as casas estavam fechadas; aqui e ali um poste de luz iluminava o canto de uma parede, então voltavam para as trevas; em dado momento ele percebeu que ela estava chorando.

Era um remorso? Um desejo? O que seria? Essa dor, que ele não conhecia, interessava-o como algo pessoal; agora havia um novo vínculo entre eles, uma espécie de cumplicidade; e ele lhe disse, com a voz mais carinhosa que pôde:

— Está se sentindo mal?

— Sim, um pouco — ela respondeu.

A carruagem continuava seu curso, e as madressilvas e lilases sobejavam sobre as cercas do jardim, espalhando odores suaves pela noite. As numerosas dobras de seu vestido cobriam seus pés. Ele tinha a impressão de se comunicar com toda a sua pessoa através do corpo daquela criança estendido entre eles. Ele se inclinou na direção da garotinha e, afastando seus lindos cabelos castanhos, beijou-a suavemente na testa.

— Você é bondoso! — disse Madame Arnoux.

— Por quê?

— Porque você gosta de crianças.

— Não de todas!

Ele não falou mais nada, mas estendeu a mão esquerda para o lado e deixou-a bem aberta — imaginando que ela talvez fizesse o mesmo e que ele encontraria sua mão. Depois, ficou envergonhado e retirou-a.

Logo chegaram ao calçamento. A carruagem acelerou, os bicos de gás se multiplicaram, era Paris. Hussonnet, em frente ao edifício da Garde-Meuble, saltou do seu assento. Frédéric esperou para descer até que eles chegassem ao pátio; depois se emboscou na esquina da Rue de Choiseul e viu Arnoux subindo lentamente em direção aos bulevares.

No dia seguinte, ele se pôs a trabalhar com todas as forças.

Ele se via num tribunal do júri, numa noite de inverno, no final das alegações, quando os jurados estão pálidos e a multidão ofegante faz ranger as divisórias da sala do tribunal, falando já há quatro horas, resumindo todas as suas provas, descobrindo outras, e sentindo, a cada frase, a cada palavra, a cada gesto, a lâmina da guilhotina suspensa sobre ele; depois, na tribuna da Câmara, como o orador que carrega nos lábios a salvação de todo um povo, afogando seus adversários sob suas prosopopeias, esmagando-os com uma resposta, com trovões e entonações musicais em sua voz, irônico, patético, empolgado, sublime. Ela estaria lá, em algum lugar, no meio dos outros, escondendo sob o véu suas lágrimas de entusiasmo; eles se encontrariam novamente; — e o desânimo, calúnias e insultos não o afetariam, se ela dissesse: "Ah! Que lindo!", passando-lhe as mãos suaves sobre a testa.

Essas imagens fulguravam, como faróis, no horizonte de sua vida. Seu espírito, empolgado, tornou-se mais ágil e mais forte. Ele ficou trancado até o mês de agosto e foi aprovado no último exame.

Deslauriers, que tinha lutado tanto para ajudá-lo a estudar para o segundo, no final de dezembro, e para o terceiro, em fevereiro, se espantava com seu empenho. Então, as velhas esperanças voltaram. Em dez anos, Frédéric teria que ser deputado; em quinze, ministro. Por que não? Com sua herança, de ele logo teria em mãos, poderia primeiro fundar um jornal; seria o começo; depois veriam. Quanto a ele, ainda ambicionava uma cadeira na Faculdade de Direito; e defendeu sua tese de doutorado de uma forma tão notável que lhe rendeu os elogios dos professores.

Frédéric defendeu a dele três dias depois. Antes de sair de férias, teve a ideia de um piquenique para encerrar as reuniões do sábado.

Ele estava alegre. Madame Arnoux estava, agora, ao lado de sua mãe em Chartres. Mas ele logo a encontraria, e acabaria sendo seu amante.

Deslauriers, admitido no mesmo dia no grupo de oratória de Orsay, tinha feito um discurso muito aplaudido. Embora fosse ponderado, ficou embriagado e disse a Dussardier na sobremesa:

— Você é honesto! Quando eu for rico, farei de você meu gerente.

Todos estavam felizes; Cisy não terminaria seu curso de Direito; Martinon ia continuar o seu estágio na província, onde seria nomeado substituto; Pellerin estava se dedicando a pintar um grande quadro que mostrava O *Gênio da Revolução*; Hussonnet, na semana seguinte, devia ler para o diretor do teatro Délassements o projeto de uma peça, e não tinha dúvidas de que seria bem-sucedido:

— Porque, quanto à estrutura do drama, estão de acordo comigo! No que concerne às paixões, já dei duro o suficiente para compreendê-las; quanto às tiradas espirituosas, essa é a minha especialidade!

Ele deu um pulo, apoiou-se sobre as duas mãos e andou em volta da mesa por um tempo de pernas para cima.

Essa infantilidade não divertia Sénécal. Ele tinha acabado de ser expulso da pensão por ter batido no filho de um aristocrata. À medida que aumentava sua pobreza, ele atacava a ordem social, amaldiçoava os ricos; e desabafou com Regimbart, dizendo que estava cada vez mais desiludido, entristecido, enojado. O Cidadão voltava-se agora para as questões orçamentárias e acusava a Camarilla, o Conselho íntimo do rei na Espanha, de perder milhões na Argélia.[37]

Como não conseguia dormir sem antes passar um tempo na taberna Alexandre, desapareceu às onze horas. Os outros se retiraram mais tarde; e Frédéric, despedindo-se de Hussonnet, soube que Madame Arnoux teria voltado no dia anterior.

Ele foi então ao Messageries mudar sua reserva para o dia seguinte e, por volta das seis da tarde, apresentou-se na casa dela. Seu retorno, disse o porteiro, havia sido adiado por uma semana. Frédéric jantou sozinho e depois caminhou a esmo pelos bulevares.

---

[37] Após a vitoriosa expedição de 1844 contra os marroquinos, a França não reivindicou nem mesmo os custos da guerra, que se elevavam a 20 milhões de francos. A oposição criticou fortemente o governo por desperdiçar o dinheiro do país. Guizot respondeu por meio do órgão de um dos principais periódicos ministeriais (*Journal des Débats*): "A França é suficientemente rica para pagar por sua glória." (1)

Nuvens cor-de-rosa em forma de echarpes se estendiam além dos telhados; as lojas começavam a fechar; carroças de água derramavam uma chuva sobre a poeira, e um frescor inesperado se misturava aos vapores dos cafés, revelando por suas portas abertas, entre pratarias e utensílios dourados, flores em ramalhetes que se refletiam nos espelhos altos. A multidão caminhava lentamente. Havia grupos de homens conversando no meio da calçada; e mulheres passavam, com uma languidez nos olhos e aquela tez de camélia que o cansaço do calor extremo confere à carne feminina. Alguma coisa grandiosa se espalhava, envolvendo as casas. Paris nunca lhe parecera tão bonita. No futuro, ele só via uma série interminável de anos cheios de amor.

Ele parou em frente ao teatro da Porte-Saint-Martin para olhar o cartaz; e, por falta do que fazer, comprou um bilhete.

Estavam encenando um antigo conto de fadas. Os espectadores eram raros; e, nas lucarnas da galeria, o dia se recortava em pequenos quadrados azuis, enquanto as luzes da ribalta formavam uma única linha de luzes amarelas. A cena representava um mercado de escravos em Pequim, com sininhos, tã-tãs, sultanas, chapéus pontudos e trocadilhos. Depois, baixado o pano para o intervalo, ele vagou sozinho pelo saguão do teatro e admirou lá fora no bulevar, ao pé da escadaria, um grande landau verde, puxado por dois cavalos brancos, dirigido por um cocheiro de calças curtas.

Ele estava voltando para seu lugar quando, no balcão, no primeiro camarote do proscênio, entraram uma senhora e um cavalheiro. O marido tinha o rosto pálido, contornado por uma faixa de barba grisalha, com a roseta de oficial e aquele aspecto glacial que se atribui aos diplomatas.

Sua esposa, pelo menos vinte anos mais jovem, nem alta nem baixa, nem feia nem bonita, usava os cabelos loiros em um coque no estilo inglês, um vestido de corpete liso e um amplo leque de renda preta. Para que pessoas de um mundo como o deles viessem ao espetáculo nessa temporada, só se poderia supor um acaso, ou o tédio de passar a noite a sós, um em companhia do outro. A senhora mordiscava seu leque e o cavalheiro bocejava. Frédéric não conseguia se lembrar onde ele tinha visto aquele rosto.

No intervalo seguinte, enquanto caminhava por um corredor, ele encontrou os dois; na vaga saudação que deu, Monsieur Dambreuse, reconhecendo-o, aproximou-se dele e imediatamente se desculpou por sua imperdoável negligência. Era uma alusão aos muitos cartões de visita enviados por conselho do escrevente. No entanto, ele confundiu as épocas, acreditando que Frédéric estava no segundo ano de Direito. Depois, ele o invejou por partir para o campo. Ele precisava descansar, mas os negócios o prendiam a Paris.

Madame Dambreuse, apoiada no seu braço, inclinava ligeiramente a cabeça; e a amenidade espiritual de seu rosto contrastava com sua expressão triste de antes.

— Mas por lá existem também grandes distrações! — ela disse, após as últimas palavras do marido. — Como é maçante este espetáculo! Não é, senhor? — E os três ficaram de pé, falando sobre teatros e novas peças.

Frédéric, acostumado aos trejeitos da burguesia provinciana, nunca tinha visto em mulher alguma tal desenvoltura de modos, aquela simplicidade, que é um requinte, e na qual os ingênuos percebem a expressão de simpatia instantânea.

Contavam com ele, assim que voltasse; Dambreuse o encarregou de transmitir suas lembranças a Père Roque.

Frédéric, ao retornar, não deixou de contar a Deslauriers essa acolhida.

— Ótimo! — retrucou o escrevente. — E não se deixe enrolar por sua mãe! Volte logo!

No dia seguinte à sua chegada, após o almoço, Madame Moreau levou o filho ao jardim.

Ela disse que estava feliz em vê-lo empregado, porque eles não eram tão ricos quanto se pensava; a terra rendeu pouco; os fazendeiros pagavam mal; ela até foi forçada a vender sua carruagem. Por fim, ela explicou para ele sua situação.

Nos primeiros apuros da viuvez, um homem astuto, Monsieur Roque, fizera-lhe empréstimos em dinheiro, renovados e estendidos à sua revelia. Ele tinha vindo subitamente cobrá-los; e, submetendo-se às suas condições, ela acabou cedendo a fazenda Presles por um preço irrisório. Dez anos depois, seu capital desaparecia na falência de um banqueiro em Melun. Por horror às hipotecas e para manter as aparências favoráveis ao futuro do filho, quando Père Roque voltou a se apresentar, ela o escutou, mais uma vez. Mas ela estava quite agora. Em suma, restavam-lhe cerca de dez mil francos de renda, dos quais dois mil e trezentos eram dele, todo o seu patrimônio!

— Não é possível — Frédéric gritou.

Ela acenou com a cabeça significando que era possível, sim. Mas seu tio deixaria algo para ele?

Nada era menos certo!

E eles deram uma volta pelo jardim, sem dizer nada. Por fim, ela o apertou contra o peito e, com a voz embargada pelas lágrimas:

— Ah! Meu pobre menino! Tive que desistir de muitos sonhos!

Ele se sentou no banco, à sombra da grande acácia.

O conselho que ela lhe deu foi o de trabalhar como escrevente junto a Monsieur Prouharam, um advogado, que lhe cederia seu escritório; se ele o fizesse valorizar com sua boa prática, poderia revendê-lo e encontrar um bom associado.

Frédéric já não ouvia mais nada. Ele olhava mecanicamente, por cima da cerca, para o outro jardim em frente.

Uma garotinha de cerca de doze anos, com cabelos ruivos, estava lá, sozinha. Ela havia feito brincos com bagas de sorveira; seu espartilho de pano cinza deixava descobertos seus ombros, um pouco dourados pelo sol; nódoas de geleia manchavam sua anágua branca; — e havia algo como que uma graça de jovem animal selvagem em toda a sua pessoa, ao mesmo tempo inquieta e franzina. A presença de um estranho a surpreendia, sem dúvida, pois ela havia parado abruptamente, com o regador na mão, dardejando-o com suas pupilas de um límpido verde azulado.

— É a filha de Monsieur Roque — disse Madame Moreau. — Ele acaba de se casar com a criada e de legitimar a filha dela.

Capítulo VI

Arruinado, despojado, perdido.

Ele ficou parado no banco, como se atordoado por uma concussão. Amaldiçoou o destino, gostaria de bater em alguém; e, para reforçar seu desespero, sentia pesar sobre ele uma espécie de ultraje, uma desonra; — pois Frédéric tinha imaginado que sua fortuna paterna um dia chegaria a render quinze mil libras por ano, o que ele tinha informado, de forma indireta, aos Arnoux. Então ele iria passar por um bravateiro, um palhaço, um tenebroso patife, que se introduzira na casa deles na esperança de tirar algum proveito! E ela, Madame Arnoux, como voltar a vê-la agora?

Aliás, isso era completamente impossível, tendo apenas três mil francos de renda! Ele não poderia continuar morando no quarto andar, ter o porteiro como empregado e apresentar-se com pobres luvas pretas azuladas na ponta, um chapéu seboso, a mesma sobrecasaca durante um ano. Não, não! Nunca! No entanto, a existência era intolerável sem ela. Muitos viviam bem sem fortuna, dentre os quais Deslauriers; — e ele se sentiu covarde por dar tanta importância a coisas medíocres. A miséria, talvez, centuplicaria suas faculdades. Ele ficou animado, pensando nos grandes homens que trabalhavam em mansardas. Uma alma como a de Madame Arnoux devia se comover com esse espetáculo, e ela se sensibilizaria. Portanto, essa catástrofe era uma ventura, afinal; como aqueles terremotos que descobrem tesouros, ela lhe tinha revelado as opulências secretas de sua natureza. Mas havia apenas um lugar no mundo para valorizá-las: Paris! Pois, em suas ideias, a arte, a ciência e o amor (essas três faces de Deus, como Pellerin teria dito) dependiam exclusivamente da capital.

Ele declarou naquela noite à sua mãe que voltaria para lá. Madame Moreau ficou surpresa e indignada. Era uma loucura, um absurdo. O melhor para ele seria seguir o conselho dela, isto é, trabalhar em um escritório perto dela. Frédéric encolheu os ombros: "Ora essa!", sentindo-se insultado com a proposta.

Então, a boa senhora empregou outro método. Com voz terna e pequenos soluços, ela se pôs a falar de sua solidão, de sua velhice, dos sacrifícios que havia feito. Agora que ela estava mais infeliz, ele a estava abandonando. Depois, aludindo ao seu fim próximo:

— Um pouco de paciência, meu Deus! Logo você estará livre!

Essas lamentações se repetiram vinte vezes por dia, durante três meses; e, ao mesmo tempo, as delícias do lar o corrompiam; ele gostava de ter uma cama mais macia, toalhas sem rasgos; tanto assim que, cansado, agastado, finalmente vencido pela terrível força da doçura, Frédéric se deixou levar até o dr. Prouharam.

Não mostrou ali nem conhecimento nem aptidão. Ele havia sido considerado até então como um jovem de grandes aptidões, que deveria ser a glória do lugar. Foi uma decepção pública.

Primeiro ele tinha dito a si mesmo: "É preciso alertar Madame Arnoux", e, por uma semana, tinha meditado sobre cartas ditirâmbicas e notas curtas, em estilo lapidar e sublime. O medo de confessar sua situação o retinha. Então ele achou que era melhor escrever para o marido. Arnoux conhecia a vida e saberia entendê-lo. Finalmente, após quinze dias de hesitação:

"Ora! Não devo mais voltar a vê-los, que me esqueçam! Pelo menos não terei decaído na lembrança dela! Ela vai pensar que estou morto e vai sentir minha falta... talvez."

Como as resoluções excessivas lhe custavam pouco, jurou a si mesmo que nunca mais voltaria a Paris; e nem sequer iria perguntar sobre Madame Arnoux.

No entanto, ele sentia falta até do cheiro de gás e do barulho dos ônibus. Sonhava com todas as palavras que tinha dito a ela, com o timbre de sua voz, com a luz de seus olhos — e, sentindo-se como um homem morto, não fazia mais nada, absolutamente.

Ele se levantava muito tarde e olhava pela janela as atrelagens das carroças de transporte que passavam. Os primeiros seis meses, especialmente, foram abomináveis.

Em certos dias, porém, uma indignação contra si mesmo se apoderava dele. Então ele saía. Ia até os prados, meio cobertos durante o inverno pelo transbordamento do Sena. Filas de choupos os dividem. Uma pequena ponte se eleva aqui e ali. Ele vagava até à noite, rolando as folhas amarelas sob os pés, aspirando a bruma, pulando as valas; à medida que suas artérias batiam mais forte, era tomado por desejos de ação furiosa; queria tornar-se um caçador na América, servir um paxá no Oriente, embarcar como um marinheiro; e exalava sua melancolia em longas cartas a Deslauriers.

Este último estava lutando para ser bem-sucedido. O comportamento covarde de seu amigo e suas lamentações intermináveis pareciam-lhe estúpidas. Logo a correspondência entre os dois se tornou quase nula. Frédéric dera todos os seus móveis a Deslauriers, que tinha ficado em seu apartamento. Sua mãe perguntava sobre isso de vez em quando; um dia finalmente ele falou do presente que dera ao amigo, e ela o repreendia, quando ele recebeu uma carta.

— O que está acontecendo? — ela perguntou. — Você está tremendo?

— Não é nada! — respondeu Frédéric.

Deslauriers lhe informava que ele havia acolhido Sénécal; e fazia duas semanas que eles estavam morando juntos. Portanto Sénécal agora se espalhava no meio das coisas que vinham da casa dos Arnoux! Ele poderia vendê-las, fazer comentários a respeito, fazer piadas. Frédéric sentiu-se magoado, até o fundo da alma. Ele subiu para o seu quarto. Tinha vontade de morrer.

Sua mãe o chamou. Era para consultá-lo sobre uma plantação no jardim.

Esse jardim, no estilo de um parque inglês, era cortado ao meio por uma cerca de estacas, e metade pertencia a Père Roque, que tinha outro, para os legumes, à beira do rio. Os dois vizinhos, brigados, abstinham-se de aparecer nos mesmos momentos. Mas desde que Frédéric voltara, o velho passeava por ali com mais frequência e não poupava cortesias ao filho de Madame Moreau. Compadecia-se dele por viver em uma pequena cidade. Certo dia ele lhe disse que Monsieur Dambreuse pedira notícias dele. Outra vez, estendeu-se sobre o costume de Champanhe, onde o ventre da mãe enobrecia, isto é, onde os títulos de nobreza da mãe podiam ser transmitidos aos filhos.

— Naquela época, o senhor teria sido um aristocrata, já que o sobrenome de sua mãe era De Fouvens. E por mais que se diga, ora bolas! Um nome é alguma coisa! Afinal — ele acrescentou, olhando para ele astutamente —, isso só depende do ministro da Justiça.

Essa pretensão de aristocracia contrastava singularmente com sua aparência pessoal. Como ele era baixo, sua grande sobrecasaca marrom acentuava o comprimento do peito. Quando ele tirava o boné, via-se um rosto quase feminino, com um nariz extremamente pontudo; seus cabelos amarelos pareciam uma peruca; ele cumprimentava todo mundo curvando-se muito, roçando as paredes.

Até os cinquenta anos, ele tinha se contentado com os serviços de Catherine, natural de Lorraine, nordeste da França, que tinha a mesma idade que ele e era fortemente marcada pela varíola. Mas, por volta de 1834, trouxe de Paris uma bela loira, com jeito submisso, mas um "porte da rainha". Ela logo foi vista pavoneando-se com grandes brincos, e tudo foi explicado pelo nascimento de uma filha, declarada sob o nome de Elisabeth-Olympe-Louise Roque.

Catherine, em seu ciúme, imaginava que iria execrar essa criança. Pelo contrário, gostou dela. Cercou-a de cuidados, de atenções e de carinhos, para desbancar sua mãe e torná-la odiosa, empresa fácil, pois Madame Éléonore negligenciava por completo a pequena, preferindo conversar com os fornecedores. Logo no dia seguinte ao casamento, a recém-casada foi fazer uma visita à subprefeitura, não tratou mais as criadas informalmente, e achou que devia, por bom-tom, mostrar-se severa com a filha. Ela assistia às suas aulas; o professor, um velho burocrata da prefeitura, não sabia o que fazer. A criança se insurgia, recebia tapas e ia chorar nos joelhos de Catherine, que invariavelmente a apoiava, concordava com ela. Então as duas mulheres discutiam; Monsieur Roque fazia com que se calassem. Ele tinha se casado por ternura pela filha e não queria que ninguém a atormentasse.

Frequentemente, a criança usava um vestido branco esfarrapado com calças debruadas de renda; e, nas grandes festas, aparecia vestida de princesa, para mortificar um pouco a burguesia, que impedia seus garotos de frequentá-la, em virtude de seu nascimento ilegítimo.

Ela vivia sozinha, em seu jardim, brincava no balanço, corria atrás das borboletas e, então, subitamente parava para contemplar as cetônias, pequenos besouros verdes brilhantes, pousando sobre as roseiras. Eram esses hábitos, sem dúvida, que davam a seu rosto uma expressão de ousadia e devaneio. Aliás, ela era do tamanho de Marthe, tanto que Frédéric disse a ela desde o segundo encontro:

— Mademoiselle permite que eu a beije?

A pequena levantou a cabeça e respondeu:

— Eu gostaria muito!

Mas a sebe de estacas os separava.

— Você precisa subir — disse Frédéric.

— Não! Me levante!

Ele se inclinou sobre a cerca e a pegou por baixo dos braços, beijando-a nas duas faces; em seguida, ele a colocou de volta no chão, pelo mesmo procedimento, que foi repetido nas vezes seguintes.

Sem mais reservas do que as de uma criança de quatro anos, assim que ouvia o amigo chegando, ela corria ao encontro dele, ou então, escondendo-se atrás de uma árvore, soltava um latido de cachorro para assustá-lo.

Um dia, quando Madame Moreau estava fora, ele a levou até o quarto dela. A menina abriu todos os frascos de perfume e lambuzou o cabelo de brilhantina; depois, sem o menor constrangimento, deitou-se na cama onde ficou esticada, acordada.

— Eu me imagino como sua mulher — disse ela.

No dia seguinte, ele a viu debulhando-se em lágrimas. Ela confessou "que chorava pelos seus pecados" e, como ele procurava conhecê-los, ela respondeu baixando os olhos:

— Não me pergunte mais!

A primeira comunhão se aproximava; ela tinha sido levada para se confessar de manhã.

O sacramento não a tornou mais comportada. Ela às vezes tinha verdadeiros acessos de raiva; recorriam a Monsieur Frédéric para acalmá-la...

Ele frequentemente a levava consigo em suas caminhadas. Enquanto ele deixava seu pensamento vagar ao caminhar, ela apanhava papoulas à beira dos campos de trigo e, quando ela o via mais triste do que de costume, tentava consolá-lo com palavras amáveis. Seu coração, privado de amor, rendeu-se a essa amizade de infância; ele desenhava figuras de homenzinhos, contava-lhe histórias e se pôs a lhe fazer leituras.

Começou pelos *Annales romantiques*, uma coletânea de verso e prosa, famosa na época. Depois, esquecendo-se da sua idade, sua inteligência o encantou tanto, que ele leu sucessivamente *Atala, Cinq-Mars, Les Feuilles d'automne*. Mas uma noite (naquela mesma noite, ela tinha ouvido *Macbeth*, na tradução simples de Letourneur), ela acordou chorando: "A mancha! A mancha!". Seus dentes batiam, ela tremia e, fixando olhos aterrorizados na mão direita, esfregava-a, dizendo: "A mancha não sai!". Por fim, chegou o médico, que prescreveu evitar emoções.

A burguesia viu nisso apenas um prognóstico desfavorável para seus modos. Dizia-se que "o filho Moreau" queria fazer dela uma atriz no futuro. Logo outro acontecimento passou a ser o assunto, a saber, a chegada do seu tio Barthélemy. Madame Moreau deu a ele seu quarto, e chegou à condescendência de lhe servir carnes nos dias magros.[38]

O velhote não se mostrou muito amável, fazendo perpétuas comparações entre Le Havre e Nogent, cujo ar ele achava pesado, o pão ruim, as ruas mal pavimentadas, a comida medíocre e os habitantes preguiçosos. "Que comércio pobre vocês têm por aqui!" Ele culpou as extravagâncias de seu falecido irmão, enquanto ele tinha acumulado 27 mil libras de renda! Para terminar, saiu no final da semana e, no estribo da carruagem, pronunciou estas palavras não muito reconfortantes:

— Fico sempre feliz em saber que vocês estão em uma boa situação.

---

[38] No início do cristianismo, os dias de jejum restringiam apenas o consumo da carne. Esses dias eram os chamados "dias magros" (*jours maigres*) na França. Em oposição aos dias magros, os "dias gordos" (*jours gras*) eram aqueles em que havia o consumo abundante das carnes. O 'Mardi gras", a terça-feira gorda que precede a Quarta-Feira de Cinzas, é um exemplo famoso que perdura até os dias de hoje. (N. T.)

— Você não terá nada vindo dele! — disse Madame Moreau ao entrar na sala.

O velho só tinha vindo por insistência dela; e, por oito dias, ela havia pedido uma abertura da parte dele, talvez de forma demasiadamente clara. Ela se arrependia de ter tomado a iniciativa e permanecia na sua poltrona, cabeça baixa e lábios apertados. Frédéric, à sua frente, a observava; e os dois ficaram em silêncio, como há cinco anos, quando ele havia regressado a Montereau na viagem de barco. Essa coincidência, oferecendo-se ao seu pensamento, o fazia se lembrar de Madame Arnoux.

Naquele momento, chicotadas soaram sob a janela, enquanto uma voz o chamava.

Era Père Roque, sozinho em sua carroça. Ia passar o dia inteiro em La Fortelle, na casa de Monsieur Dambreuse, e cordialmente se ofereceu para levá-lo até lá.

— Você não precisa de um convite estando comigo; não tenha medo! — Frédéric queria aceitar. Mas como ele explicaria sua estadia definitiva em Nogent? Ele não tinha um traje de verão adequado; e, por fim, o que diria sua mãe? Ele recusou.

A partir de então, o vizinho se mostrou menos amigável. Louise estava crescendo; Madame Éléonore adoeceu gravemente; e o relacionamento acabou, para grande prazer de Madame Moreau, que temia que o estabelecimento de seu filho fosse afetado por ele frequentar pessoas como eles.

Ela sonhava em lhe comprar o cartório do tribunal; Frédéric não rejeitava totalmente essa ideia. Agora ele a acompanhava à missa, jogava sua partida de imperial à noite, acostumava-se com a província, afundava-se nela; — e até mesmo o seu amor como que adquirira uma doçura fúnebre, um encanto letárgico. Por ter derramado a sua dor em suas cartas, tê-la misturado com suas leituras, tê-la levado para passear no campo e a espalhado por toda parte, ela quase secara, tanto que Madame Arnoux tinha se tornado para ele como que uma mulher morta, cujo túmulo ele se espantava de não conhecer, de tão calma e resignada que tinha se tornado essa afeição.

Um dia, 12 de dezembro de 1845, por volta das nove da manhã, a cozinheira trouxe uma carta ao seu quarto. O endereço, em letras maiúsculas, tinha uma caligrafia desconhecida; e Frédéric, sonolento, não se apressou em abrir o lacre. Finalmente ele leu:

Justiça de Paz de Le Havre, Terceiro Arrondissement

Monsieur,

Monsieur Moreau, seu tio, tendo morrido sem deixar testamento...

Ele ia herdar!

Como se um incêndio tivesse irrompido atrás da parede, ele pulou da sua cama, pés nus, de camisa: passou a mão no rosto, duvidando de seus olhos, acreditando ainda estar sonhando, e, para se fixar na realidade, escancarou a janela.

Tinha nevado; os telhados estavam brancos; — e ele até reconheceu uma tina de roupa no pátio que o fizera tropeçar na noite anterior.

Ele releu a carta três vezes seguidas; nada mais verdadeiro! Toda a fortuna do tio! Vinte e sete mil libras de renda! — e uma alegria frenética o dominou com a ideia de rever Madame Arnoux. Com a clareza de uma alucinação, ele se viu ao lado dela, na casa dela, levando-lhe algum presente em papel de seda, enquanto na porta estacionaria seu tílburi, não, melhor ainda, seu cupê! Um cupê preto, com um criado em libré marrom; ele ouvia o seu cavalo pateando e o som dos bridões se misturando ao murmúrio de seus beijos. Isso se repetiria todos os dias, indefinidamente. Ele os receberia em sua casa; a sala de jantar seria de couro vermelho, o boudoir de seda amarela, sofás por toda parte! E que prateleiras! Que vasos da China! Que tapetes! Essas imagens vinham em tão grande tumulto que ele sentia a cabeça girar. Então ele se lembrou de sua mãe; e desceu as escadas, ainda segurando a carta na mão.

Madame Moreau tentou conter sua emoção e desmaiou. Frédéric a tomou nos braços e beijou-a na testa.

— Boa mãe, você pode comprar sua carruagem de volta agora; ria, não chore mais, seja feliz!

Dez minutos depois, a notícia circulava pelos subúrbios. Então o dr. Benoist, Monsieur Gamblin, Monsieur Chambion, todos os amigos, acorreram. Frédéric escapou um minuto para escrever a Deslauriers. Outras visitas se seguiram. A tarde se passou em felicitações. Esqueciam-se da mulher de Roque, que, no entanto, estava "muito mal".

À noite, quando os dois ficaram sozinhos, Madame Moreau disse ao filho que o aconselhava a se estabelecer em Troyes, como advogado. Sendo mais conhecido na sua região do que em outra, ele poderia encontrar mais facilmente ali partidos vantajosos.

— Ah! Isso já é demais! — Frédéric gritou.

Mal tinha tido a felicidade em suas mãos, e queriam tirá-la dele. Ele expressou sua resolução formal de morar em Paris.

— Para fazer o quê?

— Nada!

Madame Moreau, surpresa com as suas maneiras, perguntou-lhe o que ele queria se tornar.

— Ministro! — respondeu Frédéric.

E afirmou que não estava brincando, que pretendia se lançar na diplomacia, que os seus estudos e os seus instintos o induziam a isso. Ele entraria primeiro no Conselho de Estado, com a proteção de Monsieur Dambreuse.

— Então você o conhece?

— Mas é claro que sim! Por intermédio de Monsieur Roque!

— Isso é singular — disse Madame Moreau.

Ele havia despertado em seu coração os velhos sonhos de ambição. Ela se rendeu a isso intimamente e não falou mais dos outros.

Se tivesse se rendido à sua impaciência, Frédéric teria partido imediatamente. No dia seguinte, todos os assentos nas carruagens estavam reservados; ele ficou se remoendo até o dia seguinte, às sete horas da noite.

Estavam sentados para jantar quando soaram na igreja três longas badaladas; e a criada, entrando, anunciou que Madame Éléonore acabara de morrer.

No fim das contas, essa morte não era uma desgraça para ninguém, nem mesmo para sua filha. A jovem ficaria muito melhor sem ela no futuro.

Como as duas casas se encostavam, houve um grande vaivém, um barulho de palavras; e a ideia desse cadáver perto deles jogou algo fúnebre à separação deles. Madame Moreau enxugou os olhos duas ou três vezes. Frédéric estava com o coração apertado.

Quando o jantar terminou, Catherine o deteve entre duas portas. Mademoiselle gostaria muito de vê-lo. Ela o esperava no jardim. Ele saiu, passou por cima da cerca viva e, trombando um pouco com as árvores, caminhou em direção à casa de Monsieur Roque. Luzes brilhavam numa janela no segundo andar; depois uma silhueta apareceu na escuridão, e uma voz sussurrou:

— Sou eu!

Ela parecia mais alta do que o normal, sem dúvida por causa de seu vestido preto. Não sabendo com que frase a abordar, ele se contentou em pegar as suas mãos, suspirando:

— Ah! Minha pobre Louise!

Ela não respondeu. Olhou para ele profundamente, por um longo tempo. Frédéric temia perder a carruagem; ele pensou ter ouvido um barulho ao longe e, para encerrar:

— Catherine me avisou que você tinha algo...

— Sim, é verdade! Queria dizer ao senhor...

Esse *senhor* o surpreendeu; e, como ela continuava em silêncio:

— E então, qual o problema?

— Não sei mais. Eu esqueci. É verdade que o senhor está indo embora?

— Sim, daqui a pouco.

Ela repetiu:

— Ah! Daqui a pouco?... De vez?... Não vamos nos ver de novo?

Soluços a sufocavam.

— Adeus! Adeus! Então me beije!

E ela o abraçou apaixonadamente.

Parte 2

Capítulo I

Quando ele ocupou seu lugar, no cupê, no fundo, e a diligência partiu, levada pelos cinco cavalos partindo ao mesmo tempo, sentiu-se mergulhado num torpor. Como um arquiteto que projeta um palácio, ele planejou a sua vida com antecedência. Encheu-a de iguarias e esplendores; ela subia até o céu; uma prodigalidade de coisas aparecia ali; e essa contemplação era tão profunda que os objetos exteriores tinham desaparecido!

No sopé da colina Sourdun, ele percebeu onde estava. Tinham feito cinco quilômetros apenas, se tanto! Ele ficou indignado. Baixou a janela para ver a estrada. Perguntou várias vezes ao condutor em quanto tempo, exatamente, eles chegariam. No entanto, ele acabou se acalmando e ficou em seu canto, de olhos abertos.

A lanterna, suspensa no assento do cocheiro, iluminava as ancas dos cavalos. Ele só conseguia ver as crinas dos outros cavalos, mais distantes, que ondulavam como vagas brancas; suas respirações formaram uma névoa de cada lado da parelha; as correntes de ferro ressoavam, as vidraças tremiam em suas molduras; e a carruagem pesada, num ritmo regular, rolava no pavimento. Aqui e ali, avistava-se a parede de um celeiro, ou então, uma estalagem isolada. Às vezes, ao passar pelas aldeias, o forno de um padeiro projetava um clarão de incêndio, e via-se a silhueta monstruosa dos cavalos correndo sobre a casa da frente. Nas paradas para revezar a parelha, depois de desatrelados, fazia-se um grande silêncio durante um minuto. Alguém batia o pé no alto, sob a lona, enquanto na soleira da porta uma mulher, de pé, protegia a sua vela com a mão. Então, o condutor pulava para o estribo e a diligência partia novamente.

Em Mormans, ouviu-se soar uma hora e quinze.

“Então é hoje”, pensou ele, “hoje mesmo, daqui a pouco!” Mas, pouco a pouco as suas esperanças e suas memórias, Nogent, a Rue de Choiseul, Madame Arnoux, sua mãe, tudo se confundia.

Um baque surdo de tábuas o acordou, eles estavam cruzando a Pont de Charenton, era Paris. Então, seus dois companheiros, um tirando o boné e o outro o lenço, colocaram os chapéus e começaram a conversar. O primeiro, um homem gordo e vermelho com uma sobrecasaca de veludo, era um comerciante; o segundo vinha à capital para consultar um médico; — e, temendo tê-lo incomodado durante a noite, Frédéric desculpou-se espontaneamente, pelo tanto de felicidade pela qual estava tocada sua alma.

Estando a plataforma da estação inundada, eles continuaram em frente e o campo reapareceu. À distância, altas chaminés de fábricas fumegavam. Depois, viraram em Ivry. Subiram uma rua; de repente ele avistou o domo do Panthéon.

A planície, revolvida, lembrava vagas ruínas. O muro das fortificações formava ali uma protuberância horizontal; e, nas calçadas de terra que margeavam a estrada, pequenas árvores sem galhos estavam protegidas por ripas cheias de pregos. Estabelecimentos de produtos químicos alternavam-se com locais de comércio de madeira. Portas altas, como as que existem nas fazendas, deixavam ver pelos batentes entreabertos seu interior, pátios ignóbeis cheios de sujeira, com poças de água suja no meio. Bares modestos, cor de sangue de boi, ostentavam no primeiro andar, entre as janelas, a figura de dois tacos de bilhar cruzados em uma coroa de flores pintadas; aqui e ali, um casebre de gesso e argila inacabado estava abandonado. Então, uma interminável fila dupla de casas; e, na nudez de suas fachadas, destacava-se, de vez em quando, um gigantesco charuto de lata, para indicar uma tabacaria. As placas de parteira mostravam uma matrona com uma touca, embalando um bebê numa manta enfeitada com renda. Cartazes cobriam os cantos dos muros, e seus pedaços, quase todos rasgados, tremulavam ao sabor do vento como trapos. Operários em roupas de trabalho passavam, e carrinhos de cervejeiros, furgões de lavadeiras, carriolas de açougueiros; uma chuva fina caía; fazia frio, o céu estava claro, mas dois olhos, que para ele valiam o sol, brilhavam por trás da bruma.

Pararam por um longo tempo na barreira, pois vendedores de aves, carroceiros e um rebanho de ovelhas obstruíam a passagem. O guarda, com o capuz repuxado, andava de um lado para o outro na frente de sua guarita para se aquecer. O funcionário da barreira subiu no teto da diligência e uma fanfarra de buzinas explodiu.

Desceram o bulevar em trote largo, os pedais batendo, os tirantes flutuando. A extremidade do longo chicote estalou no ar úmido. O condutor lançava seu grito sonoro: "Eia! Eia! Upa"! E os varredores se afastavam, os pedestres pulavam para trás, a lama espirrava nas janelas, cruzavam com carroças, cabriolés, ônibus. Finalmente, a grade do Jardin des Plantes apareceu.

O Sena, amarelado, quase tocava a plataforma das pontes. Um frescor exalava no ar. Frédéric o aspirou com todas as suas forças, saboreando aquele bom ar de Paris que parece conter eflúvios amorosos e emanações intelectuais; ele se emocionou ao ver o primeiro fiacre. E amava até mesmo a soleira dos negociantes de vinho, coberta de palha, até mesmo os engraxates com suas caixas e os jovens das mercearias sacudindo seus torradores de café. Mulheres trotavam sob guarda-chuvas; ele se abaixava para ver seus rostos; um acaso podia ter feito Madame Arnoux sair. As lojas desfilavam, a multidão aumentava, o barulho ficava mais alto. Depois do Quai Saint-Bernard, do Quai de la Tournelle e do Quai Montebello, tomaram o Quai Napoléon; ele queria ver suas janelas, elas estavam longe. Em seguida cruzaram o Sena novamente na Pont-Neuf, desceram até o Louvre; e, pelas ruas Saint-Honoré, Croix-des-Petits-Champs e Du Bouloi, chegaram à Rue Coq-Héron e entraram no pátio do hotel.

Para prolongar seu prazer, Frédéric vestiu-se o mais devagar que pôde e foi a pé até o Boulevard Montmartre; sorria pensando em ver, dali a pouco, o nome querido novamente na placa de mármore; — ele olhou para cima. Não havia mais vitrines, nem quadros, nada! Correu para a Rue de Choiseul. Monsieur e Madame Arnoux não moravam mais lá, e uma vizinha guardava a guarita do porteiro; Frédéric esperou; finalmente o porteiro apareceu, não era o mesmo homem. Ele não sabia o endereço deles.

Frédéric entrou em um café e, enquanto tomava o desjejum, consultou o *Almanach du Commerce*. Havia trezentos Arnoux, mas nenhum Jacques Arnoux! Onde eles estariam morando, afinal? Pellerin devia saber.

Foi até o alto do Faubourg Poissonnière, onde ficava seu ateliê. Como a porta não tinha campainha nem aldrava, ele deu murros, chamou, gritou. Só o vazio lhe respondeu.

Então pensou em Hussonnet. Mas onde encontrar um homem assim? Uma vez, ele o tinha acompanhado até a casa de sua amante na Rue de Fleurus. Chegando na Rue de Fleurus, Frédéric percebeu que não sabia o nome da jovem.

Recorreu à Delegacia de Polícia. Vagou por ali de escada em escada, de sala em sala. A do centro de informações estava fechando. Disseram-lhe que voltasse no dia seguinte.

Em seguida, entrou em todos os negociantes de quadros que encontrou para descobrir se alguém conhecia Arnoux. Monsieur Arnoux não negociava mais.

Por fim, desanimado, exausto, doente, voltou ao hotel e foi se deitar. Enquanto ele se ajeitava entre os lençóis, uma ideia o fez pular de alegria;

"Regimbart! Que idiota que sou por não ter pensado nisso!"

No dia seguinte, às sete horas, chegou à rue Notre-Dame-des--Victoires, diante de uma loja de bebidas onde Regimbart costumava beber vinho branco. Ainda não estava aberta; deu uma volta pela vizinhança e, ao cabo de uma meia hora, foi até lá novamente. Regimbart estava saindo. Frédéric se lançou pela rua. Ele até pensou ter visto seu chapéu à distância; uma carruagem fúnebre e carruagens de luto que a acompanhavam se interpuseram. Passado o bloqueio, a visão tinha desaparecido.

Felizmente, ele lembrou que o Cidadão almoçava todos os dias, exatamente às onze horas, em um pequeno restaurante na Place Gaillon. Era uma questão de paciência; e, depois de um passeio interminável, da Bourse até a Madeleine e da Madeleine ao Gymnasium, Frédéric, precisamente às onze horas, entrou no restaurante da Place Gaillon, certo de encontrar ali o seu Regimbart.

— Não conheço — disse o dono em tom mal-humorado. Frédéric insistiu; ele retrucou:

— Eu não o conheço mais, monsieur! — erguendo majestosamente a sobrancelha e com movimentos de cabeça que sinalizavam um mistério.

Mas, em sua última conversa, o Cidadão havia falado da taberna Alexandre. Frédéric engoliu um brioche e, saltando para dentro de um cabriolé, perguntou ao condutor se não havia em algum lugar, nas alturas de Sainte-Geneviève, um certo café Alexandre. O cocheiro levou-o à Rue des Francs-Bourgeois-Saint-Michel, a um estabelecimento com esse nome, e à sua pergunta: "Monsieur Regimbart, por favor?", o dono respondeu-lhe com um sorriso extremamente cordial:

— Ainda não o vimos, monsieur — enquanto lançava para sua esposa, sentada no balcão, um olhar que pedia sua cumplicidade.

E imediatamente voltando-se para o relógio:

— Mas ele estará aqui, espero, em dez minutos, um quarto de hora no máximo. Célestin, rápido, os jornais! — O que o senhor vai tomar?

Embora não quisesse beber nada, Frédéric engoliu um copo de rum, depois um copo de kirsch, depois um copo de curaçau, depois vários grogues, frios e quentes. Ele leu todo o *Siècle*[1] do dia, e o releu; examinou, até o grão do papel, a caricatura do *Charivari*;[2] no final, ele sabia os anúncios de cor.[3] De vez em quando, botas ressoavam na calçada, era ele! E a silhueta de alguém se delineava nos vidros das janelas; mas sempre passava direto!

Para sair do tédio, Frédéric mudou de lugar; foi para trás, depois para a direita, depois para a esquerda; e permaneceu no meio da banqueta, os dois braços estendidos. Mas um gato, pisando delicadamente no veludo do encosto, assustou-o ao pular de repente para lamber as manchas de xarope da bandeja; e a criança da casa, uma insuportável criança de quatro anos, brincava com um chocalho nos

---

[1] O *Siècle* foi fundado em 1836 por Armand Dutacq patrocinado pelos principais parlamentares da oposição constitucional, Jacques Laffite, Dupont de l'Eure, Saverte, Odilon Barrot, Chapuis-Montlaville. O *Siècle* era o órgão da esquerda dinástica. (1)

[2] O *Charivari* foi fundado em 1º de dezembro de 1832 por Charles Philipon. Ele combateu com grande entusiasmo a Monarquia de Julho. Seus principais colaboradores eram Louis Desnoyers, Altaroche, Albert Clerc, Louis Huart, Taxile Delord, Clément Caraguel, Laurent Jan.

[3] O *Siècle*, fundado em 1836, era constitucional, de nuance liberal. O *Charivari*, jornal satírico e antigovernamental fundado em 1832, foi processado mais de vinte vezes. Os desenhos e caricaturas de Granville, Daumier, Gavarni etc., contribuíram muito para seu sucesso. (2)

degraus do balcão. Sua mãe, uma mulherzinha pálida com dentes estragados, sorria estupidamente. O que Regimbart podia estar fazendo, afinal? Frédéric o esperava, perdido em uma angústia sem limites.

A chuva batia como granizo no teto do cabriolé. Pela fresta da cortina de musselina, ele via o pobre cavalo na rua, mais imóvel do que um cavalo de madeira. A água que corria nos cantos da rua, agora volumosa, corria entre dois raios das rodas, e o cocheiro dormia abrigado na manta; mas, temendo que seu burguês se esquivasse, de vez em quando ele abria uma fresta da porta, por onde a água passava correndo como um rio; — e se o olhar pudesse gastar as coisas, Frédéric teria dissolvido o relógio de tanto fixar nele os olhos. Ele, no entanto, funcionava. Monsieur Alexandre andava de um lado a outro repetindo: "Ele virá, tenha calma! Ele virá!", e, para distraí-lo, fazia discursos, falava de política. Chegou a ficar complacente a ponto de lhe propor uma partida de dominó.

Finalmente, às quatro e meia, Frédéric, que estava lá desde o meio-dia, deu um pulo, declarando que não ia mais esperar.

— Eu também não entendo — respondeu o dono com franqueza —, é a primeira vez que Monsieur Ledoux não aparece!

— Como, Monsieur Ledoux?

— Ora, sim senhor!

— Eu disse Regimbart! — Frédéric gritou exasperado.

— Ah! Mil desculpas! O senhor está se confundindo! — Não é verdade, Madame Alexandre, o cavalheiro não disse Monsieur Ledoux?

E, chamando o garçom:

— Você também não ouviu isso, como eu?

Talvez para se vingar de seu patrão, o garçom apenas sorriu.

Frédéric voltou para os bulevares, indignado com o tempo perdido, furioso com o Cidadão, implorando a sua presença como a de um deus, e determinado a retirá-lo do fundo das adegas mais distantes. Sua carruagem o irritava, ele a mandou embora; suas ideias estavam confusas; então, todos os nomes dos cafés que ouvira esse imbecil dizer brotaram de sua memória, ao mesmo tempo, como mil pedaços de fogos de artifício: Café Gascard, café Grimbert, café Halbout, estalagem Bordelais, Havanese, Havrais, Boeuf à la Mode, Cervejaria Allemande, Mère Morel; e ele se dirigiu a todos, sucessivamente. Mas de um, Regimbart acabara de sair; a outro, ele talvez viesse; em um terceiro, ele não era visto fazia seis meses; em outro lugar, ele havia pedido ontem um pernil para o sábado. Finalmente, no Vautier, Frédéric, ao abrir a porta, esbarrou no garçom.

— Você conhece Monsieur Regimbart?

— Como, senhor? Se eu o conheço? Sou eu quem tem a honra de servi-lo. Ele está lá em cima; está terminando o jantar!

E, com a toalha no braço, o próprio dono do estabelecimento o abordou:

— Pergunta por Monsieur Regimbart, senhor? Ele estava aqui agora mesmo.

Frédéric praguejou, mas o homem disse que o encontraria na casa de Bouttevilain, com certeza.

— Dou-lhe a minha palavra! Ele saiu um pouco mais cedo do que de costume, porque tem uma reunião de negócios com alguns senhores. Mas vai encontrá-lo, repito, em Bouttevilain, Rue Saint-Martin, 92, segunda escada, à esquerda, no final do pátio, mezanino, porta à direita!

Finalmente ele o viu através da fumaça dos cachimbos, sozinho, no fundo do balcão, depois da mesa de bilhar, uma caneca na frente dele, o queixo abaixado e numa atitude meditativa.

— Ah! Já o procurava há um bom tempo!

Sem se impressionar, Regimbart estendeu-lhe apenas dois dedos e, como se o tivesse visto na véspera, proferiu várias frases insignificantes sobre a abertura da sessão parlamentar.

Frédéric o interrompeu, dizendo-lhe da maneira mais natural que pôde:

— Arnoux vai bem?

A resposta demorou a chegar, Regimbart gargarejava com o líquido.

— Sim, ele vai bem!

— Onde ele mora agora?

— Hum... na Rue Paradis-Poissonnière — respondeu o surpreso Cidadão.

— Que número?

— Trinta e sete, por Deus, você é engraçado!

Frédéric se levantou:

— Como, já vai?

— Sim, sim, tenho umas coisas, um negócio que eu estava esquecendo! Adeus!

Frédéric foi da taberna para a casa de Arnoux, como se alçado por um vento morno e com a extraordinária facilidade que se experimenta nos sonhos.

Ele logo se viu em um segundo andar, em frente a uma porta cuja campainha fez soar; uma criada apareceu; uma segunda porta se abriu; Madame Arnoux estava sentada perto do fogo. Arnoux deu um pulo e a beijou. Ela tinha um garotinho de cerca de três anos no colo; a sua filha, tão alta quanto ela agora, estava parada do outro lado da lareira.

— Permita-me apresentá-lo a este cavalheiro — disse Arnoux, segurando o filho no ar.

E ele brincou por alguns minutos fazendo-o pular no ar, bem alto, para retomá-lo nos braços.

— Você vai matá-lo! — Ah! Meu Deus! Pare com isso! — exclamava Madame Arnoux.

Mas Arnoux, jurando que não havia perigo, não parava e até murmurava carícias no patoá marselhês, sua língua nativa. "Ah! Garotinho corajoso, meu gentil rouxinolzinho!" Então ele perguntou a Frédéric por que havia passado tanto tempo sem escrever para eles, o que ele tinha conseguido fazer lá, o que o trazia de volta.

— Eu, agora, caro amigo, sou um negociante de faianças. Mas vamos falar do senhor!

Frédéric alegou um longo processo, a saúde de sua mãe; ele insistiu muito nisso, a fim de se tornar interessante. Em suma, vinha se fixar em Paris, dessa vez definitivamente; e nada disse sobre a herança — por medo de prejudicar seu passado.

As cortinas, assim como os móveis, eram de adamascado de lã marrom; duas almofadas se tocavam contra o encosto do estofado;

uma chaleira esquentava nas brasas; e o anteparo do candeeiro, colocado na beira da cômoda, escurecia o apartamento. Madame Arnoux usava um roupão merino azulão. Com o olhar voltado para as cinzas e uma das mãos no ombro do menino, ela desfazia, com a outra, o laço do casaquinho; o pequeno, só de camisa, chorava coçando a cabeça, como o filho de Monsieur Alexandre.

Frédéric esperava por espasmos de alegria; — mas as paixões arrefecem quando são mudadas de lugar e, não encontrando mais Madame Arnoux no ambiente em que ele a tinha conhecido, ela parecia ter perdido alguma coisa, portar confusamente algo como uma degradação, enfim, não ser mais a mesma. A calma de seu coração o surpreendia. Ele perguntou sobre velhos amigos, Pellerin, entre outros.

— Não o vejo com frequência — disse Arnoux.

Ela acrescentou:

— Não recebemos mais, como antigamente!

Seria para avisá-lo de que não lhe fariam nenhum convite? Mas Arnoux, prosseguindo com as cordialidades, censurou-o por não ter vindo jantar com eles, de improviso; e ele explicou que era porque tinha mudado de negócio.

— O que se pode fazer em uma época de decadência como a nossa? A grande pintura está agora fora de moda! Aliás, podemos colocar arte em qualquer lugar. Como você sabe, eu amo o Belo! Um dia desses terei que levá-lo à minha fábrica.

E quis lhe mostrar, de imediato, alguns de seus produtos na sua loja, no mezanino.

Travessas, sopeiras, pratos e tigelas entulhavam o chão. Junto às paredes estavam empilhados grandes ladrilhos para banheiros e lavabos, com temas mitológicos em estilo Renascentista, enquanto, no meio, uma prateleira dupla, subindo até o teto, sustentava baldes de gelo, vasos de flores, candelabros, pequenas jardineiras e grandes estatuetas policromadas, representando um negro ou uma pastora no estilo Pompadour. As demonstrações de Arnoux entediavam Frédéric, que estava com frio e com fome.

Ele correu para o Café Anglais, onde comeu esplendidamente e, enquanto comia, dizia a si mesmo:

— Eu lá longe tão angustiado com as minhas dores! E ela mal me reconheceu! Que burguesa!

E, numa brusca retomada da sanidade, tomou decisões egoístas. Sentiu seu coração tão duro quanto a mesa onde seus cotovelos descansavam. Então ele agora poderia se jogar no meio da sociedade sem medo. A ideia dos Dambreuse veio-lhe à mente; ele os usaria; depois ele se lembrou de Deslauriers. "Ah! Tanto faz!". No entanto, enviou-lhe, por meio de um mensageiro, um bilhete marcando encontro no dia seguinte no Palais-Royal, para almoçarem juntos.

A sorte não sorria para o amigo.

Ele havia entrado no concurso de agregação, para se tornar professor da faculdade, com uma tese sobre *o direito de testar*, na qual defendia que se deveria restringi-lo tanto quanto possível; — e, estimulado pelo seu concorrente a dizer bobagens, ele tinha dito muitas, sem que os examinadores se manifestassem. Depois, quis o acaso que ele sorteasse como tema da aula a Prescrição. Então, Deslauriers se entregara a teorias deploráveis; as velhas contestações tinham de se produzir assim como as novas; por que o proprietário seria privado de seu bem pelo fato de só poder fornecer os títulos após trinta e um anos? Isso significava dar ao herdeiro do ladrão enriquecido a segurança do homem honesto. Todas as injustiças eram consagradas por uma extensão desse direito que era a tirania, o abuso da força! Ele até exclamara:

— Vamos aboli-lo; e os francos não mais pesarão sobre os gauleses, os ingleses sobre os irlandeses, os ianques sobre os índios nativos americanos, os turcos sobre os árabes, os brancos sobre os negros, Polônia...

O presidente o interrompera:

— Bem! Bem! Monsieur! Não nos importamos com suas opiniões políticas, o senhor vai representar a si mesmo mais tarde!

Deslauriers não tinha querido representar a si mesmo. Mas aquele infeliz título XX do livro III do Código Civil havia se tornado para ele uma montanha intransponível. Ele elaborava uma grande obra sobre *A prescrição, considerada como a base do direito civil e do direito natural dos povos*; e estava perdido em Dunod, Rogérius, Balbus, Merlin,

Vazeille, Savigny, Troplong e outras leituras consideráveis. Para se dedicar com mais tranquilidade a isso, ele tinha se demitido do cargo de escrevente. Ele vivia de dar aulas preparatórias, de fabricar teses; e, nas sessões da Parlotte,[4] por sua virulência, assustava os adeptos do partido conservador, todos os jovens doutrinários discípulos de Monsieur Guizot — tanto que, em certos círculos, ele tinha uma espécie de celebridade, mesclada a uma certa desconfiança por sua pessoa.

Ele chegou ao encontro vestindo um grande sobretudo forrado de flanela vermelha, como aquele de Sénécal nos velhos tempos.

O respeito humano pelo público que passava os impediu de se abraçar longamente e eles foram até a casa de Véfour, de braços dados, rindo de prazer, com uma lágrima nos olhos. Então, assim que ficaram sozinhos, Deslauriers exclamou:

— Ah! Caramba, vamos levar uma vida muito boa agora!

Frédéric não gostou dessa maneira de ele se associar, imediatamente, à sua fortuna. Seu amigo estava demonstrando alegria demais pelos dois, e não o suficiente apenas para ele.

Então Deslauriers relatou o seu fracasso e, pouco a pouco seus trabalhos, sua existência, falando de si mesmo estoicamente e dos outros com amargura. Tudo o desagradava. Não havia nenhum homem bem colocado que não fosse um cretino ou um canalha. Por um copo mal enxaguado, ele se zangou com o garçom e, diante da censura insignificante de Frédéric:

— Como se eu fosse me incomodar com esse tipo de gente, que ganha de seis a oito mil francos por ano, que são eleitores, elegíveis talvez![5] Ah, não, não!

Depois, com um ar de galhofa:

— Mas eu me esqueço que estou falando com um capitalista, com um Mondor,[6] porque você é um Mondor agora, que enriqueceu sem esforço!

---

[4] Reunião de jovens advogados para a prática da eloquência e dos debates em público. (2)

[5] Era preciso pagar 200 francos de imposto para ser eleitor. (2)

[6] Esse charlatão do século XVII havia acumulado uma fortuna considerável. (2)

E, voltando à herança, ele exprimiu esta ideia: que as sucessões colaterais (uma coisa injusta em si, ainda que ele se deliciasse com aquela ali) seriam abolidas, um dia desses, na próxima revolução.

— Você acha? — perguntou Frédéric.

— Conte com isso! — ele respondeu. — Isso não pode continuar! É sofrimento demais! Quando vejo pessoas como Sénécal na miséria…

"Sempre o Sénécal!", pensou Frédéric.

— De resto, o que você conta de novo? Você ainda está apaixonado por Madame Arnoux! Passou, hein?

Frédéric, não sabendo o que responder, fechou os olhos, abaixando a cabeça.

Quanto a Arnoux, Deslauriers informou-o que seu jornal agora pertencia a Hussonnet, que o havia transformado. Chamava-se "*L'Art*, instituto literário, sociedade de ações de cem francos cada uma; capital social: quarenta mil francos", podendo cada acionista publicar ali a sua contribuição; porque "o objetivo da sociedade é o de publicar obras de iniciantes, de poupar ao talento, ao gênio talvez, as crises dolorosas que inundam etc.", você vê a piada! Havia, porém, algo a ser feito, que consistia em elevar o tom do dito jornal, e depois, de repente, mantendo os redatores e prometendo a continuação do folhetim, oferecer aos assinantes um jornal político; os adiantamentos não seriam enormes.

— O que você acha, vamos pensar? Você quer se envolver nisso?

Frédéric não rejeitou a proposta. Mas era preciso esperar que seus negócios fossem resolvidos.

— Então, se você precisar de alguma coisa…

— Obrigado, meu garoto! — disse Deslauriers.

Em seguida, fumaram uns charutos puros, acotovelados no parapeito de veludo da janela. O sol brilhava, o ar era suave, bandos de pássaros esvoaçantes mergulhavam no jardim; as estátuas de bronze e mármore, lavadas pela chuva, tremeluziam; empregadas de avental conversavam sentadas em cadeiras; e ouvia-se o riso das crianças, com o murmúrio contínuo do jato de água do chafariz.

Frédéric tinha se sentido perturbado pela amargura de Deslauriers; mas, sob a influência do vinho que circulava em suas veias, meio adormecido, entorpecido e recebendo a luz em pleno rosto, sentia apenas um imenso bem-estar, voluptuosamente estúpido, — como uma planta saturada de calor e de umidade. Deslauriers, com as pálpebras semicerradas, olhava vagamente para longe. Seu peito se inflava e ele se pôs a dizer:

— Ah! Era mais bonito quando Camille Desmoulins, ali de pé sobre uma mesa, incitava o povo para a Bastilha! Vivia-se naquela época, era possível se afirmar, provar sua força! Advogados simples davam ordens aos generais, pés-rapados batiam nos reis, mas agora...[7]

Ele ficou em silêncio, então repentinamente:

— Ah! O futuro é grandioso!

E, tamborilando com os dedos nos vidros da janela, ele declamou estes versos de Barthélemy:[8]

Ela ressurgirá, a terrível Assembleia
A qual, após quarenta anos, vossa cabeça ainda perturba.
Colosso que sem medo marcha com passo poderoso.

— Eu não sei o resto! Mas já é tarde, que tal irmos embora?

E ele continuou na rua a expor suas teorias.

Frédéric, sem escutá-lo, observava na vitrine dos comerciantes os tecidos e os móveis adequados para sua instalação; e foi talvez a lembrança de Madame Arnoux que o fez parar na vitrine de um negociante de segunda mão, diante de três pratos de faiança. Eram decorados com arabescos amarelos, com reflexos metálicos, e valiam cem escudos cada peça. Ele pediu para reservá-los.

---

[7] As obras de Thiers, Mignet, Michelet, Louis Blanc e especialmente a *História dos Girondinos*, de Lamartine, tinham inspirado nas gerações mais novas o culto à Revolução. O público lia com verdadeira paixão tudo o que se relacionava àquela época. Não é exagero dizer que o sucesso dessas obras foi um fator importante da Revolução de 1848.

[8] Esse panfletário tinha publicado ao longo de um ano, em 1831-32, um hebdomadário em versos, *La Némésis*, cujas peças, reunidas em volume, e frequentemente violentas, alimentaram os sentimentos da oposição antigovernamental. (2)

— Eu, em seu lugar — disse Deslauriers, compraria preferencialmente prata — revelando, por esse amor ao luxo, o homem de origem simples.

Logo que ficou sozinho, Frédéric foi ao famoso Pomadère, onde encomendou três casacos, duas peliças forradas de pele e cinco coletes; depois, foi a um sapateiro, a um camiseiro e a um chapeleiro, ordenando em todos os lugares que se apressassem o máximo possível.

Três dias depois, à noite, ao voltar do Havre, ele encontrou seu guarda-roupa completo em casa; e, impaciente para usá-lo, resolveu fazer uma visita aos Dambreuse imediatamente. Mas era muito cedo, nem oito horas ainda.

"E se eu fosse à casa dos outros?" — pensou.

Arnoux, sozinho, em frente ao espelho, fazia a barba. Ele se ofereceu para levá-lo a um lugar onde pudesse se divertir, e, ao ouvir o nome de Monsieur Dambreuse:

— Ah! É uma boa ideia! Vai encontrar lá alguns dos amigos dele. Vamos! Vai ser divertido!

Frédéric desculpou-se, Madame Arnoux reconheceu sua voz e o cumprimentou através da divisória, pois sua filha estava indisposta e ela também não estava passando bem; e se ouvia o som de uma colher contra um copo, e todo aquele estremecimento de coisas delicadamente mexidas que se faz no quarto de um doente. Então Arnoux desapareceu para se despedir de sua esposa. Ele ia acumulando uma série de razões:

— Você sabe que é sério! É preciso que eu vá, eu preciso mesmo, sou esperado.

— Vá, vá, meu amigo. Divirta-se!

Arnoux gritou para um fiacre.

— Palais-Royal! Galeria Montpensier, 7.

E, jogando-se nas almofadas:

— Ah! Como estou cansado, meu caro! Isso vai me matar. De resto, posso muito bem te dizer.

Ele se inclinou em direção ao seu ouvido, misteriosamente:

— Estou tentando conseguir o vermelho acobreado dos chineses. — E explicou que ele era dado pelo revestimento vítreo da faiança e pelo fogo brando, empregado para produzi-lo.

Quando chegaram à Casa Chevet, deram-lhe uma grande cesta, que ele mandou colocar no fiacre. Depois, escolheu para a "sua pobre mulher" uvas, ananases, várias curiosidades de alimentos e recomendou que fossem enviados bem cedo, no dia seguinte.

Eles foram em seguida a uma loja de fantasias; tratava-se de um baile. Arnoux pegou uma calça de veludo azul, um paletó de mesmo tipo, uma peruca vermelha; Frédéric, um dominó; e desceram a Rue de Laval, até parar na frente de uma casa iluminada, no segundo andar, por lanternas coloridas.

Do pé da escada, ouvia-se o som de violinos.

— Onde diabos você está me levando? — perguntou Frédéric.

— À casa de uma boa menina! Não tenha medo!

Um empregado lhes abriu a porta e eles entraram na antessala, onde sobretudos, casacos e xales estavam empilhados sobre as cadeiras. Uma jovem, fantasiada de dragão de Louis XV, passava por ali naquele momento. Era Mademoiselle Rose-Annette Bron, a anfitriã.

— E então? — disse Arnoux.

— Está feito! — ela respondeu.

— Ah! Obrigado, meu anjo! — E quis beijá-la.

— Cuidado, idiota! Você vai estragar minha maquiagem!

Arnoux apresentou Frédéric.

— Divirta-se, senhor, seja bem-vindo!

Ela afastou uma portinhola atrás dela e se pôs a gritar enfaticamente:

— Monsieur Arnoux, Ajudante de Cozinha, e um Príncipe, amigo dele!

Frédéric ficou primeiramente fascinado com as luzes; ele só viu seda, veludo, ombros nus, uma massa de cores que balançava ao som de uma orquestra escondida por plantas, entre paredes cobertas de seda amarela, com retratos em pastel, aqui e ali, e tochas de cristal, estilo Louis XVI. Candeeiros altos, cujos globos opacos pareciam bolas de neve, dominavam cestos de flores, colocados em consoles nos cantos; — e, em frente, depois de um segundo cômodo menor, distinguia-se, em um terceiro, uma cama de colunas retorcidas, com um espelho veneziano à cabeceira.

As danças cessaram e houve aplausos, um grito de alegria, ao ver Arnoux avançando com o cesto na cabeça; os alimentos ali contidos formavam uma protuberância no meio do cesto. "Cuidado com o lustre!". Frédéric ergueu os olhos: era o velho lustre de Saxe que adornava a loja *L'Art Industriel*; a lembrança dos velhos tempos veio-lhe à memória; mas um soldado de infantaria com uma farda que não lhe cobria todo o corpo, com aquele ar abobalhado que a tradição dá aos recrutas, postou-se à sua frente, abrindo os dois braços para mostrar espanto; e ele reconheceu, apesar dos terríveis bigodes pretos superafiados que o desfiguravam, seu velho amigo Hussonnet. Em um dialeto meio alsaciano, meio negro, o boêmio o abarrotou de felicitações, chamando-o de seu coronel. Frédéric, desconcertado com todas aquelas pessoas, não sabia o que responder. Ao toque de uma batuta na estante de partituras, os dançarinos tomaram seus lugares.

Eram cerca de 60 pessoas, as mulheres em sua maioria vestidas de aldeãs ou marquesas, e os homens, quase todos de meia-idade, em fantasias de carroceiros, estivadores ou marinheiros.

Frédéric, encostando-se na parede, olhou para a quadrilha à sua frente.

Um velho vistoso, vestido como um doge veneziano, com uma longa samarra de seda púrpura, dançava com Madame Rosanette, que vestia um casaco verde, calça de tricô e botas macias com esporas de ouro. O casal em frente era formado por um Albanês carregado de iatagãs e uma jovem Suíça de olhos azuis, brancos como o leite, rechonchuda como uma codorna, em mangas de camisa e corpete vermelho. Para valorizar a cabeleira que descia até os joelhos, uma loira alta, figurante do Ópera, havia se transformado em mulher selvagem; e, por cima do colante marrom, tinha apenas uma tanga de couro, pulseiras de vidrilhos e um diadema de lantejoulas, do qual se erguia um alto feixe de penas de pavão. Na frente dela, um

Pritchard, enfiado num casaco preto grotescamente folgado, batia o compasso com o cotovelo em sua caixa de rapé. Um pequeno pastor, parecendo uma pintura rococó de Watteau, azul e prateado como o luar, batia seu cajado contra o tirso de uma bacante, coroada com uvas, uma pele de leopardo no flanco esquerdo e coturnos com fitas douradas. Do outro lado, uma Polonesa, em *spencer* de veludo nacarado, balançava a saia de gaze sobre as meias de seda cinza-pérola, presa em botinas cor-de-rosa debruadas de pele branca. Ela sorria para um quarentão barrigudo, fantasiado de coroinha, que saltitava muito alto, levantando a sobrepeliz com uma das mãos e segurando o boné vermelho com a outra. Mas a rainha, a estrela, era Mademoiselle Loulou, dançarina famosa de bailes públicos. Como ela agora era rica, usava uma grande gola de renda sobre sua jaqueta de veludo preto; e suas largas calças vermelhas de seda, justas no quadril e apertadas na cintura por um lenço de cashmere, tinham pequenas camélias brancas naturais ao longo da costura. Seu rosto pálido, um pouco inchado e de nariz arrebitado, parecia ainda mais insolente pelo esgrouvinhado de sua peruca, sobre a qual se fixava um chapéu de homem, de feltro cinza, dobrado à mão sobre a orelha direita; e, nos saltos que dava, seus escarpins com fivelas de diamante quase alcançavam o nariz de seu vizinho, um alto Barão medieval, todo enredado em uma armadura de ferro. Havia também um Anjo, com um gládio de ouro na mão, duas asas de cisne nas costas, e que, indo vindo, perdendo a todo minuto seu cavaleiro, um Louis XIV, não entendia nada das figuras e atrapalhava a contradança.

Frédéric, olhando para aquelas pessoas, experimentava uma sensação de abandono, um mal-estar. Ele ainda estava pensando em Madame Arnoux e parecia participar de algo hostil que estava sendo tramado contra ela.

Terminada a quadrilha, Madame Rosanette o abordou. Ela estava um pouco ofegante, e seu gorjal, polido como espelho, elevava-se suavemente sob seu queixo.

— E o cavalheiro — ela perguntou — não dança?

Frédéric pediu desculpas, ele não sabia dançar.

— É sério? Mas e comigo? Claro que dança, não?

E, apoiada num quadril, o outro joelho um pouco para dentro, acariciando o castão de madrepérola de sua espada com a mão esquerda, ela o analisou por um minuto, com um ar meio suplicante, meio debochado. Finalmente ela disse "Boa noite!" Fez meia-volta e desapareceu.

Frédéric, insatisfeito consigo mesmo e sem saber o que fazer, começou a vagar pelo baile.

Entrou no boudoir, acolchoado em seda azul-claro com buquês de flores do campo, enquanto no teto, em um círculo de madeira dourada, Cupidos, emergindo de um céu azul, brincavam nas nuvens em forma de edredom. Essas elegâncias, que hoje seriam misérias para os colegas de Rosanette, o deslumbraram; e ele admirou tudo: as trepadeiras floridas artificiais adornando o contorno do espelho, as cortinas da lareira, o divã turco e, em uma reentrância da parede, uma espécie de tenda forrada de seda rosa, coberta de musselina branca. Móveis pretos de marchetaria de cobre guarneciam o quarto, onde se destacava, sobre uma plataforma coberta com pele de cisne, o grande leito de dossel com penas de avestruz. Alfinetes com cabeças de pedrarias afixados em almofadas, anéis descansando sobre bandejas, medalhões com aros de ouro e pequenos baús de prata destacavam-se nas sombras, sob o brilho espalhado por um vaso da Boêmia, suspenso por três correntes. Através de uma pequena porta entreaberta avistava-se uma estufa de plantas ocupando toda a largura de um terraço, com um aviário na outra extremidade.

Era realmente um ambiente feito para agradá-lo. Em uma revolta repentina de sua juventude, ele jurou a si mesmo desfrutá-lo, animou-se; depois, voltando à entrada do salão, onde agora havia mais gente (tudo se mexia numa espécie de pulverulência luminosa), ficou de pé a contemplar as quadrilhas, piscando os olhos para ver melhor — e inalando os suaves aromas de mulheres, que circulavam como um imenso beijo que se propagava.

Mas perto dele, do outro lado da porta, estava Pellerin; — Pellerin em traje de gala, o braço esquerdo no peito e segurando na mão direita, junto com o chapéu, uma luva branca, rasgada.

— Ora, já faz muito tempo que não o vemos! Por onde andava, afinal? Fez uma viagem, à Itália? Um clichê, hein, Itália? Não é um lugar tão incomum como dizem, não? Não importa! Traga-me seus esboços um dia desses.

E, sem esperar sua resposta, o artista começou a falar sobre si mesmo.

Tinha feito muitos progressos, tendo reconhecido definitivamente a tolice do traço. Não era tão necessário buscar a Beleza e a Unidade em uma obra quanto o caráter e a diversidade das coisas.

— Porque tudo existe na natureza, portanto, tudo é legítimo, tudo é plástico. Trata-se tão somente de capturar a nota, é isso. Eu descobri o segredo! — E, dando-lhe uma cutucada com o cotovelo, repetiu várias vezes: — Eu descobri o segredo, sabe? Então, olhe aquela mulherzinha com o penteado de uma esfinge dançando com um Postilhão Russo, é claro, seco, fixo, tudo em planos delineados e em tons crus: índigo sob os olhos, uma placa de cinábrio na face, bistre nas têmporas; pif! paf! — E lançava, com o polegar, como que pinceladas no ar. — Ao passo que a gorda ali — continuou apontando para uma peixeira, em um vestido cereja com uma cruz de ouro no pescoço e um lenço de linho amarrado nas costas, — nada além de formas redondas; as narinas se achatam como as abas de seu boné, os cantos da boca sobem, o queixo abaixa, tudo é gordo, flácido, abundante, calmo e ensolarado, um verdadeiro Rubens! E, no entanto, elas são perfeitas! Onde está o tipo então? — Ele se empolgava. — O que é uma mulher bonita? O que é o belo? Ah! O belo! Você vai me dizer…

Frédéric o interrompeu querendo saber quem era um pierrô com perfil de bode abençoando todos os dançarinos no meio de uma cantiga medieval trovadoresca.

— Um zé ninguém! Viúvo, pai de três meninos. Ele os deixa sem nada, passa a vida no clube e dorme com a empregada.

— E aquele, vestido de meirinho, falando na seteira da janela com uma marquesa Pompadour?

— A marquesa é Madame Vandaël, a ex-atriz do Gymnase, amante do doge, o conde de Palazot. Eles estão juntos há vinte anos; não se sabe por quê. Ela tinha olhos lindos, antigamente, aquela mulher! Quanto ao cidadão perto dela, é chamado de capitão d'Herbigny, um velho bem-vivido, que tem como fortuna só a sua cruz da Legião de Honra e a pensão, que se passa por tio das jovens simplórias em solenidades, organiza duelos e janta pela cidade.

— Um canalha? — perguntou Frédéric.

— Não! Um homem honesto!

— Ah!

O artista mencionou ainda outros, quando, ao ver um senhor que, como os médicos de Molière, vestia uma longa túnica de sarja preta, mas aberta de cima a baixo, para mostrar todos os seus encantos:

— Esse representa o doutor Desrogis, que, enraivecido por não ser famoso, escreveu um livro de pornografia médica, engraxa de bom grado as botas da alta sociedade, é discreto; essas senhoras o adoram. Ele e sua esposa (aquela castelã magra de vestido cinza) vagueiam juntos em todos os lugares públicos, e outros. Apesar das privações do casal, eles têm um *dia* deles, — chás artísticos onde são declamados versos. — Cuidado!

De fato, o Doutor os abordou; e logo os três formaram, na entrada do salão, um grupo de proseadores, ao qual se juntou Hussonnet, depois o amante da Mulher Selvagem, um jovem poeta, exibindo, sob um curto casaco estilo François I, a mais pobre das anatomias e, finalmente, um jovem espirituoso, fantasiado de Turco de barreira. Mas sua jaqueta com galões amarelos tinha viajado tanto nas costas de dentistas ambulantes, suas largas calças de pregas eram de um vermelho tão desbotado, seu turbante enrolado como uma enguia tártara tinha uma aparência tão pobre, que todo o seu traje, enfim, era tão deplorável, que as mulheres não dissimulavam sua aversão. O médico consolou-o com muitos elogios à Estivadora, sua amante. Esse Turco era filho de um banqueiro.

Entre duas quadrilhas, Rosanette caminhou em direção à lareira, onde estava instalado, em uma poltrona, um velhote gordinho, de casaco marrom com botões dourados. Apesar das bochechas murchas que caíam sobre a gravata alta e branca, seus cabelos ainda louros, e naturalmente cacheados como os pelos de um poodle, conferiam-lhe um certo ar agradável.

Ela o escutou, inclinada diante de seu rosto. Depois, serviu a ele um copo de xarope; e nada era mais encantador do que as suas mãos sob os punhos de renda que se projetavam do forro do casaco verde. Quando o velhinho acabou de beber, ele as beijou.

— Mas é Monsieur Oudry, o vizinho de Arnoux!

— Ele a perdeu! — disse Pellerin, rindo.

— Como assim?

Um postilhão de Longjumeau a agarrou pela cintura, uma valsa começou. Então todas as mulheres, sentadas em banquetas ao redor do salão, levantaram-se prontamente em uma fileira; e suas saias, suas echarpes, seus penteados começaram a girar.

Elas circulavam tão perto dele, que Frédéric podia ver as gotículas de suor em suas testas; — e esse movimento giratório cada vez mais vivo e regular, vertiginoso, comunicando à sua mente uma espécie de embriaguez, fazia emergir ali outras imagens, enquanto todas passavam no mesmo deslumbramento, e cada uma com uma excitação particular de acordo com o gênero de sua beleza. A Polonesa, que se abandonava langorosa, despertava-lhe o desejo de segurá-la perto do coração, os dois disparando de trenó por uma planície coberta de neve. Horizontes de volúpia tranquila, à beira de um lago, em um chalé, desdobravam-se sob os passos da Suíça, que valsava com o peito ereto e as pálpebras baixadas. Depois, de repente, a Bacante, inclinando para trás a cabeça morena, o fazia sonhar com carícias devoradoras, em bosques de loendros, sob a tempestade, ao ruído confuso de tamborins. A Peixeira, que estava ofegante com o ritmo muito rápido, ria; e ele teria gostado, enquanto bebia com ela numa taberna nos Porcherons, de amassar seu lenço com as duas mãos, como nos bons, velhos tempos. Mas a Estivadora, cujos artelhos leves mal roçavam o chão, parecia ocultar na flexibilidade de seus membros e na seriedade de seu rosto todos os requintes do amor moderno, que tem a exatidão de uma ciência e a mobilidade de um pássaro. Rosanette girava, as mãos na cintura; sua peruca de rolinhos, à moda dos juízes, saltando em seu colarinho, lançava pó de íris perfumado ao redor dela; e a cada volta, ela quase atingia Frédéric com as pontas de suas esporas de ouro.

Ao último acorde da valsa, Mademoiselle Vatnaz apareceu. Ela trazia um lenço argelino na cabeça, muitas piastras na testa, antimônio para escurecer o contorno dos olhos, uma espécie de sobretudo de caxemira preta caindo sobre uma anágua clara, lamê de prata, trazendo na mão um pandeiro.

Atrás dela caminhava um jovem alto, no traje clássico de Dante, e que era (ela não escondia mais agora) o antigo cantor do Alhambra, — que se chamava Auguste Delamarre, o qual se fez originalmente chamar Anténor Dellamarre, depois Delmas, depois Belmar, e finalmente Delmar, modificando e aperfeiçoando seu nome, conforme crescia sua glória; pois havia trocado a música popular barulhenta pelo teatro, e acabara inclusive de estrear ruidosamente no Ambigu, em *Gaspardo le Pêcheur*.[9]

Hussonnet, ao vê-lo, franziu o cenho. Desde que sua peça tinha sido recusada, ele odiava os atores. A vaidade desses senhores era inimaginável, daquele ali, principalmente! —"Um grande convencido, olhe só pra ele!"

Depois de uma ligeira reverência a Rosanette, Delmar tinha se encostado à lareira; e permaneceu imóvel, com uma das mãos no coração, o pé esquerdo para a frente, os olhos voltados para o céu, com a sua coroa de louros dourados sobre o capuz, enquanto se esforçava por colocar no olhar muita poesia, para fascinar as damas. Formava-se, à distância, um grande círculo ao redor dele.

Mas a Vatnaz, após beijar longamente Rosanette, veio pedir a Hussonnet que revisse, do ponto de vista do estilo, uma obra de educação que ela queria publicar: a *Guirlande des jeunes Personnes*, coletânea de literatura e moral. O homem de letras prometeu ajudá-la. Então, ela perguntou se ele não poderia, em um dos jornais a que tinha acesso, facilitar um pouco para o seu amigo, e até mesmo confiar-lhe mais tarde um papel. Hussonnet, diante disso, até esqueceu de tomar um copo de ponche.

Arnoux é que tinha preparado a bebida; e, seguido pelo lacaio do conde, que carregava uma bandeja vazia, ele o oferecia às pessoas com satisfação.

---

[9] Melodrama de Bouchardy, que ficou em evidência durante vários anos. (2)

Quando ele passou na frente de Monsieur Oudry, Rosanette o deteve.

— Bem, e quanto àquele caso?

Ele corou um pouco; finalmente, dirigindo-se ao homenzinho:

— Nossa amiga me disse que o senhor faria a gentileza...

— Como não, meu vizinho! Estou à sua inteira disposição.

E o nome de Monsieur Dambreuse foi pronunciado; como conversavam em voz baixa, Frédéric os ouvia confusamente; ele foi para o outro canto da lareira, onde Rosanette e Delmar conversavam.

O cabotino tinha uma cara vulgar que, como os cenários teatrais, era feita para ser contemplada de longe; tinha mãos grossas, pés grandes, queixo pesado; ele denegria os mais ilustres atores, tratava os poetas com altivez, dizia: "meu cantar, meu físico, meus meios", ornamentando seu discurso com palavras pouco inteligíveis até para ele, mas que ele amava, como "morbidez, análogo e homogeneidade".

Rosanette o escutava com pequenos gestos de aprovação com a cabeça. Via-se a admiração florescer sob a pintura de suas faces, e algo úmido passava como um véu sobre seus olhos claros, de uma cor indefinível. Como um homem daquele podia encantá-la? Frédéric se excitava interiormente desprezando-o ainda mais, talvez para banir a espécie de inveja que sentia dele.

Mademoiselle Vatnaz estava agora com Arnoux; e, rindo muito alto, de vez em quando lançava um olhar para sua amiga, que Monsieur Oudry não perdia de vista.

Depois Arnoux e a Vatnaz desapareceram; o homenzinho foi falar em voz baixa com Rosanette.

— Bem, sim, está combinado! Deixe-me em paz!

E ela pediu a Frédéric que fosse à cozinha ver se Monsieur Arnoux estava lá.

Um batalhão de copos meio cheios cobria o chão; e as caçarolas, os caldeirões, as panelas de peixes, a frigideira salteavam. Arnoux comandava os criados falando com eles, batia a maionese condimentada de mostarda e ervas finas, provava os molhos, ria com a empregada.

— Bom — ele disse —, diga a ela que está pronto! Vou mandar servir.

As danças tinham parado, as mulheres voltavam a se sentar, os homens passeavam. No meio do salão, uma das cortinas pendurada sobre uma janela se estufava ao vento; e a Esfinge, embora todos a observassem, expunha seus braços suados à corrente de ar. Onde estava Rosanette, afinal? Frédéric a procurou mais longe, até no boudoir e no quarto. Alguns, para ficarem sozinhos ou em pares, haviam se refugiado ali. A sombra e os sussurros se misturavam. Havia risadinhas sob lenços, e se entrevia nas bordas dos corpetes o tremor de leques, lentos e suaves como o bater da asa de um pássaro ferido.

Ao entrar na estufa, ele viu, sob as grandes folhas de um caládio, perto do chafariz, Delmar, deitado de bruços no sofá de tecido; Rosanette, sentada perto dele, passava a mão em seus cabelos; e eles se entreolhavam. No mesmo instante, Arnoux entrou pelo outro lado, o do aviário. Delmar levantou-se de um salto e saiu a passos tranquilos, sem olhar para trás; e até parou perto da porta para colher uma flor de hibisco com a qual enfeitou sua lapela. Rosanette inclinou o rosto; Frédéric, que a via de perfil, percebeu que ela estava chorando.

— Ei! O que você tem? — perguntou Arnoux.

Ela deu de ombros sem responder.

— É por causa dele? — ele retomou.

Ela estendeu os braços em volta do pescoço dele e, beijando-o na testa, lentamente:

— Você bem sabe que eu sempre vou te amar, meu grande amor. Não pensemos mais nisso! Vamos jantar!

Um lustre de cobre com quarenta velas iluminava a sala, cujas paredes desapareciam sob as velhas faianças penduradas; e aquela luz crua, caindo perpendicularmente, tornava ainda mais branco, entre as entradas e as frutas, um linguado gigantesco ocupando o meio da toalha de mesa, rodeado por pratos cheios de sopa de frutos do mar. Com um farfalhar de tecidos, as mulheres, espremendo suas saias, mangas e echarpes, sentaram-se perto umas das outras;

os homens, de pé, instalaram-se nos cantos. Pellerin e Monsieur Oudry foram colocados perto de Rosanette; Arnoux estava do lado oposto. Palazot e sua amiga tinham acabado de sair.

— Boa viagem! — ela disse —, vamos atacar!

E o Coroinha, homem espirituoso, fazendo um grande sinal da cruz, iniciou o *Benedicite*.

As senhoras ficaram escandalizadas, especialmente a Peixeira, mãe de uma menina que ela queria tornar uma esposa honesta. Arnoux também "não gostava daquilo", achando que a religião devia ser respeitada.

Um relógio alemão, munido de um galo, batendo duas horas provocou piadas grosseiras sobre o cuco. Seguiram-se todo tipo de conversas: trocadilhos, anedotas, fanfarronices, apostas, mentiras tidas como verdadeiras, afirmações improváveis, um tumulto de palavras que logo se dispersou em conversas particulares. Os vinhos circulavam, os pratos se sucediam, o Doutor trinchava. Lançava-se de longe uma laranja, uma rolha; as pessoas saíam de seus lugares para conversar com alguém. Rosanette voltava-se de tempos em tempos para Delmar, imóvel atrás dela; Pellerin conversava, Monsieur Oudry sorria. Mademoiselle Vatnaz comeu quase sozinha a montanha de lagostim, e as carapaças soavam sob seus longos dentes. A moça vestida de Anjo, instalada no banquinho do piano (único lugar onde suas asas lhe permitiam sentar-se), mastigava placidamente, sem parar.

— Que bom garfo! — repetia espantado o Coroinha — que bom garfo!

E a Esfinge bebia conhaque, gritava a plenos pulmões, se contorcia como um demônio. De repente, suas faces incharam e, não resistindo mais ao sangue que a sufocava, levou o guardanapo aos lábios, depois o jogou debaixo da mesa.

Frédéric tinha visto tudo.

— Não é nada!

E, como ele insistia para que ela fosse embora e cuidasse de si mesma, ela respondeu lentamente:

— Ora! Por quê? Isso é igual a qualquer outra coisa! A vida não é tão engraçada!

Então ele estremeceu, tomado por uma tristeza glacial, como se tivesse vislumbrado mundos inteiros de miséria e desespero, um fogão a carvão perto de uma cama de campanha e os cadáveres do necrotério em aventais de couro, e a torneira de água fria escorrendo sobre seus cabelos.

Enquanto isso, Hussonnet, agachado aos pés da Mulher Selvagem, berrava com voz rouca, para imitar o ator Grassot:

— Não seja cruel, ó Celuta![10] Esta pequena festa de família é encantadora! Inebriem-me de volúpias, meus amores! Brinquemos! Brinquemos!

E começou a beijar o ombro das mulheres. Elas estremeciam, espetadas por seus bigodes; então ele teve a ideia de quebrar um prato contra sua cabeça, batendo nela com um pequeno golpe. Outros o imitaram; os pedaços de louça voaram como ardósias na ventania, e a Estivadora gritou:

— Não se preocupem! Isso não custa nada! O burguês que os fabrica nos dá de graça!

Todos os olhos se voltaram para Arnoux. Ele replicou:

— Ah! Mediante fatura, fiquem à vontade! — querendo, sem dúvida, passar por não ser, ou não ser mais, amante de Rosanette.

Mas duas vozes raivosas se elevaram:

— Imbecil!

— Indecente!

— Às suas ordens.

— Às suas!

Tratava-se do Cavaleiro Medieval e do Postilhão Russo que discutiam; tendo esse último sustentado que armaduras dispensavam ser bravo, o outro tinha tomado aquilo como um insulto. Ele queria lutar, todos intervieram, e o Capitão, em meio ao tumulto, tentava fazer-se ouvir.

— Messieurs, me escutem! Uma palavra! Tenho experiência, messieurs!

---

[10] Heroína de *Natchez*, que datava então de vinte anos. (2)

Rosanette, batendo num copo com sua faca, acabou por conseguir o silêncio; e, dirigindo-se ao Cavaleiro que continuava com seu elmo, depois ao Postilhão que usava um gorro com longos pelos:

— Antes de mais nada, retire essa panela da cabeça! Isso me enerva! — E o senhor, aí no fundo, com cabeça de lobo. — Vai me obedecer ou não, caramba! Olhem para as minhas dragonas! Eu sou sua Marechala!

Eles obedeceram e todos aplaudiram, gritando:

— Viva a Marechala! Viva a Marechala!

Então ela pegou uma garrafa de Champanhe de cima do aquecedor e despejou do alto, nas xícaras que lhe estendiam. Como a mesa era muito grande, os convidados, sobretudo as mulheres, aproximaram-se dela, pondo-se na ponta dos pés nas barras das cadeiras, de forma que, por um minuto, formou-se um conjunto piramidal de penteados, ombros nus, braços estendidos, corpos inclinados; — e longos jorros de vinho brilhavam em meio a isso tudo, pois o Pierrot e Arnoux, nos dois cantos da sala, cada um abrindo uma garrafa, salpicavam os rostos. Os passarinhos do aviário, cuja porta havia sido deixada aberta, invadiram a sala, aterrorizados, esvoaçando em volta do lustre, batendo nas vidraças, nos móveis; e alguns, pousando sobre as cabeças, formavam como que grandes flores em meio às cabeleiras.

Os músicos tinham ido embora. O piano foi arrastado da antessala para o salão. A Vatnaz sentou-se ao piano e, acompanhada pelo Coroinha, que tocava o pandeiro, deu início a uma frenética contradança, batendo nas teclas como um cavalo pateando o chão, e requebrando a cintura para melhor marcar compasso. A Marechala arrastou Frédéric, Hussonnet fazia piruetas, a Estivadora se desengonçava como um palhaço, o Pierrot se comportava como um orangotango, a Mulher Selvagem, com os braços estendidos, imitava o movimento oscilante de um barquinho. Finalmente, não conseguindo mais prosseguir, todos pararam; e uma janela foi aberta.

A grandiosa luz do dia entrou, com o frescor da manhã. Houve uma exclamação de espanto, depois silêncio. As chamas amarelas tremeluziram, fazendo com que as arandelas, na base das velas, explodissem de vez em quando; fitas, flores e pérolas espalhavam-se pelo chão; nódoas de ponche e de xarope manchavam os consoles; as tapeçarias estavam sujas, os trajes amarrotados, empoados; as tranças pendiam sobre os ombros; e a maquiagem, escorrendo com o suor, revelava rostos pálidos, cujas pálpebras vermelhas piscavam.

A Marechala, fresca como se tivesse saído de um banho, tinha as faces rosadas, os olhos brilhantes. Ela atirou para longe a peruca; e seus cabelos caíram à sua volta como uma cabeleira de lã, deixando à mostra, de todo o seu traje, apenas sua calcinha, o que produziu um efeito ao mesmo tempo cômico e gracioso.

A Esfinge, cujos dentes tiritavam de febre, precisou de um xale.

Rosanette correu para seu quarto para procurá-lo e, como a outra a seguia, ela lhe fechou a porta na cara, prontamente.

O Turco observou, em voz alta, que Monsieur Oudry não fora visto saindo. Ninguém entendeu essa malícia, tão cansados estavam.

Depois, esperaram as carruagens embrulhados em seus gorros e casacos. Bateu sete horas. A moça vestida de Anjo ainda estava na sala, sentada diante de uma compota de manteiga e sardinha; e a Peixeira, ao seu lado, fumava cigarros, enquanto lhe dava conselhos sobre a existência.

Por fim, com a chegada dos fiacres, os convidados partiram. Hussonnet, com artigo a entregar para a província, precisava ler cinquenta e três jornais antes do almoço; a Mulher Selvagem tinha um ensaio no teatro, Pellerin uma modelo, o Corista, três encontros. Mas a Anjo, invadida pelos primeiros sintomas de uma indigestão, não conseguiu se levantar. O Barão da Idade Média carregou-a para o fiacre.

— Cuidado com as asas dela! — gritou pela janela a Estivadora.

Estavam no patamar quando Mademoiselle Vatnaz disse a Rosanette:

— Adeus querida! Estava muito boa a sua noite.

Depois, inclinando-se ao seu ouvido:

— Fique com ele!

— Até que venham tempos melhores — replicou a Marechala, virando as costas lentamente.

Arnoux e Frédéric voltaram juntos, como tinham ido. O comerciante de faiança parecia tão abatido que seu companheiro achou que ele estava indisposto.

— Eu? De jeito nenhum!

Ele mordia o bigode, franzia a testa e Frédéric perguntou-lhe se não eram seus negócios que o atormentavam.

— De jeito nenhum!

Então, de repente:

— Você o conhece, não é, o velho Oudry?

E, com uma expressão de rancor:

— Ele é rico, o velho safado!

Em seguida, Arnoux falou de uma importante fornada que deveria ser concluída naquele dia em sua fábrica. Ele queria vê-la. O trem partiria em uma hora. — Mas eu preciso ir dar um beijo em minha esposa.

"Ah! a esposa dele!", pensou Frédéric.

Depois ele se deitou, com uma dor insuportável no occipital; e bebeu uma garrafa inteira de água, para matar a sede.

Uma outra sede lhe veio, a de mulheres, luxo e tudo o que a existência parisiense envolve. Ele se sentiu um pouco atordoado, como um homem saindo de um navio; e, na alucinação do primeiro sono, viu passar e repassar os ombros da Peixeira, os rins da Estivadora, as panturrilhas da Polonesa, os cabelos da Mulher Selvagem. Então, dois grandes olhos negros, que não estavam no baile, apareceram; e leves como borboletas, ardentes como tochas, eles iam e vinham, vibravam, subiam na cornija, desciam até sua boca. Frédéric empenhava-se em reconhecer aqueles olhos, sem sucesso. Mas o sonho já o havia dominado; parecia-lhe que estava amarrado perto de Arnoux, no timão de um fiacre, e que a Marechala, montada nele, o rasgava com suas esporas de ouro.

Capítulo II

Frédéric encontrou um pequeno palacete na esquina da Rue Rumfort[11] e comprou, de uma só vez, o cupê, o cavalo, a mobília e duas jardineiras trazidas da casa de Arnoux, para colocar nos dois cantos da porta do salão. Atrás desse aposento havia um quarto e um gabinete. Ocorreu-lhe a ideia de hospedar Deslauriers ali. Mas, como ele a receberia, a *ela*, sua futura amante? A presença de um amigo seria um empecilho. Ele derrubou a parede entre os cômodos para aumentar o salão e transformou o gabinete em uma sala para fumantes.

Comprou os poetas que amava, Viagens, Atlas, Dicionários, pois tinha incontáveis projetos de trabalho; apressava os operários, visitava as lojas e, na impaciência de desfrutar, comprava tudo sem pechinchar.

Pelas notas dos fornecedores, Frédéric percebeu que brevemente teria cerca de quarenta mil francos a pagar, sem incluir os impostos sobre heranças, que ultrapassariam os trinta e sete mil; como sua fortuna consistia em propriedades territoriais, ele escreveu ao tabelião de Le Havre para que vendesse uma parte, a fim de se livrar de suas dívidas e ter algum dinheiro à sua disposição. Depois, querendo finalmente conhecer essa coisa vaga, tremeluzente e indefinível chamada *alta sociedade*, ele perguntou aos Dambreuse, por uma nota, se eles poderiam recebê-lo. A Madame respondeu que esperava pela sua visita no dia seguinte.

Era dia de receber. Carruagens estacionavam no pátio. Dois lacaios se precipitaram até a marquise e um terceiro, no topo da escada, começou a andar à sua frente.

Ele atravessou uma antessala, uma segunda peça, depois um grande salão com janelas altas, e cuja monumental lareira sustentava um relógio de pêndulo esférico e dois monstruosos vasos de porcelana

---

[11] A Rue Rumford, e não Rumfort, ia da Rue Lavoisier até a Rue de la Pépinière, nos números 37 e 37 bis. Ela foi aberta em 1838, autorizada e revelada em 1840 (Félix Lazare, *Dictionnaire Administrative des Rues de Paris*, 1844). Essa rua desapareceu quando foi aberto o bulevar Malesherbes. (1)

dos quais se erguiam, como dois arbustos de ouro, dois feixes de suportes para velas. Quadros no estilo Espagnolet,[12] com temáticas soturnas, estavam pendurados na parede; as pesadas portinholas de tapeçaria caíam majestosamente; e as poltronas, consoles, mesas, todo o mobiliário, que era no estilo Império, tinha algo de imponente e diplomático. Frédéric sorria de prazer, inconscientemente.

Por fim, ele chegou a um aposento oval, com painéis de jacarandá, repleto de móveis graciosos e iluminado por uma única janela que dava para um jardim. Madame Dambreuse estava perto do fogo, uma dúzia de pessoas formava um círculo ao seu redor. Com uma palavra amigável, ela fez sinal para que ele se sentasse, mas sem parecer surpresa por não o ter visto por um longo tempo.

Quando ele entrou, elogiavam a eloquência do Abade Cœur. Depois, deploraram a imoralidade dos empregados devido a um roubo cometido por um criado de quarto; e as fofocas continuaram. A velha dama de Sommery estava resfriada, Mademoiselle de Turvisot ia se casar, os Montcharron não voltariam antes do final de janeiro, os Bretancourt também não, agora ficava-se mais tempo em outras regiões fora da cidade; e a miséria das palavras era como que reforçada pelo luxo das coisas ao redor; mas o que diziam era menos estúpido do que a maneira de conversar, à toa, sem continuidade e sem animação. Havia, porém, homens versados na vida, um ex-ministro, o padre de uma grande paróquia, dois ou três altos funcionários do governo; eles se apegavam aos lugares-comuns mais banais. Alguns pareciam viúvas cansadas vivendo de pensão, outros tinham aparência de negociantes desonestos; e velhotes acompanhavam suas esposas, de quem poderiam se passar por avós.

Madame Dambreuse recebia todos eles com graça. Quando se falava de um doente, ela franzia a testa dolorosamente e assumia um ar alegre quando se tratava de bailes ou festas. Ela logo seria obrigada a se privar disso, porque ia mandar tirar do internato uma sobrinha do marido, uma órfã. Exaltaram sua devoção; era comportar-se como uma verdadeira mãe de família.

---

[12] O pintor espanhol Ribera. (2)

Frédéric a observava. A pele embaciada de seu rosto parecia tensa e de um frescor sem brilho, como o de frutas em conserva. Mas seus cabelos, torcidos para cima no estilo inglês, eram mais finos que a seda, seus olhos, de um azul brilhante, todos os seus gestos, delicados. Sentada ao fundo, na conversadeira, ela acariciava as franjas vermelhas de uma tela japonesa, para valorizar as mãos, talvez, mãos compridas e estreitas, um pouco magras, com os dedos recurvados nas pontas. Ela usava um vestido cinza de chamalote, com corpete alto, como uma puritana.

Frédéric perguntou se ela não pretendia ir este ano a La Fortelle. Madame Dambreuse não sabia de nada. De uma coisa, no entanto, ele sabia: Nogent devia aborrecê-la. As visitas iam aumentando. Era um farfalhar contínuo de vestidos nos tapetes; as senhoras, sentadas na beirada das cadeiras, lançavam risinhos forçados, articulavam duas ou três palavras e, ao cabo de cinco minutos, partiam com as jovens filhas. Logo ficou impossível acompanhar a conversa, e Frédéric já estava se retirando quando Madame Dambreuse lhe disse:

— Toda quarta-feira, não é, Monsieur Moreau? — compensando com essa única frase toda indiferença que ela havia mostrado anteriormente.

Ele estava feliz. No entanto, inalou uma grande lufada de ar na rua; e, necessitando de um ambiente menos artificial, Frédéric lembrou que devia uma visita à Marechala.

A porta da antessala estava aberta. Dois pequenos cães havaneses se aproximaram. Uma voz gritou:

— Delphine! Delphine! — É você, Félix?

Ele continuava ali parado, sem avançar; os dois cachorrinhos ainda latiam. Finalmente Rosanette apareceu, envolta numa espécie de robe de musselina branca enfeitado de rendas, pés nus enfiados em chinelos.

— Ah! Desculpe, monsieur! Eu pensei que fosse o cabeleireiro. Um minuto! Eu já volto!

E ele ficou sozinho na sala de jantar.

As persianas estavam fechadas. Frédéric corria os olhos ao redor, lembrando-se do rebuliço da outra noite, quando notou no meio, sobre a mesa, um chapéu de homem, um velho chapéu de feltro deformado, ensebado, imundo. De quem será esse chapéu? Exibindo descaradamente seu forro descosturado, ele parecia dizer: "Eu não me importo, afinal! Eu sou o dono!".

A Marechala voltou. Ela pegou o chapéu, abriu a estufa, jogou-o ali dentro, fechou a porta (outras portas abriam-se e fechavam ao mesmo tempo) e, tendo conduzido Frédéric pela cozinha, levou-o para o seu quarto de vestir.

Podia-se ver, de imediato, que aquele era o lugar mais frequentado da casa, e, por assim dizer, seu verdadeiro centro moral. Um tecido persa com grandes folhagens revestia as paredes, as poltronas e um vasto divã reclinável; sobre uma mesa de mármore branco, havia duas grandes bacias de faiança azul; pranchas de cristal, que formavam uma prateleira no alto, estavam entulhadas de frascos, escovas, pentes, batons, caixas de pó de arroz; o fogo era refletido em um grande espelho emoldurado entre duas colunas laterais; um lençol pendia para fora de uma banheira, e aromas de pasta de amêndoa e benjoim exalavam do ambiente.

— Vai me desculpar a desordem! Eu vou jantar na cidade esta noite!

E, ao girar sobre os calcanhares, quase atropelou um dos cachorrinhos. Frédéric os achou encantadores. Ela ergueu os dois e, levantando seus focinhos pretos em direção a ele:

— Vamos, deem uma risadinha, beijem o cavalheiro.

Um homem, vestindo uma sobrecasaca suja com gola de pele, entrou abruptamente.

— Félix, meu bom rapaz — disse ela —, você terá seu negócio no próximo domingo, sem falta.

O homem começou a pentear o cabelo dela. Ele contou notícias de suas amigas: Madame de Rochegune, Madame de Saint-Florentin, Madame Lombard, todas nobres como as do palacete dos Dambreuse. Depois, ele falou de teatros; uma apresentação extraordinária aconteceria naquela noite no Ambigu.

— A senhora irá?

— Claro que não! Vou ficar em casa.

Delphine apareceu. A senhora a repreendeu por ter saído sem sua permissão. A outra jurou que estava "voltando do mercado".

— Bem, traga-me o seu caderninho! — Posso vê-lo, não é?

E, lendo o caderno em voz baixa, Rosanette tecia observações sobre cada artigo. A soma estava errada.

— Devolva quatro centavos!

Delphine os devolveu, e, quando ela foi dispensada:

— Ah! Virgem Santa! Como se sofre com essa gente!

Frédéric ficou chocado com essa recriminação. Ela lembrava demasiadamente as outras e estabelecia entre as duas casas uma espécie de igualdade desagradável.

Delphine, retornando, aproximou-se da Marechala para sussurrar uma palavra em seu ouvido.

— Não! Nada disso!

Delphine se apresentou novamente.

— Senhora, ela insiste.

— Ah! Que chatice! Coloque-a para fora!

No mesmo instante, uma senhora vestida de preto abriu a porta. Frédéric não ouviu nada, não viu nada; Rosanette correu para o quarto ao seu encontro.

Quando ela reapareceu, estava com as maçãs do rosto vermelhas e se sentou em uma das poltronas, sem falar. Uma lágrima correu pela sua face; em seguida, voltando-se para o jovem, baixinho:

— Qual é o seu primeiro nome?

— Frédéric.

— Ah! Federico! Você se importa se eu lhe chamar assim?

E ela olhava para ele de uma forma carinhosa, quase amorosa. De repente, ela soltou um grito de alegria ao ver Mademoiselle Vatnaz.

A artista não tinha tempo a perder, tendo de presidir sua mesa como anfitriã precisamente às seis horas; e ela estava ofegante, não conseguindo mais aguentar. Primeiro, ela tirou da sacola uma corrente de relógio com um pedaço de papel, depois vários objetos, aquisições.

— Saiba que existem, na Rue Joubert, luvas suecas magníficas a trinta e seis soldos! Seu tintureiro está pedindo mais oito dias. Quanto à renda com relevo, a guipura, eu disse que deveria ser refeita. Bugneaux recebeu o depósito. Parece que isso é tudo, não? Você me deve cento e oitenta e cinco francos!

Rosanette foi pegar dez napoleões numa gaveta. Nenhuma das duas tinha troco, Frédéric o ofereceu.

— Eu vou devolvê-los — disse Vatnaz, enfiando os quinze francos na bolsa. — Mas o senhor é um malvado. Eu não gosto mais do senhor, só me convidou para dançar uma vez outro dia! — Ah! Minha querida, encontrei em uma loja, no Quai Voltaire um quadro com beija-flores empalhados que são uns amores. Em seu lugar, eu os daria a mim de presente. Olhe aqui! O que você acha disso?

E exibiu um velho corte de seda rosa que ela tinha comprado no Temple para fazer um gibão da Idade Média para Delmar.

— Ele veio hoje, não veio?

— Não!

— É estranho!

E, um minuto depois:

— Aonde você vai esta noite?

— À casa de Alphonsine — disse Rosanette; o que já era a terceira versão de como ela deveria passar a noite.

Mademoiselle Vatnaz continuou:

— E o velho da Montanha,[13] Monsieur Oudry, o que há de novo com ele?

Mas, com uma piscadela abrupta, a Marechala ordenou que se calasse; e acompanhou Frédéric de volta à antessala, para saber se ele veria Arnoux em breve.

— Peça-lhe, então, que venha; não na frente de sua esposa, é claro!

No topo da escada, havia um guarda-chuva encostado na parede, próximo a um par de sandálias.

— As galochas da Vatnaz — disse Rosanette. — Que pé, hein? Ela é forte, minha amiguinha!

---

[13] Michaud havia produzido, em 1838, um resumo em 2 volumes dos 4 tomos de sua *Histoire des Croisades*, publicada quinze anos antes. Os Haschischins e seu líder, apelidado de Velho da Montanha, ocupavam um grande lugar na imaginação romântica (basta lembrar de *Voyage en Orient*, de Nerval) e, consequentemente, foi inserido como brincadeira no vocabulário dos jovens. (2)

E num tom melodramático, rolando a última letra da palavra:

— Não se pode confiarrrr!

Frédéric, encorajado por esse tipo de confidência, quis beijar seu pescoço. Ela disse friamente.

— Oh! Vá em frente! Não custa nada!

Ele se sentia leve ao sair de lá, não duvidando de que a Marechala logo se tornaria sua amante. Esse desejo despertou um outro; e, apesar do ressentimento que nutria contra ela, queria ver Madame Arnoux.

Além disso, ele tinha que ir lá para transmitir o recado de Rosanette.

"Mas agora", ele meditou (batiam seis horas), "Arnoux está em casa, sem dúvida".

Ele adiou sua visita para o dia seguinte.

Ela continuava com a mesma atitude do primeiro dia, e costurava uma camisa de criança. O garotinho, a seus pés, brincava com um zoológico de madeira; Marthe, um pouco mais longe, estava escrevendo.

Ele começou elogiando-a por seus filhos. Ela respondeu sem nenhum exagero de tolices maternas.

O quarto tinha um aspecto tranquilo. Um lindo sol brilhava através das vidraças, os ângulos da mobília brilhavam e, como Madame Arnoux estava sentada perto da janela, um grande raio luminoso, atingindo as mechas encaracoladas de seu pescoço, penetrava sua pele âmbar com um fluido dourado. Então ele disse:

— Eis aqui uma jovenzinha que cresceu muito nesses três anos! — Lembra, mademoiselle, quando dormia sobre os meus joelhos na carruagem? — Marthe não se lembrava. — Uma noite, voltando de Saint-Cloud?

Madame Arnoux lançou um olhar singularmente triste. Era para lhe proibir qualquer alusão à memória comum?

Seus lindos olhos negros, cuja esclera brilhava, moviam-se suavemente sob suas pálpebras um tanto pesadas, e havia no fundo de suas pupilas uma infinita bondade. Ele foi tomado de novo por um amor mais forte do que nunca, imenso: era uma contemplação que o entorpecia, no entanto, ele a sacudiu. Como se valorizar? De que formas? E, tendo procurado bastante, Frédéric não encontrou nada melhor do que o dinheiro. Ele começou a falar sobre o tempo, que era menos frio do que no Havre.

— Já esteve lá?

— Sim, para um negócio... de família... uma herança.

— Ah! Estou muito feliz por isso — ela retomou com um ar de tão genuíno prazer que ele foi tocado como que por um grande favor.

Depois ela perguntou o que ele queria fazer, devendo um homem empregar-se em alguma coisa. Ele se lembrou de sua mentira e disse que esperava chegar ao Conselho de Estado, graças a Monsieur Dambreuse, o deputado.

— Talvez você o conheça.

— Apenas de nome.

Depois, em voz baixa:

— Ele o levou ao baile outro dia, não foi?

Frédéric ficou em silêncio.

— Era o que eu queria saber, obrigada.

Em seguida, ela fez duas ou três perguntas discretas sobre sua família e sua província. Era muito amável ter ficado lá por tanto tempo, sem esquecê-los.

— Mas... como eu poderia? — ele retrucou. — Você duvidava disso?

Madame Arnoux se levantou.

— Eu creio que você tem por nós um bom e sólido afeto. Adeus! Até logo!

E ela estendeu a mão de uma maneira franca e viril. Não era aquilo um compromisso, uma promessa? Frédéric sentia-se cheio de alegria de viver; continha-se para não cantar, precisava se expressar, fazer generosidades e dar esmolas. Ele olhou em volta para ver se havia alguém que ele pudesse ajudar. Nenhum desgraçado passava por ali; e sua extravagância de devotamento desapareceu, pois ele não era um homem que procurava buscar ao longe essas oportunidades.

Depois voltou a se lembrar dos amigos. O primeiro em que pensou foi Hussonnet, o segundo Pellerin. A posição insignificante de Dussardier exigia, naturalmente, alguma atenção; quanto a Cisy, ele se regozijava em mostrar a ele um pouco de sua fortuna. Assim, escreveu aos quatro para que fossem à festa de inauguração, no domingo seguinte, às onze horas em ponto, e instruiu Deslauriers a trazer Sénécal.

O professor havia sido dispensado de seu terceiro pensionato por não ter concordado em distribuir prêmios, costume que considerava funesto para a igualdade. Ele estava agora com um construtor de máquinas e não morava com Deslauriers havia seis meses.

A sua separação não tinha sido nada difícil. Sénécal, nos últimos tempos, recebia homens em roupas de trabalho, todos patriotas, todos operários, todos gente boa, mas cuja companhia parecia fastidiosa ao advogado. Além disso, certas ideias de seu amigo, excelentes como armas de guerra, o desagradavam. Ele se calava por ambição, querendo poupá-lo a fim de orientá-lo, pois esperava com impaciência uma grande reviravolta, ocasião em que pretendia abrir seu espaço, ocupar seu lugar.

As convicções de Sénécal eram mais desinteressadas. Todas as noites, quando seu trabalho terminava, ele voltava para sua mansarda e procurava nos livros como justificar seus sonhos. Havia feito anotações no *Contrato Social*. Abarrotava-se com a *Revue Indépendante*.[14] Ele conhecia Mably, Morelly, Fourier,[15] Saint-

---

[14] A *Revue Indépendante* foi publicada de 1º de novembro de 1841 a 24 de fevereiro de 1848. Seus principais colaboradores foram Pierre Leroux, George Sand e Louis Viardot. O objetivo dessa publicação era tratar, do ponto de vista democrático, de todas as questões na ordem do dia. (1)

[15] Fourier (1772-1837) baseava suas doutrinas na *lei da atração*. Todo homem deve procurar satisfazer suas paixões. O trabalho, na nova sociedade, não será mais penoso, porque não será mais imposto; ele se tornará tão atrativo que todos os ociosos de hoje se entregarão a ele com prazer. Se as paixões desenfreadas foram funestas até o presente, elas não serão mais assim quando tiverem encontrado o meio adequado, isto é, a associação organizada de acordo com "a ordem combinada". Uma associação de 1.800 membros constitui um falanstério, o falanstério é subdividido em falanges, a falange em séries, a série em grupos, o grupo é composto de sete ou nove indivíduos. Fourier era hostil aos Saint-simonianos, a quem chamava "Histriônicos sacerdotais". Após a morte de Fourier, sua escola foi dirigida por Victor considerant, e desempenhou um papel importante até a Revolução de 1848. (1)

-Simon,[16] Comte,[17] Cabet,[18] Louis Blanc,[19] a pesada bagagem dos escritores socialistas,[20] aqueles que reivindicam para a humanidade o nível das casernas, aqueles que queriam diverti-la em um lupanar ou dobrá-la sobre um balcão; e, da mistura de tudo isso, tinha-se formado um ideal de democracia virtuosa, com o duplo aspecto de uma pequena propriedade compartilhada e de uma fábrica de fiação, uma espécie de Lacedemônia americana em que o indivíduo existiria apenas para servir à Sociedade, mais onipotente, absoluta, infalível e divina do que os Grandes Lamas e os Nabucodonosor. Ele não tinha nenhuma dúvida sobre a eventualidade iminente dessa concepção; e com raciocínios de geômetra e a boa-fé de um inquisidor, Sénécal

---

[16] Saint-Simon morreu em 1825. Sua escola foi próspera sobretudo nos anos 1830. Os principais seguidores foram Augustin Thierry, Auguste Comte, Olinde Rodrigues, Bailly de Blois, Léon Halévy, Duvergier, Bazard, Enfantin, Cerclet, Buchez, Carnot, Michel Chevalier, Pierre Leroux, Jean Regnaud, E. Péreire, Félicien David, Guéroult, Charton etc. Os Saint-simonianos dispersaram-se em 1832 (ver sobre esse assunto a nota dedicada a Père Enfantin). O Saint-simonismo teve uma enorme influência nas escolas socialistas que vieram depois. (1)

[17] Auguste Comte (1795-1857) tinha publicado o *Système de politique positive* (1828) e o *Cours de philosophie positive* (1839-1842). (1)

[18] Cabet (1788-1856) fora advogado em Dijon, depois em Paris. Após a Revolução de 1830, foi nomeado procurador-geral na Córsega, mas demitido no ano seguinte por insultos ao governo de Louis-Philippe. Os eleitores de Dijon o conduziram à Câmara dos Deputados (1831). Ele publicou *Histoire de la Révolution de 1830* e fundou um jornal: o *Populaire*. Em 1834 ele foi condenado a dois anos de prisão por insulto ao rei e se refugiou na Inglaterra. Ele estabeleceu os princípios de uma sociedade comunista em suas *Douze lettres d'un communiste à un réformiste* e em sua *Voyage en Icarie* (1842). Em 1847, Cabet comprou terras consideráveis no Texas e reuniu 150 icarianos. Uma primeira expedição de emigrantes (2 de fevereiro de 1848) fracassou completamente. Cabet voltou para a França, mas retornou à América no final de 1848. Ele encontrou a comunidade dividida em dois campos. Depois, tendo reunido a maioria, ele a estabeleceu em Nauvoo. (1)

[19] Louis Blanc (1812-1882) tornou-se famoso em 1840 pela publicação de seu livro *Organisation du Travail*. "As ideias essenciais nele contidas eram de que todo homem tem o direito de trabalhar e que a sociedade tem o dever de proporcionar trabalho para todos. O Estado, representante da sociedade, deve ser 'o banqueiro dos pobres'. Ele vai, portanto, fornecer aos trabalhadores o dinheiro necessário para a fundação de cada indústria, para *oficinas sociais*, para onde os trabalhadores se dirigiriam por conta própria e receberiam, além de seu salário, um quarto do lucro líquido. Ideias de Louis Blanc tiveram grande sucesso entre os trabalhadores. Ele as desenvolveu com a ajuda de Ledru-Rollin, durante a *Reforma*, tornando-se o principal órgão dos socialistas e o laço entre eles e os republicanos radicais, partidários do sufrágio universal. "(Albert MALET, *Histoire Contemporaine*, p. 355.) (1)

[20] A *Révue Indépendante* apoiava opiniões sociais avançadas; ela teve como colaboradores, nomeadamente Pierre Leroux e George Sand. Em 1869, Flaubert escrevia a Michelet dizendo que ele tinha, para preparar seu romance, estudado escritores socialistas. De acordo com Monsieur Maynial, a confusa enumeração que ele faz aqui tem por objetivo mostrar o caráter rápido da formação doutrinal de Sénécal, bem como dos homens que preparam a revolução de 1848; mas ela também corresponde às leituras frenéticas, se não desordenadas, do próprio romancista. (2)

se agarrava a tudo o que ele julgava que lhe era hostil. Os títulos de nobreza, as condecorações, os penachos, sobretudo as librés, e mesmo as reputações demasiadamente sonoras o escandalizavam — seus estudos, bem como seus sofrimentos, aguçavam a cada dia seu ódio essencial a qualquer distinção ou superioridade.

— O que devo a esse senhor para fazer-lhe cortesias? Se ele quisesse saber de mim, poderia vir me procurar!

Deslauriers o arrastou.

Encontraram o amigo em seu quarto. Persianas e cortinas duplas, espelho veneziano, nada faltava a Frédéric, que, vestido com uma jaqueta de veludo, estava recostado em uma bergère, fumando cigarros de tabaco turco.

Sénécal acabrunhou-se como um fanático religioso que é levado para uma festa de prazer. Deslauriers assimilou tudo com um único olhar; depois, cumprimentando-o bem baixinho:

— Vossa Excelência! Apresento-lhe meus respeitos!

Dussardier pulou no seu pescoço.

— Então você é rico agora? Ah! Que maravilha! Caramba, que maravilha!

Cisy apareceu, com um crepe no chapéu. Desde a morte da avó, gozava de uma fortuna considerável e empenhava-se menos em se divertir e mais em se distinguir dos outros, não ser igual a todo mundo, enfim, em "ter seu estilo". Era o que ele dizia.

Era meio-dia, porém, e todos bocejavam; Frédéric estava esperando alguém. Ao ouvir o nome de Arnoux, Pellerin fez uma careta. Ele o considerava um renegado desde que tinha desistido das artes.

— E se prosseguíssemos sem ele? O que vocês acham?

Todos concordaram.

Um criado com polainas altas abriu a porta e viu-se a sala de jantar com seu alto rodapé de carvalho guarnecido de ouro e suas duas cômodas cheias de louças. As garrafas de vinho estavam sobre o aquecedor; as lâminas das facas novas cintilavam perto das ostras; havia no tom leitoso dos copos foscos como que uma doçura sedutora, e a mesa sumia sob a caça, frutas, coisas extraordinárias. Essas atenções foram menosprezadas por Sénécal.

Ele começou pedindo o pão feito em casa (o mais duro possível) e, a esse respeito, falou dos assassinatos dos proprietários que organizaram as revoltas dos famintos em Buzançais e da crise de subsistências.[21]

Nada disso teria acontecido caso se protegesse melhor a agricultura, se tudo não fosse entregue à competição, à anarquia, à deplorável máxima do *"deixai fazer, deixai passar"*, divisa do liberalismo absoluto defendido pelo primeiro-ministro Guizot! Era dessa forma que se constituía o feudalismo do dinheiro, pior do que o outro! Mas que tomem cuidado! O povo, no final, ficará cansado e poderá fazer os detentores do capital pagarem por seus sofrimentos, seja por proscrições sangrentas ou pelo saque de seus palacetes.

Frédéric vislumbrou, em um *flash*, uma enxurrada de homens com braços nus invadindo a grande sala de estar de Madame Dambreuse, quebrando as janelas a golpes de picareta.

Sénécal continuava: o operário, diante da insuficiência dos salários, era mais infeliz do que o hilota, o negro e o pária, especialmente quando tem filhos.

— Ele deve, por acaso, livrar-se deles por asfixia, como aconselha não me lembro qual médico inglês, discípulo de Malthus?

E voltando-se para Cisy:

— Estaremos reduzidos aos conselhos do infame Malthus?

Cisy, que desconhecia a infâmia e até mesmo a existência de Malthus, respondeu que muitas misérias, no entanto, estavam sendo socorridas e que as classes altas...

— Ah! As classes altas! — disse o socialista com um sorriso de escárnio. — Primeiro, não há classes altas; somente pelo coração

---

[21] O inverno de 1846-1847 foi marcado pela penúria. O departamento de Indre foi um dos mais atingidos. Numa região desse departamento, em Buzançais, os famintos reuniram-se em bandos e repeliram os guardas enviados para dispersá-los. Eles queimaram as fazendas, saquearam as padarias e proferiram ameaças contra os grandes proprietários, a quem acusavam de serem os causadores da fome. Em 13 de janeiro de 1847, eles degolaram um proprietário de Buzançais, chamado Chambert-Huard. Poucos dias depois, foi a vez de um proprietário de Bélabre chamado Robin-Tailland. O governo decidiu ser implacável. Trinta desordeiros foram levados ao Tribunal Indre Assise. Cinco foram condenados à morte, quatro a trabalhos forçados em prisão perpétua, dezoito aos trabalhos forçados com tempo determinado. Os condenados à morte foram executados em 11 de abril de 1847, na Place de Buzançais. (1)

é que somos elevados! Não queremos esmolas, entendam! Só queremos a igualdade, a distribuição justa dos produtos.

O que ele exigia era que o operário pudesse tornar-se capitalista, assim como o soldado pode tornar-se coronel. Os representantes eleitos de corporações, pelo menos, ao limitar o número de aprendizes, evitavam o acúmulo dos trabalhadores, e o sentimento de fraternidade era mantido pelas festas, pelas bandeiras.

Hussonnet, como poeta, sentia falta das bandeiras; Pellerin também, predileção que lhe viera no Café Dagneaux, ao ouvir as conversas dos falansterianos.[22] Ele declarou considerar Fourier um grande homem.

— Ora essa! — disse Deslauriers. — Um velho idiota! Uma besta que vê na derrota dos impérios efeitos da vingança divina! É como Monsieur Saint-Simon e sua igreja, com seu ódio pela Revolução Francesa: uma porção de canalhas que gostariam de restabelecer o catolicismo!

Monsieur de Cisy, sem dúvida para obter informações ou para conseguir uma boa opinião a seu respeito, pôs-se a dizer baixinho:

— Então, esses dois estudiosos não concordam com Voltaire?

— Esse sujeito, eu deixo para você! — retrucou Sénécal.

— Como? Eu, eu pensava...

— Não! Ele não gostava do povo!

Depois a conversa voltou-se para os acontecimentos contemporâneos: os casamentos da Monarquia espanhola,[23] as dilapidações

---

[22] Falansterianos ou fourieristas. (1)

[23] Louis-Philippe desejava retomar a política tradicional da França na Espanha. Ele havia sido impedido de fazê-lo até então por medo de desagradar a Inglaterra. No caso dos casamentos espanhóis, no entanto, ele age com muita energia contra as reivindicações inglesas. A Rainha Mãe da Espanha, Marie-Christine, pretendia casar suas duas filhas, uma, a Rainha Isabel, com seu primo Don François d'Assises, e a outra, Louisa-Fernanda, com o Duque de Montpensier, filho de Louis-Philippe. A Inglaterra ansiava por ver a Rainha Isabel dar sua mão ao Príncipe Leopoldo de Saxe-Coburgo, primo da Rainha Vitória. Palmerston, do Gabinete Inglês, fez de tudo para obter esse resultado. Ele foi derrotado graças ao tato do embaixador da França em Madri, Monsieur Bresson, e, deve-se admitir, graças à firmeza de Louis-Philippe. No dia 25 de setembro de 1846, Palmerston falava diretamente com Guizot e lhe enviava um protesto formal invocando o Tratado de Utrecht. No dia 10 de outubro seguinte, era celebrado em Madri o duplo casamento de Isabelle com Don François d'Assises e de Louisa-Fernanda com o duque de Montpensier. (1)

de Rochefort,[24] os gastos excessivos com a nova ala de reuniões da assembleia na basílica de Saint-Denis,[25] o que levaria a dobrar os impostos. De acordo com Sénécal, no entanto, o que se pagava já era o suficiente!

— E por que, meu Deus? Para construir os palácios dos macacos do Museu de História Natural, para fazer desfilar nas nossas praças brilhantes estados-maiores ou para sustentar, entre os criados do Castelo, uma etiqueta gótica!

— Eu li em *La Mode* — disse Cisy — que no dia de Saint-Ferdinand, no baile das Tuileries, todos estavam disfarçados de personagens carnavalescos grotescos.

— Se isso não for patético! — disse o socialista, dando de ombros para indicar seu desgosto.

— E o Museu de Versailles! — exclamou Pellerin. — Falemos dele! Aqueles imbecis encurtaram um Delacroix e espicharam um Gros! No Louvre, restauraram tanto, rasparam e manipularam tanto todas as telas, que em dez anos, talvez, não reste mais nenhuma. Quanto aos erros do catálogo, um alemão escreveu um livro inteiro sobre eles. Os estrangeiros, palavra de honra, pouco se importam com a gente!

— Sim, somos motivo de chacota na Europa — disse Sénécal.

— É porque a Arte é submissa à Coroa.

— Enquanto vocês não tiverem o sufrágio universal...

— Permitam-me! — Pois o artista, recusado por vinte anos em todos os Salões, estava furioso com o Poder. — Ora essa! Que nos deixem em paz. Para mim, não estou pedindo nada! Mas acho que somente as Câmaras deveriam tomar decisões sobre os interesses da Arte. Seria necessário estabelecer uma cátedra de estética, cujo

---

[24] Alusão a um escândalo da época. Um fiscal, chamado Sanson, denunciou peculato que teria sido cometido nas oficinas e lojas de Rochefort. O ministro da marinha e o prefeito marítimo não deram nenhum encaminhamento às queixas de Sanson. Este último recorreu então aos tribunais. Ele levou trinta e seis funcionários à justiça e levou cinco à condenação (13 de janeiro de 1847). O chefe de subsistência de Rochefort cometeu suicídio para escapar das acusações. A oposição censurou o governo por sua brandura neste caso. (1)

[25] Um projeto para reorganizar a nova ala de Saint-Denis foi adotado pela Câmara dos Pares no início de 1847. Em 1848 ele ainda não havia sido apresentado à Câmara dos deputados. (1)

professor, um homem ao mesmo tempo praticante e filósofo, conseguisse, espero, agrupar as massas.

— Você faria bem, Hussonnet, em incluir uma palavra disso em seu diário, não?

— Será que os jornais são livres? Nós somos? — disse Deslauriers exaltado. — Quando se pensa que pode haver até vinte e oito formalidades para colocar um barquinho em um rio, me dá vontade de ir viver com os antropófagos! O Governo está nos devorando! Tudo é dele, a filosofia, o direito, as artes, o ar do céu; e a França lamuria-se, esgotada, sob a bota do policial e a batina do devoto!

Assim o futuro Mirabeau derramava profusamente sua bile. Por fim, ele pegou seu copo, levantou-se e, com uma mão na cintura, os olhos brilhando:

— Bebo até a destruição completa da ordem atual, isto é, de tudo que se chama Privilégio, Monopólio, Direção, Hierarquia, Autoridade, Estado! — E, elevando a voz: — Que eu gostaria de quebrar assim! — E jogou o lindo copo com pé sobre a mesa, que se espatifou em mil pedaços.

Todos aplaudiram, especialmente Dussardier.

O espetáculo das injustiças fazia pular seu coração. Ele estava preocupado com Barbès;[26] ele era um daqueles que se jogam sob as carruagens para socorrer os cavalos caídos. Sua erudição era limitada a duas obras, uma intitulada *Crimes des rois*, e a outra *Mystères du Vatican*. Ele tinha escutado o advogado boquiaberto, embevecido. Finalmente, não suportando mais:

— O que eu censuro em Louis-Philippe é abandonar os poloneses![27]

---

[26] Armand Barbès (1809-1870). Proudhon o apelidou o *Bayard da democracia*. Nascido em Guadalupe, realizou seus estudos em Sorrèze, na mesma faculdade que Berryer. Estudante de direito em Paris, ele se tornou um republicano fervoroso. Afiliado à *Sociedade dos Direitos do Homem*, foi preso após a revolta de abril de 1834, após o atentado de Fieschi (1835). Alguns meses depois ele foi condenado a um ano de prisão por fabricação clandestina de pó. Em 12 de maio de 1839, Barbès desempenhou um papel preponderante no motim da *Sociedade das Estações*. Condenado à morte e depois perdoado, permaneceu na prisão até a Revolução de fevereiro. (1)

[27] Uma grande parte da opinião francesa criticava Louis-Philippe por não ter intercedido em favor dos poloneses em 1830. Com a notícia da tomada de Varsóvia, um verdadeiro motim ocorrera em Paris. É preciso relembrar as famosas palavras do ministro Sébastiani, às quais os acontecimentos ofereciam uma ironia sinistra: "A ordem reina em Varsóvia"? Ao longo de toda a Monarquia de Julho, a Câmara dos Deputados frequentemente ouviu protestos em favor da nacionalidade polonesa. (1)

— Um momento! — disse Hussonnet. Em primeiro lugar, a Polônia não existe mais; é uma invenção de Lafayette! Os poloneses, regra geral, estão todos no Faubourg Saint-Marceau, os verdadeiros tendo se afogado com Poniatowski.

Em suma, "ele não dava mais nada por aquilo", havia "superado aquilo tudo!", Era como aquelas histórias fantásticas que reaparecem de tempos em tempos, como a revogação do Edito de Nantes e "aquela velha piada sobre a noite de São Bartolomeu!".

Sénécal, sem defender os poloneses, exaltou as últimas palavras do homem de letras. Afinal, os Papas, depois de defenderem o povo, tinham sido caluniados,[28] e ele chamava a Liga de Católicos de "a aurora da Democracia, um grande movimento igualitário contra o individualismo dos protestantes".

Frédéric estava um pouco surpreso com essas ideias. Elas provavelmente irritavam Cisy, pois ele conduziu a conversa para os quadros vivos do Gymnase, que então atraíam muita gente.

Sénécal se afligiu com aquilo. Espetáculos como aqueles corrompiam as filhas do proletariado; ademais, eram vistos como algo que exibia um luxo insolente. Por isso, ele aprovava os estudantes bávaros que haviam ultrajado Lola Montès.[29] Como Rousseau, ele se importava mais com a esposa de um carvoeiro do que com a amante de um rei.

—Vocês estão brincando! —replicou majestosamente Hussonnet. E assumiu a defesa daquelas senhoras em favor de Rosanette. Depois, como falavam de seu baile e da fantasia de Arnoux:

— Dizem que ele está em uma situação precária, não? — disse Pellerin.

O negociante de arte acabara de sofrer um processo por suas terras em Belleville e, no momento, trabalhava em uma empresa de caulim na baixa Bretanha com outros embusteiros de sua espécie.

[28] É impossível não ver nessas palavras uma reminiscência da doutrina de Buchez, que tentava nessa época unir o catolicismo e a Revolução. (1)

[29] Lola Montès era a famosa favorita do rei da Baviera. (1)

Dussardier sabia mais a respeito disso; pois o seu patrão, Monsieur Moussinot, tendo consultado informações sobre Arnoux junto ao banqueiro Oscar Lefebvre, obteve como resposta que este último o considerava pouco sólido, pois tinha conhecimento de algumas das suas renovações de empréstimos.

Tendo acabado a sobremesa; eles passaram para o salão, revestido, como o da Marechala, de adamascado amarelo, no estilo Louis XVI.

Pellerin criticou Frédéric por não ter escolhido preferencialmente o estilo neogrego; Sénécal riscou fósforos nas tapeçarias; Deslauriers não fez nenhuma observação. Mas fez na biblioteca, que chamou de uma biblioteca de mocinha. A maioria dos literatos contemporâneos estava lá. Foi impossível falar de suas obras, pois Hussonnet imediatamente se punha a contar anedotas sobre suas pessoas, criticava suas feições, seus modos, seus trajes, exaltando os espíritos de décima quinta ordem, denegrindo os de primeira e deplorando, é claro, a decadência moderna. Uma certa musiquinha de tal aldeão continha, em si mesma, mais poesia do que todos os líricos do século XIX; Balzac era superestimado, Byron demolido, Hugo não entendia nada do teatro etc.

— Mas por que — disse Sénécal — você não tem os volumes de nossos poetas operários?

E Monsieur de Cisy, que se ocupava de literatura, ficou espantado por não ver na mesa de Frédéric "algumas dessas novas fisiologias, fisiologia do fumante, do pescador amador, do empregado de barreira".

Eles conseguiram irritá-lo a tal ponto que ele teve vontade de empurrá-los para fora pelos ombros. "Mas eu estou parecendo um idiota!" E, puxando Dussardier de lado, perguntou se poderia fazer alguma coisa por ele.

O bravo rapaz ficou comovido. Com seu emprego de caixeiro, ele não estava precisando de nada.

Então Frédéric levou Deslauriers até o seu quarto e, pegando dois mil francos em sua escrivaninha:

— Tome aqui, meu caro, guarde no bolso! É o restante de minhas dívidas antigas.

— Mas... e o jornal? — disse o advogado. — Falei com o Hussonnet sobre isso, você bem sabe.

E, quando Frédéric respondeu que estava "um pouco impossibilitado no momento", o outro deu um sorriso maldoso.

Após os licores, beberam cerveja; depois da cerveja, grogues; fumaram cachimbos. Por fim, às cinco da tarde, todos partiram; e caminhavam próximos um do outro, sem falar, quando Dussardier começou a dizer que Frédéric os recebera perfeitamente. Todos concordaram.

Hussonnet achou o almoço um pouco pesado demais. Sénécal criticou a futilidade de seu interior. Cisy pensava o mesmo. Faltava-lhe "estilo", absolutamente.

— Eu acho — disse Pellerin — que ele poderia muito bem ter me encomendado um quadro.

Deslauriers não dizia nada, segurando as notas de dinheiro no bolso da calça.

Frédéric tinha ficado sozinho. Pensava em seus amigos e sentia que entre os amigos e ele havia como que um grande fosso cheio de sombras que os separava. Ele lhes havia estendido a mão e, no entanto, eles não tinham respondido à franqueza de seu coração.

Lembrou-se das palavras de Pellerin e de Dussardier sobre Arnoux. Seria, talvez, uma invenção, uma calúnia? Mas por quê? E vislumbrou Madame Arnoux arruinada, chorando, vendendo seus móveis. Essa ideia o atormentou durante toda a noite; no dia seguinte, ele foi até a casa dela.

Sem saber como lhe comunicar o que tinha ouvido, ele perguntou a ela, como se se tratasse de uma conversa casual, se Arnoux ainda possuía seus terrenos em Belleville.

— Sim, ainda os tem.

— Ele agora está em uma empresa de caulim da Bretanha, eu acho.

— É verdade.

— Sua fábrica vai muito bem, não é?

— Sim... Eu suponho.

E como ele hesitasse:

— Mas o que o senhor está querendo dizer, afinal? Está me assustando!

Ele lhe contou a história dos pedidos de empréstimo. Ela baixou a cabeça e disse:

— Eu já desconfiava!

De fato, Arnoux, para fazer uma boa especulação, tinha se recusado a vender seus terrenos, tinha tomado emprestado grandes somas, dando-os em garantia e, não encontrando compradores, tinha pensado em se recuperar com a instalação de uma manufatura. As despesas tinham excedido seus cálculos. Ela não sabia mais do que isso; seu marido se esquivava de todos os questionamentos e afirmava continuamente que tudo "estava indo muito bem".

Frédéric tentou tranquilizá-la. Talvez fossem obstáculos momentâneos. Ademais, se ele soubesse de alguma coisa, contaria para ela.

— Oh! Sim, não é? — ela disse, juntando as duas mãos, com um encantador ar de súplica.

Ele poderia, portanto, ser útil para ela. Ei-lo entrando assim em sua existência, em seu coração!

Arnoux apareceu.

— Ah! Quanta gentileza vir me buscar para jantar fora!

Frédéric ficou em silêncio.

Arnoux falou de coisas indiferentes, depois informou à esposa que chegaria muito tarde, pois tinha um encontro com Monsieur Oudry.

— Na casa dele?

— Mas certamente, na casa dele.

Ele confessou, ao descer as escadas, que, estando a Marechala livre, iriam se divertir a valer no Moulin-Rouge; e, como ele sempre precisava de alguém para acolher suas efusões, fez com que Frédéric o conduzisse até a porta dela.

Em vez de entrar, ele caminhou pela calçada, observando as janelas do segundo andar. De repente, as cortinas se abriram.

— Ah! Bravo! O velho Oudry não está mais lá. Boa noite!

Então era o velho Oudry quem a sustentava? Frédéric não sabia o que pensar agora.

Daquele dia em diante, Arnoux foi ainda mais cordial do que antes; convidava-o para jantar na casa de sua amante, e logo Frédéric passou a circular pelas duas casas ao mesmo tempo.

A casa de Rosanette o divertia. Costumavam ir lá à noite, saindo do clube ou do teatro; tomavam uma xícara de chá, jogavam uma partida de víspora; aos domingos, jogavam charadas; Rosanette, mais turbulenta do que os outros, distinguia-se por tiradas engraçadas, como correr engatinhando ou abafando a cabeça em um boné de algodão. Para observar os transeuntes pela janela, ela tinha um chapéu de couro curtido; fumava cachimbos turcos, cantava cantigas do Tirol. À tarde, para matar o tempo, ela recortava flores de um pedaço de tela persa, colava-as ela mesma nas vidraças, emporcalhava de maquiagem seus dois cachorrinhos, queimava incenso ou tirava a sorte nas cartas. Incapaz de resistir a um impulso, ela se apaixonava por uma bugiganga que tinha visto, não dormia, corria para comprá-la, trocava por outra e estragava os tecidos, perdia suas joias, desperdiçava dinheiro, teria supostamente vendido sua camisola por um camarote no proscênio. Frequentemente, ela pedia a Frédéric a explicação de uma palavra que havia lido, mas não dava ouvidos à sua resposta, pois rapidamente saltava para outra ideia, multiplicando as perguntas. Após espasmos de alegria, eram acessos de cólera infantil; ou então, ela sonhava, sentada no chão, diante do fogo, a cabeça baixa e segurando o joelho com as duas mãos, mais inerte do que uma cobra dormente. Sem se dar conta, ela se vestia na frente dele, puxava lentamente as meias de seda, depois lavava o rosto com bastante água, rebolando a cintura como uma náiade tremulante; e o riso de seus dentes brancos, o brilho em seus olhos, sua beleza, sua alegria deslumbravam Frédéric e lhe fustigavam os nervos.

Quase sempre, ele encontrava Madame Arnoux ensinando seu filhinho a ler, ou atrás da cadeira de Marthe, que tocava escalas ao piano; quando ela estava trabalhando com alguma costura, era um grande prazer para ele recolher vez ou outra a tesoura. Todos os seus movimentos eram de uma majestade tranquila; suas mãozinhas pareciam feitas para espalhar esmolas, para enxugar as lágrimas; e sua voz, um pouco surda naturalmente, tinha entonações carinhosas e como que a leveza de uma brisa.

Ela não tinha entusiasmo pela literatura, mas seu espírito encantava pelas palavras simples e penetrantes. Ela adorava as viagens, o som do vento nos bosques, e andar de cabeça descoberta debaixo de chuva. Frédéric ouvia essas coisas embevecido, imaginando ver um abandono de si mesma começando a acontecer.

Frequentar essas duas mulheres fazia com que houvesse em sua vida como que duas músicas: uma engraçada, apaixonada, divertida, a outra séria e quase religiosa: e, vibrando ao mesmo tempo, aumentavam sempre, e gradualmente se misturavam; — pois, se Madame Arnoux o tocasse apenas com o dedo, a imagem da outra imediatamente se apresentava a seu desejo, pois ele tinha, daquele lado, uma chance menos distante; — e, na companhia de Rosanette, quando seu coração era tocado, ele imediatamente se lembrava de seu grande amor.

Essa confusão era causada por semelhanças entre as duas casas. Um dos aparadores que costumava ser visto no Boulevard Montmartre agora adornava a sala de jantar de Rosanette, o outro, a sala de estar de Madame Arnoux. Em ambas as casas, os serviços de mesa eram semelhantes, e eram encontrados até o mesmo gorro de veludo sobre as poltronas; depois, uma multidão de pequenos presentes, biombos, caixas, leques iam e vinham da amante à esposa, pois, sem o menor constrangimento, Arnoux frequentemente pegava de volta o que dera a uma para oferecer à outra.

A Marechala ria com Frédéric de seus maus modos. Um domingo, depois do jantar, ela o levou atrás da porta e mostrou-lhe dentro do sobretudo dele um saco de guloseimas que ele acabara de surrupiar da mesa, para, sem dúvida, regalar a sua pequena família. Monsieur Arnoux se entregava a travessuras que beiravam a torpeza. Para ele, era um dever fraudar os impostos locais; nunca ia ao teatro pagando, quando recebia um ingresso para lugares mais baratos, sempre tentava se enfiar nos lugares melhores, e contava-se como uma excelente piada que tinha o hábito, nos banhos frios, de colocar na caixinha do ajudante, como gorjeta, um botão de cueca em lugar de dez soldos, o que não impedia a Marechala de amá-lo.

Um dia, porém, ela disse a seu respeito:

— Ah! Isso me irrita, no final das contas! Já estou cansada! Mas tanto faz, juro que vou encontrar outro!

Frédéric acreditava que "o outro" já havia sido encontrado e que ele se chamava Monsieur Oudry.

— Pois é — disse Rosanette —, e daí?

Então, com lágrimas em sua voz:

— E eu peço a ele pouquíssimas coisas, mas ele não me dá nada, o animal! Não me dá nada! Já quanto às suas promessas, ah! É diferente, isso ele esbanja.

Ele havia até mesmo prometido a ela uma quarta parte de seus lucros nas famosas minas de caulim; nenhum lucro aparecia, assim como a caxemira com a qual ele a embromava havia seis meses.

Frédéric pensou imediatamente em dar a caxemira a ela de presente. Arnoux poderia interpretar isso como uma lição e se irritar.

Mas, apesar de tudo, ele era bom, sua própria esposa dizia isso. Mas tão louco! Em vez de levar pessoas para jantar em sua casa todos os dias, agora ele tratava com seus conhecidos no restaurante. Comprava coisas completamente desnecessárias, como correntes de ouro, relógios de parede, utensílios domésticos. Madame Arnoux até mostrou a Frédéric um grande suprimento de bolsas de água quente, aquecedores e samovares no corredor. Finalmente, um dia, ela confessou suas preocupações: Arnoux a fizera assinar uma nota promissória, subscrita à ordem de Monsieur Dambreuse.

Mesmo assim, Frédéric mantinha seus projetos literários, por uma espécie de questão de honra em relação a si mesmo. Queria escrever uma história da estética, fruto de suas conversas com Pellerin, depois colocar em dramas diferentes períodos da Revolução Francesa e compor uma grande comédia, por influência indireta de Deslauriers e Hussonnet. Em meio a seu trabalho, muitas vezes o rosto de uma ou de outra passava diante dele; ele lutava contra o desejo de vê-la, não tardava a ceder; e ficava mais triste quando voltava da casa de Madame Arnoux.

Certa manhã, quando estava pensando em sua melancolia ao lado da lareira, Deslauriers entrou. Os discursos inflamados de

Sénécal tinham deixado seu chefe preocupado, e mais uma vez ele se encontrava sem recursos.

— O que você quer que eu faça a respeito? — perguntou Frédéric.

— Nada! Você não tem dinheiro, eu sei disso. Mas você não poderia tentar encontrar um posto para ele, seja por meio de Monsieur Dambreuse ou de Arnoux?

Ele devia precisar de engenheiros em seu estabelecimento. Frédéric teve uma inspiração; Sénécal poderia avisá-lo das ausências do marido, levar cartas, ajudá-lo nas mil ocasiões que apareceriam. De homem para homem, esses favores são sempre prestados. Além disso, ele encontraria uma maneira de usá-lo sem que ele suspeitasse. O acaso ofereceu-lhe uma ajuda, era um bom presságio, ele tinha de agarrá-lo; e, simulando indiferença, respondeu que talvez a coisa fosse viável e que ele cuidaria disso.

Cuidou disso imediatamente. Arnoux tinha bastante trabalho em sua fábrica. Estava procurando o vermelho acobreado dos chineses; mas suas cores se volatilizavam pelo cozimento. Para evitar rachaduras em suas faianças, ele misturava cal à sua argila; mas a maioria das peças quebrava, o esmalte de suas pinturas fervia na matéria-prima, formando bolhas, as grandes placas entortavam; e, atribuindo essas deficiências às ferramentas ruins de sua fábrica, ele queria que fossem construídos outros moedores, outros secadores. Frédéric se lembrou de algumas dessas coisas; e o abordou, anunciando que havia descoberto um homem muito competente, capaz de encontrar seu famoso vermelho. Arnoux deu um pulo e, depois de ouvi-lo, respondeu que não precisava de ninguém.

Frédéric exaltou os conhecimentos prodigiosos de Sénécal, ao mesmo tempo engenheiro, químico e contador, sendo um matemático de primeira grandeza.

O fabricante de faianças concordou em vê-lo.

Os dois discordaram a respeito dos emolumentos. Frédéric interveio e conseguiu, no final da semana, fazê-los chegar a um acordo.

Mas, como a fábrica estava localizada em Creil, Sénécal não podia ajudá-lo em nada. Essa reflexão muito simples abateu sua coragem como uma desventura.

Pensou que quanto mais Arnoux se afastasse da esposa, mais sorte teria com ela. Então começou a enaltecer Rosanette, continuamente; mostrou a ele todos os seus deslizes para com ela, contou as vagas ameaças do outro dia, e falou até da caxemira, sem omitir que ela o acusara de avareza.

Arnoux, magoado com a palavra (e, aliás, admitindo inquietações), levou a caxemira para Rosanette, mas a repreendeu por ter reclamado com Frédéric; como ela afirmava tê-lo lembrado de sua promessa uma centena de vezes, ele fingiu que não tinha se lembrado por ter muitas ocupações.

No dia seguinte, Frédéric foi à casa dela. Embora fossem duas horas, a Marechala ainda estava na cama; e, à sua cabeceira, Delmar, sentado em frente a uma mesinha, terminava uma fatia de foie gras. Ela gritou de longe: "Você é meu, você é meu"; depois, pegando-o pelas orelhas, beijou-o na testa, agradeceu-lhe muito, tratou-o com intimidade, quis até que se sentasse na sua cama. Seus lindos olhos ternos cintilavam, sua boca úmida sorria, seus dois braços redondos se projetavam de sua camisola sem mangas; e de vez em quando ele podia sentir, através do fino tecido, os contornos firmes de seu corpo. Delmar, enquanto isso, revirava os olhos.

— Mas, certamente, minha amiga, minha cara amiga!

O mesmo aconteceu nas vezes seguintes. Assim que Frédéric entrava, ela subia em uma almofada, para que ele pudesse beijá-la melhor, chamava-o de amorzinho, de querido, punha uma flor na sua lapela, arrumava sua gravata; essas gentilezas sempre redobravam quando Delmar estava lá.

Seriam indiretas? Frédéric acreditava nisso. Quanto a enganar um amigo, Arnoux, em seu lugar, dificilmente se importaria! E ele tinha o direito de não ser virtuoso com sua amante, tendo sido sempre com sua esposa; pois acreditava nisso, ou melhor, gostaria de acreditar, para justificar sua prodigiosa covardia. Ele se achava estúpido, entretanto, e resolveu ir direto ao assunto com a Marechala.

Assim, uma tarde, quando ela se abaixou diante da cômoda, ele se aproximou dela e fez um gesto de eloquência tão inequívoca que ela se endireitou toda corada. Ele começou de novo em seguida;

então ela se desmanchou a chorar, dizendo que estava muito infeliz e que isso não era motivo para que a desprezassem.

Ele reiterou suas tentativas. Ela partiu para outro gênero, que era o de rir sem parar. Ele achou inteligente responder no mesmo tom, exagerando-o. Mas mostrou-se engraçado demais para que ela acreditasse que estava sendo sincero; e a camaradagem entre eles era um obstáculo à manifestação de qualquer emoção séria. Por fim, um dia ela respondeu que não aceitava os restos de outra.

— Que outra?

— Ah, sim! Vá encontrar Madame Arnoux!

Pois Frédéric sempre falava dela; Arnoux, por sua vez, tinha a mesma mania; no final, ela se impacientava por ouvir o tempo todo elogios para aquela mulher; e sua queixa era uma espécie de vingança.

Frédéric ficou ressentido com ela.

Além disso, ela estava começando a irritá-lo profundamente. Às vezes, fingindo ser experiente, ela falava mal do amor com um riso cético que lhe dava uma ânsia de esbofeteá-la. Quinze minutos depois, era a coisa mais importante do mundo e, cruzando os braços sobre o peito, como se fosse abraçar alguém, murmurava: "Oh! Sim, é bom! É tão bom!", com as pálpebras semicerradas e meio desmaiada de embriaguez. Era impossível conhecê-la, saber, por exemplo, se ela amava Arnoux, pois ela zombava dele e parecia ter ciúme. Da mesma forma com relação à Vatnaz, a quem ela chamava de miserável, outras vezes era sua melhor amiga. Enfim, havia algo inexprimível em toda a sua pessoa e até mesmo na forma ondulada de prender o coque, que parecia um desafio; — e ele a desejava, sobretudo pelo prazer de vencê-la e de dominá-la.

Como fazer? Pois ela frequentemente o dispensava sem qualquer cerimônia, aparecendo por um minuto entre duas portas para sussurrar: "Estou ocupada; vejo você à noite!". Ou então ele a encontrava em meio a doze pessoas; e, quando eles estavam sozinhos, podia até parecer uma provocação, tantos eram os obstáculos que se sucediam. Ele a convidava para jantar, ela sempre recusava; uma vez ela aceitou, mas não apareceu.

Uma ideia maquiavélica surgiu em sua mente.

Sabendo por Dussardier das recriminações que lhe fazia Pellerin, ele imaginou encomendar-lhe o retrato da Marechala, um retrato em tamanho natural, que exigiria muitas sessões; não faltaria a nenhuma delas; a falta de pontualidade costumeira do artista facilitaria as conversas privadas. Ele, portanto, instou Rosanette a se deixar pintar, para oferecer seu rosto a seu querido Arnoux. Ela aceitou, porque se via no meio do Grande Salão, no lugar de honra, com uma multidão diante dela, e os jornais falariam disso, o que de pronto "a lançaria".

Quanto a Pellerin, ele agarrou a proposta avidamente. Esse retrato devia apresentá-lo como um grande homem, ser uma obra-prima.

Ele reviu em sua memória todos os retratos de mestres que conhecia e, finalmente, decidiu por um Ticiano, que seria enfeitado com ornamentos à Veronèse. Assim, ele realizaria seu projeto sem sombras artificiais, numa luz limpa iluminando as carnes em um único tom, e fazendo brilhar os acessórios.

"E se eu a colocasse", pensou, "num vestido de seda rosa, com um albornoz oriental? Ah, não! Vulgar o albornoz! Ou melhor, se a vestisse de veludo azul, sobre fundo cinza muito colorido? Poderia também dar-lhe um colarinho de guipura branca, com um leque preto e uma cortina escarlate por trás?"

E, procurando assim, ele ampliava a cada dia sua concepção e ficava maravilhado com isso.

Seu coração acelerou quando Rosanette, acompanhada por Frédéric, chegou à sua casa para a primeira sessão. Ele a colocou de pé, em uma espécie de plataforma, no meio do apartamento; e, reclamando do dia e lamentando não estar no seu antigo ateliê, ele a fez primeiro acotovelar-se em um pedestal, depois sentar-se em uma poltrona e, continuamente, afastando-se e aproximando-se dela para corrigir com uma sacudidela as dobras de seu vestido, ele olhava para ela com as pálpebras semicerradas e consultava Frédéric com uma palavra.

— Ora essa, não! — ele exclamou. Volto à minha ideia original! Vou colocá-la no estilo veneziano!

Ela portaria um vestido de veludo vermelho vivo com cinto de ourivesaria e sua grande manga forrada de arminho mostraria seu braço nu tocando a balaustrada de uma escada que se ergueria atrás dela. À sua esquerda, uma grande coluna subiria até o topo da tela para se unir a formas de arquitetura, descrevendo um arco. Abaixo seriam percebidos, vagamente, maciços de laranjeiras quase pretos, contra os quais se recortaria um céu azul, riscado de nuvens brancas. Na balaustrada forrada com carpete, haveria, em uma travessa de prata, um buquê de flores, um rosário de âmbar, uma adaga e um baú de marfim envelhecido, um pouco amarelo, derramando lantejoulas douradas; alguns até mesmo, caídos no chão aqui e ali, formariam uma série de respingos brilhantes, de modo a conduzir o olho até a ponta do pé, pois ele seria colocado no penúltimo degrau, num movimento natural e sob luz plena.

Ele foi buscar uma caixa de quadros, que colocou na plataforma para representar o degrau; em seguida, arrumou como acessórios em um banquinho, à guisa de uma balaustrada, seu paletó, um escudo, uma lata de sardinhas, um pacote de plumas, uma faca e, quando jogou na frente de Rosanette uma dúzia de moedas, ele fez com que ela assumisse a pose.

— Imagine que estas coisas são riquezas, presentes esplêndidos. A cabeça um pouco para a direita! Perfeito! E não se mexa! Essa atitude majestosa combina com seu tipo de beleza.

Ela usava um vestido xadrez com um grande regalo e fazia força para não rir.

— Quanto ao penteado, vamos misturá-lo com um colar de pérolas: isso faz sempre um bom efeito em cabelos ruivos.

A Marechala gritou, dizendo que ela não tinha cabelos ruivos.

— Ora, deixe! O vermelho dos pintores não é o dos burgueses!

Ele começou a esboçar a posição das massas na pintura; e estava tão preocupado com os grandes artistas do Renascimento que falava deles. Por uma hora, ele sonhou em voz alta com aquelas existências magníficas, cheias de gênio, glória e suntuosidades, com entradas triunfais nas cidades e galas à luz das tochas, entre mulheres seminuas, belas como deusas.

— A senhora foi feita para viver naqueles tempos. Uma criatura do seu calibre teria merecido uma figura eminente: um príncipe, um duque, um ministro!

Rosanette achava seus elogios muito gentis. O dia da sessão seguinte foi fixado; Frédéric encarregou-se de levar os acessórios.

Como o calor do aquecedor a tinha deixado um tanto atordoada, eles voltaram a pé pela Rue du Bac e chegaram à Pont Royal.

O tempo era bom, implacável e esplêndido. O sol se punha; algumas janelas de casas na cidade brilhavam ao longe, como placas de ouro, enquanto atrás, à direita, as torres de Notre-Dame se perfilavam em negro contra o céu azul, suavemente banhado no horizonte por vapores cinzentos. O vento soprava; e, tendo Rosanette declarado que estava com fome, entraram na Pâtisserie Anglaise.

Moças com seus filhos comiam encostadas no aparador de mármore, onde os pratos de bolinhos se amontoavam sob redomas de vidro. Rosanette engoliu duas tortas de creme. O açúcar de confeiteiro formava bigodes nos cantos de sua boca. De tempos em tempos, para limpá-lo, ela tirava o lenço da manga; e seu rosto parecia, sob o capuz de seda verde, uma rosa florescendo entre as folhas.

Eles retomaram sua marcha; na Rue de la Paix, ela parou em frente à loja de um ourives, observando uma pulseira; Frédéric quis dar a ela de presente.

— Não — disse ela —, fique com o seu dinheiro.

Ele ficou magoado com essas palavras.

— Qual o problema com o meu benzinho? Está triste?

E, retomada a conversa, ele voltou, como de costume, às declarações de amor.

— Você sabe muito bem que é impossível!

— Por quê?

— Ah! Porque...

Eles caminhavam lado a lado, ela apoiada no braço dele, e os babados de seu vestido lhe batiam nas pernas. Então ele se lembrou de um crepúsculo de inverno, quando, na mesma calçada, Madame Arnoux caminhava assim ao seu lado; e essa memória o absorveu tanto que ele não viu mais Rosanette e não pensou mais nela.

Ela olhava casualmente à sua frente, deixando-se arrastar um pouco, como uma criança preguiçosa. Era a hora em que as pessoas voltavam dos passeios e as carruagens passavam a trote largo no calçamento seco. Com as bajulações de Pellerin vindo-lhe talvez à mente, ela soltou um suspiro.

— Ah! Existem mulheres que são felizes! Eu sou feita para um homem rico, definitivamente.

Ele respondeu em um tom brutal:

— Mas você já tem um!

Pois Monsieur Oudry era considerado três vezes milionário.

O que ela mais queria era se livrar dele.

— Quem a impede?

E ele fez piadas amargas sobre aquele velho burguês de peruca, mostrando-lhe que aquele relacionamento era indigno e que ela deveria rompê-lo!

— Sim — respondeu a Marechala — como se falasse consigo mesma. — É isso que vou acabar fazendo, provavelmente!

Frédéric ficou encantado com esse desinteresse. Ela estava diminuindo o passo, ele achou que ela estava cansada. Ela insistiu em não querer um carro e o dispensou diante de sua porta, mandando-lhe um beijo com a ponta dos dedos.

"Ah! Que pena! E pensar que os imbecis me acham rico!"

Estava sombrio ao chegar em casa.

Hussonnet e Deslauriers esperavam por ele.

O boêmio, sentado à sua mesa, desenhava cabeças de turcos, e o advogado, com botas enlameadas, cochilava no divã.

— Ah! Até que enfim — ele gritou. — Mas que ar selvagem! Pode me escutar?

A sua popularidade como professor diminuía à medida que ia enchendo os seus alunos com teorias desfavoráveis para os exames. Ele havia atuado como advogado umas duas ou três vezes, tinha perdido as causas, e cada nova decepção o empurrava com mais força para o seu antigo sonho: um jornal no qual pudesse revelar-se, vingar-se, expelir sua bile e suas ideias. Fortuna e reputação, aliás, viriam em seguida. Era com essa esperança que ele havia enganado o boêmio, pois Hussonnet possuía um jornal.

Agora ele fazia tiragem em papel rosa; inventava notícias mentirosas, compunha charadas, tentava polemizar e queria até mesmo (apesar do local) organizar concertos! A assinatura de um ano "dava direito a um lugar na orquestra em um dos principais teatros de Paris; além disso, a administração se encarregava de fornecer aos senhores estrangeiros todas as informações desejáveis, artísticas e outras." Mas a tipografia fazia ameaças, deviam três meses de aluguel ao proprietário, surgiam dificuldades de todo tipo; e Hussonnet teria deixado *L'Art* perecer, não fossem as exortações do advogado, que levantava seu moral diariamente. Ele havia trazido o outro consigo a fim de dar mais peso à sua decisão.

— Viemos falar do jornal — ele disse.

— Ora, você ainda está pensando nele! — respondeu Frédéric, distraidamente.

— É claro que estou, com certeza!

E ele apresentou de novo o seu plano. Por meio dos artigos a respeito da bolsa de valores, eles se colocariam em contato com financiadores e assim obteriam os cem mil francos de garantia que, por lei, eram indispensáveis para que fosse permitida a circulação do jornal. Mas, para que ele pudesse ser transformado em jornal político, era necessário, de antemão, ter uma grande clientela, e, com esse objetivo, admitir a necessidade de fazer algumas despesas para os gastos de papelaria, de impressão, de escritório, que, em suma, daria um total de quinze mil francos.

— Não tenho fundos — disse Frédéric.

— E nós muito menos! — disse Deslauriers, cruzando os braços.

Frédéric, magoado com o gesto, respondeu:

— É minha culpa?

— Ah! Muito bem! Eles têm lenha na lareira, trufas na mesa, uma boa cama, uma biblioteca, um carro, todo tipo de conforto! Mas que outro trema de frio debaixo das marquises, jante por uns vinte soldos, trabalhe como um condenado e se afunde na miséria! É culpa deles?

E repetia: "A culpa é deles?", com uma ironia ciceroniana que cheirava a Palácio de Justiça. Frédéric queria falar.

— Aliás, eu entendo, existem necessidades aristocráticas; porque, sem dúvida… alguma mulher…

— Bem, e se fosse esse o caso? Não sou livre?…

— Ah, sim! Muito livre!

E, depois de um minuto de silêncio:

— É tão cômodo, as promessas!

— Meu Deus! Eu não as nego! — disse Frédéric.

O advogado continuava:

— Na faculdade, fazemos juramentos, vamos constituir uma falange, vamos imitar os *Treize* de Balzac, com sua suposta associação secreta de figuras brilhantes! Então, quando nos reencontramos: Boa noite, meu velho, vá passear! Porque aquele que poderia ajudar o outro preciosamente retém tudo, só para si.

— Como?

— Sim, você nem sequer nos apresentou aos Dambreuse!

Frédéric olhou para ele; com seu casaco pobre, óculos de lentes desgastadas e seu rosto pálido, o advogado lhe pareceu tão pretencioso que ele não pôde evitar nos lábios um sorriso desdenhoso. Deslauriers percebeu e enrubesceu.

Ele já havia pegado seu chapéu para sair. Hussonnet, cheio de inquietação, tentava apaziguá-lo com olhares suplicantes, e, como Frédéric lhe desse as costas:

— Ora vamos, meu rapaz! Seja meu Mecenas! Proteja as artes!

Frédéric, em um movimento repentino de resignação, pegou uma folha de papel, e, rabiscando algumas linhas, entregou-o a ele. O rosto do boêmio se iluminou. Então, repassando a carta para Deslauriers:

— Peça desculpas, cavalheiro!

O amigo implorava ao notário que lhe enviasse quinze mil francos o mais rápido possível.

— Ah! Agora eu o reconheço! — disse Deslauriers.

— Palavra de cavalheiro! — acrescentou o boêmio. — Você é um bravo, vamos colocá-lo na galeria de homens úteis!

O advogado continuou:

— Você não vai perder nada, a especulação é excelente.

— Pelos céus — gritou Hussonnet. — Eu colocaria minha cabeça no cadafalso por isso.

E ele proferiu tantas loucuras e prometeu tantas maravilhas (nas quais talvez acreditasse), que Frédéric não sabia se era para zombar dos outros ou de si mesmo.

Naquela noite, ele recebeu uma carta de sua mãe.

Ela dizia estar surpresa por ainda não o ver ministro, embora estivesse brincando um pouco com ele. Depois falava de sua saúde, e lhe contava que Monsieur Roque agora a visitava. "Desde que ele se tornou viúvo, eu pensei que não seria inconveniente recebê-lo. Louise está muito mudada, para melhor." E no *post-scriptum*: "Você não me diz nada sobre seu belo conhecido, Monsieur Dambreuse; em seu lugar, eu o usaria."

Por que não? Suas ambições intelectuais o haviam deixado, e sua fortuna (ele se dava conta) era insuficiente; porque, uma vez suas dívidas pagas e a quantia acordada entregue aos outros, sua renda seria reduzida em quatro mil francos, para dizer o mínimo! Além disso, ele sentia a necessidade de abandonar esse modo de vida, de se agarrar a alguma coisa. Assim, no dia seguinte, enquanto jantava com Madame Arnoux, ele disse que sua mãe o estava atormentando para se engajar numa profissão.

— Mas eu pensei — ela replicou — que Monsieur Dambreuse o faria entrar no Conselho de Estado! Isso lhe cairia muito bem.

Então ela queria isso. Ele obedeceu.

O banqueiro, como da primeira vez, estava sentado à sua mesa e com um gesto pediu-lhe que esperasse alguns minutos, pois um senhor que estava de costas para a porta estava conversando com ele sobre assuntos sérios. Tratava-se de assunto relacionado a carvão mineral e a uma fusão entre várias empresas.

Os retratos do General Foy e de Louis-Philippe estavam pendurados um de cada lado do espelho; escaninhos com papéis nas paredes de lambris subiam até o teto, e havia seis cadeiras de palha. Monsieur Dambreuse não precisava de uma instalação melhor para seu negócio; era como aquelas cozinhas sombrias onde grandes festas são preparadas. Frédéric observou especialmente dois cofres monstruosos, erguidos nos cantos. Ele se perguntou quantos milhões caberiam neles. O banqueiro abriu um deles e a porta de ferro se moveu, deixando entrever no seu interior apenas cadernos de papel azul.

Por fim, o indivíduo com quem Monsieur Dambreuse conversava passou na frente de Frédéric. Era o velho Oudry. Ambos se cumprimentaram, enrubescendo, o que pareceu surpreender Monsieur Dambreuse. Aliás, ele se mostrou muito amável. Nada era mais fácil do que recomendar seu jovem amigo ao Ministro da Justiça. Ficaríamos muito felizes em tê-lo; e ele concluiu suas gentilezas convidando-o para uma festa que daria dentro de alguns dias.

Frédéric estava entrando no cupê para ir até lá quando chegou um bilhete da Marechala. À luz da lanterna, ele leu:

"Querido, segui seus conselhos. Acabo de chutar meu selvagem. A partir de amanhã à noite, liberdade! Diga-me se não sou corajosa."

E isso era tudo! Mas era para convidá-lo para o lugar vago. Ele soltou uma exclamação, apertou o bilhete no bolso e saiu.

Dois policiais do município, a cavalo, estavam parados na rua. Uma fileira de lampiões queimava dos dois lados dos portões principais, onde paravam os carros para o desembarque; e os criados no pátio gritavam para fazer as carruagens avançarem até o pé da escada, sob a marquise. Depois, de repente, o barulho cessava no vestíbulo.

Grandes árvores preenchiam o vão da escada; os globos de porcelana despejavam uma luz que ondulava como reflexos de cetim branco nas paredes. Frédéric subiu os degraus alegremente. Um porteiro anunciou seu nome: Monsieur Dambreuse estendeu-lhe a mão; quase que imediatamente Madame Dambreuse apareceu.

Ela usava um vestido lilás, guarnecido de renda, os cachos do cabelo mais abundantes do que o normal, e nenhuma joia.

Ela reclamou de suas visitas raras, encontrou uma maneira de dizer algo. Os convidados estavam chegando; como forma de saudação, inclinavam o corpo para o lado, ou se dobravam, ou apenas abaixavam o rosto; depois passava um casal, uma família, e todos se dispersavam no salão já lotado.

Sob o lustre, no centro do aposento, um enorme pufe sustentava uma jardineira, cujas flores, tombando como plumas, pendiam sobre a cabeça das mulheres sentadas em círculo, enquanto outras ocupavam as poltronas formando duas linhas retas, interrompidas simetricamente pelas grandes cortinas das janelas em veludo nacarado e pelos vãos altos das portas com suas vergas douradas.

A multidão de homens que se mantinha de pé no assoalho, com os chapéus nas mãos, formava de longe uma única massa negra, cujas fitas das lapelas formavam pontos vermelhos aqui e ali, e que tornava mais escura a brancura monótona das gravatas. Com exceção dos muito jovens com barbas nascentes, todos pareciam entediados; alguns dândis, com ar melancólico, balançavam-se em seus calcanhares. As cabeças e perucas cinzentas eram numerosas; aqui e ali, brilhava uma cabeça calva; e os rostos, vermelhos ou muito pálidos, exibiam em seu aspecto murcho os traços de um cansaço imenso — as pessoas que ali estavam pertenciam ao mundo da política ou dos negócios. Monsieur Dambreuse também tinha convidado vários eruditos, magistrados, dois ou três médicos ilustres, e rejeitava com atitudes humildes os elogios que lhe faziam por sua festa e as alusões à sua riqueza.

Por toda parte circulavam criados com galões de ouro. As grandes tocheiras, como buquês de fogo, estendiam-se ao longo das tapeçarias; elas se repetiam nos espelhos; e, no final da sala de jantar, que era forrada com uma treliça de jasmim, o aparador parecia um altar-mor de uma catedral ou uma exposição de ourivesaria — tantos eram os pratos, campânulas, talheres e colheres de prata e vermeil, entre cristais facetados que entrecruzavam as carnes com brilhos iridescentes. Os outros três salões estavam repletos de obras de arte: paisagens contra as paredes, marfim e porcelana nas bordas das mesas, peças chinesas nos consoles; telas de laca estavam expostas diante das janelas, tufos de camélias erguiam-se nas lareiras; e uma música leve vibrava, ao longe, como o zumbido de abelhas.

As quadrilhas não eram muitas, e os dançarinos, pela maneira despreocupada com que arrastavam os escarpins, pareciam se desvencilhar de um dever. Frédéric ouvia frases como estas:

— A senhorita esteve na última festa de caridade no Hôtel Lambert?

— Não, monsieur!

— Daqui a pouco vai estar muito quente!

— Ah! É verdade, sufocante!

— De quem é mesmo essa polca?

— Meu Deus! Não sei, madame!

E atrás dele, três velhacos, postados em um vão, sussurravam comentários obscenos; outros conversavam sobre ferrovias, livre comércio; um desportista contava uma história de caça; um legitimista e um orleanista discutiam.

Perambulando de grupo em grupo, ele chegou ao salão de jogos, onde, num círculo de pessoas sérias, reconheceu Martinon, "agora ligado ao Tribunal de Justiça da Capital".

Seu grande rosto cor de cera preenchia convenientemente a barba que o contornava, e que era uma maravilha, tão uniformes eram seus pelos negros; e, mantendo um feliz meio-termo entre a elegância desejada por sua idade e a dignidade que sua profissão exigia, ele prendia o polegar na axila segundo o costume dos requintados, depois metia o braço no colete, à maneira dos doutrinários. Embora ele usasse botas extremamente envernizadas, trazia as têmporas raspadas, para aparentar uma testa de pensador.

Depois de dirigir a Frédéric algumas palavras frias, ele se voltou para sua confabulação. Um proprietário disse:

— É uma classe de homens que sonha com a convulsão da sociedade!

— Pedem a organização do trabalho! — disse outro. — Isso é concebível?

— É de se esperar! — disse um terceiro — quando se vê Monsieur de Genoude apertando a mão do *Siècle*![30]

---

[30] Monsieur de Genoude, diretor do grande jornal legitimista *La Gazette de France*, preconizou, a partir do dia seguinte ao da Revolução de Julho, a aliança de legitimistas e republicanos. De 1830 a 1848, ele exigiu o sufrágio universal. Seu programa era apoiar a monarquia tradicional sobre a soberania popular. (1)

— E os próprios conservadores se dizem progressistas! Para nos trazer o quê? A República! Como se isso fosse possível na França!

Todos declararam que a República era impossível na França.

— Não importa — observou um cavalheiro em voz alta. Nos preocupamos demais com a Revolução; montes de histórias e livros são publicados sobre isso!...

— Sem mencionar — disse Martinon — que talvez existam assuntos mais sérios para estudar!

Um funcionário do ministério abordou os escândalos no teatro:

— Então, por exemplo, este novo drama *La Reine Margot*[31] realmente ultrapassa os limites! Qual era a necessidade de nos informar sobre os Valois? Tudo isso mostra a realeza sob uma perspectiva desfavorável! É como a imprensa de vocês! As leis de setembro, por mais que se diga, são infinitamente frouxas demais! Eu gostaria de uma corte marcial para amordaçar os jornalistas! À menor insolência, arrastados perante um conselho de guerra! Aí sim!

— Ei! Tome cuidado, senhor, tome cuidado! — disse um professor —, não ataque nossas preciosas conquistas de 1830! Respeitemos nossas liberdades.

— Seria preciso, sobretudo, descentralizar, distribuir o excedente das cidades para o campo.

— Mas elas estão gangrenadas! — gritou um católico.[32] — Faça com que se fortaleça a Religião!

Martinon se apressou em dizer:

— De fato, é um freio!

Todo o mal jazia naquele desejo moderno de se elevar acima de sua classe, de ter luxo.

---

[31] O drama extraído do romance de Alexandre Dumas (e Auguste Maquet) tinha sido representado pela primeira vez no dia 20 de fevereiro de 1847. (2)

[32] "Todo mundo falava do 'movimento religioso', da 'reação cristã'. Discutia-se sua origem e seu alcance; ninguém contestava sua realidade. Para se convencer disso, bastava ver a multidão incomum que, há vários anos, lotava o pé dos altares... O *Constitutionnel* constatava, em tom amuado e preocupado, esse fenômeno sobre o qual nada entendia. 'O que isso quer dizer?" respondia, zombando o *Journal des Débats*. 'O sentimento religioso não está acabado? O catolicismo não está morto? Então o espírito de Voltaire não é mais o espírito dominante?'..." (THUREAU-DANGIN, *Histoire de la Monarchie de Juillet*, p. 354 e 355). (1)

— No entanto — objetou um industrial —, o luxo favorece o comércio. Por isso aprovo o Duque de Nemours, por exigir em suas festas calças curtas, consideradas trajes de aristocratas e da alta burguesia.

— Monsieur Thiers foi de calças compridas, como as dos populares e dos republicanos radicais. Você conhece a frase dele, quando perguntado se levaria escritores na expedição para buscar as cinzas de Napoleão em Santa Helena?

— Sim, encantadora! Ele respondeu: "Não, quero lhe deixar toda a sua gravidade". Mas ele escorrega para a demagogia, e seu discurso sobre a questão das incompatibilidades teve influência no atentado de 12 de maio,[33] contra Louis-Philippe.

— Ora essa!

— Ei! Ei!

O círculo foi forçado a se abrir para permitir a passagem de um empregado que carregava uma bandeja e que tentava entrar na sala de jogos.

Sob os anteparos verdes das velas, fileiras de cartas e moedas de ouro cobriam a mesa. Frédéric parou na frente de uma delas, perdeu os quinze napoleões que tinha no bolso, deu um giro e se viu na soleira do boudoir onde se encontrava Madame Dambreuse.

As mulheres o preenchiam, uma ao lado da outra, em assentos sem encosto. Suas saias compridas, esvoaçando ao redor delas, pareciam ondas das quais emergia sua cintura, e os seios ofereciam-se aos olhares nos decotes dos corpetes. Quase todas elas seguravam um buquê de violetas nas mãos. O tom opaco de suas luvas realçava a brancura humana de seus braços; franjas e ramos pendiam sobre seus ombros, e às vezes tinha-se a impressão, em certos estremecimentos, de que o vestido estava prestes a cair. Mas a decência dos rostos amenizava as provocações do traje; várias tinham até uma placidez quase bestial, e aquela reunião de mulheres seminuas fazia

[33] Um movimento de insurreição organizado por uma sociedade secreta tinha atacado o posto da Polícia e depois o Hôtel de Ville em 12 de maio de 1839. O tenente que comandava o posto foi morto. Barbès, que encabeçava o movimento, foi preso e condenado à morte, pena logo transformada em prisão perpétua: ele foi liberado pela Revolução de 1848. (2)

pensar no interior de um harém; veio ao espírito do jovem uma comparação mais grosseira. Na verdade, todos os tipos de beleza estavam lá: inglesas com um perfil de refinada elegância, como gravuras dos álbuns de recordação do período romântico, uma italiana cujos olhos negros fulguravam como os de um Vesúvio, três irmãs vestidas de azul, três normandas, tão frescas quanto macieiras de abril, uma ruiva alta com um ornamento de ametistas; e as cintilações brancas dos diamantes que estremeciam em ondulações nas cabeleiras, as manchas luminosas das joias espalhadas nos seios, e o brilho suave das pérolas acompanhando os rostos misturavam-se ao brilho dos anéis de ouro, à renda, ao pó, às plumas, ao carmim para pequenas bocas, ao nácar dos dentes. O teto, arredondado em cúpula, dava ao boudoir a forma de uma cesta; e uma corrente de ar perfumado circulava sob o bater dos leques.

Frédéric, parado atrás delas com seu monóculo no olho, não considerava todos os ombros irrepreensíveis; pensava na Marechala, o que dissipava suas tentações ou o consolava por não ceder a elas.

Ele olhava para Madame Dambreuse, entretanto, e achava-a encantadora, apesar de sua boca um pouco larga e de suas narinas muito abertas. Mas sua graça era especial. Os cachos de sua cabeleira tinham como que um langor apaixonado, e a sua testa cor de ágata parecia conter muitas coisas e denotava um mestre.

Ela tinha colocado a seu lado a sobrinha de seu marido, uma jovem bastante feia. De vez em quando, ela se dignava a receber quem entrasse; e as vozes femininas murmuradas aumentavam, soando como o gorjeio de pássaros.

Falava-se dos embaixadores tunisianos e seus trajes. Uma dama tinha assistido à última recepção da Academia; outra falou do *Don Juan* de Molière, que tinha sido representado recentemente no Théâtre Français. Mas, apontando para sua sobrinha de relance, Madame Dambreuse colocou um dedo na boca, e um sorriso que lhe escapou desmentiu essa austeridade.

De repente Martinon apareceu, em frente, na outra porta. Ela levantou-se. Ele ofereceu-lhe o braço. Frédéric, para vê-lo continuar suas galanterias, cruzou as mesas de jogo e juntou-se a eles no grande salão; Madame Dambreuse imediatamente largou seu cavaleiro, e começou a conversar com Frédéric em tom familiar.

Ela entendia que ele não jogasse, não dançasse.

— Jovens são melancólicos!

Depois, abarcando o baile com um único olhar:

— Aliás, nada disso tem graça! Para certas naturezas, pelo menos!

E ela se detinha diante da fileira de poltronas, distribuindo aqui e ali palavras amáveis, enquanto velhos, que tinham óculos com duas hastes, vinham lhe fazer a corte. Ela apresentou Frédéric a algumas pessoas. Monsieur Dambreuse tocou ligeiramente no seu braço e o levou para fora, no terraço.

Ele tinha visto o Ministro. A coisa não era fácil. Antes de ser apresentado como auditor no Conselho de Estado, era preciso prestar um exame; Frédéric, tomado por uma inexplicável confiança, respondeu que ele sabia todas as matérias.

O financista não estava surpreso, em vista de todos os elogios que Monsieur Roque fazia a seu respeito.

À menção desse nome, Frédéric reviu a pequena Louise, a casa, o quarto; e ele se lembrou das noites como aquela, quando ele ficava na janela, ouvindo os carroceiros que passavam. Essa lembrança de suas tristezas trouxe ao pensamento Madame Arnoux; e ele se calava, continuando a caminhar pelo terraço. As janelas desenhavam no meio da escuridão longas placas rubras; o barulho do baile arrefecia; as carruagens começavam a partir.

— Mas por que, afinal — retomou Monsieur Dambreuse —, o senhor se apega ao Conselho de Estado?

E ele afirmou, num tom liberal, que as funções públicas não levavam a nada, ele sabia algo a respeito; os negócios valiam mais a pena. Frédéric objetou a dificuldade em aprendê-los.

— Ah, imagine! Em pouco tempo eu o colocaria a par de tudo.

Ele gostaria de associá-lo às suas empresas?

O jovem percebeu, como num relâmpago, uma fortuna imensa que viria.

— Voltemos para dentro — disse o banqueiro. — O senhor janta conosco, não é?

Eram três da manhã, quase todos partiam. Na sala de jantar, uma mesa servida esperava os mais íntimos.

Monsieur Dambreuse viu Martinon e, aproximando-se de sua esposa, em voz baixa:

— Foi você que o convidou?

Ela replicou secamente:

— Claro que sim!

A sobrinha não estava lá. Beberam muito bem, riram muito alto; e as brincadeiras imprudentes não chocaram, todos experimentando essa leveza que se segue às obrigações um pouco longas. Apenas Martinon se mostrou sério; ele se recusou a beber champanhe, para se mostrar elegante, flexível, aliás, e muito polido, pois, quando Monsieur Dambreuse sentiu um aperto no peito, queixando-se de opressão, ele perguntou várias vezes sobre sua saúde; depois, dirigiu seus olhos azulados para Madame Dambreuse.

Ela interpelou Frédéric para saber de quais jovens ele tinha gostado. Ele não tinha reparado em nenhuma, e preferia, na verdade, as mulheres de trinta anos.

— Talvez não seja uma ideia boba! — ela respondeu.

Depois, quando vestiam as peliças e casacos, Monsieur Dambreuse lhe disse:

— Venha me ver uma dessas manhãs, vamos conversar!

Martinon, no pé da escada, acendeu um charuto; e ele apresentava, ao tragá-lo, um perfil tão pesado, que seu companheiro deixou escapar esta frase:

— Você tem uma cabeça bonita, palavra!

— Ela já fez girar algumas outras! — replicou o jovem magistrado, com um ar ao mesmo tempo convencido e vexado.

Frédéric, ao se deitar, resumiu a noite. Primeiro, sua toalete (ele tinha se observado no espelho várias vezes), desde o corte da casaca até o nó dos escarpins, nada a corrigir: tinha falado com homens consideráveis, tinha visto mulheres ricas de perto, Monsieur Dambreuse tinha sido excelente e Madame Dambreuse quase envolvente. Ele pesou, uma a uma, cada uma de suas palavras, os seus olhares, mil coisas impossíveis de serem analisadas, mas mesmo assim expressivas. Seria extraordinariamente belo ter uma amante assim! Por que não, afinal? Ele valia tanto quanto qualquer outro! E se ela não fosse tão difícil? Martinon, então, voltou à sua memória; e, adormecendo, ele sorria com pena daquele bom rapaz.

A lembrança da Marechala o despertou; as palavras de seu bilhete: "A partir de amanhã à noite", marcavam, de fato, um encontro para aquele dia. Ele esperou até as nove da noite e correu para a casa dela.

Alguém que subia as escadas à sua frente fechou a porta. Ele tocou a campainha; Delphine veio abrir e afirmou que a senhora não estava em casa.

Frédéric insistiu, implorou. Ele tinha uma coisa muito séria a lhe comunicar, só uma palavrinha. Por fim, o argumento da moeda de cem soldos venceu e a empregada deixou-o sozinho na antessala.

Rosanette apareceu. Ela estava de camisola, o cabelo solto; e, balançando a cabeça, ela fez de longe, com os dois braços, um grande gesto expressando que ela não poderia recebê-lo.

Frédéric desceu lentamente as escadas. Esse capricho superava todos os outros. Ele não entendia nada.

Em frente à guarita do porteiro, Mademoiselle Vatnaz o deteve.

— Ela o recebeu?

— Não!

— Você foi expulso?

— Como você sabe?

— Pode-se ver! Mas venha! Vamos sair! Estou sufocando!

Ela o levou para a rua. Estava ofegante. Ele sentia seu braço franzino tremer sobre o dele. De repente, ela vociferou.

— Ah! O miserável!

— Ora, quem?

— Mas é ele! Ele! Delmar!

Essa revelação humilhou Frédéric; ele replicou:

— Você tem certeza?

— Mas se eu lhe digo que o segui! — gritou Vatnaz; — Eu o vi entrar! — Você entende agora. Eu devia esperar por isso, aliás; fui eu, na minha estupidez, que o conduzi à casa dela; e se você soubesse, meu Deus! Eu o recolhi, alimentei, vesti; e todo o meu empenho nos jornais! Eu gostava dele como uma mãe! — Então, com um sorriso de escárnio: — Ah! É que o cavalheiro precisa de vestidos de veludo! É um investimento da parte dele, pense bem! E ela! E pensar que a conheci como costureira de lingerie! Sem mim, mais de vinte vezes ela teria caído na lama. Mas vou afundá-la ali! Ah, se vou! Eu quero que ela morra no hospital! Saberão de tudo.

E, como uma torrente de água de louça que carrega as imundícies da lavagem, sua cólera fez desfilar tumultuosamente as vergonhas de sua rival diante de Frédéric.

— Ela se deitou com Jumillac, com Flacourt, com o pequeno Allard, com Bertinaux, com Saint-Valéry, o perebento. Não! O outro! São dois irmãos, não importa! E, quando ela tinha problemas, eu arrumava tudo. O que eu ganhei com isso? Ela é tão mesquinha! E, além disso, você há de concordar, era muita generosidade de minha parte vê-la, porque afinal, não pertencemos ao mesmo mundo! Eu, por acaso, sou uma mulher fácil? Por acaso me vendo? Sem falar que ela é burra como uma porta! Ela escreve categoria com *th*. Aliás, eles combinam; fazem uma bela dupla, embora ele se intitule artista e se ache um gênio! Mas, meu Deus! Se ele tivesse um pouquinho de inteligência, não teria cometido tal infâmia! Não se troca uma mulher superior por uma safada! Eu não me importo, afinal! Ele está ficando feio! Eu o odeio! Se eu o encontrasse aqui, cuspiria na cara dele. — Ela cuspiu. — Sim, é assim que me comporto com ele agora! E Arnoux, hein? Isso não é abominável? Ele a perdoou tantas vezes! Não dá para imaginar seus sacrifícios! Ela deveria beijar seus pés! Ele é tão generoso, tão bom!

Frédéric estava adorando ouvi-la denegrir Delmar. Ele tinha aceitado Arnoux. Essa perfídia de Rosanette lhe parecia uma coisa anormal e injusta; e, conquistado pela emoção da solteirona, passou a sentir por ele quase que uma ternura. De repente, viu-se na porta dela; Mademoiselle Vatnaz, sem que ele se desse conta, o fizera descer o Faubourg Poissonnière.

— Aqui estamos — disse ela. — Eu não posso subir. Mas o senhor, o que o impede?

— Para fazer o quê?

— Para contar tudo a ele, pelos céus!

Frédéric, como se despertasse de sobressalto, entendeu a infâmia para a qual era empurrado.

— E então? — ela retomou.

Ele ergueu os olhos para o segundo andar. O candeeiro de Madame Arnoux queimava.

Nada, na verdade, o impedia de subir.

— Eu o espero aqui. Vá em frente!

Essa ordem acabou de resfriá-lo e ele disse:

— Vou ficar muito tempo lá em cima. Seria melhor você voltar. Eu irei à sua casa amanhã.

— Não! Não! — respondeu a Vatnaz, batendo o pé. — Pegue-o! Leve-o com você! Faça-o surpreendê-los juntos!

— Mas Delmar não estará mais lá!

Ela abaixou a cabeça.

— É, talvez isso seja verdade!

E ficou calada, no meio da rua, entre os carros; depois, fixando nele seus olhos de gata selvagem:

— Eu posso contar com o senhor, não posso? Entre nós dois, agora, é sagrado! Faça isso, então. Até amanhã!

Frédéric, atravessando o corredor, ouviu duas vozes respondendo uma à outra.

A de Madame Arnoux dizia:

— Não minta! Não minta, ora essa!

Ele entrou. Eles se calaram.

Arnoux andava de um lado para o outro, e a senhora estava sentada na cadeirinha perto da lareira, extremamente pálida, os olhos fixos. Frédéric fez um movimento para se retirar. Arnoux segurou sua mão, feliz com a ajuda que chegava.

— Mas temo... — disse Frédéric.

— Ora, fique! — Arnoux sussurrou em seu ouvido.

A senhora retomou:

— É preciso ser indulgente, Monsieur Moreau! São coisas que às vezes acontecem em nossos lares.

— É porque as colocamos lá — disse Arnoux jocosamente. — As mulheres têm seus caprichos! Então, essa aí, por exemplo, não é má. Não, pelo contrário! Bem, há uma hora ela estava se divertindo, me provocando com um monte de histórias.

— Elas são verdadeiras! — respondeu Madame Arnoux com impaciência. — Porque, afinal, você a comprou.

— Eu?

— Sim, você mesmo! No Persan!

"A caxemira!", pensou Frédéric. Ele se sentiu culpado e estava com medo. Ela imediatamente acrescentou:

— Foi no outro mês, um sábado, dia 14.

— Ah! Naquele dia, precisamente, eu estava em Creil! Então, como vê.

— De forma alguma! Porque jantamos com os Bertins no dia 14.

— Dia 14...? — disse Arnoux, erguendo os olhos como se buscasse uma data.

— E até o balconista que a vendeu era loiro!

— Eu me lembro do balconista!

— Só que ele escreveu, a seu ditado, o endereço: 18, rue de Laval.

— Como você sabe? — disse Arnoux, pasmo.

Ela deu de ombros.

— Ah! É muito simples: fui mandar consertar minha caxemira e um gerente de departamento me disse que outra parecida tinha acabado de ser mandada para Madame Arnoux.

— É minha culpa que haja na mesma rua uma Madame Arnoux?

— Sim! Mas não Jacques Arnoux — ela retrucou.

Então ele se pôs a divagar, protestando sua inocência. Foi um erro, uma coincidência, uma daquelas coisas inexplicáveis que acontecem. As pessoas não deveriam ser condenadas por mera suspeita, por pistas vagas; e ele citou o exemplo do infeliz Lesurques.[34]

— Enfim, eu afirmo que você está enganada! Você quer que eu jure?

---

[34] Condenado à morte e executado em 1796 pelo assassinato do mensageiro de Lyon, mas que teve sua inocência reconhecida posteriormente. (2)

— Não vale a pena!

— Por quê?

Ela o encarou, sem dizer nada; depois estendeu a mão, pegou o baú de prata do console da lareira e entregou-lhe uma fatura aberta.

Arnoux corou até as orelhas e suas feições descompostas se avolumaram.

— E então?

— Mas... — ele respondeu, lentamente — o que isso prova?

— Ah! — ela disse, com uma entonação de voz peculiar, na qual havia dor e ironia. — Ah!

Arnoux segurava o bilhete nas mãos e o revirava, sem tirar os olhos, como se tivesse que descobrir a solução para um grande problema.

— Oh! Sim, sim, eu me lembro — ele disse finalmente. — É uma encomenda. — Você deve saber disso, não é, Frédéric? — Frédéric se mantinha em silêncio. — Uma encomenda da qual fui encarregado... por... pelo velho Oudry.

— E para quem?

— Para a amante dele!

— Para a sua! — gritou Madame Arnoux, empertigando-se.

— Juro a você...

— Não recomece! Eu sei de tudo!

— Ah! Muito bem! Então, estou sendo espionado!

Ela replicou friamente:

— Isso fere, talvez, a sua delicadeza?

— A partir do momento que nos exasperamos — continuou Arnoux, procurando seu chapéu — e que não há como raciocinar!

Então, com um grande suspiro:

— Não se case, meu pobre amigo, acredite em mim!

E saiu desabalado, precisando de um pouco de ar fresco.

Então houve um grande silêncio; e tudo no apartamento parecia mais imóvel. Um círculo luminoso, acima da lamparina, embranquecia o teto, enquanto, nos cantos, a sombra se estendia como véus negros sobrepostos; podia-se ouvir o tique-taque do relógio e o crepitar do fogo.

Madame Arnoux tinha acabado de se sentar no outro canto da lareira, na poltrona; ela mordia os lábios, tremendo; as mãos levantaram-se, um soluço lhe escapou, ela estava chorando.

Ele se sentou na pequena cadeira; e, com voz carinhosa, como se faz ao falar com alguém doente:

— Não suspeita que eu tenha algo a ver...

Ela não respondeu nada. Mas, continuando suas reflexões em voz alta:

— Eu o deixo bastante livre! Ele não precisava mentir!

— Com certeza — disse Frédéric.

Era consequência de seus hábitos, sem dúvida, ele não tinha pensado nisso, e talvez, em assuntos mais sérios...

— O que você vê de mais sério então?

— Oh! Nada!

Frédéric curvou-se, com um sorriso de aquiescência. Arnoux, no entanto, possuía certas qualidades; ele amava seus filhos.

— Ah! E ele faz de tudo para estragá-los!

Isso vinha de seu humor muito fácil; afinal, ele era um bom rapaz.

Ela exclamou:

— Mas o que isso significa, um bom rapaz!

Ele o defendia assim, da maneira mais vaga que podia encontrar e, mesmo sentindo pena dela, alegrava-se, deleitava-se no fundo da alma. Por vingança ou necessidade de afeto, ela se refugiava nele. Sua esperança, irremediavelmente aumentada, tornava mais forte seu amor.

Ela nunca pareceu tão cativante, tão profundamente bela a seus olhos. De vez em quando, uma aspiração erguia seu peito; seus dois olhos fixos pareciam dilatados por uma visão interior, e sua boca ficava entreaberta como se para entregar sua alma. Às vezes, ela pressionava o lenço com força contra a sua boca; ele gostaria de ser aquele pedacinho de cambraia todo ensopado de lágrimas. Apesar de tudo, ele olhava para a cama no fundo da alcova, imaginando sua cabeça no travesseiro; e via isso tão claramente que precisava conter-se para não a tomar nos braços. Ela fechou as pálpebras, calma, inerte. Então ele se aproximou um pouco mais e, inclinado sobre ela, examinava seu rosto avidamente. O som de botas ecoou no corredor, era o outro. Eles o ouviram fechar a porta de seu quarto. Frédéric perguntou à Madame Arnoux, com um sinal, se deveria ir lá.

Ela respondeu que sim, da mesma maneira; e essa troca muda de pensamentos era como um consentimento, um começo de adultério.

Arnoux, prestes a se deitar, estava tirando a sobrecasaca.

— Bem, como ela está?

— Ah! Melhor! — disse Frédéric. — Vai passar! — Mas Arnoux estava aborrecido.

— Você não a conhece! Agora ela está nervosa...! Balconista cretino! Isso é o que dá ser bom demais! Se eu não tivesse dado essa maldita caxemira para Rosanette!

— Não se arrependa de nada! Ela está muito grata a você!

— Você acha?

Frédéric não tinha dúvidas disso. A prova é que ela tinha acabado de despachar o velho Oudry.

— Ah! Pobrezinha!

E, no excesso de sua emoção, Arnoux queria correr para a casa dela.

— Não vale a pena! Eu venho de lá. Ela está doente!

— Mais um motivo!

Ele vestiu novamente a sobrecasaca, rapidamente, e pegou o castiçal. Frédéric se amaldiçoou por sua tolice e disse a ele que deveria, por decência, permanecer ao lado de sua esposa esta noite. Ele não poderia abandoná-la, isso seria muito ruim.

— Francamente, estaria cometendo um erro! Não há pressa! Vá amanhã! Vamos! Faça isso por mim.

Arnoux pousou o castiçal e lhe disse, abraçando-o:

— Como você é bom!

Capítulo III

Então começou uma existência miserável para Frédéric. Ele tornou-se o parasita da casa.

Se alguém estava indisposto, ia três vezes ao dia saber das novidades, ia ao afinador de piano, inventava mil gentilezas; e suportava com ar satisfeito os caprichos de Mademoiselle Marthe e as carícias do jovem Eugène, que sempre lhe passava as mãos sujas no rosto. Assistia aos jantares em que o senhor e a senhora, frente a frente, não trocavam uma única palavra: ou então Arnoux irritava a mulher com comentários absurdos. Terminada a refeição, brincava no quarto com o garoto, escondia-se atrás dos móveis ou carregava-o nas costas, andando de quatro, como o bearnês, Henri IV, com seu filho. Quando no fim de tudo ele ia partir, ela imediatamente abordava o eterno assunto de suas queixas: Arnoux!

Não era sua má conduta que a indignava. Mas ela parecia sofrer com o orgulho ferido e mostrava sua repugnância por aquele homem sem delicadeza, sem dignidade, sem honra.

— Ou melhor, ele é louco! — ela dizia.

Frédéric solicitava habilmente suas confidências. Logo ele ficou conhecendo toda a sua vida.

Seus pais eram pequeno-burgueses de Chartres. Um dia, quando Arnoux desenhava à beira do rio (ele se achava um pintor na época), ele a tinha visto saindo da igreja e a pediu em casamento; por causa de sua fortuna, não hesitaram. Aliás, ele a amava perdidamente. Ela acrescentou:

— Meu Deus, ele ainda me ama! À sua maneira!

Eles haviam, nos primeiros meses, viajado pela Itália.

Arnoux, apesar do entusiasmo pelas paisagens e pelas obras-primas, ficava apenas se lamentando por causa do vinho e organizando piqueniques com os ingleses, para se distrair. Alguns quadros bem revendidos o tinham conduzido para o negócio das artes. Depois, ele se empolgou com uma fábrica de faianças. Outras especulações o tentavam agora; e, vulgarizando-se cada dia mais, adotava hábitos grosseiros e dispendiosos. Ela tinha menos a censurá-lo por seus vícios do que por todas as suas ações. Nenhuma mudança poderia acontecer, e o infortúnio dela era irreparável.

Frédéric afirmou que sua própria existência tinha igualmente falhado.

Ele era muito jovem, no entanto. Por que se desesperar? E ela dava-lhe bons conselhos: "Trabalhe! Case-se!". Ele respondia com sorrisos amargos; pois, em vez de expressar o verdadeiro motivo de sua tristeza, fingia ter uma outra tristeza, sublime, agindo um pouco como *Antony*,[35] o maldito, personagem de Dumas que chegou ao crime por conta de uma paixão — linguagem, aliás, que não distorcia totalmente seu pensamento.

A ação, para alguns homens, é tanto mais impraticável quanto mais forte é o desejo. A falta de confiança em si mesmos os bloqueia, o medo de desagradar os aterroriza; aliás, afeições profundas são como as mulheres honestas; temem ser descobertas e passam pela vida de olhos baixos.

Embora conhecesse melhor Madame Arnoux (talvez por isso mesmo), era ainda mais covarde do que antes. Todas as manhãs ele jurava a si mesmo ser ousado. Um pudor invencível o impedia de fazê-lo; e ele não tinha nenhum exemplo pelo qual pudesse guiar-se, visto que ela diferia das outras. Pela força de seus sonhos, ele a colocara para além das condições humanas. Ao lado dela, sentia-se menos importante na terra do que os fiozinhos de seda que escapavam de sua tesoura.

Depois pensava em coisas monstruosas, absurdas, como surpresas, à noite, com narcóticos e chaves falsas — tudo lhe parecendo mais fácil do que enfrentar o seu desdém.

Além disso, os filhos, as duas empregadas, a disposição dos quartos criavam obstáculos intransponíveis. Então ele resolveu possuí-la só para si, indo viver juntos bem longe, nas profundezas de alguma solidão; até se perguntava que lago seria suficientemente azul, qual praia seria suficientemente agradável, se seria na Espanha, na Suíça

---

[35] O drama de Dumas datava de 1831 e seu personagem principal tinha se tornado um personagem-tipo, herói do romantismo: sombrio, fatal e vítima da paixão. (2)

ou no Oriente; e, escolhendo propositalmente os dias em que ela parecia mais irritada, dizia-lhe que seria preciso sair dali, imaginar um jeito, e que ele não via outra saída senão uma separação. Mas, pelo amor de seus filhos, ela nunca chegaria a tal extremo. Tamanha virtude aumentou seu respeito.

Suas tardes eram passadas relembrando a visita do dia anterior, desejando a da noite. Quando não jantava com eles, por volta das nove horas, ele se postava na esquina da rua; e assim que Arnoux abria a porta da frente, Frédéric subia correndo os dois andares e perguntava à empregada com ar ingênuo:

— Monsieur está?

Então fingia-se surpreso por não o encontrar.

Arnoux muitas vezes voltava inesperadamente. Portanto, era preciso acompanhá-lo até um pequeno café na Rue Sainte-Anne, que Regimbart agora frequentava.

O Cidadão começava articulando alguma nova queixa contra a Coroa. Em seguida, eles conversavam, trocando insultos amigavelmente; pois o fabricante considerava Regimbart um pensador de alto nível e, triste por ver tantos recursos perdidos, ele zombava de sua preguiça. O Cidadão julgava Arnoux um homem cheio de bondade e de imaginação, mas, decididamente, imoral demais; assim, ele o tratava sem a menor indulgência e se recusava até mesmo a jantar em sua casa, porque "a cerimônia o incomodava".

Às vezes, na hora de se despedir, Arnoux era dominado por uma fome implacável. Ele "precisava" comer uma omelete ou batatas assadas; e, visto que nunca havia comestíveis no estabelecimento, ele mandava buscá-los. Eles esperavam. Regimbart não ia embora e acabava resmungando por aceitar algo.

Mesmo assim ele se mantinha sóbrio, pois ficava horas parado diante do mesmo copo pela metade. Como a Providência não governava as coisas de acordo com suas ideias, ele ia se tornando acabrunhado, não queria mais ler os jornais e esbravejava só de ouvir o nome da Inglaterra. Uma vez, gritou por causa de um garçom que o serviu mal:

— Será que já não temos afrontas suficientes do Estrangeiro?

Quando não estava passando por essas crises, ele ficava taciturno, atinando em "um golpe certeiro para mandar tudo para os ares".

Enquanto estava perdido em suas reflexões, Arnoux, com voz monótona e olhar um tanto embriagado, contava anedotas incríveis em que sempre brilhara, graças à sua irreverência; e Frédéric (isso se devia provavelmente a profundas semelhanças) sentia um certo entusiasmo pela sua pessoa. Ele se reprovava por essa fraqueza, achando que, ao contrário, deveria odiá-lo.

Arnoux lamentava-se diante dele sobre o temperamento de sua esposa, sua teimosia, suas implicâncias injustas. Ela não era assim antigamente.

— Eu, no seu lugar — dizia Frédéric —, daria a ela uma pensão e iria viver sozinho.

Arnoux não respondia; e, logo em seguida, começava com os elogios. Ela era boa, dedicada, inteligente, virtuosa; e, passando às qualidades corporais, esbanjava nas revelações, com a indiferença de quem expõe seus tesouros nas tavernas.

Uma catástrofe perturbou seu equilíbrio.

Ele ingressou, como membro do Conselho Fiscal, em uma empresa de caulim. Mas, confiando em tudo o que lhe era dito, tinha assinado relatórios imprecisos e aprovado, sem verificar, os inventários anuais elaborados pelo gerente de forma fraudulenta. Então, a empresa faliu e Arnoux, civilmente responsável, acabava de ser condenado, junto com os demais, a garantir uma indenização, o que lhe causava uma perda de cerca de trinta mil francos, sem falar dos motivos do julgamento.

Frédéric soube disso por um jornal e correu para a Rue de Paradis.

Ele foi recebido no quarto da senhora. Era hora do café da manhã. Canecas de café com leite enchiam uma mesa de pedestal perto do fogo. Chinelos estavam espalhados pelo tapete, roupas sobre as poltronas. Arnoux, de ceroulas e jaqueta de malha, tinha olhos vermelhos e os cabelos desgrenhados; o pequeno Eugène, devido à caxumba, chorava mordiscando um pedaço de pão; sua irmã comia em silêncio; Madame Arnoux, um pouco mais pálida do que de costume, servia os três.

— Muito bem — falou Arnoux, dando um grande suspiro —, sabe como é! — E tendo Frédéric acenado com um gesto de compaixão, continuou: — Pois é! Fui vítima da minha confiança!

Depois ele ficou em silêncio; e seu desânimo foi tão forte que o fez recusar o café. Madame Arnoux ergueu os olhos com um encolher de ombros. Ele passou as mãos na testa.

— Afinal de contas, eu não sou culpado. Não tenho nada a me recriminar. É uma desgraça! Nós vamos sair dessa! Ah! Por Deus, tanto faz!

E ele começou a comer um brioche, obedecendo, aliás, aos pedidos de sua esposa.

À noite, quis jantar só com ela, em uma sala privativa no Maison d'Or. Madame Arnoux não entendeu nada dessa atitude amável, até mesmo sentindo-se ofendida por ser tratada como uma cortesã; — atitude que, da parte de Arnoux, pelo contrário, era uma prova de afeto. Depois, como começou a ficar entediado, foi se divertir na casa da Marechala.

Até o presente, ele havia sido perdoado por muitas coisas, graças à sua natureza benévola. Seu processo o classificou entre as pessoas corruptas. Uma solidão instaurou-se ao redor de sua casa.

Frédéric, por uma questão de honra, sentiu que era seu dever frequentá-los mais do que nunca. Alugou um camarote no Italiens e os levava lá toda semana. No entanto, eles estavam naquele período em que, em uniões desiguais, um cansaço invencível emerge das concessões feitas e torna a vida insuportável. Madame Arnoux continha-se para não explodir, Arnoux ficava sombrio; e o espetáculo desses dois seres infelizes entristecia Frédéric.

Ela o havia encarregado, já que ele gozava de sua confiança, de inquerir o marido sobre seus negócios. Mas ele estava envergonhado, sofria por ambicionar a esposa daquele que o recebia para jantar com eles. Mesmo assim, não parava de frequentá-los, dando-se como desculpa que precisava defendê-la e que poderia aparecer uma oportunidade de lhe ser útil.

Oito dias depois do baile, ele tinha feito uma visita a Monsieur Dambreuse. O financista tinha oferecido a ele cerca de vinte ações em seu negócio de carvão; Frédéric não tinha mais voltado lá. Deslauriers lhe escrevia cartas; ele as deixava sem resposta. Pellerin o havia convidado para ir ver o retrato; ele sempre recusava o convite. No entanto, ele cedeu a Cisy, que o atormentava querendo que ele o apresentasse a Rosanette.

Ela o recebeu muito gentilmente, mas sem pular em seu pescoço, como da outra vez. Seu colega ficou feliz por ser admitido na casa de uma impura e, acima de tudo, por conversar com um ator; Delmar estava lá.

Um drama no qual ele tinha representado um camponês que dá uma lição a Louis XIV e profetiza 1789, o ano da Revolução, o colocara em tamanha evidência, que lhe ofereciam constantemente o mesmo papel; e sua função agora era zombar dos monarcas de todos os países. No papel de cervejeiro inglês, ele insultava Carlos I; como aluno de Salamanca, amaldiçoava Philippe II; ou, como um pai sensível, indignava-se com a Pompadour, o que era o mais formidável! As crianças esperavam na porta dos bastidores para vê-lo; e sua biografia, vendida nos intervalos, o retratava cuidando de sua velha mãe, lendo o Evangelho, ajudando os pobres, enfim, sob as cores de um São Vicente de Paula misturado com Brutus e Mirabeau. Dizia-se: "Nosso Delmar". Ele tinha uma missão, tornava-se Cristo.

Tudo isso fascinava Rosanette; e ela havia se livrado do velho Oudry, sem qualquer preocupação, pois não era gananciosa.

Arnoux, que a conhecia, tinha se aproveitado disso por muito tempo para mantê-la com poucas despesas; o homem tinha chegado e os três tomaram o cuidado de não se explicar com franqueza. Então, imaginando que ela estava despachando o outro para ficar só com ele, Arnoux aumentou sua pensão. Mas suas demandas eram renovadas com frequência inexplicável, uma vez que ela levava uma vida menos dispendiosa; ela tinha até vendido a caxemira, dizendo fazer questão de pagar suas dívidas antigas; e ele continuava a dar, pois ela o enfeitiçava, abusava dele sem dó. Assim as faturas, as cobranças choviam na casa. Frédéric pressentia uma crise iminente.

Um dia ele foi ver Madame Arnoux. Ela tinha saído. Monsieur estava trabalhando lá embaixo na loja.

De fato, Arnoux, em meio aos seus vasos, tentava *engambelar* jovens casais, burgueses da província. Ele falava da moldagem e do torneamento, da cerâmica craquelada e esmaltada; os outros, não querendo demonstrar nada entender, acenavam em aprovação e compravam.

Quando os clientes saíram, ele contou que tinha tido uma pequena discussão com a esposa naquela manhã. Para evitar comentários sobre a despesa, ele havia afirmado que a Marechala não era mais sua amante.

— Eu até disse a ela que era sua.

Frédéric ficou indignado; mas reprovações poderiam traí-lo; ele balbuciou:

— Ah! Fez mal, fez muito mal!

— O que tem de mal? — disse Arnoux. — Onde está a desonra em se fazer passar por amante dela? Eu mesmo sou, eu! Você não ficaria lisonjeado de sê-lo?

Ela teria falado? Seria isso uma alusão? Frédéric se apressou em responder:

— É claro que sim! Claro que sim!

— Pois bem. E então?

— Sim, é verdade! Não importa.

Arnoux retomou:

— Por que você não vai mais lá?

Frédéric prometeu voltar.

— Ah! Eu ia me esquecendo! Você deveria... falando sobre Rosanette... deixar escapar algo à minha esposa... não sei o quê, mas você encontrará... algo que a convença de que você é seu amante. Estou te pedindo isso como um favor, hein?

O jovem, como única resposta, fez uma careta ambígua. Essa calúnia o arruinava. Ele foi à casa dela naquela mesma noite e jurou que a alegação de Arnoux era falsa.

— É verdade mesmo?

Ele parecia sincero; e, quando ela respirou fundo, ela lhe disse: "Eu acredito em você", com um lindo sorriso; então ela abaixou a cabeça e, sem olhar para ele:

— Ademais, ninguém tem nenhum direito sobre você!

Então ela não desconfiava de nada e o desprezava, já que não achava que ele poderia amá-la o suficiente para ser fiel a ela! Frédéric, esquecendo suas tentativas junto à outra, achava essa permissão ultrajante.

Em seguida ela implorou que ele fosse às vezes "à casa daquela mulher" para ver um pouco o que se passava.

Arnoux chegou e, cinco minutos depois, tentou levá-lo à casa de Rosanette.

A situação estava se tornando insuportável.

Ele foi desviado desse assunto por uma carta do notário que lhe mandaria quinze mil francos no dia seguinte; e, para reparar sua negligência para com Deslauriers, foi imediatamente contar-lhe essas boas novas.

O advogado morava na Rue des Trois-Maries, no quinto andar, com vista para um pátio. Seu escritório, uma salinha revestida de ladrilhos, fria e forrada de papel acinzentado, tinha como decoração principal uma medalha de ouro, seu prêmio de doutorado, inserida em moldura de ébano encostada no espelho. Uma estante de mogno encerrava atrás dos vidros cem volumes, aproximadamente. A escrivaninha, revestida com pele de carneiro, ocupava o meio do apartamento. Quatro velhas poltronas de veludo verde ocupavam os cantos; e lascas ardiam na lareira, onde sempre havia um feixe de lenha pronto para ser aceso, ao toque da campainha. Era a hora de suas consultas; o advogado estava usando uma gravata branca.

O anúncio dos quinze mil francos (ele provavelmente já não contava mais com isso) lhe causou um risinho de prazer.

— Que bom, meu caro, que bom, está muito bem!

Ele jogou um pouco de lenha no fogo, voltou a se sentar e imediatamente falou sobre o Jornal. A primeira coisa a se fazer seria livrar-se de Hussonnet.

— Esse idiota me cansa! Se é para emitir uma opinião prejudicial, o mais justo, na minha opinião, e o melhor a se fazer, é não ter opinião nenhuma.

Frédéric pareceu surpreso.

— Mas sem dúvida! Seria hora de tratar a Política cientificamente. Os velhos do século XVIII estavam no começo quando Rousseau e os literatos introduziram ali a filantropia, a poesia e outras piadas, para grande alegria dos católicos; aliança natural, aliás, já que os reformadores modernos (posso prová-lo) acreditam, todos eles, na Revelação. Mas, se você rezar missas pela Polônia, se em vez do Deus dos dominicanos, que era um carrasco, você tomar o Deus dos românticos, que é um tapeceiro; se, enfim, você não tiver uma concepção mais ampla do Absoluto do que seus ancestrais, a monarquia irromperá sob suas formas republicanas, e seu barrete frígio nunca será mais do que um barrete sacerdotal! Apenas, o regime de isolamento de prisioneiros terá substituído a tortura, a injúria à religião, terá substituído o sacrilégio, o acordo europeu, por sua vez, terá substituído a Santa Aliança; e, nesta bela ordem que admiramos, feita de destroços de adeptos de Louis XIV, ruínas voltairianas, com cal imperial no topo e fragmentos de constituição inglesa, veremos os conselhos municipais tentando humilhar o prefeito dos municípios; os conselhos gerais, o governador; as câmaras, o rei; a imprensa, o poder e, por fim, a administração, todo mundo! Mas as boas almas deliram com o Código Civil, obra fabricada, não importa o que se diga, num espírito mesquinho e tirânico; porque o legislador, em vez de fazer o que deve, que é regularizar o costume, pretendeu modelar a empresa como um Licurgo! Por que a lei constrange o pai de família em questões de testamento? Por que ela dificulta a venda forçada de imóveis? Por que ela pune como delito a vadiagem, que não deveria ser nem mesmo uma contravenção? E ainda há outras coisas! E eu sei quais são! Então vou escrever um pequeno romance chamado *História da Ideia de Justiça*, que vai ser engraçado! Mas estou com uma sede monstruosa! E você?

Ele se debruçou na janela e gritou para o porteiro ir buscar alguns grogues na taberna.

— Resumindo, vejo três partidos... não! Três grupos, — e nenhum deles me interessa: os que têm, os que já não têm mais e os que tentam ter. Mas todos concordam na idolatria imbecil à Autoridade! Exemplos: Mably recomenda que os filósofos sejam impedidos de publicar suas doutrinas; Monsieur Wronski, geômetra, convoca censura em sua linguagem de "repressão crítica da espontaneidade especulativa";[36] Père Enfantin[37] exalta os Habsburgos "por terem passado por cima dos Alpes uma mão pesada para comprimir a Itália"; Pierre Leroux[38] quer nos forçar a ouvir um orador, e Louis Blanc está inclinado a uma religião de Estado, tamanha a paixão pelo governo desse povo de vassalos! Nenhum, entretanto, é legítimo, apesar de seus imortais princípios. Mas, como *princípio* significa *origem*, devemos sempre nos referir a uma revolução, a um ato de violência, a um fato transitório. Assim, o nosso princípio é a soberania nacional, compreendida na forma parlamentar, ainda que o parlamento não concorde com isso! Mas em que a soberania do povo seria mais sagrada do que o direito divino? Ambas são ficções! Chega de metafísica, chega de fantasmas! Não há necessidade de dogmas para se varrer as ruas! Dirão que estou virando a sociedade de cabeça para baixo! Bem, e daí? Qual seria o problema? É, de fato, muito linda sua sociedade.

Frédéric teria tido muitas coisas a lhe dizer. Mas, vendo-o longe das teorias de Sénécal, ele estava pleno de indulgência. Contentou-se em objetar que tal sistema os faria ser odiados por todos.

---

[36] Hoené Wronski, polonês estabelecido na França, ocupava-se das matemáticas, da mecânica celeste e da filosofia kantiana e cabalística. De acordo com um artigo de Monsieur Z. L. Zaleski, publicado em 1932 e apontado por Monsieur Yves Lévy, a citação de Flaubert não passaria de uma excelente paródia do estilo de Wronski. (2)

[37] Enfantin (1796-1864) era um ex-aluno da École Polytechnique. Ele era diretor do Fundo Hipotecário, quando conheceu Saint-Simon e se agarrou a suas doutrinas (1825). Fundou, com Olinde Rodrigues, o *Producteur*. Depois de 1830, a escola Saint-Simonienne passou por grande desenvolvimento sob a direção de Enfantin e Bazard, mas as ideias de Enfantin sobre o amor e o casamento levaram a uma cisão que foi prejudicial para a propaganda de Saint-Simon. Em 1832, Enfantin e seus discípulos foram presos sob a acusação de agressão à moral e associação ilegal. Após dois dias de audiência (27 e 28 de agosto de 1832), eles foram considerados culpados. Enfantin foi condenado a um ano de prisão e 100 francos de multa. Ao sair da prisão, passou dois anos no Egito. De volta à França, foi sucessivamente chefe do Correio, membro da Comissão Científica da Argélia, diretor e depois administrador da estrada de ferro de Lyon. (1)

[38] Pierre Leroux (1797-1831) foi primeiro um saint-simoniano; depois, tendo discutido com Père Enfantin, expôs suas doutrinas pessoais. A essa divisão corresponde a divisão da sociedade, que é composta de estudiosos ou homens de conhecimento, de artistas ou homens de sentimento, e de industriais ou homens de sensação. Daí a *tríade* que, de acordo com Pierre Leroux, é o primeiro elemento social. Uma reunião de tríades forma uma oficina, uma reunião de oficinas, uma comunidade, uma reunião de comunidades, um Estado. (1)

— Pelo contrário, como teremos dado a cada uma das partes uma garantia de ódio ao seu vizinho, todos contarão conosco. Você também vai se meter nisso, você mesmo, e vai nos fazer a crítica transcendente!

Era preciso atacar as ideias aceitas, a Académie, a École Normale, o Conservatoire, a Comédie-Française, tudo o que parecia uma instituição. Dessa forma é que eles dariam um conjunto de doutrina para sua publicação. Então, quando estivesse bem estabelecido, o jornal de repente se tornaria diário; então eles atacariam as pessoas.

— E seremos respeitados, tenha certeza disso!

Deslauriers conquistava seu antigo sonho: ser um editor-chefe, isto é, atingir a felicidade inexprimível de liderar os outros, de cortar os artigos a seu bel-prazer, de encomendá-los, de recusá-los. Seus olhos brilhavam sob os óculos, ele exultava e bebia cálices, um após o outro, automaticamente.

— Você vai ter que dar um jantar uma vez por semana. É indispensável, mesmo que metade da sua renda seja gasta nisso! Todos vão querer comparecer, vai ser um centro para os outros, uma alavanca para você; e, manipulando a opinião nas duas pontas, a literatura e a política, antes de seis meses, você verá, estaremos mandando em Paris.

Frédéric, ao escutá-lo, tinha uma sensação de rejuvenescimento, como um homem que, depois de uma longa estada em um quarto, é transportado para o ar livre. Aquele entusiasmo o conquistava.

— Sim, eu fui um preguiçoso, um idiota, você tem razão!

— Finalmente — gritou Deslauriers — encontro o meu Frédéric!

E, segurando seu queixo:

— Ah! Você me fez sofrer. Não tem importância! Eu o amo do mesmo jeito.

Eles estavam parados e olhando um para o outro, ambos emocionados e prestes a se abraçar.

Um gorro de mulher apareceu na soleira da antessala.

— O que a traz aqui? — perguntou Deslauriers.

Era Mademoiselle Clémence, sua amante.

Ela respondeu que, passando ali por acaso, não resistira ao desejo de vê-lo; e para fazerem um pequeno lanche juntos, ela trazia para ele alguns bolos, que colocava sobre a mesa.

— Cuidado com os meus papéis! — retomou o advogado contrariado. — A propósito, esta é a terceira vez que proíbo você de vir durante minhas consultas.

Ela quis beijá-lo.

— Ei! Vá embora! Dê o fora!

Ele a empurrou, ela deu um grande soluço.

— Ah! Você sempre acaba me irritando!

— É que eu o amo!

— Não peço que me amem, mas que me prestem serviço!

Essas palavras, tão duras, levaram Clémence às lágrimas. Ela se plantou em frente à janela e ficou imóvel, com a testa apoiada na vidraça.

Sua atitude e seu mutismo irritavam Deslauriers.

— Quando tiver terminado, você vai pedir sua carroça, não vai?

Ela se virou num sobressalto.

— Você está me mandando embora!

— Exatamente!

Ela fixou nele os seus grandes olhos azuis, sem dúvida para uma última súplica, então cruzou as duas pontas de seu xale, esperou mais um minuto e saiu.

— Você deveria chamá-la de volta — disse Frédéric.

— Ora, vamos!

E, como ele precisasse sair, Deslauriers passou para a cozinha, que também servia de gabinete de toalete. No chão de lajotas, perto de um par de botas, os restos de um magro lanche; e um colchão com uma manta estava enrolado no chão em um canto.

— Isso mostra a você — disse ele — que recebo poucas marquesas! Pode-se facilmente passar sem elas! E outras também. As que não custam nada roubam nosso tempo; é dinheiro sob outra forma; ora, não sou rico! E, ademais, elas são tão palermas! Tão palermas! Por acaso você consegue conversar com uma mulher?

Eles se separaram na esquina da Pont Neuf.

— Então, está combinado! Amanhã você vai me trazer a coisa, assim que a tiver.

— Combinado! — disse Frédéric.

No dia seguinte, ao acordar, recebeu pelo correio um cheque de quinze mil francos do Banco.

Aquele pedaço de papel representava para ele quinze grandes sacos de dinheiro; e ele disse a si mesmo que, com tal soma, poderia: primeiro ficar com o carro por três anos, em vez de vendê-lo como logo seria obrigado, ou comprar duas belas armaduras damasquinadas que vira no Quai Voltaire, e mais uma série de coisas, pinturas, livros e quantos buquês quisesse de flores, além de presentes para Madame Arnoux! Qualquer coisa, enfim, teria valido mais do que arriscar, do que perder tanto dinheiro naquele jornal! Deslauriers lhe parecia presunçoso, tendo a sua insensibilidade do dia anterior esfriado a sua afeição por ele, e Frédéric rendia-se a esses lamentos quando levou um susto ao ver Arnoux entrar, — o qual se sentou na beira de sua cama, pesadamente, como um homem destruído.

— Então, o que se passa?

— Estou perdido!

Naquele mesmo dia, ele tinha que pagar ao escritório do advogado Beauminet, tabelião da Rue Sainte-Anne, dezoito mil francos, emprestados por um certo Vanneroy.

— É um desastre inexplicável! Eu tinha até lhe dado uma hipoteca, que era para acalmá-lo! Mas ele ameaça me cobrar judicialmente, caso não seja pago logo mais, ainda esta tarde!

— E daí?

— E daí é muito simples! Ele vai desapropriar meu prédio. O primeiro anúncio me arruína, só isso! Ah! Se eu encontrasse alguém para me adiantar essa maldita soma, ele tomaria o lugar de Vanneroy e eu estaria salvo! Você não a teria, por acaso?

O cheque tinha sido deixado na mesa de cabeceira, perto de um livro. Frédéric levantou o volume e o colocou em cima do papel, respondendo:

— Por Deus, não, caro amigo!

Mas lhe custava recusar-se a atender Arnoux.

— O quê, você não conhece ninguém que poderia ...?

— Ninguém! E pensar que, em oito dias, terei dinheiro entrando! Talvez eu receba... cinquenta mil francos até o final do mês!

— Você não poderia pedir às pessoas que lhe devem que façam algum adiantamento?

— Ah, sim!

— Mas você tem alguns valores, notas?

— Nada!

— O que fazer? — disse Frédéric.

— É isso que eu estou querendo saber — retomou Arnoux.

Ele se calou, e andava pela sala de um lado a outro.

— Não é por mim, meu Deus! Mas por meus filhos, por minha pobre esposa!

Depois, destacando cada palavra:

— Enfim... Eu serei forte... Vou empacotar tudo aquilo... e eu vou buscar minha fortuna. Eu não sei onde!

— Não faça isso! — exclamou Frédéric.

Arnoux respondeu calmamente:

— Como você quer que eu viva em Paris agora?

Fez-se um longo silêncio.

Frédéric começou a dizer:

— Quando você devolveria esse dinheiro?

Não que ele o tivesse. Pelo contrário! Mas nada o impedia de ver amigos, de tomar providências. E ele chamou o seu empregado para se vestir. Arnoux lhe agradeceu.

— Você precisa de dezoito mil francos, certo?

— Oh! Eu me contentaria muito bem com dezesseis mil! Pois eu conseguiria bem uns dois mil e quinhentos, três mil com a minha prataria, se Vanneroy me conceder até amanhã; e, repito, você pode afirmar, jurar ao credor que em oito dias, talvez até mesmo em cinco ou seis, o dinheiro será reembolsado. Na verdade, a hipoteca responde por ele. Sendo assim, não tem perigo, entende?

Frédéric garantiu-lhe que entendia e que partiria imediatamente.

Ele ficou em casa, esconjurando Deslauriers, pois, embora quisesse manter sua palavra, ele também queria agradar Arnoux.

"E se eu falasse com Monsieur Dambreuse? Mas pedir dinheiro com que pretexto? Cabe a mim, ao contrário, levar a ele algum dinheiro pelas ações de carvão! Ah! Que ele vá passear com suas ações! Não lhe devo nada!"

E Frédéric aplaudia sua independência, como se tivesse recusado um favor a Monsieur Dambreuse.

"Bem", disse em seguida a si mesmo, "vá lá, já que estou perdendo desse lado, porque, na verdade, eu poderia, com quinze mil francos, ganhar cem mil! Na Bolsa, às vezes se vê isso... Então, já que falto a um, não estou livre?... Aliás, Deslauriers pode esperar! — Não, não, isso não está certo, vamos lá!"

Ele olhou para o relógio de parede.

"Ah! Não tem pressa! O banco só fecha às cinco horas."

E, às quatro e meia, quando recebeu o dinheiro:

"Não adianta ir agora! Eu não o encontraria; eu irei esta noite!", dando assim a si mesmo uma possibilidade de reconsiderar a sua decisão, pois sempre resta na consciência algo dos sofismas que nela foram despejados; ela retém o gosto residual, como de um licor ruim.

Ele caminhou pelos bulevares e jantou sozinho no restaurante. Depois ouviu um ato em Vaudeville, para se distrair. Mas o cheque em suas mãos o incomodava, como se ele tivesse roubado o dinheiro. Ele não teria lamentado perdê-lo.

Ao voltar para casa, encontrou uma carta com as seguintes palavras:

"O que há de novo?

Minha esposa junta-se a mim, querido amigo, na esperança etc.

Com meus cumprimentos."

E uma rubrica:

"Sua esposa! Ela me implora!"

Nesse instante Arnoux apareceu para saber se ele havia conseguido a quantia urgente.

— Tome, aqui está! — disse Frédéric.

E, vinte e quatro horas depois, ele respondia a Deslauriers:

— Não recebi nada.

O advogado voltou três dias seguidos. Ele o instigava a escrever para o tabelião. Até se ofereceu para fazer a viagem ao Havre.

— Não! Não é preciso! Eu vou!

Terminada a semana, Frédéric pediu timidamente ao senhor Arnoux seus quinze mil francos.

Arnoux adiou para o dia seguinte, depois para mais um dia. Frédéric arriscava-se saindo tarde da noite, temendo ser surpreendido por Deslauriers.

Uma noite, esbarrou em alguém na esquina da Madeleine. Era ele.

— Eu vou buscá-los — ele disse.

E Deslauriers o acompanhou até a porta de uma casa no Faubourg Poissonnière.

— Espere por mim!

Ele esperou. Por fim, depois de quarenta e três minutos, Frédéric saiu com Arnoux e fez sinal para que ele esperasse um pouco mais. O comerciante de faiança e seu companheiro subiram a Rue Hauteville, de braços dados, depois tomaram a Rue de Chabrol.

A noite estava escura, com rajadas de vento morno. Arnoux caminhava devagar, falando das Galeries du Commerce: uma série de passagens cobertas que iam do bulevar Saint-Denis ao Châtelet, especulação maravilhosa, da qual ansiava fazer parte, e ele parava de vez em quando para ver o rosto das costureiras nas vitrines das lojas, depois retomava o seu discurso.

Frédéric ouvia os passos de Deslauriers atrás dele, como reprovações, como golpes atingindo sua consciência. Mas ele não ousava reclamar, por uma vergonha incômoda e por medo de que fosse inútil. O outro se aproximava. Ele se decidiu.

Arnoux, em tom muito desenvolto, disse que, como suas cobranças não haviam ocorrido, não poderia devolver os quinze mil francos naquele momento.

— Você não está precisando disso, não é mesmo?

Nesse momento, Deslauriers abordou Frédéric e, puxando-o de lado:

— Seja franco, você os tem, sim ou não?

— Bem, não! — disse Frédéric. — Eu os perdi!

— Ora! Como?

— No jogo!

Deslauriers não disse uma palavra, despediu-se baixinho e foi embora. Arnoux aproveitara a oportunidade para acender um charuto em uma tabacaria. Ele voltou perguntando quem era aquele rapaz.

— Ninguém! Um amigo!

Então, três minutos depois, diante da porta de Rosanette:

— Ora, suba — disse Arnoux —, ela vai ficar feliz em vê-lo. Que selvagem você é agora!

Um lampião em frente o iluminava; e com o charuto entre os dentes brancos e o ar alegre, ele tinha algo de intolerável.

— Ah! A propósito, meu tabelião esteve com o seu esta manhã, por conta daquele registro da hipoteca.

— Foi minha esposa quem me lembrou disso.

— Uma esposa inteligente! — retomou Frédéric mecanicamente.

— Com certeza!

E Arnoux recomeçou com seus elogios. Ninguém se equiparava a ela em espírito, coração, economia; ele acrescentou em voz baixa, revirando os olhos:

— E que corpo!

— Adeus! — disse Frédéric.

Arnoux fez um gesto.

— Já vai? Por quê?

E com a mão meio estendida em sua direção, ele o examinava, bastante espantado, vendo a raiva estampada em seu rosto.

Frédéric respondeu secamente:

— Adeus!

Ele desceu a Rue de Bréda como uma pedra rolando, furioso com Arnoux, jurando a si mesmo nunca mais voltar a vê-lo, nem a ela, atormentado, desolado. Em vez da esperada ruptura, o outro, ao contrário, passava a tratá-la com carinho e integralmente, desde a ponta dos cabelos até o fundo da alma. A vulgaridade desse homem exasperava Frédéric. Tudo, então, pertencia a ele, àquele lá! Ele o encontrava à porta da amante; e a mortificação de uma ruptura se somava à fúria de sua impotência. Aliás, a honestidade de Arnoux oferecendo garantias ao seu dinheiro o humilhava; ele tinha vontade de estrangulá-lo; e acima de sua tristeza pairava em sua consciência, como uma névoa, o sentimento de sua covardia para com o amigo. As lágrimas o sufocavam.

Deslauriers descia correndo a Rue des Martyrs, praguejando em voz alta de indignação; pois seu projeto, como um obelisco abatido, agora lhe parecia de uma altura extraordinária. Ele se sentiu roubado, como se tivesse sofrido um grande prejuízo. Sua amizade por Frédéric estava morta e ele se sentia feliz por isso; era uma compensação! Um ódio o invadiu contra os ricos. Ele se inclinou para as opiniões de Sénécal e prometeu a si mesmo servi-las.

Arnoux, enquanto isso, confortavelmente sentado em uma poltrona junto ao fogo, sorvia sua xícara de chá, segurando a Marechala sobre os joelhos. Frédéric não voltou à casa deles; e, para distrair-se de sua paixão calamitosa, adotando o primeiro tema que se apresentava, resolveu compor uma *Histoire de la Renaissance*. Amontoou desordenadamente em sua mesa os humanistas, os filósofos e os poetas; ia ao gabinete de estampas para ver as gravuras de Marc-Antoine; tentava compreender Maquiavel. Pouco a pouco, a tranquilidade do trabalho o acalmou. Mergulhando na personalidade de outras pessoas, ele se esqueceu da sua própria personalidade, o que talvez fosse a única maneira de não sofrer por causa dela.

Um dia, quando estava tomando notas tranquilamente, a porta se abriu e o empregado anunciou Madame Arnoux.

Era ela de fato! Sozinha? Mas não! Pois ela trazia o pequeno Eugène pela mão, seguida por sua criada de avental branco. Ela se sentou; e, depois de tossir:

— Você não vai em casa há um bom tempo.

Como Frédéric não encontrava desculpa, ela acrescentou:

— Foi uma gentileza de sua parte!

Ele retrucou:

— Que gentileza?

— A que você fez por Arnoux! — ela disse.

Frédéric fez um gesto significando: "Eu não me importo! Era para você!"

Ela mandou o garoto brincar com a criada no salão. Trocaram duas ou três palavras sobre sua saúde, depois a conversa arrefeceu.

Ela usava um vestido de seda marrom, cor de um vinho espanhol, com um sobretudo de veludo preto, debruado de marta; uma pelagem macia lhe despertava o desejo de passar as mãos sobre ela, e seus longos bandós, muito lisos, atraíam os lábios. Mas uma emoção a perturbava e, voltando seus olhos na direção da porta:

— Está um pouco quente aqui!

Frédéric adivinhou a intenção cautelosa de seu olhar.

— Desculpe! As duas folhas da porta estão só um pouco abertas.

— Ah! É verdade!

E ela sorriu, como se dissesse: "Não tenho medo de nada".

Ele imediatamente lhe perguntou o que a trazia ali.

— Meu marido — ela retomou com esforço — me encarregou de vir à sua casa, não ousando tomar ele mesmo essa iniciativa.

— E por quê?

— Você conhece Monsieur Dambreuse, não é?

— Sim, um pouco!

— Ah! Um pouco. — Ela se calou.

— Não importa! Termine o que estava dizendo.

Então ela contou que dois dias antes Arnoux não conseguira pagar quatro letras de mil francos emitidas por ordem do banqueiro, as quais ele a tinha feito também assinar. Ela se arrependia de ter comprometido a fortuna de seus filhos. Mas tudo era melhor do que a desonra; e se Monsieur Dambreuse suspendesse os procedimentos, ele seria pago em breve, certamente; porque ela ia vender uma casinha que tinha em Chartres.

— Pobre mulher! — murmurou Frédéric. — Eu irei! Conte comigo.

— Obrigada!

Ela se levantou para ir embora.

— Oh! Não precisa se apressar!

Ela ficou de pé, examinando o troféu de flechas mongóis pendurado no teto, a estante de livros, as encadernações, todos os apetrechos de escrita; ela ergueu a bacia de bronze que continha as penas; seus saltos pisaram diferentes lugares do tapete. Ela já tinha vindo ver Frédéric várias vezes, mas sempre com Arnoux. Eles estavam sozinhos agora, — sozinhos em sua própria casa; — era um acontecimento extraordinário, quase uma sorte grande.

Ela quis ver seu jardinzinho; ele lhe ofereceu o braço para mostrar a ela seus domínios, trinta pés de terreno, cercado por casas, ornado com arbustos nos cantos e um canteiro de flores no meio.

Estavam nos primeiros dias de abril. As folhas dos lilases já começavam a verdejar, uma aragem pura soprava no ar e os passarinhos cantavam, alternando o canto com o ruído distante da forja de um carroceiro.

Frédéric foi buscar uma pá de lareira; e, enquanto eles caminhavam lado a lado, a criança levantava montes de areia no caminho.

Madame Arnoux não acreditava que, no futuro, ele teria uma grande imaginação, mas ele tinha um temperamento afável. Sua irmã, ao contrário, tinha uma secura natural que às vezes a machucava.

— Isso vai mudar — disse Frédéric. — Não devemos jamais nos desesperar.

Ela replicou:

— Sim, não devemos jamais nos desesperar.

Essa repetição mecânica de sua frase parecia um tipo de estímulo; ele colheu uma rosa, a única do jardim.

— Você se lembra... de um certo buquê de rosas uma noite na carruagem?

Ela corou um pouco; e, com um ar de compaixão zombeteira:

— Ah! Eu era muito jovem!

— E com esta — perguntou Frédéric em voz baixa — vai acontecer o mesmo?

Ela respondeu, girando a haste entre os dedos, como o fio de um fuso:

— Não! Eu vou guardá-la!

Ela chamou com um gesto a empregada, que pegou a criança no colo: então, na soleira da porta, na rua, Madame Arnoux cheirou a flor, inclinando a cabeça sobre o ombro, com um olhar tão doce quanto um beijo.

Quando ele voltou ao escritório, contemplou a cadeira onde ela se sentara e todos os objetos que ela havia tocado. Algo dela circulava ao seu redor. A carícia de sua presença perdurava.

"Então ela veio aqui!", ele dizia a si mesmo.

E as ondas de uma infinita ternura o inundavam.

No dia seguinte, às onze horas, apresentou-se na casa de Monsieur Dambreuse. Foi recebido na sala de jantar. O banqueiro estava almoçando, sentado à frente de sua esposa. A sobrinha estava ao lado dela, tendo do outro lado a tutora, uma inglesa, fortemente marcada pela varíola.

Monsieur Dambreuse convidou seu jovem amigo a se sentar entre eles e, diante de sua recusa:

— Em que posso ajudá-lo? Pode me dizer.

Frédéric confessou, fingindo indiferença, que viera fazer um pedido por um certo Arnoux.

— Ah! Sim! O antigo negociante de quadros — disse o banqueiro, com um riso mudo mostrando suas gengivas. — Oudry era seu fiador no passado; eles tiveram problemas.

E começou a examinar as cartas e jornais colocados perto de seus talheres.

Dois criados serviam, sem fazer barulho no assoalho; e a altura do corredor, que tinha três reposteiros em tapeçaria e duas fontes de mármore branco, o brilho polido dos recipientes que mantinham quentes as comidas, a disposição dos aperitivos, e até as dobras impecáveis dos guardanapos, todo esse bem-estar tão luxuoso estabelecia na mente de Frédéric um contraste com um outro almoço na casa dos Arnoux. Ele não ousava interromper Monsieur Dambreuse.

A esposa percebeu seu constrangimento.

— Você costuma ver nosso amigo Martinon?

— Ele virá esta noite — disse prontamente a jovem.

— Ah! Você sabia? — sua tia replicou, fixando nela um olhar frio.

Depois, tendo um dos valetes falado algo em seu ouvido:

— Sua costureira, minha filha!... Miss John!

E a tutora, obediente, desapareceu com sua pupila.

Monsieur Dambreuse, perturbado com o arrastar das cadeiras, perguntou o que estava acontecendo.

— É Madame Regimbart.

— Ora veja! Regimbart!! Eu conheço esse nome. Eu vi sua assinatura.

Frédéric finalmente abordou a questão; Arnoux merecia consideração; ele ia, inclusive, com o único propósito de cumprir seus compromissos, vender uma casa de sua esposa.

— Dizem que ela é muito bonita — falou Madame Dambreuse.

O banqueiro acrescentou com um ar de bondade:

— Você é... amigo íntimo deles?

Frédéric, sem responder claramente, disse que lhe seria muito grato se ele levasse o assunto em consideração...

— Bem, já que isso o faz feliz, que seja! Vamos esperar! Eu ainda tenho tempo. E se descêssemos ao meu escritório, pode ser?

O almoço tinha terminado; Madame Dambreuse curvou-se ligeiramente, sorrindo com um riso singular, cheio de uma mistura de polidez e de ironia. Frédéric não teve tempo para refletir; pois, Monsieur Dambreuse assim que ficaram sozinhos:

— O senhor não veio buscar suas ações.

E, sem permitir que ele se desculpasse:

— Bem! Bem! É justo que você conheça o negócio um pouco melhor. — Ele lhe ofereceu um cigarro e começou.

A *União Geral das Hulhas Francesas* estava constituída; esperava-se apenas o decreto. O simples fato da fusão reduzia os custos de administração e de mão de obra, aumentava os lucros. Além disso, a sociedade imaginava uma coisa nova, que era despertar o interesse dos trabalhadores pela empresa. Ela construiria casas para eles, alojamentos salubres; enfim, ela se constituiria como fornecedora de seus funcionários, entregando-lhes tudo a preço de custo.

— E eles ganharão, cavalheiro; esse é o verdadeiro progresso; é responder vitoriosamente a certas queixas republicanas! Temos em nosso conselho — ele exibiu o prospecto — um par de França, um estudioso do Instituto, um oficial superior de engenharia aposentado, nomes conhecidos! Tais elementos tranquilizam os capitais temerosos e intimam os capitais inteligentes! — A Companhia teria os pedidos do Estado, depois as ferrovias, a marinha a vapor, os estabelecimentos metalúrgicos, o gás, as cozinhas burguesas. — Assim, aquecemos, iluminamos, penetramos nos lares das famílias mais humildes. Mas como, você vai me perguntar, poderemos garantir a venda? Graças aos direitos protecionistas, caro senhor, e nós vamos obtê-los; isso é uma questão que nos diz respeito! Eu, aliás, sou francamente proibicionista! O País acima de tudo!

Ele havia sido nomeado diretor; mas não tinha tempo para tratar de certos detalhes, da redação, entre outros.

— Estou um pouco confuso com os meus autores, esqueci o meu grego! Eu precisaria de alguém... que pudesse traduzir minhas ideias.

E subitamente:

— Você quer ser esse homem, com o título de secretário-geral?

Frédéric não soube o que responder.

— Bem, o que o impede?

Suas funções se limitariam a redigir, a cada ano, um relatório para os acionistas. Ficaria em contato diário com os homens mais prestigiados de Paris. Representando a Companhia perante os trabalhadores, ele seria naturalmente venerado por eles, o que o conduziria, mais tarde, para o Conselho Geral, para a deputação.

Os ouvidos de Frédéric zumbiam. De onde vinha toda essa benevolência? Ele se perdia em agradecimentos.

Mas ele não precisaria, disse o banqueiro, depender de ninguém. A melhor forma era adquirir ações, "um investimento soberbo, aliás, porque o seu capital garante a sua posição, assim como a sua posição, o seu capital".

— Qual seria o valor, aproximadamente? — perguntou Frédéric.

— Santo Deus! Quanto você quiser; de quarenta a sessenta mil francos, suponho.

Essa soma era tão pequena para Monsieur Dambreuse e sua autoridade tão grande, que o jovem decidiu imediatamente vender uma fazenda. Ele aceitou. Monsieur Dambreuse marcaria um encontro um dia desses para concluir os arranjos.

— Então, posso dizer a Jacques Arnoux...?

— Tudo o que você quiser! Pobre rapaz! Tudo o que você quiser!

Frédéric escreveu aos Arnoux que ficassem tranquilos, e fez com que a carta fosse entregue por seu criado, a quem eles responderam:

— Muito bem!

Sua atitude, no entanto, merecia mais reconhecimento. Ele esperava uma visita, ou uma carta, pelo menos. Ele não recebeu uma visita. Nenhuma carta chegou.

Teria havido um descuido da parte deles ou era algo intencional? Já que Madame Arnoux tinha vindo uma vez ali, quem a impedia de voltar? A espécie de subentendido, de confissão que ela lhe fizera, tinha sido, então, apenas uma manobra executada por interesse? "Eles estão brincando comigo? Ela é cúmplice?" Uma espécie de modéstia, apesar de seu desejo, o impediu de voltar à casa deles.

Certa manhã (três semanas após terem se encontrado), Monsieur Dambreuse escreveu-lhe dizendo que o esperava no mesmo dia, dentro de uma hora.

No caminho, a ideia dos Arnoux o assaltou novamente; e, não conseguindo entender o motivo da conduta deles, foi tomado por uma angústia, um lúgubre pressentimento. Para se livrar dele, chamou um cabriolé e dirigiu-se à Rue Paradis.

Arnoux estava viajando.

— E Madame?

— No campo, na fábrica!

— Quando o Monsieur Arnoux vai voltar?

— Amanhã, sem falta!

Ele a encontraria sozinha; aquele era o momento. Algo de imperioso gritava em sua consciência: "Vá lá!"

Mas e Monsieur Dambreuse? "Pois é, tanto faz! Eu direi que eu estava doente." Ele correu para a estação; então, no vagão: "Será que eu me enganei? Ah! Não importa!"

À direita e à esquerda, estendiam-se planícies verdes, o trem seguia; as casinhas das estações deslizavam como cenários, e a fumaça da locomotiva despejava sempre do mesmo lado seus grandes flocos, que dançavam um pouco sobre a relva, depois se dispersavam.

Frédéric, sozinho no banco, olhava entediado, perdido naquele langor que o próprio excesso de impaciência proporciona. Mas guindastes, armazéns apareceram. Era Creil.

A cidade, construída na encosta de duas colinas baixas (das quais a primeira desnuda e a segunda coroada por um bosque), com a torre da igreja, as suas casas desiguais e a sua ponte de pedra, parecia-lhe ter algo de alegre, de discreto e bom. Uma grande barcaça chata descia a corrente de água, que batia, açoitada pelo vento; galinhas ao pé do calvário bicavam a palha; uma mulher passou, carregando lençóis molhados na cabeça.

Após a ponte, ele se encontrou em uma ilha, onde se via, à direita, as ruínas de uma abadia. Um moinho girava, barrando toda a largura do segundo braço do Oise, que passa pela fábrica. A imponência dessa construção surpreendeu imensamente Frédéric. Ele sentiu um maior respeito por Arnoux. Três passos adiante, ele pegou uma ruela, que terminava em uma grade.

Foi entrando. A mulher que tomava conta o chamou de volta, gritando:

— Você tem permissão?

— Para quê?

— Para visitar o estabelecimento!

Frédéric, em tom grosseiro, disse que tinha vindo ver Monsieur Arnoux.

— Quem é Monsieur Arnoux?

— Ora, o chefe, o mestre, o dono, enfim!

— Não, senhor, esta é a fábrica dos senhores Lebœuf e Milliet!

A boa mulher estava brincando, sem dúvida. Trabalhadores chegavam; ele abordou dois ou três; a resposta deles foi a mesma.

Frédéric saiu do pátio cambaleando como um bêbado; e ele parecia tão perplexo que, na Pont de la Boucherie, um burguês fumando seu cachimbo perguntou-lhe se ele estava procurando alguma coisa. Esse homem conhecia a fábrica de Arnoux. Ela estava localizada em Montataire.

Frédéric perguntou onde conseguir um carro, eles só eram encontrados na estação. Ele voltou para lá. Uma caleche caindo aos pedaços, atrelada a um velho cavalo com os arreios despregados pendurados, estava estacionada em frente à sala das bagagens, sozinha.

Um menino se ofereceu para encontrar o "Père Pilon". Ele voltou depois de dez minutos; dizendo que o Père Pilon estava almoçando. Frédéric, não conseguindo aguentar mais, foi embora. Mas a cancela da passagem do trem estava fechada. Foi preciso esperar que passassem dois trens. Finalmente, ele precipitou-se a pé pelo campo.

A vegetação monótona fazia com que o campo se parecesse com uma enorme mesa de bilhar. Escórias de ferro estavam alinhadas em ambos os lados da estrada como marcações de pedras. Um pouco mais adiante, as chaminés das fábricas fumegavam lado a lado. À sua frente erguia-se uma colina redonda, um pequeno castelo com torres, com o campanário quadrangular de uma igreja. Longos muros embaixo formavam linhas irregulares entre as árvores; e, bem mais abaixo, estendiam-se as casas do vilarejo.

Eram casas térreas, com escadas de três degraus, feitas de blocos não cimentados. Ouvia-se, a intervalos, o sino de uma quitanda. Passos pesados afundavam na lama negra e uma chuva fina caía, cortando com mil ranhuras o céu pálido.

Frédéric seguiu pelo meio da calçada; até encontrar do lado esquerdo, na entrada de um caminho, um grande arco de madeira que trazia escrito em letras douradas: FAIANÇAS.

Não tinha sido por acaso que Jacques Arnoux tinha escolhido o bairro de Creil; ao colocar sua fábrica o mais próximo possível da outra (há muito credenciada), confundia o público favorável aos seus interesses.

O corpo principal do prédio apoiava-se na beira de um rio que cruza o prado. A casa do patrão, rodeada por um jardim, destacava-se por sua escadaria e seu alpendre, adornado por quatro vasos com cactos eriçados. Pilhas de terra branca secavam sob os galpões; havia outros ao ar livre; e no meio do pátio estava Sénécal, com seu indefectível sobretudo azul, forrado de vermelho.

O ex-professor estendeu a mão fria.

— Você está vindo para ver o patrão? Ele não está.

Frédéric, desconcertado, respondeu ingenuamente:

— Eu sabia. — Mas, recompondo-se imediatamente: — É para tratar de um assunto que diz respeito à Madame Arnoux. Ela pode me receber?

— Ah! Não a vejo há três dias — disse Sénécal.

E ele começou com uma avalanche de reclamações. Ao aceitar as condições do fabricante, pretendia permanecer em Paris e não se enterrar naquele campo, longe dos amigos, privado de jornais. Não importa! Ele havia esquecido tudo isso! Mas Arnoux parecia não dar nenhuma atenção ao seu mérito. Ele era limitado, além disso, e retrógrado, ignorante como ninguém. Em vez de buscar melhorias artísticas, teria sido melhor introduzir aquecedores de hulha e a gás. O burguês *se afundava*; Sénécal destacou a palavra. Em suma, suas ocupações o desagradavam; e quase convocou Frédéric a falar em seu favor, para que seu salário fosse aumentado.

— Acalme-se! — disse o outro.

Ele não encontrou ninguém nas escadas. No primeiro andar, ele enfiou a cabeça em uma sala vazia; era a sala de estar. Gritou bem alto. Ninguém respondeu; sem dúvida, a cozinheira tinha saído, a empregada também; por fim, ao chegar ao segundo andar, abriu uma porta. Madame Arnoux estava sozinha, em frente a um armário com espelho. O cinto de seu roupão entreaberto pendia em seus quadris. Todo um lado de seu cabelo formava uma onda negra sobre o ombro direito; e estava com os braços levantados, segurando seu coque com uma das mãos, enquanto com a outra, enfiava um grampo. Ela deu um grito e desapareceu.

Depois ela voltou, devidamente vestida. Sua cintura, seus olhos, o farfalhar de seu vestido, tudo o encantou. Frédéric continha-se para não a cobrir de beijos.

— Desculpe-me — disse ela, — mas eu não pude…

Ele teve a ousadia de interrompê-la:

— Mesmo assim… você parecia estar muito bem… agora há pouco.

Ela provavelmente achou o elogio um pouco rude, pois suas maçãs do rosto ficaram enrubescidas. Ele temia tê-la ofendido. Continuou:

— Que belo acaso o trouxe aqui?

Ele não soube o que responder; e, depois de um risinho forçado, que lhe deu tempo para refletir:

— Se eu lhe dissesse, acreditaria em mim?

— Por que não?

Frédéric contou que tinha tido um sonho assustador na noite anterior:

— Sonhei que a senhora estava gravemente doente, à beira da morte.

— Oh! Nem eu nem meu marido estivemos doentes!

— Eu sonhei apenas com a senhora — disse ele.

Ela olhou para ele calmamente.

— Nem sempre os sonhos se realizam.

Frédéric gaguejou, procurou as palavras e finalmente se lançou em um longo discurso sobre a afinidade das almas. Existia uma força que, através dos espaços, podia colocar em contato duas pessoas, alertá-las sobre o que sentem e aproximá-las.

Ela o ouvia com a cabeça baixa, enquanto mostrava seu lindo sorriso. Ele a observava com o canto do olho, com alegria, e demonstrava seu amor mais livremente sob a facilidade de um lugar comum. Ela propôs mostrar-lhe a fábrica; e, como ela insistia, ele aceitou.

Para distraí-lo com algo divertido, primeiro mostrou-lhe a espécie de museu que decorava a escada. As peças penduradas nas paredes ou colocadas em pranchas atestavam os esforços e os entusiasmos sucessivos de Arnoux. Depois de procurar o vermelho acobreado dos chineses, ele quis fazer maiólicas, faianças, cerâmica etrusca, oriental, finalmente tentou algumas melhorias nas peças que fez posteriormente. Também na série havia grandes vasos cobertos com figuras de mandarins, tigelas de um marrom cintilante com reflexos dourados, potes com detalhes em relevo escritos em árabe, jarros no estilo do Renascimento e grandes pratos com dois personagens, que pareciam desenhados com sanguina, de uma forma delicada e vaporosa. Ele fabricava agora letreiros, rótulos de vinho; mas sua inteligência não era suficientemente elevada para alcançar a arte, nem burguesa o suficiente para visar exclusivamente o lucro, de modo que, sem contentar ninguém, ele se arruinava. Os dois estavam pensando nessas coisas quando Mademoiselle Marthe passou.

— Você não o reconhece? — disse-lhe a mãe.

— Claro que sim! — ela retrucou, saudando-o, enquanto seu olhar límpido e desconfiado, seu olhar virgem parecia murmurar: "O que você está fazendo aqui?", e subiu as escadas, a cabeça ligeiramente inclinada para o ombro.

Madame Arnoux levou Frédéric ao pátio, depois ela explicou em tom sério como as terras eram esmagadas, limpas, peneiradas.

— O importante é o preparo das massas.

E ela o introduziu numa sala cheia de cubas, onde um eixo vertical girava sobre si mesmo, dotado de braços horizontais. Frédéric estava arrependido por não ter recusado claramente sua proposta pouco antes.

— São as cubas de socar a terra.

Ele achou aquele jeito de falar grotesco e impróprio em sua boca.

Largas correias enfileiravam-se de uma ponta a outra do teto, para se enrolarem em tambores, e tudo se movimentava de maneira contínua, matemática, irritante.

Eles saíram dali e passaram perto de uma cabana em ruínas, que outrora havia sido usada para colocar ferramentas de jardinagem.

— Não tem mais utilidade — disse Madame Arnoux.

Ele retrucou com a voz trêmula:

— A felicidade pode morar ali!

O estrondo da bomba a vapor abafou suas palavras e eles entraram na oficina de moldagem.

Homens sentados diante de uma mesa estreita tinham diante deles, sobre um disco giratório, um bloco de massa; a mão esquerda raspava o interior dela, e a direita acariciava sua superfície, e via-se crescer de suas mãos os vasos, como flores que desabrocham.

Madame Arnoux os fez exibir os moldes para as obras mais difíceis.

Em outra sala, eram criadas as redes, as ranhuras, as linhas salientes. No andar superior, eram corrigidas as dobras defeituosas e eram preenchidos com gesso os pequenos orifícios que as operações precedentes haviam deixado.

As peças de cerâmica estavam alinhadas por toda parte nas claraboias, nos cantos, no meio dos corredores.

Frédéric estava começando a ficar entediado.

— Talvez o senhor esteja ficando cansado disso? — ela falou.

Temendo que sua visita tivesse que se limitar a isso, fingiu, ao contrário, muito entusiasmo. Até se lamentava de não ter se dedicado àquela indústria.

Ela pareceu surpresa.

— Certamente! Eu poderia ter morado perto da senhora!

E, como ele buscava seu olhar, Madame Arnoux, para evitá-lo, pegou algumas bolinhas de massa que estavam sobre um console, oriundas dos ajustes fracassados, amassou-as em uma bolacha e imprimiu sua mão nela.

— Posso ficar com isso? — disse Frédéric.

— Você é tão infantil, meu Deus!

Ele ia responder, Sénécal entrou.

O subdiretor, na soleira, percebeu uma violação das regras. As oficinas deveriam ser varridas semanalmente; era sábado e, como os operários não tinham feito nada na semana, Sénécal veio avisar-lhes que teriam de ficar mais uma hora.

— Pior para vocês!

Os homens inclinaram-se sobre suas peças, sem murmurar; mas era possível adivinhar sua raiva pela respiração rouca de seus peitos. Aliás, eles não eram fáceis de administrar, pois todos haviam sido expulsos da grande fábrica. O republicano os governava duramente. Homem de teorias, só levava em conta as massas, sendo implacável com os indivíduos.

Frédéric, constrangido com a presença dele, perguntou em voz baixa à Madame Arnoux se não havia como ver os fornos. Eles desceram para o andar térreo; e ela estava explicando o uso de uns componentes do forno, quando Sénécal, que os tinha seguido, interpôs-se entre eles.

Ele mesmo continuou a demonstração, estendeu-se sobre os diferentes tipos de combustíveis, o processo de enfornar, os piroscópios, as bocas, os engobos, os lustros e os metais, esbanjando os termos da química, cloreto, sulfureto, bórax, carbonato. Frédéric não entendia nada e a cada minuto se voltava para Madame Arnoux.

— Não está escutando? — ela perguntou. — Monsieur Sénécal é muito claro. Ele conhece bem melhor do que eu todas essas coisas.

O matemático, lisonjeado com o elogio, propôs-se a mostrar o uso de cores. Frédéric questionou Madame Arnoux com um olhar ansioso. Ela permaneceu impassível, muito provavelmente não querendo ficar sozinha com ele, mas também não querendo deixá-lo. Ele lhe ofereceu o braço.

— Não! Obrigada! As escadas são muito estreitas!

E, quando estavam lá em cima, Sénécal abriu a porta de uma sala cheia de mulheres.

Elas manuseavam pincéis, frascos, conchas, placas de vidro. Ao longo da cornija, junto à parede, alinhavam-se tábuas gravadas; pedaços de papel fino esvoaçavam; e um fogão de ferro fundido exalava uma temperatura nauseante que se misturava com o cheiro de terebintina.

As trabalhadoras, quase todas, usavam trajes imundos. Notava-se, porém, uma que usava um lenço fino e brincos longos. Delgada e ao mesmo tempo rechonchuda, tinha grandes olhos negros e lábios carnudos de uma negra. Seu busto farto se projetava sob a blusa, presa ao redor da cintura pelo cordão da saia; e, com um cotovelo na bancada e o outro braço pendurado, ela olhava vagamente para o campo, ao longe. Ao lado dela havia uma garrafa de vinho e charcutaria.

O regulamento proibia comer nas oficinas, medida de limpeza para o trabalho e de higiene para os trabalhadores.

Sénécal, por dever ou necessidade de despotismo, gritou de longe, apontando para um cartaz em uma moldura:

— Ei! A mocinha de Bordeaux, aí! Leia o artigo 9 em voz alta para mim.

— Certo, e daí?

— E daí, mademoiselle? Vai pagar uma multa de três francos!

Ela o encarou, afrontosamente.

— E daí? O patrão, quando voltar, vai tirar essa multa! Não ligo para o senhor, meu caro!

Sénécal, que caminhava com as mãos atrás das costas, como um bedel numa sala de aula, contentou-se em sorrir.

— Artigo 13, insubordinação, dez francos!

A bordelesa retomou seu trabalho. Madame Arnoux, por conveniência, não dizia nada, mas franziu as sobrancelhas. Frédéric sussurrou:

— Ah! Para um democrata, você é muito duro!

O outro respondeu magistralmente:

— A democracia não é o abuso, a licença ilimitada do individualismo. É a igualdade de todos perante a lei, a divisão do trabalho, a ordem!

— Você está esquecendo a humanidade! — disse Frédéric.

Madame Arnoux tomou-lhe o braço; Sénécal, talvez ofendido com aquela aprovação silenciosa, saiu.

Frédéric sentiu um imenso alívio. Desde a manhã ele procurava uma chance de se declarar; ela tinha chegado. Além disso, o gesto espontâneo de Madame Arnoux parecia-lhe conter promessas; e ele pediu, com o pretexto de aquecer os pés, para subir ao quarto dela. Mas, quando se sentou ao lado dela, veio o constrangimento; ele não sabia como começar, faltava-lhe o ponto de partida. Felizmente, Sénécal veio à sua mente.

— Nada mais estúpido — disse ele — do que aquele castigo!

Madame Arnoux retrucou:

— Há austeridades indispensáveis.

— Como diz isso, a senhora que é tão bondosa! Ora! Acho que estou enganado! Pois às vezes a senhora sente prazer em fazer sofrer!

— Eu não entendo os enigmas, meu amigo.

E seu olhar austero, mais até do que a palavra, o deteve. Frédéric estava determinado a continuar. Um volume de Musset encontrava-se por acaso sobre a cômoda. Ele folheou algumas páginas e começou a falar do amor, de suas aflições e de seus arroubos.

Tudo isso, segundo Madame Arnoux, era criminoso ou fictício.

O jovem sentiu-se magoado com essa negação; e, para combatê-la, citou como prova os suicídios que são vistos nos jornais, exaltou os grandes tipos literários, Fedra, Dido, Romeu, Desgrieux. Ele se enrolava cada vez mais.

O fogo na lareira já não ardia, a chuva açoitava as vidraças. Madame Arnoux, imóvel, mantinha as duas mãos nos braços da poltrona; as abas de sua touca caíam como as faixas de uma esfinge; seu perfil puro destacava-se pálido em meio à sombra.

Ele queria cair de joelhos diante dela. Um rangido foi ouvido no corredor, ele não ousou.

Ele fora impedido, aliás, por uma espécie de temor religioso. Aquele vestido, como um manto, confundindo-se com a escuridão, parecia-lhe desmesurado, infinito, impossível de ser levantado; e precisamente por isso seu desejo redobrava. Mas o medo de fazer demais e de não fazer o suficiente roubava-lhe todo e qualquer discernimento.

"Se eu lhe desagrado", pensava ele, "que me mande embora! Se me quer, que me encoraje!"

Ele disse suspirando:

— Então não admite que se possa amar... uma mulher?

Madame Arnoux retrucou:

— Se for para se casar com essa mulher, que se casem; se ela pertencer a outro, que se afastem.

— Então a felicidade é impossível?

— Não! Mas ela nunca pode ser encontrada na mentira, nas inquietações e no remorso.

— O que isso importa, se ela for recompensada por alegrias sublimes?

— A experiência é custosa demais!

Ele quis atacá-la pela ironia.

— Então, a virtude não seria apenas covardia?

— Eu diria que é, sobretudo, discernimento. Até mesmo para aquelas que viessem a se esquecer do seu dever ou religião, o simples bom senso bastaria. O egoísmo constrói uma base sólida para a sensatez.

— Ah! Que máximas burguesas essas suas!

— Mas eu não me gabo de ser uma grande senhora!

Naquele momento, o menino entrou correndo.

— Mamãe, vem jantar?

— Sim, já vou!

Frédéric se levantou; no mesmo instante, Marthe apareceu.

Ele não conseguia tomar a decisão de ir embora; e, com um olhar cheio de súplicas:

— Então, essas mulheres de quem fala, são muito insensíveis?

— Não! Mas são surdas quando é necessário.

E ela continuava de pé, na soleira de seu quarto, com os filhos do lado. Ele se inclinou sem dizer uma palavra. Ela respondeu silenciosamente ao seu cumprimento.

O que ele sentiu, primeiro, foi uma estupefação infinita. Essa maneira de fazê-lo compreender a futilidade de sua esperança o esmagava. Sentia-se perdido como um homem caído no fundo de um abismo, que sabe que não será socorrido e que deve morrer.

Ele caminhava a esmo, sem enxergar nada; esbarrava nas pedras; errava o caminho. Um barulho de tamancos ecoou perto de seu ouvido; eram os trabalhadores que saíam da fundição. Só então ele percebeu onde estava.

No horizonte, as lanternas da ferrovia traçavam uma linha de fogo. Ele chegou quando um trem estava prestes a partir, deixou-se empurrar para dentro de um vagão e adormeceu.

Uma hora depois, nos bulevares, a alegria de Paris à noite repentinamente fez sua jornada retroceder para um passado já distante. Ele quis ser forte e aliviou seu coração denegrindo Madame Arnoux com epítetos ofensivos:

"Ela é uma imbecil, uma perua, uma grosseira, não pensemos mais nisso!"

Ao chegar em casa, encontrou em seu escritório uma carta de oito páginas em papel acetinado azul com as iniciais RA.

Ela começava com críticas amigáveis:

"Por onde você anda, querido? Estou entediada."

Mas a caligrafia era tão abominável, que Frédéric estava prestes a jogar tudo fora quando viu, no pós-escrito:

"Conto com você amanhã para me levar às corridas."

O que esse convite significava? Era um outro truque da Marechala? Mas não se zomba do mesmo homem duas vezes sem qualquer razão; e, tomado de curiosidade, releu a carta com atenção.

Frédéric distinguiu: "Mal-entendido… ter dado errado… desilusões… Pobres crianças que somos!… Como dois rios que se encontram! Etc.".

Esse estilo contrastava com a linguagem comum da cortesã. Então, que mudança tinha ocorrido?

Ele manteve as folhas entre os dedos por um longo tempo. Elas cheiravam a íris; e havia, na forma dos caracteres e no espaçamento irregular das linhas, algo como uma desordem de toalete que o incomodou.

"Por que eu não deveria ir?", disse finalmente a si mesmo. "Mas e se Madame Arnoux souber? Ah! Que saiba! Tanto melhor! E que tenha ciúmes! Isso vai me vingar!"

Capítulo IV

A Marechala estava pronta e esperando por ele.

— Quanta gentileza! — ela disse, fixando nele seus lindos olhos, ao mesmo tempo ternos e alegres.

Depois de amarrar a fita do chapéu, ela se sentou no sofá e permaneceu em silêncio.

— Vamos? — disse Frédéric.

Ela olhou para o relógio de parede.

— Ah! Não! Não antes de uma hora e meia — como se ela tivesse estabelecido para si mesma esse limite à sua incerteza.

Finalmente, chegada a hora:

— Pois bem, *andiamo*, *caro mio*!

E ela deu uma última ajeitada nos seus bandós, fez recomendações a Delphine.

— A senhora volta para jantar?

— Por que voltaria? Nós vamos jantar juntos em algum lugar, no Café Anglais, em qualquer lugar!

— Está bem!

Seus cachorrinhos latiam ao seu redor.

— Nós podemos levá-los, não é mesmo?

Frédéric os levou, ele mesmo, até o carro. Era uma berlinda alugada com dois cavalos de posta e um cocheiro; ele havia instalado seu empregado no assento traseiro. A Marechala parecia satisfeita com suas gentilezas; então, assim que ela se sentou, perguntou-lhe se ele tinha ido à casa de Arnoux recentemente.

— Não vou lá já faz um mês — disse Frédéric.

— Eu o encontrei anteontem, ele até teria vindo hoje. Mas está todo atrapalhado, outro processo, sei lá o quê. Que homem esquisito!

— Sim! Muito esquisito!

Frédéric acrescentou com um ar de indiferença:

— A propósito, você ainda vê... Qual é mesmo o nome dele?... Aquele ex-cantor... Delmar?

Ela replicou secamente:

— Não! Acabou.

Assim, o rompimento entre eles era certo. Frédéric extraiu disso uma esperança.

Eles desceram a passo pelo bairro de Bréda; as ruas, por ser domingo, estavam desertas, e rostos de burgueses apareciam por detrás das janelas. O carro tomou uma marcha mais acelerada; o barulho das rodas fazia os transeuntes se voltarem para eles, o couro da capota abaixada brilhava, o empregado arqueava o corpo e os dois cãezinhos havaneses, próximos um do outro, pareciam dois regalos de arminho sobre as almofadas. Frédéric se deixava levar pelo balanço dos eixos. A Marechala virava a cabeça de um lado para o outro, sorrindo.

Seu chapéu de palha nacarada tinha uma guarnição de renda preta. O capuz de seu albornoz tremulava ao vento; e ela se protegia do sol, sob uma sombrinha de cetim lilás, pontuda no topo como um pagode.

— Que amores de dedinhos! — disse Frédéric, pegando gentilmente sua outra mão, a esquerda, enfeitada com uma pulseira de ouro em forma de corrente. Que gracioso; de onde é?

— Ah! Eu tenho há muito tempo — disse a Marechala.

O jovem não contestou essa resposta hipócrita. Preferiu "aproveitar a circunstância". E, segurando ainda seu pulso, apertou os lábios entre a luva e o punho.

— Pare com isso, as pessoas vão ver!

— Ora! E daí?

Depois da Place de la Concorde, eles pegaram o Quai de la Conférence e o Quai de Billy, onde se avista um cedro em um jardim. Rosanette achava que o Líbano ficava na China; ela mesma riu de sua ignorância e implorou a Frédéric que lhe desse aulas de geografia. Depois, deixando o Trocadéro à direita, cruzaram a Pont d'Iéna e finalmente pararam no meio do Champ de Mars, perto dos outros carros já alinhados no Hippodrome.[39]

As colinas gramadas estavam repletas de pessoas do povo. Viam-se pessoas curiosas na varanda da École Militaire; e os dois pavilhões externos de pesagem, as duas tribunas em seu recinto e um terceiro em frente ao do Rei, estavam cheios de uma multidão em trajes distintos, que mostrava, por sua atitude, reverência por esse entretenimento ainda novo. O público das corridas, mais seleto nesse tempo, tinha um aspecto menos vulgar; era a época das tiras de couro prendendo as bainhas das calças, das golas de veludo e das luvas brancas. As mulheres, vestidas com cores brilhantes, usavam vestidos longos e, sentadas nos degraus das arquibancadas, pareciam grandes touceiras de flores, salpicadas de preto aqui e ali pelos trajes escuros dos homens. Mas todos os olhos estavam voltados para o famoso xeque argelino Bou-Maza,[40] que permanecia impassível entre dois oficiais do estado-maior, em uma das tribunas privadas. A do Jockey-Club continha exclusivamente cavalheiros sérios.

Os mais entusiasmados tinham-se instalado embaixo, de frente para a pista, protegidos por duas fileiras de estacas que sustentavam

[39] As primeiras corridas de cavalo no Champ-de-Mars tinham acontecido em 1780. (2)

[40] Bou-Maza havia sido um dos mais temíveis adversários do exército francês na Argélia. Feito prisioneiro por Saint-Arnaud em 1847, ele foi tratado com grande consideração pelo governo de Louis-Philippe. Paris lhe foi designado como residência, com uma pensão de 15.000 francos. Suntuosamente instalado na Avenue des Champs-Élysées, ele logo se tornou uma "personalidade bem parisiense". (1)

cordas; no imenso espaço oval delimitado por essa alameda, vendedores de coco, uma bebida feita de suco de limão e alcaçuz, agitavam suas matracas; outros vendiam o programa das corridas e ainda outros gritavam oferecendo charutos; um vasto zumbido erguia-se; os guardas municipais iam e vinham; um sino, suspenso em um mastro verde com números, tilintou. Cinco cavalos apareceram e as pessoas voltaram para as tribunas.

Enquanto isso, grandes nuvens resvalavam com suas volutas os topos dos olmos do lado oposto. Rosanette tinha medo de chuva.

— Eu tenho guarda-chuvas bem grandes — disse Frédéric — e tudo o que for preciso para nos distrairmos — acrescentou, erguendo o bagageiro, onde havia comida em uma cesta.

— Bravo! Nós nos entendemos!

— E vamos nos entender ainda melhor, não é?

— Talvez! — ela disse, corando.

Os jóqueis, vestidos com jaquetas de seda, tentavam alinhar seus cavalos e os seguraram com as duas mãos. Alguém baixou uma bandeira vermelha. Então, todos os cinco, debruçando-se sobre as crinas, partiram. No início, eles ficaram unidos em um único bloco; logo ele foi se alongando, se dividindo; o que vestia a jaqueta amarela quase caiu no meio da primeira volta; por um bom tempo houve uma disputa entre Filly e Tibi; depois Tom-Pouce apareceu à frente; mas Clubstick, que estava atrás desde a largada, alcançou-os e chegou em primeiro, batendo Sir-Charles por dois corpos; foi uma surpresa; todos gritavam; as tábuas das arquibancadas vibravam com a trepidação causada pelo bater de pés.

— Estamos nos divertindo! — disse a Marechala. Eu te amo, meu querido!

Frédéric não duvidou mais de sua felicidade; essa última palavra de Rosanette a confirmava.

A cem passos dele, em um cabriolé milorde, uma dama apareceu. Ela se inclinava para fora da portinhola, depois ela recolhia-se bruscamente; isso se repetiu várias vezes, Frédéric não conseguia distinguir seu rosto. Uma suspeita se apoderou dele, teve a impressão de que era Madame Arnoux. Mas era impossível! Por que ela teria vindo? Ele desceu do carro, a pretexto de dar uma volta pela pesagem.

— Você não está sendo gentil! — disse Rosanette.

Ele não lhe deu ouvidos e avançou. O cabriolé milorde, girando as rédeas, começou a trotar. Frédéric, nesse momento, foi segurado por Cisy.

— Bom dia, meu caro, como vai? Hussonnet está ali! Você está me ouvindo?

Frédéric tentou se libertar para alcançar o milorde. A Marechala fazia sinal para que ele voltasse para perto dela. Cisy a avistou e teimava em ir até ela para lhe dizer olá.

Como o luto de sua avó tinha acabado, ele concretizava seu ideal, conseguia *ter seu estilo*. Colete xadrez escocês, paletó curto, grandes laços no escarpin e bilhete de ingresso na fita do chapéu, nada faltava efetivamente ao que ele próprio chamava de seu "chique", um chique anglófilo e mosqueteiro. Começou reclamando do Champ de Mars, turfe execrável, depois falou das corridas de Chantilly e das brincadeiras que faziam por lá, jurou que conseguia beber doze taças de champanhe durante as doze badaladas da meia-noite, propôs à Marechala que apostasse, acariciou delicadamente seus dois animaizinhos; e com o outro cotovelo apoiado na portinhola, ele continuou a proferir tolices, o castão da bengala na boca, as pernas abertas, as costas esticadas. Frédéric, ao lado dele, fumava, enquanto tentava descobrir o que havia acontecido com o milorde.

Quando o sino tocou, Cisy foi embora, para grande prazer de Rosanette, a quem ele entediava muito, disse ela.

A segunda prova não teve nada de especial, nem a terceira, exceto por um homem que saiu carregado em uma maca. A quarta, na qual oito cavalos competiam pelo Prêmio da Cidade, foi mais interessante.

Os espectadores das tribunas tinham subido nos bancos. Os outros, de pé nas carruagens, acompanhavam, seguiam com binóculos à mão o movimento dos jóqueis; eles os viam como manchas vermelhas, amarelas, brancas e azuis em toda a extensão da multidão que circundava o hipódromo. À distância, sua velocidade não parecia excessiva; na outra extremidade do Champ de Mars, eles até pareciam desacelerar, avançando somente por uma espécie de deslizamento, em que a barriga dos cavalos tocava o solo sem que suas pernas estendidas se dobrassem. Mas, voltando muito rapidamente, eles cresciam; sua passagem cortava o vento, o chão tremia, as pedrinhas voavam; o ar, inflando as jaquetas dos jóqueis, as fazia ondular como velas; com grandes golpes de chicote, eles fustigavam seus animais para alcançar o poste, que era o objetivo. Números eram removidos, outros eram dependurados; e, em meio aos aplausos, o cavalo vitorioso arrastava-se para a pesagem, todo coberto de suor, os joelhos rígidos, o pescoço baixo, enquanto seu cavaleiro, como se agonizasse na sela, ria de satisfação.

Uma discussão atrasou a última largada. A multidão entediada se dispersou. Grupos de homens conversavam embaixo das tribunas. Conversava-se de tudo, livremente; mulheres da sociedade partiram, escandalizadas com a proximidade das cortesãs.

Havia também pessoas ilustres de bailes públicos, atrizes do bulevar; — e não eram as mais belas que recebiam mais homenagens. A velha Georgine Aubert, aquela que um escritor de vaudeville chamava de Louis XI da prostituição, horrivelmente maquiada e que de vez em quando soltava uma espécie de risada como um rosnado, permanecia esticada em sua longa carruagem, sob uma palatina de marta, como se estivesse no meio do inverno. Madame de Remoussot, em evidência devido ao seu processo, reinava no assento de um breque, acompanhada de americanos; e Thérèse Bachelu, com seu ar de virgem gótica, preenchia com seus doze babados o interior de um escargot,[41] que tinha uma floreira cheia de rosas no lugar da plataforma. A Marechala ficou com inveja dessas glórias; para que a notassem, ela começou a gesticular exageradamente e a falar muito alto.

Alguns cavalheiros a reconheceram e lhe enviaram seus cumprimentos. Ela respondia dizendo o nome deles a Frédéric. Todos eram

[41] Veículo baixo atrelado a um só cavalo. (2)

condes, viscondes, duques e marqueses; e ele se pavoneava, pois todos os olhares expressavam um certo respeito por sua boa sorte.

Cisy não parecia menos feliz no círculo de homens maduros ao seu redor. Eles sorriam do alto de suas gravatas, como se estivessem zombando dele; por fim, deu um tapinha na mão do homem mais velho e caminhou em direção à Marechala.

Ela estava comendo, com afetada gulodice, uma fatia de foie-gras; Frédéric, por obediência, a imitava, segurando uma garrafa de vinho sobre os joelhos.

O milorde reapareceu, era Madame Arnoux. Ela empalideceu extraordinariamente.

— Dê-me a champanhe! — disse Rosanette.

E, erguendo o copo cheio o mais alto possível, ela exclamou:

— Ei, olhem ali! As mulheres honestas, a esposa do meu protetor, vejam só!

Risos explodiram em torno dela, o milorde desapareceu. Frédéric a puxava pelo vestido, ele ia explodir. Mas Cisy estava lá, com a mesma atitude de antes; e, com uma confiança crescente, ele convidou Rosanette para jantar naquela mesma noite.

— Impossível! — ela respondeu. — Vamos juntos ao Café Anglais.

Frédéric, como se não tivesse ouvido nada, permaneceu em silêncio; e Cisy afastou-se da Marechala com um ar desapontado.

Enquanto ele falava com ela, encostado à portinhola direita, Hussonnet tinha chegado pelo lado esquerdo e, ouvindo a referência ao Café Anglais:

— É um estabelecimento lindo! E se a gente fosse comer alguma coisa lá, hein?

— Como quiserem — disse Frédéric, que, afundado no canto da berlinda, via o milorde desaparecer no horizonte, sentindo que algo irreparável acabara de acontecer e que ele havia perdido seu grande amor. E o outro amor estava ali, perto dele, amor alegre e fácil! Mas, cansado, cheio de desejos contraditórios e sem nem mesmo saber mais o que queria, sentia uma tristeza desmedida, uma vontade de morrer.

Um grande ruído de passos e de vozes o fez levantar a cabeça; as crianças, passando por cima das cordas da pista, iam olhar as tribunas; as pessoas estavam indo embora. Caíram umas gotas de chuva. O movimento dos carros aumentou. Hussonnet tinha se perdido deles.

— Bem, tanto melhor! — disse Frédéric.

— Preferimos ficar sozinhos? — replicou a Marechala, colocando sua mão sobre a dele.

Em seguida, passou diante deles, com reflexos de cobre e aço, um esplêndido landau puxado por quatro cavalos, conduzido ao estilo Daumont por dois jóqueis vestindo jaquetas de veludo, com franjas douradas. Madame Dambreuse estava ao lado do marido, Martinon no outro banco, em frente; todos os três tinham um ar de espanto estampado no rosto.

"Eles me reconheceram!" — Frédéric disse a si mesmo.

Rosanette quis que parassem, para ver melhor o desfile. Madame Arnoux podia voltar. Ele gritou para o cocheiro:

— Vá em frente! Vá em frente! Adiante!

E a berlinda partiu em direção aos Champs-Élysées no meio dos outros carros, caleches, *briskas* (as caleches descobertas), *wurts* (grandes carros, geralmente de transporte militar), tandens (sem capota, puxados por dois cavalos em fila), tílburis (cabriolés leves para duas pessoas), *dogcarts* (usados para transporte de cães de caça), *tapissières* (abertos nas laterais) com cortinas de couro com trabalhadores que cantavam bem-humorados, carroças simples cuidadosamente conduzidas pelos próprios pais de família. Em carros descobertos chamados vitórias, apinhados de gente, algum garoto, sentado sobre os pés de outras pessoas, deixava suas pernas penduradas para fora. Grandes cupês com assentos de tecido levavam para passear viúvas aristocratas adormecidas; ou então passava um magnífico veículo, levando uma liteira simples e elegante como o casaco preto de um dândi. O aguaceiro, no entanto, aumentava. Guarda-chuvas e sombrinhas eram abertos, casacos impermeáveis eram vestidos; gritava-se de longe para os outros: "Bom dia! Está tudo bem? — Sim! — Não! — Até mais!", e os rostos se sucediam com a velocidade de sombras chinesas. Frédéric e Rosanette não se falavam, sentindo uma espécie de torpor ao ver perto deles todas aquelas rodas girando continuamente.

Em alguns momentos, as filas de carros, apressados demais, paravam todos ao mesmo tempo em várias filas. Então, ficavam próximos uns dos outros e se examinavam. Por detrás dos painéis com brasões, olhares indiferentes caíam sobre a multidão; olhos cheios de inveja brilhavam no fundo dos fiacres; sorrisos de menosprezo respondiam aos olhares altivos; bocas abertas de espanto expressavam admirações imbecis; e, aqui e ali, alguns distraídos andando no meio da pista pulavam para trás para evitar um cavaleiro que galopava entre as carruagens e conseguia sair do tumulto. Depois, tudo voltava a se movimentar; os cocheiros soltavam as rédeas, baixavam os longos chicotes; os cavalos animados, sacudindo seus bridões do meio-fio, iam esparramando a espuma ao seu redor; e as ancas úmidas e os arreios fumegavam no vapor de água que o sol poente trespassava. Passando sob o Arc de Triomphe, o sol alongava uma luz avermelhada até a altura de um homem, que fazia cintilar os cubos das rodas, as maçanetas das portinholas, as pontas das barras de tração, os anéis dos arreios; e, dos dois lados da grande avenida, — como um rio no qual ondulavam crinas, roupas, cabeças humanas — as árvores, reluzindo pela chuva, erguiam-se como duas muralhas verdes. O azul do céu acima, reaparecendo em alguns pontos, tinha branduras de cetim.

Frédéric lembrou-se então dos dias já longínquos em que invejava a felicidade inexprimível de estar em um desses carros, ao lado de uma dessas mulheres. Ele a possuía, aquela felicidade, mas nem por isso era mais feliz.

A chuva tinha parado. Os transeuntes, refugiados entre as colunas do Garde-Meubles, iam embora. Os caminhantes da Rue Royale subiam em direção ao bulevar. Em frente ao prédio dos Affaires Etrangères, uma fila de curiosos estava parada nos degraus.

Perto do Bains-Chinois, como havia buracos na calçada, a berlinda diminuiu a velocidade. Um homem com um casaco cor de avelã caminhava pela beirada da calçada. Um respingo, lançado da parte de baixo das molas, espirrou nas suas costas. O homem se virou, furioso. Frédéric empalideceu; ele tinha reconhecido Deslauriers.

Na porta do Café Anglais, ele dispensou o carro. Rosanette subiu na frente enquanto ele pagava o cocheiro.

Ele a encontrou na escada, conversando com um cavalheiro. Frédéric a segurou pelo braço. Mas, no meio do corredor, um segundo senhor a deteve.

— Pode ir! — ela disse, — irei em seguida e estarei à sua disposição!

Ele entrou sozinho na salinha reservada. Pelas duas janelas abertas, podia-se ver muita gente nas janelas das outras casas, do lado oposto. Grandes reflexos tremulavam no calçamento que secava e uma magnólia na beirada da varanda perfumava o lugar. Esse perfume e esse frescor relaxaram seus nervos; ele afundou no sofá vermelho, sob o espelho.

A Marechala voltou; e beijando-o na testa:

— Estamos tristonhos, meu pobre bebê?

— Talvez! — ele respondeu.

— Ora, você não é o único! — O que queria dizer: "Que cada um de nós esqueça a sua tristeza em prol de uma felicidade comum!"

Então ela colocou uma pétala de flor entre os lábios e a estendeu, para que ele a bicasse. Esse gesto, com tanta graça e de uma gentileza quase lasciva, comoveu Frédéric.

— Por que me causa sofrimento? — ele disse, pensando em Madame Arnoux.

— Eu, sofrimento?

E, em pé na frente dele, ela o fitava, os olhos apertados e as duas mãos nos ombros.

Toda a sua virtude, todo o seu ressentimento, afundaram em uma covardia infinita.

Ele continuou:

— Porque você não quer me amar! — puxando-a para o seu colo.

Ela se deixava levar; ele estreitava sua cintura com os dois braços; o farfalhar de seu vestido de seda o inflamava.

— Onde eles estão? — disse a voz de Hussonnet no corredor.

A Marechala levantou-se abruptamente e postou-se do outro lado do recinto, dando as costas para a porta.

Ela pediu ostras; e eles se sentaram.

Hussonnet não era nada agradável. Por força de escrever diariamente sobre todos os tipos de assunto, ler muitos jornais, ouvir muitas discussões e emitir paradoxos para deslumbrar, ele acabara perdendo a noção exata das coisas, cegando a si mesmo com seus fracos petardos. As dificuldades de uma vida outrora leve, mas atualmente difícil, o mantinham em uma perpétua agitação; e sua impotência, que ele não queria admitir, tornava-o carrancudo, sarcástico. A propósito de *Ozaï,*[42] um novo balé, ele fez um ataque maciço contra a dança, e, a propósito da dança, contra o Ópera; depois, a propósito do Ópera, contra os italianos, agora substituídos por uma trupe de atores espanhóis, "como se não estivéssemos cansados das Castelas!". Frédéric se sentiu atingido em seu amor romântico pela Espanha; e, para interromper a conversa, indagou sobre o Collège de France, do qual Edgar Quinet[43] e Mickiewicz[44] acabavam de ser excluídos, o primeiro sob o pretexto de expressar opiniões liberais e o segundo, por disseminar o iluminismo. Mas Hussonnet, admirador de Monsieur de Maistre, declarou-se a favor da Autoridade e do Espiritualismo. Ele duvidava, no entanto, dos fatos mais comprovados, negava a história e contestava as coisas mais

---

[42] Criado no Ópera em 26 de abril de 1847. (2)

[43] Edgar Quinet (1803-1875) havia sido, em 1839, professor de literatura estrangeira na Faculdade de Letras de Lyon. Em 1840, fez uma incursão na política por meio de sua brochura *1815-1840*, que teve uma grande repercussão. Em 1842, Quinet obtinha a cadeira de Línguas e Literaturas da Europa Meridional no *Collège de France*. Discutia-se, então, a questão da liberdade de ensino. Quinet publicou, em 1843, com Michelet, um livro sobre os *Jesuítas*. Em suas aulas, ele atacava violentamente não só os jesuítas, mas também o catolicismo. Logo o *Collège de France* se tornou palco de manifestações. Em 1846, o governo retirou de Quinet sua cadeira de professor. (1)

[44] Adam Mickiewicz (1798-1855) ocupava a cadeira de Línguas e Literaturas Eslavas no *Collège de France*. Grande escritor, desempenhou também um papel importante como patriota polonês. Teve contato com Goëthe, Montalembert, La Mennais, Cousin, Quinet, Michelet. Suas principais obras são: *Grazyna, Dziady, Conrad Wallenrod, Livre des Pèlerins Polonais* etc. Seus cursos no *Collège de France* provocaram uma verdadeira comoção. O governo de Louis-Philippe os suspendeu. Em 1848, Mickiewicz fundou um jornal: o *Tribune des Peuples*. Na época da Guerra da Crimeia, ele esperou por uma reação favorável à Polônia e foi para a Turquia com esse objetivo. Ele morreu em Constantinopla em 26 de novembro de 1855. Foi enterrado primeiro na França, no cemitério polonês de Montmorency, depois foi transferido para a Cracóvia, na cripta dos reis da Polônia. (1).

positivas, chegando a gritar ao ouvir a palavra "geometria": "Essa tal geometria é uma piada!". Tudo isso entremeado de imitações de atores. Sainville[45] era, particularmente, seu modelo.

Esses disparates deixavam Frédéric irritado. Em um gesto de impaciência, ele prendeu com a bota um dos cachorrinhos embaixo da mesa.

Os dois bichinhos começaram a latir de um modo detestável.

— Você deveria mandá-los embora! — ele disse bruscamente.

Rosanette não confiava em ninguém.

Então ele se voltou para o boêmio.

— Vá lá, Hussonnet, sacrifique-se!

— Ah! Sim, meu garoto! Seria muito amável de sua parte!

Hussonnet saiu, sem contestar.

De que maneira poderiam retribuir sua bondade? Frédéric não pensou mais nisso. Ele estava até começando a gostar do *tête-à-tête* quando entrou um garçom.

— Alguém está perguntando pela senhora!

— Como? De novo?

— Bom, seja como for, eu preciso ver! — disse Rosanette.

Ele estava sedento por ela, precisava dela. Esse afastamento parecia-lhe uma traição, quase uma grosseria. O que mais ela queria? Não bastava ter insultado Madame Arnoux? Pior para ela, de qualquer maneira! Agora ele odiava todas as mulheres; e lágrimas o sufocavam, pois seu amor tinha sido desprezado e seu desejo ludibriado.

A Marechala voltou e, mostrando Cisy:

— Eu convidei o cavalheiro. Fiz bem, não é mesmo?

— Claro que sim! Com certeza!

Frédéric, com um sorriso de supliciado, fez sinal para que o cavalheiro se sentasse.

A Marechala começou a examinar o cardápio, detendo-se nos nomes estranhos.

---

[45] Ator famoso por suas caretas caricaturais. (2)

— E se a gente comesse, por exemplo, um turbante de coelhos à Richelieu e um pudim à Orleans?

— Ah! Nada de Orleans! — exclamou Cisy, que era um legitimista e achou que estava dizendo algo engraçado.

— Você prefere um linguado à Chambord? — ela retomou.

Essa gentileza chocou Frédéric.

A Marechala optou por um filé simples, lagostins, trufas, uma salada de abacaxi, sorvete de baunilha.

— Depois veremos. Por enquanto é isto. Ah! Eu ia me esquecendo! Traga-me um salame! Sem alho!

E ela chamava o garçom de "jovem", batia no copo com a faca, jogava para o alto o miolo do pão. Ela quis logo beber vinho de Bourgogne.

— Não se bebe esse vinho no início — disse Frédéric.

Isso às vezes era feito, segundo o visconde.

— Não! Nunca!

— Se faz sim, garanto!

— Ah! Está vendo!

O olhar com que ela acompanhou essa frase significava: "Esse aí é um homem rico, escute o que ele diz!"

Enquanto isso, a porta se abria a cada minuto, os garçons gritavam e, em um piano infernal, na salinha ao lado, alguém batucava uma valsa. Em seguida, as corridas os levaram a falar sobre equitação e sobre os dois sistemas rivais que contrapunham o método tradicional ao método inglês. Cisy defendia Baucher, Frédéric o Conde D'Aure,[46] quando Rosanette deu de ombros.

— Chega, meu Deus! Ele conhece isso melhor do que você, caramba!

Ela mordiscava uma romã, o cotovelo apoiado na mesa; as velas do candelabro à sua frente tremulavam com o vento; aquela luz branca penetrava em sua pele de tons nacarados, deixava suas pálpebras rosadas, fazia brilhar os globos de seus olhos; o vermelho da fruta confundia-se com a cor púrpura de seus lábios, suas narinas

[46] Dois cavaleiros renomados que representavam duas escolas de equitação opostas. (2)

delgadas latejavam; e havia em toda a sua pessoa algo de insolente, inebriante e asfixiante que exasperava Frédéric, mas que, ainda assim, lançava desejos loucos em seu coração.

Depois ela perguntou, com uma voz calma, quem era o dono daquele grande landau com uma libré marrom.

— É da condessa Dambreuse — respondeu Cisy.

— Eles são muito ricos, não são?

— Ah, sim! Muito ricos! Embora Madame Dambreuse, apenas uma Mademoiselle Boutron, filha de um prefeito, tenha uma fortuna medíocre.

Seu marido, por outro lado, devia ter recebido várias heranças, Cisy enumerou-as; frequentando os Dambreuse, ele conhecia sua história.

Frédéric, para ser desagradável com ele, teimou em contradizê-lo. Ele afirmou que Madame Dambreuse se chamava De Boutron, o que certificava sua nobreza.

— E daí! Eu bem que gostaria de ter tudo o que ela tem! — disse a Marechala, recostando-se na poltrona.

E a manga do vestido, escorregando um pouco, descobriu, no pulso esquerdo, uma pulseira adornada com três opalas.

Frédéric a notou.

— Ora! Mas...

Eles se entreolharam e coraram.

A porta se entreabriu discretamente, apareceu a aba de um chapéu, depois o perfil de Hussonnet.

— Com licença, atrapalho os pombinhos?

Mas ele parou, surpreso ao ver Cisy e constatar que Cisy havia tomado seu lugar.

Outro prato foi trazido; e, como estava com muita fome, pegava ao acaso, entre os restos do jantar, carne em um prato, uma fruta na cesta, bebia com uma das mãos, servia-se com a outra, enquanto contava a sua missão. Os dois cachorrinhos tinham sido levados de volta. Nada de novo em casa. Ele havia encontrado a cozinheira com um soldado, uma história falsa, inventada apenas para produzir efeito.

A Marechala tirou o chapéu do cabide. Frédéric correu até a campainha, gritando de longe para o garçom:

— Um carro!

— Eu tenho o meu — disse o visconde.

— Mas, monsieur!

— Ora, monsieur!

E eles se olhavam nas pupilas, ambos pálidos e com as mãos trêmulas.

Por fim, a Marechala dando o braço a Cisy e apontando para o boêmio sentado à mesa:

— Então vá lá cuidar dele! — Ele está se engasgando. Eu não gostaria que sua dedicação aos meus animaizinhos fosse a causa de sua morte!

A porta se fechou.

— E então? — disse Hussonnet.

— E então o quê?

— Eu achei...

— O que você achou?

— Você não...?

Ele completou sua frase com um gesto.

— Eu não! Nunca na vida! — Hussonnet não insistiu mais.

Ele tinha um propósito ao se convidar para jantar. Como seu jornal — que não era mais chamado *L'Art*, mas *Le Flambard*, com a epígrafe: "Artilheiros, aos canhões!" — não prosperava em absoluto, ele queria transformá-lo em uma revista semanal, sozinho, sem a ajuda de Deslauriers. Falou novamente do antigo projeto e explicou seu novo plano.

Frédéric, que provavelmente não estava entendendo, respondeu com palavras vagas. Hussonnet pegou vários charutos da mesa, disse: "Adeus, meu caro", e desapareceu.

Frédéric pediu a conta. Era extensa; e o garçom, a pasta debaixo do braço, esperava pelo dinheiro, quando um outro, um sujeito pálido que parecia Martinon, veio dizer-lhe:

— Desculpe, esqueceram no balcão de adicionar o custo do fiacre.

— Que fiacre?

— O que aquele senhor pegou agora há pouco para os cachorrinhos.

E o rosto do garçom se alongou, como se ele estivesse com pena do pobre jovem. Frédéric teve vontade de esbofeteá-lo. Ele deu de gorjeta os vinte francos do troco.

— Obrigado, Monseigneur! — disse o homem do guardanapo, com uma grande reverência.

Frédéric passou o dia seguinte ruminando sua raiva e sua humilhação. Ele se culpou por não ter dado um tapa em Cisy. Quanto à Marechala, jurou a si mesmo que nunca mais a veria; outras tão belas não faltavam; e, como era preciso dinheiro para possuir essas mulheres, jogaria o preço de sua fazenda na Bolsa, ficaria rico, esmagaria a Marechala e todos os demais com seu luxo. Ao anoitecer, ele se surpreendeu por não ter pensado em Madame Arnoux.

— Melhor assim! De que adianta?

Dois dias depois, às oito horas, Pellerin veio visitá-lo. Ele começou com elogios ao mobiliário, bajulações. Então, bruscamente:

— Você estava nas corridas, domingo?

— Sim, infelizmente!

Então o pintor discursou contra a anatomia dos cavalos ingleses, elogiou os cavalos de Géricault, os cavalos do Parthénon. — Rosanette estava com você? — E ele começou a elogiá-la, habilmente.

A frieza de Frédéric o desconcertou. Ele não sabia como falar do retrato.

Sua primeira ideia tinha sido a de fazer um Ticiano. Mas, aos poucos, a coloração variada de seu modelo o seduzira; e ele trabalhara despojadamente, acumulando massa sobre massa e luz sobre luz. Rosanette ficou encantada no início; seus encontros com Delmar tinham interrompido as sessões e deram a Pellerin muito tempo para se deslumbrar. Depois, tendo diminuído sua admiração, ele se perguntara se sua pintura não carecia de grandeza. Ele fora rever os Ticianos, tinha compreendido a distância, reconheceu seu erro; e tinha começado a reescrever seus contornos de forma simples. Em seguida, tinha procurado, ao esmaecê-los, dissipar, misturar os tons da cabeça e os do fundo; e o rosto havia adquirido consistência, as sombras, vigor; tudo parecia mais firme. Finalmente a Marechala voltou. Ela até deu-se ao luxo de fazer objeções; o artista, é claro, tinha perseverado. Depois de muitas zangas contra a tolice dela, disse a si mesmo que ela talvez estivesse certa. Tinha então tido início a era das dúvidas, da tensão do pensamento que provoca as dores de estômago, a insônia, a febre, a aversão a si mesmo; ele tinha tido a coragem de fazer retoques, mas sem ânimo e achando que seu trabalho era ruim.

Ele apenas queixou-se por ter sido recusado no Salão, depois censurou Frédéric por não ter ido ver o retrato da Marechala.

— Eu não me importo com a Marechala!

Tal declaração o encorajou.

— Você acredita que aquela idiota não quer mais o retrato agora?

O que ele não dizia é que tinha pedido a ela mil escudos. Ora, a Marechala pouco se importara em saber quem pagaria e, preferindo arrancar de Arnoux coisas mais urgentes, nem mesmo falara com ele a respeito.

— Bem, e quanto a Arnoux? — perguntou Frédéric.

Ela tinha devolvido o quadro para o pintor. O ex-negociante de arte não tinha o que fazer com o retrato.

— Ele afirma que pertence a Rosanette.

— De fato, pertence a ela.

— Como? Se foi ela quem me mandou procurar por você? — Pellerin replicou.

Se ele tivesse acreditado na excelência de sua obra, não teria, talvez, cogitado explorá-la. Mas uma soma (e uma soma considerável) seria um desmentido à crítica negativa, uma reafirmação de si mesmo. Frédéric, para se livrar dele, indagou sobre suas condições, cortesmente.

A extravagância do valor o revoltou, ele respondeu:

— Não! Ah, não!

— Ora, mas você é amante dela, foi você quem fez a encomenda!

— Eu fui o intermediário, por favor!

— Mas eu não posso ficar com isso em minhas mãos!

O artista se inflamava.

— Ah! Não pensei que você fosse tão ganancioso.

— Nem você tão avarento! A seu dispor, até logo!

Ele tinha acabado de sair quando Sénécal apareceu.

Frédéric, perturbado, teve um gesto de inquietação.

— O que é que há?

Sénécal contou sua história.

— No sábado, por volta das nove horas, Madame Arnoux recebeu uma carta chamando-a para Paris; como ninguém, por acaso, estava lá para ir ao Creil buscar um carro, ela queria que eu mesmo fosse. Recusei, pois isso não faz parte de minhas funções. Ela saiu e voltou no domingo à noite. Ontem de manhã, Arnoux apareceu na fábrica. A Bordelesa reclamou. Não sei o que se passa entre os dois, mas ele retirou, na frente de todos, a multa que eu lhe dera. Trocamos palavras fortes. Resumindo, ele me deu as contas, e aqui estou!

Depois, enfatizando suas palavras:

— A propósito, não me arrependo, cumpri o meu dever. Mas não importa, a culpa é sua.

— Como? — gritou Frédéric, temendo que Sénécal tivesse adivinhado. Sénécal não tinha adivinhado nada, pois retomou:

— Quer dizer, talvez eu tivesse encontrado algo melhor sem você. — Frédéric foi tomado por uma espécie de remorso.

— Como posso ajudá-lo agora?

Sénécal pedia algum tipo de trabalho, uma colocação.

— Isso é fácil para você. Você conhece tantas pessoas, Monsieur Dambreuse entre outros, pelo que Deslauriers me disse.

Essa lembrança de Deslauriers foi desagradável para o amigo. Ele praticamente não tinha se preocupado em voltar à casa dos Dambreuse desde o encontro no Champ de Mars.

— Não sou suficientemente íntimo na casa para recomendar alguém.

O democrata suportou estoicamente essa recusa e, após um minuto de silêncio:

— Tudo isso, tenho certeza, vem da Bordelesa e de sua Madame Arnoux.

Este *sua* tirou do coração de Frédéric o pouco de boa vontade que ele guardava. Por delicadeza, no entanto, ele pegou a chave de sua escrivaninha.

Sénécal se antecipou.

— Obrigado!

Depois, esquecendo suas misérias, ele falou das coisas da pátria, das cruzes da Legião de Honra prodigalizadas na festa do Rei, uma mudança de gabinete, dos casos Drouillard[47] e Bénier[48] envolvidos em corrupção, de escândalos da época, discursou contra os burgueses e previu uma revolução.

Uma adaga japonesa pendurada na parede atraiu seu olhar. Ele a pegou, experimentou a empunhadura e jogou-a de volta no sofá, com um ar de pouco-caso.

— Bem, adeus! Preciso ir a Notre-Dame de Lorette.

— Ora! Por quê?

— Hoje é o culto de aniversário de Godefroy Cavaignac,[49] o fundador da Sociedade dos Direitos Humanos. Ele morreu no trabalho, aquele homem! Mas nem tudo acabou!... Quem sabe?

---

[47] Drouillard era um banqueiro parisiense que foi condenado em 17 de fevereiro de 1847, pelo Tribunal de Maine-et-Loire, sob a acusação de ter usado uma quantia de 150 mil francos para comprar os votos dos eleitores. (1)

[48] Bénier era o diretor-geral da Manutenção Geral de Víveres. Ele havia sido acusado de peculato por um gerente chamado Tessier, mas o assunto foi abafado. Com a morte de Bénier (31 de maio de 1845) foi descoberto um déficit de 300 mil francos em caixa. Lanjuinais interpelou o governo a esse respeito (5 de junho de 1846), e a Câmara dos Deputados ordenou uma investigação. Dois intendentes militares foram aposentados. (1)

[49] Godefroy Cavaignac (1801-1845) era filho do membro da convenção nacional, o Convencional, e irmão do general. Ele participou da Revolução de 1830, foi um dos fundadores da sociedade *Amis du Peuple* e o dos *Droits de l'Homme*. Ele foi repetidamente perseguido e absolvido. Em 6 de abril de 1831, perante o Tribunal do Sena, Godefroy Cavaignac fez ouvir a primeira profissão de fé republicana desde a ascensão de Louis-Philippe. "Não estamos conspirando", disse ele, "estamos aguardando." Ele foi absolvido. Condenado após as jornadas de abril de 1834, ele escapou de Sainte-Pélagie e viveu no exterior até a anistia. Ele era um dos principais redatores da *Réforme*. Godefroy Cavaignac é uma das mais nobres figuras do partido republicano. Seu desinteresse e sua coragem conquistaram simpatia e até mesmo admiração. Nele, o culto da República confundia-se de forma comovente com o culto ao pai, o Convencional. Louis Blanc conta que Godefroy Cavaignac lhe disse uma vez, falando de um capítulo do *Histoire de dix ans*: "Você sabe o que, neste capítulo, me tocou particularmente? Foi a nota que informa ao leitor que o Cavaignac d'Afique é meu irmão. Mas por que você não acrescentou que ele é filho desse outro Cavaignac?" "Ele olhou para o céu", disse Louis Blanc, "e não pôde continuar, de tão emocionado que estava". (1)

E Sénécal estendeu a mão resolutamente.

— Talvez não nos vejamos nunca mais! Adeus!

Essa despedida, repetida duas vezes, o seu cenho franzido ao contemplar o punhal, a sua resignação e, sobretudo, o seu ar solene, fizeram Frédéric pensar, mas ele logo esqueceu o assunto.

Na mesma semana, seu advogado em Le Havre enviou-lhe o montante de sua fazenda, cento e setenta e quatro mil francos. Ele o dividiu em duas parcelas, investiu a primeira no Estado e levou a segunda a um corretor de ações para arriscar na Bolsa de Valores.

Comia nos bares da moda, frequentava os teatros e procurava se distrair, quando Hussonnet lhe enviou uma carta, na qual contava alegremente que a Marechala, no dia seguinte às corridas, havia despachado Cisy. Frédéric ficou feliz com isso, sem tentar descobrir por que o boêmio lhe contava essa aventura.

O acaso quis que ele encontrasse Cisy três dias depois. O cavalheiro portou-se bem e até o convidou para jantar na quarta-feira seguinte.

Frédéric, na manhã daquele dia, recebeu uma notificação de um oficial de justiça, na qual Monsieur Charles-Jean-Baptiste Oudry informava-lhe que, nos termos de um julgamento do tribunal, tinha adquirido um imóvel localizado em Belleville pertencente a Monsieur Jacques Arnoux, e que estava disposto a pagar o valor de cento e vinte e três mil francos, montante do preço de venda. Mas resultava do mesmo ato que, como a soma das hipotecas com que o imóvel estava onerado ultrapassassem o preço da aquisição, o crédito de Frédéric encontrava-se totalmente perdido.

Todo o problema derivava de não ter sido renovado o registro da hipoteca em tempo hábil. Arnoux havia se encarregado dessa etapa, tendo depois se esquecido. Frédéric exasperou-se e, quando sua raiva passou:

"Bem, e depois... o quê? Se isso pode salvá-lo, tanto melhor! Eu não vou morrer por isso! Não vamos pensar mais nesse assunto!"

Mas, enquanto mexia nos seus papéis sobre a mesa, ele se deparou com a carta de Hussonnet e viu o post-scriptum, que não havia notado da primeira vez. O boêmio pedia exatos cinco mil francos para dar início ao negócio do jornal.

“Ah! Esse aí me atormenta!”

E ele recusou brutalmente com um bilhete lacônico. Em seguida, vestiu-se para ir ao Maison D’Or.

Cisy apresentou seus convidados, começando pelo mais respeitável, um senhor gordo de cabelos brancos:

— O marquês Gilbert des Aulnays, meu padrinho. Monsieur Anselme de Forchambeaux — disse em seguida (era um jovem louro, magro, já calvo); então, apontando para um homem de aparência simples na casa dos quarenta: — Joseph Boffreu, meu primo; e aqui está o meu ex-professor, Monsieur Vezou — personagem meio carroceiro, meio seminarista, com grandes costeletas e uma sobrecasaca comprida abotoada na parte inferior com um único botão, de modo a formar um xale no peito.

Cisy ainda esperava por alguém, o Barão de Gomaing, “que talvez venha, não é certo”. Ele saía a cada minuto, parecia preocupado; finalmente, às oito horas, eles passaram para uma sala magnificamente iluminada, espaçosa demais para o número de convivas. Cisy a escolhera pela pompa, de propósito.

Uma magnífica tábua de decoração, carregada de flores e frutas, ocupava o meio da mesa, coberta com travessas de prata, seguindo a velha moda francesa; pequenos pratos alongados, cheios de carnes curadas e temperos, formavam uma moldura ao redor; jarras de vinho rosado gelado encontravam-se regularmente distribuídas; cinco copos de alturas diferentes estavam alinhados na frente de cada prato, junto a outras coisas cujo uso era desconhecido, mil utensílios engenhosos; — e tudo isso apenas para o primeiro serviço: uma cabeça de esturjão embebida em champanhe, um presunto de York ao tokai, tordos gratinados, codornas assadas, um bechamel mil folhas, uma perdiz vermelha salteada e, nas extremidades disso tudo, lascas de batatas misturadas com trufas. Um lustre e girândolas iluminavam o recinto, decorado de adamascado vermelho. Quatro criados em casacos pretos postavam-se atrás das poltronas de marroquim. Diante desse espetáculo, os convivas exclamaram admirados, sobretudo o preceptor.

— Olha, vou dizer, o nosso anfitrião fez verdadeiras loucuras! É lindo demais!

— Isso? — disse o Visconde de Cisy —, não é nada!

E, desde a primeira colherada:

— Então, meu velho des Aulnays, você já foi ao Palais-Royal, ver *Père et Portier?*[50]

— Você bem sabe que eu não tenho tempo! — respondeu o marquês.

Suas manhãs eram ocupadas por um curso de arboricultura, suas noites pelo Círculo Agrícola e todas as suas tardes por estudos em fábricas de implementos agrícolas. Morando em Saintonge três quartos do ano, ele aproveitava suas viagens à capital para aprender; e seu chapéu de abas largas, colocado sobre um console, estava cheio de brochuras.

Mas Cisy, percebendo que Monsieur de Forchambeaux recusava vinho:

— Beba, caramba! Você não está parecendo muito confiante na sua última refeição de solteiro!

Ditas essas palavras, todos se curvaram e o parabenizaram.

— E a jovem senhora — disse o preceptor — certamente é encantadora, não?

— Pelos céus! — exclamou Cisy — Não importa, ele está enganado; é uma coisa tão idiota, o casamento!

— Você fala levianamente, meu amigo! — respondeu Monsieur des Aulnays, enquanto uma lágrima rolava de seus olhos, ao se lembrar de sua falecida.

E Forchambeaux repetiu várias vezes, zombando:

— A sua vez vai chegar, vai chegar!

Cisy protestou. Ele preferia se divertir, "ser regência", isto é, ter o estilo leve e refinado daqueles tempos. Queria aprender savate, a arte marcial, para visitar os covis da Cité, como o príncipe Rodolphe, de *Mystères de Paris*;[51] tirou um pequeno cachimbo do bolso, maltratou os criados, bebeu demais; e, por fim, para se mostrar superior,

---

[50] Vaudeville representada pela primeira vez em 1833. (2)

[51] *Mystères de Paris*, de Eugène Sue, foi publicado sob a forma de folhetins no *Journal des Débats*, nos anos de 1842 e 1843, alcançando um imenso sucesso. (1)

menosprezou todos os pratos. Ele até devolveu as trufas, e o preceptor, que se deliciava com elas, disse por baixeza:

— Isso não vale os ovos nevados da senhora sua avó!

Depois, voltou a conversar com o vizinho, o agrônomo, que julgava haver muitas vantagens em morar no campo, nem que fosse para poder criar as filhas com gostos simples. O preceptor aplaudia essas ideias e o bajulava, supondo que ele tivesse influência sobre seu aluno, de quem secretamente desejava ser o empresário.

Frédéric viera cheio de hostilidade contra Cisy; as idiotices do outro o tinham desarmado. Mas seus gestos, seu rosto, sua pessoa inteira, fazendo-o lembrar do jantar, do Café-Anglais, o irritavam cada vez mais; e ele ouvia os comentários depreciativos feitos em voz baixa pelo primo Joseph, um bravo rapaz sem fortuna, um amante da caça, e bolsista. Cisy, para fazer graça, chamou-o de "ladrão" várias vezes; então, de repente:

— Ah! O barão!

Então entrou um sujeito de trinta anos, que tinha algo de rude no semblante, flexível nos membros, o chapéu na orelha e uma flor na lapela. Era o ideal do visconde. Ele ficou encantado por tê-lo como convidado; e, como sua presença o deixava empolgado, ele até tentou um trocadilho, pois disse, ao passar um galo silvestre, conhecido como "galo de bruyère":

— Eis aqui o melhor dos personagens de La Bruyère!

Em seguida, dirigiu uma série de perguntas a Monsieur de Comaing sobre pessoas desconhecidas da sociedade; então, como se tomado por uma ideia:

— Então diga! Você pensou em mim?

O outro deu de ombros.

— Você não tem idade suficiente, meu filho! Impossível!

Cisy lhe tinha implorado para que fosse admitido em seu clube. Mas o barão, sem dúvida tendo pena de seu amor-próprio:

— Ah! Ia me esquecendo! Mil felicitações pela aposta, meu caro!

— Que aposta?

— A que você fez, nas corridas, de ir naquela mesma noite à casa daquela dama.

Frédéric sentiu como se tivesse levado uma chicotada. Ele imediatamente se acalmou, diante do rosto desconcertado de Cisy.

Na verdade, a Marechala, já no dia seguinte, mostrava-se arrependida, quando Arnoux, seu primeiro amante, seu homem, aparecera naquele mesmo dia. Ambos tinham dado a entender ao visconde que ele estava "atrapalhando", e ele tinha sido expulso, sem muita cerimônia.

Ele fez que não ouviu. O barão acrescentou:

— Como ela está, essa brava Rose?... Ela ainda tem aquelas pernas bonitas? — provando com essas palavras que a conhecia intimamente.

Frédéric ficou contrariado com a descoberta.

— Não há por que corar — resumiu o Barão —, é um bom negócio!

Cisy estalou a língua.

— Afe! Não é tão bom assim!

— Ah!

— Meu Deus, sim! Em primeiro lugar, não vejo nada de extraordinário nela, e depois, iguais a ela, encontramos aos montes, porque, afinal... ela está à venda!

— Não para todos! — Frédéric retrucou amargamente.

— Ele se acha diferente dos outros! — replicou Cisy. — Que piada!

E uma risada percorreu a mesa.

Frédéric sentia as batidas do seu coração sufocá-lo. Ele engoliu dois copos d'água, um após o outro;

Mas o barão tinha guardado boas lembranças de Rosanette.

— Ela ainda está com um tal de Arnoux?

— Não sei de nada — disse Cisy. — Eu não conheço esse senhor!

No entanto, ele sugeriu que se tratava de um tipo de vigarista.

— Um momento! — gritou Frédéric.

— Ora, mas isso é certo! Ele até teve um processo.

— Isso não é verdade.

Frédéric começou a defender Arnoux. Garantiu sua probidade, acabava acreditando nela, inventava números, provas. O visconde, cheio de rancor, e que por sinal estava embriagado, persistia nas suas afirmações, de modo que Frédéric lhe disse gravemente:

— É para me ofender, senhor?

E olhava para ele com as pupilas ardentes como seu charuto.

— Ora! De maneira alguma! Admito até que ele tem uma coisa muito boa: a esposa.

— Você a conhece?

— Caramba! Sophie Arnoux, todo mundo conhece aquela ali!

— O que você está dizendo?

Cisy, que havia se levantado, repetiu, gaguejando:

— Todo mundo conhece aquela ali.

— Cale essa boca! Ela não é como essas que o senhor frequenta!

— E das quais me orgulho!

Frédéric jogou o prato na cara dele.

Ele passou como um raio por cima da mesa, derrubou duas garrafas, destruiu uma fruteira e, partindo-se contra a tábua do centro da mesa em três pedaços, atingiu o ventre do visconde.

Todos se levantaram para segurá-lo. Ele se debatia, gritando, tomado por uma espécie de frenesi; Monsieur des Aulnays repetia:

— Acalme-se! Vejamos! Caro rapaz!

— Mas é terrível! — vociferava o preceptor.

Forchambeaux, lívido como cera, tremia; Joseph ria escandalosamente; os meninos enxugavam o vinho, recolhiam os cacos do chão; e o barão foi fechar a janela, pois o barulho, apesar do ruído dos carros, podia ser ouvido do bulevar.

Como todos falavam ao mesmo tempo quando o prato foi lançado, não foi possível descobrir o motivo da ofensa, se era por Arnoux, por Madame Arnoux, por Rosanette ou por outra pessoa. O que era certo era a brutalidade inqualificável de Frédéric; ele se recusou decisivamente a mostrar o menor arrependimento.

Monsieur des Aulnays tentou acalmá-lo, bem como o primo Joseph, o preceptor e o próprio Forchambeaux. Enquanto isso, o barão consolava Cisy, que, cedendo a uma fraqueza nervosa, derramava lágrimas. Mas Frédéric, ao contrário, ia ficando cada vez mais irritado; e eles teriam ficado lá até o amanhecer se o barão não tivesse dito para acabar com aquilo:

— O visconde, cavalheiro, enviará suas testemunhas à sua casa amanhã.

— A que horas?

— Ao meio-dia, por favor.

— Perfeitamente, cavalheiro.

Frédéric, uma vez na rua, respirou fundo. Já fazia muito tempo que ele vinha contendo seu coração. Ele acabava, finalmente, de satisfazê-lo; sentia uma espécie de orgulho viril, uma superabundância de forças íntimas que o embriagavam. Ele precisava de duas testemunhas. A primeira em quem pensou foi Regimbart; e dirigiu-se imediatamente a uma taberna na Rue Saint-Denis. A entrada estava fechada. Mas havia luz brilhando em uma vidraça acima da porta. A porta se abriu e ele entrou, curvando-se muito sob a cobertura.

Uma vela na beira do balcão iluminava a sala deserta. Todos os banquinhos, com os pés para cima, estavam colocados sobre as mesas. O dono e a dona jantavam com o filho no canto, perto da cozinha; — e Regimbart, de chapéu, compartilhava com eles a refeição e até atrapalhava o garoto, que era obrigado, a cada mordida, a se virar um pouco para o lado. Frédéric, tendo-lhe contado o caso brevemente, pediu sua ajuda. O Cidadão começou por não responder; ele revirava os olhos, parecia estar pensando, andou pela sala várias vezes e finalmente disse:

— Sim, com prazer!

E um sorriso homicida o animou ao saber que o adversário era um nobre.

— Vamos fazê-lo andar na linha, fique tranquilo! Primeiro… com a espada…

— Mas talvez — objetou Frédéric — eu não tenha o direito…

— Estou lhe dizendo que pegue a espada! — replicou o Cidadão com brutalidade. — Você sabe atirar?

— Um pouco!

— Ah! Um pouco! É assim com todos eles! E eles adoram rivalizar! O que prova uma sala de armas? Ouça-me: mantenha uma boa distância, fechando-se sempre em círculos, e afaste-se! Afaste-se! É permitido. Canse-o! Depois vá para cima dele, com força! E, acima de tudo, sem truques, sem golpes complicados à La Fougère![52] Não! Simples um-dois, afaste um pouco. Assim, está vendo? — E mostrava girando o pulso como se fosse abrir uma fechadura. Monsieur Vauthier, dê-me sua bengala! Ah! Isso aqui basta!

Ele pegou a varinha que servia para acender o gás, curvou o braço esquerdo, dobrou o direito e começou a dar estocadas contra a parede divisória. Ele batia o pé, animava-se, até fingia encontrar dificuldades, enquanto gritava: "Você está aí? Você está aí?", e sua enorme silhueta se projetava na parede, com seu chapéu que parecia tocar o teto. O dono da taberna dizia de vez em quando: "Bravo! Muito bom!". Sua esposa, embora um pouco nervosa, também o admirava; e Théodore, um ex-soldado, ficava petrificado de espanto, sendo, aliás, um admirador de Monsieur Regimbart.

No dia seguinte bem cedo, Frédéric correu para a loja de Dussardier. Depois de uma série de salas, todas cheias de tecidos nas prateleiras, ou estendidos atravessados sobre as mesas, enquanto aqui e ali cabides de madeira sustentavam xales, ele o viu em uma espécie de gaiola de grades, em meio a registros, e escrevendo em pé sobre uma escrivaninha. O bravo rapaz largou imediatamente sua tarefa.

As testemunhas chegaram antes do meio-dia. Frédéric, por uma questão de bom senso, sentiu que não deveria acompanhar a conferência.

O barão e Monsieur Joseph declararam que se contentariam com desculpas simples. Mas Regimbart, tendo por princípio nunca ceder e querendo defender a honra de Arnoux (Frédéric não lhe falara de outra coisa), pediu que o visconde se desculpasse. Monsieur de Comaing ficou revoltado com a arrogância. O Cidadão não quis desistir. Como qualquer conciliação se tornava impossível, eles lutariam.

---

[52] Autor de um *Traité de l'art de faire des armes*, de 1825, no qual ele analisava numerosos "golpes compostos". (2)

Outras dificuldades surgiram; porque a escolha das armas cabia legalmente a Cisy, que sofrera a ofensa. Mas Regimbart sustentou que, ao enviar a carta de desafio, ele próprio se constituíra como infrator. Suas testemunhas protestaram que um tapa, no entanto, era a mais cruel das ofensas. O Cidadão criticou com as palavras, argumentando que uma bofetada não era um tapa. Por fim, foi decidido que a questão seria levada aos militares; e as quatro testemunhas saíram para consultar oficiais em algum quartel.

Eles pararam no Quai d'Orsay. Monsieur de Comaing, tendo abordado dois capitães, explicou-lhes a contestação.

Os capitães não entenderam absolutamente nada, devido à confusão causada pelas frases incidentais do Cidadão. Em suma, eles aconselharam esses senhores a escrever um relatório; após o quê, eles tomariam uma decisão. Então foram a um café; e ainda, para fazer as coisas de forma mais discreta, designaram Cisy por "H" e Frédéric por "K".

Em seguida, voltaram para o quartel. Os oficiais tinham saído. Os oficiais voltaram e declararam que, evidentemente, a escolha das armas cabia a Monsieur H. Todos voltaram para a casa de Cisy. Regimbart e Dussardier ficaram na calçada.

O visconde, ao saber da decisão, foi tomado por tamanha agitação que pediu para repeti-la várias vezes; e, quando Monsieur de Comaing chegou às pretensões de Regimbart, murmurou "no entanto", não estando longe, ele próprio, de ceder. Então ele se deixou cair em uma poltrona e declarou que não lutaria.

— Hein? Como assim? — disse o barão.

Então Cisy abandonou-se a um fluxo labial desordenado. Ele queria lutar com uma arma de fogo, à queima-roupa, com uma única pistola.

— Ou colocaremos arsênico em um copo, que será sorteado. Isso é feito, às vezes; eu li!

O barão, pouco paciente naturalmente, o advertiu com dureza.

— Esses senhores estão esperando sua resposta. Isso é indecente, no fim das contas! O que vai escolher? Vamos ver! A espada?

O visconde respondeu "sim" com um aceno de cabeça; e o embate foi marcado para o dia seguinte, na Porte Maillot, às sete horas em ponto.

Como Dussardier era obrigado a retornar para cuidar de seus negócios, Regimbart foi avisar Frédéric.

Eles o tinham deixado sem notícias o dia todo; sua impaciência tornara-se intolerável.

— Melhor assim! — ele exclamou.

O Cidadão ficou satisfeito com a sua conduta.

— Eles exigiam que nos desculpássemos, você acredita? Não era nada, uma simples palavra! Mas eu os mandei lindamente catar coquinho! Como eu devia, certo?

— Sem dúvida — disse Frédéric, pensando que teria sido melhor se tivesse escolhido outra testemunha.

Então, quando ficou sozinho, repetiu em voz alta, para si mesmo, várias vezes:

"Vou duelar. Veja só, vou duelar! É estranho!"

E, como ele caminhava em seu quarto, ao passar diante do espelho, percebeu que estava pálido.

"Será que estou com medo?"

Uma angústia abominável apoderou-se dele com a ideia de ter medo no momento do embate.

"Então, e se eu for morto? Meu pai morreu da mesma maneira. Sim, vou ser morto!"

E de repente ele viu sua mãe em um vestido preto; imagens incoerentes se desenrolaram em sua cabeça. Sua própria covardia o exasperou. Ele foi tomado por um paroxismo de bravura, por uma sede de carnificina. Um batalhão não o teria feito recuar. Acalmada essa febre, ele se sentiu, com alegria, inabalável. Para se distrair, foi ao Opéra, onde estava sendo apresentado um balé. Ele escutou a música, viu os dançarinos pelos binóculos e bebeu um copo de ponche durante o intervalo. Mas, ao voltar para casa, a visão de seu escritório, de sua mobília, onde ele estaria, talvez, pela última vez, enfraqueceu-o.

Ele desceu para o jardim. As estrelas brilhavam; ele as contemplou. A ideia de lutar por uma mulher o engrandecia a seus olhos e o enobrecia. Então foi se deitar tranquilamente.

Não foi o mesmo com Cisy. Após a partida do barão, Joseph tentara elevar seu moral e, como o visconde permanecesse frio:

— Então, meu bravo, saiba que, se você decidisse desistir, eu iria até lá informá-lo.

Cisy não ousou responder "certamente", mas ficou desgostoso por seu primo não lhe ter prestado esse favor sem falar nada.

Desejou que Frédéric, durante a noite, morresse de um ataque de apoplexia, ou que ocorresse um motim no dia seguinte e houvesse barricadas suficientes para fechar todos os acessos ao Bois de Boulogne, ou que um acontecimento impedisse uma testemunha de chegar lá; com o duelo não acontecendo por falta de testemunhas. Queria escapar em um trem expresso para qualquer lugar. Lamentava não entender de medicina para tomar alguma coisa que, sem arriscar sua vida, fizesse acreditarem em sua morte. Chegou até a desejar ficar doente, gravemente doente.

A fim de obter um conselho, uma ajuda, mandou buscar Monsieur des Aulnays. O excelente homem havia retornado para Saintonge, depois de uma mensagem informando-o da indisposição de uma de suas filhas. Isso soou como um mau presságio para Cisy. Felizmente, Monsieur Vezou, o seu preceptor, veio vê-lo. Então ele desabafou.

— Como fazer, meu Deus! Como fazer?

— Eu, em seu lugar, senhor conde, pagaria um valentão do mercado para dar uma surra nele.

— Mas, de qualquer forma, ele saberia de quem veio! — Cisy retrucou.

E, de tempos em tempos, ele soltava um gemido; então:

— Mas será que temos o direito de lutar em um duelo?

— É um resquício da barbárie! O que se pode fazer?

Por complacência, convidou-se para jantar. Seu aluno não comeu nada e, após a refeição, quis sair para dar uma volta.

Ele disse ao passar por uma igreja:

— Que tal entrarmos um pouco… para ver?

Monsieur Vezou não podia querer nada melhor e até lhe ofereceu água benta.

Era o mês de Marie, flores cobriam o altar, vozes cantavam, o órgão ressoava. Mas para ele foi impossível rezar, as pompas da religião lhe inspiravam ideias de funerais; ele ouvia o *De profundis* como zumbidos.

— Vamos embora! Eu não estou me sentindo bem.

Eles passaram a noite inteira jogando cartas. O visconde se esforçou para perder, a fim de conjurar a má sorte, algo de que Monsieur Vezou se aproveitou. Finalmente, ao amanhecer, Cisy, que não aguentava mais, afundou-se no pano verde e teve um sono cheio de sonhos desagradáveis.

Se a coragem, porém, consiste em querer superar a fraqueza, o visconde foi corajoso, porque, ao ver as testemunhas virem buscá-lo, retesou-se com todas as suas forças, a vaidade fazendo-o entender que uma renúncia o destruiria. Monsieur de Comaing elogiou sua boa aparência.

Mas, no caminho, o balanço do fiacre e o calor do sol matinal o fatigaram. Sua energia voltou a cair. Ele não conseguia nem distinguir onde estavam.

O barão divertiu-se aumentando seu medo, falando do "cadáver" e de como levá-lo de volta à cidade, clandestinamente. Joseph respondia; ambos, julgando o caso ridículo, estavam convencidos de que as coisas se arranjariam.

Cisy mantinha a cabeça apoiada no peito; ele a ergueu suavemente e chamou a atenção para o fato de que nenhum médico iria com eles.

— É desnecessário — disse o barão.

— Não há perigo, então?

Joseph respondeu em tom sério:

— Esperamos que não!

E ninguém no carro falou mais.

Às sete horas e dez minutos, chegaram à frente da Porte Maillot. Frédéric e suas testemunhas estavam lá, todos os três vestidos de preto. Regimbart, em vez de uma gravata, tinha uma gola de crina de cavalo como um soldado; e portava uma espécie de estojo de violino comprido, especial para esse tipo de aventura. Uma saudação fria foi trocada. Em seguida, foram todos para o Bois de Boulogne, pela Route de Madrid, para procurar ali um local adequado.

Regimbart disse a Frédéric, que caminhava entre ele e Dussardier:

— Bem, e esse pavor? Se precisar de alguma coisa, não seja tímido, eu conheço isso! O medo é natural no homem.

Depois, em voz baixa:

— Não fume mais, isso enfraquece!

Frédéric jogou fora o charuto, que o incomodava, e continuou com um passo firme. O visconde vinha atrás, apoiado nos braços de suas duas testemunhas.

Raros transeuntes cruzavam com eles. O céu estava azul e às vezes podia-se ouvir os coelhos saltando. Na curva de uma trilha, uma mulher com lenço xadrez conversava com um homem de avental e, na avenida principal, sob os castanheiros, cavalariços em jaquetas de brim passeavam seus cavalos. Cisy lembrava-se dos dias felizes em que, montado em seu alazão e com seus monóculos, cavalgava ao lado das carruagens; essas memórias reforçavam sua angústia; uma sede insuportável o consumia; o zumbido de moscas se confundia com o pulsar de suas artérias; seus pés afundavam na areia; tinha a impressão de que já fazia uma eternidade que estavam caminhando.

As testemunhas, sem parar, esquadrinhavam com os olhos os dois lados da estrada. Discutiram se iriam para a Croix Catelan ou para os muros de Bagatelle. Finalmente, viraram à direita; e pararam entre os pinheiros, numa espécie de quincunce, isto é, formando um quadrado, com um quinto no meio, entre pinheiros.

O local foi escolhido de forma a distribuir uniformemente o nível do terreno. Os dois locais onde os adversários deviam se postar foram marcados. Então Regimbart abriu sua caixa. Continha, sobre um forro de couro de carneiro vermelho, quatro magníficas espadas, vazadas no centro, com empunhaduras adornadas de filigrana. Um raio luminoso, trespassando as folhas, projetou-se sobre elas; e pareceram a Cisy brilhar como víboras prateadas em uma poça de sangue.

O Cidadão mostrou que tinham o mesmo comprimento; tomou a terceira para si, a fim de separar os combatentes, em caso de necessidade. Monsieur de Comaing segurava uma bengala. Houve um silêncio. Eles se entreolharam. Todos os rostos tinham algo de assustado ou de cruel.

Frédéric tinha tirado a sobrecasaca e o colete. Joseph ajudou Cisy a fazer o mesmo; ao tirar a gravata, pôde-se ver uma medalha benta em seu pescoço. Isso fez Regimbart sorrir de pena.

Assim, Monsieur de Comaing (para dar a Frédéric ainda um momento de reflexão) tentou levantar algumas artimanhas. Exigiu o direito de colocar uma luva, o de pegar a espada do adversário com a mão esquerda; Regimbart, que tinha pressa, não se recusou a fazê-lo. Por fim, o barão, dirigindo-se a Frédéric:

— Tudo depende do senhor, cavalheiro! Não existe desonra em admitir suas faltas.

Dussardier o aprovava com um gesto. O Cidadão ficou indignado.

— Você acha que estamos aqui para brincar, droga?... Em guarda!

Os adversários estavam um de frente para o outro, suas testemunhas, ao lado deles. Ele gritou o sinal:

— Vamos!

Cisy ficou terrivelmente pálido. Sua lâmina tremia na ponta, como um chicote. Sua cabeça tombou para trás, seus braços se afastaram, ele caiu de costas, inconsciente. Joseph o levantou; e, ao mesmo tempo em que empurrava um frasco sob as suas narinas, ele o sacudia com força. O visconde abriu os olhos e, de repente, saltou como um louco sobre a espada. Frédéric continuava segurando a sua; e o esperava, os olhos fixos, a mão erguida.

— Parem, parem! — gritou uma voz que vinha da estrada, junto com o som de um cavalo galopando; e a capota de um cabriolé ia quebrando os galhos! Um homem inclinado para fora acenava com um lenço e continuava gritando: "Parem, parem!"

Monsieur de Comaing, acreditando ser uma intervenção da polícia, ergueu sua bengala.

— Parem com isso! O visconde está sangrando!

— Eu? — disse Cisy.

Na verdade, em sua queda, ele tinha arranhado o polegar da mão esquerda.

— Mas foi ao cair — acrescentou o Cidadão.

O barão fingiu não ouvir.

Arnoux saltou do cabriolé.

— Cheguei tarde demais! Não! Deus seja louvado!

Ele segurava Frédéric com os dois braços, apalpava-o, cobria seu rosto de beijos.

— Eu sei o motivo; você quis defender seu velho amigo! Isso é bom, é bom! Eu jamais esquecerei! Como você é bom! Ah! Querido rapaz!

Ele o contemplava e derramava lágrimas, rindo de felicidade. O barão voltou-se para Joseph.

— Acho que estamos sobrando nesta pequena festa familiar. Acabou, não é, senhores? — Visconde, coloque o braço em uma tipoia; tome, aqui está meu lenço. Então, com um gesto imperioso: — Ora, vamos! Sem ressentimentos! É assim que deve ser.

Os dois oponentes apertaram as mãos, debilmente. O visconde, Monsieur de Comaing e Joseph desapareceram de um lado e Frédéric do outro, com os amigos.

Como o restaurante Madrid não ficava longe, Arnoux propôs irem até lá tomar um copo de cerveja.

— Podemos até almoçar — disse Regimbart.

Mas, como Dussardier não tinha tempo para isso, eles se limitaram a tomar um refresco no jardim. Todos experimentaram aquela beatitude que se segue aos resultados felizes. O Cidadão, entretanto, estava contrariado com a interrupção do duelo no melhor momento.

Arnoux soubera disso por meio de um tal de Compain, amigo de Regimbart; e com o coração acelerado ele correra para impedi-lo, acreditando ser ele a causa. Implorou a Frédéric que lhe fornecesse alguns detalhes sobre o acontecido. Frédéric, comovido com as provas de sua ternura, teve a honradez de não aumentar sua ilusão:

— Por favor, não vamos mais falar disso!

Arnoux achou essa reserva muito delicada. Então, com sua leviandade habitual, passando para outra ideia:

— O que há de novo, Cidadão?

E começaram a falar sobre promissórias, vencimentos. Para maior comodidade, eles até foram cochichar afastados, em outra mesa.

Frédéric distinguiu essas palavras: "Você vai se engajar. — Sim! Mas, você, claro... — Negociei, no final das contas, por trezentos! — Bela comissão, com certeza!". Em suma, estava claro que Arnoux tramava muitas coisas com o Cidadão.

Frédéric pensou em lembrá-lo de seus quinze mil francos. Mas sua recente atitude proibia as censuras, mesmo as mais brandas. Além disso, ele se sentia cansado. O lugar não era adequado. Ele deixou para outro dia.

Arnoux, sentado à sombra de um ligustro, fumava alegremente. Ele olhou para as portas dos quartinhos reservados que davam todos para o jardim e disse que já estivera lá outrora, com bastante frequência.

— Não sozinho, sem dúvida? — retrucou o Cidadão.

— Caramba!

— Mas que libertino você é! Um homem casado!

— Bem, e você, então! — retrucou Arnoux; e, com um sorriso indulgente: — Tenho até certeza de que esse canalha tem um quarto em algum lugar onde recebe mocinhas!

O Cidadão confessou que era verdade, com um simples erguer de sobrancelhas. Então, aqueles dois senhores expuseram seus gostos: Arnoux agora preferia as jovens, as operárias; Regimbart odiava "mulheres afetadas" e dava importância, acima de tudo, à autenticidade. A conclusão, fornecida pelo comerciante de faianças, foi a de que as mulheres não deveriam ser tratadas com seriedade.

"No entanto, ele ama a dele!", — pensou Frédéric, voltando-se; e o considerou um homem desonesto. Estava zangado com ele por causa do duelo, como se tivesse sido por ele que tivesse arriscado sua vida pouco antes.

Mas ele estava grato a Dussardier por sua dedicação; o funcionário, por insistência sua, começou logo a visitá-lo todos os dias.

Frédéric lhe emprestava livros: Thiers,[53] Dulaure,[54] Barante,[55] o *Girondins*[56] de Lamartine. O bom rapaz o escutava com deferência e aceitava suas opiniões como as de um mestre.

Ele chegou uma noite bastante assustado.

De manhã, no bulevar, um homem que corria a perder o fôlego trombara com ele; e, tendo-o reconhecido como amigo de Sénécal, lhe dissera:

— Acabaram de pegá-lo, estou fugindo!

Nada mais verdadeiro. Dussardier passara o dia buscando notícias.

Sénécal estava atrás das grades, em prisão preventiva por atentado político.

Filho de um contramestre, nascido em Lyon e tendo tido como professor um antigo discípulo de Chalier,[57] ao chegar a Paris foi recebido pela *Sociedade das Famílias*,[58] que eram, na verdade células

---

[53] Thiers havia publicado sua *Histoire de la Révolution Française* de 1823 a 1827. A publicação de *Histoire du Consulat et de l'Empire* começou em 1845. (1)

[54] Dulaure (1755-1835). O livro que é discutido aqui é, sem dúvida, *Esquisses Historiques de la Révolution*. (1)

[55] De Barante (178201866). Trata-se aqui, sem dúvida, de sua *Histoire des ducs de Bourgogne* (12 v., 1824-1826). (1)

[56] *Histoire des Girondins*, de Lamartine, foi publicado de 20 de março a 12 de junho de 1847. Ele alcançou um sucesso prodigioso. (1)

[57] Chalier, chefe dos jacobinos de Lyon foi guilhotinado em 1793. (2)

[58] "Alguns republicanos socialistas tinham organizado uma sociedade secreta que eles chamaram de *Sociedade das Famílias*, mas que a partir de 1837 passou a se chamar *Sociedade das Estações*. Sua doutrina era a seguinte: "O povo e os trabalhadores úteis, que produzem tudo, têm direito exclusivo sobre tudo. O estabelecimento da República é menos uma meta do que um meio de passar os bens dos que não trabalham para os trabalhadores que não têm nada." Essa sociedade secreta, organizada de uma forma particular, era constituída por um comitê supremo, na qual cada membro, na qualidade de agente revolucionário, dirigia quatro grupos ou *estações*, sob o comando de um chefe chamado *Primavera*. A estação compreendia três *meses*, cada um comandado por um chefe, que recebia o título de *julho*. Em um mês, havia quatro *semanas*; finalmente, cada semana era formada por sete membros, dentre os quais um chefe; ou seja, o *mês* contava com 28 homens, a *estação* com 84 e o batalhão de cada agente revolucionário, com 336 homens. Os associados não conheciam uns aos outros e os diferentes chefes não tinham relações com seus superiores imediatos. Cada um, entrando na sociedade, jurava atender ao primeiro chamado que lhe fosse feito. "O comitê supremo compreendia homens de grande energia, como o tipógrafo Martin Bernard, o jovem e rico creole como Armand Barbès e o conspirador de profissão Auguste Blanqui." (Jules TROUSSET, *Histoire d'un Siècle*, t. VIII, p. 215 e 216,). (1)

revolucionárias republicanas; seus hábitos eram conhecidos; a polícia o observava. Ele havia lutado no caso de maio de 1839,[59] um ataque

---

[59] O motim de 12 de maio de 1839 foi organizado pela Sociedade das Estações. "Os afiliados, em torno de 600, foram convocados para o dia 12 de maio de 1839. Eles se reuniram em um lindo dia de primavera, por volta de uma hora, na Rue Bourg-l'Abbé, lugar marcado para o encontro. A maioria deles não sabia o que iam fazer e não sabia nem mesmo o nome de seus líderes. De repente, Blanqui, Barbès e Martin Bernard se apresentaram e gritaram: 'Às armas!'. Primeiro houve a hesitação; ninguém tinha armas; onde conseguir? Sob as ordens de Martin Bernard, os mais resolutos se lançaram à importante fábrica de armamentos Lepage, e em apenas alguns minutos, os que quiseram participar dessa louca empreitada estavam munidos de rifles, pistolas e sabres. Sem perder um instante, a tropa de insurgentes se dividiu em duas colunas. Uma, comandada por Martin Bernard e Blanqui, dirigiu-se à Prefeitura pela Place du Châtelet; a segunda, energicamente levada por Barbès, marchou em direção ao Palácio de Justiça pelo Quai aux Fleurs. Havia, na entrada, um posto municipal com cerca de trinta homens. Ao avistar os insurgentes armados, o Tenente Drouineau, que estava no posto, deu um passo à frente para saber do que se tratava. 'Abaixem as armas ou morram!', gritou um dos insurgentes. 'A morte!', respondeu o tenente. Recebeu um tiro como resposta e caiu ferido mortalmente. Uma descarga geral feita à queima-roupa pelos insurgentes feriu uma dúzia de municipais; os outros fugiram, deixando o posto em poder de Barbès. O grupo continuou seu caminho em direção ao Palácio de Justiça, mas o alarme já tinha sido dado; as portas estavam fechadas e guardadas; as janelas com soldados alinhados. Barbès, forçado a retroceder, retirou-se para a Place du Châtelet, onde se reuniu com a outra coluna, que tinha parado ali sem nada conseguir. As duas colunas, reunidas em uma só, correram para a Prefeitura, onde ninguém suspeitava de nada. Em pouco tempo, os insurgentes tomaram a Prefeitura, o posto da Place Saint-Jean e a Mairie do 4º arrondissement, não sem matar ou ferir alguns dos soldados que tentaram resistir. Algumas barricadas foram construídas; mas as tropas já chegavam de todos os lados; duas brigadas, comandadas por Bugeaud, ocupavam as avenidas, da Porte Saint-Denis até a Bastilha. Outros soldados, sob as ordens de General Trézel, retomaram a Prefeitura e se colocaram ao longo da Rue Saint-Antoine. Os insurgentes, rechaçados para as ruas Beaubourg, Transnonain e Grenétat, ali se defenderam até as dez da noite. Cercados por todos os lados, e não tendo conseguido insuflar a população indiferente, eles se debandaram. Barbès, tendo sofrido vários ferimentos, incluindo um bastante grave na cabeça, foi preso pelos guardas municipais na Rue du Grand-Hurleur, em uma loja de vinhos, onde ele tinha entrado para receber um curativo. Na manhã seguinte, os insurgentes ergueram uma barricada na Rue Saint-Denis; alguns se apresentaram carregando um cadáver na frente da École Polytechnique, mas os alunos não se mexeram; a barricada foi removida, e ao meio-dia tudo estava terminado. Martin Bernard caiu, pouco depois, nas mãos da polícia. Quanto a Blanqui, ele escapou por seis meses a todas as buscas. A Câmara começou a julgar os prisioneiros feitos durante e após o levante de 12 de maio. Os debates começaram no dia 27 de junho e terminaram em 12 de julho. Barbès, acusado de ter assassinado o Tenente Drouineau, com premeditação e emboscada, rejeitou energicamente a responsabilidade por esse assassinato. Não obstante, foi condenado à pena de morte; Martin Bernard, à deportação; Mialon, à prisão perpétua por ter matado um brigadeiro da guarda municipal; Delsade e Auster a quinze anos de detenção; os outros, exceto quatro que foram absolvidos, foram condenados a penas variando de seis anos de detenção a dois anos de prisão. A condenação de Barbès pareceu excessiva, porque a acusação não conseguiu provar que ele era o verdadeiro assassino do oficial Drouineau. No mesmo dia em que o veredicto foi pronunciado, escolas se agitaram e se manifestaram em favor de uma comutação de sentença. Victor Hugo apelou pela clemência real nesta estrofe eloquente na qual fez uma tocante alusão à morte recente da princesa Marie, morta em janeiro de 1839, e ao nascimento do Conde de Paris: *Por seu anjo que voou como uma pomba, Por esta criança real, doce e frágil junco, Graça, ainda uma vez! Graça, em nome do túmulo! Graça, em nome do berço!* Madame Carl, irmã de Barbès, veio se jogar aos pés de Louis-Philippe, que lhe prometeu uma comutação. Foi em vão que os ministros tentaram fazer com que ele voltasse atrás com sua palavra: "Eu prometi à irmã", disse ele, "o irmão não pode morrer"; e, mais humano do que seus conselheiros, ele usou de seu direito de perdão para comutar a sentença de Barbès para a de prisão perpétua. (Jules TROUSSET, *Histoire d'un siècle*, t. VIII, p. 216, 217, 218, 219 e 220). (1)

frustrado à prefeitura de Paris, e desde então tinha permanecido na sombra, porém cada vez mais exaltado, fanático por Alibaud,[60] mesclando suas queixas contra a sociedade com as do povo contra a monarquia, e acordando todas as manhãs com a esperança de uma revolução que, dentro de quinze dias ou um mês, mudaria o mundo. Por fim, desgostoso com a apatia de seus irmãos, furioso com os atrasos impostos aos seus sonhos, e desesperançado com a pátria, ele tinha ingressado como químico no complô das bombas incendiárias; e fora pego carregando pólvora que iria experimentar em Montmartre, tentativa suprema de estabelecer a República.

Dussardier não se apegava menos a ela, pois significava, segundo ele, liberdade e felicidade universais. Um dia — aos quinze anos — na Rue Transnonain,[61] em frente a uma mercearia, ele viu soldados com baionetas vermelhas de sangue, com os cabelos grudados na coronha dos fuzis; desde então, o governo o exasperou como a própria encarnação da Injustiça. Ele confundia um pouco os assassinos e os policiais; um delator equivalia, a seu ver, a um parricida. Todo o mal espalhado pela Terra, ele ingenuamente atribuía ao Poder; e ele o odiava com um ódio essencial, permanente, que dominava totalmente o coração e refinava sua sensibilidade. Os discursos de Sénécal o tinham deixado deslumbrado. Fosse ele culpado ou não, fosse odiosa sua tentativa, pouco importava! Sendo ele vítima da Autoridade, todos deveriam ajudá-lo.

— Os Pares vão condená-lo, certamente! Então ele será levado em um carro de presos, como um condenado, e será trancado no Mont-Saint-Michel, onde o Governo os mata! Austen enlouqueceu! Steuben se matou nessa prisão! Para transferir Barbès para uma masmorra, puxaram-no pelas pernas, pelos cabelos! Ele teve o

[60] Alibaud (1810-1836) disparou uma arma contra Louis-Philippe em Port-Royal, em 25 de junho de 1836. Ele foi condenado à morte pela Câmara dos Pares em 3 de julho, e executado no dia 11. (1)

[61] Em 13 de abril de 1834, com a notícia da revolta em Lyon, os republicanos organizaram um motim em Paris. Ele foi prontamente reprimido, a partir da manhã do dia 14, pelo general Bugeaud. "Um terrível massacre marcou o fim da revolta. Quando um oficial que estava sendo transportado ferido foi atingido por um novo tiro, disparado das janelas do número 12 da Rue Transnonain, seus soldados correram para dentro de casa e mataram todos os habitantes, até mulheres e crianças." (Albert MALET, *Histoire Contemporaine*, p. 344.) A lembrança sangrenta da Rue Transnonain foi evocada muitas vezes pela oposição republicana durante o reinado de Louis-Philippe. (1)

corpo pisoteado e sua cabeça ia batendo em cada degrau, escada acima. Que abominação! Miseráveis!

Soluços de raiva o sufocavam e ele andava de um lado para o outro pela sala, como se tomado por uma grande angústia.

— Entretanto, é preciso fazer alguma coisa! Vamos ver! Eu não sei! Se tentássemos libertá-lo, hein? Quando ele for levado para Luxembourg, podemos nos lançar sobre a escolta, no corredor! Uma dúzia de homens determinados resolve qualquer coisa.

Havia tanto fogo em seus olhos que Frédéric estremeceu.

Sénécal pareceu-lhe maior do que pensava. Ele se lembrou de seus sofrimentos, de sua vida austera; sem ter por ele o entusiasmo de Dussardier, sentia, no entanto, aquela admiração que todo homem que se sacrifica por uma ideia inspira. Disse a si mesmo que, se tivesse vindo em seu auxílio, Sénécal não estaria lá; e os dois amigos procuraram laboriosamente algum arranjo para salvá-lo.

Não conseguiram chegar até ele.

Frédéric tentava saber sobre seu destino nos jornais e por três semanas frequentou as salas de leitura.

Um dia, vários números de *Le Flambard* caíram em suas mãos. O artigo principal, invariavelmente, era dedicado a demolir um homem ilustre. Em seguida vinham as notícias do mundo, as fofocas. Depois, ridicularizavam o Odeon, Carpentras, a piscicultura e os condenados à morte, quando havia. O desaparecimento de um transatlântico forneceu material para piadas durante um ano. Na terceira coluna, uma seção dedicada às artes trazia, em forma de anedota ou conselho, anúncios para alfaiates, com relatos de noitadas, classificados, análises de livros, tratando da mesma forma um volume de versos e um par de botas. A única parte séria era a crítica aos pequenos teatros, na qual se investia contra dois ou três diretores; e os interesses da Arte eram invocados a propósito dos cenários do Théâtre des Funambules ou de uma heroína do Théâtre des Délassements.

Frédéric estava prestes a descartar tudo isso quando seus olhos encontraram um artigo intitulado: *Uma franguinha entre três frangotes*. Era a história de seu duelo, narrada em estilo ardente, gaulês. Ele se reconheceu sem dificuldade, pois era designado por esta chacota, que frequentemente se repetia: "Um jovem do colégio de Sens (senso) a quem falta *senso*". Ele era até mesmo representado como um pobre-diabo de um provinciano, um obscuro simplório tentando fazer amizade com os grandes senhores. Quanto ao visconde, desempenhava o bom papel, primeiro na ceia, na qual havia forçado sua presença, depois na aposta, pois levava a demoiselle, e por último no campo de luta, onde se comportava como um cavalheiro. A bravura de Frédéric não era exatamente negada, mas ficava claro que um intermediário, o próprio *protetor*, havia chegado bem a tempo. Tudo terminava com esta frase, possivelmente carregada de perfídias:

"De onde vem a ternura entre eles? Problema! E, como diz Bazile, em *O Barbeiro de Sevilha*, quem diabos estamos enganando aqui?"

Era, sem a menor dúvida, uma vingança de Hussonnet contra Frédéric, por sua recusa dos cinco mil francos.

O que fazer? Se lhe pedisse explicações, o boêmio protestaria sua inocência e ele não ganharia nada com essa atitude. Era melhor engolir a coisa em silêncio. Afinal, ninguém lia *Le Flambard*.

Ao sair da sala de leitura, viu uma multidão do lado de fora da loja de um vendedor de quadros. Olhavam para o retrato de uma mulher, com esta legenda escrita em letras pretas na parte inferior: "Mademoiselle Rose-Annette Bron, pertencente a Monsieur Frédéric Moreau, de Nogent."

Era de fato ela — ou quase — vista de frente, os seios descobertos, os cabelos soltos e segurando nas mãos uma bolsa de veludo vermelho, enquanto atrás um pavão avançava o bico por cima do seu ombro, cobrindo a parede com suas grandes penas em forma de leque.

Pellerin fizera essa exposição para obrigar Frédéric a fazer o pagamento, convencido de que ele era uma celebridade e que toda Paris, animando-se em seu favor, iria se interessar por aquela miséria.

Era uma conspiração? O pintor e o jornalista teriam montado juntos o seu plano?

Seu duelo não tinha impedido nada. Ele se tornava ridículo, todos riam dele.

Três dias depois, no final de junho, as ações do Norte tiveram uma alta de quinze francos e, como ele havia comprado duas mil no outro mês, ele se viu ganhando trinta mil francos. Essa carícia da fortuna restaurou sua confiança. Disse a si mesmo que não precisava de ninguém, que todos os seus constrangimentos vinham de sua timidez, de suas hesitações. Ele deveria ter começado com a Marechala brutalmente, recusado Hussonnet desde o primeiro dia, não ter se comprometido com Pellerin; e, para mostrar que nada o incomodava, foi à casa de Madame Dambreuse, a uma de suas festas costumeiras.

No meio da antessala, Martinon, que chegava ao mesmo tempo, virou-se para ele.

— Como, você vem aqui? — Com um olhar surpreso e até irritado ao vê-lo.

— Por que não?

E, enquanto buscava entender a causa de tal abordagem, Frédéric avançou pelo salão.

A luz estava fraca, apesar das lâmpadas colocadas nos cantos; pois as três janelas, escancaradas, formavam três grandes quadrados paralelos de sombra preta. Jardineiras, sob os quadros, ocupavam os intervalos na parede até a altura de um homem; e um bule de prata com um samovar era visto ao fundo, em um espelho. Um murmúrio de vozes discretas se elevava. Podia-se ouvir os escarpins ranger no carpete.

Ele distinguiu casacos pretos, depois uma mesa redonda iluminada por um grande abajur, sete ou oito mulheres em trajes de verão e, um pouco mais longe, Madame Dambreuse em uma cadeira de balanço. Seu vestido de tafetá lilás tinha mangas com fendas, de onde saíam tufos de musselina, o tom suave do tecido mesclando-se com a nuance de seus cabelos; e ela estava um pouco reclinada para trás, com a ponta do pé em uma almofada, — tranquila como uma obra de arte cheia de delicadeza, uma flor da alta cultura.

Monsieur Dambreuse e um velho de cabelos brancos percorriam toda a extensão do salão. Alguns conversavam à beira dos pequenos divãs aqui e ali; os outros, de pé, formaram um círculo no centro.

Conversavam sobre votos, emendas, subemendas, o discurso de Monsieur Grandin, a resposta de Monsieur Benoist.[62] O terceiro partido, decididamente, estava indo longe demais! A centro-esquerda deveria lembrar-se um pouco mais de suas origens! O Ministério havia recebido graves ataques! O que devia tranquilizar, no entanto, era que não se via nenhum sucessor para ele. Em suma, a situação era completamente análoga à de 1834.

Como essas coisas entediavam Frédéric, ele se aproximou das mulheres. Martinon estava perto delas, de pé com o chapéu debaixo do braço, o rosto de perfil e tão perfeito que parecia uma porcelana de Sèvres. Ele pegou uma *Revue des Deux-Mondes* que se encontrava sobre a mesa, entre uma *Imitatione* e um *Annuaire de Gotha*, e julgou por cima um ilustre poeta, disse que ia às conferências de Saint-François, reclamou de sua laringe, engolia de vez em quando uma bala de goma; e, enquanto isso, falava de música e se fazia de fútil. Mademoiselle Cécile, sobrinha de Monsieur Dambreuse, que bordava um par de punhos, olhava para ele, de baixo para cima, com seus olhos azul-claros; e Miss John, a professora de nariz achatado, tinha deixado cair a tapeçaria; ambas pareciam exclamar interiormente: "Como ele é lindo!"

Madame Dambreuse virou-se para ele.

— Então, me passe o meu leque que está ali naquele console. Não é esse! É o outro!

Ela se levantou; e, quando ele voltava, encontraram-se no meio do salão, frente a frente; ela lhe dirigiu algumas palavras, rapidamente, provavelmente de caráter reprovador, a julgar pela expressão altiva em seu rosto; Martinon tentava sorrir; então foi se misturar ao círculo de discussões dos homens sérios. Madame Dambreuse retomou seu lugar e, inclinando-se sobre o braço de sua poltrona, disse a Frédéric:

— Vi alguém anteontem que me falou de sua pessoa, Monsieur de Cisy; o senhor o conhece, não é?

---

[62] Trata-se, provavelmente de Benoist d'Azy, deputado legitimista sob a Monarquia de Julho, que foi vice-presidente da Assembleia Legislativa. (1)

— Sim... Um pouco!

De repente, Madame Dambreuse exclamou:

— Duquesa, ah! Que prazer!

E ela caminhou até a porta, para encontrar uma senhorinha idosa, que usava um vestido de tafetá carmelita e uma touca de guipura, com longas fitas. Filha de um companheiro de exílio do Conde d'Artois e viúva de um marechal do Império, tornado par da França em 1830, ela mantinha contato tanto com a antiga corte como com a nova e conseguia obter muitas coisas. Os que estavam conversando de pé se afastaram, depois retomaram a discussão.

A discussão agora estava centrada no pauperismo,[63] cujas pinturas, segundo esses senhores, eram muito exageradas.

— No entanto — objetou Martinon —, a miséria existe, vamos admitir! Mas o remédio não depende da Ciência nem do Poder. É uma questão puramente individual. Quando as classes baixas quiserem se livrar de seus vícios, elas se libertarão de suas necessidades. Que o povo seja mais moral, e será menos pobre!

De acordo com Monsieur Dambreuse, nada de bom poderia ser alcançado sem uma superabundância de capital. Portanto, a única maneira possível era confiar, "como queriam os saint-simonianos (meu Deus, tinham coisas boas! Sejamos justos com todos), confiar, digo eu, a causa do Progresso aos que podem aumentar a fortuna pública." Insensivelmente abordaram as grandes explorações industriais, as ferrovias, o carvão. E Monsieur Dambreuse, dirigindo-se a Frédéric, disse-lhe em voz baixa:

— O senhor não veio para discutirmos o nosso negócio.

Frédéric alegou uma doença; mas sentindo que a desculpa era muito estúpida:

— Além disso, eu precisei dos meus fundos.

---

[63] "... O primeiro resultado desse desenvolvimento industrial, do qual nosso século se orgulhava, parecia ser o surgimento de uma nova doença, uma forma especial de pauperismo, que foi precisamente chamado de pauperismo industrial; miséria material e moral, às vezes mais hedionda do que qualquer coisa que já se tinha visto em épocas consideradas menos prósperas e, acima de tudo, tornada mais insuportável pela vizinhança e pelo contraste da riqueza que esses desgraçados contribuíam para criar." (THUREAU-DANGIN, *Histoire de la Monarchie de Juillet*, t. VI, p. 148.)

— Para comprar uma carruagem? — retrucou Madame Dambreuse, que passava perto dele, uma xícara de chá na mão; e ela o apreciou por um minuto, a cabeça ligeiramente inclinada para o ombro.

Ela acreditava que ele fosse o amante de Rosanette; a alusão era clara. Pareceu até mesmo a Frédéric que todas as damas o olhavam de longe, cochichando. Para entender melhor o que pensavam, ele se aproximou delas, mais uma vez.

Do outro lado da mesa, Martinon, ao lado de Mademoiselle Cécile, folheava um álbum. Eram litografias representando trajes espanhóis. Ele lia as legendas em voz alta: "Mulher de Sevilha, — Jardineiro de Valência, — Picador andaluz"; descendo uma vez para o final da página, ele continuou num fôlego só:

— Jacques Arnoux, editor. — Um de seus amigos, hein?

— É verdade — disse Frédéric, magoado com o tom.

Madame Dambreuse retomou:

— Na verdade, você veio uma manhã... para... uma casa, creio eu? Sim, uma casa de propriedade da esposa dele. (O que, na verdade, significava: "Ela é sua amante.")

Ele corou até as orelhas; e Monsieur Dambreuse, que chegava nesse momento, acrescentou:

— Você parecia até mesmo estar muito interessado neles.

Essas últimas palavras deixaram Frédéric totalmente desconcertado. O seu embaraço, que era visível, pensou ele, iria confirmar as suspeitas quando Monsieur Dambreuse disse-lhe mais de perto, em tom grave:

— Os senhores não fazem negócios juntos, suponho?

Ele protestou com repetidos balanços de cabeça, sem entender a intenção do capitalista, que queria lhe dar um conselho.

Queria ir embora. O medo de parecer covarde o impediu. Um criado retirava as xícaras de chá; Madame Dambreuse conversava com um diplomata de casaco azul; duas meninas, aproximando suas testas, mostravam um anel uma à outra; as outras, sentadas em poltronas em semicírculo, moviam delicadamente seus rostos brancos, contornados por cabelos negros ou loiros; ninguém, enfim, preocupava-se com ele. Frédéric girou nos calcanhares; e, por uma série de longos ziguezagues, estava quase chegando à porta, quando, passando perto de um console, notou nele, entre um vaso chinês e o lambri, um jornal dobrado em dois. Ele puxou-o um pouco e leu estas palavras: *Le Flambard*.

Quem o trouxera? Cisy! Ninguém além dele, evidentemente. O que importava, afinal! Iam acreditar, provavelmente todos já acreditavam no artigo. Por que essa persistência? Uma ironia silenciosa o envolvia. Sentia-se como que perdido em um deserto. Mas a voz de Martinon se elevou:

— Por falar em Arnoux, li entre os acusados das bombas incendiárias o nome de um de seus funcionários, Sénécal. É o nosso?

— Ele mesmo — disse Frédéric.

Martinon repetiu, gritando bem alto:

— Como, nosso Sénécal! Nosso Sénécal!

Então Martinon foi interrogado sobre o complô; sua posição como adido do Ministério Público devia lhe fornecer informações.

Ele confessou não ter nenhuma. Além disso, sabia muito pouco sobre o personagem, tendo-o visto apenas duas ou três vezes, e o considerava definitivamente um péssimo elemento. Frédéric, indignado, exclamou:

— De jeito nenhum! Ele é um rapaz muito honesto!

— No entanto, monsieur — disse um proprietário —, ninguém é honesto quando conspira!

A maioria dos homens que estava lá havia servido pelo menos a quatro governos; e teriam vendido a França ou a raça humana para garantir sua fortuna, para se poupar de um desconforto, de um constrangimento, ou mesmo por simples vileza, adoração instintiva da força. Todos declararam os crimes políticos indesculpáveis. Em vez disso, era necessário perdoar aqueles decorrentes da necessidade! E não deixaram de apontar o eterno exemplo do pai de família, roubando o eterno pedaço de pão do eterno padeiro.

Um administrador até exclamou:

— Eu, senhor, se descobrisse que meu irmão estava conspirando, eu o denunciaria!

Frédéric invocou o direito de resistência; e, lembrando-se de algumas frases que Deslauriers lhe havia dito, citou Desolmes, Blackstone, a Declaração de Direitos na Inglaterra e o Artigo 2 da Constituição de 1791.[64] Era até mesmo em virtude desse direito que a queda de Napoleão tinha sido proclamada; ele havia sido reconhecido em 1830, inscrito no cabeçalho da Carta.

— Além disso, quando o soberano rompe o contrato, quer a justiça que ele seja derrubado.

— Mas é abominável! — exclamou a esposa de um prefeito.

Todas as outras se calavam, vagamente apavoradas, como se tivessem ouvido o som de tiros. Madame Dambreuse se balançava em sua cadeira e o ouvia falar, sorrindo.

Um industrial, um antigo carbonário,[65] tentou mostrar-lhe que os d'Orléans eram uma boa família; sem dúvida houve abusos...

— Pois bem. E então?

— Mas não se deve citá-los, caro senhor! Se o senhor soubesse como toda essa gritaria da oposição é ruim para os negócios!

— Eu não me importo com negócios! — Frédéric continuou.

A podridão daqueles velhos o exasperava;[66] e, tomado pela bravura que às vezes toma os mais tímidos, atacou os financistas, os deputados, o Governo, o Rei, assumiu a defesa dos árabes, falou muitas bobagens. Alguns o encorajavam ironicamente: "Vamos lá!

---

[64] Desolmes: teórico do industrialismo e de opinião republicana. Blackstone: escritor civilista e político que tinha estudado as leis constitucionais inglesas sob a influência de Montesquieu. A lei dos direitos limitava o alcance do poder real. O artigo 2 da constituição de 1791 havia sido redigido em favor dos "direitos naturais e imprescritíveis do homem": liberdade, propriedade, segurança e resistência à opressão. (2)

[65] Entre os defensores da "ordem", sob a Monarquia de julho, havia muitos antigos carbonários, que tinham anteriormente conspirado, sob a Restauração, nas *Vendas* da *Carvoaria*. No início do reinado, em um julgamento político, um dos réus declarou que uma vez havia jurado ódio à realeza sobre a mesma espada do antigo carbonário Barthe, que se tornou curador e guardião dos selos de Louis-Philippe. (1)

[66] Guizot escreveu mais tarde, falando de seu partido: "Estreito demais na base, pequeno demais em tamanho, frio demais ou fraco demais em coração; desejando sinceramente a ordem na liberdade, e não aceitando nem os princípios da ordem nem as consequências da liberdade; cheio de pequenas invejas e temores; estranho aos grandes desejos e grandes esperanças, até mesmo rejeitando-os como uma perturbação ou um perigo para o seu descanso." O filho de Louis-Philippe, o duque de Orléans, falava com desprezo desses burgueses "que viam a França apenas como uma fazenda ou casa de comércio". (1)

Continue!", enquanto outros murmuravam: "Diacho! Que exaltação!" Por fim, ele achou aconselhável se retirar; e, ao sair, Monsieur Dambreuse disse-lhe, aludindo ao cargo de secretário:

— Nada está fechado ainda! Mas se apresse!

E Madame Dambreuse:

— Até breve, certo?

Frédéric considerou a despedida uma última zombaria. Ele estava determinado a nunca mais voltar para aquela casa, a nunca mais frequentar aquelas pessoas. Acreditava tê-las ofendido, não sabendo quão grande pode ser a indiferença que existe no mundo! Aquelas mulheres, mais do que tudo, o indignaram. Nenhuma que o tivesse apoiado, nem ao menos com um olhar. Ele estava contrariado por não ter conseguido comovê-las. Quanto à Madame Dambreuse, ele encontrava nela algo ao mesmo tempo lânguido e seco, que impedia de defini-la por uma fórmula. Ela tinha um amante? Que amante? Era o diplomata ou um outro? Martinon, talvez? Impossível! No entanto, sentia uma espécie de ciúme dele e, contra ela, uma hostilidade inexplicável.

Dussardier, que viera naquela noite à sua casa, como de costume, esperava por ele. Frédéric tinha o coração pesado; ele desabafou, e suas queixas, embora vagas e difíceis de entender, entristeceram o bravo funcionário; ele reclamava até mesmo de seu isolamento. Dussardier, hesitando um pouco, sugeriu ir à casa de Deslauriers.

Frédéric, à menção do nome do advogado, foi tomado por uma extrema necessidade de revê-lo. Sua solidão intelectual era profunda e a companhia de Dussardier, insuficiente. Ele lhe respondeu que arranjasse as coisas como quisesse.

Deslauriers também sentia, desde a briga, uma privação em sua vida. Cedeu facilmente a esses avanços cordiais.

Eles se abraçaram, depois começaram a falar sobre coisas corriqueiras.

A reserva de Deslauriers comoveu Frédéric; e, para lhe fazer uma espécie de reparação, no dia seguinte contou-lhe a perda de quinze mil francos, sem dizer que esses quinze mil francos se destinavam originalmente a ele. O advogado não teve dúvida disso, no entanto. Essa desventura, que provava que ele estava certo em seus preconceitos contra Arnoux, desarmou completamente seu ressentimento; e ele não falou da velha promessa.

Frédéric, enganado por seu silêncio, pensou que ele a tinha esquecido. Poucos dias depois, ele lhe perguntou se não havia uma maneira de recuperar seus fundos.

Podia-se discutir as hipotecas anteriores, atacar Arnoux como estelionatário, fazer buscas na casa contra a mulher.

— Não! Não! Contra ela não! — exclamou Frédéric; e, cedendo às perguntas do velho escrevente, confessou a verdade.

Deslauriers se convenceu de que ele não dizia tudo, provavelmente por delicadeza. Essa falta de confiança o magoou.

Eles estavam, no entanto, tão unidos como sempre foram e tinham tanto prazer em estar juntos que a presença de Dussardier os incomodava. A pretexto de um compromisso, conseguiram livrar-se dele aos poucos. Existem homens cuja missão, entre os outros, é apenas servir como intermediários; nós os transpomos como pontes, e vamos mais longe.

Frédéric não escondia nada de seu velho amigo. Ele lhe contou sobre o negócio da hulha, com a proposta de Monsieur Dambreuse. O advogado ficou pensativo.

— É engraçado! Seria necessário alguém muito forte em direito para esse trabalho!

— Mas você poderá me ajudar — replicou Frédéric.

— Sim... ei... claro! Certamente.

Na mesma semana, mostrou-lhe uma carta de sua mãe.

Madame Moreau se recriminava por ter julgado mal Père Roque, que dera explicações satisfatórias sobre sua conduta. Depois ela falava da sua fortuna e da possibilidade, para mais tarde, de um casamento com Louise.

— Talvez não fosse uma ideia ruim! — disse Deslauriers.

Frédéric rejeitou a ideia; Père Roque, aliás, era um velho malandro.

Isso não importava, segundo o advogado.

No final de julho, uma queda inexplicável fez despencar as ações do Norte. Frédéric não tinha vendido as suas; ele perdeu sessenta mil francos de uma só vez. Seus rendimentos encontravam-se sensivelmente reduzidos. Ele tinha que restringir seus gastos, ou arrumar um trabalho, ou ainda fazer um lindo casamento.

Então Deslauriers contou-lhe sobre Mademoiselle Roque. Nada o impedia de ir até lá e ver as coisas por si mesmo. Frédéric estava um pouco cansado; a província e a casa materna o relaxariam. Ele partiu.

O aspecto das ruas de Nogent, que ele subiu sob a luz da lua, trouxe de volta velhas lembranças; e ele sentiu uma espécie de angústia, como quando se retorna após as longas viagens.

Na casa de sua mãe estavam todos os frequentadores de outrora: Monsieur Gamblin, Monsieur Heudras e Monsieur Chambrion, a família Lebrun, "aquelas jovens Auger"; além deles, Père Roque e, diante de Madame Moreau, em frente a uma mesa de jogo, Madame Louise. Era agora uma mulher. Ela se levantou, soltando um grito. Todos se assustaram. Ela ficou imóvel, de pé; e os quatro castiçais de prata sobre a mesa aumentavam sua palidez. Quando ela voltou a jogar, sua mão tremia. Essa emoção lisonjeava desmesuradamente Frédéric, cujo orgulho andava enfraquecido; ele disse a si mesmo: "Você vai me amar!" e, para se vingar dos dissabores que ali sofrera, passou a fazer o papel do parisiense, do leão, deu notícias dos teatros, contou anedotas da alta sociedade tiradas dos pequenos jornais, enfim, deslumbrou os seus conterrâneos.

No dia seguinte, Madame Moreau explanou as qualidades de Louise; em seguida, ela listou os bosques, as fazendas que ela possuiria. A fortuna de Monsieur Roque era considerável.

Ele tinha conquistado essa fortuna fazendo investimentos para Monsieur Dambreuse; pois ele emprestava para pessoas que podiam oferecer boas garantias hipotecárias, o que lhe permitia pedir suplementos ou comissões. O capital, graças a uma vigilância ativa, não corria nenhum risco. Além disso, Père Roque nunca hesitava diante de uma penhora de bens; depois ele comprava de volta os bens hipotecados a um preço baixo, e Monsieur Dambreuse, vendo seus fundos assim devolvidos, achava que seus negócios estavam sendo bem conduzidos.

Mas essa manipulação extralegal o comprometia em relação ao administrador de seus bens. Não podia negar nada a ele. Foi por insistência que ele tinha recebido Frédéric tão bem.

De fato, Père Roque nutria no fundo de sua alma uma ambição. Ele queria que sua filha fosse condessa; e, para conseguir isso sem comprometer a felicidade de sua criança, ele não conhecia outro jovem além desse.

Com a proteção de Monsieur Dambreuse, fariam com que ele tivesse o título de seu antepassado, já que Madame Moreau era filha de um conde de Fouvens, que aliás, tinha parentesco com as famílias mais antigas de Champagne, os Lavernades, os d'Étrigny. Quanto aos Moreau, uma inscrição gótica perto dos moinhos de Villeneuve-l'Archevêque, falava de um Jacob Moreau que os reconstruíra em 1596; e o túmulo de seu filho, Pierre Moreau, o primeiro escudeiro do rei, no reinado de Louis XIV, podia ser visto na capela de Saint-Nicolas.

Tanta honra fascinava Monsieur Roque, filho de um antigo criado. Se a coroa de conde não viesse, ele se consolaria com outra coisa; pois Frédéric poderia alcançar o posto de deputado quando Monsieur Dambreuse fosse elevado a Par, e então ajudá-lo em seus negócios, obtendo suprimentos e concessões para ele. O jovem o agradava, pessoalmente. Enfim, ele o queria como genro, pois há muito tempo estava entusiasmado com essa ideia, que só crescia a cada dia.

Agora, ele frequentava a igreja; — e havia seduzido Madame Moreau pela esperança do título, acima de tudo. Ela teve o cuidado de não lhe dar uma resposta decisiva, no entanto.

Assim, oito dias depois, sem que nenhum compromisso tivesse sido assumido, Frédéric passou a ser o "pretendido" de Mademoiselle Louise; e Père Roque, sem escrúpulos, às vezes os deixava juntos.

Capítulo V

Deslauriers havia levado da casa de Frédéric a cópia do ato de sub-rogação, com uma procuração, de acordo com as regras legais, conferindo-lhe plenos poderes; mas, quando subiu seus cinco andares e se viu sozinho, no meio de seu triste gabinete, em sua poltrona de pele de carneiro, a visão do papel carimbado o repugnou.

Ele estava cansado daquilo tudo, e dos restaurantes baratos, das viagens de ônibus, de sua miséria, de seus esforços. Retomou a papelada; outras estavam ao lado; eram os prospectos da empresa carbonífera, com a lista das minas e os pormenores do seu conteúdo, que Frédéric deixara com ele para que desse sua opinião.

Ocorreu-lhe uma ideia: ir à casa de Monsieur Dambreuse e pedir o posto de secretário. Esse posto, certamente, não lhe seria dado sem a compra de uma série de ações. Ele reconheceu a loucura de seu projeto e disse a si mesmo:

"Ah, não! Isso seria errado".

Então, tentou descobrir como proceder para recuperar os quinze mil francos. Essa soma não era nada para Frédéric! Mas, se ele a tivesse, que alavanca! E o antigo escrevente indignou-se que a fortuna do outro fosse tão grande.

"Ele faz um uso lamentável dela. É um egoísta. Ora! Pouco me importam os seus quinze mil francos!"

Por que ele os tinha emprestado? Pelos belos olhos de Madame Arnoux. Ela era sua amante! Deslauriers não tinha dúvida. "Isso é mais uma coisa para a qual o dinheiro serve!" Pensamentos odiosos o invadiram.

Então ele pensou no próprio Frédéric. Ele sempre tinha exercido um encanto quase feminino sobre ele; e logo passou a admirá-lo por um sucesso do qual se reconhecia incapaz.

No entanto, não era a vontade o elemento mais importante das iniciativas? E, já que com ela se triunfa sobre tudo...

"Ah! Seria engraçado!"

Mas ele teve vergonha dessa perfídia e, um minuto depois:

"Caramba! Será que estou com medo?"

Madame Arnoux (de tanto ouvir falar dela) acabara sendo imaginada por ele de maneira extraordinária. A persistência desse amor o irritava como um problema. Sua austeridade um tanto teatral o entediava agora. Além disso, a mulher da alta sociedade (ou o que ele considerava como tal) deslumbrava o advogado como o símbolo e o resumo de mil prazeres desconhecidos. Sendo pobre, ele cobiçava o luxo em sua forma mais clara.

"Afinal de contas, se ele ficar com raiva, pouco me importa! Ele se comportou muito mal comigo para que eu me envergonhe! Nada me garante que ela seja sua amante! Ele negou para mim. Então, estou livre!"

O desejo dessa tarefa não o largou mais. Era uma prova de força o que ele queria fazer; — tanto que um dia, de repente, ele mesmo lustrou as botas, comprou luvas brancas e saiu, pondo-se no lugar de Frédéric e quase imaginando ser ele, por uma singular evolução intelectual em que havia ao mesmo tempo a vingança e a simpatia, a imitação e a ousadia.

Fez-se anunciar como "o doutor Deslauriers".

Madame Arnoux ficou surpresa por não ter chamado nenhum médico.

— Ah! Mil desculpas! É doutor em direito. Venho pelos interesses de Monsieur Moreau.

Esse nome pareceu incomodá-la.

"Tanto melhor!", pensou o antigo escrevente; "se ela já se interessou por ele, vai se interessar por mim!", incentivado pela ideia equivocada de que é mais fácil suplantar um amante do que um marido.

Tivera o prazer de encontrá-la uma vez no Palais; ele até citou a data. Essa memória notável surpreendeu Madame Arnoux. Ele retomou em um tom doce:

— A senhora já tinha... algumas dificuldades... nos seus negócios!

Ela não respondeu nada; portanto, era verdade.

Ele começou a conversar de coisas aleatórias, de sua casa, da fábrica; então, percebendo, nas bordas do espelho, medalhões:

— Ah! Retratos de família, sem dúvida?

Ele notou o de uma velha senhora, a mãe de Madame Arnoux.

— Ela parece uma excelente pessoa, um tipo meridional.

E, diante da observação de que ela era de Chartres:

— Chartres! Bela cidade.

Ele elogiou a catedral e as tortas típicas da região; depois, voltando ao retrato, encontrou nele algumas semelhanças com

Madame Arnoux e lhe lançou lisonjas indiretamente. Ela não ficou chocada. Ele ganhou confiança e disse que conhecia Arnoux havia muito tempo.

— Ele é um bom rapaz! Mas que se compromete! Para esta hipoteca, por exemplo, não se imagina um descuido...

— Sim! Eu sei — ela disse, encolhendo os ombros.

Esse testemunho involuntário de desprezo incentivou Deslauriers a continuar.

— Sua história do caulim, talvez a senhora não saiba, quase terminou muito mal, e até mesmo a sua reputação...

Uma testa franzida! Ele parou.

Então, voltando às generalidades, ele se compadeceu das pobres mulheres cujos maridos desperdiçam a fortuna...

— Mas é dele, senhor; eu não tenho nada!

— Não importa! Ninguém sabia... Uma pessoa experiente poderia ser útil. — Ele fez ofertas de dedicação, exaltou seus próprios méritos; e a fitava, através de seus óculos espelhados.

Um vago torpor apoderava-se dela; mas de repente:

— Vamos ver o negócio, por favor!

Ele exibiu os papéis.

— Esta é a procuração de Frédéric. Com tal título nas mãos de um oficial de justiça, que dará uma ordem judicial, nada é mais simples: dentro de vinte e quatro horas... (Ela permanecia impassível, ele mudou de manobra.) Eu, aliás, não entendo o que o leva a reclamar esta soma; porque afinal ele não precisa dela!

— Como? Monsieur Moreau mostrou-se muito bom...

— Ah, sim! De fato!

E Deslauriers começou seus elogios, passando depois a difamá-lo, muito gentilmente, considerando-o esquecido, egocêntrico, avarento.

— Eu pensei que ele fosse seu amigo, monsieur!

— Isso não me impede de ver seus defeitos. Assim, ele reconhece bem pouco... como eu poderia dizer? A simpatia...

Madame Arnoux estava folheando um grande caderno. Ela o interrompeu, para obter a explicação de uma palavra.

Ele se inclinou sobre seu ombro e aproximou-se tanto dela que roçou sua bochecha. Ela enrubesceu; essa vermelhidão inflamou Deslauriers; ele beijou sua mão com voracidade.

— O que o senhor está fazendo!

E, de pé contra a parede, ela o manteve imóvel, diante de seus grandes olhos negros irritados.

— Escute-me! Eu a amo!

Ela começou a rir, uma risada aguda, desesperada e excruciante. Deslauriers sentiu uma raiva estrangulá-lo. Ele se conteve; e, com a aparência de um derrotado implorando por misericórdia:

— Ah! A senhora está enganada! Eu não agiria como ele...

— De quem o senhor está falando?

— De Frédéric!

— Ah! Monsieur Moreau não me preocupa muito, já disse!

— Oh! Desculpe! Desculpe!

Então, com uma voz cortante, e arrastando suas frases:

— Eu até pensei que a senhora estivesse interessada o suficiente na pessoa dele para saber, com prazer...

Ela ficou completamente pálida. O antigo escrevente acrescentou:

— Que ele vai se casar.

— Ele!

— Dentro de no máximo um mês, com Mademoiselle Roque, filha do administrador de Monsieur Dambreuse. Ele até partiu para Nogent, só para cuidar disso.

Ela pôs a mão no coração, como se recebesse o choque de um grande golpe; mas imediatamente tocou a sineta. Deslauriers não esperou que o pusessem para fora. Quando ela se virou, ele tinha sumido.

Madame Arnoux estava um pouco sufocada. Ela se aproximou da janela para respirar.

Do outro lado da rua, na calçada, um empacotador em mangas de camisa pregava um engradado. Fiacres passavam. Ela fechou a janela e veio se sentar novamente. Como as altas casas vizinhas interceptavam o sol, um dia frio invadia o apartamento. Os seus filhos tinham saído, nada se movia ao seu redor. Era como uma imensa deserção.

"Ele vai se casar! Não é possível!"

E um tremor nervoso a dominou.

"Por que isso? Será que eu o amo?"

Então, de repente:

"Mas é claro que sim, eu o amo!... Eu o amo!"

Ela tinha a impressão de estar descendo para algo profundo, que nunca acabava. O relógio de parede bateu três horas. Ela ouviu as vibrações do timbre morrendo. E se mantinha na beira da poltrona, os olhos fixos, sorrindo.

Na mesma tarde, ao mesmo tempo, Frédéric e Mademoiselle Louise passeavam no jardim que Monsieur Roque possuía no extremo da ilha. A velha Catherine os observava de longe; eles caminhavam lado a lado, e Frédéric disse:

— Você se lembra de quando eu a levava para o campo?

— Como o senhor era bom para mim! — Ela respondeu. — Me ajudava a fazer bolos de areia, a encher meu regador, a brincar no balanço!

— E todas as suas bonecas, que tinham nomes de rainhas ou marquesas, o que aconteceu com elas?

— Não faço a menor ideia, é sério!

— E o seu cãozinho Moricaud?

— Ele se afogou, pobrezinho!

— E o Dom Quixote, cujas gravuras coloríamos juntos?

— Isso eu ainda tenho!

Ele a fez se lembrar do dia de sua primeira comunhão e de como ela estava graciosa nas vésperas, com seu véu branco e a sua grande vela, enquanto todos desfilavam ao redor do coro e o sino tocava.

Essas memórias, sem dúvida, tinham pouco encanto para Mademoiselle Roque; ela não encontrava nada para responder; e, um minuto depois:

— Malvado! Que não me deu notícias suas nem uma vez!

Frédéric objetou seus numerosos trabalhos.

— Então, o que o senhor faz?

Ele ficou constrangido com a pergunta, então disse que estudava política.

— Ah!

E, sem perguntar mais:

— Isso o ocupa, mas eu!...

Então ela lhe falou sobre a aridez de sua existência, não tendo ninguém para ver, nem o menor prazer, a menor distração! Ela queria andar a cavalo.

— O vigário afirma que não é apropriado para uma moça; são estúpidas essas conveniências! Antigamente, me deixavam fazer o que eu quisesse; hoje em dia, nada!

— Mas seu pai a ama!

— Sim, mas...

E ela suspirou, o que significava: "Isso não é suficiente para a minha felicidade."

Então houve um silêncio. Eles só ouviam o barulho da areia sob seus pés e o murmúrio da cascata; pois o Sena, acima de Nogent, é dividido em dois braços. Aquele que gira os moinhos despeja neste lugar a superabundância de suas ondas, para reencontrar mais abaixo o curso natural do rio; e quem vem pelas pontes vê, à direita, na outra margem, uma encosta relvada dominada por uma casa branca. À esquerda, no prado, estendem-se choupos e o horizonte oposto é delimitado por uma curva do rio; ele estava plano como um espelho; grandes insetos patinavam na água tranquila. Tufos de caniços e juncos cercam-na desigualmente; todos os tipos de plantas que despontavam por lá floresciam em botões de ouro, deixavam pender cachos amarelos, erguiam taboas de flores de amaranto, formavam penachos verdes aleatoriamente. Em uma enseada na costa, nenúfares se espalhavam; e uma fileira de velhos salgueiros, escondendo armadilhas para lobos, constituíam toda a defesa do jardim deste lado da ilha.

Do lado de cá, no interior, quatro muros com telhas de ardósia no topo cercavam a horta, onde os quadrados de terra recém-lavrados formavam placas marrons. As campânulas dos melões brilhavam enfileiradas em seu leito estreito; as alcachofras, os feijões, os espinafres, as cenouras e os tomates alternavam-se até um plano de aspargos; que parecia um pequeno bosque de penas.

Todo aquele terreno havia sido, no tempo do Diretório, o que se chamava uma *folie*, uma imponente casa de divertimentos isolada, construída por aristocratas na periferia das cidades e destinada a recepções. As árvores, desde então, tinham crescido desmesuradamente. Uma clematite bloqueava os caramanchões que formavam os túneis verdes, os caminhos estavam cobertos de musgo, os arbustos de amoras silvestres abundavam por toda parte. Pedaços de estátua esfarelavam seu gesso sob os arbustos. Restos de escombros de arames de obras enroscavam-se nos pés ao caminhar. Restavam apenas dois cômodos do pavilhão no andar térreo com pedaços de papel azul pendurados. Em frente à fachada, junto à parede, estendia-se uma treliça de estilo italiano, na qual, sobre pilares de tijolos, uma grade de traves de madeira sustentava uma videira.

Os dois foram até lá e, como a luz entrava através dos buracos irregulares na vegetação, Frédéric, ao falar com Louise de lado, via a sombra das folhas em seu rosto.

Ela tinha no cabelo ruivo, no coque, uma agulha encimada por uma bola de vidro imitando a esmeralda; e usava, apesar do luto (tão ingênuo era seu mau gosto), chinelos de palha adornados de cetim rosa, uma curiosidade vulgar, sem dúvida comprada em alguma feira.

Ele percebeu isso, e a elogiou com ironia.

— Não zombe de mim! — ela retrucou.

Em seguida, examinando-o por completo, do chapéu de feltro cinza às meias de seda:

— Como você é requintado!

Então ela lhe pediu que indicasse alguns livros para ler. Ele citou vários; e ela disse:

— Oh! Como você é culto!

Ainda pequena, ela fora tomada por um daqueles amores de infância que têm, ao mesmo tempo, a pureza de uma religião e a violência de uma necessidade. Ele fora seu camarada, seu irmão, seu mestre, tinha entretido sua mente, feito seu coração bater e involuntariamente derramado até seu íntimo um enlevo latente e contínuo. Depois ele a tinha deixado em plena crise trágica, sua mãe recém-morta, os dois desesperos se confundindo. A ausência a tinha feito idealizá-lo em sua lembrança; ele voltava com uma espécie de auréola, e ela ingenuamente se entregava à felicidade de vê-lo.

Pela primeira vez na vida, Frédéric sentia-se amado; e esse novo prazer, que não ultrapassava a ordem dos sentimentos agradáveis, causava-lhe algo como uma expansão íntima; que o fez abrir os braços, jogando a cabeça para trás.

Uma pesada nuvem passava no céu nesse momento.

— Ela está indo para o lado de Paris — disse Louise; — você gostaria de segui-la, não é?

— Eu! Por quê?

— Quem sabe?

E, sondando-o com um olhar penetrante:

— Talvez você tenha lá... (ela procurou a palavra) alguma afeição.

— Ei! Não tenho nenhuma afeição!

— Tem certeza?

— Claro que sim, mademoiselle!

Em menos de um ano, ocorrera com a jovem uma transformação extraordinária, que surpreendia Frédéric. E, depois de um minuto de silêncio, ele acrescentou:

— Deveríamos nos tratar com menos formalidade, como no passado; você quer?

— Não!

— Por quê?

— Porque sim!

Ele insistiu. Ela respondeu, abaixando a cabeça:

— Eu não ouso!

Eles tinham chegado ao final do jardim, nas areias do Livon. Frédéric, por brincadeira de criança, começou a fazer ricochetear uma pedra. Ela pediu que ele se sentasse. Ele obedeceu; depois, olhando para a cascata:

— É como o Niágara!

Ele começou a falar de terras distantes e de grandes viagens. A ideia de fazer esse tipo de coisa a encantava. Ela não teria medo de nada, nem de tempestades, nem de leões.

Sentados lado a lado, eles pegavam punhados de areia à sua frente e os derramavam por entre os dedos enquanto conversavam; — e o vento quente que vinha das planícies trazia, em lufadas, aromas de lavanda, com o perfume de alcatrão escapando de uma barca, atrás da eclusa. O sol batia na cascata; os blocos de pedra esverdeados da mureta por onde corria a água pareciam estar sob um véu prateado que se desenrolava continuamente. Uma longa faixa de espuma se espalhava na base, ritmadamente. Em seguida ela borbulhava, formava redemoinhos, mil correntes opostas, que acabavam fundindo-se num único lençol límpido.

Louise sussurrou que tinha inveja da existência dos peixes.

— Deve ser tão doce rolar ali, livremente, sentir-se acariciado por todo lado.

E ela estremecia, com gestos de delicadeza sensual.

Mas uma voz gritou:

— Onde você está?

— Sua criada está chamando — disse Frédéric.

— Muito bem! Muito bem!

Louise não se perturbava.

— Ela vai ficar brava — ele retrucou.

— Eu não me importo! E, aliás... — Mademoiselle Roque deixava claro, com um gesto, que ela estava sujeita à sua vontade.

Ela se levantou, entretanto, depois se queixou de uma dor de cabeça. E, ao passarem em frente a um vasto galpão contendo feixes de estofo:

— E se a gente se enfiasse ali embaixo, atabafados?

Ele fingiu não entender a palavra em patoá e até zombou dela por causa de seu sotaque. Gradualmente, os cantos de sua boca se contraíram, ele mordeu os lábios; afastou-se contrariada.

Frédéric foi até ela, jurou que não pretendia magoá-la e que gostava muito dela.

— É verdade? — ela exclamou, olhando para ele com um sorriso que iluminava todo o seu rosto, um pouco salpicado de sardas.

Ele não resistiu a essa bravura de sentimento, ao frescor de sua juventude, e continuou:

— Por que eu mentiria para você?… Você duvida… hein? — passando-lhe o braço esquerdo pela cintura.

Um grito, suave como um arrulho, explodiu de sua garganta; sua cabeça tombou para trás, ela desfaleceu, ele a apoiou. E os escrúpulos de sua probidade foram inúteis; diante dessa virgem que se oferecia, um medo apoderou-se dele. Ele então a ajudou a dar alguns passos, lentamente. Suas carícias de linguagem haviam cessado e, não querendo dizer nada além de coisas insignificantes, ele lhe falou sobre as pessoas da sociedade de Nogent.

De súbito, ela o empurrou e, num tom amargo:

— Você não teria coragem de me levar!

Ele permaneceu imóvel com um grande ar de espanto. Ela começou a chorar e enterrando a cabeça no seu peito:

— Será que consigo viver sem você?

Ele tentava acalmá-la. Ela colocou as duas mãos em seus ombros para melhor olhar o seu rosto e, dardejando suas pupilas verdes de uma umidade quase feroz contra as dele:

— Você quer ser meu marido?

— Mas… — Frédéric gaguejou, procurando alguma resposta. — Sem dúvida… não peço mais do que isso.

Nesse momento apareceu o boné de Monsieur Roque por trás de um lilás.

Ele levou seu "jovem amigo" por dois dias em uma pequena viagem pelos arredores, em suas propriedades; e, ao voltar, Frédéric encontrou três cartas na casa de sua mãe.

A primeira era um bilhete de Monsieur Dambreuse convidando-o para jantar na terça-feira anterior. Qual a razão dessa polidez? Então ele tinha sido perdoado por sua ofensa?

A segundo era de Rosanette. Ela lhe agradecia por arriscar sua vida por ela; Frédéric não entendeu a princípio o que ela queria dizer; enfim, depois de muita tergiversação, ela implorava, invocando sua amizade, confiando em sua delicadeza, de joelhos, dizia, diante da necessidade premente, e como se pede pão, uma pequena ajuda de quinhentos francos. Ele imediatamente decidiu fornecê-los.

A terceira carta, vinda de Deslauriers, falava de sub-rogação e era longa e obscura. O advogado ainda não tinha resolvido nada. Pedia que ele não se preocupasse: "Não adianta você voltar!", enfatizando isso até mesmo com uma insistência bizarra.

Frédéric perdeu-se em toda sorte de conjecturas e teve vontade de voltar para lá; essa pretensão em dirigir sua conduta o revoltava.

Além disso, a nostalgia do bulevar começava a dominá-lo; e depois sua mãe o pressionava tanto, Monsieur Roque ficava tanto em volta dele e Mademoiselle Louise o amava tão intensamente que ele não poderia ficar mais tempo sem se declarar. Ele precisava refletir, julgaria melhor as coisas à distância.

Para justificar sua viagem, Frédéric inventou uma história; e partiu, dizendo a todo mundo e acreditando ele mesmo que voltaria em breve.

Capítulo VI

Seu retorno a Paris não lhe deu nenhum prazer; era noite, fim de agosto, o bulevar parecia vazio, os transeuntes se sucediam com rostos carrancudos, aqui e ali fumegava uma caldeira de asfalto, muitas casas tinham as persianas totalmente fechadas; ele chegou em casa; a poeira cobria as cortinas; e, enquanto jantava sozinho, Frédéric foi tomado por uma estranha sensação de abandono; então pensou em Mademoiselle Roque.

A ideia de se casar já não lhe parecia mais exorbitante. Eles viajariam, iriam para a Itália, para o Oriente! E ele a via de pé em um montículo, contemplando uma paisagem, ou então apoiada em seu braço em uma galeria florentina, parando diante dos quadros. Que alegria seria ver aquela criaturinha adorável desabrochar diante dos esplendores da Arte e da Natureza! Fora de seu ambiente, em pouco tempo, ela seria uma companhia encantadora. Além disso, a fortuna de Monsieur Roque o tentava. No entanto, tal determinação o repugnava, parecendo-lhe uma fraqueza, um aviltamento.

Mas ele estava totalmente decidido (não importando o que tivesse que fazer) a mudar sua existência, isto é, a não mais perder o coração em paixões infrutíferas, e até hesitava em cumprir a missão da qual

Louise o havia encarregado. Era para comprar para ela, em Jacques Arnoux, duas grandes estatuetas policromadas representando negros, como as que existiam na prefeitura de Troyes. Ela conhecia o número do fabricante, não queria nenhum outro. Frédéric tinha medo de que, se ele voltasse para a casa deles, viesse a cair mais uma vez em seu antigo amor.

Essas reflexões o ocuparam durante toda a noite; e ele estava indo se deitar quando uma mulher entrou.

— Sou eu — disse Mademoiselle Vatnaz, rindo. — Eu venho da parte de Rosanette.

Então elas se reconciliaram?

— Meu Deus, sim! Eu não sou má, você sabe. Além disso, a pobre moça... Demoraria muito para lhe contar tudo.

Em suma, a Marechala queria vê-lo, esperava uma resposta, tendo sua carta passeado de Paris a Nogent; Mademoiselle Vatnaz não sabia o que havia nela. Então Frédéric perguntou sobre a Marechala.

Ela estava agora *com* um homem muito rico, um russo, o príncipe Tzernoukoff, que a tinha visto nas corridas do Champ de Mars no verão passado.

— Eles têm três carruagens, um cavalo de sela, libré, um lacaio no estilo chique inglês, uma casa de campo, um camarote no Italiens, e muitas coisas mais. É isso, meu caro.

E a Vatnaz, como se tivesse lucrado com essa mudança de fortuna, parecia mais alegre, bastante feliz. Ela tirou as luvas e examinou os móveis e bibelôs do quarto. Ela os cotava pelo preço justo, como um revendedor de segunda mão. Ele deveria tê-la consultado para comprá-los mais em conta; e ela o parabenizava pelo bom gosto:

— Ah! Que graça, extremamente bom! Só mesmo o senhor para ter essas ideias.

Então, percebendo uma porta no fundo da alcova:

— É por aí que as mulherzinhas saem, hein?

E, de maneira amigável, ela segurou seu queixo. Ele tremeu ao toque de suas mãos longas, ao mesmo tempo magras e macias. Ela tinha em volta dos pulsos uma orla de renda e, no corpete do vestido verde, passamanarias, como um hussardo. Seu chapéu de tule preto, com as abas caídas, escondia um pouco a testa; seus olhos brilhavam ali embaixo; um cheiro de patchuli escapava de seus bandós; o candeeiro, colocado sobre uma mesa de pedestal, iluminando-o por baixo como luzes da ribalta, salientava sua mandíbula; — e de repente, diante daquela mulher feia que tinha na cintura as curvas de uma pantera, Frédéric sentiu uma enorme luxúria, um desejo de volúpia bestial.

Ela lhe disse com uma voz melosa, tirando três quadrados de papel de seu porta-níqueis:

— Você vai ficar com isso!

Eram três lugares para uma apresentação em benefício de Delmar.

— O quê! Ele?

— Certamente!

Mademoiselle Vatnaz, sem dar maiores explicações, acrescentou que o adorava mais do que nunca. O ator, segundo ela, classificava-se definitivamente entre "as sumidades da época". E não era qualquer personagem que ele representava, mas o próprio gênio da França, o Povo! Ele tinha "a alma humanitária; compreendia o sacerdócio da Arte!". Frédéric, para se livrar daqueles elogios, deu-lhe o dinheiro para os três lugares.

— Não há necessidade de falar sobre isso lá! — Que tarde, meu Deus! Preciso deixá-lo. Ah! Esqueci o endereço: é rue Grange-Batelière, 14.

E, na porta:

— Adeus, homem amado!

"Amado de quem?", Frédéric perguntou a si mesmo. "Que pessoa singular!"

E voltou a se lembrar do que Dussardier uma vez lhe falara sobre ela: "Oh! Não é grande coisa!", como fazendo alusão a histórias pouco honoráveis.

No dia seguinte ele foi ver a Marechala. Ela morava em uma casa nova, cujos toldos avançavam para a rua. Em cada patamar havia um espelho na parede, uma jardineira rústica na frente das janelas, ao longo de todos os degraus um tapete de lona; e, quando se chegava de fora, o frescor da escada era relaxante.

Foi um criado que veio abrir a porta, um criado de colete vermelho. Na antessala, numa banqueta, uma mulher e dois homens, sem dúvida fornecedores, esperavam, como no vestíbulo de um ministro. À esquerda, a porta da sala de jantar entreaberta revelava garrafas vazias nos aparadores, guardanapos nas costas das cadeiras; e paralelamente estendia-se uma galeria, onde gravetos da cor do ouro sustentavam uma paliçada de rosas. Abaixo, no pátio, dois rapazes de braços nus, esfregavam um landau. Suas vozes se elevavam até o alto, com o som intermitente de uma almofaça sendo golpeada contra uma pedra.

O empregado voltou. "A senhora vai recebê-lo, cavalheiro"; e fê-lo atravessar uma segunda antessala, depois um grande salão, revestido de brocatel amarelo, com tranças nos cantos que se encontravam no teto e pareciam prolongar-se pelos arabescos do lustre em forma de cordas. Sem dúvida, tinha havido uma festa na noite anterior. Cinzas de charuto tinham ficado sobre os consoles.

Por fim, ele entrou em uma espécie de boudoir, confusamente iluminado por vitrais coloridos. Trevos de madeira entalhada adornavam o topo das portas; atrás de uma balaustrada, três colchões de púrpura formavam um divã que tinha o cachimbo de platina de um narguilé pendurado sobre ele. A lareira, em vez de espelho, tinha uma estante piramidal, exibindo em suas prateleiras toda uma coleção de curiosidades: velhos relógios de prata, vasos alongados de cristal da Boêmia, prendedores de pedrarias, botões de jade, esmaltes, miniaturas de porcelana da China, uma pequena virgem bizantina com um manto de vermeil; e tudo isso se fundia em um crepúsculo dourado, com a cor azulada do tapete, o reflexo madrepérola das banquetas, o tom fulvo das paredes forradas de couro marrom. Nos cantos, em pedestais, vasos de bronze continham tufos de flores que tornavam a atmosfera pesada.

Rosanette apareceu, vestida com um casaquinho de cetim rosa, com calças de caxemira branca, um colar de piastras e uma touca vermelha rodeada por um ramo de jasmim.

Frédéric fez um gesto de surpresa; então disse que estava trazendo "a coisa em questão", apresentando-lhe a nota de banco.

Ela olhou para ele com espanto; e, como ele continuava com a nota na mão, sem saber onde colocá-la:

— Ora, pegue-a!

Ela a pegou; depois, jogando-a sobre o divã:

— Você é muito amável.

Era para quitar um terreno em Bellevue, que ela pagava em prestações anuais. Tal displicência deixou Frédéric magoado. De resto, tanto melhor! Isso o vingava pelo passado.

— Sente-se! — ela disse. — Aqui, mais perto. — E, em tom sério: — Em primeiro lugar, eu tenho que te agradecer, meu caro, por ter arriscado a tua vida.

— Ora! Não foi nada!

— Como? Mas foi muito bonito!

E a Marechala mostrou-lhe uma gratidão constrangedora; pois ela devia pensar que ele lutara exclusivamente por Arnoux, tendo este último, que acreditava nisso, cedido à necessidade de dizer a ela.

"Talvez ela esteja zombando de mim", pensou Frédéric.

Ele não tinha mais nada a fazer e, alegando um encontro, levantou-se.

— Ah, não! Fique!

Ele se sentou novamente e a elogiou por seus trajes.

Ela respondeu, com um ar de consternação:

— É o Príncipe que me ama assim! E tenho que fumar com essas coisas — acrescentou Rosanette, apontando para o narguilé. — E se a gente experimentasse? Você quer?

Trouxeram fogo; como o tombac (fumo forte que usavam) era difícil de acender, ela começou a bater com impaciência. Depois, um langor apoderou-se dela; e ela ficou imóvel no divã, uma almofada debaixo do braço, o corpo um pouco torcido, um joelho dobrado, a outra perna esticada. A longa serpente de marroquim vermelho, que formava anéis pelo chão, enrolava-se em seu braço. Ela pressionava o bico de âmbar nos lábios e olhava para Frédéric, piscando os olhos através da fumaça cujas volutas a envolviam. A aspiração de seu peito fazia a água borbulhar, e ela sussurrava de vez em quando:

— Pobre amorzinho! Pobre querido!

Ele tentava encontrar um assunto agradável para uma conversa; a ideia de Vatnaz voltou-lhe à mente.

Ele disse que ela lhe parecera muito elegante.

— É claro! — respondeu a Marechala. — Está muito feliz por ter a mim sob seu controle, aquela lá! — sem dizer mais nada, de tanta restrição que havia em suas palavras.

Ambos sentiram um constrangimento, um obstáculo. Na verdade, o duelo do qual Rosanette acreditava ser a causadora lisonjeara seu amor-próprio. Depois ela ficou muito surpresa por ele não ter vindo logo tirar proveito de sua ação; e, para forçá-lo a voltar, ela havia imaginado aquela necessidade de quinhentos francos. Como era possível que Frédéric não pedisse em troca um pouco de ternura! Era um refinamento que a deixava maravilhada e, num ímpeto de emoção, ela lhe disse:

— Você gostaria de vir com a gente aos banhos de mar?

— *A gente*, quem?

— Eu e meu pássaro; vou fazer você passar por meu primo, como nas velhas comédias.

— Fico muito grato!

— Bem, então você vai se hospedar perto de nós.

A ideia de se esconder de um homem rico o humilhava.

— Não! É impossível.

— Como quiser!

Rosanette se virou, com uma lágrima nos olhos. Frédéric percebeu; e, para mostrar seu interesse, disse que estava feliz por vê-la, finalmente, em uma excelente posição.

Ela deu de ombros. O que a afligia, afinal? Por acaso seria por que não era amada?

— Oh! Eu sou sempre amada!

Ela acrescentou:

— Resta saber de que maneira.

Queixando-se de "sufocar com o calor", a Marechala desabotoou o casaquinho; e, sem outra vestimenta nas costas além da camisa de seda, inclinava a cabeça em seu ombro, com um ar de escrava cheio de provocações.

Um homem de um egoísmo menos refletido não teria pensado que o visconde, Monsieur de Comaing ou outro pudesse aparecer. Mas Frédéric já tinha sido enganado por esses mesmos olhares muitas vezes para se comprometer em uma nova humilhação.

Ela quis saber suas relações, suas diversões; até conseguiu indagar sobre seus negócios e oferecer-se para emprestar-lhe dinheiro, se ele precisasse. Frédéric, não conseguindo aguentar mais, pegou o chapéu.

— Estou indo, minha cara, divirta-se muito por lá; adeus! — Seus olhos se arregalaram; depois, num tom seco:

— Até à próxima!

Ele passou novamente pela sala de estar amarela e pela segunda antessala. Havia sobre a mesa, entre um vaso cheio de cartões de visita e uma escrivaninha, um cofre de prata cinzelada. Era de Madame Arnoux! Então ele sentiu uma emoção e, ao mesmo tempo como que o escândalo de uma profanação. Ele queria colocar as mãos nele, para abri-lo. Teve medo de ser visto e foi embora.

Frédéric foi virtuoso. Não voltou mais à casa dos Arnoux.

Mandou o seu criado comprar as duas estatuetas dos negros, depois de lhe fazer todas as recomendações indispensáveis: e a caixa partiu naquela mesma noite para Nogent. No dia seguinte, quando ele se dirigia à casa de Deslauriers, na curva da Rue Vivienne e do bulevar, Madame Arnoux apareceu diante dele, cara a cara.

Seu primeiro impulso foi recuar; então o mesmo sorriso surgiu em seus lábios e eles se aproximaram. Por um minuto, nenhum dos dois falou.

O sol a cercava; — e seu rosto oval, suas longas sobrancelhas, seu xale de renda preta, moldando a forma de seus ombros, seu vestido de seda mesclado, o buquê de violetas no canto de seu casaco, tudo lhe pareceu de um esplendor extraordinário. Uma suavidade infinita brotava de seus lindos olhos; e, balbuciando, ao acaso, as primeiras palavras que vieram:

— Como está Arnoux? — disse Frédéric.

— Muito bem, obrigada!

— E os seus filhos?

— Eles vão muito bem!

— Ah!... Ah! — Que belo dia hoje, não é?

— Magnífico, é verdade!

— Está fazendo compras?

— Sim!

E com um aceno lento de cabeça:

— Adeus!

Ela não lhe havia estendido a mão, não havia dito uma única palavra afetuosa, não tinha nem mesmo o convidado para ir à casa dela, não importava! Ele não teria trocado este encontro pela mais bela das aventuras; e ruminava a sua doçura enquanto seguia seu caminho.

Deslauriers, surpreso ao vê-lo, dissimulou seu descontentamento — pois ainda mantinha, por obstinação, alguma esperança com relação a Madame Arnoux; e havia escrito a Frédéric para ficar por lá, para que pudesse ficar mais livre em suas manobras.

Ele disse, no entanto, que tinha ido à casa dela para saber se o contrato deles estipulava a comunhão de bens do casal: caso em que seria possível recorrer contra a mulher; "e ela fez uma cara engraçada quando lhe contei sobre o seu casamento."

— Ora! Que invenção!

— Era preciso fazer isso, para mostrar que você precisava do seu capital! Uma pessoa indiferente não teria tido o tipo de síncope que a acometeu.

— Verdade? — exclamou Frédéric.

— Ah! Conquistador, você está se traindo! Seja franco, vamos!

Uma imensa covardia invadiu o apaixonado por Madame Arnoux.

— Não!... Garanto!... Minha palavra de honra!

Essas negações brandas acabaram convencendo Deslauriers. Ele o parabenizou. Ele lhe pediu "detalhes". Frédéric não os deu e até resistiu ao desejo de inventá-los.

Quanto à hipoteca, disse-lhe que não fizesse nada, que esperasse. Deslauriers achou que ele estava errado, e foi até mesmo brutal em suas objeções.

Além disso, ele estava mais sombrio, maldoso e irascível do que nunca. Em um ano, se a sorte não mudasse, ele embarcaria para a América ou estouraria seus miolos. Enfim, parecia tão furioso com tudo e tão absolutamente radical que Frédéric não pôde deixar de lhe dizer:

— Olhe só para você, parecendo o Sénécal.

Deslauriers, a esse respeito, informou-o de que ele tinha sido libertado de Sainte-Pélagie, pois o inquérito provavelmente não tinha fornecido provas suficientes para levá-lo a julgamento.

Na alegria dessa libertação, Dussardier quis "oferecer um ponche" e implorou a Frédéric "para fazer parte", avisando-o, porém, que se encontraria com Hussonnet, que tinha se mostrado excelente com Sénécal.

Na verdade, *Le Flambard* tinha acabado de se associar a uma empresa de negócios, mostrando em seus prospectos: "Agência de vinhedos. — Escritório de publicidade. — Escritório de Cobrança e de informações etc." Mas o boêmio temia que sua indústria prejudicasse sua reputação literária e havia contratado o matemático para cuidar das contas. Embora o local fosse medíocre, Sénécal, sem ele, teria morrido de fome. Frédéric, não querendo incomodar o bravo empregado, aceitou o convite.

Dussardier, três dias antes, tinha ele mesmo encerado as pedras vermelhas de sua mansarda, batido a poeira da poltrona e espanado a lareira, onde se via, sob um globo, um relógio de alabastro entre uma estalactite e uma garrafa de bebida. Como seus dois candelabros e seu castiçal não eram suficientes, ele havia emprestado duas lamparinas do concierge; e essas cinco luzes brilhavam na cômoda, coberta por três guardanapos, para amparar mais decentemente macarons, biscoitos, um brioche e doze garrafas de cerveja. Do lado oposto, contra a parede forrada com papel amarelo, uma pequena estante de mogno continha as *Fábulas* de Lachambeaudie,[67] *Mystères de Paris*, o *Napoléon* de Norvins[68] — e, no meio da alcova, sorria em uma

[67] Lachambeaudie (1806-1872) tinha publicado *Echoes of the Loire*, uma pequena crítica poética, na qual colaborou Monsieur de Persigny. Ele foi para Paris, tornou-se um saint-simoniano e, graças ao apoio de Enfantin, publicou, em 1839, suas famosas *Fables Populaires,* que tiveram grande sucesso e foram coroadas pela Académie Française. Em 1848, Lachambeaudie fez parte do clube Blanqui. Preso após as Jornadas de Junho, ele foi libertado após a intervenção de Béranger. Foi preso novamente no golpe de dezembro, mas seu ex-colaborador Persigny salvou-o da deportação para Cayenne. (1)

[68] De Norvins (1769-1854) publicou em 1827 uma *Histoire de Napoléon* em 4 volumes in-oitavo, que muitas vezes foi reimpressa e teve grande sucesso. (1)

moldura de jacarandá o rosto de Béranger, poeta que escreveu letras de canções de fervor revolucionário!

Os convidados eram (além de Deslauriers e Sénécal) um farmacêutico recém-formado, mas que não tinha os fundos necessários para se estabelecer; um jovem de *seu* estabelecimento comercial, um distribuidor de vinhos, um arquiteto e um senhor que trabalhava com seguros. Regimbart não pôde vir. Eles lamentaram.

Saudaram Frédéric com grandes demonstrações de simpatia, todos já conhecedores, por intermédio de Dussardier, de seu discurso na casa de Monsieur Dambreuse. Sénécal contentou-se em oferecer-lhe a mão, com ar digno.

Ele estava de pé, encostado na lareira. Os outros, sentados com cachimbos nos lábios, ouviam-no discursar a respeito do sufrágio universal,[69] do qual resultariam o triunfo da democracia e a aplicação dos princípios do Evangelho. Além do mais, o momento se aproximava; os banquetes reformistas se multiplicavam nas províncias;[70] Piemonte,[71] Nápoles,[72] Toscana...[73]

---

[69] Vários republicanos, principalmente Ledru-Rollins reclamavam o sufrágio universal. Eles eram chamados de radicais. (1)

[70] De julho a dezembro de 1847, a oposição organizou banquetes em toda a França em favor da reforma eleitoral. Duvergier de Hauranne havia proposto à Câmara de Deputados a redução do imposto eleitoral para 100 francos. Monsieur de Remusat pedia para excluir os funcionários da delegação. Essas duas propostas foram rejeitadas. Era pouco provável que a oposição tivesse sucesso, pois as eleições de 1846 tinham fortalecido a maioria conservadora; ela então decidiu agitar o país com a campanha de "Banquetes reformistas". Em 9 de julho de 1847 ocorreu em Paris um banquete no Château-Rouge. Foi seguido por muitos banquetes nas províncias. Em Mâcon, Lamartine encerrou seu discurso com estas palavras ameaçadoras: "Vai cair, esta realeza, estejam certos; ela vai cair, não com sangue, como em 89, mas cairá em sua armadilha. E depois de ocorridas as revoluções da liberdade e as contrarrevoluções da glória, vocês terão a revolução da consciência pública e a revolução do desprezo." Em Chalons, um brinde foi feito à Convenção. Outros banquetes aconteceram em Colmar, Pontoise, Reims, Estrasburgo, Dijon etc. (1)

[71] No início de 1848, o Piemonte estava muito agitado, como toda a Itália. Em 30 de outubro de 1847, o rei Charles-Albert, cedendo à pressão de seu povo, havia demitido seu ministro reacionário e anunciado várias reformas liberais: eleição de administradores locais, igualdade de classes nos conselhos das cidades, abolição de tribunais de emergência etc. (1)

[72] O rei Fernando II de Nápoles tinha sido obrigado a conceder, no dia 24 de janeiro de 1848, uma constituição baseada na Carta Francesa de 1830. O fato foi ainda mais significativo porque o rei Fernando II era, de todos os príncipes italianos, o mais hostil às ideias liberais. Sua atitude valeu até mesmo os parabéns do czar Nicolau, um bom juiz em matéria de absolutismo. (1)

[73] Monsieur Thureau-Dangin caracteriza assim a situação da Toscana no início de 1848: "Nenhum governo, uma imprensa desenfreada, uma guarda cívica em grande parte nas mãos dos radicais, os protestos de rua permanentes e degenerativos frequentemente em tumulto, em todos os lugares o grito de guerra contra a Áustria. O Grão-Duque da Toscana está à deriva, sem saber onde se ancorar", escreve M. de Barante. (THUREAU-DANGIN, *Histoire de la Monarchie de Juillet*, t. VII, pág. 278.) (1)

Esses banquetes eram uma das formas de propaganda a favor da reforma eleitoral. A agitação política era intensa em vários pontos da Itália (na qual, como se sabe, ainda não havia ocorrido a unificação). (2)

— É verdade — disse Deslauriers, interrompendo-o abruptamente —, isso não pode durar muito mais!

E ele começou a traçar um quadro da situação.

Havíamos sacrificado a Holanda para obter da Inglaterra o reconhecimento de Louis-Philippe;[74] e essa famosa aliança inglesa estava perdida, graças aos casamentos espanhóis![75] Na Suíça, Monsieur Guizot, na esteira do austríaco, apoiava os tratados de 1815.[76] A Prússia com sua *Zollverein* — a união alfandegária alemã —, nos preparava embargos.[77] A questão do Oriente continuava sem solução.[78]

— O fato do grão-duque Constantin mandar presentes para Monsieur d'Aumale não é uma razão para se vincular à Rússia. Quanto ao interior, nunca se viu tanta cegueira, tanta estupidez! A sua maioria já não se sustenta! Em toda parte, enfim, é, segundo a já conhecida palavra proferida por de Givré contra o governo de Guizot: Nada! Nada! Nada! E, diante de tantas vergonhas —

---

[74] Na verdade, a Inglaterra não teve dificuldade em reconhecer Louis-Philippe. (1)

[75] A política de Guizot no caso dos casamentos espanhóis foi muito enérgica. Ele estava imbuído da ideia de que a França não poderia perder a clientela da Espanha, deixando-a passar para a influência da Inglaterra. O entendimento cordial estava comprometido, mas a França não estava mais na mesma situação daquela do início do reinado de Louis-Philippe; ela tinha boas relações com todas as potências europeias, portanto, não fazia sentido sacrificar tudo pela aliança britânica. Lorde Palmerston tentou incitar os gabinetes europeus contra a França; ele falhou lamentavelmente. (1)

[76] Desde 1830, havia uma agitação surda na Suíça. O partido radical tendia a centralizar-se. Em 1845, os sete cantões católicos de Fribourg, Lucerne, Schwitz, Unterwalden, Uri, Valais e Zug formaram uma liga, a *Sonderbund*, e recusaram fazer cumprir o decreto da Assembleia Federal de expulsar as ordens religiosas. Os cantões protestantes se uniram, por sua vez. Os católicos, derrotados em Fribourg e Lucerne (1847), foram forçados a dissolver o *Sonderbund* e executar as ordens de expulsão. A Áustria e a França empreenderam uma intervenção diplomática em favor dos católicos, para garantir a liberdade cantonal concedida a cada cantão pelos tratados de 1815. Monsieur de Metternich até apoiou uma ação militar, mas esse projeto foi pouco apreciado por Guizot. A Inglaterra tomou em mãos a causa dos radicais, o que impediu qualquer intervenção franco-austríaca. A questão continuava pendente em 1848. (1)

[77] O *zollverein* era, na verdade, muito favorável à Prússia. Ele data de 1833. Em 1847, acontecia um evento mais importante: o rei da Prússia oferecia uma constituição a seus estados. Guizot parece ter sido muito clarividente nesta circunstância, a se julgar por estas palavras ao Embaixador da França em Viena (25 fevereiro de 1847): "Um fato considerável acaba de acontecer na Alemanha. O rei da Prússia forneceu uma constituição a seus Estados; o que Lord Palmerston vê acima de tudo é um triunfo de o espírito liberal ..." (1)

[78] A questão do Oriente estava lidando então com a Convenção dos Estreitos (13 de julho de 1841), de acordo com a qual a Turquia tinha o direito de proibir a entrada dos estreitos de Dardanelos e de Bósforo para navios de guerra de todas as nações. Foi uma vantagem para a Inglaterra e um fracasso das reivindicações da Rússia de monopolizar o Mar Negro. (1)

continuou o advogado, colocando as mãos na cintura, — eles se dizem satisfeitos!

Essa alusão a uma votação famosa provocou aplausos. Dussardier abriu uma garrafa de cerveja; a espuma espirrou nas cortinas, ele não deu atenção a isso; carregava os cachimbos, cortava o brioche, servia, tinha descido várias vezes para ver se o ponche viria; e eles não demoraram a se exaltar, todos tendo a mesma exasperação contra o Poder. Ela era violenta, sem outra causa senão o ódio à injustiça; e eles misturavam com queixas legítimas as mais estúpidas reprovações.

O farmacêutico resmungou a respeito do estado lamentável de nossa frota. O corretor de seguros não tolerava as duas sentinelas do marechal Soult.[79] Deslauriers denunciou publicamente os jesuítas, que acabavam de se instalar em Lille, publicamente.[80] Sénécal odiava bem mais Monsieur Cousin;[81] pois o ecletismo, ensinando a tirar a certeza da razão, desenvolvia o egoísmo, destruía a solidariedade; o distribuidor de vinhos, pouco entendendo dessas questões, observou em voz alta que se esqueciam de muitas infâmias:

— O vagão real da linha do Norte deve custar oitenta mil francos! Quem vai pagar por isso?

— Sim, quem vai pagar por isso? — retrucou o empregado do comércio, furioso como se o dinheiro tivesse sido tirado de seu bolso.

---

[79] Presidente do Conselho e Ministro da Guerra até 1847, Soult tinha dois sentinelas fazendo guarda diante de sua casa; sarcasmo da oposição. (2)

[80] Os jesuítas tinham sido expulsos, mais uma vez, em 1845; mas a medida não tinha sido aplicada com rigor. (2)

[81] Cousin foi, de certa forma, o grão-mestre da filosofia de Estado sob o reinado de Louis-Philippe. As doutrinas da escola eclética eram ensinadas automaticamente em todas as escolas de ensino médio e em todas as faculdades da França. Essa questão foi levantada no momento das discussões sobre liberdade de educação. Vários mandamentos de bispos censuraram as tendências racionalistas e panteístas da filosofia oficial. (1)

Seguiram-se recriminações contra os lobos da Bolsa[82] e a corrupção de funcionários.[83] Era preciso ir mais alto na escala social, segundo Sénécal, e acusar, sobretudo, os príncipes, que ressuscitavam os costumes da Regência.

— Não viram recentemente os amigos do Duque de Montpensier regressar de Vincennes, sem dúvida bêbados, perturbando com as suas canções os trabalhadores do Faubourg Saint-Antoine?

— Até se gritou: "Abaixo os ladrões!" — disse o farmacêutico. — Eu estava lá, eu gritei!

— Tanto melhor! O Povo finalmente está acordando, desde o escândalo de corrupção do processo Teste-Cubières.[84]

— De minha parte, me deu pena esse processo — disse Dussardier — porque isso desonra um velho soldado!

— Vocês sabem — continuou Sénécal — o que se descobriu na casa da duquesa de Praslin...[85]

---

[82] A agiotagem estava bastante desenvolvida após as primeiras ferrovias. "Foi como um estouro de novas empresas que lutavam por concessões, competiam com promessas em seus panfletos, pesquisavam, para seduzir duques e príncipes, notabilidades políticas e pessoal administrativo, ou mesmo generais e almirantes. Com a boca escancarada, o público estava pronto para morder todos os anzóis. Empolgados com o espetáculo de algumas fortunas rápidas, todos acreditavam ver ali um tesouro e correram para colocar as mãos nele. [...] Não só na Bolsa de Valores, mas também na Câmara, nos jornais, nos salões, quase não se falava em outra coisa. A competição entre diversas empresas na busca das concessões as pressionava a oferecer condições que eram extremamente onerosas para elas... Às vezes, preocupavam-se menos com a ferrovia a ser estabelecida do que com o lucro a ser alcançado pela valorização das ações. Foram fundadas algumas sociedades sem uma base real apenas para vender suas mortes a concorrentes mais fortes. Não era mais especulação, mas pura agiotagem, com as desordens e escândalos que se seguem, bruscas altas e baixas, entusiasmos e pânicos, fortunas feitas e desfeitas em um instante. O mercado público estava entregue aos golpes dos quais os ingênuos e os fracos eram geralmente as vítimas." (THUREAU-DANGIN, *Histoire de la Monarchie de Juillet*, t. VI, p. 33 e 34.)

[83] A corrupção de funcionários foi uma das acusações favoritas da oposição contra o governo de Louis-Philippe, especialmente no final do reinado. (1)

[84] Teste, presidente da Câmara no Tribunal de Cassação e Grande Oficial da Legião de Honra, foi processado sob a acusação de ter recebido, enquanto Ministro das Obras Públicas, em 1842, a quantia de cem mil francos para outorgar uma concessão de mina de sal-gema. O intermediário tinha sido o general Cubières, par de França e duas vezes ministro, em 1839 e 1840. Teste foi condenado em 17 de julho de 1847, pela Câmara dos pares, à degradação cívica, multa de 94 mil francos e três anos de prisão. O General Cubières e seus cúmplices Pellapra e Parmentier foram condenados à degradação cívica e a 10 mil francos de multa cada um. (1)

[85] A Duquesa de Choiseul-Praslin, filha do Marechal Sébastiani, foi assassinada na noite de 17 para 18 de agosto de 1847. Ela vivia mal com o marido; considerado pela investigação, apesar de suas negativas, de ter sido o perpetrador. Preso e prestes a comparecer perante a Câmara dos Pares, ele se suicidou no dia 21 de agosto, sem ter confessado. A opinião pública se apaixonou por esse assunto. Havia até mesmo aqueles que afirmavam que o duque de Choiseul não havia cometido suicídio, mas tinha conseguido escapar e estava morando na Inglaterra. (1)

Mas um chute abriu a porta. Hussonnet entrou.

— Salve, meus senhores! — ele disse, sentando-se na cama.

Nenhuma alusão foi feita ao seu artigo, que por sinal ele lamentava, após a Marechala tê-lo criticado duramente.

Tinha acabado de ver, no teatro de Dumas, *Le Chevalier de Maison--Rouge*, e ele "achava aquilo um tédio".

Tal julgamento surpreendeu os democratas — esse drama, por suas tendências, na verdade, sobretudo por seus cenários, acariciava suas paixões. Eles protestaram. Sénécal, para encerrar, perguntou se a peça servia à Democracia.

— Sim..., talvez; mas é de um estilo...

— Bem, ela é boa, então; o que é o estilo? Essa é a ideia!

E, sem permitir que Frédéric falasse:

— Então, eu estava sugerindo que no caso Praslin...

Hussonnet o interrompeu.

— Ah! Essa é outra lenga-lenga! Ela me irrita!

— E a outros, além de você! — retrucou Deslauriers. — Ela foi responsável pela apreensão de nada menos do que cinco jornais! Escutem esta nota.

E, puxando seu bloco de notas, ele leu:

"Sofremos, desde o estabelecimento da melhor das repúblicas, mil duzentos e vinte e nove processos contra a imprensa, dos quais, resultaram para os escritores em três mil cento e quarenta e um anos de prisão, com a pequena soma de sete milhões, cento e dez mil e quinhentos francos de multa".

— É lindo, não é?

Todos riram amargamente. Frédéric, animado como os outros, continuou:

— O *Démocratie pacifique*[86] tem um processo por seu folhetim, um romance chamado *La Part des Femmes*.

— Ora! Bom! — disse Hussonnet. — Se nos proíbem de ter nossa parte das mulheres!

---

[86] O *Démocratie pacifique,* "jornal dos interesses dos governos e dos povos", era um órgão fourierista, que foi publicado de 1º de agosto de 1843 a 30 de novembro de 1851, sob a direção de Victor Considerant. (1)

— Mas o que não é proibido? — exclamou Deslauriers. — É proibido fumar no Luxembourg, é proibido cantar o hino a Pio IX,[87] o papa que tinha instituído medidas mais liberais!

— E proíbem o banquete dos tipógrafos! — articulou uma voz surda.

Era a do arquiteto, ocultado pela sombra da alcova e em silêncio até então. Ele acrescentou que, na semana anterior, um homem chamado Rouget tinha sido condenado por insultar o rei.

— Rouget está frito! — disse Hussonnet.

Sénécal achou essa piada tão imprópria (rouget é também o nome de um peixe comestível) que o reprovou por defender "o charlatão do Hôtel de Ville,[88] o amigo do traidor Dumouriez,"[89] general do rei, desertor que se passou para o lado dos austríacos.

— Eu? Pelo contrário!

Ele achava Louis-Philippe clichê, estilo guarda nacional, o que havia de mais merceeiro e boné de algodão![90] E, colocando a mão no coração, o boêmio proferiu as frases sacramentais: "É sempre um novo prazer... — A nacionalidade polonesa não perecerá... — As nossas grandes obras vão continuar... — Deem-me dinheiro para a minha pequena família...". Todos riram muito, proclamando-o um sujeito adorável, cheio de espírito; a alegria redobrou ao ver a tigela de ponche que o limonadeiro trazia.

As chamas do álcool e das velas aqueceram rapidamente o apartamento; e a luz da mansarda, atravessando o pátio, iluminava a

---

[87] Eleito Papa em 1846, ele se mostrou no início fortemente liberal, atitude que não manteve depois. Os comentadores não esclareceram a alusão ao hino, nem a proibição de fumar no Luxembourg. (2)

[88] Alusão a uma caricatura que teve muito sucesso no reinado de Louis-Philippe e que representava o rei como um mágico embusteiro: "Aqui, senhores", dizia ele, "estão três copinhos: o primeiro é chamado de *Julho*, o segundo *Revolução* e o terceiro *Liberdade*. Eu pego o Revolução, que estava na esquerda, coloco na direita; o que estava na direita, coloco na esquerda. Faço uma troca de lugares que o diabo não entende, nem eu: coloco tudo isso sob o meio-termo, e com um pouco do pó de não intervenção, digo abracadabra... Acabou tudo, senhores; sem mais Liberdade e Revolução, que está na minha mão... a uma outra, senhores." (1)

[89] Em 1793, Louis-Philippe, então duque de Chartres, servia como general sob as ordens de Dumouriez; ele fugiu com esse último para evitar ser preso pelos comissários da Convenção. (1)

[90] Essas críticas eram dirigidas a Louis-Philippe durante todo o seu reinado e contribuíram para enfraquecer o prestígio de sua monarquia na opinião pública. (1)

orla de um telhado em frente com o cano de uma chaminé que se erguia negro contra a noite. Falavam muito alto, todos ao mesmo tempo; eles haviam tirado as sobrecasacas; chocavam-se contra os móveis, batiam os copos.

Hussonnet exclamou:

— Façam subir as grandes damas a bordo, para que seja mais como as de *Tour de Nesle*, de Dumas, mais cor local e à la Rembrandt.

E o farmacêutico, que girava o ponche indefinidamente, entoou a plenos pulmões:

Eu tenho dois grandes bois em meu estábulo,
Dois grandes bois brancos[91]...

Sénécal tapou-lhe a boca com a mão, não gostava de desordem; e os inquilinos apareceram em suas janelas, surpresos com o barulho incomum que faziam no apartamento de Dussardier.

O bravo rapaz estava feliz e disse que isso o fazia se lembrar das suas pequenas festas de antigamente, no Quai Napoléon; vários estavam faltando, no entanto, "Pellerin, por exemplo..."

— Podemos passar sem ele — disse Frédéric.

E Deslauriers perguntou sobre Martinon.

— O que foi feito desse interessante senhor?

Frédéric, dando imediatamente vazão à sua má vontade para com ele, atacou sua capacidade mental, seu caráter, sua falsa elegância, o homem inteiro. Era o perfeito espécime de um camponês carreirista! A nova aristocracia, a burguesia, não valia a antiga, a nobreza. Ele sustentou isso; e os democratas aprovavam, — como se ele tivesse

---

[91] A famosa canção *Bœufs*, de Pierre Dupont, datava de 1845. Dupont deveu uma grande parte de seu sucesso às suas orientações sociais, democráticas e republicanas (que o fizeram ser deportado em 1851): essa é, sem dúvida, a razão do caloroso estudo que Baudelaire lhe consagra em 1851. Dez anos mais tarde, um segundo artigo de Baudelaire será igualmente amigável, porém mais moderado. (2)

feito parte de uma e eles tivessem frequentado a outra.[92] Ficaram maravilhados com ele. O farmacêutico chegou mesmo a compará-lo a Monsieur d'Alton-Shée,[93] que, embora fosse um par de França, defendia a causa do Povo.

A hora de ir embora havia chegado. Todos se separaram com grandes apertos de mão; Dussardier, por delicadeza, acompanhou Frédéric e Deslauriers. Assim que estavam na rua, o advogado pareceu refletir e, após um momento de silêncio:

— Então você está com muita raiva dele, de Pellerin?

Frédéric não escondeu seu rancor.

O pintor, porém, tinha retirado da vitrine o famoso quadro. Não devemos nos indispor por bobagens! Que vantagem há em criar um inimigo?

— Ele se deixou levar por uma alteração de humor, desculpável em um homem que não tem dinheiro. Você não consegue entender isso, você!

E, após Deslauriers ter entrado em casa, o outro não largou Frédéric; ele até o incentivou a comprar o retrato. Na verdade, Pellerin, sem esperança de intimidá-lo, havia combinado com os amigos para que eles o convencessem a comprá-lo.

Deslauriers falou sobre isso novamente, insistiu. As pretensões do artista eram razoáveis.

— Estou certo de que, talvez por quinhentos francos...

— Ah! Dê você esse dinheiro! Tome! — disse Frédéric.

---

[92] "Afirmava-se que o poder dessa classe (a burguesia) levava ao restabelecimento de um novo feudalismo, o "Feudalismo financeiro", ou, para falar como Proudhon, à substituição da aristocracia pela "bancocracia". Parecia, afinal, que era bem-visto, nesse momento, falar mal da burguesia. Era contra ela que doravante se exercia a sátira, que se faziam caricaturas; era dela que se zombava nos traços de Prudhomme ou Paturot. Sua preponderância havia despertado o ciúme. A nobreza, que ela tratava como derrotada, e o povo, a quem ela tratava como suspeito, também estavam ansiosos em culpá-la, e ambos concordavam em censurá-la por um materialismo pelo qual se orgulhavam de não terem sido afetados no mesmo grau" (THUREAUDANGIN, *Histoire de la Monarchie de Juillet*, t. VI, p. 48 e 49). (1)

[93] O conde de Alton-Shée (1810-1874) entrou na Câmara de pares em 1836. Ele votou primeiro com os conservadores, apoiou a política de Guizot, depois, em 1847, repentinamente passou para a oposição. Em 1848 ele se tornou um republicano muito avançado. (1)

Naquela mesma noite, o quadro foi levado. Ele parecia ainda mais abominável do que da primeira vez. Os meios-tons e as sombras haviam se tornado plúmbeos sob os muitos retoques e pareciam escurecidos em comparação com as luzes, que, permanecendo brilhantes aqui e ali, se chocavam com o conjunto.

Frédéric vingou-se por ter tido de pagá-lo, denegrindo-o amargamente. Deslauriers acreditou em sua palavra e aprovou sua conduta, pois ainda aspirava constituir uma falange da qual seria o cabeça; alguns homens ficam felizes em obrigar seus amigos a fazer coisas que são desagradáveis para eles.

Nesse meio-tempo, Frédéric não havia retornado à casa dos Dambreuse. Ele carecia de capital. Teria que dar explicações infinitas; hesitava em tomar uma decisão. Ele estaria certo? Nada era seguro agora, principalmente o negócio das hulhas; era preciso abandonar aquele mundo; finalmente, Deslauriers o afastou da empreitada. À força do ódio, ele se tornara virtuoso; e, além disso, gostava mais de Frédéric na mediocridade. Dessa maneira, ele permanecia sendo seu igual e em comunhão mais íntima com ele.

A encomenda de estatuetas de Mademoiselle Roque tinha sido muito mal executada. O pai escreveu para ele, fornecendo as explicações mais precisas, e terminando sua carta com esta tolice: "Correndo o risco de lhe dar um trabalhão".

Frédéric não tinha o que fazer a não ser voltar à casa de Arnoux. Ele subiu até a loja e não viu ninguém. Com a casa de comércio em ruínas, os funcionários imitavam o descuido do chefe.

Ele seguiu ladeando a longa prateleira carregada de faianças que ocupava o meio do recinto de ponta a ponta; então, nos fundos, em frente ao balcão, ele bateu mais forte os pés no chão para se fazer ouvir.

A portinha se abriu, Madame Arnoux apareceu.

— O quê, a senhora aqui! A senhora!

— Sim — ela balbuciou, um pouco confusa. — Eu estava procurando...

Ele viu o lenço dela perto da escrivaninha e adivinhou que ela descera para a loja do marido para procurar algo, para provavelmente esclarecer uma inquietação.

— Mas… talvez o senhor precise de alguma coisa? — ela disse.

— Nada, senhora.

— Esses funcionários são insuportáveis! Eles estão sempre ausentes.

Eles não deviam ser censurados. Pelo contrário, ele se alegrava pela circunstância.

Ela olhou para ele ironicamente.

— Bem, e esse casamento?

— Que casamento?

— O seu!

— Meu? De jeito nenhum!

Ela fez um gesto de negação.

— E mesmo que fosse, afinal? Refugiamo-nos no medíocre, no desespero de não alcançar o belo com que sonhamos!

— Todos os seus sonhos, porém, não eram assim tão… cândidos!

— O que está querendo dizer?

— Quando você vai para as corridas com… certas pessoas!

Ele amaldiçoou a Marechala. Uma lembrança veio-lhe à mente.

— Mas foi a senhora mesma, no passado, que me pediu para vê-la, no interesse de Arnoux!

Ela replicou, balançando a cabeça:

— E você aproveita para se distrair.

— Meu Deus! Vamos esquecer todas essas tolices!

— É justo, já que você vai se casar!

E ela conteve um suspiro, mordendo os lábios.

Então ele exclamou:

— Mas eu repito que não! É possível acreditar que eu, com as minhas necessidades de inteligência, meus hábitos, vá me enterrar na província para jogar cartas, vigiar pedreiros e andar de tamancos! Com que propósito, então? Disseram que ela era rica, certo? Ah! Eu não me importo com dinheiro! Será que depois de ter desejado tudo o que há de mais belo, mais terno, mais encantador, uma espécie de paraíso em forma humana, depois de ter finalmente encontrado esse ideal, essa visão que esconde de mim todas as outras…

E, segurando sua cabeça com as duas mãos, ele começou a beijá-la nas pálpebras, repetindo:

— Não! Não! Não! Eu nunca vou me casar! Nunca! Nunca!

Ela aceitava essas carícias, congelada de surpresa e encantamento.

A porta da loja sobre a escada se fechou novamente. Ela deu um pulo; e ficou com a mão estendida, como que para lhe pedir silêncio. Passos se aproximaram. Então alguém disse lá fora:

— A Madame está?

— Entre!

Madame Arnoux estava com o cotovelo no balcão e enrolava silenciosamente uma pena entre os dedos quando o guarda-livros abriu a portinhola.

Frédéric se levantou:

— Madame, tenho a honra de cumprimentá-la. O serviço estará pronto, certo? Posso contar com isso?

Ela não respondeu nada. Mas essa cumplicidade silenciosa inflamou seu rosto com todos os rubores do adultério.

No dia seguinte, ele voltou à casa dela, foi recebido; e, para continuar suas investidas, imediatamente, sem preâmbulos, Frédéric começou justificando-se pelo encontro no Champ de Mars. Só o acaso o tinha feito encontrar-se com aquela mulher. Admitindo que ela fosse bonita (o que não era verdade), como ela poderia invadir seu pensamento, mesmo que por um minuto, uma vez que ele amava outra?

— A senhora sabe muito bem disso, eu já lhe havia dito.

Madame Arnoux baixou a cabeça.

— Lamento que tenha me dito uma coisa dessas.

— Por quê?

— As conveniências mais simples agora exigem que eu nunca mais o veja!

Ele alegou a inocência de seu amor. O passado devia lhe responder pelo futuro; ele havia prometido a si mesmo não perturbar a existência dela, não a perturbar com suas queixas.

— Mas ontem meu coração estava transbordando.

— Não devemos mais pensar naquele momento, meu amigo!

Porém, que mal haveria se dois pobres seres misturassem sua tristeza?

— Porque sei que a senhora também não está feliz! Oh! Eu a conheço, a senhora não tem ninguém que atenda às suas necessidades de afeto, de devoção; farei tudo o que quiser! Não vou magoá-la!... Eu lhe juro.

E deixou-se cair de joelhos, apesar de tudo, cedendo sob um peso interior doloroso demais.

— Levante-se! — ela disse —, eu lhe ordeno!

E ela imperiosamente declarou que, se não a obedecesse, ele nunca mais voltaria a vê-la.

— Ah! Eu a desafio a fazê-lo! — Frédéric replicou. — O que eu tenho a fazer nesse mundo? Os outros lutam por riqueza, fama, poder! Eu, eu não tenho posição, a senhora é minha ocupação exclusiva, toda minha fortuna, a meta, o centro de minha existência, de meus pensamentos. Não posso mais viver sem a senhora, assim como não posso viver sem o ar do céu! Será que a senhora não sente a aspiração de minha alma elevando-se em direção à sua, e que elas precisam se fundir, e que eu morro por isso?

Madame Arnoux começou a tremer em todos os seus membros.

— Oh! Vá embora! Eu lhe suplico!

A expressão perturbada em seu rosto o deteve. Então ele deu um passo. Mas ela se afastou, juntando as mãos.

— Deixe-me! Em nome dos céus! Por favor!

E Frédéric a amava tanto, que saiu.

Logo ele foi tomado de cólera contra si mesmo, declarou-se um imbecil e, vinte e quatro horas depois, ele voltou.

Madame não estava lá. Ele permaneceu no topo da escada, atordoado de fúria e de indignação. Arnoux apareceu e informou-o de que a mulher, naquela mesma manhã, tinha partido para se instalar numa pequena casa de campo que alugavam em Auteuil, por não possuírem mais a de Saint-Cloud.

— Ainda é um de seus caprichos! Enfim, se isso é bom para ela! E para mim também, afinal de contas; tanto melhor! Vamos jantar juntos esta noite?

Frédéric alegou um assunto urgente e depois correu para Auteuil.

Madame Arnoux deixou escapar um grito de alegria. Então, todo o seu rancor desvaneceu-se.

Ele não falou mais de seu amor. Para lhe inspirar mais confiança, até exagerou sua reserva; e, quando ele perguntou se poderia voltar, ela respondeu: "Mas sem dúvida", oferecendo sua mão, que retirou quase que imediatamente.

Frédéric, a partir de então, multiplicou suas visitas. Ele prometia ao cocheiro vultosas gorjetas. Mas muitas vezes a lentidão do cavalo o deixava impaciente, ele descia; depois, sem fôlego, subia em um ônibus; e com desdém examinava os rostos das pessoas sentadas à sua frente, que não iam à casa dela!

Ele reconhecia sua casa de longe, por uma enorme madressilva cobrindo as pranchas do telhado de um lado; era uma espécie de chalé suíço pintado de vermelho, com uma varanda externa. No jardim havia três velhas castanheiras e, no centro, num terreno elevado, um guarda-sol de bambu apoiado num tronco de árvore. Sob a ardósia dos muros, uma grande videira mal amarrada pendia em alguns pontos, como um cabo podre. A sineta do portão, um pouco difícil de puxar, prolongava seu toque, e sempre demorava muito para alguém responder. Toda vez, ele sentia uma angústia, um medo indeterminado.

Depois ouvia estalar na areia os chinelos da empregada; ou então era a própria Madame Arnoux que aparecia. Ele chegou, um dia, por detrás de suas costas, quando ela estava agachada, em frente ao gramado, colhendo violetas.

O temperamento de sua filha a tinha forçado a interná-la no convento. Seu filho passava a tarde em uma escola, Arnoux fazia longos almoços no Palais-Royal, com Regimbart e o amigo Compain. Nenhum aborrecimento poderia surpreendê-los.

Tinha ficado bem claro que eles não deveriam pertencer um ao outro. Essa convenção, que os protegia do perigo, facilitava seus desabafos.

Ela lhe contou sobre sua existência anterior, em Chartres, na casa de sua mãe; sua devoção por volta dos doze anos; depois, sua paixão pela música, quando cantava até o cair da noite, no seu quartinho, de onde se avistavam as muralhas. Ele lhe contou sobre suas melancolias na faculdade, e como em seu céu poético brilhava o rosto de uma mulher, tanto que quando a viu pela primeira vez, ele a reconhecera.

Esses discursos geralmente abrangiam apenas os anos em que se frequentavam. Ele a lembrava de detalhes insignificantes, a cor de seu vestido em dada época, que pessoa tinha vindo em tal dia, o que ela havia dito uma outra vez; e ela respondia maravilhada:

— Sim, eu me lembro!

Seus gostos, seus julgamentos eram os mesmos. Muitas vezes, um dos dois, ao ouvir o outro, exclamava:

— Eu também!

E o outro, por sua vez, replicava:

— Eu também!

Depois, eram as inúmeras reclamações sobre a Providência:

— Por que o céu não quis? Se tivéssemos nos conhecido!...

— Ah! Se eu fosse mais jovem! — ela suspirava.

— Não! Eu, um pouco mais velho.

E imaginavam uma vida entregue exclusivamente ao amor, fecunda o suficiente para preencher as mais vastas solidões, superando todas as alegrias, desafiando todas as misérias, em que as horas teriam desaparecido em uma contínua efusão de si mesmos, e que produziria algo tão resplandecente e elevado como o pulsar das estrelas.

Quase sempre eles ficavam ao ar livre no topo da escada; copas de árvores amareladas pelo outono ondulavam diante deles, de forma irregular, até a borda do céu pálido; ou então eles iam até o final da avenida, em um pavilhão cujo único móvel era um sofá de lona cinza. Pontos pretos manchavam o espelho; as paredes exalavam um odor de mofo; — e eles ficavam lá, conversando sobre si mesmos, sobre os outros, sobre qualquer coisa, extasiados. Às vezes, os raios do sol, cruzando a veneziana, se estendiam do teto ao chão como as cordas de uma lira, partículas de poeira giravam nessas barras luminosas. Ela se divertia espalhando-os com a mão; — Frédéric a agarrava, gentilmente; e ele contemplava o entrelaçado de suas veias, os grãos de sua pele, a forma de seus dedos. Cada um de seus dedos era, para ele, mais do que uma coisa, quase uma pessoa.

Ela lhe deu suas luvas, na semana seguinte, seu lenço. Ela o chamava de "Frédéric", ele a chamava de "Marie", adorando aquele nome, feito de propósito, dizia ele, para ser suspirado em êxtase, e que parecia conter nuvens de incenso, salpicadas de rosas.

Chegaram a fixar com antecedência os dias de suas visitas; e saindo, como que por acaso, ela ia ao seu encontro, na estrada.

Ela não fazia nada para instigar o seu amor, perdida naquela displicência que caracteriza as grandes felicidades. Durante toda a temporada, ela usou um roupão de seda marrom debruado com veludo da mesma cor, uma vestimenta solta adequada ao langor de sua postura e de sua fisionomia séria. Aliás, ela estava atingindo o outono das mulheres, um momento de reflexão e de ternura, quando a maturidade que começa colore o olhar com uma chama mais profunda, quando a força do coração se mistura à experiência de vida, e quando, no final do seu desabrochar, todo o ser transborda de riquezas na harmonia de sua beleza. Ela nunca tinha sido mais doce, mais complacente. Certa de não cair em erro, ela se entregava a um sentimento que lhe parecia um direito conquistado por suas dores. Além do mais, aquilo era tão bom e tão novo! Que abismo entre a grosseria de Arnoux e a adoração de Frédéric!

Ele tremia ao pensar em perder, com uma palavra, tudo o que acreditava ter conquistado, dizendo a si mesmo que uma oportunidade perdida pode ser recuperada, mas uma bobagem feita nunca pode ser reparada. Ele queria que ela se entregasse, não que ele a tomasse. A certeza de seu amor o deleitava como um antegozo da posse, e então o encanto de sua pessoa perturbava seu coração mais do que seus sentidos. Era uma beatitude indefinida, um tal enlevo que ele se esquecia até da possibilidade de uma felicidade absoluta. Longe dela, desejos furiosos o devoravam.

Logo houve grandes intervalos de silêncio em seus diálogos. Às vezes, uma espécie de pudor sexual os fazia corar um diante do outro. Todas as precauções para esconder seu amor o revelavam; quanto mais forte ficava, mais contidas eram suas maneiras. Com o exercício de tal mentira, sua sensibilidade se exasperou. Eles se deleitavam deliciosamente com o cheiro de folhas úmidas, sofriam com o vento leste, tinham irritações sem causa, presságios fúnebres; o som de passos, o rangido da madeira os aterrorizava como se fossem culpados; eles se sentiam empurrados para um abismo; uma atmosfera tempestuosa os envolvia; e, quando as reclamações escapavam de Frédéric, ela acusava a si mesma.

— Sim! Eu estou agindo errado! Eu pareço uma sedutora! Portanto, não venha mais!

Então ele repetia os mesmos juramentos, — que ela ouvia com prazer todas as vezes.

Seu retorno a Paris e os empecilhos do dia de Ano-Novo suspenderam um pouco seus encontros. Quando ele voltou, havia, em seu comportamento, algo de mais ousado. Ela saía a cada minuto para dar ordens e recebia, apesar de seus pedidos, todos os burgueses que iam vê-la. Entregavam-se, então, a conversas sobre Léotade, Monsieur Guizot, o Papa,[94] a insurreição de Palermo[95] e o banquete do 12º Arrondissement,[96] que causava inquietações. Frédéric sentia-se aliviado protestando contra o Poder; pois ele desejava, como Deslauriers, uma reviravolta universal, de tão amargo que estava agora. Madame Arnoux, por sua vez, tornava-se melancólica.

Seu marido, esbanjando extravagâncias, mantinha uma operária da fábrica, a quem chamavam de Bordelesa. A própria Madame Arnoux contou isso a Frédéric. Ele queria extrair daí um argumento "já que ela era traída".

— Oh! Não estou nem um pouco preocupada com isso! — ela disse.

---

[94] Pio IX havia sido proclamado papa em 17 de junho de 1846. Ele fez, em seus estados, várias reformas, que lhe valeram uma grande popularidade. Nos primeiros dias de 1848, o Papa não podia aparecer em Roma sem ser objeto de ovações entusiásticas. "É o Domingo de Ramos que precede a paixão", diz o pontífice clarividente. Na verdade, sua recusa em assumir a liderança de uma espécie de cruzada italiana contra a Áustria (fevereiro de 1848) foi o prelúdio da revolução e da Proclamação da República romana. (1)

[95] Em janeiro de 1848, a insurgente Palermo repeliu as tropas do rei de Nápoles, reivindicou a autonomia da Sicília e a constituição liberal de 1812. (1)

[96] A oposição havia organizado, para o dia 13 de janeiro de 1848, um banquete reformista no 12º arrondissement de Paris (Distrito do Panthéon). O chefe de polícia recusou a autorização necessária. Em 7 de fevereiro, Monsieur Duvergier de Hauranne levou a questão à galeria da Câmara dos Deputados. A discussão se estendeu por vários dias. (1)

Essa declaração lhe pareceu fortalecer completamente sua intimidade. Arnoux desconfiava de algo?

— Não! Agora não!

Ela lhe disse que uma noite ele os deixara sozinhos, depois voltara, ouvira atrás da porta e, como os dois falavam de assuntos indiferentes, ela vivia desde então em plena segurança:

— Com razão, não é? — disse Frédéric amargamente.

— Provavelmente sim!

Ela teria feito melhor em não arriscar tal palavra.

Um dia ela não estava em casa na hora em que ele costumava vir. Foi, para ele, como uma traição.

Ele então ficou bravo ao ver, ainda plantadas em um copo d'água, as flores que lhe trazia.

— Onde você queria que elas estivessem?

— Ora! Não ali! Aliás, elas estão ali num lugar menos frio do que no seu coração.

Algum tempo depois, censurou-a por ter estado no Italiens, na véspera, sem avisá-lo. Outros tinham-na visto, admirado, talvez amado; Frédéric apegava-se a suas suspeitas apenas para discutir com ela, para atormentá-la; porque ele estava começando a odiá-la, e era bom que ela experimentasse ao menos uma parte de seus sofrimentos!

Uma tarde (em meados de fevereiro), ele a surpreendeu muito emocionada. Eugène reclamava de dor de garganta. O médico havia dito, porém, que não era nada, um forte resfriado, uma gripe. Frédéric ficou surpreso com o ar abatido da criança. Mesmo assim, tranquilizou sua mãe, citando como exemplo várias crianças de sua idade que acabavam de ter doenças semelhantes e tinham rapidamente se curado.

— É mesmo?

— Mas sim, claro!

— Oh! Como você é bom!

E ela pegou a sua mão. Ele a apertou entre as suas.

— Oh! Largue-a.

— Não há problema, já que é a quem a consola que a senhora a oferece!... Acredita em mim quando falo dessas coisas e duvida de mim... quando falo de meu amor!

— Não duvido disso, meu pobre amigo!

— Por que essa desconfiança, como se eu fosse um desgraçado capaz de abusar!...

— Oh, não!

— Se eu tivesse apenas uma prova!...

— Que prova?

— Aquela que se daria ao primeiro que chegasse, que já deu a mim.

E ele a lembrou de que uma vez eles saíram juntos, em um crepúsculo de inverno, um dia de nevoeiro. Tudo aquilo estava muito longe agora! Quem, aliás, a impedia de se mostrar de braço dado com ele, diante de todos, sem medo de sua parte, sem nenhum motivo oculto da parte dele, não tendo ninguém por perto para importuná-los?

— Que seja! — ela disse, com uma bravura de decisão que a princípio surpreendeu Frédéric.

Mas ele retomou prontamente:

— Quer que eu a espere na esquina da Rue Tronchet com a Rue de la Ferme?

— Meu Deus! Meu amigo... — balbuciou Madame Arnoux.

Sem lhe dar tempo para pensar, ele acrescentou:

— Na próxima terça, então?

— Terça-feira?

— Sim, entre duas e três horas!

— Estarei lá!

E ela desviou o rosto, com um gesto de vergonha. Frédéric pôs os lábios na sua nuca.

— Oh! Isso não está certo — disse ela. — Você me faria arrepender-me.

Ele deu um passo para o lado, temendo a inconstância típica das mulheres. Então, na soleira, sussurrou baixinho, como algo bem combinado:

— Até terça-feira!

Ela baixou os lindos olhos de forma discreta e resignada. Frédéric tinha um plano.

Ele esperava que, graças à chuva ou ao sol, ele pudesse fazê-la parar na soleira de alguma porta, e que, uma vez na porta, ela entraria na casa. O difícil era encontrar uma que fosse adequada.

Começou então a procurar e, no meio da Rue Tronchet, leu à distância, em uma placa: *Apartamentos mobiliados*.

O rapazinho, percebendo sua intenção, mostrou-lhe imediatamente, no mezanino, um quarto e um gabinete com duas saídas. Frédéric o alugou por um mês e pagou adiantado.

Depois ele foi a três lojas para comprar o perfume mais raro; comprou um corte de guipura falsa para substituir a medonha colcha vermelha de algodão, escolheu um par de chinelos de cetim azul; somente o medo de parecer grosseiro moderou suas compras; ele voltou com elas; — e com mais devoção do que os que montam santuários, mudou os móveis de lugar, colocou ele mesmo as cortinas, colocou urzes na lareira, violetas sobre a cômoda; ele gostaria de revestir o quarto todo de ouro. "É amanhã", dizia a si mesmo, "sim, amanhã! Eu não estou sonhando." E sentia seu coração bater violentamente sob o delírio de sua esperança; depois, quando tudo ficou pronto, colocou a chave no bolso, como se a felicidade que ali dormia pudesse voar. Uma carta de sua mãe o esperava em casa.

"Por que uma ausência tão longa? Seu comportamento está começando a parecer ridículo. Eu entendo que, em certa medida, você tenha inicialmente hesitado com respeito a essa união; no entanto, reflita!"

E ela especificava as coisas: quarenta e cinco mil libras de renda. Aliás, "era o que se falava"; e Monsieur Roque esperava uma resposta definitiva. Quanto à jovem, sua posição era verdadeiramente embaraçosa. "Ela te ama muito".

Frédéric abandonou a carta sem terminá-la e abriu uma outra, um bilhete de Deslauriers.

Meu velho, A *pera*[97] está madura. De acordo com sua promessa, contamos com você. Vamos nos reunir amanhã ao amanhecer, Place du Panthéon. Entre no Café Soufflot. Preciso falar com você antes da manifestação.

"Ah! Eu os conheço, suas manifestações". Muito grato! Eu tenho um encontro mais agradável.

E no dia seguinte, já às onze horas, Frédéric tinha saído. Ele queria dar uma última olhada nos preparativos; pois, quem sabe, ela não poderia chegar mais cedo? Ao despontar na Rue Tronchet, ele ouviu um grande clamor atrás da Madeleine; deu um passo à frente; e viu no final da praça, à esquerda, pessoas em roupas de trabalho e burgueses.

De fato, um manifesto publicado nos jornais tinha convocado a esse lugar todos os assinantes do banquete reformista. O Ministério, quase que imediatamente, havia afixado uma proclamação proibindo isso. Na noite anterior, a oposição parlamentar havia desistido; mas os patriotas, que desconheciam essa resolução dos líderes, tinham ido a esse encontro, acompanhados por um número grande de curiosos. Uma delegação de escolas tinha ido mais cedo à casa de Odillon Barrot, opositor do rei, um dos organizadores dos banquetes reformistas. Ela estava agora no Ministério dos Negócios Estrangeiros; e não se sabia se o banquete aconteceria, se o Governo cumpriria sua ameaça, se a Guarda Nacional se apresentaria. Era a cólera contra os deputados e contra o Poder. A multidão crescia mais e mais, quando de repente o refrão da *Marseillaise* vibrou no ar.

Era a coluna de estudantes chegando. Caminhavam a passo, em duas filas, em boa ordem, com aspecto irritado, de mãos nuas, e todos gritando a intervalos:

— Viva a Reforma! Abaixo Guizot!

---

[97] *Poire*, em francês, apelido que se referia a Louis-Philippe, que os caricaturistas representavam habitualmente com uma cabeça em forma de pera. (2)

Os amigos de Frédéric estavam lá, é claro. Eles iriam vê-lo e arrastá-lo. Ele rapidamente se refugiou na Rue de l'Arcade.

Depois de terem circundado a Madeleine duas vezes, os estudantes desceram para a Place de la Concorde. Ela estava repleta; e a multidão aglomerada parecia, à distância, um campo de espigas negras que oscilavam.

No mesmo momento, soldados de infantaria puseram-se a postos para a batalha, à esquerda da igreja.

Os grupos continuavam parados, no entanto. Para acabar com isso, agentes de polícia, fazendo-se passar por burgueses, prendiam os mais rebeldes e os levavam para a delegacia, brutalmente. Frédéric, apesar de sua indignação, permaneceu em silêncio; poderiam tê-lo levado com os outros e ele teria perdido Madame Arnoux.

Pouco tempo depois, apareceram os capacetes dos guardas municipais. Eles batiam ao redor deles com a parte plana do sabre. Um cavalo caiu; eles correram para ajudá-lo e, assim que o cavaleiro subiu na sela, todos fugiram.

Então houve um grande silêncio. A chuva fina, que molhava o asfalto, não caía mais. As nuvens se afastavam, suavemente varridas pelo vento oeste.

Frédéric começou a caminhar pela Rue Tronchet, olhando para frente e para trás.

Finalmente soaram as duas horas.

"Ah! É agora!", disse a si mesmo, "ela está saindo de casa, está chegando"; e, um minuto depois: "Ela já deveria ter chegado". Até as três horas ele tentou se acalmar. "Não, ela não está atrasada; um pouco de paciência!"

E, sem ter o que fazer, examinava as poucas lojas: um livreiro, um seleiro, uma funerária. Logo, ele ficou sabendo todos os nomes das obras, todos os arreios, todos os tecidos. Os mercadores, ao vê-lo passar e voltar a passar continuamente, ficaram primeiro surpresos, depois assustados, e fecharam suas portas.

Sem dúvida ela tinha um impedimento e devia também sofrer por isso. Mas que alegria daqui a pouco! — Porque ela estava vindo, isso era certo! "Ela me prometeu!" No entanto, uma angústia insuportável o dominava.

Com um gesto irracional, entrou no hotel, como se ela pudesse estar ali. Neste mesmo instante, ela poderia estar vindo pela rua. Correu para lá. Ninguém? E ele começou novamente a andar de um lado para o outro.

Fitava as rachaduras nas pedras do pavimento, a boca das calhas, os candelabros, os números acima das portas. Os menores objetos tornaram-se para ele companheiros, ou melhor, espectadores irônicos, e as fachadas regulares das casas pareciam-lhe implacáveis. Ele estava sofrendo com frio nos pés. Sentia-se desmanchar em desânimo. A vibração de seus passos sacudia seu cérebro.

Quando viu no seu relógio que eram quatro horas, sentiu uma espécie de vertigem, um terror. Tentou repetir versos, calcular qualquer coisa, inventar uma história. Impossível! A imagem de Madame Arnoux o obcecava. Ele queria correr ao seu encontro. Mas que caminho seguir para não se desencontrarem?

Aproximou-se de um mensageiro, pôs cinco francos na sua mão e o encarregou de ir à Rue Paradis, à casa de Jacques Arnoux, para perguntar ao porteiro "se Madame estava em casa". Em seguida, parou na esquina da Rue de la Ferme com a Rue Tronchet, de modo que pudesse ver as duas ao mesmo tempo. Ao fundo do que sua visão abarcava, no bulevar, massas confusas deslizavam. Ele às vezes conseguia distinguir um penacho de um dragão, um chapéu de mulher; e erguia os olhos para identificar. Uma criança maltrapilha, que mostrava uma marmota em uma caixa, pediu-lhe esmolas, sorrindo.

O homem da jaqueta de veludo reapareceu. "O porteiro não a tinha visto sair." Quem a estava retendo? Se ela estivesse doente, teriam lhe dito! Seria por causa de uma visita? Nada seria mais fácil do que não receber. Ele deu um tapa na testa.

Ah! Como sou estúpido! É o motim! Essa explicação natural o aliviou. Então, de repente: "Mas o bairro dela está tranquilo." E uma dúvida abominável o assaltou. E se ela não fosse vir? Se sua promessa não fosse apenas uma palavra para se livrar de mim? Não... não! O que sem dúvida a impedia era uma coincidência extraordinária, um daqueles acontecimentos que frustram qualquer previsão. Nesse caso, ela teria escrito. E mandou o mensageiro à sua casa, Rue Rumfort, para saber se não havia alguma carta.

Nenhuma carta tinha sido entregue. Essa falta de notícias o tranquilizou.

Do número de moedas tomadas ao acaso em sua mão, da fisionomia dos transeuntes, da cor dos cavalos, ele tirava presságios; e, quando o augúrio era contrário, ele se esforçava para não acreditar. Em seus acessos de fúria contra Madame Arnoux, ele a insultava a meia-voz. Em seguida, eram fraquezas a ponto de desmaiar e, de repente, novos rompantes de esperança. Ela ia aparecer. Ela estava lá, atrás dele. Ele se virava: nada! Uma vez ele viu, a cerca de trinta passos de distância, uma mulher da mesma altura, com o mesmo vestido. Foi encontrá-la; não era ela! Deram cinco horas! Cinco e meia! Seis horas! O gás estava sendo aceso. Madame Arnoux não tinha vindo.

Na noite anterior, ela tinha sonhado que estava na calçada da Rue Tronchet havia muito tempo. Esperava algo indefinido, mas considerável, e, sem saber por quê, tinha medo de ser vista. Mas um maldito cachorrinho, furioso contra ela, mordiscava a bainha de seu vestido. Ele voltava obstinadamente e latia cada vez mais alto. Madame Arnoux acordou. O cão continuava latindo. Ela apurou os ouvidos. Aquilo partia do quarto de seu filho. Correu para lá descalça. Era a criança que tossia. Suas mãos queimavam, seu rosto estava vermelho e sua voz singularmente rouca. A dificuldade na respiração aumentava a cada minuto. Ela ficou até o amanhecer debruçada sobre a coberta, observando-o.

Às oito horas, o tambor da Guarda Nacional veio avisar Monsieur Arnoux que seus camaradas o esperavam. Ele se vestiu rapidamente e saiu, prometendo ir direto ao médico, Monsieur Colot. Às dez horas, não tendo Monsieur Colot aparecido, Madame Arnoux enviou sua camareira. O médico estava em viagem, no campo, e o jovem que o substituía estava fazendo atendimentos pela região.

Eugène estava com a cabeça de lado, no travesseiro, franzindo continuamente a testa, dilatando as narinas; seu pobre rostinho ia ficando mais pálido do que os lençóis; e escapava de sua laringe um som sibilante produzido a cada inspiração, cada vez mais curta, seca e com um som metálico. Sua tosse parecia o som daqueles mecanismos bárbaros que fazem latir os cães de papelão.

Madame Arnoux foi tomada de terror. Jogou-se sobre as campainhas pedindo socorro, gritando:

— Um médico! Um médico!

Dez minutos depois chegou um senhor idoso de gravata branca e suíças grisalhas bem aparadas. Fez muitas perguntas sobre os hábitos, idade e temperamento do jovem paciente, depois examinou sua garganta, encostou a cabeça nas costas do menino e escreveu uma receita. O ar tranquilo desse sujeito era odioso. Ele exalava odor de embalsamamento. Ela tinha vontade de bater nele. Ele disse que voltaria à noite.

Logo os horríveis acessos de tosse recomeçaram. Às vezes, a criança se levantava de repente. Movimentos convulsivos sacudiam os músculos do peito e, nas inspirações, seu ventre se contraía como se ele estivesse sufocado por ter corrido. Depois ele voltava a tombar a cabeça para trás com a boca escancarada. Com infinitas precauções, Madame Arnoux tentava fazê-lo engolir o conteúdo dos frascos, xarope de ipecacuanha, xarope expectorante à base de antimônio. Mas ele empurrava a colher, gemendo com a voz fraca. Suas palavras pareciam sopradas.

De vez em quando, ela relia a receita. As observações do formulário a assustavam; talvez o farmacêutico estivesse errado! Sua impotência a desesperava. O aluno de Monsieur Colot chegou.

Ele era um jovem de aparência modesta, novo na profissão e que não escondeu sua impressão. No início ficou indeciso, por medo de se comprometer, e por fim ordenou a aplicação de pedaços de gelo. Demoraram muito para encontrar gelo. A bolsa que continha os pedaços estourou. Foi preciso trocar sua camisa. Toda essa perturbação causou um novo e mais terrível ataque.

A criança começou a arrancar os panos do pescoço, como se quisesse tirar o obstáculo que a sufocava, e arranhava a parede, agarrava as cortinas da cama, procurando um ponto de apoio para respirar. Seu rosto estava azulado agora, e todo o seu corpo, encharcado de suor frio, parecia definhar. Seus olhos apavorados se fixavam em sua mãe com terror. Ele jogava os braços em volta do pescoço dela, pendurando-se neles de uma forma desesperada; e, reprimindo os soluços, ela balbuciava palavras ternas.

— Sim, meu amor, meu anjo, meu tesouro! — Depois, havia momentos de calma.

Ela foi buscar alguns brinquedos, um polichinelo uma coleção de imagens, e os espalhou em sua cama, para distraí-lo. Ela até tentou cantar.

Começou uma música que costumava cantar para ele quando o embalava embrulhado no cobertorzinho, naquela mesma poltrona estofada. Mas ele estremeceu todo o corpo, como uma onda em uma rajada de vento; os globos dos seus olhos saltavam para fora: ela pensou que ele ia morrer e virou-se para não o ver.

Um momento depois, ela teve forças para olhar para ele. Ele ainda estava vivo. As horas se sucediam, pesadas, sombrias, intermináveis, desesperadoras; e ela contava os minutos somente pela progressão dessa agonia. As convulsões em seu peito o jogavam para a frente como se fossem quebrá-lo; por fim, ele vomitou algo estranho, que parecia um rolo de pergaminho. O que era aquilo? Ela imaginou que ele tivesse expelido um pedaço de suas entranhas. Mas ele respirava livremente, regularmente. Aquela aparência de bem-estar a assustou mais do que todo o resto; ela estava imóvel como se estivesse petrificada, os braços pendurados e os olhos fixos, quando chegou Monsieur Colot. A criança, segundo ele, estava salva.

Ela não entendeu a princípio e pediu para repetir a frase. Não seria uma daquelas frases consoladoras peculiares aos médicos? O médico se foi com um ar tranquilo. Então, foi para ela como se as cordas que prendiam seu coração tivessem sido desatadas.

Salvo! Será possível?

De repente, a ideia de Frédéric lhe veio à mente de forma clara e inexorável. Era um aviso da Providência. Mas o Senhor, em sua misericórdia, não queria castigá-la completamente! Que expiação, mais tarde, se ela perseverasse nesse amor! Sem dúvida, insultariam seu filho por causa dela; e Madame Arnoux o viu já crescido, ferido em um confronto, trazido de volta em uma maca, morrendo. De um salto, ela correu para a cadeirinha; e com todas as suas forças, lançando a sua alma às alturas, ofereceu a Deus, como um holocausto, o sacrifício da sua primeira paixão, da sua única fraqueza.

Frédéric tinha voltado para casa. Ele permanecia em sua poltrona, sem nem mesmo ter forças para amaldiçoá-la. Uma espécie de sono o dominou; e, em meio ao pesadelo, ouvia a chuva cair, ainda acreditando que estava ali, na calçada.

No dia seguinte, por um último ato de covardia, ele enviou outro mensageiro à casa de Madame Arnoux.

Ou o tapado não entregou a mensagem, ou ela tinha tanto a dizer que não conseguia explicar-se em poucas palavras, pois recebeu a mesma resposta da tentativa anterior. A insolência era grande demais! Uma cólera de orgulho apoderou-se dele. Jurou para si mesmo não ter mais nenhum desejo; e, como uma folha arrastada por um furacão, seu amor desapareceu. Ele sentiu um alívio, uma alegria estoica, depois uma necessidade de atitudes violentas; e saiu caminhando sem rumo pelas ruas.

Homens dos subúrbios passavam armados de fuzis, sabres velhos, alguns de boinas vermelhas, todos cantando *La Marseillaise* ou *Les Girondins*. Aqui e ali, um guarda nacional corria para se recolher à sua unidade. Tambores ecoavam à distância. Estavam lutando na Porte Saint-Martin. Havia algo alegre e belicoso no ar. Frédéric continuava andando. A agitação da cidade grande o deixava feliz.

Perto do Café Frascati, ele viu as janelas da Marechala; uma ideia maluca lhe ocorreu, uma reação juvenil. Ele cruzou o bulevar.

Estavam fechando o portão principal que dá para o pátio; e Delphine, a empregada, que estava escrevendo acima dele com um carvão: "Armas dadas", disse-lhe prontamente:

— Ah! Madame está daquele jeito! Esta manhã ela despediu seu lacaio que a insultava. Ela acha que vão saquear tudo! Está morrendo de medo! Especialmente porque Monsieur se foi!

— Qual Monsieur?

— O príncipe!

Frédéric entrou no boudoir. A Marechala apareceu, de anágua, os cabelos caídos nas costas, transtornada.

— Ah! Obrigada! Você veio me salvar! Esta é a segunda vez! Você nunca pergunta o preço!

— Mil perdões! — disse Frédéric, agarrando-lhe a cintura com as duas mãos.

— O que é isso? O que está fazendo? — balbuciou a Marechala, surpresa e animada com seus modos.

Ele respondeu:

— Eu sigo a moda, eu me transformo.

Ela se deixou cair no divã e continuava a rir sob seus beijos. Eles passaram a tarde olhando, da janela, as pessoas na rua. Depois, ele a levou para jantar no Trois-Frères-Provençaux. A refeição foi longa, delicada. Voltaram a pé, por falta de carruagens.

Com a notícia de uma mudança de ministério, Paris tinha mudado. Todos estavam alegres; pessoas passeavam pelas ruas e lamparinas em cada andar produziam uma luminosidade como a da plena luz do dia. Os soldados voltavam lentamente para suas casernas, exaustos, o ar triste. Todos os cumprimentavam gritando: "Viva a infantaria!". Eles prosseguiam sem responder. Na Guarda Nacional, ao contrário, os oficiais, vermelhos de entusiasmo, brandiam seus sabres, gritando: "Viva a reforma!", e essas palavras, a cada vez, faziam rir os dois amantes. Frédéric brincava, estava muito alegre.

Pela Rue Duphot, alcançaram os bulevares. Lanternas venezianas, suspensas nas casas, formavam guirlandas de fogo. Um formigueiro humano, confuso, agitava-se abaixo; no meio dessas sombras, em alguns lugares, brilhava a brancura de baionetas. Um grande rumor se elevava. A multidão era muito compacta, era impossível retornar; e estavam entrando na Rue Caumartin, quando de repente um barulho estourou atrás deles, como o estalar de um imenso pedaço de seda sendo rasgado. Era o tiroteio no Boulevard des Capucines.[98]

---

[98] Em 23 de fevereiro de 1848, os problemas já tendo dado uma guinada perigosa, Louis-Philippe substituiu Guizot por Molé: a medida apaziguou apenas os moderados. À noite uma coluna de manifestantes cruzou, no Boulevard des Capucines, com um destacamento militar; um tiro, cuja origem permanece desconhecida, causou um tiroteio que fez centenas de vítimas. O rei imediatamente nomeou Bugeaud como chefe do exército e da Guarda Nacional, enquanto Molé se apagava diante de Thiers, que trouxe Odilon Barrot para seu gabinete. A insurreição recomeçou no dia seguinte, 24 de fevereiro, forçando o rei a fugir das Tuileries. (2)

— Ah! Estão quebrando alguns burgueses — disse Frédéric calmamente, porque há situações em que o homem menos cruel está tão distante dos outros que poderia ver a raça humana morrer sem se alterar.

A Marechala, agarrada ao seu braço, batia os dentes. Ela se declarou incapaz de dar mais vinte passos. Então, por um refinamento de ódio, para melhor insultar Madame Arnoux em sua alma, ele a levou para o hotel da Rue Tronchet, no alojamento preparado para a outra.

As flores não tinham murchado. A guipura estava estendida sobre a cama. Ele tirou do armário os pequenos chinelos. Rosanette achou essas atenções muito delicadas.

Por volta de uma hora da manhã ela foi acordada por rumores distantes; e o viu soluçando, a cabeça enterrada no travesseiro.

— O que há com você, querido amor?

— É excesso de felicidade — disse Frédéric. — Fazia muito tempo que eu te desejava!

Parte 3

Capítulo I

O som de tiros de fuzil o despertou bruscamente; e, apesar das súplicas de Rosanette, Frédéric quis, a todo custo, ir ver o que estava acontecendo. Ele descia a Champs-Élysées, de onde tinham partido os tiros. Na esquina da Rue Saint-Honoré, homens em trajes de trabalhadores passaram por ele gritando:

— Não! Não por aí! Vamos ao Palais-Royal!

Frédéric os seguiu. Os portões da Assomption tinham sido arrancados. Mais adiante, ele notou três paralelepípedos no meio da rua, o início de uma barricada, provavelmente, depois cacos de garrafas e feixes de arame para obstruir o caminho da cavalaria; quando de repente saltou de uma ruela um jovem alto e pálido, cujos cabelos negros caíam sobre os ombros, presos numa espécie de camisa de bolinhas coloridas. Ele segurava um comprido fuzil de soldado e corria na ponta dos chinelos, com ar de sonâmbulo, e ágil como um tigre. Ouvia-se, a intervalos, uma detonação.

Na noite anterior, a visão da carroça contendo cinco cadáveres recolhidos entre os do Boulevard des Capucines havia mudado as disposições do povo; e, enquanto nas Tuileries os ajudantes de campo se sucediam, e Monsieur Molé, tentando criar um novo gabinete, não voltava, e Monsieur Thiers tentava compor outro, e o Rei fazia suas artimanhas, hesitava e dava a Bugeaud o comando geral para depois impedi-lo de fazer uso dele, a insurreição, como se dirigida por um único braço, se organizava formidavelmente. Homens dotados de uma eloquência frenética discursavam para a multidão nas esquinas; outros, nas igrejas, soavam os sinos com força total; derretia-se o chumbo, enrolavam-se os cartuchos; as árvores dos bulevares, os banheiros públicos, os bancos, as grades, os bicos de gás, tudo foi arrancado, revirado; Paris, pela manhã, estava cercada por barricadas. A resistência não durou; em todos os lugares a Guarda Nacional intervinha; — tanto que às oito horas o povo, por rendição ou à força, tinha tomado cinco quartéis, quase todas as prefeituras, os pontos estratégicos mais seguros. Por si só, sem abalos, a monarquia derretia em rápida dissolução; e agora estavam atacando o posto de Chateau-d'Eau, para libertar cinquenta prisioneiros, que não estavam lá.

Frédéric parou, forçosamente, na entrada da praça. Ela estava repleta de grupos armados. Companhias de infantaria ocupavam a Rue de Saint-Thomas e a Rue Fromanteau. Uma enorme barricada bloqueava a Rue de Valois. A fumaça que balançava em sua crista se abriu, os homens correram sobre ela com grandes gestos, eles desapareceram; então o tiroteio recomeçou. Os postos respondiam, sem que se visse ninguém no seu interior; suas janelas, protegidas por venezianas de carvalho, eram perfuradas por seteiras; e o monumento, com seus dois andares, suas duas alas, sua fonte no primeiro andar e sua portinhola no meio, começou a ficar salpicado de manchas brancas sob o impacto das balas. A escada de três degraus continuava vazia.

Ao lado de Frédéric, um homem de barrete grego e carregando uma cartucheira sobre sua jaqueta de malha discutia com uma mulher com um lenço na cabeça. Ela lhe dizia:

— Mas volte! Volte, caramba!

— Me deixe em paz! — respondia o marido. — Você pode muito bem vigiar a porta sozinha. Cidadãos, eu pergunto a vocês, isso é justo? Cumpri meu dever em todos os lugares, em 1830, em 32, em 34, em 39! Hoje estamos lutando! Preciso lutar! Vá embora!

E a mulher finalmente cedeu a seus protestos e aos de um guarda nacional próximo deles, na casa dos quarenta anos, cujo rosto bonito era adornado por um colar de barba loira. Ele carregava sua arma e atirava, enquanto conversava com Frédéric, tão tranquilo no meio da confusão quanto um horticultor em seu jardim. Um menino com um avental de juta tentava persuadi-lo a lhe dar cápsulas, a fim de usar em seu fuzil, uma bela carabina de caça que lhe havia sido dada por "um monsieur".

— Pegue aqui nas minhas costas — disse o burguês — e desapareça! Você vai ser morto!

Os tambores batiam com força. Gritos agudos, hurras de triunfo se elevavam. Um redemoinho contínuo fazia oscilar a multidão. Frédéric, preso entre duas massas cerradas, não se movia, fascinado, na verdade, e se divertindo imensamente. Os feridos que caíam, os mortos que jaziam não pareciam realmente feridos, realmente mortos. Ele tinha a impressão de estar assistindo a um espetáculo.

No meio da onda, por cima das cabeças, pôde-se ver um velho de casaco preto[1] montado em um cavalo branco com uma sela de veludo. Em uma das mãos ele segurava um ramo verde, na outra, um papel, e os sacudia obstinadamente. Finalmente, sem esperança de se fazer ouvir, ele se retirou.

A tropa de infantaria tinha desaparecido e os guardas municipais ficaram sozinhos para defender o posto. Uma onda de intrépidos subiu impetuosamente os degraus; eles foram abatidos, outros apareceram; e a porta, sacudida por golpes de barra de ferro, estralava; os guardas municipais não cediam. Mas uma caleche cheia de feno e queimando como uma tocha gigante foi arremessada contra as paredes. Rapidamente foram trazidos feixes de lenha, palha, um barril de aguardente. O fogo subiu ao longo das pedras; o prédio começou a fumegar por toda parte como os vapores de uma cratera de vulcão extinto; e grandes chamas, no topo, entre os balaústres do terraço, escapavam com um ruído estridente. O primeiro andar do Palais-Royal estava repleto de guardas nacionais. Pessoas atiravam de todas as janelas da praça; as balas assobiavam; a água da fonte rompida se misturava com o sangue, fazendo poças no chão; escorregava-se na lama, por sobre as roupas, quepes, armas; Frédéric sentiu algo macio sob seu pé; era a mão de um sargento de casaco cinza, deitado com o rosto no riacho que corria pela rua. Novos bandos de pessoas continuavam chegando, empurrando os combatentes para o posto. O tiroteio estava ficando mais cerrado. Os comércios de vinho estavam abertos; de vez em quando alguns iam até eles para fumar um cachimbo, beber uma cerveja e depois voltavam para a luta. Um cachorro perdido uivava. Isso fazia as pessoas rirem.

[1] Tratava-se do marechal Gérard, cujos esforços para tratar com os insurgentes não deram resultado. (2)

Frédéric ficou abalado pelo impacto de um homem que, com uma bala nos rins, caiu em seu ombro, gemendo. Com esse tiro, talvez dirigido contra ele, ficou furioso; e se lançava para a frente quando um guarda nacional o deteve.

— É inútil! O Rei acaba de partir. Ah! Se você não acredita em mim, vá lá ver!

Tal afirmação acalmou Frédéric. A Place du Carrousel tinha um aspecto tranquilo. O Hôtel de Nantes continuava de pé, solitário; e as casas atrás, a cúpula do Louvre em frente, a longa galeria de madeira à direita e o terreno baldio que ondulava até as barracas dos vendedores de rua, estavam como que afogados na cor cinza do ar, em que murmúrios distantes pareciam confundir-se com a bruma — enquanto na outra extremidade da praça, a luz do sol, passando por uma fenda nas nuvens até a fachada das Tuileries, recortava em brancura todas as suas janelas. Havia um cavalo morto estendido perto do Arc de Triomphe. Atrás dos portões, grupos de cinco a seis pessoas conversavam. As portas do castelo estavam abertas; os criados na soleira permitiam que as pessoas entrassem.

Embaixo, em uma pequena sala, canecas de café com leite eram servidas. Alguns dos curiosos sentaram-se fazendo troças; os outros permaneciam de pé, entre eles um cocheiro de fiacre. Ele agarrou um recipiente cheio de açúcar com as duas mãos, lançou um olhar preocupado para a direita e para a esquerda, depois começou a comer vorazmente, afundando o nariz no pote. Embaixo da grande escadaria, um homem escrevia seu nome em um registro. Frédéric o reconheceu pelas costas.

— Ei, Hussonnet!

— Mas claro — respondeu o boêmio. — Introduzo-me na Corte. Essa é uma boa piada, hein?

— E se a gente subisse?

E chegaram à sala dos Marechais. Os retratos dessas pessoas ilustres, exceto o de Bugeaud, perfurado no ventre, estavam todos intactos. Eles estavam apoiados em seus sabres, um carrinho com canhão atrás deles, em posturas formidáveis que combinavam com a circunstância. Um grande relógio de parede marcava uma hora e vinte minutos.

De repente soou a *Marseillaise*. Hussonnet e Frédéric inclinaram-se sobre o corrimão. Era o povo. Eles se precipitaram pelas escadas correndo, sacudindo em ondas vertiginosas cabeças nuas, capacetes, barretes vermelhos, baionetas e ombros, tão impetuosamente, que as pessoas desapareciam naquela massa abundante que continuava subindo, como um rio empurrado por uma maré de equinócio, com um longo rugido, sob um impulso irresistível. Lá em cima, eles se espalharam e o canto cessou.

Tudo o que se ouvia era o bater de todas as solas dos sapatos, com a mistura de vozes. A multidão inofensiva se contentava em olhar. Mas, de vez em quando, um cotovelo num espaço muito apertado cutucava uma vidraça; ou então um vaso ou uma estatueta rolava de um console para o chão. Os lambris prensados estalavam. Todos os rostos estavam vermelhos, o suor escorria deles em grandes gotas; Hussonnet fez esta observação:

— Os heróis não cheiram bem!

— Ah! Você é irritante — replicou Frédéric.

E empurrados, sem poder opor resistência, eles entraram em um aposento com um dossel de veludo vermelho que se estendia no teto. No trono abaixo estava sentado um proletário de barba negra, camisa entreaberta, com ar hilário e estúpido como uma anta. Outros escalavam a plataforma para se sentar no lugar dele.

— Que mito! — disse Hussonnet. — Aí está o povo soberano!

O trono foi levantado por muitos braços e atravessou toda a sala balançando.

— Caramba! Como chacoalha! O navio do Estado sacode em um mar tempestuoso! Que ele dance o cancã! Que ele dance o cancã!

Eles o tinham aproximado de uma janela e, em meio a assobios, ele foi arremessado.

— Pobre velho! — disse Hussonnet ao vê-lo cair no jardim, onde foi rapidamente tomado, para ser levado em seguida até a Bastilha e queimado.

Então uma alegria frenética explodiu, como se, no lugar do trono, um porvir de felicidade ilimitada tivesse surgido; e o povo, menos por vingança do que para afirmar sua posse, quebrou, despedaçou os espelhos e as cortinas, os lustres, os candelabros, as mesas, as cadeiras, os tamboretes, todos os móveis, até álbuns de desenhos e cestos de costura. Já que eram vitoriosos, não deveriam se divertir? A ralé se vestiu ironicamente com rendas e caxemiras. Galões de ouro enrolaram-se nas mangas das roupas de operários, chapéus com plumas de avestruz enfeitavam a cabeça dos ferreiros, fitas da Legião de Honra eram feitas de cintos para as prostitutas. Cada um satisfazia seu capricho; uns dançavam, outros bebiam. No quarto da rainha, uma mulher polia seus bandós com pomada; atrás de um biombo, dois amadores jogavam cartas; Hussonnet mostrou a Frédéric um indivíduo que fumava seu cachimbo acotovelado em uma varanda; e o delírio redobrava com o ruído contínuo de porcelanas quebradas e pedaços de cristal que soavam, quicando, como lâminas de harmônica.

Então a fúria tornou-se sombria. Uma curiosidade obscena os fez vasculhar todos os armários, todos os cantos e recantos, abrir todas as gavetas. Os condenados das galés enfiaram os braços nas camas das princesas e rolaram sobre elas como um consolo por não poderem estuprá-las. Outros, com rostos mais sinistros, vagavam silenciosamente, procurando alguma coisa para roubar; mas a multidão era muito numerosa. Pelas aberturas das portas, na fila de aposentos, só se via a massa sombria de gente entre os dourados, sob uma nuvem de poeira. Todos os peitos estavam ofegantes; o calor tornava-se cada vez mais asfixiante; os dois amigos, temendo ser sufocados, foram embora.

Na antessala, de pé sobre uma pilha de roupas, estava uma mulher da vida, em pose de Estátua da Liberdade — imóvel, os olhos bem abertos, aterradora.

Eles tinham dado três passos para fora, quando um pelotão de guardas municipais encapotados avançou em sua direção, os quais, tirando seus quepes de polícia e ao mesmo tempo descobrindo a cabeça ligeiramente calva, saudaram o povo com uma grande reverência. Com esse sinal de respeito, os vencedores maltrapilhos se vangloriaram. Hussonnet e Frédéric também não deixavam de experimentar um certo prazer.

Um ardor os animava. Eles voltaram para o Palais-Royal. Em frente à Rue Fromanteau, cadáveres de soldados estavam amontoados sobre a palha. Eles passaram ao lado deles impassíveis, até mesmo orgulhosos de sentir que mantinham a pose, mostrando-se indiferentes.

O palácio estava abarrotado de gente. No pátio interno, sete fogueiras queimavam. Pianos, cômodas e relógios eram atirados das janelas. Bombas de incêndio cuspiam água até os telhados. Patifes tentavam cortar as mangueiras com seus sabres. Frédéric incentivou um estudante politécnico a intervir. O politécnico não entendeu, parecia imbecil, aliás. Por toda parte, nas duas galerias, a população, que se apoderou das adegas, entregava-se a uma farra horrorosa. O vinho corria em riachos, molhava os pés, os bandidos bebiam na boca das garrafas e vociferavam cambaleando.

— Vamos sair daqui — disse Hussonnet —, esse povo me dá nojo.

Ao longo de toda a galeria de Orléans, os feridos jaziam no chão em colchões, tendo como cobertores cortinas púrpuras; e as mulheres pequeno-burguesas do bairro lhes traziam sopas, roupas.

— Não importa! — disse Frédéric — de minha parte, acho essas pessoas sublimes.

O grande salão estava preenchido por uma turba furiosa, homens queriam subir aos andares superiores para acabar de destruir tudo; guardas nacionais nas escadas tentavam detê-los. O mais intrépido era um caçador, de cabeça descoberta, cabelo espetado, os correames em pedaços. Sua camisa formava como que uma almofada inflada entre a calça e o casaco, e ele lutava ferozmente em meio aos outros. Hussonnet, que tinha uma visão aguçada, reconheceu de longe Arnoux.

Depois foram ao Jardin des Tuileries, para respirar mais à vontade. Eles se sentaram em um banco; e permaneceram alguns minutos com os olhos fechados, tão atordoados que não tinham forças para falar. Os transeuntes ao redor deles os abordavam. A duquesa de Orléans tinha sido nomeada regente; estava tudo acabado; e sentia-se aquela espécie de bem-estar que se segue a rápidos desdobramentos, quando a cada uma das mansardas do castelo apareceram criados rasgando suas roupas de libré. Eles as jogavam no jardim, em sinal de renúncia. O povo os vaiou. Eles se retiraram.

A atenção de Frédéric e de Hussonnet foi distraída por um sujeito alto que caminhava rapidamente entre as árvores, com um fuzil no ombro. Uma cartucheira apertava na cintura sua túnica vermelha, tinha um lenço enrolado na testa, sob o boné. Ele virou a cabeça. Era Dussardier; e, jogando-se em seus braços:

— Ah! Que felicidade, meus pobres camaradas! — sem poder dizer mais nada, de tão ofegante que estava de alegria e cansaço.

Fazia quarenta e oito horas que ele estava acordado. Tinha trabalhado nas barricadas do Quartier Latin, lutado na Rue Rambuteau, salvado três dragões, entrado nas Tuileries com a coluna Dunoyer, depois ido para a Câmara, e em seguida para o Hôtel de Ville.

— Estou vindo de lá! Está tudo bem! O povo triunfa! Os operários e os burgueses se abraçam! Ah! Se vocês soubessem o que eu vi! Que gente intrépida! Como é bonito!

E, sem perceber que eles não tinham armas:

— Eu tinha certeza de que ia encontrá-los aqui! Foi difícil por um momento, mas não importa!

Uma gota de sangue escorria pelo seu rosto e, respondendo à pergunta dos outros dois:

— Ah! Não é nada! O arranhão de uma baioneta!

— Mas é preciso cuidar disso.

— Ora! Eu sou forte! Isso não é nada! A República está proclamada! Seremos felizes agora! Os jornalistas que há pouco conversavam na minha frente disseram que vamos libertar a Polônia e a Itália! Não há mais reis! Vocês entendem? Toda a terra livre! Toda a terra livre!

E, abarcando o horizonte com um único olhar, abriu os braços numa atitude triunfante. Mas uma longa fila de homens corria no terraço, à beira da água.

— Ah! Droga, eu ia esquecendo! Os fortes estão ocupados. Eu tenho que ir! Adeus!

Ele se virou para gritar para os amigos, brandindo seu fuzil:

— Viva a República!

Das chaminés do castelo escapavam enormes redemoinhos de fumaça negra, que carregavam faíscas. O toque dos sinos, ao longe, soava como balidos assustados. À direita e à esquerda, por todo lado, os vencedores descarregavam suas armas. Frédéric, embora não fosse um guerreiro, sentiu seu sangue gaulês saltando em suas veias. O magnetismo das multidões entusiasmadas o havia dominado. Ele inalava voluptuosamente o ar tempestuoso, cheio do cheiro de pólvora; e, no entanto, estremecia sob os eflúvios de um imenso amor, de um enternecimento supremo e universal, como se o coração de toda a humanidade tivesse batido em seu peito.

Hussonnet disse, bocejando:

— Seria a hora, talvez, de ir instruir as massas!

Frédéric o seguiu até seu escritório de correspondência na Place de la Bourse; e começou a redigir para o jornal de Troyes um relato dos acontecimentos em estilo lírico, uma peça literária de verdade, — a qual assinou. Depois, jantaram juntos em uma taverna. Hussonnet estava pensativo; as excentricidades da Revolução superavam as suas.

Depois do café, quando foram ao Hôtel de Ville para descobrir algo novo, seu lado criança se sobressaiu. Escalava as barricadas como uma camurça e respondia às sentinelas com galhofas patrióticas.

Eles ouviram, sob a luz de tochas, a proclamação do Governo Provisório. Por fim, à meia-noite, Frédéric, abatido pelo cansaço, voltou para casa.

— Bem — ele disse ao seu servo que o despia —, você está feliz?

— Sim, sem dúvida, monsieur! Mas o que eu não gosto é desse povo marchando!

No dia seguinte, quando acordou, Frédéric pensou em Deslauriers. Correu à casa dele. O advogado tinha acabado de sair, por ter sido nomeado com urgência pelo governo provisório como comissário de província.[2] Na noite anterior, tinha alcançado o ministro

---

[2] "O governo tinha substituído em toda parte os antigos prefeitos e subprefeitos por comissários, escolhidos tanto quanto possível entre os republicanos *da véspera*, ou seja, entre aqueles que não tinham esperado pela Proclamação da República para se declarar seus partidários. Mas o número desses republicanos de raça e instinto era tão pequeno que foram forçados a escolher muitos comissários entre os Republicanos do *dia seguinte*, homens de todas as opiniões, ou, melhor dizendo, sem qualquer opinião, que tinham se ligado ruidosamente à República após o evento." (Jules TROUSSET, *Histoire d'um siècle*, t. IX. P. 62.) (1)

Ledru-Rollin e, insistindo em nome das Escolas, conquistara um lugar, uma missão. De toda forma, disse o porteiro, ele deveria escrever na próxima semana para dar seu endereço.

Depois disso, Frédéric foi ver a Marechala. Ela o recebeu com amargura, pois estava zangada com ele por tê-la abandonado. Seu ressentimento desapareceu sob repetidas garantias de paz. Tudo estava quieto agora, não havia razão para ter medo; ele a beijava; e ela se declarou pela República, — como já tinha feito o Monsenhor arcebispo de Paris, e como deveriam fazer, com maravilhosa presteza de zelo: a Magistratura, o Conselho de Estado, o Instituto, os Marechais da França, Changarnier, Monsieur de Falloux, todos os bonapartistas, todos os legitimistas e um número considerável de orleanistas.

A queda da Monarquia fora tão rápida que, passado o primeiro espanto, houve certa surpresa da burguesia por ainda estarem vivos. A execução sumária de alguns ladrões, fuzilados sem julgamento, pareceu uma coisa muito justa. Repetiu-se, durante um mês, a frase de Lamartine[3] sobre a bandeira vermelha, "que apenas tinha contornado o Champ de Mars, enquanto a bandeira tricolor" etc.; e todos se alinharam à sua sombra, cada partido vendo apenas a sua própria cor entre as três — e prometendo um ao outro, assim que fosse o mais forte, arrancar as outras duas.

Como os negócios estavam suspensos, a preocupação e a ociosidade faziam todos saírem de suas casas. O desleixo com os trajes atenuava a diferença entre as classes sociais, o ódio era mascarado, as esperanças afloravam, a multidão estava cheia de condescendência.

---

[3] Foi Lamartine quem obteve na Câmara a suspensão da sessão em que a duquesa D'Orléans seria proclamada regente, depois conduziu um partido de deputados ao Hôtel-de-Ville, onde foi formado o governo provisório. Em 25 de fevereiro, ele manteve a bandeira tricolor como emblema nacional no lugar da bandeira vermelha exigida pelos insurgentes: "Eu rejeitarei esta bandeira de sangue até a morte", gritou ele, "e vocês devem repudiá-la; porque a bandeira vermelha que vocês nos trouxeram novamente só circulou o Champ-de-Mars, arrastada no sangue do povo, em 1791 e em 1793, e a bandeira tricolor deu a volta ao mundo com o nome, a glória e a liberdade da Pátria!". No mesmo discurso ele chamou a bandeira vermelha de "estandarte de combate à morte entre cidadãos da mesma pátria": de fato, originalmente, na Revolução, a bandeira vermelha era um sinal dado aos manifestantes pelas forças de ordem, como um ultimato, para lhes dizer que iam atirar. (2)

O orgulho de um direito conquistado resplandecia nos rostos. O que se via era uma alegria carnavalesca, ares de acampamento; nada foi mais divertido do que o aspecto de Paris nos primeiros dias.

Frédéric pegou a Marechala pelo braço; e eles passearam juntos pelas ruas. Ela se divertia com as rosetas decorando todas as lapelas, os estandartes pendurados em todas as janelas, os cartazes de todas as cores colados nas paredes, e jogava aqui e ali alguns trocados em caixas de coleta de auxílio para os feridos, instaladas em alguma cadeira, no meio da rua. Depois parava diante de caricaturas que representavam Louis-Philippe como padeiro, saltimbanco, cachorro, sanguessuga. Mas os homens de Caussidière,[4] com seu sabre e sua echarpe, assustavam-na um pouco. Outras vezes, era uma Árvore da Liberdade que era plantada. Os senhores eclesiásticos participavam da cerimônia, abençoando a República, acompanhados por servidores com galões dourados; e a multidão achava tudo isso ótimo. O espetáculo mais frequente era o de comissões de qualquer coisa indo reivindicar algo no Hôtel de Ville — porque cada profissão, cada indústria esperava do Governo o fim radical de sua miséria. Algumas dessas comissões, é verdade, aproximavam-se para aconselhá-lo, ou para felicitá-lo ou simplesmente para fazer uma pequena visita e ver a máquina funcionar.

Em meados do mês de março, um dia, quando cruzava a Pont d'Arcole, tendo que cuidar de um assunto para Rosanette no Quartier Latin, Frédéric viu avançar uma coluna de indivíduos com chapéus bizarros e barbas compridas. Na frente, batendo um tambor, caminhava um negro, um antigo modelo de ateliê, e o homem que carregava a bandeira, na qual flutuava, ao vento, a inscrição: "Artistas pintores", não era outro senão Pellerin.

---

[4] Caussidière (1808-1861) tinha sido desenhista em Lyon. Ele participou da revolta de abril de 1834 e foi condenado pela Corte dos Pares. Foi anistiado em 1837. Caussidière tornou-se chefe de polícia após a Revolução de 1848. Ele organizou, sob o nome de *Montagnards*, uma força policial composta de ex-combatentes de fevereiro e membros de sociedades secretas. Esses policiais improvisados usavam casacos azuis, cintos vermelhos e grandes sabres. Caussidière foi acusado de cumplicidade no caso de 15 de maio de 1848; no dia 26 de agosto, a Assembleia Constituinte autorizou os processos contra ele. Caussidière refugiou-se em Londres e só voltou para a França em 1861. (1)

Ele fez sinal a Frédéric para que o esperasse e reapareceu cinco minutos depois, tendo tempo pela frente, pois o Governo recebia naquele momento os entalhadores de pedras. Ele ia com seus colegas exigir a criação de um Fórum de Arte, uma espécie de Bolsa onde seriam debatidos os interesses da Estética; obras sublimes seriam produzidas, uma vez que os trabalhadores partilhariam seu gênio. Paris logo estaria coberta de monumentos gigantescos; ele os decoraria; tinha até mesmo começado uma figura da República. Um de seus camaradas veio buscá-lo, pois já vinha atrás deles a comissão do comércio de aves.

— Que coisa estúpida! — uma voz resmungou da multidão. Sempre essas bobagens! Nada de importante!

Era Regimbart. Ele não cumprimentou Frédéric, mas aproveitou a oportunidade para espalhar seu azedume.

O Cidadão passava os dias vagando pelas ruas, puxando o bigode, revirando os olhos, aceitando e espalhando notícias lúgubres; e só tinha duas frases; "Cuidado, vamos ser atropelados!" ou: "Mas que droga! Estão destruindo a República!". Ele estava infeliz com tudo, principalmente porque não havíamos retomado nossas fronteiras naturais. A simples menção ao nome de Lamartine[5] o fazia dar de ombros. Ele não considerava Ledru-Rollin[6] "suficiente para o

---

[5] Lamartine foi inicialmente um grande sucesso depois da Revolução de fevereiro. Ele foi eleito para a Assembleia Constituinte por dez departamentos, e o Sena o colocou, com 250 mil votos, à frente de seus 34 representantes. Mas uma reação não demorou a ocorrer contra ele. Em 10 de maio de 1848, ele ficou apenas em quarto lugar na lista de cinco membros nomeados pela Assembleia para o Conselho Executivo. Ele deixou o poder com seus colegas durante as jornadas de junho e seu papel ficou muito apagado. Conseguiu apenas 7.910 votos na eleição para a presidência da República. Não foi reeleito em 1849 e só ingressou na Assembleia Legislativa por uma eleição no Departamento de Loiret. (1)

[6] Ledru-Rollin (1809-1874) foi eleito deputado de Le Mans em 1841. Participou da campanha dos banquetes reformistas. Em 1848, tornou-se membro do Governo Provisório e Ministro. Três departamentos, Seine, Saône-et-Loire e a Argélie, o enviaram à Assembleia Constituinte. A estrela de Ledru-Rollin não demorou a empalidecer. Ele foi nomeado apenas como último membro da Diretoria Executiva. Candidato à presidência da República contra Louis-Napoléon e Cavaignac, obteve apenas 370 mil votos. Ledru-Rollin foi reeleito na Assembleia Legislativa. Líder do motim do Conservatoire (13 de junho de 1849), foi para a Inglaterra e foi condenado à revelia à deportação. Em 1870 foi eleito deputado da Assembleia Nacional por três departamentos, mas logo renunciou e aposentou-se da política. (1)

problema", chamou Dupont (do Eure)[7] de velho estúpido; Albert,[8] de idiota; Louis Blanc, de utópico, Blanqui,[9] de homem extremamente perigoso; e, quando Frédéric lhe perguntou o que deveria ter sido feito, ele respondeu, apertando seu braço a ponto de esmagá-lo:

— Tomar o Rhin (rio Reno), eu lhe digo, tomar o Rhin! Droga!

Depois culpou os reacionários.

Eles estavam tirando a máscara. O saque dos castelos de Neuilly e Suresnes,[10] o incêndio em Batignolles, as revoltas em Lyon,[11] todos os excessos, todas as queixas, eles agora exacerbavam, ao adicionar a circular Ledru-Rollin,[12] nomeando apenas republicanos para postos oficiais, o preço forçado das notas bancárias,[13] o aluguel baixado para sessenta francos, enfim, como iniquidade suprema, como um último golpe, como o horror supremo, o aumento do imposto em quarenta e cinco centavos[14] para cada franco! — E, além disso

[7] Dupont (de l'Eure) (1767-1855) era um ex-advogado do Parlamento da Normandia. Foi membro do Conselho dos Cinq-Cents, presidente da Corte Imperial de Rouen, deputado em 1814 e durante os Cents-Jours. Constantemente reeleito de 1817 a 1848, foi um dos líderes do partido liberal sob a Restauração, Ministro da Justiça após a revolução de julho até 27 de dezembro de 1830, deputado da oposição sob Louis-Philippe, presidente do Governo provisório em 1848, deputado na Assembleia Constituinte; não foi reeleito em 1849. (1)

[8] Albert tinha sido mecânico, depois empregado de um fabricante de botões. Em 1840 ele tinha fundado o Jornal *Atelier*. Em 1848, participou da Revolução de Fevereiro e foi nomeado membro do Governo Provisório, especialmente como representante dos trabalhadores. Albert foi vice-presidente da Comissão do Luxembourg e deputado por Seine na Assembleia Constituinte. Como consequência do dia 15 de maio, ele foi deportado para Belle-Isle. (1)

[9] Blanqui foi preso no Mont-Saint-Michel após a questão de 12 de maio de 1839. Solto após a Revolução de Fevereiro, foi para Paris e fundou o clube da Sociedade Republicana Central. Ele teve papel de destaque na jornada de 15 de maio de 1848, depois foi preso em Belle-Isle. (1)

[10] O castelo de Neuilly, residência predileta de Louis-Philippe, foi saqueado em 25 de fevereiro de 1848. O Castelo Rothschild, em Suresnes, sofreu o mesmo destino em meio a gritos de "agiota!". (1)

[11] Em Lyon, os operários tinham devastado as manufaturas de tecelagem de seda e destruído as máquinas. (1)

[12] Antes das eleições para a Assembleia Constituinte, Ledru-Rollin, Ministro do Interior, enviou uma circular para Comissários do Governo Provisório para lhes recomendar que preparassem os republicanos comprovados,

"Os republicanos da véspera", como se dizia na época. (1)

[13] O dinheiro tinha acabado e o Banque de France estava a ponto de suspender seus pagamentos. Decretou-se a emissão forçada de notas bancárias; mas, para evitar depreciação, a emissão dos bilhetes foi limitada a 250 milhões. (1)

[14] Em 16 de março de 1848, por proposta de Garnier-Pagès, o governo provisório decidiu um aumento de 45 centavos em 100, sobre as quatro contribuições diretas. Essa medida desagradou muito o país. (1)

tudo, ainda havia o Socialismo! Ainda que essas teorias, tão novas quanto o jogo da velha, tivessem sido suficientemente debatidas por quarenta anos para encher bibliotecas, elas aterrorizavam os burgueses, como uma chuva de aerólitos; e houve indignação, em virtude desse ódio que o advento de qualquer ideia provoca, apenas por ser uma ideia, uma execração da qual depois deriva a sua glória e que faz com que os seus inimigos estejam sempre abaixo dela, por mais medíocre que seja.

Assim, a Propriedade se elevou ao nível de Religião e se confundiu com Deus. Os ataques que lhe eram dirigidos pareceram um sacrilégio, quase antropofagia. Apesar da legislação mais humana de todos os tempos, o espectro de 1793 reapareceu, e a lâmina da guilhotina vibrou em todas as sílabas da palavra República — o que não impedia que fosse desprezada por sua fraqueza. A França, sentindo-se desgovernada, começou a gritar de medo, como um cego sem bengala, como uma criança que perdeu sua ama.

De todos os franceses, o que mais tremia era Monsieur Dambreuse. O novo estado de coisas ameaçava sua fortuna, mas acima de tudo negava sua experiência. Um sistema tão bom, um rei tão sábio! Seria possível? A terra iria desmoronar! No dia seguinte despediu três empregados, vendeu os cavalos, comprou um chapéu mole para sair à rua, pensou até em deixar crescer a barba; e ficava em casa prostrado, revisitando amargamente os jornais mais hostis às suas ideias, e tornou-se tão sombrio que nem as piadas sobre o cachimbo de Flocon[15] tinham força para fazê-lo sorrir.

Como apoiador do último reinado, ele temia a vingança do povo sobre suas propriedades de Champagne, quando a elucubração de Frédéric caiu em suas mãos. Então, imaginou que seu jovem amigo era uma figura muito influente e que ele poderia, se não servi-lo, pelo menos defendê-lo; de modo que uma manhã Monsieur Dambreuse se apresentou em sua casa, acompanhado de Martinon.

---

[15] Flocon (1800-1866) foi redator-chefe do *Réforme*. Em 1848 foi membro do Governo Provisório, Ministro do Comércio, deputado por Seine na Assembleia Constituinte. Flocon fracassou na eleição para a Assembleia Legislativa de 1849, dirigiu um jornal em Colmar, foi proscrito no golpe de Estado e morreu na Suíça. (1)

O único propósito dessa visita, disse ele, era vê-lo um pouco e conversar. Em suma, ele se alegrava com os eventos e adotava de todo o coração "nossa sublime divisa: *Liberdade, Igualdade, Fraternidade,* tendo sido sempre republicano, no fundo". Se no outro regime votava com o ministério, era simplesmente para acelerar uma queda inevitável. Ele até investiu contra Monsieur Guizot, "que nos colocou em um belo imbróglio, convenhamos!". Por outro lado, admirava muito Lamartine, que havia se mostrado "magnífico, palavra de honra, quando, a respeito da bandeira vermelha..."

— Sim! Eu sei — disse Frédéric.

Depois disso, ele declarou sua simpatia pelos trabalhadores.

— Porque, afinal, de uma forma ou de outra, todos nós somos trabalhadores! — E levava sua imparcialidade ao ponto de reconhecer que Proudhon tinha lógica. — Oh! Muita lógica! Diabo! — Em seguida, com o desprendimento de uma inteligência superior, conversou sobre a exposição de pintura, onde vira a pintura de Pellerin. Ele achava aquilo original, bem realizado.

Martinon apoiava todas as suas palavras com comentários de aprovação; ele também pensava que era necessário "unir-se abertamente à República" e falava de seu pai lavrador, fingindo ser um camponês, um homem do povo. Logo chegaram às eleições para a Assembleia Nacional e aos candidatos do arrondissement de Fortelle. O da oposição não tinha chance.

— Você deveria tomar o lugar dele! — disse Monsieur Dambreuse. Frédéric exclamou:

— Ora! Mas por quê?

— Porque obteria os votos dos ultras, pelas suas opiniões pessoais, e os votos dos conservadores, por causa de sua família. — E talvez também — acrescentou o banqueiro, sorrindo — um pouco graças à minha influência.

Frédéric objetou que não saberia fazer isso. Nada mais fácil, bastando que fosse recomendado aos patriotas do Aube por um clube da capital. Era só uma questão de ler, não uma profissão de fé como a que se via diariamente, mas uma exposição de princípios séria.

— Traga isso para mim; eu sei o que é adequado à localidade! E você poderia, repito, prestar um grande serviço ao país, a todos nós, a mim mesmo.

Nesses tempos, deveríamos nos ajudar uns aos outros, e, se Frédéric precisar de alguma coisa, ele ou seus amigos...

— Oh! Muitíssimo obrigado, caro monsieur!

— É claro que fará o mesmo por mim, em contrapartida!

O banqueiro era um bom homem, definitivamente.

Frédéric não pôde deixar de refletir sobre seu conselho; e logo uma espécie de vertigem o deslumbrou.

As grandes figuras da Convenção passaram diante de seus olhos. Pareceu-lhe que um magnífico amanhecer estava para nascer. Roma, Viena, Berlim estavam em insurreição, os austríacos expulsos de Veneza; toda a Europa se agitava. Era hora de se lançar no movimento, talvez acelerá-lo; e, além do mais, ele era seduzido pelo traje que os deputados, dizia-se, usariam. Já se via com um colete de lapela e um cinto tricolor; e esse prurido, essa alucinação tornou-se tão forte que ele se abriu com Dussardier.

O entusiasmo do bravo jovem não arrefecia.

— Certamente, claro! Apresente-se!

Frédéric, entretanto, consultou Deslauriers. A oposição idiota que atrapalhava o comissário na província havia aumentado seu liberalismo. Ele imediatamente lhe enviou violentas exortações.

No entanto, Frédéric precisava ser aprovado por um número maior de pessoas; e ele confidenciou o assunto a Rosanette um dia, quando Mademoiselle Vatnaz estava lá.

Ela era uma daquelas solteironas parisienses que, todas as noites, após dar suas aulas, ou tentar vender pequenos desenhos ou manuscritos pobres, voltam para casa com lama na barra das saias, fazem o jantar, comem sozinhas, depois, com os pés no aquecedor, à luz de uma lamparina suja, elas sonham com um amor, uma família, um lar, fortuna, tudo o que lhes falta. Assim, como muitas outras, ela tinha saudado na Revolução o advento da vingança; — e ela se engajava em uma propaganda socialista desenfreada.

A emancipação do proletariado, segundo a Vatnaz, só era possível por meio da emancipação das mulheres. Ela queria o acesso delas a todos os empregos, a busca da paternidade, um outro código, a abolição ou, pelo menos, "uma regulamentação mais inteligente do casamento". Então cada francesa teria de se casar com um francês ou adotar um velhote. As amas de leite e parteiras deveriam ser funcionárias pagas pelo Estado; que houvesse um júri para examinar os trabalhos das mulheres, editores especiais para mulheres, uma escola politécnica para as mulheres, uma guarda nacional para as mulheres, tudo para as mulheres! E, como o Governo ignorava seus direitos, elas deviam vencer a força pela força. Dez mil cidadãs, com bons fuzis, poderiam abalar o Hôtel de Ville!

A candidatura de Frédéric lhe pareceu favorável às suas ideias. Ela o encorajou, mostrando-lhe a glória no horizonte. Rosanette ficou encantada com a ideia de ter um homem que falaria na Câmara.

— E depois, talvez, lhe deem um bom lugar.

Frédéric, homem de todas as fraquezas, foi dominado pela demência universal. Escreveu um discurso e foi mostrá-lo a Monsieur Dambreuse.

Após o barulho da grande porta que se fechava, uma cortina se abriu atrás de uma janela; uma mulher apareceu. Ele não teve tempo de reconhecê-la; mas, na antessala, um quadro o deteve, a pintura de Pellerin, colocada sobre uma cadeira, sem dúvida de forma provisória.

Aquilo representava a República, ou o Progresso, ou a Civilização, na figura de Jesus Cristo conduzindo uma locomotiva, que cruzava uma floresta virgem. Frédéric, após um minuto de contemplação, exclamou:

— Que torpeza!

— Mas não é, hein? — disse Monsieur Dambreuse, tendo chegado justamente quando ele proferia essa frase e imaginando que não se tratava da pintura, mas da doutrina glorificada pela pintura. Martinon chegou no mesmo momento. Eles foram para o escritório; e Frédéric tirava um pedaço de papel do bolso, quando Mademoiselle Cécile, entrando de repente, articulou com um ar ingênuo:

— Minha tia está aí?

— Você sabe muito bem que não — respondeu o banqueiro. Não importa! Sinta-se em casa, mademoiselle.

— Oh! Obrigada! Eu já vou.

Mal ela tinha saído, Martinon pareceu estar procurando seu lenço.

— Esqueci no meu sobretudo, com licença!

— Bem! — disse Monsieur Dambreuse.

Obviamente, ele não era enganado por essa manobra, e parecia até mesmo favorecê-la. Por quê? Mas logo Martinon reapareceu e Frédéric começou seu discurso. Já na segunda página, que indicava como uma vergonha a preponderância dos juros pecuniários, o banqueiro fez careta. Em seguida, abordando as reformas, Frédéric pedia a liberdade do comércio.

— Como?... Mas permita!

O outro não ouvia e continuava. Ele exigia o imposto de renda, o imposto progressivo, uma federação europeia e a educação do povo, incentivo mais amplo às belas-artes.

— Se o país fornecesse cem mil francos por ano a homens como Delacroix ou Hugo, qual seria o mal?

Tudo terminava com conselhos às classes altas.

— Não poupem nada, ó ricos! Doem! Doem!

Ele parou e permaneceu de pé. Seus dois ouvintes sentados não falavam; Martinon arregalava os olhos, Monsieur Dambreuse estava completamente pálido. Por fim, dissimulando sua emoção sob um sorriso amargo:

— Está perfeito, o seu discurso! — e elogiou muito a forma, para não ter que se expressar sobre o conteúdo.

Essa virulência da parte de um jovem inofensivo o assustava, principalmente como sintoma. Martinon tentou tranquilizá-lo. O Partido Conservador com certeza logo se vingaria; em várias cidades os comissários do governo provisório tinham sido expulsos: as eleições só estavam marcadas para 23 de abril, havia tempo; em suma, era preciso que o próprio Monsieur Dambreuse se apresentasse no Aube; e, a partir de então, Martinon nunca mais o deixou, tornou-se seu secretário e o cercou de cuidados filiais.

Frédéric chegou muito feliz consigo mesmo à casa de Rosanette. Delmar estava lá e disse-lhe que "definitivamente" se apresentava como candidato nas eleições no Sena. Em um cartaz dirigido ao "Povo" e no qual o tratava com familiaridade, o ator se gabava de entendê-lo, "a ele", e de, para sua salvação, ter-se "crucificado pela Arte", tanto assim que era a sua encarnação, o seu ideal; — acreditando realmente ter sobre as massas uma enorme influência, chegando até a propor mais tarde, num gabinete de ministério, acabar com um motim sozinho; e, quanto aos meios que empregaria, ele deu essa resposta:

— Não tenham medo! Mostrarei a eles minha cabeça!

Frédéric, para mortificá-lo, notificou-o de sua própria candidatura. O cabotino, a partir do momento que o seu futuro colega visava a província, declarou-se seu servo e se ofereceu para guiá-lo nos clubes.

Visitaram todos, ou quase todos, os vermelhos e os azuis, os furibundos e os tranquilos, os puritanos, os boêmios, os místicos e aqueles onde se bebia, os que decretavam a morte de Reis, aqueles em que se denunciavam fraudes em mercearias; e em toda parte os inquilinos amaldiçoavam os proprietários, a roupa de trabalho atacava o terno e os ricos conspiravam contra os pobres. Vários requeriam indenizações como antigos mártires da polícia, outros imploravam dinheiro para promover invenções, ou então eram planos de falanstérios, projetos de bazares cantonais, sistemas de felicidade pública; — depois, aqui e ali, um lampejo de humor nessas nuvens de estupidez, apóstrofes, repentinas como respingos, o direito formulado por um palavrão, e flores de eloquência nos lábios de um grosseiro, carregando o boldrié de um sabre no peito sem camisa. Às vezes também aparecia um cavalheiro, um aristocrata com ares de humilde dizendo coisas plebeias, e que não tinha lavado as mãos para fazê-las parecer calejadas. Um patriota o reconhecia, os mais virtuosos o maldiziam; e exalava a raiva de sua alma. Para simular bom senso, era preciso sempre difamar os advogados e usar tão frequentemente quanto possível essas expressões: "adicionar sua pedra ao edifício, — problema social — oficina."

Delmar não perdia oportunidades de tomar a palavra; e, quando não encontrava mais nada a dizer, seu recurso era ficar com a mão na cintura, o outro braço dentro do colete, virando abruptamente de perfil, para mostrar claramente a cabeça. Então irrompiam aplausos, os de Mademoiselle Vatnaz, no fundo da sala.

Frédéric, apesar da fraqueza dos oradores, não ousava se arriscar. Todas essas pessoas lhe pareciam demasiadamente incultas ou hostis.

Mas Dussardier se pôs a pesquisar e disse-lhe que havia, na Rue Saint-Jacques, um clube chamado *Le Club de l'Intelligence*. Um nome como esse dava esperança. Além disso, ele levaria alguns amigos.

Ele levou aqueles que tinha convidado para seu ponche: o contador, o distribuidor de vinho, o arquiteto; o próprio Pellerin tinha ido, talvez Hussonnet fosse; e na calçada, em frente à porta, estava parado Regimbart com dois indivíduos, o primeiro dos quais era seu fiel Compain, um homem um tanto corpulento, marcado de varíola, os olhos vermelhos; e o segundo, um negro grandalhão, extremamente peludo, que ele só conhecia como sendo "um patriota de Barcelona".

Eles passaram por um corredor e foram conduzidos a uma grande sala, provavelmente usada por um marceneiro, e cujas paredes ainda novas cheiravam a gesso. Quatro lamparinas penduradas em paralelo produziam uma luz desagradável. Sobre um estrado, no fundo, havia uma escrivaninha com uma campainha, embaixo, uma mesa que representava a tribuna e, de cada lado, outras duas menores para os secretários. O público que ocupava os bancos era formado por velhos aprendizes de pintores, serventes de escolas e homens de letras que nunca tinham publicado. Sobre essas linhas de casacos com golas ensebadas, via-se aqui e ali o gorro de uma mulher ou o avental de um operário. O fundo da sala estava cheio de trabalhadores, vindos provavelmente por não ter o que fazer, ou trazidos por oradores, para que eles os aplaudissem.

Frédéric teve o cuidado de se colocar entre Dussardier e Regimbart, que, mal se sentando, colocou as duas mãos na bengala, o queixo nas duas mãos e fechou os olhos, enquanto no outro extremo da sala Delmar, de pé, dominava a assembleia.

Na mesa do presidente, Sénécal apareceu.

Essa surpresa, pensara o bom funcionário, agradaria a Frédéric. Ela o deixou contrariado.

A multidão demonstrava grande deferência ao seu presidente. Ele foi um dos que, no dia 25 de fevereiro, tinham exigido a organização imediata do trabalho;[16] no dia seguinte, no Prado, ele tinha se declarado a favor de um ataque ao Hôtel de Ville; e, como cada personagem então se ajustava a um modelo, um copiando Saint-Just, o outro Danton, o outro Marat, ele tentava se parecer com Blanqui, que imitava Robespierre. Suas luvas pretas e cabelos à escovinha lhe davam um aspecto rígido, extremamente conveniente.

Ele abriu a sessão com a declaração dos Direitos do Homem e do Cidadão, um costumeiro ato de fé. Então uma voz vigorosa cantou *Les Souvenirs du Peuple*, de Béranger, demonstrando apoio à candidatura de Louis Napoléon Bonaparte.

Outras vozes se elevaram.

— Não! Não! Isso não!

— *La Casquette*! — puseram-se a berrar no fundo os patriotas. E eles cantaram a poesia do dia em coro:

Baixar o chapéu diante do meu boné,
De joelhos diante do operário!

---

[16] Em 25 de fevereiro de 1848, uma manifestação tumultuada ocorreu no Hôtel de Ville. "Foi a questão social que surgiu. Aqueles que fizeram a Revolução morrerão de fome, como após 1830? Esta é, de fato, a questão que se coloca neste momento. Abriu-se a petição. Ela pede: a organização do trabalho; o direito ao trabalho garantido; o salário mínimo assegurado para o trabalhador e sua família em caso de doença; o trabalhador salvo da miséria, quando incapaz de trabalhar. Em poucas palavras, o peticionário, cuja animação não tarda a cessar, invoca os sofrimentos e a vida precária dos trabalhadores, que morrem de privação em meio à riqueza que eles produzem; esta questão que surge de repente surpreende a maior parte dos membros do Governo Provisório, que não estão preparados para isso. Lamartine e vários outros têm ignorado até então que existe realmente uma questão social. Eles acreditaram que algumas mentes equivocadas tinham imaginado essa forma de se colocar em evidência. Eles inicialmente se revoltaram com a ideia de dar satisfação aos proletários: "Vocês vão cortar minha mão antes que eu assine isso!", Lamartine exclamou. Mas Louis Blanc implorou calorosamente pela causa dos trabalhadores. Garnier-Pagès se deixou converter primeiro e, aparecendo em uma janela, acalmou a multidão fazendo promessas. A proclamação seguinte foi imediatamente elaborada e assinada por todos os membros do Governo: "O Governo Provisório da República Francesa compromete-se a garantir a existência do trabalhador pelo trabalho e a garantir trabalho para todos os cidadãos; ele reconhece que os trabalhadores devem se associar entre eles para que gozem do benefício legítimo de seu trabalho; ele retorna para trabalhadores, a quem pertence, o milhão que cairá da lista civil." (Jules Trousset, *Histoire d'un siècle*, t. IX, p. 40.) (1)

Com uma palavra do presidente, o auditório se calou. Um dos secretários começou a inspecionar as cartas.

— Jovens anunciam que queimam todas as noites em frente ao Panthéon um número de *Assemblée Nationale,*[17] e exortam todos os patriotas a seguir o seu exemplo.

— Bravo! Apoiado! — respondeu a plateia.

— O cidadão Jean-Jacques Langreneux, tipógrafo da Rue Dauphine, gostaria que fosse erguido um monumento em memória dos mártires do Thermidor, guilhotinados a partir de 1794.

— Michel-Évariste-Népomucène Vincent, ex-professor, expressa o desejo de que a democracia europeia adote a unidade de linguagem. Poderíamos utilizar uma língua morta, como, por exemplo, o latim aperfeiçoado.

— Não! Nada de latim! — gritou o arquiteto.

— Por quê? — replicou um mestre.

E os dois senhores se envolveram em uma discussão, na qual outros se misturaram, cada um lançando sua frase para impressionar, e que logo se tornou tão cansativa que muitos foram embora.

Mas um velhote baixinho, usando óculos verdes abaixo de sua testa prodigiosamente alta, pediu a palavra para uma comunicação urgente.

Era um relatório sobre a distribuição dos impostos. Os números fluíam lentamente, não acabavam nunca! A impaciência explodiu primeiro em murmúrios, em conversas; nada o perturbava. Depois começaram com assobios e vaias; Sénécal chamou a atenção do público; o orador continuou como uma máquina. Para detê-lo, foi preciso segurá-lo pelo cotovelo. O velhote parecia ter saído de um sonho e, erguendo tranquilamente os óculos:

— Perdão! Cidadãos! Perdão! Vou me retirar! Mil perdões!

O fracasso dessa leitura desconcertou Fréderic. Ele estava com o discurso no bolso, mas uma improvisação teria sido melhor.

---

[17] A publicação *Assemblée Nationale* foi fundada em 29 de fevereiro de 1848. Escrita por ex-funcionários da Monarquia de Julho, ela lutou contra a política do Governo Provisório. Suspensa após as jornadas de junho, reapareceu no dia 7 de agosto seguinte. (1)

Por fim, o presidente anunciou que passariam ao assunto importante, a questão eleitoral. Não discutiriam as grandes listas republicanas. Porém, o *Club de l'Intelligence* tinha o direito, como qualquer outro, de formar uma lista, "a despeito dos senhores paxás do Hôtel de Ville", e os cidadãos que buscavam o mandato popular podiam expor seus títulos.

— Vá em frente! — disse Dussardier.

Um homem de batina, cabelo crespo e fisionomia petulante já havia levantado a mão. Declarou, todo atrapalhado, chamar-se Ducretot, sacerdote e agrônomo, autor de uma obra intitulada *Fertilizantes*. Ele foi despachado para um círculo de horticultura.

Depois, um patriota com roupa de operário subiu na tribuna. Era um plebeu de ombros largos, rosto cheio, de aparência muito suave e com longos cabelos pretos. Percorreu a assembleia com um olhar quase voluptuoso, jogou a cabeça para trás e, finalmente, abrindo os braços:

— Os senhores rejeitaram Ducretot, ó meus irmãos! E fizeram bem, mas não é por ausência de religião, pois somos todos religiosos.

Vários ouviam de boca aberta, com ares de catecúmenos, poses extáticas.

— Não é, também, porque ele é um padre, porque nós também somos padres! O trabalhador é um padre, assim como era o fundador do socialismo, Mestre de todos nós, Jesus Cristo!

Era chegado o momento de inaugurar o reino de Deus! O Evangelho conduzia diretamente a 1789! Após a abolição da escravatura, a abolição do proletariado. Já tinha ocorrido a era do ódio, a era do amor ia começar.

— O cristianismo é a pedra angular e o alicerce do novo edifício...

— Você está zombando de nós? — gritou o negociante de bebidas.
— Quem foi que trouxe esse beato!

Essa interrupção causou um grande escândalo. Quase todos subiram nos bancos e, com os punhos estendidos, vociferavam: "Ateu! Aristocrata! Canalha!", enquanto a campainha do presidente tocava sem parar e os gritos "Ordem! Ordem!" redobravam. Mas, intrépido, e ajudado, aliás, por "três cafés" tomados antes de vir, ele se debatia no meio dos outros.

— O quê, eu? Um aristocrata? Ora, o que é isso!

Finalmente, autorizado a se explicar, ele declarou que jamais estariam tranquilos com os padres e, como tinham falado pouco antes de economias, seria uma economia extraordinária acabar com igrejas, os santos cibórios e, finalmente, com todos os cultos.

Alguém objetou que ele estava indo longe demais.

— Sim! Estou indo longe! Mas, quando um navio é surpreendido pela tempestade...

Sem esperar o fim da comparação, outro respondeu:

— Concordo! Mas é demolir de um só golpe, como um pedreiro sem discernimento...

— O senhor está insultando os pedreiros! — gritou um cidadão coberto de gesso; e, acreditando obstinadamente que havia sido provocado, vomitou insultos, queria lutar, agarrava-se ao banco. Três homens não bastaram para colocá-lo para fora.

Enquanto isso, o operário continuava na tribuna. Os dois secretários pediram que ele descesse. Ele protestou contra a injustiça que lhe faziam.

— Vocês não vão me impedir de gritar: amor eterno à nossa querida França! Amor eterno também à República!

— Cidadãos! — disse então Compain —, cidadãos!

E, à força de tanto repetir "Cidadãos", tendo obtido um pouco de silêncio, pousou as duas mãos vermelhas como cotos na tribuna, inclinou o corpo para a frente e, piscando os olhos:

— Eu acredito que seria preciso dar uma extensão mais ampla à cabeça de vitela.

Todos ficaram em silêncio, acreditando que tinham ouvido mal.

— Sim! A cabeça de vitela!

Trezentas risadas explodiram de uma só vez. O teto tremeu. Diante de todos aqueles rostos convulsionados de alegria, Compain recuou. Ele retomou num tom furioso:

— Como? Vocês não conhecem a cabeça de vitela, prato em que a cabeça de vitela representa a cabeça de Louis XVI decapitado?

Foi um clímax, um delírio. Explodiam de rir. Alguns até caíam no chão, embaixo dos bancos. Compain, não podendo mais aguentar, refugiou-se perto de Regimbart e quis arrastá-lo para longe.

— Não! Eu fico até o fim! — disse o Cidadão.

Essa resposta fez com que Frédéric se decidisse; e, olhando para a direita e para a esquerda, buscando o apoio de seus amigos, avistou, diante dele, Pellerin na tribuna. O artista assumiu um tom arrogante perante a multidão.

— Gostaria de saber um pouco onde está o candidato da Arte nisso tudo! Eu pintei um quadro...

— Quadros não servem para nada! — disse rudemente um homem magro, com placas vermelhas nas maçãs do rosto.

Pellerin exclamou que estava sendo interrompido. Mas o outro, em tom trágico:

— Não deveria o Governo já ter abolido, por decreto, a prostituição e a miséria?

E tendo com essa frase ganhado imediatamente a empatia do povo, ele vituperou contra a corrupção das grandes cidades.

— Vergonha e infâmia! Devíamos agarrar os burgueses na saída do Maison d'Or e cuspir na cara deles! Pelo menos se o Governo não favorecesse a devassidão! Mas os funcionários da alfândega são indecentes com nossas filhas e nossas irmãs...

Uma voz proferiu de longe:

— É um absurdo!

— Fora!

— Eles tiram de nós contribuições para bancar a devassidão! Assim, os altos salários dos atores...

— Minha vez! — gritou Delmar.

Ele saltou para a tribuna, empurrou todos para o lado, fez sua pose; e, declarando que desprezava tais acusações diretas, insistiu na missão civilizadora do ator. Como o teatro era o centro da educação nacional, ele votava pela reforma do teatro; e, primeiro, fim das direções, fim dos privilégios!

— Sim! De qualquer tipo!

A atuação do ator aquecia a multidão e moções subversivas se cruzavam.

— Chega de academias! Fim do Instituto!

— Basta de missões!

— Chega de bacharelado!

— Abaixo os níveis universitários!

— Vamos mantê-los — disse Sénécal —, mas que eles sejam conferidos pelo sufrágio universal, pelo Povo, o único juiz verdadeiro!

O mais útil, aliás, não era isso. Primeiro era preciso aplainar a cabeça dos ricos! E ele os representava empanturrando-se de crimes sob seus tetos dourados, enquanto os pobres, contorcendo-se de fome em seus sótãos, cultivavam todas as virtudes. Os aplausos ficaram tão altos que ele parou de falar. Por alguns minutos, permaneceu com as pálpebras fechadas, a cabeça jogada para trás e como que se embalando naquela cólera que estava despertando.

Depois disso ele voltou a falar de forma dogmática, com frases imperiosas como leis. O Estado iria confiscar o Banco e os Seguros. As heranças seriam abolidas. Seria estabelecido um fundo social para os trabalhadores. Muitas outras medidas seriam boas no futuro. Essas, por enquanto, eram suficientes; e, voltando às eleições:

— Precisamos de cidadãos puros, homens totalmente novos! Alguém se apresenta?

Frédéric se levantou: Houve um zum-zum de aprovação causado por seus amigos. Mas Sénécal, assumindo uma expressão no estilo Fouquier-Tinville, o acusador público que condenou Maria Antonieta, começou a questioná-lo sobre seu nome, primeiros nomes, antecedentes, vida e costumes.

Frédéric respondia sumariamente e mordia os lábios. Sénécal perguntou se alguém via algum impedimento a essa candidatura.

— Não! Não!

Mas ele, ele via. Todos se inclinaram e aguçaram as orelhas. O postulante cidadão não tinha entregado uma determinada quantia prometida para uma fundação democrática, um jornal. Além disso, no dia 22 de fevereiro, embora suficientemente avisado, faltou ao encontro, Place du Panthéon.

— Juro que ele estava nas Tuileries! — gritou Dussardier.

— Pode jurar que o viu no Panthéon?

Dussardier baixou a cabeça. Frédéric ficou em silêncio; seus amigos, escandalizados, olhavam para ele com preocupação.

— De qualquer forma — retomou Sénécal —, conhece algum patriota que nos responda por seus princípios?

— Eu! — disse Dussardier.

— Ah! Não é o suficiente! Outro!

Frédéric voltou-se para Pellerin. O artista respondeu com uma abundância de gestos que significavam:

"Ah! Meu caro, eles me rejeitaram! Diabo! O que você quer de mim?"

Então Frédéric cutucou Regimbart com o cotovelo.

— Sim! É verdade! Já é hora! Vou lá!

E Regimbart pulou para a tribuna; em seguida, mostrando o espanhol que o havia seguido:

— Permitam-me, cidadãos, apresentar-lhes um patriota de Barcelona!

O patriota fez uma grande reverência, revirou seus olhos de prata como um autômato e, com a mão sobre o coração:

— Ciudadanos! Mucho aprecio el honor que me dispensais, y si grande es vuestra bondad mayor es vuestra atencion.[18]

— Eu peço a palavra! — gritou Frédéric.

— Desde que se proclamó la constituición de Cádiz, ese pacto fundamental de las libertades españolas, hasta la última revolución, nuestra patria cuenta numerosos y heroicos mártires.[19]

Frédéric mais uma vez quis ser ouvido:

— Mas cidadãos!...

O espanhol continuava:

— El martes próximo tendrá lugar en la iglesia de la Magdelena un servicio funebre.[20]

— Mas isso é um absurdo! Ninguém entende!

Essa observação exasperou a multidão.

— Vá embora! Dê o fora!

---

[18] Cidadãos! Agradeço muito a honra que me concedem e, se grande é sua bondade, maior é sua atenção. (N. T.)

[19] Desde que foi proclamada a Constituição de Cádis, aquele pacto fundamental das liberdades espanholas, até a última revolução, nossa pátria conta numerosos e heroicos mártires. (N. T.)

[20] Na próxima terça-feira, haverá na *Iglesia de la Magdelena* um serviço fúnebre. (N. T.)

— Quem? Eu? — perguntou Frédéric.

— Você mesmo! — disse Sénécal majestosamente. — Saia!

Ele se levantou para sair; e a voz do ibérico o perseguia:

— Y todos los Españoles desearían ver allí reunidas las diputaciones de los clubs y de la milicia nacional. Una oración fúnebre en honor de la libertad española y del mundo entero, sera pronunciado por un miembro del clero de Paris en la sala Bonne-Nouvelle. Honor al pueblo francés, que llamaría yo el primero pueblo del mundo, sino fuese ciudadano de otra nación.[21]

— "Aristo"![22] — gritou um canalha, erguendo o punho para Frédéric, que se lançava para o pátio, indignado.

Ele se censurou por sua dedicação, sem refletir que as acusações contra ele eram justas, afinal. Que ideia nefasta essa candidatura! Mas que burros, que cretinos! Ele se comparava àqueles homens e amenizava com a estupidez deles a ferida de seu orgulho.

Então ele sentiu a necessidade de ver Rosanette. Depois de todo aquele horror e de tanta afetação, sua gentil pessoa seria um divertimento. Ela sabia que, naquela noite, ele deveria ter se apresentado em um clube. Mas, quando ele entrou, ela não lhe fez nenhuma pergunta.

Ela estava junto ao fogo, descosturando o forro de um vestido. Um trabalho como aquele o surpreendeu.

— Ora essa? O que está fazendo?

— Isso que você está vendo — disse ela secamente. — Estou remendando minhas roupas! É a sua República.

— Por que minha República?

— É a minha, por acaso?

E ela se pôs a censurá-lo por tudo o que vinha acontecendo na França nos últimos dois meses, acusando-o de ter provocado a revolução, de ser a causa de estarem todos arruinados, de os ricos estarem abandonando Paris, e que ela logo morreria no hospital.

---

[21] E todos os espanhóis desejariam ver ali reunidos os representantes dos clubes e da milícia nacional. Uma oração fúnebre em honra da liberdade espanhola e de todo o mundo será pronunciada por um membro do clero de Paris na sala Bonne-Nouvelle. Honra ao povo francês, a quem eu chamaria de primeiro povo do mundo, se eu não fosse cidadão de outra nação! (N. T.)

[22] Aristocrata. (N. T.)

— É fácil para você falar levianamente sobre isso, você, vivendo de suas rendas! Aliás, no ritmo que as coisas estão indo, você não terá por muito tempo, suas rendas.

— Pode ser — disse Frédéric —, os mais devotados sempre são menosprezados; e, se não seguíssemos nossa própria consciência, os brutos com quem nos comprometemos nos fariam sentir enojados pela nossa abnegação!

Rosanette olhou para ele, os olhos semicerrados.

— Hein? O quê? Que abnegação? Parece que o cavalheiro não teve sucesso, não é? Tanto melhor! Isso vai lhe ensinar a fazer doações patrióticas. Ora! Não minta para mim! Sei que deu a eles trezentos francos, porque ela tem que ser mantida, sua República! Bem, divirta-se com isso, meu caro!

Diante dessa avalanche de absurdos, Frédéric passou de sua decepção anterior para uma ainda mais pesada.

Ele havia se retirado para o fundo do quarto. Ela foi até ele.

— Vamos ver! Raciocine um pouco! Em um país, como em uma casa, é preciso haver um mestre; caso contrário, todo mundo quer embolsar uma parte do dinheiro. Em primeiro lugar, todos sabem que Ledru-Rollin está coberto de dívidas![23] Quanto a Lamartine, como você quer que um poeta entenda de política? Ah! Por mais que você balance a cabeça acreditando que é mais esperto do que os outros, o que estou dizendo é verdade! Mas você só reclama; não se pode conversar com você! Veja o exemplo de Fournier-Fontaine, das lojas em Saint-Roch: sabe quanto ele deve? Oitocentos mil francos! E Gomer, o empacotador aí da frente, outro republicano, que batia com porrete na cabeça de sua esposa e bebeu tanto absinto que vão metê-lo numa casa de saúde. É assim que são todos eles, os republicanos! Uma República de vinte e cinco por cento! Ah, sim! Continue se gabando!

Frédéric foi embora. A inépcia dessa garota, de repente revelando-se na linguagem do populacho, o enojou. Ele até sentiu que havia se tornado um pouco patriota novamente.

---

[23] A frase reproduz quase textualmente uma passagem de uma petição feminista da qual Flaubert havia copiado excertos nos seus cadernos de notas. (2)

O mau humor de Rosanette só aumentou. Mademoiselle Vatnaz a irritava com seu entusiasmo. Acreditando ter uma missão, ela tinha ânsia de falar, de catequizar e, sendo mais forte do que sua amiga nesses assuntos, a esmagava com argumentos.

Um dia, ela chegou bastante indignada com Hussonnet, que acabara de tomar a liberdade de algumas obscenidades no clube feminino. Rosanette aprovou esse comportamento, chegando a declarar que usaria roupas de homem para ir até lá "lhes dizer o que elas precisavam ouvir e chicoteá-las". Frédéric entrou nesse momento.

— Você irá comigo, não é?

E, apesar da presença dele, elas brigaram, uma fazendo a burguesa, a outra a filósofa.

As mulheres, segundo Rosanette, tinham nascido exclusivamente para o amor ou para criar filhos, para cuidar de uma casa.

Segundo Mademoiselle Vatnaz, a mulher deveria ter seu lugar no Estado. Antigamente, as gaulesas legislavam, as anglo-saxãs também, as esposas dos huronianos faziam parte do Conselho. A obra civilizatória era comum. Todas precisavam contribuir para isso e, finalmente, substituir o egoísmo pela fraternidade, o individualismo pela união, a desagregação pela cultura generalizante.

— Ora, vamos! Você agora é uma autoridade em cultura?

— Por que não? Além disso, é sobre a humanidade, sobre o seu futuro!

— Meta-se com o seu!

— Isso é problema meu!

Elas ficaram zangadas. Frédéric interveio. A Vatnaz estava esquentada e chegou até mesmo a apoiar o comunismo.

— Que bobagem! — disse Rosanette. — Será que uma coisa assim vai dar certo algum dia?

A outra citou como prova os essênios, os irmãos morávios, os jesuítas do Paraguai, a família dos Pingons, perto de Thiers, em Auvergne; e, como ela gesticulava muito, corrente do seu relógio ficou presa em seu feixe de berloques, num pingente de carneirinho dourado.

De repente, Rosanette ficou extraordinariamente pálida.

Mademoiselle Vatnaz continuou a desenroscar seu pingente.

— Não se esforce tanto — disse Rosanette; — agora eu conheço suas opiniões políticas.

— O quê? — retomou Vatnaz, ficando vermelha como uma virgem.

— Ah! Ah! Você me entende!

Frédéric não entendia. Entre elas, evidentemente, tinha sucedido algo mais fundamental e mais íntimo do que o socialismo.

— E mesmo que fosse — replicou a Vatnaz, endireitando-se intrepidamente. — É um empréstimo, minha querida, uma dívida pela outra!

— Claro, eu não nego as minhas! Por alguns milhares de francos, que bela história! Pelo menos eu pego emprestado; não roubo de ninguém!

Mademoiselle Vatnaz fez um esforço para rir.

— Ah! Eu colocaria minha mão no fogo.

— Tenha cuidado! Ela está tão seca que vai queimar.

A solteirona apresentou-lhe a mão direita e, mantendo-a levantada bem à sua frente:

— Mas existem amigos que a consideram do seu agrado!

— Andaluzes, talvez? Como castanholas!

— Pobretona!

A Marechala fez uma grande reverência.

— Não poderia ser mais amável!

Mademoiselle Vatnaz não disse nada. Gotas de suor apareceram em suas têmporas. Seus olhos estavam fixos no tapete. Estava ofegante. Por fim, ela alcançou a porta e, batendo-a com força:

— Boa noite! Você vai ter notícias minhas!

— Será um prazer! — disse Rosanette.

Sua limitação a tinha deixado quebrada. Ela caiu no divã, toda trêmula, balbuciando insultos, derramando lágrimas. Era aquela ameaça da Vatnaz que a atormentava? Mas claro que não! Ela não se importava! Afinal, fazendo as contas, talvez a outra não lhe devesse dinheiro? Era por causa do carneiro de ouro, um presente; e, em meio às lágrimas, o nome de Delmar lhe escapou. Então, ela amava o cabotino!

"Então por que ela me quis?", Frédéric perguntou a si mesmo. "Quando foi que ele voltou? Quem a obriga a ficar comigo? Qual é o sentido de tudo isso?"

Os pequenos soluços de Rosanette continuavam. Ela ainda estava na beira do divã, esticada de lado, a bochecha direita apoiada nas mãos, — e parecia um ser tão delicado, inconsciente e machucado, que ele se aproximou dela e a beijou na testa, suavemente.

Então ela lhe deu garantias de afeição; o Príncipe acabara de partir, eles estariam livres. Mas no momento ela estava... sem dinheiro. "Você mesmo viu outro dia quando eu estava usando meus forros velhos." Nada de carruagens agora! E isso não era tudo; o tapeceiro ameaçou levar de volta os móveis do quarto e do salão principal. Ela não sabia o que fazer.

Frédéric teve vontade de responder: "Não se preocupe! Eu pagarei!". Mas a dama poderia estar mentindo. A experiência o ensinara. Ele se limitou simplesmente a consolá-la.

Os temores de Rosanette não eram vãos; foi preciso devolver os móveis e deixar o lindo apartamento na Rue Drouot. Ela pegou outro, no Boulevard Poissonnière, no quarto andar. As curiosidades de seu antigo boudoir foram suficientes para dar aos três quartos um ar gracioso. Tinha venezianas chinesas, uma tenda no terraço, na sala um tapete usado ainda bastante novo, com pufes de seda rosa. Frédéric havia contribuído amplamente para essas aquisições; ele sentia a alegria de um homem recém-casado que finalmente possui sua própria casa, sua própria esposa; e, estando muito satisfeito com o lugar, ia dormir lá quase todas as noites.

Certa manhã, ao sair da antessala, viu no terceiro andar, na escada, o quepe de um guarda nacional que estava subindo. Para onde ele estava indo, afinal? Frédéric esperou. O homem continuava subindo, a cabeça um pouco abaixada: ele olhou para cima. Era Monsieur Arnoux. A situação era clara. Eles coraram ao mesmo tempo, tomados pelo mesmo constrangimento.

Arnoux foi o primeiro a encontrar uma saída.

— Ela está melhor, não é? — como se Rosanette estivesse doente e ele se apresentasse para saber como ela estava.

Frédéric aproveitou essa abertura.

— Sim, certamente! Pelo menos foi o que sua empregada me disse — querendo fazer parecer que ele não havia sido recebido.

Então eles ficaram cara a cara, ambos indecisos, e olhando um para o outro. Era para ver qual dos dois não iria embora. Arnoux, mais uma vez, resolveu a questão.

— Ah! Não tem problema! Volto mais tarde! Para onde está indo? Eu o acompanho.

E, quando chegaram à rua, ele conversou com a naturalidade habitual. Sem dúvida, ele não tinha um caráter ciumento, ou então era um homem bom demais para ficar com raiva.

Além disso, estava preocupado com a pátria. Agora ele não tirava mais o uniforme. Em 29 de março, ele defendera os escritórios da *Presse*.[24] Quando a Câmara foi invadida,[25] distinguiu-se pela coragem e assistiu ao banquete oferecido à Guarda Nacional de Amiens.

Hussonnet, sempre de serviço com ele, aproveitava, mais do que ninguém, de sua cabaça e de seus charutos; mas, irreverente por natureza, gostava de contradizê-lo, difamando o estilo pouco correto dos decretos, as conferências do Luxembourg,[26] que estudavam a

---

[24] Antes das eleições para a Assembleia Constituinte, Émile de Girardin havia levantado, na *Presse*, a questão de saber o que faria o Governo Provisório se os deputados não proclamassem a República. Daí essa agressão organizada por clubistas contra seu jornal. (1)

[25] Em 15 de maio de 1848, a Câmara foi invadida por manifestantes, que a ocuparam por várias horas, proclamando a dissolução da Assembleia e um novo Governo Provisório. O motim foi reprimido pela Guarda Nacional e a Guarda Móvel. (1)

[26] "Em 28 de fevereiro, uma delegação de discípulos e de partidários da doutrina estatista de Louis Blanc, seguida por cerca de 2 mil trabalhadores, apresentou-se no Hôtel de Ville para solicitar a criação de um *ministério do progresso*, destinado a organizar o trabalho. Louis Blanc insistiu fortemente em dar para a resolução um sentido social incluindo nela um termo referente à exploração dos proletários. A maioria do Conselho respondeu que havia um Ministério de Obras Públicas que parecia ser suficiente. A discussão tornou-se penosa. Louis Blanc, que tinha sido admitido, assim como os demais secretários, para fazer parte do Governo Provisório, ofereceu-se para renunciar, que, nas presentes circunstâncias, traria consequências desastrosas e poderia até mesmo desencadear uma guerra civil. Seus colegas recusaram sua demissão e, para conciliar todas as opiniões, ofereceram uma transação que consistia na nomeação de uma comissão que resolveria todas as questões relacionadas ao trabalho e à melhoria do material dos trabalhadores. Louis Blanc, nomeado presidente dessa Comissão, com Albert como vice-presidente, imediatamente redigiu um decreto constitutivo, o qual fez ler para as pessoas reunidas na Praça do Hôtel de Ville. Os trabalhadores se retiraram, gritando: *Viva a República*

legislação trabalhista, o grupo feminista das vesuvianas, os policiais apelidados tiroleses, tudo, até o carro simbólico da Agricultura, arrastado por cavalos em vez de bois e escoltado por feias donzelas na festa da agricultura. Arnoux, ao contrário, defendia o Poder e sonhava com a fusão dos partidos. No entanto, seus negócios davam uma guinada desfavorável. Ele se inquietava um pouco com isso.

As relações entre Frédéric e a Marechala não o tinham entristecido; porque essa descoberta o autorizou (em sua consciência) a abolir a pensão que lhe havia restituído desde a partida do Príncipe. Ele alegou a dificuldade das circunstâncias, lamentou-se muito e Rosanette foi generosa. Então Monsieur Arnoux passou a se considerar um amante do coração — o que o elevou em sua estima e o rejuvenesceu. Não tendo dúvidas de que Frédéric pagasse à Marechala, ele se imaginava "pregando-lhe uma boa peça", chegando até a se esconder deixando o caminho livre quando eles se encontravam.

Essa parceria machucava Frédéric; e as gentilezas do seu rival pareciam-lhe uma brincadeira que ia longe demais. Mas, se ele se zangasse, seria privado de qualquer chance de um retorno para a outra, e além do mais, essa era a única maneira de ouvir falar dela. O negociante de faianças, de acordo com seu costume, ou, talvez por malícia, fazia menção a ela em sua conversa, e até perguntava por que ele não ia mais vê-la.

Frédéric, tendo esgotado todos os pretextos, garantiu-lhe que já tinha estado várias vezes na casa de Madame Arnoux, mas sem ter conseguido vê-la. Arnoux ficou convencido disso, pois muitas

---

e cantando a *Marseillaise*. A sede da Comissão foi fixada no Luxembourg. A primeira sessão ocorreu no dia 1º de março. Essa criação foi inicialmente acolhida com uma certa simpatia, porque se esperava que discussões pacíficas entre patrões e trabalhadores produziriam conciliação e apaziguamento. As primeiras questões debatidas foram as das horas de trabalho e do comércio. [...] Em Luxembourg, a Comissão presidida por Louis Blanc foi sediada no corredor fulgurante de ouro, pinturas e molduras, onde os pares da França costumavam se encontrar. A conferência assumia um aspecto sério e quase solene, como se para merecer o título de *nobreza operária*, que lhe foi conferido; havia economistas, especialistas, trabalhadores e patrões ansiosos por resolver o problema tão interessante, mas tão complexo sobre a organização do trabalho. No meio desse parlamento em camisa, notavam-se três gorros femininos: eram três delegadas das costureiras, coloristas e auxiliares de tipografia. Os criados da antiga nobreza, em trajes completos,com sobrecasaca preta, gravata branca e espada, estavam cumprindo seu dever como se nada tivesse mudado. Delegados das corporações só discutiam as teorias de Louis Blanc, o que dava às suas observações um caráter de independência... "(Jules TROUSSET, História de um Século, t. IX, p. 52, 53, 54, 60 e 61.) (1)

vezes, diante dela, mostrava-se admirado com a ausência do amigo; e ela sempre respondia que tinha perdido sua visita; de modo que essas duas mentiras não se contradiziam, mas corroboravam uma com a outra.

A gentileza do jovem e o prazer de fazê-lo de tolo contribuíram para que Arnoux o apreciasse ainda mais. Ele levava a familiaridade aos derradeiros limites, não por desdém, mas por confiança. Um dia ele lhe escreveu dizendo que um negócio urgente o atraía por vinte e quatro horas à província; pedia que ele ficasse de guarda em seu lugar. Frédéric não ousou recusar e apresentou-se no posto do Carroussel.

Ele teve de suportar a companhia de guardas nacionais! E, com exceção de um destilador de bebidas, um homem jocoso que bebia de maneira exorbitante, todos lhe pareciam mais estúpidos que suas próprias pochetes. A conversa principal deles consistia na substituição das correias de couro dos uniformes pelo cinto. Outros se manifestavam contra as oficinas nacionais,[27] instituídas para contratação

[27] "As Oficinas Nacionais, abertas em virtude do decreto de 27 de fevereiro, foram constituídas da seguinte forma. Todos os trabalhadores sem trabalho foram admitidos lá; eles foram agrupados militarmente por esquadrões, brigadas, companhias. Qualquer que fosse sua profissão, pedreiros, entalhadores, estofadores, marceneiros, sapateiros, escavadores de profissão, eles eram uniformemente usados em terraplenagem, em particular para a construção da Gare Saint-Lazare e da Gare Montparnasse. O salário era de dois francos por dia: foram dez mil trabalhadores desde o primeiro dia. Como eles não podiam ser utilizados em todos os canteiros de obras ao mesmo tempo, dava-se para aqueles que não trabalharam pelo menos 1 fr. 50, e estabelecia-se um revezamento de trabalho e de descanso entre as equipes. A possibilidade de ganhar trinta centavos sem fazer nada atraiu às oficinas nacionais numerosos preguiçosos e vagabundos, que acorreram até mesmo da província. Por outro lado, a agitação socialista, assustando a burguesia, provocava uma estagnação quase completa do comércio; devido à falta de pedidos, as oficinas privadas fechavam e, portanto, novos contingentes de trabalhadores desempregados afluíram para as oficinas nacionais. Havia mais de 60 mil homens lá em meados de abril e, embora os salários tivessem sido reduzidos a 8 francos por semana, havia 117 mil homens em maio. Como todos os trabalhos úteis tinham sido concluídos, eles eram empregados para carregar paralelepípedos, remexer a terra por nada, no Champ de Mars; eles custavam ao Estado mais de 150 mil francos por dia. Essa organização ruinosa das Oficinas Nacionais tinha sido feita apesar dos protestos de Louis Blanc. Apresentada como a aplicação de seu sistema, ela não era dele nem mesmo a caricatura. Louis Blanc queria que os trabalhadores fossem agrupados de acordo com sua profissão, e que o Governo se limitasse a lhes emprestar o dinheiro de que precisavam para fazer funcionar as oficinas, que eles próprios organizariam e operariam, por sua própria conta e risco. O experimento foi feito com alfaiates, a quem foi dado o negócio de roupas da Guarda Nacional; e deu certo. As Oficinas Nacionais foram organizadas *contra* Louis Blanc, por uma colega do Governo Provisória, Marie, cujo objetivo, como ela mesma admitiu, era arruinar a popularidade de Louis Blanc e demonstrar para trabalhadores que as teorias da organização do trabalho eram 'vazias, falsas e inexequíveis'. A experiência sem a boa-fé custou milhões desnecessariamente desperdiçados; ela custaria rios de sangue." (Albert MALET, *Histoire contemporaine*, p. 394.) (1)

dos operários desempregados. Diziam: "Onde vamos parar?". Aquele a quem tinha sido dirigida a pergunta respondia, arregalando os olhos, como à beira de um abismo: "Onde vamos parar?". Então um mais ousado gritava: "Isso não pode continuar assim! Isso tem que acabar!". E, com os mesmos discursos repetindo-se até a noite, Frédéric ficava mortalmente entediado.

Sua surpresa foi grande quando, às onze horas, viu aparecer Arnoux, que foi logo dizendo que acorria para libertá-lo, pois tinha encerrado seu caso.

Ele não tinha tido nenhum negócio. Era uma invenção para passar vinte e quatro horas sozinho com Rosanette. Mas o bravo Arnoux tinha superestimado a si mesmo, tanto que, em sua lassidão, um remorso havia tomado conta dele. Vinha agradecer a Frédéric e convidá-lo para jantar.

— Agradeço muito! Eu não estou com fome! Só quero cair na minha cama!

— Mais uma razão para jantarmos juntos agora! Como você é mole! Não se volta para casa a essa hora! É muito tarde. Seria perigoso!

Frédéric cedeu mais uma vez. Arnoux, que não era esperado, foi paparicado por seus irmãos de armas, principalmente pelo dono do alambique. Todos o amavam; e ele era um sujeito tão bom que lamentou a ausência de Hussonnet. Mas ele precisava fechar os olhos um minuto antes de sair, não mais do que isso.

— Fique ao meu lado — disse a Frédéric, enquanto se esticava na cama de campanha, sem tirar as correias do uniforme.

Por medo de um alerta, apesar de ir contra as regras, ele se manteve com seu fuzil; então murmurou algumas palavras: "Minha querida! Meu anjinho!", e logo adormeceu.

Os que falavam calaram-se; e aos poucos houve um grande silêncio no posto. Frédéric, atormentado pelas pulgas, olhava em volta. A parede, pintada de amarelo, tinha uma longa prateleira na metade de sua altura, na qual as mochilas formavam uma série de pequenas corcovas, enquanto embaixo, os fuzis cor de chumbo estavam arranjados próximos uns dos outros; e se elevavam roncos, produzidos pelos guardas nacionais, cujos ventres se delineavam de maneira confusa, nas sombras. Uma garrafa vazia e pratos cobriam o fogão. Três cadeiras de palha rodeavam a mesa, onde um baralho de cartas se espalhava. Um tambor, no meio da bancada, deixava pender sua correia. O vento quente que entrava pela porta fazia a lamparina fumegar. Arnoux dormia com os braços abertos; e como seu fuzil estava colocado com a coronha voltada para a parte de baixo e numa posição um pouco oblíqua, a boca do cano encostava na sua axila. Frédéric percebeu e ficou apavorado.

"Ah, bobagem! Eu estou errado! Não há nada a temer! Se ele morresse, no entanto..."

E, imediatamente, infinitas imagens se desdobraram. Ele se viu com ela, à noite, em uma carruagem; depois, à beira de um rio em uma noite de verão, e sob o reflexo de um candeeiro em casa, na casa deles. Ele até se deteve em cálculos para o lar, arranjos domésticos, contemplando, já sentindo uma felicidade palpável; — e, para conseguir isso, bastaria que o cão do fuzil se levantasse! Ele podia ser empurrado com a ponta do dedo do pé; o tiro partiria, seria um acidente, nada além disso!

Frédéric desenvolveu essa ideia, como um dramaturgo em processo de criação. De repente, teve a impressão de que aquilo não estava longe de se transformar em ação, e que ele contribuiria para isso, que desejava que acontecesse; então, foi tomado por um grande medo. Em meio a essa angústia, experimentava uma sensação de prazer e afundava-se cada vez mais nela, sentindo com terror que seus escrúpulos estavam desaparecendo; na fúria de seu devaneio, o resto do mundo se desvanecia; e ele só tinha consciência de estar vivo pelo aperto intolerável no peito.

— Vamos tomar vinho branco? — disse o dono da destilaria que despertava.

Arnoux pôs-se de pé com um salto; e assim que o vinho branco foi engolido, quis livrar Frédéric de ficar montando guarda.

Depois, ele o levou para almoçar na Rue de Chartres, na casa de Parly; e, como precisava se refazer, ele pediu dois pratos de carne, uma lagosta, uma omelete ao rum, uma salada etc., tudo regado a um sauternes 1819 e um romanée 42, sem falar no champanhe, na sobremesa, nos licores.

Frédéric não o contrariou de forma alguma. Estava constrangido, como se o outro tivesse conseguido descobrir em seu rosto os traços de seu pensamento.

Com os dois cotovelos apoiados na beira da mesa e muito inclinado, Arnoux, cansando-o com o olhar, confiava-lhe suas fantasias.

Ele queria arrendar todos os terrenos aterrados da linha do Norte para plantações de batatas, ou organizar uma cavalgada monstruosa nos bulevares, em que figurariam as "celebridades da época". Alugaria todas as janelas, o que, à razão de três francos, em média, daria um belo lucro. Em suma, ele sonhava com um grande golpe de sorte por meio de um monopólio. No entanto, ele era uma criatura moral; culpava os excessos, a má conduta, falava de seu "pobre pai", e todas as noites, segundo ele, fazia seu exame de consciência, antes de oferecer sua alma a Deus.

— Um pouco de curaçau, hein?

— Como quiser.

Quanto à República, as coisas se arranjariam; enfim, ele se considerava o homem mais feliz da terra; e, esquecendo-se de si, elogiou as qualidades de Rosanette, chegando a compará-la à sua esposa. Era realmente outra coisa! Não se pode imaginar coxas mais belas.

— À sua saúde!

Frédéric brindou. Ele tinha, por complacência, bebido um pouco demais; além disso, o sol forte o cegava; e quando subiram a Rue Vivienne juntos, suas dragonas se tocavam fraternalmente.

Quando voltou para casa, Frédéric dormiu até as sete horas. Depois, foi à casa da Marechala. Ela havia saído com alguém. Com Arnoux, talvez? Sem saber o que fazer, continuou sua caminhada no bulevar, mas não conseguiu atravessar a Porte Saint-Martin, de tanta gente que havia ali.

A pobreza deixou um número considerável de trabalhadores à própria sorte; e eles iam lá todas as noites para analisar a situação, sem dúvida, e esperar por um sinal. Apesar da lei contra os agrupamentos,[28] esses clubes de desespero aumentavam de uma forma assustadora; e muitos burgueses iam lá diariamente, por bravata, por modismo.

De repente, Frédéric avistou, a três passos de distância, Monsieur Dambreuse com Martinon; ele virou a cabeça, pois, como Monsieur Dambreuse havia-se feito nomear deputado, Frédéric guardava dele algum rancor. Mas o capitalista o deteve.

— Uma palavra, caro senhor! Eu tenho algumas explicações a lhe dar.

— Não estou pedindo nada.

— Por favor! Me escute.

Não era de forma alguma culpa dele. Tinham-lhe pedido, forçado, de certa forma. Martinon imediatamente apoiou suas palavras: uma delegação de moradores de Nogent tinha ido à sua casa.

— Além disso, eu pensei estar livre a partir do momento...

Um ajuntamento de pessoas na calçada forçou Monsieur Dambreuse a se afastar.

Um minuto depois ele reapareceu, dizendo a Martinon:

— É um verdadeiro favor, esse! Você não terá motivo para se arrepender...

Os três se encostaram numa loja, para conversar mais à vontade.

De vez em quando, ouviam-se os gritos de: "Viva Napoléon![29] Viva Barbès! Abaixo Marie!".[30] A multidão, bastante numerosa, falava

---

[28] Graças a essa lei, numerosas prisões aconteceram nas avenidas.

[29] "Louis-Napoléon havia retornado à França após a Revolução de fevereiro. Ele acorreu a Paris e endereçou a seguinte carta ao Governo temporário: *Paris, 28 de fevereiro de 1848. Cavalheiros, Tendo o povo de Paris destruído, com seu heroísmo, os últimos vestígios da invasão estrangeira, venho do exílio postar-me sob a bandeira da República, que acabamos de proclamar. Sem outra ambição que a de servir ao meu país, eu venha anunciar minha chegada aos membros do Governo Provisório, e lhes assegurar minha dedicação à causa que representam, assim como minha simpatia por suas pessoas. Recebam, senhores, a certeza desses sentimentos. Louis--Napoléon BONAPARTE.* Apesar desta adesão espontânea de Louis-Napoléon à República, o Governo Provisório não achou prudente autorizá-lo a permanecer na França, enquanto a Assembleia Nacional não decidisse o destino das antigas famílias do reinado que as leis mantinham exiladas. Louis-Napoléon voltou para a Inglaterra. Ele deixava alguns amigos devotados em Paris, que trabalharam com ardor para reunir os elementos de um partido napoleônico. Jornais foram criados, brochuras espalhadas, todo meio de propaganda foi usado para popularizar o nome de Louis-Napoléon. A tremenda influência que a memória do imperador ainda exercia sobre o povo das cidades e do campo tornaram essa tarefa fácil. Então ela teve um sucesso tão rápido quanto considerável. Desde os primeiros dias de maio até os dias de junho, o grito de 'Viva Napoléon!' era frequentemente o clamor dominante nas agitações populares." (Eugène TÉNOT, *Paris, en décembre 1851*, p. 8 e 9.) (1)

[30] Tratava-se de Marie, que tinha apoiado com muita veemência, na tribuna da Assembleia, o projeto de lei sobre os agrupamentos. (1)

muito alto; — e todas aquelas vozes, ecoando pelas casas, soavam como o som contínuo das ondas em um porto. Às vezes, eles ficavam em silêncio; então, *La Marseillaise* se elevava. Sob os portões de entrada das moradias, homens de aparência misteriosa ofereciam espadas disfarçadas de bengalas. Às vezes, dois indivíduos, passando um na frente do outro, piscavam e se afastavam rapidamente. Grupos de curiosos ocupavam as calçadas; uma multidão compacta agitava-se na rua. Bandos inteiros de policiais, saindo dos becos, desapareciam logo em seguida. Pequenas bandeiras vermelhas aqui e ali pareciam chamas; os cocheiros, do alto de seus assentos, faziam grandes gestos e depois viravam-se e partiam. Era um movimento, um espetáculo dos mais bizarros.

— Como tudo isso — disse Martinon — teria divertido Mademoiselle Cécile!

— Minha esposa, o senhor bem sabe, não gosta que minha sobrinha saia conosco — replicou Monsieur Dambreuse, sorrindo.

Era quase impossível reconhecê-lo. Há três meses ele gritava: "Viva a República!" e tinha até votado a favor do banimento dos D'Orléans.[31] Mas as concessões iam terminar. Ele andava furioso, a ponto de carregar um cassetete no bolso.

Martinon também tinha um. Como a magistratura não era mais irremovível, ele tinha se retirado do Ministério Público, tanto assim que superava Monsieur Dambreuse em violência.

O banqueiro odiava particularmente Lamartine, por ele ter apoiado Ledru-Rollin e, além dele, Pierre Leroux, Proudhon,[32] Considérant,[33] Lamennais, todos descabeçados, todos socialistas.

---

[31] A Assembleia Constituinte votou pelo banimento de D'Orleans em 26 de maio de 1848. No dia seguinte, revogou a lei de banimento contra os Bonapartes. (1)

[32] Proudhon (1809-1865) publicou, em 1840, sua famosa memória: *Qu'est-ce que la Propriété?* Após a Revolução de Fevereiro, ele fundou o *Représentant du Peuple*, que logo foi excluído. Membro de Seine, desenvolveu na tribuna da Assembleia Constituinte (31 de julho de 1848) suas teorias sociais, apresentando um projeto de imposto de renda, que foi rejeitado. De 1848 a 1850, ele fundou sucessivamente três jornais, que sucumbiram às condenações: *Peuple*, *Voix du Peuple* e novamente *Peuple*, Em 31 de janeiro de 1849, ele criou seu Banco do Povo, mas foi interrompido nessa empreitada por uma condenação a três anos de prisão por crimes de imprensa. (1)

[33] Considérant tinha renunciado ao cargo de capitão engenheiro para se dedicar à propaganda fourierista. Com a morte de Fourier (1837), ele assumiu a gestão da *Phalange*, que foi substituída em 1845 por um órgão diário, o *Démocratie pacifique*. Considérant foi deputado da Assembleia Constituinte e do Legislativo. (1)

— Pois, afinal, o que eles querem? O imposto sobre a carne e a prisão por dívidas foram abolidos; agora, estuda-se o projeto de um banco hipotecário; outro dia era um banco nacional! E aí estão cinco milhões no orçamento para os trabalhadores! Mas felizmente acabou, graças a Monsieur de Falloux![34] Boa viagem! Que se mandem daqui!

De fato, não sabendo como alimentar os cento e trinta mil homens das oficinas nacionais, o ministro das Obras Públicas tinha, naquele mesmo dia, assinado um decreto convidando todos os cidadãos com idades entre dezoito e vinte anos a servir como soldados ou a voltar para suas províncias para trabalhar a terra.

Essa alternativa os indignou, convencidos de que queriam destruir a República. A vida longe da capital os afligia como um exílio; eles se viam morrendo de febre, em regiões selvagens. Além disso, para muitos, acostumados a trabalhos delicados, a agricultura parecia uma degradação; uma enganação, enfim, um escárnio, a negação formal de todas as promessas. Se eles resistissem, a força seria empregada; eles não duvidavam disso e se preparavam para evitá-la.

Por volta das nove horas, os grupos formados na Bastille e no Châtelet refluíram para o bulevar. Da Porte Saint-Denis à Porte Saint-Martin, tudo era um único e imenso enxame, uma única massa de um azul escuro, quase preto. Os homens que podiam ser vistos ali tinham olhos ardendo, a tez pálida, rostos emaciados pela fome, exaltados pela injustiça. Enquanto isso, as nuvens estavam se formando; o céu tempestuoso despertava a eletricidade da multidão, que turbilhonava sobre si mesma, indecisa, como um mar agitado; e podia-se sentir em suas profundezas uma força incalculável, como a energia de um elemento. Então todos começaram a cantar: "Lampiões! Lampiões!",[35] buscando essa manifestação de apoio à sua causa por parte dos moradores. Várias janelas não se acenderam; seixos foram jogados em suas vidraças, Monsieur Dambreuse julgou prudente ir embora. Os dois jovens o reconduziram.

---

[34] Monsieur de Falloux foi nomeado relator da questão das Oficinas Nacionais e decidiu por sua dissolução imediata. (1)

[35] Desde a Restauração a multidão tinha adquirido o hábito de exigir, com essas palavras bem ritmadas, quando os eventos lhe eram favoráveis, a iluminação das janelas dos particulares. (2)

Ele previa grandes desastres. O povo, mais uma vez, poderia invadir a Câmara; e, a esse respeito, relatou como teria sido morto no dia 15 de maio, não fosse o devotamento de um guarda nacional.

— Mas é o seu amigo, eu ia esquecendo! Seu amigo, o fabricante de faianças Jacques Arnoux! — Os revoltosos o sufocavam; aquele bravo cidadão o tinha tomado nos braços, colocando-o longe da confusão. Assim, desde então, tinha sido criada uma espécie de conexão entre eles. — Um dia desses teremos que jantar juntos, e, como você o vê com frequência, garanta-lhe que gosto muito dele. Ele é um homem excelente, caluniado, a meu ver; e é muito inteligente, o malandro! Meus cumprimentos mais uma vez! Muito boa noite!...

Frédéric, depois de deixar Monsieur Dambreuse, voltou para a casa da Marechala; e, com um ar muito sombrio, disse que ela tinha de escolher entre ele e Arnoux. Ela respondeu gentilmente que não entendia nadinha dessas "fofocas", não gostava de Arnoux, não tinha o menor interesse nele. Frédéric tinha sede de abandonar Paris. Ela não rejeitou essa fantasia e partiram para Fontainebleau no dia seguinte.

O hotel em que se hospedaram diferenciava-se dos demais por um chafariz jorrando no meio de pátio. As portas dos quartos abriam-se para um corredor, como nos mosteiros. O que lhes foi destinado era grande, mobiliado com bons móveis, revestido com tecido indiano e silencioso, dada a escassez de viajantes. Ao longo das casas passavam burgueses desocupados; depois, sob suas janelas, no fim do dia, as crianças na rua brincavam de correr; — e essa tranquilidade, depois de todo o tumulto de Paris, causou-lhes uma surpresa, um apaziguamento.

De manhã cedinho, foram visitar o castelo. Entrando pelo portão, avistaram toda a sua fachada, com os cinco pavilhões de telhados pontiagudos e a escada em forma de ferradura que se estendia até o fundo do pátio, delimitado à direita e à esquerda por dois corpos de edifícios mais baixos. Os liquens nas pedras do pavimento misturavam-se de longe com o tom fulvo dos tijolos; e todo o palácio, cor de ferrugem como uma armadura velha, tinha algo de majestosamente impassível, uma espécie de grandeza militar e triste.

Por fim, um criado, carregando um molho de chaves, apareceu. Primeiro mostrou-lhes os aposentos das rainhas, o oratório do Papa, a galeria de François I, a mesinha de mogno sobre a qual o Imperador assinou sua abdicação e, em uma das salas que dividiam a antiga Galerie des Cerfs, o lugar onde Christine mandou assassinar Monaldeschi. Rosanette ouviu essa história atentamente; então, voltando-se para Frédéric:

— Será que foi por ciúme? Tome cuidado!

Em seguida, cruzaram a sala do Conselho, a sala da Guarda, a sala do Trono, o salão de Louis XIII. As janelas altas, sem cortinas, derramavam uma luz branca; a poeira marcava levemente as cremonas das janelas, o pé de cobre dos consoles; tecidos grossos de lona cobriam as poltronas por toda parte; viam-se acima das portas as caçadas de Louis XV e, aqui e ali, tapeçarias representando os deuses do Olimpo, Psyché ou as batalhas de Alexandre.

Ao passar pelos espelhos, Rosanette parava por um minuto para alisar os bandós.

Depois do pátio da torre e da capela de Saint-Saturnin, eles chegaram ao salão de festas.

Ficaram deslumbrados com o esplendor do teto, dividido em compartimentos octogonais, realçados com ouro e prata, mais cinzelados que uma joia, e com a abundância de pinturas cobrindo as paredes desde a gigantesca lareira, na qual crescentes e aljavas circundam as armas da França, até a tribuna para os músicos, construída na outra extremidade, em toda a largura do salão. As dez janelas em arcadas estavam totalmente abertas; o sol fazia brilhar as pinturas, o céu azul formava um contínuo indefinido com o ultramar dos arcos; e, das profundezas da floresta, cujos cimos vaporosos enchiam o horizonte, parecia vir um eco de caçadores entoado por trompas de marfim, e balés mitológicos, que reuniam sob a folhagem princesas e senhores disfarçados de ninfas e faunos, — um tempo de ciência ingênua, paixões violentas e arte suntuosa, quando o ideal era conduzir o mundo a um sonho das Hespérides, e em que as amantes dos reis se confundiam com os astros. A mais bela dessas famosas havia sido pintada, à direita, sob a figura de

Diane Caçadora, e até mesmo como Diane Infernal, talvez para marcar o poder que ela tinha até mesmo além do túmulo. Todos esses símbolos confirmam sua glória; e permanece algo dela ali, uma voz indistinta, uma irradiação que se prolonga.

Frédéric foi tomado por uma concupiscência retrospectiva e inexprimível. Para distrair seu desejo, ele começou a considerar Rosanette com ternura, perguntando se ela não gostaria de ser aquela mulher.

— Que mulher?

— Diane de Poitiers!

Ele repetiu:

— Diane de Poitiers, a amante de Henri II.

Ela fez um pequeno: "Ah!" E foi tudo.

Seu silêncio provava claramente que ela não sabia nada, não entendia nada, de modo que, por complacência, ele lhe disse:

— Está entediada?

— Não, pelo contrário!

E, com o queixo erguido, enquanto olhava vagamente ao redor, Rosanette soltou esta frase:

— Isso me traz lembranças!

No entanto, podia-se perceber em seu semblante um esforço, uma intenção de respeito; e, como aquele ar sério a tornava mais bonita, Frédéric a desculpou.

O lago de carpas a divertiu mais. Por um quarto de hora, ela jogou pedaços de pão na água, para ver os peixes pulando.

Frédéric estava sentado perto dela, sob as tílias. Ele pensou em todos os personagens que haviam assombrado essas paredes, Charles-Quint, os Valois, Henri IV, Pierre le Grand, Jean-Jacques Rousseau e "as belas mulheres chorando nas primeiras filas", na estreia de uma de suas peças, além de Voltaire, Napoléon, Pie VII, Louis-Philippe; ele se sentia cercado, acotovelado por essas mortes tumultuadas; tamanha confusão de imagens o deixava atordoado, embora achasse, ainda assim, tudo charmoso.

Finalmente, eles desceram para o jardim.

É um vasto retângulo, revelando num só olhar suas largas alamedas amarelas, os quadrados de grama, suas fileiras de buxos, os teixos em forma de pirâmide, a folhagem baixa e os estreitos canteiros, nos quais as flores formam manchas esparsas na terra cinzenta. No final do jardim, desdobra-se um parque, atravessado em toda a sua extensão por um longo canal.

As residências reais têm em si uma melancolia particular, que sem dúvida deriva de suas dimensões excessivas para o pequeno número de seus hóspedes, do silêncio que ficamos surpresos em encontrar ali depois de tantas fanfarras, do luxo imóvel provando pela velhice a transitoriedade das dinastias, a miséria de tudo; — e essa exalação dos séculos, entorpecente e fúnebre como o perfume de uma múmia, é sentida até mesmo pelas cabeças ingênuas. Rosanette bocejava desmesuradamente. Eles voltaram para o hotel.

Após o almoço, trouxeram para eles uma carruagem descoberta. Eles deixaram Fontainebleau por uma grande rotatória, depois subiram por uma estrada arenosa em um bosque de pequenos pinheiros. As árvores ficaram mais altas; e o cocheiro dizia de vez em quando: "Aqui estão os Frères-Siamois, o Pharamond, o Bouquet--du-Roi", não se esquecendo de nenhum dos locais famosos, às vezes até parando para mostrá-los.

Eles entraram no bosque de Franchard. A carruagem deslizou como um trenó sobre a grama; pombos que não se podia ver arrulhavam; de repente um garçom apareceu; e desceram diante do portão de um jardim onde havia mesas redondas. Então, deixando as paredes de uma abadia em ruínas à esquerda, eles caminharam sobre grandes rochas e logo chegaram ao fundo do desfiladeiro.

Ele é coberto, de um lado, por um emaranhado de arenito e zimbros, enquanto, do outro lado, o terreno quase nu desce em direção ao fundo do vale, onde, na cor das urzes, um caminho forma uma linha tênue; e se vê ao longe um cume em um monte achatado, com a torre de um telégrafo atrás.

Meia hora depois, desceram mais uma vez para escalar as alturas de Aspremont.

O caminho ziguezagueia entre pinheiros atarracados sob rochas com perfis angulosos; todo esse canto da mata tem algo de sufocante, um pouco selvagem e solitário. Pensa-se nos eremitas, companheiros do grande cervo carregando uma cruz de fogo entre os chifres, e que recebiam com sorrisos paternos os bons reis da França, ajoelhados diante de sua gruta. Um cheiro resinoso enchia o ar quente, as raízes no nível do solo se cruzavam como veias. Rosanette tropeçou nelas, estava desesperada, querendo chorar.

Mas, no topo, a alegria voltou ao encontrar sob um teto de galhos uma espécie de taberna, onde se vendem esculturas de madeira. Ela bebeu uma garrafa de limonada, comprou um bastão de azevinho; e, sem dar sequer uma olhada na paisagem que se descobre do planalto, ela adentrou a Caverne-des-Brigands, precedida por um menino carregando uma tocha.

A carruagem os esperava em Bas-Bréau.

Um pintor vestindo uma blusa azul trabalhava ao pé de um carvalho, com sua caixinha de cores no colo. Ele ergueu a cabeça e os observou passar.

No meio da encosta do Chailly, uma nuvem, explodindo de repente, os fez puxar a capota. A chuva parou quase imediatamente; e os paralelepípedos das ruas brilhavam ao sol quando eles entraram novamente na cidade.

Viajantes recém-chegados disseram-lhes que uma batalha terrível estava manchando Paris de sangue. Rosanette e seu amante não ficaram surpresos. Depois todos foram embora, o hotel voltou a ficar tranquilo, o gás se apagou e eles adormeceram com o murmúrio do jato de água no pátio.

No dia seguinte, foram visitar o Gorge-au-Loup, o Mare-aux-Fées, o Long-Rocher, o Marlotte; dois dias depois, recomeçaram as visitas ao acaso, ao bel-prazer do cocheiro, sem perguntar onde estavam e, muitas vezes, até negligenciando locais famosos.

Sentiam-se tão confortáveis em seu velho landau, baixo como um sofá e coberto por uma lona com listras desbotadas! As valas, cheias de vegetação rasteira, serpenteavam diante de seus olhos com um movimento suave e contínuo. Raios brancos trespassavam como flechas as samambaias altas; às vezes um caminho que não estava mais em uso aparecia diante deles, em linha reta; e a grama crescia preguiçosamente aqui e ali. No centro das encruzilhadas, uma cruz estendia seus quatro braços; em outros lugares, postes inclinavam-se como árvores mortas e pequenos caminhos curvos, perdendo-se sob as folhas, despertavam a vontade de segui-los; no mesmo momento, o cavalo girava, eles seguiam por ali, afundando na lama; mais adiante, os musgos haviam crescido ao longo da borda dos sulcos profundos.

Eles acreditavam estar longe dos outros, totalmente sozinhos. Mas de repente passava um guarda-caça com seu fuzil, ou um bando de mulheres em farrapos, levando longos feixes de gravetos nas costas.

Quando a carruagem parava, fazia-se um silêncio universal; só se ouvia a respiração do cavalo entre as hastes que o uniam ao veículo, e um grito de pássaro muito fraco e repetido.

A luz iluminava, em alguns pontos, a orla dos bosques e deixava os fundos na sombra; ou então, atenuada nos primeiros planos por uma espécie de crepúsculo, exibia ao longe vapores violeta, uma claridade branca. No meio do dia, o sol, incidindo diretamente sobre as amplas áreas verdes, salpicava-as, suspendia gotas prateadas nas pontas dos galhos, riscava a grama com listras de esmeraldas, lançava manchas douradas nas camadas de folhas mortas; jogando a cabeça para trás, dava para ver o céu entre as copas das árvores. Algumas, de altura colossal, tinham ares de patriarcas e de imperadores, ou se tocavam na extremidade, formando, com seus longos caules, como que arcos do triunfo; outras, crescidas obliquamente desde a base, pareciam colunas prestes a cair.

Essa profusão de grossas linhas verticais se entreabria. Então, enormes ondas verdes se desenrolavam em relevos desiguais até a superfície dos vales, onde avançava o cimo de outras colinas dominando as planícies aloiradas que terminavam por se perder num tom pálido indefinido.

De pé, um ao lado do outro, em alguma saliência do terreno, eles sentiam, inspirando o vento, entrar em suas almas como que o orgulho de uma vida mais livre, com uma profusão de forças, uma alegria sem causa.

A diversidade das árvores criava um espetáculo mutável. As faias, com a casca branca e lisa, entrelaçavam suas copas; os freixos curvavam suavemente seus galhos esverdeados; nos tufos de carpinos, azevinhos semelhantes ao bronze erguiam-se eriçados; depois vinha uma linha de bétulas esguias, inclinadas em atitudes elegíacas; e os pinheiros, simétricos como tubos de órgão, balançando continuamente, pareciam cantar. Havia carvalhos enormes, rugosos, que se contorciam, se esticavam a partir do chão, se entrelaçavam e, firmes em seus troncos, como torsos, lançavam com seus braços nus apelos de desespero, ameaças furiosas, como um grupo de Titãs imobilizados em sua cólera. Algo mais pesado, um langor febril, pairava sobre os pântanos, cortando o lençol de suas águas entre arbustos de espinheiros; os liquens, nas margens, onde os lobos vêm beber, são da cor do enxofre, como que chamuscados pelas pegadas das bruxas, e o coaxar ininterrupto das rãs responde ao grito das gralhas que sobrevoam. Em seguida, eles cruzavam clareiras monótonas, plantadas com árvores jovens aqui e ali. Um som de ferro, golpes ásperos e numerosos soavam. Era, na encosta de uma colina, uma companhia de pedreiros batendo nas rochas. Elas se multiplicavam cada vez mais e acabavam por preencher toda a paisagem, cúbicas como casas, planas como lajes, consolidando-se, dominando, fundindo-se como as ruínas irreconhecíveis e monstruosas de alguma cidade desaparecida. Mas a própria fúria de seu caos faz imaginar, principalmente, vulcões, inundações, grandes cataclismos ignorados. Frédéric dizia que eles estavam lá desde o início do mundo e que assim permaneceriam até seu fim; Rosanette desviava o olhar, afirmando que "aquilo a deixaria louca", e ia colher urzes. Suas pequenas flores roxas, agrupadas, formavam placas desiguais, e a terra que ruía abaixo formava franjas pretas na borda da areia salpicada de mica.

Certo dia eles chegaram à meia altura de uma colina toda de areia. Sua superfície, desprovida de pegadas, estava listrada por ondulações simétricas; aqui e ali, como promontórios no leito ressecado de um oceano, elevavam-se rochas com formas vagas de animais, tartarugas projetando a cabeça para fora, focas rastejando, hipopótamos e ursos. Ninguém. Nenhum barulho. As areias, atingidas pelo sol, brilhavam intensamente; — e de repente, naquela vibração da luz, os animais pareceram se mexer. Eles voltaram rapidamente, fugindo da vertigem, quase aterrorizados.

A seriedade da floresta os conquistava; e eles tinham horas de silêncio quando, deixando-se levar ao balanço das molas do veículo, permaneciam entorpecidos numa embriaguez tranquila. Com o braço em torno de sua cintura, ele a ouvia falar enquanto os pássaros gorjeavam e observava com o mesmo olhar as uvas pretas de seu chapéu e as bagas nos pés de zimbro, o pregueado de seu véu, as volutas das nuvens; e, quando ele se inclinava em sua direção, o frescor de sua pele misturava-se com a grande fragrância dos bosques. Tudo os divertia; mostravam um ao outro, como uma curiosidade, teias de aranha penduradas nos arbustos, buracos cheios de água no meio das pedras, um esquilo nos galhos, o voo de duas borboletas que os acompanhavam; ou então, a vinte passos, sob as árvores, uma corça que caminhava, calmamente, com um ar nobre e gentil, lado a lado com seu filhote. Rosanette queria correr atrás dela, beijá-la.

Ela ficou apavorada uma vez, quando um homem, que apareceu de repente, mostrou-lhe três víboras em uma caixa. Ela se jogou apressadamente para cima de Frédéric; — ele ficou feliz por ela ser fraca e por se sentir forte o suficiente para defendê-la.

Naquela noite, eles jantaram em uma pousada, às margens do Sena. A mesa ficava perto da janela, Rosanette de frente para ele; e ele contemplava seu narizinho fino e branco, seus lábios protusos, seus olhos claros, seus bandós castanhos e bufantes, seu lindo rosto oval. Seu vestido de seda crua colava nos ombros um pouco caídos; e saindo de suas mangas justas, suas mãos cortavam, despejavam a bebida nos copos, avançavam sobre a toalha de mesa. Serviram-lhes um frango com os quatro membros estendidos, um prato de enguias numa tigela de barro, vinho seco, pão bem duro, facas desgastadas. Tudo isso aumentava o prazer, a ilusão. Chegavam quase a acreditar que estavam em meio a uma viagem, na Itália, em sua lua de mel.

Antes de partir, foram dar um passeio pela margem.

O céu de um azul suave, arredondado como uma cúpula, descansava no horizonte sobre o contorno dos bosques. Em frente, no final da pradaria, havia um campanário em uma aldeia; e, mais adiante, à esquerda, o telhado de uma casa formava uma mancha vermelha no rio, que parecia imóvel em toda a extensão de sua sinuosidade. Juncos inclinavam-se ali, entretanto, e a água sacudia levemente os postes fincados na margem para segurar as redes; uma armadilha de vime para pegar peixes, duas ou três velhas chalupas estavam por ali. Perto da pousada, uma garota com um chapéu de palha puxava baldes de um poço; — cada vez que subiam, Frédéric ouvia com inexprimível prazer o estalar da corrente.

Ele não tinha dúvidas de que seria feliz para o resto de sua vida, de tão natural que lhe parecia sua felicidade, inerente à sua vida e à pessoa daquela mulher. Um impulso o levava a lhe dizer delicadezas. Ela respondia com palavras gentis, batidinhas no ombro, doçuras cuja surpresa o encantava. Ele finalmente descobria nela uma beleza totalmente nova, que talvez fosse apenas o reflexo das coisas ao redor, a menos que suas potencialidades secretas a tivessem feito florescer.

Quando estavam descansando no meio do campo, ele deitava a cabeça nos joelhos dela, sob o abrigo de sua sombrinha; — ou então, deitados de bruços em meio à relva, ficavam um em frente ao outro, olhando-se, mergulhando nas pupilas, ávidos, saciando-se sempre, semicerrando depois as pálpebras, sem falar mais nada.

Às vezes, ouviam batidas de tambor à distância. Era o alerta geral que soava nas aldeias, chamando para ir defender Paris.

— Ah! Veja só! A revolta! — Frédéric dizia com uma piedade desdenhosa, toda aquela agitação parecendo-lhe miserável em comparação com seu amor e a natureza eterna.

E conversavam sobre qualquer coisa, sobre coisas que conheciam perfeitamente bem, sobre pessoas que não lhes interessavam, sobre mil bobagens. Ela falava de sua camareira e de seu cabeleireiro. Um dia, ela se distraiu e revelou sua idade: vinte e nove anos; estava ficando velha.

Repetidas vezes, involuntariamente, ela lhe contou detalhes sobre si mesma. Ela havia sido uma "demoiselle em uma loja", viajara para a Inglaterra, começara a estudar para ser atriz; tudo isso sem transições, e ele não conseguia reconstruir um conjunto. Ela falou mais de si mesma um dia, quando estavam sentados sob um plátano, na encosta de uma campina. Abaixo, à beira da estrada, uma garotinha, descalça na poeira, pastoreava uma vaca. Assim que os viu, veio pedir-lhes esmolas; e, segurando a anágua esfarrapada com uma das mãos, coçava com a outra os cabelos negros que emolduravam, como uma peruca Louis XIV, toda a sua cabeça morena iluminada por olhos esplêndidos.

— Ela vai ser muito bonita quando crescer — disse Frédéric.

— Melhor para ela se não tiver uma mãe! — Rosanette replicou.

— Hein? Como?

— Mas claro; eu, sem a minha...

Ela suspirou e começou a falar de sua infância. Seus pais eram tecelões de seda da colina da Croix-Rousse, em Lyon. Ela trabalhava com seu pai, como aprendiz. Por mais que o pobre sujeito se matasse de trabalhar, sua esposa o insultava e vendia tudo para ir beber. Rosanette via o quarto deles, com os teares dispostos ao longo das janelas, o caldeirão de sopa no fogão, a cama pintada de acaju, um guarda-roupa em frente e o sótão escuro onde ela dormira até os quinze anos. Finalmente aparecera um senhor, um homem gordo, o rosto cor de buxo, modos de um devoto, vestido de preto. Ele e a mãe tiveram uma conversa, de forma que três dias depois... Rosanette parou, e, com um olhar carregado de indecência e de amargura:

— Estava feito!

Depois, respondendo ao gesto de Frédéric:

— Como ele era casado (ele teria medo de se comprometer em casa), fui levada a uma sala privada de um restaurante e me disseram que eu ficaria feliz, que receberia um belo presente. Já na porta, a primeira coisa que me surpreendeu foi um candelabro de vermeil sobre uma mesa posta para dois. Um espelho no teto os refletia, e as paredes, revestidas de seda azul, faziam todo o recinto parecer uma alcova. Uma surpresa se apoderou de mim. Você entende, um pobre ser que nunca tinha visto nada! Apesar do meu deslumbramento, eu tinha medo. Eu queria ir embora. Mas fiquei. O único assento que havia era um divã encostado à mesa. Ele cedeu suavemente debaixo de mim; a boca do aquecedor no tapete me enviava um hálito quente e fiquei ali parada sem pegar nada. O garçom que estava de pé me incentivou a comer. Ele imediatamente me serviu uma grande taça de vinho; minha cabeça girava, eu queria abrir a janela, ele disse: "Não, mademoiselle, é proibido". E ele me deixou. A mesa estava coberta com um monte de coisas que eu não conhecia. Nada me pareceu bom. Então, ataquei um pote de geleia, e continuei esperando. Não sei o que o impedia de vir. Já era muito tarde, pelo menos meia-noite, não aguentava mais o cansaço; empurrando uma das almofadas para me deitar de maneira mais confortável, encontro debaixo das mãos uma espécie de álbum, um caderno; eram imagens obscenas... Eu estava dormindo sobre elas quando ele entrou.

Ela abaixou a cabeça e permaneceu pensativa.

As folhas ao redor deles sussurravam, num emaranhado de arbustos uma grande dedaleira balançava, a luz fluía como uma onda sobre a relva; e o silêncio era cortado a rápidos intervalos pelos ruídos da vaca pastando, a qual não podia mais ser vista.

Rosanette olhava para um ponto no chão, a três passos dela, suas narinas latejando, pensativa. Frédéric tomou sua mão.

— Como você sofreu, pobre querida!

— Sim — ela disse — mais do que você imagina!... Até o ponto de querer pôr um fim em tudo; eu fui resgatada.

— Como?

— Ah! Não vamos pensar mais nisso!... Eu te amo, estou feliz! Beije-me. — E ela removeu, um por um, os galhinhos de cardos agarrados à bainha do vestido.

Frédéric pensava, acima de tudo, no que ela não havia dito. Por quais meios ela havia conseguido sair da pobreza? A que amante ela devia sua educação? O que tinha acontecido em sua vida até o dia em que ele foi à sua casa pela primeira vez? Sua última confissão proibia as perguntas. Ele apenas perguntou como ela conhecera Arnoux.

— Por Vatnaz.

— Não foi você que vi uma vez, no Palais-Royal, com o casal? Ele citou a data exata. Rosanette fez um esforço.

— Sim, é verdade!... Eu não estava bem naquela época!

Mas Arnoux tinha se mostrado excelente. Frédéric não duvidava; entretanto, seu amigo era um homem estranho, cheio de defeitos; que ele teve o cuidado de lembrar. Ela concordou com ele.

— Não importa!... Nós o amamos mesmo assim, aquele safado!

— Até hoje? — perguntou Frédéric.

Ela foi ficando corada, meio rindo, meio zangada.

— Ei! Não! É uma história antiga. Não escondo nada de você. Mesmo que isso fosse verdade, com ele é diferente! Além disso, acho que você não está sendo gentil com sua vítima.

— Minha vítima?

Rosanette segurou seu queixo.

— Sem dúvida!

E, balbuciando como se falasse com uma criança:

— Nós nem sempre fomos muito comportados! Fomos nanar com a mulher dele!

— Eu! De jeito nenhum!

Rosanette sorriu. Ele ficou magoado com aquele sorriso, prova de indiferença, ele pensou. Mas ela continuou calmamente, e com um daqueles olhares que imploram pela mentira:

— Tem certeza?

— Mas é claro que sim!

Frédéric deu sua palavra de honra de que nunca tinha pensado em Madame Arnoux por estar apaixonado demais por outra pessoa.

— Por quem, então?

— Ora, por você, minha lindeza!

— Ah! Não zombe de mim! Você me irrita!

Ele julgou prudente inventar uma história, uma paixão. Fabricou detalhes circunstanciados. Aliás, aquela pessoa o tinha deixado muito infeliz.

— Decididamente, você não tem sorte! — disse Rosanette.

— Oh! Oh! Pode ser! — querendo dar a entender com isso que tinha tido vários relacionamentos bons, para dar de si mesmo uma melhor impressão, da mesma forma que Rosanette não confessava todos os seus amantes, para que ele a estimasse mais; — porque, no meio das confidências mais íntimas, sempre há restrições, por falsa vergonha, delicadeza, piedade. Descobre-se no outro ou em si mesmo precipícios ou lamaçais que impedem de continuar; além disso, a pessoa sente que não seria compreendida; é difícil expressar fielmente o que quer que seja; assim, as uniões plenas são raras.

A pobre Marechala nunca tinha conhecido uma melhor. Muitas vezes, quando ela olhava para Frédéric, as lágrimas brotavam em seus olhos, então ela os erguia, ou os projetava para o horizonte, como se tivesse vislumbrado uma grande aurora, perspectivas de felicidade sem limites. Por fim, um dia, ela confessou que queria que fosse rezada uma missa, "para que isso abençoe nosso amor".

Por que foi, então, que ela resistiu a ele por tanto tempo? Ela não sabia nada de si mesma. Ele repetiu várias vezes a sua pergunta; e ela respondia, apertando-o entre seus braços:

— É que eu estava com medo de te amar demais, meu querido!

Na manhã de domingo, Frédéric leu num jornal, numa lista de feridos, o nome de Dussardier. Ele soltou um grito e, mostrando o papel a Rosanette, declarou que iria embora imediatamente.

— Para fazer o quê?

— Ora, para vê-lo, cuidar dele!

— Você não vai me deixar sozinha, eu imagino!

— Venha comigo.

— Ah! Para me envolver numa briga dessas? Muito obrigada!

— Mas eu não posso...

— Ora, ora! Como se faltassem enfermeiras nos hospitais! E, além do mais, o que é que ele ainda tinha a ver com isso, aquele lá? Cada um por si!

Ele ficou indignado com esse egoísmo; e se censurou por não estar lá com os outros. Tanta indiferença aos infortúnios da pátria tinha algo de mesquinho e de burguês. Seu amor de repente pesou sobre ele como um crime. Eles ficaram emburrados por uma hora.

Então ela implorou que ele esperasse, que não se expusesse.

— Se por acaso matarem você!

— Ora! Eu apenas terei cumprido meu dever!

Rosanette deu um pulo. Seu primeiro dever era amá-la. Era porque ele não a queria mais, sem dúvida! Aquilo não fazia sentido! Que ideia, meu Deus!

Frédéric tocou a sineta para pedir a conta. Mas não era fácil retornar a Paris. O carro de entregas Leloir acabara de partir, as berlinas Lecomte não partiriam, a diligência dos Bourbonnais só passaria tarde da noite e talvez estivesse cheia; não se sabia de nada. Depois de perder muito tempo com essas informações, ocorreu-lhe a ideia de pegar a mala-posta. O encarregado da posta recusou-se a fornecer cavalos, pois Frédéric não tinha passaporte. Por fim, ele alugou uma caleche puxada por cavalos (a mesma que os tinha levado para passear) e chegaram em frente ao Hôtel du Commerce, em Melun, por volta das cinco horas.

A Place du Marché estava coberta de conjuntos de armas. O prefeito tinha proibido a Guarda Nacional de ir para Paris. Aqueles que não eram de seu departamento queriam continuar sua jornada. Eles gritavam. Havia um grande tumulto na estalagem.

Rosanette, tomada de medo, declarou que não iria mais longe e lhe implorou novamente que ficasse. O estalajadeiro e sua esposa juntaram-se a ela. Um bravo homem que estava jantando se interpôs, afirmando que a batalha acabaria logo; além disso, ele tinha de cumprir seu dever. Então a Marechala redobrou os soluços. Frédéric estava irritado. Ele deu a ela sua bolsa, beijou-a calorosamente e desapareceu.

Quando chegou a Corbeil, na estação, foi informado de que os insurgentes tinham cortado os trilhos em vários pontos e o cocheiro recusou-se a levá-lo mais longe; seus cavalos, disse ele, estavam "acabados".

Com sua ajuda, porém, Frédéric conseguiu um cabriolé ruim que, pela soma de sessenta francos, sem contar a gorjeta, concordou em levá-lo à barreira da place d'Italie. Mas, a cem passos da barreira, seu condutor o fez descer e deu meia-volta. Frédéric estava andando na estrada, quando de repente uma sentinela esticou sua baioneta. Quatro homens o agarraram vociferando:

— É um deles! Tomem cuidado! Revistem-no! Bandido! Canalha!

E o seu espanto foi tão profundo que se deixou arrastar para o posto da barreira, na rotatória para a qual convergem o Boulevard des Gobelins e o Boulevard de l'Hôpital, a Rue Godefroy e a Rue Mouffetard.

Quatro barricadas formavam, no final das quatro vias, enormes montanhas de paralelepípedos; tochas chiavam aqui e ali; apesar da poeira que se erguia, ele distinguiu os soldados de infantaria e os guardas nacionais, todos com os rostos negros, desgrenhados, abatidos. Eles tinham acabado de tomar a praça, tinham atirado em vários homens; sua raiva ainda persistia. Frédéric disse que estava chegando de Fontainebleau para ajudar um camarada ferido que morava na Rue Bellefond; a princípio ninguém quis acreditar nele; examinaram suas mãos e até cheiraram sua orelha para ter certeza de que não cheirava a pólvora.

No entanto, de tanto repetir a mesma coisa, acabou por convencer um capitão, que ordenou a dois fuzileiros que o conduzissem ao posto do Jardin des Plantes.

Eles desceram o Boulevard de l'Hôpital. Uma forte brisa soprava. Ela o reanimou.

Eles então dobraram na Rue du Marché-aux-Chevaux. O Jardin des Plantes, à direita, formava uma grande massa negra; enquanto, à esquerda, toda a fachada do hospital La Pitié, com todas as janelas iluminadas, brilhava como um incêndio, e sombras passavam rapidamente nas vidraças.

Os dois homens de Frédéric partiram. Um outro o acompanhou até a École Polytechnique.

A Rue Saint-Victor estava muito escura, sem um bico de gás ou luz nas casas. De dez em dez minutos, podia-se ouvir:

— Sentinelas! Atenção! — E esse grito, proferido em meio ao silêncio, prolongava-se, repercutindo como uma pedra caindo num abismo.

Às vezes, uma batida de passos pesados se aproximava. Era uma patrulha de pelo menos cem homens; sussurros, vagos cliques de ferro escapavam dessa massa confusa; e, afastando-se com um balanço rítmico, fundia-se com a escuridão.

No centro dos cruzamentos havia um dragão a cavalo, imóvel. De vez em quando, um estafeta passava em grande galope, então voltava o silêncio. As esteiras dos canhões em marcha faziam, ao longe, um ruído surdo e formidável sobre o calçamento; o coração ficava apertado com esses ruídos, diferentes de todos os ruídos comuns. Eles até pareciam ampliar o silêncio, que era profundo, absoluto, — um silêncio negro. Homens em roupas brancas de operários abordavam os soldados, dirigiam-lhes uma palavra e desvaneciam como fantasmas.

O posto da École Polytechnique estava lotado. Mulheres lotavam a soleira, pedindo para ver seus filhos ou seus maridos. Eram enviadas de volta ao Panthéon, transformado em um depósito de cadáveres, — e ninguém dava ouvidos a Frédéric. Ele persistiu, jurando que seu amigo Dussardier estava esperando por ele, que iria morrer. Finalmente, designaram um cabo para conduzi-lo até o alto da Rue Saint-Jacques, na prefeitura do 12º arrondissement.

A Place du Panthéon estava cheia de soldados deitados sobre a palha. O dia estava raiando. As fogueiras do acampamento estavam se extinguindo.

A insurreição havia deixado vestígios formidáveis naquele bairro. O calçamento das ruas estava irregularmente esburacado, de ponta a ponta. Nas barricadas destruídas restavam ônibus, canos de gás, rodas de carroça; pequenas poças pretas, em alguns lugares, deviam ser de sangue. As casas estavam crivadas de projéteis, e sua estrutura de madeira aparecia sob o revestimento de gesso lascado. As grades de madeira das janelas, presas por um prego, pendiam como trapos. As escadas tinham desabado, as portas se abriam para o vazio. Dava para ver o interior dos quartos com seus papéis de parede esfarrapados; algumas coisas delicadas tinham ficado preservadas nelas. Frédéric observou um relógio de parede, um poleiro de papagaio, gravuras.

Quando ele entrou na prefeitura, os guardas nacionais tagarelavam falando sobre as mortes dos generais Bréa[36] e Négrier,[37]

---

[36] O general Bréa foi morto pelos insurgentes na barricada de Fontainebleau, no dia 25 de junho. (1)

[37] O general de Négrier (1788-1848) foi morto no dia 25 de junho. (1)

do deputado Charbonnel[38] e do Arcebispo de Paris.[39] Diziam que o duque de Aumale havia desembarcado em Boulogne, Barbès, fugido de Vincennes, que a artilharia havia chegado de Bourges e que a ajuda da província estava chegando. Por volta das três horas, alguém trouxe boas notícias; parlamentares do motim estavam na casa do presidente da Assembleia.

Então, eles se regozijaram; e, como ainda tinha doze francos, Frédéric encomendou doze garrafas de vinho, esperando assim apressar sua liberação. De repente, tiveram a impressão de ouvir um tiroteio. As libações pararam; eles olharam para Frédéric, o estranho que ali estava, com olhos desconfiados; poderia ser Henri V, a respeito de quem corria o boato de que estaria preparando um golpe para restaurar a Monarquia.

Para não assumir nenhuma responsabilidade, transportaram-no para a prefeitura do 11º arrondissement, de onde não lhe permitiram sair antes das nove da manhã.

Ele foi correndo para o Quai Voltaire. Em uma janela aberta, um velhote em mangas de camisa chorava, com os olhos erguidos. O Sena fluía pacificamente. O céu estava todo azul; nas árvores das Tuileries, pássaros cantavam.

Frédéric estava atravessando o Carroussel quando uma padiola passou. O guarda do posto imediatamente apresentou armas, e o oficial disse, colocando a mão em seu quepe: "Honra ao corajoso infeliz!". Essa frase tinha se tornado quase obrigatória; quem quer que a dissesse sempre parecia solenemente comovido. Um grupo de pessoas furiosas escoltava a padiola, gritando:

— Nós os vingaremos! Nós os vingaremos!

Os carros circulavam pelo bulevar e mulheres, em frente às portas, preparavam panos velhos para fazer curativos. No entanto, o motim fora derrotado, ou quase isso; uma proclamação de Cavaignac, afixada havia pouco, anunciava isso. No alto da Rue Vivienne, um

---

[38] O representante Charbonnel foi morto na Place de la Bastille, no dia 25 de junho. (1)

[39] Monsenhor Affre (1793-1848), que tombou vítima de seu heroísmo durante as jornadas de junho, era arcebispo de Paris desde 1840. Ele havia sido sucessivamente professor em Saint-Sulpice, grão-vigário de Luçon (1821), d'Amiens (1823) e coadjutor de Strasbourg (1839). (1)

pelotão de guardas móveis apareceu. Então os burgueses soltaram gritos de entusiasmo; eles levantavam os chapéus, aplaudiam, dançavam, queriam beijá-los, oferecer-lhes um copo — e flores atiradas pelas senhoras caíam das varandas.

Por fim, às dez horas, quando o canhão troava para tomar o Faubourg Saint-Antoine, Frédéric chegou à casa de Dussardier. Ele o encontrou em sua mansarda, deitado de costas e dormindo. Do cômodo ao lado, uma mulher saiu em passos silenciosos, Mademoiselle Vatnaz.

Ela chamou Frédéric de lado e contou como Dussardier recebera o ferimento.

No sábado, no alto de uma barricada, na Rue Lafayette, um garoto envolto em uma bandeira tricolor gritava para os guardas nacionais: "Vocês vão atirar contra seus irmãos!". Como eles avançavam, Dussardier jogou seu fuzil no chão, empurrou os outros para o lado, subiu na barricada e, com um chute, derrubou o insurgente, arrancando-lhe a bandeira. Ele havia sido encontrado sob os escombros, sua coxa perfurada por um lingote de cobre. Foi preciso debridar a ferida, extrair o projétil. Mademoiselle Vatnaz tinha chegado naquela mesma noite e, desde então, não o deixara mais.

Ela preparava sabiamente tudo o que era necessário para os curativos, ajudava-o a beber, observava seus menores desejos, ia e vinha mais leve que uma mosca e o contemplava com ternura.

Frédéric, durante duas semanas, não deixou de voltar todas as manhãs. Um dia, quando falava da dedicação da Vatnaz, Dussardier encolheu os ombros.

— Ei! Não é bem assim! É por interesse!

— Você acha?...

Ele continuou: "Tenho certeza!", sem querer se explicar mais.

Ela o cobria de atenções, a ponto de lhe trazer os jornais em que elogiavam sua bela ação. Essas homenagens pareciam incomodá-lo. Ele até confessou a Frédéric que não estava em paz com sua consciência.

Talvez devesse ter se colocado do outro lado, com os operários; porque, afinal, eles haviam recebido muitas promessas que não haviam sido cumpridas. Os que os tinham vencido odiavam a República; e depois, tinham se mostrado muito duros com eles! Talvez estivessem errados, mas não totalmente; e o bravo rapaz estava torturado pela ideia de que poderia ter lutado contra a justiça.

Sénécal, encerrado nas Tuileries sob o terraço à beira da água feito de prisão, não tinha nenhuma dessas angústias.[40]

Lá estavam eles, novecentos homens, empilhados na sujeira, amontoados, pretos de pólvora e de sangue coagulado, tremendo de febre, gritando de raiva; e não se retiravam aqueles que acabavam morrendo no meio dos outros. Às vezes, ao barulho repentino de uma detonação, eles pensavam que todos seriam fuzilados; então se precipitavam contra as paredes, depois voltavam para seus lugares, tão atordoados pela dor que pareciam estar vivendo um pesadelo, uma alucinação fúnebre. A lamparina pendurada na abóbada parecia uma mancha de sangue; e pequenas chamas verdes e amarelas, produzidas pelas emanações do porão, turbilhonavam. Por medo de epidemias, uma comissão foi nomeada. Desde os primeiros degraus, o presidente se jogou para trás, apavorado com o cheiro de excrementos e cadáveres. Quando os prisioneiros se aproximavam de um respiradouro, os guardas nacionais que estavam de plantão — para impedi-los de sacudir as grades — davam golpes de baioneta, ao acaso, no amontoado de gente.

Eles eram, geralmente, implacáveis. Aqueles que não tinham lutado queriam se identificar. Era uma profusão de medo. Vingavam-se ao mesmo tempo dos jornais, dos clubes, das reuniões, das doutrinas, de tudo que os havia exasperado nos últimos três meses; e, a despeito da vitória, a igualdade (assim como o castigo de seus defensores e o escárnio de seus inimigos) se manifestava triunfantemente, uma igualdade de bestas brutas, o mesmo nível de ignomínias sangrentas; pois o fanatismo dos interesses equilibrou os delírios da necessidade, a aristocracia teve a fúria dos crápulas, e o barrete de algodão não se mostrou menos hediondo do que o barrete vermelho. A razão pública estava perturbada como depois

[40] Mil e quinhentos prisioneiros foram encerrados sob o terraço das Tuileries.

das grandes convulsões da natureza. Pessoas sensatas tornaram-se idiotizadas para o resto da vida.

Père Roque tinha se tornado muito corajoso, quase audacioso. Tendo chegado a Paris no dia 26, com habitantes de Nogent, em vez de regressar com eles, aliou-se à guarda nacional que estava acampada nas Tuileries; e ficou muito feliz por ser colocado na sentinela em frente ao terraço, à beira da água. Pelo menos ali ele os tinha sob seu controle, esses bandidos! Deleitava-se com a derrota deles, com sua abjeção, e não podia se conter de insultá-los.

Um deles, um adolescente de longos cabelos loiros, encostou o rosto nas grades, pedindo pão. Monsieur Roque ordenou que ele se calasse. Mas o jovem repetia com uma voz deplorável:

— Pão!

— Por acaso eu tenho um? Eu?

Outros prisioneiros apareceram no respiradouro, com as barbas eriçadas, os olhos flamejantes, todos se empurrando e gritando:

— Pão!

Père Roque ficou indignado ao ver sua autoridade desdenhada. Para assustá-los, mirou neles; e, levado até a abóbada pela onda que o sufocava, o jovem, com a cabeça para trás, gritou mais uma vez:

— Pão!

—Tome! Aqui está! — disse o velho Roque, disparando seu fuzil.[41]

Houve um urro enorme, depois mais nada. No parapeito, restara uma coisa branca.

Depois disso, Monsieur Roque voltou para casa; pois ele possuía um prédio na Rue Saint-Martin onde reservara um apartamento; e os danos causados pela rebelião na fachada de seu prédio não tinham contribuído pouco para enfurecê-lo. Pareceu-lhe, quando

---

[41] "Durante a noite do dia 26 para 27, as autoridades militares, querendo dar um pouco de ar a essa prisão horrível (o terraço de Tuileries), retirou 250 detidos e os confiou aos *guardas nacionais de províncias*. Enquanto estes os levaram embora, um deles, que estava bêbado, disparou sua arma; os outros pensaram que os prisioneiros se revoltaram e atiraram na multidão; os postos da região correram e atiraram, no escuro, tanto contra os provincianos quanto contra os insurgentes. Em poucos instantes, 200 mortos ou feridos já estavam espalhados pelo chão. "(Jules TROUSSET, *Histoire d'un Siècle*, t. IX, p. 162 e 163.) (1)

a viu novamente, que havia exagerado o mal. Sua ação anterior o acalmava, como uma indenização.

Foi a própria filha quem abriu a porta para ele. Ela lhe disse imediatamente que sua longa ausência a preocupara; ela temera um infortúnio, um ferimento.

Essa prova de amor filial comoveu Père Roque. Ele ficou surpreso que ela tivesse partido sem Catherine.

— Eu mandei que ela fosse entregar um recado — Louise respondeu.

E ela perguntou sobre a saúde dele, uma coisa e outra; depois, com ar de indiferença, perguntou-lhe se por acaso não havia encontrado Frédéric.

— Não! De forma alguma!

Só por ele é que ela tinha feito a viagem.

Alguém caminhou pelo corredor.

— Ah! Desculpe... — E ela desapareceu.

Catherine não tinha encontrado Frédéric. Ele havia estado fora por vários dias, e seu amigo íntimo, Monsieur Deslauriers, agora morava na província.

Louise reapareceu toda trêmula, incapaz de falar. Ela se apoiava na mobília.

— O que você tem? O que se passa? — gritou seu pai.

Ela acenou com a cabeça que não era nada, e com grande força de vontade se refez. O dono do restaurante em frente trouxe a sopa. Mas Père Roque tinha sofrido uma emoção violenta demais. "Aquilo não passava", e ele teve uma espécie de desmaio na hora da sobremesa. Mandaram buscar um médico às pressas, que prescreveu uma poção. Então, já deitado na cama, Monsieur Roque exigiu o máximo de cobertores possível, para suar. Ele suspirava, gemia.

— Obrigado, minha boa Catherine! — Beije seu pobre pai, minha garotinha.

— Ah! Essas revoluções!

E, como sua filha o repreendia por ficar doente por se preocupar com ela, ele respondeu:

— Sim, você tem razão! Mas é mais forte do que eu! Sou muito sensível!

Capítulo II

Madame Dambreuse, em seu boudoir, entre a sobrinha e Miss John, escutava Monsieur Roque falar, contando seus esforços militares.

Ela mordia os lábios, parecia sofrer.

— Oh! Não é nada! Isso vai passar!

E, com um ar gracioso:

— Teremos um de seus conhecidos para o jantar, Monsieur Moreau.

Louise estremeceu.

— Além dele, apenas alguns amigos íntimos, Alfred de Cisy, entre outros.

E ela elogiou seus modos, sua aparência e, principalmente, sua conduta moral.

Madame Dambreuse mentia menos do que pensava; o visconde sonhava com o casamento. Ele tinha dito isso a Martinon, acrescentando que estava certo de que agradaria a Mademoiselle Cécile e que os pais dela o aceitariam.

Para arriscar tal confidência, era provável que ele tivesse informações vantajosas sobre o dote. Ora, Martinon suspeitava que Cécile fosse a filha natural de Monsieur Dambreuse; e teria sido, provavelmente, muito ousado pedir sua mão irrefletidamente. Essa audácia oferecia perigos; por isso, Martinon, até agora, havia se comportado de maneira a não se comprometer; além disso, ele não sabia como se livrar da tia. A declaração de Cisy o motivou; e ele havia feito o pedido ao banqueiro, o qual, não vendo nenhum obstáculo, acabara de informar Madame Dambreuse.

Cisy apareceu. Ela se levantou e disse:

— Você se esqueceu de nós... Cécile, *shake hands*!

Nesse momento, Frédéric entrava.

— Ah! Finalmente nos vemos novamente! — gritou Père Roque. — Eu estive três vezes na sua casa, com Louise, esta semana!

Frédéric os havia evitado cuidadosamente. Alegou que passava seus dias ao lado de um companheiro ferido. Além disso, durante muito tempo, tinha estado ocupado com muitas coisas; e inventava histórias. Felizmente, chegaram os convidados: primeiro Monsieur Paul de Grémonville, o diplomata visto no baile; depois Fumichon, aquele industrial cuja devoção conservadora o escandalizara uma noite; a velha duquesa de Montreuil-Nantua os seguia.

Mas duas vozes se elevaram na antessala.

— Tenho certeza — dizia uma.

— Minha cara e linda senhora! Cara e linda senhora! — respondia a outra — por favor, acalme-se!

Eram Monsieur de Nonancourt, um galanteador, parecendo mumificado em creme facial, e a Madame de Larsillois, esposa de um prefeito de Louis-Philippe. Ela tremia excessivamente, pois acabara de ouvir uma polca num realejo que era um sinal entre os insurgentes. Muitos burgueses imaginavam coisas semelhantes; acreditavam que os homens, nas catacumbas, iam explodir o Faubourg Saint-Germain; rumores escapavam dos porões; coisas suspeitas aconteciam nas janelas.

Todos, porém, se esforçaram para tranquilizar Madame de Larsillois. A ordem estava restabelecida. Não havia mais nada a temer. "Cavaignac nos salvou!". Como se os horrores da insurreição não tivessem sido suficientemente numerosos, ainda os exageravam. Houve vinte e três mil condenados a trabalhos forçados do lado socialista — nada menos!

Ninguém duvidava das provisões envenenadas, dos guardas nacionais serrados entre duas tábuas e das inscrições nas bandeiras que clamavam pela pilhagem e pelo incêndio.

— E algumas coisas mais! — acrescentou a mulher do ex-prefeito.

— Ah! Minha cara! — disse por decoro Madame Dambreuse, apontando com um olhar para as três jovens.

Monsieur Dambreuse saiu de seu gabinete com Martinon. Ela virou a cabeça e respondeu às saudações de Pellerin, que estava entrando. O artista observava as paredes com preocupação. O banqueiro chamou-o de lado e fez-lhe entender que, por enquanto, ele tivera de esconder sua tela revolucionária.

— Sem dúvida! — disse Pellerin, que tinha mudado suas opiniões após seu fiasco no *Club de l'Intelligence*.

Monsieur Dambreuse sugeriu, muito educadamente, que encomendaria outros trabalhos.

— Mas, desculpe!... — Ah! Caro amigo! Que alegria!

Arnoux e Madame Arnoux estavam na frente de Frédéric.

Ele sentiu uma espécie de vertigem. Rosanette, com sua admiração pelos soldados, o tinha irritado a tarde toda; e o velho amor despertou.

O mordomo veio anunciar à Madame que o jantar estava servido. De relance, ela ordenou ao visconde que tomasse o braço de Cécile, dizendo baixinho a Martinon: "Miserável!", e passaram para a sala de jantar.

Sob as folhas verdes de um ananás, no meio da toalha de mesa, estendia-se um peixe — uma dourada —, com a cabeça virada para um quarto de cabrito e tocando com a cauda uma pirâmide de lagostins. Figos, cerejas enormes, peras e uvas (das primeiras colheitas da cultura parisiense) compunham pirâmides, em cestos da velha porcelana de Saxe; um tufo de flores, a intervalos, misturava-se com as claras pratarias; as cortinas de seda branca, abaixadas na frente das janelas, enchiam o apartamento com uma luz suave; ele era refrescado por duas fontes nas quais havia pedaços de gelo; e criados altos em calças curtas serviam os convidados. Tudo parecia melhor depois da emoção dos dias anteriores. Voltava-se ao gozo das coisas que tinham temido perder; e Nonancourt expressou o sentimento geral dizendo:

— Ah! Esperemos que esses cavalheiros republicanos nos permitam jantar!

— Apesar de sua fraternidade! — acrescentou Père Roque, espirituoso.

Esses dois honoráveis estavam à direita e à esquerda de Madame Dambreuse, tendo o seu marido diante dela, entre Madame de Larsillois, flanqueada pelo diplomata e a velha duquesa, ao lado de Fumichon. Depois vinham o pintor, o comerciante de faianças, Mademoiselle Louise; e graças a Martinon, que havia tomado o seu lugar para sentar-se ao lado de Cécile, Frédéric encontrava-se ao lado de Madame Arnoux.

Ela usava um vestido preto muito fino, de lã e seda, um bracelete de ouro no pulso e, como no primeiro dia em que ele jantou em sua casa, algo vermelho no cabelo, um ramo de fúcsia enrolado em seu coque. Ele não pôde deixar de dizer:

— Faz muito tempo que não nos vemos!

— Ah! — ela replicou friamente.

Ele retomou, com uma suavidade na voz que mitigou a impertinência de sua pergunta:

— Pensou em mim algumas vezes?

— Por que eu pensaria?

Frédéric ficou magoado com essa resposta.

— Talvez você tenha razão, afinal.

Mas, arrependendo-se rapidamente, jurou que não havia vivido um único dia sem ser devastado por sua lembrança.

— Eu não acredito nisso de forma alguma, senhor.

— No entanto, sabe que a amo!

Madame Arnoux não respondeu.

— Sabe que a amo!

Ela continuava calada.

"Pois bem, então vá passear!" — Frédéric disse a si mesmo.

E, erguendo os olhos, avistou Mademoiselle Roque do outro lado da mesa.

Ela pensava ficar elegante vestindo-se toda de verde, uma cor que contrastava horrivelmente com o tom de seus cabelos ruivos. A fivela do cinto estava alta demais, a gola parecia engolir seu pescoço; essa falta de elegância provavelmente tinha contribuído para a abordagem fria de Frédéric. Ela o observava de longe, com curiosidade; e Arnoux, perto dela, por mais que esbanjasse galanteios, não conseguia lhe extrair nem três palavras, de modo que tinha desistido de agradar. Ele escutava a conversa. O assunto agora eram os purês de ananás dos jantares de gala do palácio de Luxembourg.

Louis Blanc, de acordo com Fumichon, era dono de um palacete na Rue Saint-Dominique e se recusava a alugar para os trabalhadores.

— De minha parte, o que eu acho engraçado — disse Nonancourt — é Ledru-Rollin caçando nas terras da Coroa!

— Ele deve vinte mil francos a um ourives! — acrescentou Cisy; — e até dizem que...

Madame Dambreuse o deteve.

— Ah! Como é feio se exaltar pela política! Ainda mais um jovem, faça-me o favor! Faria melhor em se ocupar de sua vizinha!

Depois, as pessoas sérias atacaram os jornais.

Arnoux assumiu a defesa deles; Frédéric interferiu, chamando-os de casas comerciais como as outras. Seus redatores, em geral, eram imbecis ou enganadores; deu a entender que os conhecia e combateu com sarcasmos os sentimentos generosos do amigo. Madame Arnoux não se dava conta de que era uma vingança contra ela.

Enquanto isso, o visconde torturava seu intelecto para conquistar Mademoiselle Cécile. Primeiro, exibiu gostos artísticos, criticando o formato dos decantadores e a gravura das facas. Depois falou de seus cavalos, de seu alfaiate e de seu camiseiro; por fim, abordou o tema da religião e encontrou uma maneira de fazer entender que cumpria todos os seus deveres.

Martinon sabia fazer melhor. De um jeito monótono, e olhando para ela continuamente, elogiava seu perfil de pássaro, sua inexpressiva cabeleira loira, suas mãos demasiadamente curtas. A jovem feia se deliciava com essa chuva de amabilidades.

Não se conseguia ouvir nada, todos falavam muito alto. Monsieur Roque queria, para governar a França, "um braço de ferro". Nonancourt até lamentou que o cadafalso político tivesse sido abolido. Deveriam ter matado aos montes todos esses canalhas!

— Eles são mesmo uns covardes — disse Fumichon. — Não vejo bravura em se meter atrás de barricadas!

— A propósito, conte-nos sobre Dussardier! — disse Monsieur Dambreuse, voltando-se para Frédéric.

O bravo empregado era agora um herói, como Sallesse, os irmãos Jeanson, a Péquillet etc., que tinham se colocado contra a insurreição.

Frédéric, sem se fazer de rogado, contou a história de seu amigo; restabeleceu para ele uma espécie de auréola.

Passaram então, muito naturalmente, a relatar diferentes traços de coragem. Segundo o diplomata, não era difícil enfrentar a morte, como testemunham aqueles que lutam em duelos.

— Podemos ouvir o testemunho do visconde a esse respeito — disse Martinon.

O visconde ficou muito vermelho.

Os convidados olharam para ele, e Louise, mais espantada que os outros, murmurou:

— Do estão falando?

— Ele *congelou* diante de Frédéric — respondeu Arnoux em voz baixa.

— Sabe de algo, mademoiselle? — perguntou prontamente Nonancourt; e deu sua resposta à Madame Dambreuse, que, inclinando-se um pouco, pôs-se a olhar para Frédéric.

Martinon não esperou pelas perguntas de Cécile. Ele a informou que esse caso dizia respeito a uma pessoa inqualificável. A jovem recuou ligeiramente na cadeira, como se quisesse fugir do contato com aquele libertino.

A conversa tinha recomeçado. Circulavam os grandes vinhos de Bordeaux, todos se animavam; Pellerin não gostava da revolução, por causa do museu espanhol, que foi definitivamente perdido. Isso era o que mais o afligia como pintor. A essa palavra, Monsieur Roque o interpelou.

— Por acaso o senhor não seria o autor de um quadro muito célebre?

— Talvez. Qual?

— Aquele que representa uma dama com uma roupa!... Um pouco... leve, com uma bolsa e um pavão atrás.

Frédéric, por sua vez, ficou vermelho. Pellerin fingia não estar entendendo.

— No entanto, é seu mesmo! Porque há seu nome escrito na parte inferior, e uma linha na moldura indicando que é propriedade de Monsieur Moreau.

Um dia, quando Père Roque e a filha o esperavam na casa dele, eles tinham visto ali o retrato da Marechala. O homem tinha até mesmo pensado tratar-se de "um quadro gótico".

— Não! — disse Pellerin brutalmente; — é um retrato de mulher.

Martinon acrescentou:

— De uma mulher bem viva! Não é, Cisy?

— Ei! Eu não sei de nada.

— Eu pensei que você a conhecesse. Mas se isso lhe causa angústia, mil desculpas!

Cisy baixou os olhos, provando por seu constrangimento que ele devia ter desempenhado um papel lamentável quando aquele retrato foi pintado. Quanto a Frédéric, a modelo só poderia ser sua amante. Foi uma daquelas convicções que se formam imediatamente, e o rosto das pessoas a manifestaram claramente.

"Como ele mentia para mim!", pensou Madame Arnoux.

"Então foi por isso que ele me deixou!", pensou Louise.

Frédéric imaginava que essas duas histórias poderiam comprometê-lo; e quando estavam no jardim, repreendeu Martinon por isso.

O apaixonado por Mademoiselle Cécile caiu na gargalhada na cara dele.

— Ei! De jeito nenhum! Isso vai ser bom para você! Vá em frente!

O que ele queria dizer? Aliás, por que essa benevolência tão contrária a seus hábitos? Sem explicar nada, ele foi para o fundo, onde as damas estavam sentadas. Os homens estavam de pé e Pellerin, no meio deles, emitia ideias. O que havia de mais favorável para as artes era uma monarquia bem compreendida. Os tempos modernos o enojavam, "quando menos, mesmo que apenas pela Guarda Nacional", ele tinha nostalgia da Idade Média, de Louis XIV; Monsieur Roque felicitou-o pelas suas opiniões, confessando até mesmo que elas derrubavam seus preconceitos relacionados aos artistas. Mas ele se afastou quase que imediatamente, atraído pela voz de Fumichon. Arnoux tentava estabelecer que existem dois socialismos, um bom e um mau. O industrial não via diferença; sua cabeça girava de raiva com a menção da palavra "propriedade".

— É um direito inscrito na natureza! As crianças se apegam aos seus brinquedos; todos os povos são da minha opinião, todos os animais; até o leão, se pudesse falar, se declararia proprietário! Assim eu, senhores, comecei com quinze mil francos de capital! Por trinta anos, saibam, eu me levantava regularmente às quatro da manhã! Comi o pão que o diabo amassou para fazer minha fortuna! E virão me dizer que eu não sou dono dela, que meu dinheiro não é meu dinheiro, bem, que a propriedade é roubo!

— Mas Proudhon...

— Deixe-me em paz, com o seu Proudhon! Se ele estivesse aqui, acho que o estrangularia!

Ele o teria estrangulado. Principalmente depois dos licores, Fumichon não sabia mais quem era; e seu rosto apoplético estava prestes a explodir como um obus.

— Olá, Arnoux — disse Hussonnet, que passou agilmente pela grama.

Ele trazia para Monsieur Dambreuse a primeira folha de uma brochura intitulada *L'Hydre*, pois o boêmio defendia os interesses de um círculo reacionário, e o banqueiro apresentou-o como tal para seus convidados.

Hussonnet os entreteve, em primeiro lugar sustentando que os comerciantes de sebo pagavam a trezentas e noventa e duas crianças para gritarem todas as noites: "Lampiões!", depois, brincando com os princípios de 1789, a libertação dos negros, os oradores de esquerda; chegou ao ponto de fazer um *Prudhomme numa barricada*, talvez pelo efeito de uma inveja ingênua contra esses burgueses que tinham jantado bem. A caricatura não os agradou muito. Seus rostos endureceram.

Não era hora para brincar, de qualquer maneira; Nonancourt disse isso, lembrando a morte de Monsenhor Affre e do general de Bréa. Suas mortes eram sempre lembradas; originando argumentos. Monsieur Roque declarou que o passamento do Arcebispo era: "tudo o que havia de mais sublime"; Fumichon reconhecia a superioridade do militar; e, em vez de simplesmente deplorar essas duas mortes, eles discutiram querendo saber qual deles deveria despertar a maior indignação. Seguiu-se um segundo paralelo, entre o general Lamoricière[42] e Cavaignac,[43] Monsieur Dambreuse exaltando Cavaignac, e Nonancourt, Lamoricière. Nenhum deles, exceto Arnoux, tinha podido vê-los em ação. Todos eles, no entanto, formularam um julgamento definitivo sobre seus atos. Frédéric tinha se recusado a emitir opinião, confessando que não pegara em armas. O diplomata e Monsieur Dambreuse acenaram para ele em sinal de aprovação. De fato, ter lutado contra o motim era ter defendido a República. O resultado, embora favorável, a consolidava; e agora que tinham se livrado dos vencidos, desejavam livrar-se dos vencedores.

Assim que saíram para o jardim, Madame Dambreuse, chamando Cisy para perto de si, repreendeu-o por sua falta de jeito; ao ver Martinon, ela o dispensou, depois quis saber do futuro sobrinho a causa de suas piadas sobre o visconde.

— Não há nenhuma.

— E tudo aquilo para a glória de Monsieur Moreau! Com que propósito?

— Nenhum. Frédéric é um rapaz adorável. Gosto muito dele.

— Eu também! Que ele venha! Vá buscá-lo!

Depois de duas ou três frases banais, ela começou a menosprezar ligeiramente seus convidados, o que significava colocá-lo acima deles. Ele não deixou de menosprezar um pouco as outras mulheres, uma

---

[42] Lamoricière (1806-1865) tornou-se conhecido pelas guerras da Argélia. Deputado de Sarthe em 1846, havia sido reeleito para a Assembleia Constituinte em 1848. Ele apoiou Cavaignac na repressão das jornadas de junho e foi ministro da Guerra de 28 de junho a 20 de dezembro de 1848. Membro da Assembleia Legislativa, Lamoricière foi encarregado de uma missão extraordinária na Rússia. Preso na noite de 2 de dezembro, foi aprisionado em Ham, depois exilado e só voltou para a França em 1857. Lamoricière comandou o exército papal em 1860, mas foi esmagado em Castelfidardo pelas forças superiores. (1)

[43] Cavaignac (1802-1857) havia se destacado nas guerras da Argélia. Em 1848 foi governador da província de Oran. Em 2 de março de 1848, foi nomeado governador da Argélia. Eleito para a Assembleia Constituinte pelos departamentos do Seine e Lot, ele estava encarregado do portfólio de guerra. Durante a revolta de junho, a Assembleia delegou a ele o Poder Executivo. Em 29 de junho ele renunciou às suas funções, mas a Assembleia o nomeou chefe do Poder Executivo até o dia 20 dezembro de 1848. Depois de ter sido o infeliz concorrente de Louis-Napoléon como Presidente da República, foi eleito para a Assembleia Legislativa pelo departamento de Lot. No dia 2 de dezembro, foi preso em Ham. (1)

maneira inteligente de dirigir elogios a ela. Mas ela o deixava de vez em quando, era noite de recepção, damas chegavam; depois ela voltava ao seu lugar, e a disposição bastante fortuita dos assentos permitia que eles não fossem ouvidos.

Ela se mostrou alegre, séria, melancólica e razoável. Tinha um interesse mediano pelas preocupações do momento; havia toda uma ordem de sentimentos menos transitórios. Ela reclamou dos poetas que deturpam a verdade, depois ergueu os olhos para o céu, perguntando-lhe o nome de uma estrela.

Duas ou três lanternas chinesas tinham sido colocadas nas árvores; o vento as agitava, raios coloridos tremulavam em seu vestido branco. Ela se mantinha, como de costume, um pouco recostada na poltrona, com um banquinho à sua frente; via-se a ponta de um sapato de cetim preto; e Madame Dambreuse, de tempos em tempos, proferia uma palavra mais alta, às vezes até uma risada.

Essas atitudes de coquetes não impressionavam Martinon, ocupado com Cécile; mas atingiam a filha de Monsieur Roque, que conversava com Madame Arnoux. Ela era a única entre aquelas mulheres cujas maneiras que não lhe pareciam desdenhosas. Tinha ido se sentar ao lado dela; então, cedendo a uma necessidade de desabafar:

— Ele fala bem, Frédéric Moreau. Não é verdade?

— Você o conhece?

— Oh! Bastante! Somos vizinhos, ele brincava comigo quando eu era pequena.

Madame Arnoux lançou-lhe um longo olhar que significava: "Você não o ama, suponho!"

A jovem devolveu um olhar firme que significava: "Amo sim!"

— Você o vê com frequência, então?

— Oh! Não! Apenas quando ele vai à casa de sua mãe. Já se passaram dez meses desde a última vez que ele foi! Ele havia prometido ir com mais frequência, no entanto.

— Não devemos acreditar muito nas promessas dos homens, minha menina.

— Mas ele não me enganou!

— Como fez com as outras!

Louise estremeceu: "Por acaso ele teria prometido algo a ela também?", e seu rosto estava crispado de desconfiança e de ódio.

Madame Arnoux quase teve medo disso; queria ter engolido o que havia dito. Então, ambas ficaram em silêncio.

Como Frédéric estava em frente, em um banquinho dobrável, elas olhavam para ele, uma discretamente, de soslaio, a outra explicitamente, com a boca aberta, de modo que Madame Dambreuse disse a ele:

— Vire-se, para que ela possa vê-lo!

— Ela quem?

— Ora, a filha de Monsieur Roque!

E ela brincou sobre o amor daquela jovem provinciana. Ele se defendia, tentando rir.

— Dá para acreditar? Eu pergunto! Uma feiosa como ela?

No entanto, ele experimentava um prazer de vaidade imenso. Ele se lembrou da outra noite, aquela em que tinha partido, o coração cheio de humilhações; e respirava profundamente; sentia-se em seu verdadeiro ambiente, quase em seu próprio domínio, como se tudo aquilo, inclusive o palacete Dambreuse, lhe tivesse pertencido. As damas formaram um semicírculo para ouvi-lo; e, com o intuito de brilhar, declarou-se favorável ao restabelecimento do divórcio, que devia ser facilitado, sendo até mesmo possível se separar e recomeçar indefinidamente, tanto quanto se quisesse. Elas soltaram gritinhos; algumas cochichavam; houve pequenas explosões de vozes na sombra, ao pé da parede coberta de aristolóquias. Era como o cacarejo de galinhas felizes; e ele desenvolvia sua teoria, com aquela autoconfiança que a convicção do sucesso suscita. Um servo trouxe uma bandeja cheia de sorvetes para o caramanchão. Os cavalheiros se aproximaram. Eles conversavam sobre prisões.

Então, Frédéric vingou-se do visconde fazendo-o acreditar que talvez fosse processado como legitimista. O outro objetava que não havia saído de seu quarto; seu adversário enumerou possibilidades de infortúnio; Monsieur Dambreuse e Monsieur de Gremonville se divertiam. Em seguida, elogiaram Frédéric, embora lamentassem que ele não empregasse suas faculdades na defesa da ordem; e seu aperto de mão foi cordial; ele podia contar com eles agora. Finalmente, quando todos estavam saindo, o visconde fez uma enorme reverência a Cécile:

— Mademoiselle, eu tenho a grande honra de lhe desejar uma boa noite.

Ela respondeu num tom seco:

— Boa noite! — Mas enviou um sorriso a Martinon.

Père Roque, para continuar a sua discussão com Arnoux, sugeriu levá-lo de volta, "assim como a Madame", sendo o caminho deles o mesmo. Louise e Frédéric caminhavam na frente. Ela tinha agarrado seu braço; e, quando estavam um pouco longe dos outros, ela disse:

— Ah! Até que enfim! Até que enfim! Já sofri o suficiente a noite toda! Como essas mulheres são mesquinhas! Que ares de superioridade!

Ele quis defendê-las.

— Primeiro, você bem que poderia ter falado comigo ao chegar, faz um ano que você veio pela última vez!

— Não faz um ano — disse Frédéric, feliz por corrigi-la nesse detalhe, para se esquivar dos outros.

— Que seja! O tempo me pareceu longo, só isso! Mas, durante este jantar abominável, parece que sentia vergonha de mim! Ah! Eu entendo, não tenho com o que agradar, como elas.

— Você se engana — disse Frédéric.

— É mesmo? Jura que não ama nenhuma delas?

Ele jurou.

— E que é só a mim que você ama?

— Pelos céus!

Essa garantia a deixou alegre. Ela gostaria de se perder nas ruas, para que eles pudessem caminhar juntos a noite toda.

— Eu estava tão atormentada lá em Nogent! Só se falava de barricadas! Eu imaginava você caindo de costas, coberto de sangue! Sua mãe estava na cama com seus reumatismos. Ela não sabia de nada. Eu tinha que me calar! Eu não aguentava mais! Então peguei Catherine e vim.

E ela lhe contou sobre sua partida, toda sua jornada, e a mentira que contou para o pai.

— Ele vai me levar de volta daqui a dois dias. Venha amanhã à noite, como se fosse uma visita casual, e aproveite para me pedir em casamento.

Frédéric nunca esteve mais longe da ideia do casamento. Além disso, Mademoiselle Roque parecia-lhe uma pessoinha bem ridícula. Que diferença de uma mulher como Madame Dambreuse! Um futuro bem diferente estava reservado para ele! Tinha certeza disso hoje; portanto, não era o momento de se comprometer, por um impulso do coração, com uma tomada de decisão daquela importância. Era preciso ser positivo; — e, além do mais, ele tinha encontrado Madame Arnoux novamente. No entanto, a franqueza de Louise o embaraçava. Ele replicou:

— Você já refletiu bem a respeito dessa decisão?

— E como! — ela exclamou, paralisada de surpresa e de indignação.

Ele disse que se casar agora seria uma loucura.

— Então você não me quer?

— Mas você não está me entendendo!

E lançou-se a uma verborragia muito confusa, para fazê-la entender que estava amarrado a considerações mais importantes, que tinha negócios que não acabavam mais, que até sua fortuna estava comprometida (Louise cortava tudo, com uma palavra direta), enfim que as circunstâncias políticas se opunham a isso. Portanto, o mais razoável era esperar algum tempo. As coisas se arranjariam, sem dúvida; pelo menos, era o que ele esperava; e, como não conseguia encontrar mais motivos, fingiu lembrar-se de repente que deveria ter estado duas horas antes na casa de Dussardier.

Depois de se despedir dos outros, mergulhou na Rue Hauteville, deu a volta no Gymnasium, voltou ao bulevar e subiu correndo os quatro andares de Rosanette.

Monsieur e Madame Arnoux deixaram Père Roque e sua filha na entrada da Rue Saint-Denis. Eles voltaram para casa sem dizer nada; ele, porque não aguentava mais conversar, e ela, porque estava muito cansada; a ponto de se apoiar no ombro dele. Ele tinha sido o único homem a mostrar sentimentos honestos naquela noite. Ela se sentia cheia de indulgência por ele. No entanto, ele ainda guardava um pouco de rancor contra Frédéric.

— Você viu a cara dele quando foi questionado a respeito do retrato? Eu não lhe dizia que ele é amante dela? Você não queria acreditar em mim!

— Oh! Sim, eu estava errada!

Arnoux, satisfeito com seu triunfo, insistiu.

— Eu até aposto que, quando ele nos deixou, há pouco, foi para ir encontrá-la! Está agora na casa dela, pode acreditar! E vai passar a noite lá.

Madame Arnoux havia puxado o capuz para baixo.

— Mas você está tremendo!

— É porque estou com frio — ela replicou.

Assim que seu pai adormeceu, Louise entrou no quarto de Catherine, e sacudindo-a pelo ombro:

— Levante-se!... Rápido! Mais rápido! E vá buscar um fiacre.

Catherine lhe respondeu que não havia mais nenhum àquela hora.

— Você mesma vai me levar, então?

— Mas para onde?

— Até a casa de Frédéric!

— Não é possível! Por quê?

Era para falar com ele. Ela não podia esperar. Queria vê-lo imediatamente.

— Nem pense nisso! Aparecer assim na casa de alguém no meio da noite! Além disso, agora ele está dormindo!

— Eu vou acordá-lo!

— Mas isso não é adequado para uma demoiselle!

— Eu não sou uma demoiselle! Eu sou mulher dele! Eu o amo! Vamos, coloque seu xale.

Catherine, de pé na beira da cama, refletia. Ela acabou dizendo:

— Não! Eu não quero!

— Então fique! Eu vou sozinha!

Louise deslizou como uma cobra escada abaixo. Catherine correu atrás dela e a alcançou na calçada. Seus protestos foram inúteis; e ela a seguia, enquanto ia amarrando a blusa. O caminho lhe pareceu extremamente longo. Ela reclamava das pernas velhas.

— Além do mais, eu não sei por que quer tanto ir até lá, dame! Então ela amolecia.

— Pobre coração! Não tem ninguém além da sua pobre empregada, não é mesmo?

De vez em quando, escrúpulos a dominavam.

— Ah! Muito bonito o que você me obriga a fazer! Se seu pai acordasse! Deus do céu! Tomara que não aconteça um infortúnio!

Em frente ao Théâtre des Varietés, uma patrulha da Guarda Nacional as deteve. Louise disse imediatamente que ia com a empregada à Rue Rumfort para buscar um médico. Deixaram-nas passar.

Na esquina da Madeleine, encontraram uma segunda patrulha e, tendo Louise dado a mesma explicação, um dos cidadãos replicou:

— Isso é para uma doença de nove meses, minha gatinha?

— Gougibaud! — gritou o capitão. — Sem safadezas nas fileiras! — Mesdames, circulem!

Apesar da ordem, as piadas continuaram:

— Puro prazer!

— Meus respeitos ao doutor!

— Cuidado com o lobo!

— Eles gostam de rir — comentou Catherine em voz alta. — São jovens!

Finalmente, elas chegaram à casa de Frédéric. Louise tocou a sineta vigorosamente, várias vezes. A porta entreabriu e o porteiro respondeu à sua pergunta:

— Não!

— Mas ele deve estar deitado?

— Estou lhe dizendo que não! Ele não dorme em casa há quase três meses!

E a janelinha da portaria se fechou abruptamente, como uma guilhotina. Elas ficaram no escuro, sob a abóbada. Uma voz furiosa lhes gritou:

— Vão embora, caramba!

A porta se abriu novamente; elas saíram.

Louise teve que se sentar em uma pedra; e ela chorou copiosamente, a cabeça entre as mãos, com todo o seu coração. Estava amanhecendo, carruagens passavam.

Catherine a levou de volta para casa, dando-lhe apoio, beijando-a, dizendo-lhe todo tipo de coisas boas tiradas de sua experiência. Não era necessário se machucar tanto pelos namorados. Se esse não desse certo, ela encontraria outros!

Capítulo III

Quando o entusiasmo de Rosanette pelos guardas da unidade móvel diminuiu, ela voltou a ser mais charmosa do que nunca e Frédéric, aos poucos, acostumou-se a viver na casa dela.

A melhor parte do dia era a manhã, no terraço. Com uma blusa leve de cambraia e pés descalços em pantufas, ela ia para lá e para cá ao redor dele, limpava a gaiola dos canários, limpava a água do peixinho dourado e fazia jardinagem com uma pá de fogão na caixa de terra, de onde subia uma treliça de capuchinhas forrando a parede. Então, encostados na varanda, olhavam juntos as carruagens, os transeuntes; e se aqueciam ao sol, faziam planos para a noite. Ele se ausentava por duas horas no máximo; então iam para algum teatro, nas primeiras filas; e Rosanette, com um grande buquê de flores na mão, ouvia os instrumentos, enquanto Frédéric, inclinando-se para perto de seu ouvido, dizia-lhe coisas joviais ou galantes. Em outras ocasiões, pegavam uma caleche para levá-los ao Bois de Boulogne, caminhavam até tarde, até o meio da noite. Finalmente, voltavam pelo Arc de Triomphe e pela avenida principal, inspirando o ar, com as estrelas sobre suas cabeças e, até onde a vista alcançava, todos os bicos de gás alinhados formavam como um duplo cordão de contas luminosas.

Frédéric sempre esperava por ela quando tinham que sair; ela demorava muito para dispor as duas fitas do capuz em volta do queixo; e ficava sorrindo para si mesma, na frente do espelho de seu armário. Depois, passava o braço no dele, forçando-o a se mirar no espelho ao lado dela:

— Ficamos bem assim, os dois, lado a lado! Ah! Meu pobre amor, eu devoraria você!

Ele agora era o seu bem, a sua propriedade. Ela tinha em seu rosto um brilho contínuo, ao mesmo tempo parecia mais lânguida nas maneiras, mais redonda em suas formas, e, sem poder dizer como, ele a achava mudada, no entanto.

Um dia, ela lhe contou como uma notícia muito importante que Monsieur Arnoux acabara de abrir uma loja de roupas brancas para uma antiga operária de sua fábrica; ele ia lá todas as noites, "gastava muito, ainda na semana passada ele tinha dado a ela uma mobília de caviúna".

— Como você sabe? — perguntou Frédéric.

— Ah! Tenho certeza!

Delphine, cumprindo suas ordens, havia recolhido informações. Portanto, ela gostava muito de Arnoux, para se ocupar dele de forma tão intensa! Ele se contentou em lhe responder:

— Ora! E qual seu interesse nisso?

Rosanette pareceu surpresa com essa pergunta.

— Mas o canalha me deve dinheiro! Não é abominável vê-lo sustentar pobretonas?

Então, com uma expressão de ódio triunfante:

— Além disso, ela zomba dele lindamente! Ela tem três outros protetores. Tanto melhor! E que ela arranque dele até o último centavo, vou ficar muito feliz!

Arnoux, de fato, se deixava explorar pela moça de Bordeaux, com a indulgência dos amores senis.

Sua fábrica não funcionava mais; o conjunto de seus negócios estava deplorável; de modo que, para trazê-los de volta à tona, ele primeiro pensou em estabelecer um café concerto, onde nada além de obras patrióticas seriam cantadas; com um subsídio concedido pelo ministro, o estabelecimento se tornaria ao mesmo tempo uma base de propaganda e uma fonte de lucro. Mas como a gestão do Poder tinha mudado, isso era algo impossível. Agora sonhava com uma grande chapelaria militar. Ele não tinha fundos para começar.

Ele também não estava feliz em sua vida doméstica. Madame Arnoux mostrava-se menos gentil com ele, às vezes até um pouco rude. Marthe ficava sempre do lado do pai. Isso aumentava a divergência, e a casa tornava-se insuportável. Muitas vezes ele saía de manhã, passava o dia fazendo longas tarefas, para se atordoar, depois jantava em uma estalagem no campo, abandonando-se às suas reflexões.

A ausência prolongada de Frédéric perturbava seus hábitos. Então ele apareceu uma tarde, implorou-lhe que fosse vê-lo como antigamente, e obteve sua promessa.

Frédéric não ousava voltar para a casa de Madame Arnoux. Ele sentia como se a tivesse traído. Mas essa conduta era bem covarde. Faltavam as desculpas. Era preciso parar por aí! E uma noite ele se pôs a caminho.

Como chovesse, ele havia acabado de entrar na Passage Jouffroy quando, sob a luz das vitrines das lojas, um homenzinho corpulento de boné o abordou. Frédéric não teve dificuldade em reconhecer Compain, aquele orador cuja moção causara tantas risadas no clube. Ele se apoiava no braço de um indivíduo com um boné vermelho de soldado zuavo, o lábio superior muito grande, a tez amarela como uma laranja, a mandíbula coberta por um cavanhaque, e que o fitava com olhos grandes, que brilhavam de admiração.

Compain, sem dúvida, tinha orgulho dele, pois dizia:

— Apresento-lhe este grande homem! Ele é um sapateiro amigo meu, um patriota! Vamos tomar algo?

Tendo Frédéric agradecido, ele imediatamente esbravejou contra a proposta de Rateau,[44] uma manobra dos aristocratas. Para acabar com isso, seria preciso retomar 1793! Depois, perguntou sobre Regimbart e alguns outros também famosos como Masselin, Sanson, Lecornu, Maréchal e um certo Deslauriers, comprometido no caso das carabinas interceptadas recentemente em Troyes.

---

[44] Monsieur Rateau, deputado de Charente, apresentou no dia 8 de janeiro de 1849 um projeto para dissolução da Assembleia Constituinte e de eleição de uma Assembleia Legislativa. Esse projeto, apoiado por Montalembert e combatido por Jules Grévy, foi reenviado em 12 de janeiro para consideração pelas mesas. Apoiada por numerosas petições, a proposta Rateau foi adotada em 29 de janeiro de 1849.

Tudo isso era novo para Frédéric. Compain não sabia nada além disso. Ele o deixou, dizendo:

— Vejo você em breve, não é? Porque você está dentro, não?

— De quê?

— Da cabeça de vitela!

— Que cabeça de vitela?

— Ah! Engraçadinho! — Compain retrucou, dando um tapinha na barriga dele.

E os dois terroristas enfiaram-se num café.

Dez minutos depois, Frédéric não pensava mais em Deslauriers. Estava na calçada da Rue Paradis, em frente a um pequeno prédio; e observava, no segundo andar atrás das cortinas, a luz de um candeeiro.

Finalmente, subiu as escadas.

— Arnoux está?

A camareira respondeu:

— Não! Mas entre assim mesmo.

E, abrindo uma porta bruscamente:

— Madame, é Monsieur Moreau!

Ela se levantou mais pálida do que sua gola. Ela tremia.

— A que devo a honra... de uma visita... tão inesperada?

— Nada! Ao prazer de rever velhos amigos!

E, sentando-se:

— Como está esse bom Arnoux?

— Perfeitamente! Ele saiu.

— Ah! Eu entendo! Seus velhos hábitos noturnos de sempre; uma pequena distração!

— Por que não? Depois de um dia de cálculos, a cabeça precisa descansar!

Ela até elogiou o marido, como grande trabalhador. Esse elogio irritou Frédéric; e, apontando para um pedaço de pano preto sobre os joelhos, com sutaches azuis:

— Então, o que está fazendo?

— É um casaco que estou consertando para a minha filha.

— A propósito, eu não a tenho visto, por onde ela anda?

— Em um pensionato — retomou Madame Arnoux.

Lágrimas surgiram em seus olhos; ela as segurava, empurrando rapidamente a agulha. Ele tinha pegado, para manter o semblante, um número de *L'Illustration*, na mesa perto dela.

— Essas caricaturas do Cham são muito engraçadas, não são?

— Sim!

Então eles caíram de novo no silêncio.

Uma rajada de vento sacudiu de repente as vidraças.

— Que tempo! — disse Frédéric.

— De fato, é muito amável por ter vindo com essa chuva horrível!

— Oh! Eu não me importo! Não sou como aqueles que uma chuva assim impede, sem dúvida, de irem aos seus encontros!

— Que encontros? — ela perguntou ingenuamente.

— Não se lembra?

Um arrepio a dominou e ela abaixou a cabeça.

Ele colocou a mão suavemente em seu braço.

— Asseguro que me fez sofrer muito!

Ela replicou, com uma espécie de lamento na voz:

— Mas eu temia por meu filho!

Ela lhe contou sobre a doença do pequeno Eugène e todas as angústias daquele dia.

— Obrigado! Obrigado! Não tenho mais dúvidas! Eu a amo como sempre!

— Não! Isso não é verdade!

— Por quê?

Ela olhou para ele com frieza.

— Você está se esquecendo da outra! Aquela que você leva para as corridas! A mulher cujo retrato você tem, sua amante!

— Bem, sim! — exclamou Frédéric. — Eu não nego nada! Eu sou um miserável! Escute-me!

Se ele a tivera, tinha sido por desespero, como alguém que comete suicídio. Além disso, ele a deixara muito infeliz, por usá-la para se vingar da própria vergonha. "Que suplício! Você não consegue entender?"

Madame Arnoux virou seu lindo rosto, estendendo-lhe a mão; e eles fecharam os olhos, absorvidos por uma embriaguez que era como um acalanto suave e infinito. Depois, eles ficaram contemplando um ao outro, frente a frente, bem pertinho.

— Por acaso chegou a pensar que eu não a amava mais?

Ela respondeu em voz baixa, cheia de ternura:

— Não! Apesar de tudo, eu sentia no fundo do coração que isso era impossível e que um dia o obstáculo entre nós desvaneceria!

— Eu também! E precisava ver você de novo, estava quase morrendo!

— Uma vez — ela retomou — no Palais-Royal, eu passei por você!

— É mesmo?

E ele contou a ela a felicidade que sentiu ao encontrá-la na casa dos Dambreuse.

— Mas como eu a detestei à noite, quando saí de lá!

— Pobre rapaz!

— Minha vida é tão triste!

— E a minha!... Se fossem apenas as tristezas, as angústias, as humilhações, tudo o que suporto como esposa e como mãe, já que nós devemos morrer, eu não reclamaria; o que há de assustador é a minha solidão, sem ninguém...

— Mas eu estou aqui!

— Oh! Sim!

Um soluço de ternura fez seu peito saltar. Seus braços se afastaram; e eles se abraçaram de pé, em um longo beijo.

Um estalo foi ouvido no assoalho. Uma mulher estava perto deles, Rosanette. Madame Arnoux a havia reconhecido; os seus olhos esbugalhados, examinaram-na, cheios de surpresa e de indignação. Finalmente, Rosanette lhe disse:

— Venho falar com Monsieur Arnoux, de negócios.

— Ele não está lá, como pode ver.

— Ah! É verdade! — retrucou a Marechala — a sua empregada tinha razão! Mil desculpas!

E, voltando-se para Frédéric:

— Olhe só quem está aqui! Você?

Essa familiaridade, demonstrada diante dela, fez Madame Arnoux corar, como uma bofetada na cara.

— Ele não está em casa, repito!

Então a Marechala, que olhava de um lado para outro, disse baixinho:

— Vamos para casa? Estou com um fiacre lá embaixo.

Ele fingia não estar entendendo.

— Vamos! Venha!

— Ah! Sim! É uma boa ocasião! Vá! Vá! — disse Madame Arnoux.

E eles saíram. Ela se inclinou sobre o corrimão para vê-los novamente; e uma risada aguda, de partir o coração, caiu sobre eles desde o topo da escada. Frédéric empurrou Rosanette para dentro do fiacre, sentou-se de frente para ela e durante toda a viagem não disse uma só palavra.

A infâmia, cujos efeitos agora o mortificavam, tinha sido causada por ele mesmo. Ele sentia ao mesmo tempo a vergonha de uma humilhação esmagadora e o arrependimento de sua felicidade; quando finalmente iria agarrá-la, ela tinha se tornado irrevogavelmente impossível! — e por causa daquela ali, daquela jovem, daquela rameira. Ele queria estrangulá-la; estava sufocando. Chegando em casa, jogou o chapéu sobre um móvel, arrancou a gravata.

— Ah! Você acaba de fazer um belo trabalho, admita!

Ela se plantou orgulhosa na frente dele.

— Fiz mesmo, e daí? Qual o problema?

— Como? Você está me espionando?

— É minha culpa? Por que você vai se divertir na casa de mulheres honestas?

— Não importa! Eu não quero que você as insulte.

— E como eu a insultei?

Ele não teve nada a dizer; e, com um tom mais odioso:

— Mas da outra vez, no Champ de Mars...

— Ah! Você nos aborrece com as suas velhas!

— Desgraçada!

Ele ergueu o punho.

— Não me mate! Eu estou grávida.

Frédéric recuou.

— Está mentindo!

— Olhe para mim, caramba!

Ela pegou uma tocha e, mostrando o rosto:

— Você sabe o que é isso?

Pequenos pontos amarelos maculavam sua pele, que estava singularmente inchada. Frédéric não negou a evidência. Ele foi abrir a janela, deu alguns passos para cá e para lá e afundou-se em uma poltrona.

Este acontecimento era uma calamidade, que a princípio adiava seu rompimento — e depois atrapalhava todos os seus planos. A ideia de ser pai, aliás, parecia-lhe grotesca, inaceitável. Mas por quê? Se, em vez da Marechala...? E seu devaneio tornou-se tão profundo que ele teve uma espécie de alucinação. Viu ali, no tapete, em frente à lareira, uma menina. Ela se parecia um pouco com Madame Arnoux e com ele; — cabelos escuros e pele branca, com olhos negros, sobrancelhas muito grandes, uma fita rosa nos cabelos cacheados! (Ah! Como ele a teria amado!) E parecia-lhe ouvir sua voz: "Papai!" "Papai!"

Rosanette, que tinha acabado de se despir, aproximou-se dele, viu uma lágrima em seus olhos e beijou-o gravemente na testa. Ele se levantou, dizendo:

— Pelos céus! Não vamos matar este fedelho!

Então ela tagarelou muito. Seria um menino, com certeza! Seria chamado de Frédéric. Era preciso começar seu enxoval; — e, ao vê-la tão feliz, uma compaixão apoderou-se dele. Como ele não sentia nenhuma raiva agora, quis saber o motivo do passo que ela tinha dado, pouco antes.

Foi porque Mademoiselle Vatnaz tinha enviado, naquele mesmo dia, uma nota promissória havia muito protestada; e ela tinha corrido para a casa de Arnoux para conseguir o dinheiro.

— Eu teria lhe dado! — disse Frédéric.

— Era mais fácil pegar com ele o que me pertence e devolver à outra os mil francos devidos.

— Pelo menos isso é tudo que você deve a ela?

Ela respondeu:

— Mas é claro que sim!

No dia seguinte, às nove da noite (hora indicada pelo porteiro), Frédéric foi à casa de Mademoiselle Vatnaz.

Ele esbarrou, na antessala, nos móveis empilhados. Mas um barulho de vozes e música o guiou. Ele abriu uma porta e caiu no meio de uma festança. De pé, diante do piano tocado por uma jovem de óculos, Delmar, sério como um pontífice, declamava poesia humanitária sobre a prostituição; e a sua voz cavernosa reverberava, sustentada pelos acordes indolentes. Uma fila de mulheres ocupava a parede, a maioria delas vestida de cores escuras, sem golas nem punhos. Cinco ou seis homens, todos pensadores, ocupavam cadeiras aqui e ali. Havia em uma poltrona um antigo fabulista, uma ruína; — e o cheiro acre de duas lamparinas misturava-se ao aroma do chocolate, que enchia as canecas que entulhavam a mesa de jogo.

Mademoiselle Vatnaz, um lenço oriental em volta dos quadris, estava parada em um canto da lareira. Dussardier estava do lado oposto; ele parecia um pouco envergonhado com sua situação. Aliás, esse meio artístico o intimidava.

A Vatnaz tinha terminado com Delmar? Talvez não. No entanto, ela parecia ter ciúmes do bravo rapaz diante dela; e, tendo Frédéric pedido para lhe falar, ela fez sinal para que entrassem com ela em seu quarto. Quando os mil francos foram pagos, ela pediu, além desse valor, os juros.

— Não vale a pena! — disse Dussardier.

— Ora, cale-se!

Essa covardia de um homem tão corajoso agradou a Frédéric como uma justificativa para a sua própria. Ele levou a nota promissória e nunca mais falou do escândalo na casa de Madame Arnoux. Mas, a partir de então, todos os defeitos da Marechala ficaram claros para ele.

Ela tinha um mau gosto irremediável, uma preguiça incompreensível, a ignorância selvagem, a ponto de considerar o doutor Desrogis muito famoso; e tinha orgulho de recebê-lo e à sua esposa, porque eles eram "pessoas casadas". Ela orientava com ar pedante, sobre as coisas da vida, Mademoiselle Irma, pobre criaturinha dotada de voz miúda, tendo por protetor um cavalheiro "muito bom", ex-empregado na alfândega, e forte nos truques de cartas; Rosanette o chamava de "meu grande lulu". Frédéric também não podia suportar a repetição de suas palavras tolas, como: "Pode tirar o cavalinho da chuva!", "Esses pobres deslumbrados!", "Nunca se sabe" etc.; e ela insistia em limpar suas bugigangas pela manhã com um par de luvas brancas velhas! Ele ficava revoltado principalmente com suas atitudes para com a empregada — cujo salário estava constantemente atrasado, e que até lhe emprestava dinheiro. Nos dias em que elas acertavam as contas, brigavam como duas mercadoras de peixe, depois se reconciliavam, abraçando-se. Conviver com ela estava se tornando difícil. Foi um alívio para ele quando as festas de Madame Dambreuse recomeçaram.

Aquela ali, pelo menos, o divertia! Ela conhecia as intrigas da alta sociedade, as transferências de embaixadores, o pessoal das costureiras; e, quando lhe escapavam os lugares-comuns, era de uma fórmula tão afinada que sua frase poderia passar por uma deferência ou uma ironia. Era incrível vê-la no meio de vinte pessoas conversando, não negligenciando nenhuma, dando as respostas que queria, evitando as perigosas! Coisas muito simples, contadas por ela, pareciam confidências; o menor de seus sorrisos fazia sonhar; seu charme, enfim, como o perfume requintado que ela normalmente usava, era complexo e indefinível. Frédéric, em sua companhia, sempre experimentava o prazer de uma descoberta; e, no entanto, ele sempre a reencontrava com a mesma serenidade, como o reflexo de águas límpidas. Mas por que seus modos com a sobrinha eram tão frios? Ela às vezes até lhe lançava estranhos olhares.

Assim que foi levantada a questão do casamento com Martinon, ela falara a Monsieur Dambreuse sobre a saúde da "querida criança", tendo-a levado imediatamente aos banhos Balaruc. Na volta, surgiram novos pretextos: o jovem carecia de posição, esse grande amor não parecia sério, não havia problema em esperar. Martinon tinha respondido que esperaria. Sua conduta foi sublime. Ele enalteceu Frédéric. Ele fez mais: ensinou-lhe como agradar Madame

Dambreuse, até sugerindo que conhecia, por meio da sobrinha, os sentimentos da tia.

Quanto a Monsieur Dambreuse, longe de demonstrar ciúme de Frédéric, cercava o jovem amigo de consideração, consultava-o sobre várias coisas, preocupava-se até com o seu futuro, tanto que um dia, quando falavam de Père Roque, ele sussurrou ao seu ouvido, com um ar travesso:

— Agiu muito bem.

E Cécile, Miss John, os criados, o porteiro, para ele, não havia ninguém que não fosse encantador naquela casa. Ele ia lá todas as noites, abandonando Rosanette. Sua futura maternidade a tornava mais séria, até um pouco triste, como se estivesse atormentada por inquietações. Sempre que ele perguntava, ela respondia:

— Você está enganado! Eu estou bem!

Tratava-se de cinco notas promissórias que ela tinha assinado anteriormente; e, não ousando contar a Frédéric após o pagamento da primeira, ela tinha voltado à casa de Arnoux, que lhe prometera, por escrito, um terço de seus lucros na iluminação a gás das cidades do Languedoc (um empreendimento maravilhoso!), recomendando-lhe que não usasse aquela carta antes da assembleia de acionistas; a assembleia era adiada de semana em semana.

No entanto, a Marechala precisava de dinheiro. Ela preferia morrer em vez de pedir isso a Frédéric. Ela não queria dinheiro dele. Isso estragaria seu amor. Ele pagava bem pelas despesas da casa; mas uma pequena carruagem alugada por mês e outros sacrifícios indispensáveis desde que ele frequentava os Dambreuse, o impediam de fazer mais por sua amante. Duas ou três vezes, ao voltar em horários incomuns, ele pensou ter visto costas masculinas desaparecendo entre as portas; e muitas vezes ela saía sem querer dizer para onde ia. Frédéric não tentou aprofundar-se nessas questões. Um dia ele tomaria uma decisão final. Ele sonhava com outra vida, que seria mais divertida e mais nobre. Esse ideal o tornava indulgente com o palacete Dambreuse.

Ali era uma sucursal íntima da Rue de Poitiers (a que era conhecida por reunir políticos conservadores e monarquistas). Lá ele conheceu o grande Monsieur A., o ilustre B., o profundo C., o eloquente Z., o imenso Y., as velhas cabeças da centro-esquerda, os paladinos da direita, os burgueses do centro, os eternos atores do teatro. Ficou chocado com sua linguagem execrável, suas mesquinharias, seus rancores, sua má-fé — todas aquelas pessoas que tinham votado a favor da Constituição esforçando-se para demoli-la; — e se agitavam muito, lançavam manifestos, panfletos, biografias; a de Fumichon por Hussonnet foi uma obra-prima. Nonancourt era o encarregado da propaganda no interior, Monsieur de Grémonville trabalhava o clero, Martinon reunia os jovens burgueses. Cada um, de acordo com os seus meios, contribuiu, até mesmo o próprio Cisy. Pensando em assuntos sérios agora, ao longo de todo o dia cumpria tarefas para o partido em um cabriolé.

Monsieur Dambreuse, como um barômetro, expressava constantemente a última variação. Não se falava de Lamartine sem que ele citasse esta frase dita a ele por um homem do povo, por ocasião da invasão da Câmara, em 1848: "Chega de lira!".[45] Cavaignac já não passava, a seus olhos, de um traidor. O Presidente, a quem ele tinha admirado por três meses, começava a declinar em sua estima (pois não encontrava nele "a energia necessária"); e, como ele sempre precisava de um salvador, sua gratidão, desde o caso do Conservatório,[46] pertencia ao general Changarnier: "Graças a Deus,

---

[45] Durante a invasão da Assembleia (15 de maio de 1848), Lamartine tentou discursar para os desordeiros, mas de suas fileiras elevaram-se vários gritos de: *Chega dessa lira!* (1)

[46] Em 13 de junho de 1849, uma manifestação tinha sido organizada para protestar contra a expedição de Roma. Um certo número de representantes de guardas da montanha se reúne pela manhã, na sede de seu grupo, Rue du Hasard, perto da Rue de Richelieu. De lá, escoltados por Guinard, coronel da artilharia da Guarda Nacional, eles chegam ao Conservatório de Artes e Ofícios, no centro do distrito mais populoso e movimentado: 300 artilheiros da Guarda Nacional, dentre mais de 12 mil, respondem ao seu apelo. A população não se move. Eles redigem uma proclamação em que declaram a Montagne permanente e convocam o povo e o exército a defender a Constituição violada. As tropas chegam de todos os lados e constroem rapidamente algumas barricadas erguidas às pressas em torno do Conservatório. Os artilheiros da Guarda Nacional e vários insurgentes disparam alguns tiros de fuzil e se retiram. O Conservatório é ocupado, sem maiores resistências, por uma companhia da Guarda Nacional, que antecede um destacamento de infantaria. Os representantes, reunidos na sala de desenhos só pensam em fugir. Eles rapidamente tiram seus lenços, pulam para o jardim e escapam pelo portão que leva à Rue Vaucanson. Eles se misturam à multidão de artilheiros e trabalhadores que fogem pelo mesmo caminho. Ledru-Rollin e alguns de seus amigos, que não continuavam vestindo seus trajes, são reconhecidos, presos, alinhados ao longo de um muro na frente de um pelotão de fuzilamento. Um oficial vai dar o sinal de execução, quando um líder superior correndo os faz levantar as armas. Os representantes conseguem deixar o Conservatório. Ledru-Rollin se esconde por três semanas e alcança a Inglaterra, de onde só volta depois da queda do Império. (Jules TROUSSET, *Histoire d'un siècle*, t. IX, p. 221 et 222.) (1)

Changarnier... Esperemos que Changarnier... Oh! Nada a temer enquanto Changarnier..."[47]

Exaltavam, em primeiro lugar, Monsieur Thiers por seu livro contra o socialismo, no qual ele tinha se mostrado tão pensador quanto escritor. Riam muito de Pierre Leroux, que citava na Câmara passagens dos filósofos. Faziam piadas sobre a cauda falansteriana que ele havia idealizado, com um olho na extremidade que permitia melhorar a visão. Iam aplaudir a *Foire aux Idées*, vaudeville que ridicularizava os teóricos do socialismo, e comparavam seus autores a Aristófanes. Frédéric foi também, como os outros.

A verborragia política e a boa comida entorpeciam sua moralidade. Por mais medíocres que esses personagens lhe parecessem, ele estava orgulhoso por conhecê-los e, interiormente, desejava a consideração burguesa. Uma amante como Madame Dambreuse lhe daria essa posição.

Ele começou a fazer o que era preciso.

Punha-se em seu caminho durante o passeio, não deixava de ir cumprimentá-la em seu camarote no teatro; e, sabendo as horas em que ela ia à igreja, instalava-se atrás de uma coluna numa pose melancólica. Para indicações de curiosidades, informações sobre um concerto, empréstimos de livros ou revistas, era uma troca contínua de recadinhos. Além de sua visita noturna, às vezes ele fazia outra perto do final do dia; e experimentava uma gradação de alegrias ao passar sucessivamente pela grande porta, pelo pátio, pela antessala, pelos dois salões; por fim, chegava ao seu boudoir, discreto como um túmulo, tépido como uma alcova, onde esbarrava no capitonê dos móveis em meio a todos os tipos de objetos aqui e ali: gaveteiros, grades de lareira, xícaras e bandejas de laca, nácar, marfim, malaquita, ninharias caras, muitas vezes restauradas. Havia algumas

[47] Changarnier (1793-1877) destacou-se nas guerras da Argélia. Retornando à França em 1848, ele espontaneamente colocou-se à frente das tropas que interromperam o motim de 16 de abril. No dia 4 de junho de 1848, foi eleito deputado por Seine. Cavaignac confiou-lhe o comando da Guarda Nacional. Changarnier tinha a reputação de um homem enérgico; logo se tornou a esperança da Direita e era considerado uma espécie de Monck. O esmagamento do motim no Conservatório (1º de junho de 1849) aumentou ainda mais sua reputação de "homem durão". Louis-Napoléon o retirou do comando próximo ao golpe de Estado (janeiro de 1851). (1)

coisas simples: três seixos das praias de Étretat para servir de peso de papel, um barrete frísio pendurado em um biombo chinês; tudo isso, porém, em harmonia; ficava-se até mesmo impressionado com a nobreza do conjunto, o que talvez fosse devido à altura do pé-direito, à opulência dos reposteiros e às longas telas de seda flutuando sobre os pés dourados das banquetas.

Ela estava quase sempre em uma pequena conversadeira, perto da jardineira que guarnecia a seteira da janela. Sentado na beirada de um grande pufe com rodinhas, ele lhe dirigia os mais justos cumprimentos; e ela olhava para ele com a cabeça um pouco de lado, um sorriso na boca.

Lia para ela páginas de poesia, colocando nisso toda a sua alma, para emocioná-la e ser por ela admirado. Ela o interrompia com um comentário depreciativo ou uma observação prática; e sua conversa recaía incessantemente na eterna questão do Amor! Eles se perguntavam o que o ocasionava, se as mulheres sentiam isso melhor do que os homens, quais eram suas diferenças. Frédéric tentava expressar sua opinião, evitando ao mesmo tempo a grosseria e a platitude. Isso se tornava uma espécie de luta, agradável em alguns momentos, tediosa em outros.

Ele não sentia ao lado dela aquele arrebatamento por todo o seu ser que o atraía para Madame Arnoux, nem a alegre desordem com a qual Rosanette, a princípio, o tinha inspirado. Mas ele a cobiçava como algo anormal e difícil, porque ela era nobre, porque era rica, porque era devota, — imaginando que ela possuía delicadezas de sentimento, raras como suas rendas, com amuletos na pele e pudor na depravação.

Ele fez uso de seu antigo amor. Contou-lhe, como se fosse ela mesma o motivo da inspiração, tudo aquilo que Madame Arnoux o fizera sentir, seu langor, suas apreensões, seus sonhos. Ela recebia isso como uma pessoa acostumada a essas coisas, sem rejeitá-lo formalmente, mas não cedia nada; assim como ele não conseguia seduzi-la, Martinon também não tinha êxito em se casar. A fim de encerrar o assunto com o apaixonado da sobrinha, ela o acusou de visar apenas o dinheiro e até implorou ao marido que provasse isso.

Monsieur Dambreuse, portanto, declarou ao jovem que Cécile, sendo órfã de pais pobres, não tinha nenhuma "expectativa" nem dote.

Martinon, não acreditando que isso fosse verdade, ou que já tinha avançado demais para recuar, ou ainda por uma daquelas obstinações de idiota que são atos de gênio, respondeu que seu patrimônio, quinze mil francos por ano, lhes bastaria. Esse desinteresse imprevisto tocou o banqueiro. Ele lhe prometeu uma garantia para o cargo de recebedor, comprometendo-se a conseguir para ele o posto; e, em maio de 1850, Martinon casou-se com Mademoiselle Cécile. Não houve baile. Os jovens partiram naquela mesma noite para a Itália. Frédéric, no dia seguinte, foi fazer uma visita à Madame Dambreuse. Ela lhe pareceu mais pálida do que de costume. Ela o contradisse amargamente em duas ou três questões triviais. Aliás, todos os homens eram egoístas.

Mas havia alguns poucos devotados, como ele mesmo.

— Ah, não! São todos iguais!

Seus olhos estavam vermelhos; ela estava chorando. Então, tentando sorrir:

— Desculpe-me. Estou enganada! Foi uma ideia triste que me ocorreu!

Ele não estava entendendo nada.

"Não importa! Ela não é tão forte quanto eu pensava", refletiu.

Ela tocou a sineta para que lhe trouxessem um copo d'água, tomou um gole, devolveu-o e queixou-se de que a serviam horrivelmente. Para alegrá-la, ofereceu-se como criado, dizendo-se capaz de servir os pratos, tirar o pó dos móveis, anunciar as visitas, de ser enfim um criado pessoal, ou melhor, um lacaio, embora a moda já tivesse passado. Ele gostaria de se instalar atrás de seu carro com um chapéu de penas de galo.

— E como eu a seguiria a pé majestosamente, carregando um cãozinho nos braços!

— Você é engraçado — disse Madame Dambreuse.

— Não seria uma loucura — continuou ele — considerar tudo isso com seriedade?

Já havia misérias suficientes sem precisar inventar outras. Nada merecia o tormento de uma dor. Madame Dambreuse ergueu as sobrancelhas, em um gesto de vaga aprovação.

Essa paridade de sentimentos levou Frédéric a ser mais ousado. Seus fracassos do passado lhe davam agora uma clarividência. Ele continuou:

— Os nossos avós viviam melhor. Por que não obedecer ao impulso que nos anima? O amor, afinal de contas, não era em si algo tão importante.

— Mas é imoral, isso que você está dizendo!

Ela tinha voltado a sentar na conversadeira. Ele se sentou na beirada, junto a seus pés.

— Não vê que estou mentindo? Porque, para agradar às mulheres, é preciso mostrar a displicência de um bufão ou os ardores da tragédia! Elas zombam de nós quando lhes dizemos que as amamos, simplesmente! De minha parte, acho essas hipérboles, com as quais elas se divertem, uma profanação do amor verdadeiro; tanto assim que não sabemos mais como expressá-lo, principalmente diante daquelas... que são... muito inteligentes.

Ela o observava com os olhos semicerrados. Ele baixou a voz, inclinando-se em direção ao seu rosto.

— Sim! Está me assustando! Eu a ofendo, talvez?... Perdão!... Eu não queria dizer isso tudo! Não é minha culpa! A senhora é tão bela!

Madame Dambreuse fechou os olhos e ele ficou surpreso com a facilidade de sua vitória. As grandes árvores do jardim, que balançavam suavemente, pararam. Nuvens imóveis riscavam o céu com longas faixas vermelhas e houve como que uma suspensão universal das coisas. Então, noites semelhantes, com silêncios parecidos, voltaram à sua mente, de forma confusa. Onde tinha sido?...

Ele se ajoelhou, pegou sua mão e lhe jurou amor eterno. Depois, quando ele estava saindo, ela o chamou de volta e disse bem baixinho:

— Volte para o jantar! Estaremos sozinhos!

Parecia a Frédéric, ao descer as escadas, que ele havia se tornado um outro homem, que a temperatura perfumada das estufas quentes o rodeava, que estava definitivamente entrando no mundo superior dos adultérios nobres e das altas intrigas. Para ocupar aí o primeiro lugar, bastava uma mulher como aquela. Ávida, sem dúvida, por poder e de ação, e casada com um homem medíocre a quem tinha prodigiosamente servido, ela queria alguém forte para conduzi-la? Nada era impossível agora! Sentia-se capaz de viajar duzentas léguas a cavalo, de trabalhar várias noites seguidas, sem se cansar; seu coração transbordava de orgulho.

Na calçada, diante dele, um homem coberto com um sobretudo velho caminhava com a cabeça baixa e com tal ar de desânimo que Frédéric virou-se para vê-lo. O outro ergueu o rosto. Era Deslauriers. Ele hesitava: Frédéric pulou em seu pescoço.

— Ah! Meu pobre velho! Como? É você!

E o arrastou à sua casa, fazendo-lhe muitas perguntas ao mesmo tempo.

O antigo comissário de Ledru-Rollin relatou, em primeiro lugar, os tormentos pelos quais passara. Como ele pregava a fraternidade aos conservadores e o respeito às leis aos socialistas, alguns tinham atirado nele com fuzil, outros tinham trazido uma corda para enforcá-lo. Desde junho, ele tinha sido brutalmente destituído. Havia se envolvido em um complô, aquele das armas apreendidas em Troyes. Fora libertado por falta de provas. Depois, o comitê de ação o tinha enviado a Londres, onde ele trocara uns tabefes com seus irmãos, no meio de um banquete. De volta a Paris...

— Por que não veio à minha casa?

— Você estava sempre ausente! Seu porteiro tinha ares misteriosos, eu não sabia o que pensar; e, além do mais, eu não queria reaparecer como derrotado.

Ele havia batido às portas da Democracia, oferecendo-se para servi-la com sua pena, suas palavras, seus procedimentos; tinha sido repelido por toda parte; desconfiavam dele; e havia vendido seu relógio, sua biblioteca, sua roupa.

— Melhor teria sido morrer nas prisões dos pontões de Belle-Isle,[48] com Sénécal!

[48] Numerosos manifestantes de junho estavam detidos em Belle-Isle. (1)

Frédéric, que nesse momento ajeitava a gravata, não pareceu muito comovido com a notícia.

— Ah! Ele foi deportado, esse bom Sénécal?

Deslauriers respondeu, observando as paredes com ar de inveja:

— Nem todo mundo tem sua sorte!

— Desculpe — disse Frédéric, sem perceber a alusão —, mas tenho um jantar na cidade. Sua refeição será preparada; peça o que quiser! Pode até usar a minha cama.

Diante de tamanha cordialidade, a amargura de Deslauriers desapareceu.

— Sua cama? Mas... isso seria um incômodo!

— Ah! Não! Eu tenho outras!

— Ah! Muito bem — retomou o advogado, rindo. — Onde vai jantar, então?

— Na casa de Madame Dambreuse.

— Será que... por acaso... seria...?

— Você é curioso demais — disse Frédéric com um sorriso que confirmava essa suspeita.

Então, olhando para o relógio de parede, ele se sentou novamente.

— É isso! E não há por que se desesperar, velho defensor do povo!

— Misericórdia! Que outros se envolvam!

O advogado odiava os trabalhadores por ter sofrido com eles em sua província, uma terra de hulha. Cada poço de extração tinha nomeado um governo provisório que lhe dava ordens.

— Aliás, sua conduta foi admirável em todos os lugares: em Lyon, Lille, Le Havre, Paris! Pois, a exemplo dos fabricantes que queriam excluir produtos do estrangeiro, esses senhores exigem que sejam expulsos trabalhadores ingleses, alemães, belgas e savoianos! Quanto à conciliação entre eles, de que serviram suas célebres associações durante a Restauração? Em 1830, entraram na guarda nacional, sem nem mesmo ter o bom senso de dominá-la! Por um acaso, nos dias que se seguiram após 1848, os corpos de ofício não reapareceram com seus próprios estandartes? Eles até pediram representantes do povo para si próprios, os quais falariam apenas por eles! Assim como os deputados da beterraba só se preocupam com a beterraba! — Ah! Estou farto desses patifes, prostrando-se consecutivamente diante do cadafalso de Robespierre, das botas do Imperador, do guarda-chuva de Louis-Philippe, escória eternamente devotada a quem joga pão na sua fuça! Grita-se sempre contra a venalidade de Talleyrand e Mirabeau; mas o mais baixo carregador venderia a pátria por cinquenta centavos se lhe prometessem três francos de tarifa pelo seu trabalho! Ah! Que erro! Deveríamos ter ateado fogo nos quatro cantos da Europa!

Frédéric respondeu:

— Faltava a faísca! Vocês eram apenas pequeno-burgueses, e os melhores de vocês, uns pernósticos! Quanto aos operários, eles têm do que reclamar; pois, se tirarmos o milhão proveniente da lista civil, que lhes foi concedido com a mais baixa bajulação, vocês não fizeram nada por eles além de frases! A carteira de trabalho fica nas mãos do patrão, e o assalariado (mesmo perante a justiça) continua a ser inferior ao seu patrão, visto que não se acredita na sua palavra. A República, enfim, me parece velha. Quem sabe? Não seria o progresso, talvez, possível de ser alcançado apenas por uma aristocracia ou por um homem? A iniciativa sempre vem de cima! O povo é menor, seja o que for que se reivindique!

— Isso talvez seja verdade — disse Deslauriers.

Segundo Frédéric, a grande massa de cidadãos aspirava apenas ao descanso (ele havia aproveitado no palacete Dambreuse), e todas as oportunidades eram para os conservadores. Esse partido, no entanto, carecia de novos homens.

— Se você se apresentasse, tenho certeza...

Ele não concluiu. Deslauriers compreendeu, passou as duas mãos pela testa; então de repente:

— Mas e você? Nada o impede! Por que não poderia ser um deputado? — Como resultado de uma dupla eleição, havia uma candidatura vaga no Aube. Monsieur Dambreuse, reeleito para a Assembleia Legislativa, pertencia a outro arrondissement. — Quer que eu cuide disso?

Ele conhecia muitos taberneiros, professores, médicos, escreventes e seus patrões.

— Além disso, pode-se fazer os camponeses acreditarem em tudo o que se queira!

Frédéric sentia sua ambição reacender.

Deslauriers acrescentou:

— Você bem que poderia arrumar um lugar para mim em Paris.

— Oh! Não será difícil, por intermédio de Monsieur Dambreuse.

— Já que estamos falando de hulhas — retomou o advogado —, que fim levou sua grande sociedade? É de uma ocupação desse tipo que eu precisaria! — e eu seria útil para eles, mantendo minha independência.

Frédéric prometeu levá-lo à casa do banqueiro em menos de três dias.

Sua refeição a sós com Madame Dambreuse foi uma coisa requintada. Ela sorria na frente dele, do outro lado da mesa, por sobre as flores de uma cesta, à luz do candeeiro suspenso, e, como a janela estava aberta, podia-se ver estrelas. Falaram muito pouco, desconfiando de si mesmos, talvez; mas, assim que os criados viravam as costas, eles enviavam um ao outro um beijo com a ponta dos lábios. Ele contou sua ideia de candidatura. Ela aprovou, até se comprometendo a fazer com que Monsieur Dambreuse trabalhasse nela.

À noite, alguns amigos apareceram para felicitá-la e para confortá-la: ela devia estar tão triste por não ter mais a sobrinha! Aliás, era muito bom que os recém-casados tivessem partido em viagem; mais tarde, as dificuldades, vêm os filhos! Mas a Itália não correspondia à ideia que se fazia dela. No entanto, eles estavam na era das ilusões! E, além disso, a lua de mel embelezava tudo! Os dois últimos que ficaram foram Monsieur de Grémonville e Frédéric. O diplomata não queria ir embora. Finalmente, à meia-noite, ele se levantou. Madame Dambreuse fez sinal a Frédéric para que partisse também e agradeceu-lhe essa obediência com uma pressão da mão, mais doce do que todo o resto.

A Marechala soltou um grito de alegria ao vê-lo novamente. Fazia cinco horas que o esperava. Ele deu como desculpa um encaminhamento indispensável no interesse de Deslauriers. Seu rosto tinha um ar de triunfo, uma auréola que deixou Rosanette deslumbrada.

— Talvez seja por causa do seu casaco preto que lhe cai bem; mas nunca te achei tão belo! Como você é bonito!

Num arroubo de ternura, ela jurou interiormente não pertencer mais a outros, não importando o que acontecesse, mesmo que tivesse que morrer de tanto sofrer!

Seus lindos e úmidos olhos brilharam com uma paixão tão poderosa que Frédéric a pôs no seu colo e disse a si mesmo: "Que canalha eu sou!", aplaudindo-se por sua perversidade.

Capítulo IV

Monsieur Dambreuse, quando Deslauriers foi à sua casa, pensava em reavivar seu grande negócio de hulhas. Mas essa fusão de todas as companhias em uma só era malvista; denunciava-se o monopólio, como se para esse tipo de exploração não fossem necessários imensos capitais!

Deslauriers, que acabara de ler intencionalmente o trabalho de Gobet e os artigos de Monsieur Chappe no *Journal des Mines*, conhecia perfeitamente a questão. Ele demonstrou que a lei de 1810 estabelecia, em benefício do concessionário, um direito que não podia ser transferido. Além disso, podia-se dar à empresa uma feição democrática: impedir as reuniões das hulheiras era um atentado ao próprio princípio da associação.

Monsieur Dambreuse deu-lhe notas para escrever um memorando. Quanto à forma como pagaria por seu trabalho, ele fez promessas tanto melhores quanto mais imprecisas.

Deslauriers voltou à casa de Frédéric e relatou a conversa. Além disso, ele vira Madame Dambreuse ao pé da escada quando estava saindo.

— Você está de parabéns, caramba!

Em seguida, conversaram sobre a eleição. Havia algo a ser planejado.

Três dias depois, Deslauriers reapareceu com uma folha escrita, destinada aos jornais, que era uma carta amigável, na qual Monsieur Dambreuse aprovava a candidatura de seu amigo. Apoiada por um conservador e defendida por um vermelho, a candidatura tinha que ser bem-sucedida. Como o capitalista assinava tal elocubração? O advogado, sem o menor constrangimento, foi pessoalmente mostrá-la à Madame Dambreuse, que, achando-a muito boa, encarregara-se do resto.

Essa iniciativa surpreendeu Frédéric. Ele a aprovou, no entanto; depois, como Deslauriers ia falar com Monsieur Roque, ele lhe contou sobre sua posição diante de Louise.

— Diga-lhes tudo o que quiser, que os meus negócios estão complicados; que eu os arranjarei; que ela é suficientemente jovem para esperar!

Deslauriers saiu; e Frédéric considerou-se um homem muito capaz. Sentia, além disso, um prazer, uma satisfação profunda. Sua alegria por possuir uma mulher rica não era prejudicada por nenhum contraste; o sentimento harmonizava com o ambiente. Sua vida agora tinha deleites por toda parte.

O mais agradável, talvez, era contemplar Madame Dambreuse, entre várias pessoas, em seu salão. A correção de suas maneiras o fazia sonhar com outras atitudes; enquanto ela conversava friamente, ele se lembrava de suas palavras de amor balbuciadas; todos os respeitos por sua virtude o deliciavam como uma homenagem dirigida a ele; e às vezes ele queria gritar: "Mas eu a conheço melhor do que os senhores! Ela é minha!"

Não demorou muito para que seu caso se tornasse uma coisa estabelecida, aceita. Madame Dambreuse, durante todo o inverno, arrastou Frédéric pelas rodas da sociedade.

Ele quase sempre chegava antes dela; e a via entrar, braços nus, o leque na mão, pérolas nos cabelos. Ela parava na soleira (o lintel da porta a circulava como uma moldura) e fazia um leve movimento de indecisão, piscando os olhos para descobrir se ele estava lá. Ela o levava de volta na sua carruagem; a chuva açoitava as janelas; os transeuntes, como sombras, agitavam-se na lama; e, apertados um contra o outro, eles viam tudo aquilo, confusos, com um tranquilo desdém. Sob diferentes pretextos, ele ainda ficava uma boa hora em seu quarto.

Fora, sobretudo, por tédio que Madame Dambreuse cedera. Mas essa última experiência não devia ser desperdiçada. Ela desejava um grande amor, começou a cobri-lo de adulações e de carícias.

Ela lhe enviava flores; fez para ele uma cadeira de tapeçaria; deu-lhe uma piteira, uma escrivaninha, mil coisinhas de uso diário, para que ele não fizesse nada que não estivesse ligado à sua lembrança. Essas atenções o encantaram no início, mas logo lhe pareceram bastante simples.

Ela entrava em um fiacre, dispensava-o na entrada de uma passagem, saía pelo outro lado; depois, esgueirando-se pelas paredes, com um véu duplo sobre o rosto, chegava à rua onde Frédéric a esperava e a segurava vivamente pelo braço para conduzi-la até sua casa. Seus dois criados saíam para caminhar, o porteiro fazia compras; ela olhava ao redor; nada a temer! E puxava como que um suspiro de exilado que revê sua pátria. A sorte os encorajou. Seus encontros se multiplicaram. Uma noite, ela chegou a aparecer de repente, em traje de baile completo. Essas surpresas podiam ser perigosas; ele a repreendeu por sua imprudência; ela, aliás, o desagradou. Seu corpete aberto descobria demais seu peito magro.

Ele então reconheceu o que tinha escondido de si mesmo, a desilusão de seus sentidos. Mesmo assim, ele não deixava de fingir grandes ardores; mas, para senti-los, ele precisava invocar a imagem de Rosanette ou de Madame Arnoux.

Essa atrofia sentimental deixava sua cabeça inteiramente livre e, mais do que nunca, ele ambicionava uma alta posição na sociedade. Já que dispunha de tal degrau, o mínimo que ele podia fazer era usá-lo.

Em meados de janeiro, certa manhã, Sénécal entrou em seu gabinete; e diante de sua exclamação de espanto, ele respondeu que era secretário de Deslauriers. Até lhe trazia uma carta. Ela continha boas notícias, mas ainda assim o admoestava por sua negligência; era preciso ir até lá.

O futuro deputado disse que partiria dali a dois dias.

Sénécal não expressou nenhuma opinião a respeito dessa candidatura. Ele falou de si mesmo e dos assuntos do país.

Por mais lamentáveis que fossem, esses assuntos o alegravam; pois avançava-se em direção ao comunismo. Em primeiro lugar, a própria Administração levava a isso, uma vez que a cada dia havia mais coisas regidas pelo Governo. Quanto à Propriedade, a Constituição de 1848, apesar de suas fragilidades, não a poupara; em nome da utilidade pública, o Estado podia doravante tomar o que julgava lhe servir. Sénécal declarou-se a favor da Autoridade; e Frédéric percebeu em seus discursos o exagero de suas próprias palavras a Deslauriers. O republicano esbravejou até mesmo contra a incompetência das massas.

— Robespierre, ao defender o direito da minoria, levou Louis XVI à Convenção Nacional e salvou o povo. O fim das coisas as legitima. A ditadura às vezes é indispensável. Viva a tirania, contanto que o tirano faça o bem!

A discussão durou muito tempo e, ao partir, Sénécal admitiu (talvez fosse esse o propósito de sua visita) que Deslauriers estava muito impaciente com o silêncio de Monsieur Dambreuse.

Mas Monsieur Dambreuse estava doente. Frédéric o via todos os dias, sua qualidade de pessoa íntima da casa fazia com que ele o admitisse ao seu lado.

A exoneração do general Changarnier comovera extremamente o capitalista. Naquela mesma noite, foi atingido por um grande calor no peito, com uma opressão a ponto de não conseguir manter-se deitado. Sanguessugas trouxeram um alívio imediato. A tosse seca desapareceu, a respiração ficou mais calma; e, oito dias depois, ele disse, engolindo um caldo:

— Ah! Estou melhor agora! Mas cheguei perto de fazer a última grande viagem!

— Não sem mim! — exclamou Madame Dambreuse, notificando com essas palavras que ela não poderia sobreviver sem ele.

Em vez de responder, ele espalhou sobre ela e seu amante um sorriso singular, no qual havia ao mesmo tempo resignação, indulgência, ironia e até mesmo uma insinuação, um subentendido quase alegre.

Frédéric quis partir para Nogent, Madame Dambreuse se opôs; e ele desfazia e refazia alternadamente suas malas, conforme os estados da doença.

De repente, Monsieur Dambreuse cuspiu sangue em profusão. "Os príncipes da ciência", consultados, não descobriram nada de novo. Suas pernas inchavam e a fraqueza aumentava. Ele havia manifestado várias vezes o desejo de ver Cécile, que estava do outro lado da França, com o marido, nomeado coletor de impostos havia um mês. Ordenou expressamente que a fizessem vir. Madame Dambreuse escreveu três cartas e as mostrou a ele.

Sem confiar nem mesmo na religiosa, ela não o deixava nem por um segundo, não dormia mais. As pessoas que pediam ao porteiro notícias dele falavam dela com admiração; e os transeuntes eram tomados de respeito pela quantidade de palha[49] jogada na rua, sob as janelas.

No dia 12 de fevereiro, às cinco horas, manifestou-se uma hemoptise assustadora. O médico de plantão explicou o perigo. Foram rapidamente buscar um padre.

Durante a confissão de Monsieur Dambreuse, Madame olhou para ele de longe, com curiosidade. Depois disso, o jovem médico colocou um emplastro vesicante e esperou.

A luz dos candeeiros, mascarada pelos móveis, iluminava o quarto de maneira desigual. Frédéric e Madame Dambreuse, ao pé da cama, observavam o moribundo. Na fresta de uma janela, o padre e o médico conversavam à meia-voz; a religiosa, de joelhos, murmurava orações.

Por fim, elevou-se um estertor. As mãos esfriaram, o rosto foi ficando pálido. Por vezes ele puxava subitamente uma respiração profunda; elas foram ficando cada vez mais raras; duas ou três palavras confusas lhe escaparam; ele exalou um pequeno suspiro virando os olhos e sua cabeça caiu para o lado, no travesseiro.

Todos, por um minuto, permaneceram imóveis.

---

[49] O costume era jogar a palha na rua para amortecer o ruído dos veículos diante das casas onde se encontrava alguém muito enfermo. Encontra-se essa indicação, entre outros, em *Le Petite Chose* de Alphonse Daudet ou em *Pot-Bouille* de Zola. (2)

Madame Dambreuse aproximou-se; e sem esforço, com a simplicidade do dever, fechou-lhe as pálpebras.

Depois ela abriu os braços, torcendo-se como num espasmo de desespero contido, e saiu do aposento, apoiada no médico e na religiosa. Quinze minutos depois, Frédéric subiu para o quarto dela.

Havia um odor indefinível nesse aposento, uma emanação das coisas delicadas ali existentes. No meio da cama, um vestido preto estendido, destacando-se sobre a colcha rosa.

Madame Dambreuse estava no canto da lareira, de pé. Sem supor que tivesse violentos pesares, ele acreditava que ela estivesse um pouco triste, e, com uma voz dolente:

— Está sofrendo?

— Eu? Não, de forma alguma.

Quando ela se virou, ela viu o vestido, examinou-o; então disse a ele que não se sentisse constrangido.

— Fume se quiser! Você está em minha casa!

E, com um grande suspiro:

— Ah! Virgem Santa! Que alívio!

Frédéric ficou surpreso com a exclamação. Retrucou, beijando-lhe a mão:

— Mas nós éramos livres!

Essa alusão à facilidade de seu caso de amor pareceu ofender Madame Dambreuse.

— Ei! Você não sabe dos serviços que eu prestava a ele, nem das angústias que vivi!

— Como assim?

— Mas é claro que sim! Era por acaso seguro ter sempre aquela bastarda perto de mim, uma criança trazida para dentro de casa depois de cinco anos de casados, e que, sem mim, é claro, o teria levado a fazer alguma bobagem?

Então ela explicou seus negócios. Eles estavam casados em regime de separação de bens. Seu patrimônio era de trezentos mil francos. Monsieur Dambreuse, por contrato, tinha assegurado a ela, caso sobrevivesse a ele, quinze mil libras por ano e a propriedade do palacete. Mas, pouco tempo depois, ele fizera um testamento no qual doava a ela toda a sua fortuna, que ela avaliava, tanto quanto era possível saber agora, em mais de três milhões.

Frédéric arregalou os olhos.

— Valia a pena, não valia? Além disso, eu contribuí para isso! Era meu patrimônio que eu estava defendendo; Cécile teria me despojado, injustamente.

— Por que ela não veio ver o pai? — perguntou Frédéric.

Diante dessa pergunta, Madame Dambreuse o fitou; então, em tom seco:

— Eu não sei de nada! Falta de coração, talvez! Oh! Eu a conheço! Por isso ela não vai receber de mim nenhum tostão!

Ela não vinha sendo um problema, pelo menos desde seu casamento.

— Ah! Seu casamento! — escarneceu Madame Dambreuse.

E ela se ressentia por ter tratado bem demais aquela impertinente, que era invejosa, interesseira, hipócrita. "Todos os defeitos de seu pai!" Ela o depreciava cada vez mais. Nunca houve alguém com uma falsidade tão profunda quanto ele, impiedoso, aliás, duro como uma pedra, "um homem ruim, um homem ruim!"

As pessoas cometem erros, mesmo as mais sensatas. Madame Dambreuse acabara de cometer um, com aquela explosão de ódio. Frédéric, em uma bergère à sua frente, refletia escandalizado.

Ela se levantou e se sentou vagarosamente em seu colo.

— Só você é bom! É só você que eu amo!

Olhando para ele, seu coração amoleceu, uma reação nervosa fez brotar lágrimas de seus olhos e ela sussurrou:

— Quer casar comigo?

A princípio ele pensou que não tinha entendido. Aquela riqueza o atordoava. Ela repetiu mais alto:

— Quer casar comigo?

Por fim, ele disse, sorrindo:

— Você tem alguma dúvida?

Então um pudor apoderou-se dele e, para fazer uma espécie de reparação ao falecido, ele se ofereceu para velá-lo pessoalmente. Mas, como tinha vergonha desse sentimento piedoso, acrescentou despretensiosamente:

— Talvez fosse mais adequado.

— Sim, talvez — ela disse —, por causa dos criados!

A cama havia sido tirada completamente para fora da alcova. A religiosa estava aos pés do leito; e à cabeceira estavam um padre e um outro homem, alto e magro, com ar de espanhol fanático. Na mesinha de cabeceira, coberta com uma toalha branca, três lamparinas ardiam.

Frédéric sentou-se numa cadeira e mirou o morto.

Seu rosto estava amarelo como palha; um pouco de espuma sanguinolenta marcava os cantos de sua boca. Ele tinha um lenço em volta da cabeça, um colete de malha e um crucifixo de prata sobre o peito, entre os braços cruzados.

Findava-se aquela existência cheia de agitações! Quantas idas a escritórios ele não tinha feito, quanto não tinha alinhado algarismos, manobrado negócios, ouvido relatórios? Quantos falatórios, sorrisos, reverências! Porque ele havia aclamado Napoleão, os cossacos, Louis XVIII, 1830, os operários, todos os regimes, venerando o Poder com tanto amor, que ele teria pagado para se vender.

Mas ele deixava a propriedade de La Fortelle, três fábricas na Picardia, o Bois de Crancé em Yonne, uma fazenda perto de Orléans, valores mobiliários consideráveis.

Frédéric fez, assim, uma estimativa de sua fortuna; e ela ia lhe pertencer! Pensou primeiro no "que diriam", então pensou num presente para a mãe, nos seus futuros cavalos, num velho cocheiro da família que ele queria transformar em porteiro. A libré não seria a mesma, naturalmente. Ele tomaria o grande salão como um gabinete de trabalho. Nada impedia que, derrubando três paredes, ele tivesse no segundo andar uma galeria de quadros. Talvez houvesse como organizar uma sala de banhos turcos no andar de baixo. Quanto ao escritório de Monsieur Dambreuse, peça desagradável, para que serviria?

O padre assoando o nariz ou a boa irmã arrumando o fogo interrompiam brutalmente esses pensamentos. Mas a realidade os confirmava; o cadáver continuava lá. Suas pálpebras estavam novamente abertas; e as pupilas, embora mergulhadas na escuridão viscosa, tinham uma expressão enigmática, intolerável. Frédéric pensou ter visto nelas como um julgamento proferido sobre ele, e quase sentiu remorso, pois nunca tivera nada a reclamar daquele homem, que, pelo contrário... "Ora, vamos! Um velho miserável!", e ele olhou para ele mais de perto, para se fortalecer, mentalmente gritando com ele:

"E então o quê? Por acaso eu o matei?"

Enquanto isso, o padre lia seu breviário; a religiosa, imóvel, cochilava; as mechas das três lamparinas se alongavam.

Por duas horas, ouviu-se o barulho abafado de carroças desfilando em direção a Les Halles. As vidraças ficaram esbranquiçadas, um fiacre passou, depois uma tropa de jumentas trotando pela calçada, e marteladas, gritos de vendedores ambulantes, toques de trombeta; tudo já se mesclava à grande voz de Paris que acordava.

Frédéric começou a cuidar dos encargos que lhe couberam. Foi primeiro à prefeitura para fazer a declaração de óbito; depois, quando o médico dos mortos forneceu o certificado, ele voltou à prefeitura para dizer qual cemitério a família escolhera e para fazer os acertos com a agência funerária.

O funcionário exibiu um desenho e um prospecto, um indicando os diversos tipos de enterro, o outro, o detalhe completo da decoração. Ele queria uma carruagem com galeria ou uma carruagem com plumas, tranças nos cavalos, feixes de plumas para os servos, iniciais ou um brasão, lanternas fúnebres, um homem para carregar as condecorações, e quantas carruagens? Frédéric não economizou; Madame Dambreuse estava determinada a não poupar nada.

Depois ele foi à igreja.

O vigário dos enterros começou criticando a exploração das agências funerárias; assim, o oficial para as condecorações era realmente inútil; valia mais a pena ter muitas velas! Eles concordaram em fazer uma missa baixa, realçada pela música. Frédéric assinou o que foi acordado, com a obrigação solidária de arcar com todos os custos.

Depois ele foi ao Hôtel de Ville, para adquirir o terreno. Uma concessão de dois metros de comprimento por um de largura custava quinhentos francos. Era uma concessão de meio século ou perpétua?

— Ah! Perpétua! — disse Frédéric!

Ele estava levando a coisa a sério, e se esforçava muito. No pátio do palacete, um marmorista esperava por ele para lhe mostrar preços e projetos para tumbas gregas, egípcias e mouriscas; mas o arquiteto da casa já havia conversado com Madame; e sobre a mesa, no vestíbulo, havia todos os tipos de prospectos relacionados à limpeza dos colchões, à desinfecção dos quartos e a diversos procedimentos de embalsamamento.

Depois do jantar, ele voltou ao alfaiate para o traje de luto dos criados; e ainda teve que sair uma última vez, pois havia encomendado luvas de castor, e eram luvas de filosela que se adequavam à ocasião.

Quando chegou às dez horas, no dia seguinte, o grande salão estava cheio de gente, e quase todos, aproximando-se uns dos outros com ar melancólico, diziam:

— E eu, que o vi há apenas um mês! Meu Deus! É o destino de todos nós!

— Sim, de fato; mas vamos nos esforçar para que chegue o mais tarde possível!

Então, davam uma risadinha de satisfação e até se engajavam em diálogos completamente alheios à circunstância. Por fim, o mestre de cerimônias, com paletó preto à francesa e calça curta, com manto, punhos brancos de renda, espada longa ao lado e tricorne debaixo do braço, articulou, curvando-se, as palavras usuais: "Messieurs, quando quiserem." Partiram.

Era dia de feira de flores na Place de la Madeleine. O dia estava claro e ameno; e a brisa, que sacudia um pouco as barracas de lona, inflava, pelas bordas, o imenso lençol preto pendurado no pórtico da igreja. O escudo de Monsieur Dambreuse, ocupando um quadrado de veludo, repetia-se ali três vezes. Era escuro, estampado *com uma imagem típica, em ouro, de um braço esquerdo apoiado sobre um escudo, com o punho fechado e luva prateada*, com a coroa de conde e a seguinte divisa: *Por todos os caminhos*.

Os carregadores subiram o caixão pesado até o topo da escada e entraram.

As seis capelas, o hemiciclo e as cadeiras estavam todos em preto. O catafalco, na parte inferior do coro, formava, com suas grandes velas, um único foco de luzes amarelas. Nos dois ângulos, em candelabros, ardiam as chamas de lamparinas a álcool.

As pessoas de posição mais alta ocuparam seus lugares no santuário, os outros, na nave; e o ofício começou.

Com exceção de alguns, a ignorância religiosa de todos era tão profunda que o mestre de cerimônias, de tempos em tempos, fazia sinal para que se levantassem, se ajoelhassem, se sentassem de novo. O órgão e dois contrabaixos alternavam com as vozes; nos intervalos de silêncio, ouvia-se o murmúrio do padre no altar; depois a música e as canções recomeçavam.

Uma claridade mortiça caía das três cúpulas; mas a porta aberta enviava horizontalmente uma espécie de rio de luz branca que atingia todas as cabeças nuas; e no ar, à meia altura da nave, flutuava uma sombra, penetrada pelo reflexo do ouro que decorava a nervura dos pendentes e a folhagem dos capitéis.

Frédéric, para se distrair, ouviu o *Dies iræ*; ele observava as pessoas presentes, tentava ver as pinturas lá no alto representando a vida de Madeleine. Felizmente, Pellerin veio sentar-se ao seu lado e imediatamente começou uma longa dissertação sobre afrescos. O sino tocou. Saíram da igreja.

O carro funerário, adornado com cortinas pendentes e plumas altas, dirigiu-se para o cemitério Père-Lachaise, puxado por quatro cavalos negros com tranças na crina, plumas na cabeça e cobertos até os cascos por grandes mantas bordadas de prata. Seu cocheiro, com botas de montaria, usava um chapéu de três chifres com uma longa fita fúnebre pendendo. As alças eram seguradas por quatro personagens: um gestor da Câmara dos Deputados, um membro do Conselho Geral de Aube, um delegado das hulhas — e Fumichon, como amigo. A caleche do defunto e doze carruagens fúnebres formavam o cortejo. Os convidados, atrás, enchiam o meio do bulevar.

Para ver tudo aquilo, os transeuntes paravam; mulheres, com seus filhos nos braços, subiam em cadeiras; e pessoas que tomavam cerveja nos cafés apareciam nas janelas, com um taco de bilhar na mão.

O caminho era longo; e — como nas refeições de cerimônia em que no início se é reservado, depois expansivo — o comportamento geral logo relaxou. Falava-se apenas da recusa de um subsídio feito pela Câmara ao Presidente.[50] Monsieur Piscatory[51] tinha sido muito amargo, Montalembert,[52] "magnífico, como sempre", e Messieurs Chambolle,[53] Pidoux, Creton, enfim, toda a comissão, deveria ter seguido, talvez, o conselho de Monsieur Quentin-Bauchard e Monsieur Dufour.

Essas conversas continuaram na Rue de la Roquette, cercada por lojas, onde só se veem correntes de vidro colorido e rodelas negras cobertas de desenhos e letras douradas — o que as faz parecer cavernas cheias de estalactites e lojas de faiança. Mas, em frente ao portão do cemitério, todos ficaram imediatamente em silêncio.

As tumbas erguiam-se no meio de árvores, colunas quebradas, pirâmides, templos, dólmenes, obeliscos, abóbadas etruscas com portas de bronze. Em alguns, viam-se espécies de boudoirs fúnebres, com poltronas rústicas e mesas dobráveis. Teias de aranha pendiam como trapos nas correntes das urnas; e a poeira cobria os feixes de fitas de cetim e os crucifixos. Por toda parte, entre os balaústres, sobre os túmulos, havia coroas de perpétuas e castiçais, vasos, flores, discos negros enfeitados com letras douradas, estatuetas de gesso: menininhos e mocinhas ou anjinhos presos no ar por um fio de

---

[50] Em 10 de fevereiro de 1851, o Ministro das Finanças tinha pedido à Assembleia um salário adicional de 1.800.000 francos para o príncipe-presidente. A Assembleia rejeitou esse pedido por 396 votos a 294. (1)

[51] Piscatory (1799-1870) tinha sido deputado conservador (1832-1842), Ministro Plenipotenciário em Atenas (1844-1846), par da França (1846), embaixador na Espanha (1847). Deputado na Assembleia Legislativa (1849) e se mostrou muito hostil a Louis-Napoléon. (1)

[52] Montalembert (1810-1871) desempenhou um papel muito marcante na Assembleia Constituinte e na Assembleia Legislativa. (1)

[53] Chambolle, depois de ter colaborado no *Courrier Français* e no *National*, foi diretor do *Siècle* até 1848. Deputado por Vendée de 1838 a 1848, ele se assentou na esquerda dinástica. Reeleito na Assembleia Legislativa (1849), votou com a direita e foi um dos deputados presos no dia 2 de dezembro na Mairie do 10º arrondissement. (1)

latão, muitos até com um telhado de zinco sobre a cabeça. Enormes cordões de vidro trabalhado, preto, branco e azul, desciam do topo dos obeliscos com inscrições memoriais até sua base, enrolando-se em longas curvas, como jiboias. O sol, batendo neles, os fazia cintilar entre as cruzes de madeira negra; — e o carro fúnebre avançava pelos grandes caminhos pavimentados, como as ruas de uma cidade. De vez em quando, os eixos estalavam. Mulheres de joelhos, seus vestidos arrastando na grama, falavam baixinho com os mortos. Volutas de fumaça esbranquiçada saíam da folhagem dos teixos. Eram oferendas abandonadas, restos sendo queimados.

O túmulo de Monsieur Dambreuse ficava nas proximidades do orador Manuel e do político liberal Benjamin Constant. Nesse local o terreno desce num declive abrupto. Os pés ficam na altura das copas de árvores verdes; mais adiante, chaminés de bombas a vapor, depois toda a grande cidade.

Frédéric pôde admirar a paisagem enquanto os discursos eram pronunciados.

O primeiro foi em nome da Câmara dos Deputados, o segundo em nome do Conselho Geral de Aube, o terceiro em nome da Sociedade Hulheira de Saône-et-Loire, o quarto em nome da Sociedade Agrícola de Yonne; e houve também um em nome de uma sociedade filantrópica. Finalmente, quando estavam prestes a sair, um estranho começou a ler um sexto discurso, em nome da Sociedade dos Antiquários de Amiens.

E todos aproveitaram a oportunidade para esbravejar contra o socialismo, do qual morreu vitimado Monsieur Dambreuse. O espetáculo da anarquia e sua dedicação à ordem é que haviam encurtado seus dias. A sua iluminação, a sua probidade, a sua generosidade e até o seu silêncio como representante do povo foram exaltados, porque, se ele não era orador, ele possuía, por outro lado, essas qualidades sólidas, mil vezes preferíveis etc., com todas as palavras que não se pode deixar de dizer: "Fim prematuro, — lágrimas eternas; — a outra pátria, — adeus, ou melhor, até logo!"

A terra, misturada com seixos, foi despejada; e não se falaria mais dele na alta sociedade.

Falaram um pouco mais sobre isso enquanto caminhavam pelo cemitério; e não se constrangiam em apreciá-lo. Hussonnet, que deveria relatar o funeral nos jornais, chegou até a retomar todos os discursos de forma jocosa; — pois afinal o bom Dambreuse tinha sido um dos *propineiros* mais ilustres do último reinado. Depois, os carros fúnebres reconduziram os burgueses para os seus negócios, a cerimônia não tinha durado muito; e eles se congratulavam por isso.

Frédéric, cansado, foi para casa.

Quando ele se apresentou no dia seguinte no palacete Dambreuse, foi informado de que Madame estava trabalhando no andar de baixo, no escritório. As caixas e gavetas estavam abertas desordenadamente, os livros de contas jogados por todo lado; um rolo de papéis com o título: "Cobranças irrecuperáveis", estava jogado no chão; quase caiu sobre ele e o recolheu. Madame Dambreuse desaparecia, enterrada na grande poltrona.

— E então? Onde está? O que está acontecendo?

Ela se levantou num salto.

— O que está acontecendo? Estou arruinada, arruinada! Você está ouvindo?

Monsieur Adolphe Langlois, o tabelião, a tinha chamado no seu escritório, tendo lhe comunicado um testamento, escrito por seu marido, antes do casamento. Ele legava tudo para Cécile; e o outro testamento estava perdido. Frédéric ficou muito pálido. Ela não teria procurado direito?

— Mas olhe, então! — disse Madame Dambreuse, mostrando-lhe o aposento.

Os dois cofres estavam escancarados, destruídos a golpes de machado, e ela tinha virado a escrivaninha de ponta-cabeça, vasculhado os armários, sacudido os capachos, quando de repente, soltando um grito estridente, ela correu para um canto onde acabara de ver uma pequena caixa com uma fechadura de cobre; ela a abriu, nada!

— Ah! O miserável! Eu, que cuidei dele com tanta dedicação!

Ela explodiu em soluços.

— Quem sabe não está em outro lugar? — disse Frédéric.

— Ah, não! Ele estava aqui! Neste cofre. Eu o vi recentemente. Foi queimado! Eu tenho certeza!

Um dia, no início de sua doença, Monsieur Dambreuse tinha descido para assinar uns documentos.

— Nesse momento ele teria realizado o golpe!

E ela caiu em uma cadeira, arrasada. Uma mãe enlutada perto de um berço vazio não é mais lamentável do que Madame Dambreuse diante dos cofres abertos. Por fim, sua dor — apesar da baixeza do motivo — parecia tão profunda que ele tentou consolá-la dizendo que, afinal, ela não estava reduzida à miséria.

— É a miséria, pois não posso lhe oferecer uma grande fortuna!

Ela tinha apenas trinta mil libras de renda, sem contar o palacete, que valia entre dezoito e vinte, talvez.

Embora isso fosse opulência para Frédéric, ele ainda se sentia decepcionado. Adeus aos seus sonhos e a toda a grande vida que ele pensou que levaria! A honra o forçava a desposar Madame Dambreuse. Ele refletiu por um minuto; então, com um ar terno:

— Eu sempre a terei!

Ela se jogou em seus braços; e ele a apertou contra o peito, com uma ternura na qual havia um pouco de admiração por si mesmo. Madame Dambreuse, cujas lágrimas já não corriam mais, ergueu o rosto, toda radiante de felicidade, e, pegando-lhe pela mão:

— Ah! Eu nunca duvidei de você! Eu contava com você!

Essa certeza antecipada do que ele considerava uma bela ação desagradou ao jovem.

Então ela o levou para seu quarto, e eles fizeram planos. Frédéric agora devia pensar em se lançar. Ela até lhe deu conselhos admiráveis sobre sua candidatura.

O primeiro ponto era saber duas ou três frases de economia política. Era preciso tomar uma especialidade, como os haras, por exemplo, escrever vários relatos sobre uma questão de interesse local, ter sempre postos de correio ou tabaco à sua disposição e prestar uma série de pequenos favores. Monsieur Dambreuse constituía-se num verdadeiro exemplo neste aspecto. Foi assim que, uma vez, no campo, ele tinha feito parar seu carro cheio de amigos em frente a uma banquinha de sapateiro, tinha comprado para seus convidados doze pares de sapatos, e, para ele, botas horríveis — que ele chegou até mesmo a usar heroicamente por quinze dias. Essa história os alegrou. Ela contou outras, e com uma renovação de graça, juventude e espírito.

Ela aprovou sua ideia de uma viagem imediata a Nogent. Suas despedidas foram ternas; então, na soleira, ela sussurrou mais uma vez.

— Você me ama, não é?

— Eternamente! — ele respondeu.

Um mensageiro o esperava em sua casa com um bilhete a lápis, avisando-o que Rosanette ia dar à luz. Ele estivera tão ocupado por alguns dias que não tinha pensado mais nisso. Ela tinha sido levada para um estabelecimento especial, em Chaillot.

Frédéric pegou um fiacre e saiu.

Na esquina da Rue de Marbeuf, ele leu em uma placa em letras grandes:

"Casa de Saúde e Parto dirigida por Madame Alessandri, parteira de primeira classe, ex-aluna da Maternité, autora de diversas obras etc." Depois, do meio da rua, viu sobre uma porta menor, ao lado da principal, a placa repetida (sem a palavra parto): "Casa de Saúde de Madame Alessandri", com todos os seus títulos.

Frédéric bateu na porta.

Uma camareira, parecendo ser a empregada da casa, o conduziu até a sala de estar, adornada com uma mesa de mogno, poltronas de veludo grená e um relógio em um globo.

Quase imediatamente, Madame Alessandri apareceu. Era uma senhora de quarenta anos, alta, cabelos escuros, cintura esguia, belos olhos, com bons modos. Ela informou Frédéric do parto bem-sucedido da mãe e o fez subir para o seu quarto.

Rosanette começou a sorrir encantadoramente; e, como se submersa nas ondas de amor que a sufocavam, disse em voz baixa:

— Um menino, ali, ali! — apontando para um bercinho perto de sua cama.

Ele abriu as cortinas do berço e viu uma coisa de um vermelho amarelado no meio dos lençóis, extremamente enrugado, que cheirava mal e emitia vagidos.

— Beije-o!

Ele respondeu, para esconder sua repugnância:

— Mas eu temo machucá-lo!

— Não! Não!

Então ele beijou seu filho com a ponta dos lábios.

— Como ele se parece com você!

E, com seus dois braços fracos, ela se pendurou em volta do pescoço dele, com uma efusão de sentimentos que ele nunca tinha visto.

A lembrança de Madame Dambreuse se reacendeu. Ele censurou a si mesmo como um monstro por trair essa pobre criatura, que o amava e sofria com toda a sinceridade de sua natureza. Por vários dias, ele fez companhia a ela até a noite.

Ela estava feliz naquela casa discreta; as venezianas da fachada até permaneciam constantemente fechadas; seu quarto, revestido de azul-claro, dava para um grande jardim; Madame Alessandri, cujo único defeito era citar médicos ilustres como amigos íntimos, a cercava de atenções; suas companheiras, quase todas moças da província, ficavam muito entediadas, não tendo ninguém que viesse vê-las; Rosanette percebeu que elas a invejavam e disse isso a Fréderic com orgulho. Era preciso falar baixo, no entanto; as divisórias eram finas e todo mundo ficava escutando, apesar do barulho contínuo dos pianos.

Ele ia finalmente partir para Nogent quando recebeu uma carta de Deslauriers.

Dois novos candidatos se apresentavam, um conservador, o outro vermelho; um terceiro, quem quer que fosse, não tinha chances. Era culpa de Fréderic; ele havia deixado escapar o momento certo, deveria ter ido antes, se mexido. "Você nem foi visto nas assembleias agrícolas!" O advogado o culpava por não ter nenhum vínculo com os jornais. "Ah! Se você tivesse seguido os conselhos que eu lhe dei outrora! Se tivéssemos um boletim público nosso!" Ele insistia nisso. Além do mais, muitas pessoas que teriam votado a seu favor, em consideração a Monsieur Dambreuse, agora o abandonariam. Deslauriers era um deles. Não tendo mais nada a esperar do capitalista, ele abandonava seu protegido.

Frédéric levou sua carta à Madame Dambreuse.

— Então você não foi a Nogent? — ela perguntou.

— Por quê?

— É porque eu vi Deslauriers há três dias.

Sabendo da morte de seu marido, o advogado tinha ido levar algumas anotações sobre as hulhas e oferecer seus serviços como homem de negócios. Isso soou estranho para Frédéric; e o que seu amigo fazia ali?

Madame Dambreuse quis saber como ele havia empregado seu tempo desde a separação.

— Eu estive doente — ele respondeu.

— Você deveria ter me avisado, pelo menos.

— Ah! Não precisava; aliás, houve uma série de contratempos, encontros, visitas.

A partir de então viveu uma vida dupla, dormindo religiosamente na casa da Marechala e passando a tarde com Madame Dambreuse, de modo que, no meio do dia, mal lhe restava uma hora de liberdade.

A criança estava no campo, em Andilly. Iam vê-la toda semana. A casa da ama de leite ficava no alto da aldeia, no final de um quintalzinho escuro como um poço, com palha no chão, galinhas aqui e ali, uma carroça de verduras embaixo do galpão. Rosanette começava beijando freneticamente seu bebê; e, tomada de uma espécie de delírio, ia e vinha, tentava ordenhar a cabra, comia pão rústico, sentia cheiro de esterco, queria colocar um pouco dele no lenço.

Em seguida, faziam longas caminhadas; ela ia até as casas dos viveiristas, arrancava os galhos de lilases que pendiam para fora dos muros, gritava: "Eia, burrico!" para os burros puxando uma carroça, parava para contemplar pelo portão o interior dos belos jardins; ou então a ama pegava a criança e a colocavam na sombra de uma nogueira; e as duas mulheres conversavam por horas a fio sobre tediosas tolices.

Frédéric, perto delas, contemplava os canteiros de vinhas nas encostas do terreno com uma fronde de árvore aqui e ali, os caminhos empoeirados como fitas cinzentas, as casas revelando manchas brancas e vermelhas em meio ao verde; e, às vezes, a fumaça de uma locomotiva estendia-se horizontalmente ao pé das colinas cobertas de folhagem, como uma pena de avestruz gigantesca cuja ponta leve voasse para longe.

Então os seus olhos voltavam-se para o filho. Ele o imaginava jovem, faria dele seu companheiro; mas ele talvez fosse um parvo, um infeliz, com certeza. A ilegalidade de seu nascimento sempre o oprimiria; teria sido melhor para ele não ter nascido, e Frédéric murmurava: "Pobre criança!", e o coração se enchia de uma tristeza incompreensível.

Frequentemente, eles perdiam o último transporte. Então Madame Dambreuse o repreendia por sua falta de pontualidade. Ele inventava uma história para lhe contar.

Era preciso inventar histórias também para Rosanette. Ela não entendia o que ele fazia todas as noites; e, quando mandavam alguém à sua casa, ele nunca estava lá! Um dia, quando ele estava lá, elas apareceram quase ao mesmo tempo. Ele fez a Marechala sair e escondeu Madame Dambreuse, dizendo que sua mãe estava chegando.

Logo começou a achar essas mentiras divertidas; repetia a uma o juramento que acabara de fazer à outra, enviava-lhes dois buquês semelhantes, escrevia-lhes ao mesmo tempo, depois fazia comparações entre elas; — e ainda havia uma terceira, sempre presente em seu pensamento. A impossibilidade de possuí-la justificava suas perfídias, que intensificavam o prazer, com essa alternância; e quanto mais ele enganava qualquer uma das duas, mais elas o amavam, como se os amores tivessem, com isso, se aquecido reciprocamente e como se, numa espécie de emulação, cada uma tivesse almejado fazê-lo esquecer-se da outra.

— Admire minha confiança! — Madame Dambreuse disse-lhe um dia, desdobrando um papel que lhe dizia que Monsieur Moreau estava vivendo em um relacionamento conjugal com uma certa Rose Bron. — É a mocinha das corridas, por acaso?

— Que absurdo! — ele replicou. — Deixe-me ver.

A carta, escrita em letra de forma, não estava assinada. Madame Dambreuse, a princípio, tinha tolerado essa amante que encobria o adultério deles. Mas, como sua paixão se tornou mais forte, ela tinha exigido uma ruptura, algo que já vinha sendo feito há muito tempo, segundo Frédéric; e, quando ele terminou seus protestos, ela replicou, piscando os olhos nos quais brilhava um olhar cortante como a ponta de um estilete sob a musselina:

— Bem, e a outra?

— Que outra?

— A mulher do negociante de faianças!

Ele encolheu os ombros com desdém. Ela não insistiu.

Mas, um mês depois, enquanto falavam de honra e de lealdade, e ele se gabava da sua (incidentalmente, por precaução), ela lhe disse:

— É verdade, você é honesto, você não vai mais lá.

Frédéric, que pensava na Marechala, gaguejou:

— Mas aonde?

— À casa da Madame Arnoux.

Ele implorou que ela confessasse de quem ela tinha obtido essa informação. Tinha sido de uma de suas costureiras, Madame Regimbart.

Assim, ela sabia da vida dele, e ele nada sabia da dela!

No entanto, ele havia descoberto em seu gabinete de toalete a miniatura de um cavalheiro de bigode comprido: era o mesmo sobre o qual uma vez lhe haviam contado uma vaga história de suicídio? Mas não havia como saber mais a respeito! Mas afinal, de que servia isso? Os corações das mulheres são como pequenos móveis de segredos, cheios de gavetas aninhadas umas dentro das outras; a gente se machuca, quebra as unhas para encontrar no fundo uma flor murcha, fios de poeira — ou o vazio! E, além do mais, talvez ele estivesse com medo de saber demais.

Ela o fazia recusar convites para os locais que ela não podia frequentar com ele, segurava-o ao seu lado, tinha medo de perdê-lo; e, apesar dessa união crescer a cada dia, de repente revelavam-se abismos entre eles, relacionados a coisas insignificantes, à apreciação de uma pessoa, de uma obra de arte. Ela tocava piano de um jeito correto e duro. Sua espiritualidade (Madame Dambreuse acreditava na transmigração das almas nas estrelas) não a impedia de cuidar admiravelmente de seu dinheiro. Ela era arrogante com seus empregados; seus olhos permaneciam secos diante dos trapos dos pobres. Um egoísmo ingênuo irrompia em suas locuções triviais: "O que isso me importa? Eu seria muito boba! Por acaso preciso disso?", e em mil ações pequenas, irrelevantes e odiosas. Ela teria ouvido atrás das portas; devia mentir para seu confessor. Por espírito de dominação, ela quis que Frédéric a acompanhasse à igreja aos domingos. Ele obedeceu e carregou o livro de orações.

A perda de sua herança a tinha mudado consideravelmente. Essas marcas de uma tristeza, atribuída à morte de Monsieur Dambreuse, tornavam-na interessante; e, como no passado, ela recebia muita gente. Desde o fracasso eleitoral de Frédéric, ela ambicionava que os dois estabelecessem uma missão na Alemanha; assim, a primeira coisa a fazer era se submeter às ideias reinantes.

Alguns queriam o Império, outros, os Orléans, outros, o Conde de Chambord; mas todos concordavam com a urgência da descentralização, e vários meios eram propostos, tais como: cortar Paris com uma infinidade de grandes ruas para estabelecer ali pequenas vilas, transferir a sede do governo para Versailles, instalar as escolas em Bourges, eliminar as bibliotecas, confiar tudo aos generais de divisão; — e exaltava-se o campo, tendo o homem iletrado, por natureza, mais bom senso do que os outros! Os ódios irrompiam em abundância: ódio contra professores primários e contra os comerciantes de vinho, contra os cursos de filosofia, contra as aulas de história, contra os romances, os coletes vermelhos, as barbas longas, contra qualquer independência, contra todo tipo de manifestações individuais; porque era necessário "restabelecer o princípio da autoridade"; que deveria ser exercida em nome de quem quer que fosse, não importando de onde viesse, desde que fosse a Força, a Autoridade! Os conservadores agora falavam como Sénécal. Frédéric não entendia mais nada; e encontrava na casa de sua antiga amante as mesmas palavras, feitas pelos mesmos homens!

Foi a partir dessa época que os salões das damas (mulheres solteiras sustentadas por homens ricos que buscavam respeito diante da sociedade) passaram a ter importância. Esses salões eram um terreno neutro, onde se reuniam reacionários de diferentes matizes. Hussonnet, que se empenhava na difamação das glórias contemporâneas (uma coisa boa para a restauração da Ordem), inspirou Rosanette a ter suas festas noturnas, como qualquer outra; ele faria um relatório a respeito; e ele trouxe primeiro um homem sério, Fumichon; depois vieram Nonancourt, Monsieur de Grémonville, o Sieur de Larsilloix, ex-prefeito, e Cisy, que agora era um agrônomo, baixo-bretão e mais cristão do que nunca.

Vinham, além disso, antigos amantes da Marechala, como o Barão de Comaing, o Conde de Jumillac e alguns outros; a liberdade de suas atitudes feria Frédéric.

Para se impor como o dono da casa, ele elevou o padrão. Assim, foi contratado um lacaio, mudou-se de apartamento e foram comprados móveis novos. Essas despesas eram úteis para fazer seu casamento parecer menos desproporcional à sua fortuna. Mas, como consequência, sua fortuna estava diminuindo assustadoramente; — e Rosanette não entendia o que estava acontecendo!

Burguesa desclassificada, ela adorava a vida no lar, um pequeno interior pacífico. No entanto, ela se sentia feliz por ter "um dia" para receber; ela dizia: "Essas mulheres!", ao falar de suas semelhantes; queria ser "uma dama da sociedade", acreditava ser uma. Ela lhe implorou que não fumasse mais no salão, tentou fazê-lo comer refeições leves, por etiqueta.

Enfim, ela mentia sobre seu papel, pois estava levando tudo a sério, e até mesmo, antes de ir para a cama, sempre mostrava um pouco de melancolia, assim como há ciprestes melancólicos na porta de um alegre cabaré.

Ele descobriu a causa disso: ela sonhava com o casamento — ela também! Frédéric ficou exasperado. Aliás, ele se lembrava da aparição dela na casa de Madame Arnoux, e por isso guardava um certo rancor contra ela por sua longa oposição.

Ele continuava tentando descobrir quem tinham sido seus amantes. Ela negava todos eles. Uma espécie de ciúme o invadiu. Ele se irritou com os presentes que ela tinha recebido, que recebia: — e, à medida que a própria natureza de sua pessoa o agastava mais, um sentimento com gosto áspero e bestial o arrastava para ela, ilusões que só duravam um minuto e se transformavam em ódio.

Suas palavras, sua voz, seu sorriso, tudo passou a desagradá-lo, seus olhares, sobretudo, aquele olhar de mulher, eternamente límpido e estúpido. Às vezes, ele se sentia tão cansado dela, que a teria visto morrer sem qualquer emoção. Mas como se irritar? Ela era de uma doçura desesperadora.

Deslauriers reapareceu e explicou sua estada em Nogent, dizendo que estava negociando um escritório de advocacia ali. Frédéric ficou feliz em revê-lo; ele era alguém! Ele o colocou como uma terceira companhia.

O advogado jantava com eles de vez em quando e, quando surgiam pequenas disputas, sempre se declarava favorável a Rosanette, tanto que uma vez Frédéric lhe disse:

— Ei! Durma com ela, se isso te agrada! — de tanto que ele desejava um acaso qualquer que o livrasse daquilo tudo.

Em meados do mês de junho, ela recebeu uma intimação na qual o oficial de justiça Athanase Gautherot ordenava-lhe que pagasse quatro mil francos devidos à Mademoiselle Clémence Vatnaz; caso não o fizesse, ele viria tomar os bens para penhora no dia seguinte.

De fato, das quatro promissórias subscritas anteriormente, apenas uma tinha sido paga; — o dinheiro que ela tinha conseguido desde então, tinha sido gasto em outras necessidades.

Ela correu para a casa de Arnoux. Ele morava agora no Faubourg Saint-Germain, mas o porteiro não sabia qual era a rua. Ela foi à casa de vários amigos, não encontrou ninguém e voltou desesperada. Não queria dizer nada a Frédéric, pois tinha muito medo de que essa nova história pudesse prejudicar seu casamento.

Na manhã seguinte, Monsieur Athanase Gautherot apresentou-se, ladeado por dois acólitos, um pálido, de rosto dissimulado, uma expressão consumida de inveja, o outro de colarinho postiço e presilhas de polainas muito apertadas, com uma dedeira de tafetá preto no dedo indicador; — e ambos, ignominiosamente sujos, com golas ensebadas, mangas da sobrecasaca curtas demais.

O chefe deles, um homem muito bonito, ao contrário, começou pedindo desculpas por sua dolorosa missão, enquanto olhava para o apartamento, "cheio de coisas bonitas, palavra de honra!" Ele acrescentou: "além daquelas que não podem ser penhoradas". Com um gesto, os dois auxiliares desapareceram.

Então seus elogios redobraram. Podia-se acreditar que uma pessoa tão... charmosa não tivesse um amigo sério! A venda por determinação da justiça era uma verdadeira desgraça! A pessoa nunca se recupera de algo assim. Ele tentou assustá-la; então, ao vê-la emocionada, de repente assumiu um tom paternal. Ele conhecia a alta sociedade, tinha lidado com todas aquelas damas; e, enquanto as nomeava, examinava os quadros nas paredes. Eram pinturas antigas do bravo Arnoux, esboços de Sombaz, aquarelas de Burieu, três paisagens de Dittmer. Rosanette não sabia o preço deles, evidentemente. Monsieur Gautherot voltou-se para ela:

— Veja bem! Para lhe mostrar que sou um bom rapaz, vamos fazer uma coisa: me dê aqueles Dittmers! E eu pago tudo. Está combinado?

Nesse momento, Frédéric, que tinha sido avisado sobre o assunto por Delphine na antessala e que acabava de ver os dois auxiliares, entrou com o chapéu na cabeça, brutalmente. O advogado Gautherot recuperou sua dignidade; e, como a porta tinha sido deixada aberta:

— Vamos, cavalheiros, escrevam! Na segunda peça, digamos: uma mesa de carvalho, com suas duas extensões, dois aparadores...

Frédéric o interrompeu, perguntando se não havia maneira de evitar a penhora.

— Ah! Perfeitamente! Quem pagou pelos móveis?

— Eu.

— Muito bem, faça uma reivindicação; é uma forma de ganhar tempo.

Monsieur Gautherot terminou rapidamente seus escritos e, no processo verbal, intimou Mademoiselle Bron, depois retirou-se.

Frédéric não fez nenhuma crítica. Contemplava os vestígios de lama deixados pelos sapatos dos auxiliares no tapete; e, falando consigo mesmo:

"Vai ser preciso arranjar dinheiro!"

— Ah! Meu Deus, como sou idiota! — disse a Marechala.

Ela remexeu em uma gaveta, pegou uma carta e correu para a *Languedoc Lighting Company*, a fim de obter a transferência de suas ações.

Ela voltou uma hora depois. Os títulos tinham sido vendidos para outro! O funcionário lhe havia respondido, ao examinar seu papel, a promessa escrita por Arnoux: "Este ato não a torna, de forma alguma, proprietária. A Companhia não reconhece isso". Em suma, ele a tinha descartado, ela estava sufocando; e Frédéric deveria ir imediatamente à casa de Arnoux, para esclarecer o assunto.

Mas Arnoux iria pensar, quem sabe, que ele tinha ido até lá para indiretamente receber os quinze mil francos de sua hipoteca perdida; e, além disso, essa reivindicação por parte de um homem que havia sido amante de sua amante parecia-lhe uma torpeza. Escolhendo um meio-termo, ele foi ao palacete Dambreuse pegar o endereço de Madame Regimbart, enviou à casa dela um mensageiro e conheceu assim o café que o Cidadão agora frequentava.

Era um pequeno café na Place de la Bastille, onde ele ficava o dia todo, no canto direito, no fundo, sem se mexer, como se fizesse parte do imóvel.

Depois de ter passado sucessivamente pela meia taça, pelo grogue, pelo vinho com laranja, pelo vinho quente e até pela água com vinho, ele voltara à cerveja; e, de meia em meia hora, deixava cair esta palavra: "Cerveja!", tendo reduzido sua linguagem ao essencial. Frédéric lhe perguntou se ele costumava ver Arnoux.

— Não!

— Ora! Por quê?

— Um imbecil!

A política, talvez, os separasse, e Frédéric achou melhor perguntar sobre Compain.

— Que idiota! — disse Regimbart.

— Como assim?

— Sua cabeça de vitela!

— Ah! O que é a cabeça de vitela?

Regimbart sorriu com pena.

— Umas bobagens!

Frédéric, após um longo silêncio, replicou:

— Então, ele se mudou?

— Quem?

— Arnoux!

— Sim: Rue de Fleurus!

— Que número?

— Por acaso eu frequento os jesuítas?

— O quê? Jesuítas?

O Cidadão respondeu furioso:

— Com o dinheiro de um patriota que lhe apresentei, aquele porco se estabeleceu como negociante de rosários!

— Não é possível!

— Vá lá ver!

Nada mais verdadeiro; Arnoux, enfraquecido por um ataque, voltara-se para a religião; aliás, "sempre tivera um fundo religioso" e (com a combinação de mercantilismo e da ingenuidade que lhe era natural), para salvar sua saúde e sua fortuna, tinha entrado no comércio de objetos religiosos.

Frédéric não teve dificuldade para descobrir seu estabelecimento, cuja placa dizia: "*Às artes góticas* — Restauração do culto. — Ornamentos de igreja. — Escultura policromada. — Incenso dos reis magos etc."

Nos dois cantos da vitrine erguiam-se duas estátuas de madeira, salpicadas de ouro, cinabre e azul-escuro; um São João Batista com sua pele de carneiro, e uma Santa Genoveva, rosas em seu avental e uma roca debaixo do braço; na sequência, conjuntos de gesso; uma freira ensinando uma menininha, uma mãe ajoelhada perto de uma pequena cama, três colegiais diante da santa ceia. O mais bonito era uma espécie de chalé que retratava o interior do presépio com o jumento, o boi e o Menino Jesus estendido sobre a palha, palha de verdade. De alto a baixo nas prateleiras viam-se dezenas de medalhas, rosários de todos os tipos, pias de água benta em forma de concha e retratos de glórias eclesiásticas, entre os quais brilhavam o monsenhor Affre e nosso Santo Padre, ambos sorridentes.

Arnoux, em seu balcão, cochilava de cabeça baixa. Estava extremamente envelhecido, tinha até uma coroa de botões de rosa, os nódulos cutâneos comuns em casos de sífilis, em volta das têmporas, sobre as quais caía o reflexo das cruzes de ouro tocadas pelo sol.

Frédéric, diante dessa decadência, foi tomado de tristeza. Porém, por devoção à Marechala, resignou-se e, quando avançava para o fundo da loja, Madame Arnoux apareceu; então ele deu meia-volta.

— Eu não o encontrei — disse ele ao voltar.

E embora ele repetisse que ia escrever imediatamente para seu advogado do Havre para conseguir o dinheiro, Rosanette se exasperou. Nunca se viu um homem tão fraco, tão moloide; enquanto ela suportava mil privações, os outros se deleitavam.

Frédéric pensava na pobre Madame Arnoux, imaginando a mediocridade comovente de seu íntimo. Ele tinha se sentado à escrivaninha; e, como a voz estridente de Rosanette continuasse:

— Ah! Em nome do céu, cale a boca!

— Você vai defendê-los, por acaso?

— Vou sim! — ele gritou —, de onde vem essa fúria?

— Mas você, por que não quer que eles paguem? É porque tem medo de afligir sua antiga amante, admita!

Ele queria bater nela com o relógio de parede; palavras lhe faltaram. Ele ficou calado. Rosanette, andando pelo quarto, acrescentou:

— Vou meter um processo nele, no seu Arnoux. Ah! Eu não preciso de você! — E, apertando os lábios: — Vou me aconselhar.

Três dias depois, Delphine entrou bruscamente.

— Madame, madame, tem um homem aí com um pote de cola que me dá medo.

Rosanette foi até a cozinha e viu um vagabundo com o rosto crivado de varíola, paralítico de um braço, meio bêbado e resmungando.

Era o homem de Monsieur Gautherot que colava os avisos. Tendo a oposição à penhora sido rejeitada, a venda naturalmente prosseguia.

Por seu esforço por ter subido as escadas, ele primeiro pediu um copinho; — em seguida, ele implorou outro favor, a saber, ingressos para algum espetáculo, acreditando que Madame era uma atriz. Ficou depois por vários minutos dando piscadelas incompreensíveis; por fim, declarou que, por quarenta centavos, rasgaria os cantos do pôster já colocado, lá embaixo, na porta. Rosanette encontrava-se ali designada pelo seu nome, rigor excepcional que marcava todo o ódio da Vatnaz.

Ela tinha sido sensível no passado e até mesmo, num momento de comoção, havia escrito para Béranger pedindo um conselho. Mas tinha se tornado amarga sob as tempestades da vida, tendo, sucessivamente, dado aulas de piano, presidido mesas de restaurante, colaborado em jornais de moda, sublocado apartamentos, traficado rendas na sociedade das mulheres fáceis, — onde suas relações lhe permitiram prestar favores a muitas pessoas, Arnoux entre outros. Ela já havia trabalhado antes em uma casa de comércio.

Ali, ela pagava as operárias; e havia duas cadernetas para cada uma delas, uma das quais sempre permanecia em suas mãos. Dussardier, que, por gentileza, cuidava da caderneta de uma jovem chamada Hortense Baslin, veio um dia ao caixa quando Mademoiselle Vatnaz estava fazendo o pagamento dessa garota: 1.682 francos que o caixa lhe pagara. No entanto, no dia anterior, Dussardier havia anotado apenas 1.082 no livro de Baslin, o que indicava que o zero da soma tinha sido rasurado para 6, alterando o valor e resultando numa diferença de 600 francos, que a moça deixou de receber e que devia ter sido embolsado pela Vatnaz. Ele pediu a caderneta novamente à operária, sob um pretexto: depois, querendo enterrar essa história de roubo, disse-lhe que a tinha perdido. A operária ingenuamente contou a mentira que ouviu dele para Mademoiselle Vatnaz; esta última, para esclarecer tudo, foi, como quem não quer nada, falar sobre o assunto com o bravo empregado. Ele se limitou a lhe responder: "Eu a queimei"; isso foi tudo. Ela saiu da casa comercial pouco depois, sem acreditar na destruição da caderneta e imaginando que Dussardier a tivesse guardado.

Quando soube que ele tinha sido ferido, ela correu para sua casa com a intenção de retomá-la. Então, sem ter descoberto nada, apesar das mais minuciosas buscas, ela foi tomada de respeito, e logo amor, por esse rapaz, tão leal, tão gentil, tão heroico e tão forte! Uma sorte como essa, em sua idade, era algo inesperado. Partiu para cima dele com o apetite de uma ogra; — e ela havia abandonado a literatura, o socialismo, "as doutrinas consoladoras e as utopias generosas", o curso que dava em *Dessubalternização da mulher*, tudo, inclusive o próprio Delmar; finalmente, ela propôs a Dussardier que se unissem pelo casamento.

Embora ela fosse sua amante, ele não estava de forma alguma apaixonado por ela. Aliás, ele não havia esquecido seu roubo. Além disso, ela era rica demais. Ele a recusou. Então ela contou a ele, chorando, os sonhos que tivera: ter em conjunto uma loja de confecção. Ela tinha os primeiros fundos indispensáveis, que aumentariam em quatro mil francos na semana seguinte; e ela começou os processos contra a Marechala.

Dussardier ficou descontente com isso, por causa de seu amigo. Lembrou-se da cigarreira oferecida no corpo de guarda, das noites no Quai Napoléon, de tantas boas conversas, de livros emprestados, das mil gentilezas de Frédéric. Ele implorou a Vatnaz que desistisse.

Ela zombou de sua boa natureza, manifestando uma execração incompreensível contra Rosanette; ela só desejava fazer fortuna para esmagá-la, mais tarde, com sua carruagem.

Esses abismos de perversidade aterrorizaram Dussardier; e, quando ele soube com certeza o dia da venda, saiu. Apareceu logo na manhã seguinte na casa de Frédéric, com um semblante envergonhado.

— Eu lhe devo desculpas.

— Ora, por quê?

— Você deve me achar um ingrato, eu, de quem ela é… — ele gaguejava. — Ah! Não voltarei a vê-la, não serei seu cúmplice! — E, como o outro olhasse para ele surpreso — Os móveis de sua amante não vão ser vendidos daqui a três dias?

— Quem lhe disse isso?

— Ela mesma, a Vatnaz! Mas não quero ofendê-lo...

— Impossível, caro amigo!

— Ah! É verdade, você é tão bom!

E entregou-lhe, com mão discreta, uma pequena carteira de pele de carneiro. Eram quatro mil francos, todas as suas economias.

— Como? Ah! Não! Não!...

— Eu sabia que iria ofendê-lo — respondeu Dussardier, com uma lágrima no canto dos olhos.

Frédéric apertou sua mão; e o bravo rapaz retomou com uma voz triste:

— Aceite-os! Dê-me esse prazer! Estou tão desesperado! A propósito, não acabou tudo? Eu tinha pensado, quando veio a revolução, que seríamos felizes. Você se lembra de como era lindo? Como respirávamos bem! Mas aqui estamos nós, caídos, piores do que nunca.

E, fixando os olhos no chão:

— Agora eles estão matando nossa República,[54] assim como mataram a outra, a romana! E a pobre Veneza,[55] a pobre Polônia,[56] a pobre Hungria![57] Que abominações! Primeiro, derrubaram as árvores da liberdade,[58] depois restringiram o direito ao sufrágio,[59] fecharam os clubes,[60] restabeleceram a censura[61] e entregaram o ensino aos padres,[62] esperando pela Inquisição. Por que não?

---

[54] Em 10 de janeiro de 1851, na tribuna da Assembleia, Thiers havia pronunciado a famosa frase: *O Império acabou!* (1)

[55] Veneza havia sido tomada pelos austríacos em 25 de agosto de 1849. (1)

[56] Os austríacos e os prussianos faziam repressões muito duras na Galícia e no Grão-Ducado de Posen. (1)

[57] O levante húngaro tinha sido esmagado em agosto de 1849. (1)

[58] No início de 1850, o chefe de polícia Carlier mandou remover as árvores da liberdade. (1)

[59] A lei eleitoral de 31 de maio de 1850 estipulava que, para ser eleitor, seria necessário estar domiciliado por três anos na comunidade e que isso fosse comprovado pela inscrição no registro de imposto. (1)

[60] Em 6 de junho de 1850, a Assembleia votou pela prorrogação de um ano da lei de 19 de junho de 1849 contra os clubes. (1)

[61] Em 16 de julho de 1850, a Assembleia tinha aprovado uma lei sobre a imprensa. (1)

[62] A Lei da Educação de 1850 foi muito liberal. Para a instrução primária, ela atribuía a nomeação de professores públicos do Conselho Municipal e, na sua falta, do Conselho Acadêmico. No ensino secundário, o monopólio da universidade estava extinto. O certificado de estudos feitos e concluídos em uma instituição do Estado não era mais necessário para prestar o exame nacional de final do ensino secundário, o baccalauréat. (1)

Os conservadores nos desejam até mesmo os cossacos![63] Condenam-se os jornais quando eles falam contra a pena de morte; Paris está transbordante de baionetas, dezesseis departamentos no país estão em estado de sítio; — e a anistia, que é mais uma vez rejeitada!

Ele segurou a testa com as duas mãos; depois, abrindo os braços como em grande aflição:

— Mas se fizéssemos um esforço! Se tivéssemos boa-fé, poderíamos nos entender! — Mas não! Os operários não são melhores que os burgueses, sabe! Em Elboeuf, eles recentemente recusaram-se a ajudar em um incêndio. Pessoas miseráveis chamam Barbès de aristocrata! Para zombar do povo, eles querem nomear Nadaud,[64] um pedreiro socialista, para a presidência, faça-me o favor! Dá para imaginar? E não tem jeito! Não tem remédio! Todos estão contra nós! — Eu nunca fiz mal a ninguém e, ainda assim, é como um peso que me aperta o estômago. Eu vou enlouquecer, se isso continuar. Tenho vontade de deixar que me matem. Estou lhe dizendo que não preciso do meu dinheiro! Você vai me devolver, caramba! Eu empresto para você.

Frédéric, obrigado pela necessidade, acabou aceitando os quatro mil francos. Assim, da parte de Vatnaz, eles não tinham mais preocupações.

Mas Rosanette logo perdeu seu processo contra Arnoux e, por teimosia, quis apelar.

Deslauriers estava exausto em tentar fazê-la entender que a promessa de Arnoux não constituía uma doação nem uma cessão regular; ela não lhe dava atenção, achando a lei injusta; achava que era por ela ser mulher, pois os homens apoiavam-se mutuamente! No final, porém, ela seguiu seus conselhos.

---

[63] Romieu escrevia num folhetim famoso na época, o *Spectre Rouge*: "Esta sociedade de advogados e vendedores de livros está em agonia e, se ela puder se levantar feliz, será um soldado o responsável por sua salvação. Só o canhão pode resolver as questões do nosso século, e vai regulá-las, *ainda que venham da Rússia*." (1)

[64] Nadaud era um pedreiro que veio de Creuse para Paris em 1830. Convertido ao socialismo por Cabet, ele tomou a palavra nos clubes de Paris em 1848. Seus compatriotas de Creuse o enviaram à Assembleia Legislativa, onde sentou-se nos Bancos da Montagne. Ele foi exilado após o golpe de Estado. (1)

Ele se sentia tão à vontade na casa que, várias vezes, levou Sénécal para jantar lá. Essa informalidade desagradou a Frédéric, que lhe adiantava dinheiro, mandava até mesmo vesti-lo por seu alfaiate; e o advogado doava suas velhas sobrecasacas ao socialista, cujos meios de subsistência eram desconhecidos.

No entanto, ele gostaria de prestar um favor a Rosanette. Um dia, quando ela lhe mostrava doze ações da Companhia de caulim (a empresa que condenara Arnoux em trinta mil francos), ele lhe disse:

— Isso não é muito honesto! Mas é formidável!

Ela tinha o direito de citá-lo para o reembolso de seus créditos. Provaria primeiro que ele estava solidariamente obrigado a pagar todo o passivo da Companhia, uma vez que havia declarado dívidas pessoais como dívidas coletivas e, por fim, que havia desviado vários títulos de crédito da Sociedade.

— Tudo isso o torna culpado de falência fraudulenta, artigos 586 e 587 do Código de Comércio; e vamos despachá-lo, com certeza, minha gracinha.

Rosanette pulou no pescoço dele. Ele a recomendou no dia seguinte ao seu antigo patrão, não podendo cuidar ele próprio do processo, pois tinha compromissos em Nogent; Sénécal lhe escreveria em caso de urgência.

Suas negociações para a compra de um escritório eram um pretexto. Ele passava o tempo na casa de Monsieur Roque, onde havia começado, não só a elogiar o amigo, mas a imitar tanto quanto possível seu comportamento e sua linguagem; — o que o fez ganhar a confiança de Louise, enquanto ele ganhava a de seu pai atacando Ledru-Rollin.

Se Frédéric não voltava, era porque frequentava a alta sociedade; e, pouco a pouco, Deslauriers foi lhes contando que ele amava alguém, que tinha um filho, que estava sustentando uma criatura.

O desespero de Louise foi imenso, a indignação de Madame Moreau não menos forte. Ela viu seu filho girando num turbilhão em direção ao fundo de um vago abismo, estava ferida no decoro de sua religião e sentia isso como uma desonra pessoal, quando de repente seu semblante mudou. Às perguntas que lhe faziam sobre Frédéric, ela respondia com um ar de malícia:

— Ele está bem, muito bem.

Ela sabia de seu casamento com Madame Dambreuse.

A data estava marcada; e ele até estava tentando descobrir como fazer Rosanette engolir a coisa.

Em meados do outono, ela ganhou o processo relativo às ações do caulim; Frédéric soube disso ao encontrar Sénécal em sua porta, quando ele saía da audiência.

Monsieur Arnoux fora reconhecido como cúmplice de todas as fraudes; e o ex-professor tinha um tal ar de júbilo que Frédéric o impediu de entrar, garantindo que se encarregaria de dar a notícia a Rosanette. Ele entrou na casa dela com uma cara irritada.

— Então, agora você está satisfeita!

E ela, sem prestar atenção a essas palavras:

— Veja só!

E ela lhe mostrou o filho deitado em um berço, perto da lareira. Ela o encontrara tão mal pela manhã com a ama de leite, que o trouxera de volta a Paris.

Todos os seus membros estavam extraordinariamente magros e os lábios estavam cobertos de manchas brancas, que no interior da boca pareciam grumos de leite.

— O que disse o médico?

— Ah! O médico! Ele afirma que a viagem aumentou o seu... não me lembro, um nome com íase... enfim, que ele está com sapinho. Você conhece isso?

Frédéric não hesitou em responder: "Claro que sim", acrescentando que não era nada.

Mas, à noite, assustou-se com a aparência debilitada da criança e com o progresso dessas manchas esbranquiçadas, parecidas com um bolor, como se a vida, já abandonando esse pobre corpinho, tivesse deixado nada além da matéria em que aquela vegetação crescia. Suas mãos estavam frias; ele não conseguia mais se alimentar, agora; e a ama de leite, uma outra que o porteiro tinha ido buscar ao acaso em um escritório, repetia:

— Ele me parece bem doentinho, bem doentinho!

Rosanette ficou acordada a noite toda.

De manhã, ela foi procurar Frédéric.

— Venha ver. Ele não se mexe mais.

De fato... ele estava morto. Ela o pegou, sacudiu-o, abraçou-o chamando-o dos nomes mais doces, cobria-o de beijos e soluços, girava sobre si mesma perdida, arrancava os cabelos, gritava; — e se deixou cair na beirada do sofá, onde permaneceu de boca aberta, com uma torrente de lágrimas escorrendo de seus olhos fixos. Então um torpor a dominou, e tudo ficou quieto no apartamento. Os móveis estavam virados. Duas ou três toalhas estavam espalhadas. Seis horas bateram. A luz noturna se apagou.

Frédéric, olhando tudo aquilo, sentia como se estivesse sonhando. Seu coração estava oprimido pela angústia. Parecia-lhe que essa morte era apenas o começo e que, por trás dela, havia um infortúnio mais considerável prestes a acontecer.

De repente, Rosanette disse com uma voz terna:

— Vamos conservá-lo, não é?

Ela queria que ele fosse embalsamado. Muitas razões se opunham a isso. A maior, segundo Frédéric, era que isso era impraticável em crianças tão novas. Um retrato era melhor. Ela aceitou essa ideia. Ele escreveu um bilhete para Pellerin, e Delphine correu para levá-lo.

Pellerin chegou prontamente, desejando com seu zelo apagar toda a lembrança de sua conduta. Ele disse primeiro:

— Pobre anjinho! Ah! Meu Deus, que tragédia!

Mas, aos poucos (seu lado artista se impondo), ele declarou que não se podia fazer nada com aqueles olhos sem brilho, aquele rosto lívido, que era uma verdadeira natureza morta, que exigiria muito talento; e ele murmurava:

— Oh! Nada fácil, nada fácil!

— Contanto que fique parecido — objetou Rosanette.

— Ei! Por acaso me importo com a semelhança? Abaixo o Realismo! É o espírito que pintamos! Deixe-me! Vou tentar descobrir como deve ser feito.

Ele refletiu, a mão esquerda segurando a testa, a direita, o cotovelo; então, de repente:

— Ah! Uma ideia! Um pastel! Com meios-tons, coloridos, passadas quase planas, pode-se obter um belo modelado, apenas nos contornos.

Ele mandou a empregada buscar sua caixa; então, com uma cadeira sob os pés e outra perto de si, começou a lançar grandes traços, tão calmo como se estivesse trabalhado a partir de um modelo de gesso. Elogiava os pequenos Saint Jean de Correggio, a Infanta Rosa de Vélazquez, as carnes leitosas de Reynolds, a distinção de Lawrence e, acima de tudo, a criança de cabelos longos sentada no colo de Lady Glower.

— Aliás, existe algo mais encantador do que esses pirralhos? O tipo do sublime (Raphaël o provou por suas madonas) não seria uma mãe com seu filho?

Rosanette, que estava sufocando, saiu; e Pellerin imediatamente disse:

— Então, Arnoux!... Sabe o que está acontecendo com ele?

— Não! O quê?

— Aliás, só podia acabar assim mesmo!

— Do está falando?

— Talvez neste momento... Desculpe!

O artista levantou-se para erguer mais a cabeça do pequeno cadáver.

— Você estava dizendo... — retomou Frédéric.

E Pellerin, enquanto apertava o olho para melhor tomar suas medidas:

— Eu estava dizendo que nosso amigo Arnoux talvez esteja agora engaiolado!

Depois, num tom satisfeito:

— Dê uma olhada! É isso?

— Sim, muito bem! Mas Arnoux?

Pellerin pousou o lápis.

— Pelo que eu soube, ele foi processado por um certo Mignot, um íntimo de Regimbart, que boa cabeça, aquele ali, hein? Que idiota! Imagine que um dia...

— Ei! Não se trata de Regimbart!

— É verdade. Bem, Arnoux, ontem à noite, tinha que arranjar doze mil francos, caso contrário ele estaria perdido.

— Ah! Talvez seja um exagero — disse Frédéric.

— De forma alguma! Parecia sério, muito sério!

Rosanette, nesse momento, reapareceu com as pálpebras vermelhas, ardentes como placas de maquiagem. Ela se postou ao lado da tela e a olhou. Pellerin fez sinal indicando que se calava por causa dela. Mas Frédéric, sem se dar conta:

— Mas eu não posso acreditar...

— Repito que o encontrei ontem — disse o artista — às sete horas da noite, na Rue Jacob. Ele até tinha seu passaporte, por precaução; e estava falando em embarcar para Le Havre, ele e toda a turma.

— Como? Com sua mulher?

— Sem dúvida! Ele é um pai de família demasiadamente bom para viver sozinho.

— Você tem certeza?

— Pelos céus! Onde você acha que ele ia encontrar doze mil francos?

Frédéric deu duas ou três voltas pelo quarto. Ele estava sem ar, mordia os lábios, e então agarrou seu chapéu.

— Aonde você está indo? — disse Rosanette.

Ele não respondeu, e desapareceu.

Capítulo V

Eram necessários doze mil francos, senão ele não voltaria a ver Madame Arnoux; e, até o presente, uma esperança invencível ainda lhe restava. Será que ela não constituía, por assim dizer, a substância de seu coração, a própria essência de sua vida? Ele ficou cambaleando pela calçada por alguns minutos, corroendo-se de angústias, mas pelo menos feliz por não estar mais na casa da outra.

Onde conseguir dinheiro? Frédéric sabia, por experiência própria, quão difícil é consegui-lo de repente, a qualquer preço. Só uma pessoa podia ajudá-lo, Madame Dambreuse. Ela sempre guardava em sua escrivaninha várias notas de dinheiro. Ele foi até a casa dela; e num tom determinado:

— Você tem doze mil francos para me emprestar?

— Por quê?

Era um segredo de outra pessoa. Ela queria saber quem era. Ele não cedeu. Os dois teimavam. Por fim, ela declarou que não daria nada, antes de saber para que serviria. Frédéric ficou muito vermelho. Um de seus camaradas tinha cometido um roubo. A soma seria devolvida naquele mesmo dia.

— Qual o nome dele? Diga o nome dele. Vamos, o nome dele.

— Dussardier!

E ele se jogou de joelhos, suplicando-lhe que não dissesse nada.

— Que ideia você faz de mim? — retrucou Madame Dambreuse. — Seria de se supor que é você mesmo o culpado. Acabe, portanto, com seus ares dramáticos! Tome, aqui estão! E que faça bom proveito!

Ele correu para a casa de Arnoux. O comerciante não estava na loja. Mas ele morava ainda na Rue Paradis, pois possuía dois domicílios.

Rue Paradis, o porteiro jurou que Monsieur Arnoux estava ausente desde a véspera; quanto a Madame, ele não ousava dizer nada; e Frédéric, tendo subido as escadas como uma flecha, colou sua orelha na fechadura. Por fim, abriram. Madame tinha partido com Monsieur. A empregada não sabia quando iriam voltar; seus salários tinham sido pagos; ela mesma estava partindo.

De repente, ouviu-se uma porta rangendo.

— Mas há alguém na casa?

— Oh! Não, monsieur! É o vento.

Então, ele foi embora. De qualquer forma, um desaparecimento tão rápido tinha algo de inexplicável.

Regimbart, sendo íntimo de Mignot, poderia talvez esclarecê-lo? E Frédéric foi até a casa dele em Montmartre, Rue de l'Empereur.

Sua casa era ladeada por um jardim cercado por uma grade que estava bloqueada por placas de ferro. Uma escada de três degraus destacava-se na fachada branca; e, passando pela calçada, era possível ver os dois aposentos no térreo, dos quais o primeiro era uma sala com vestidos por toda parte sobre os móveis, e o segundo, o ateliê onde ficavam as funcionárias de Madame Regimbart.

Todas elas estavam convencidas de que Monsieur tinha grandes ocupações, grandes relações, que ele era um homem completamente fenomenal. Quando ele atravessava o corredor, com o chapéu de abas viradas, seu rosto alongado, sério e seu casaco verde, elas interrompiam seu trabalho. Além disso, ele nunca deixava de lhes endereçar alguma palavra de incentivo, uma delicadeza na forma de uma sentença; — e mais tarde, em sua casa, elas se sentiam infelizes, porque o tinham tomado como seu ideal.

Nenhuma delas, no entanto, o amava como Madame Regimbart, uma pequena mulher inteligente, que o mantinha com seu ofício.

Assim que Monsieur Moreau disse seu nome, ela veio recebê-lo prontamente, sabendo pelas suas funcionárias o que ele era de Madame Dambreuse. Seu marido estava "voltando para casa agorinha mesmo"; e Frédéric, enquanto a seguia, admirava a aparência da casa e a profusão de panos encerados que havia ali. Depois, ele esperou alguns minutos em uma espécie de escritório, onde o Cidadão se retirava para pensar.

Sua recepção foi menos sisuda do que de costume.

Ele contou a Frédéric a história de Arnoux. O ex-fabricante de faianças havia criticado duramente Mignot, patriota, dono de cem ações do *Siècle,* mostrando-lhe que era preciso, do ponto de vista democrático, mudar a gerência e a redação do jornal; e, a pretexto de fazer triunfar sua opinião na próxima assembleia dos acionistas, pedira-lhe cinquenta ações, dizendo que as repassaria a amigos de confiança que apoiariam seu voto; Mignot não teria nenhuma responsabilidade nisso, não seria incomodado por ninguém; depois, se tudo desse certo, ele lhe garantiria um bom lugar na administração, de no mínimo cinco a seis mil francos. As ações tinham sido entregues. Mas Arnoux as tinha vendido logo em seguida; e, com o dinheiro, tinha se associado a um comerciante de objetos religiosos. Seguiram-se a isso reclamações de Mignot, enrolações de Arnoux; por fim, o patriota o ameaçara com uma denúncia de fraude se não restituísse seus títulos ou a quantia equivalente: cinquenta mil francos.

Frédéric ficou desesperado.

— E isso não é tudo — disse o Cidadão. — Mignot, que é um bom homem, aceitou receber apenas uma quarta parte. Novas promessas do outro, novas trapaças, naturalmente. Em suma, anteontem de manhã, Mignot o intimou a lhe devolver, dentro de vinte e quatro horas, sem prejuízo do resto, doze mil francos.

— Mas eu tenho essa quantia! — disse Frédéric.

O Cidadão virou-se lentamente:

— Brincalhão!

— Desculpe! Eles estão no meu bolso. Eu os trouxe.

— Como pretende fazer isso? Por Deus, você, não! Além do mais, não dá mais tempo; a queixa foi registrada e Arnoux partiu.

— Sozinho?

— Não! Com sua mulher — Eles foram vistos na Gare du Havre.

Frédéric ficou incrivelmente pálido. Madame Regimbart pensou que ele fosse desmaiar. Ele se conteve e ainda teve forças para fazer mais duas ou três perguntas sobre a aventura. Regimbart entristecia-se com tudo isso, pois tudo, no final das contas, prejudicava a Democracia. Arnoux sempre foi negligente e desorganizado.

— Um verdadeiro cabeça oca! Sempre foi um esbanjador! Ele se deixou arruinar pelas saias! Não é dele que tenho pena, mas de sua pobre mulher! — pois o Cidadão admirava as mulheres virtuosas e valorizava Madame Arnoux. — Ela deve ter sofrido muito!

Frédéric ficou-lhe grato por essa simpatia; e, como se tivesse recebido um favor, apertou sua mão efusivamente.

— Você fez tudo o que era necessário? — disse Rosanette ao vê-lo novamente.

Ele respondeu que não tinha tido coragem e que tinha andado a esmo pelas ruas, para não pensar mais no assunto.

Às oito horas eles foram para a sala de jantar; mas permaneceram frente a frente em silêncio, soltando de tempos em tempos um longo suspiro e devolvendo seus pratos. Frédéric bebeu conhaque. Ele se sentia demolido, esmagado, acabado, sem se dar conta de mais nada, exceto de um extremo cansaço.

Ela foi buscar o retrato. O vermelho, o amarelo, o verde e o índigo chocavam-se em manchas violentas, fazendo daquilo uma coisa horrível, quase ridícula.

Além disso, o pequeno morto estava irreconhecível agora. O tom arroxeado de seus lábios aumentava a brancura de sua pele; as narinas estavam ainda mais finas, os olhos mais fundos; e sua cabeça repousava sobre um travesseiro de tafetá azul, entre pétalas de camélias, rosas outonais e violetas; tinha sido ideia da camareira; elas tinham-no arrumado dessa maneira, devotamente. A lareira, coberta por uma colcha de guipura, sustentava candelabros de vermeil espaçados por ramos de buxo bento; nos cantos, em dois vasos, ardiam pastilhas de incenso; tudo isso formava, com o berço, uma espécie de relicário; e Frédéric se lembrou da noite em que ficou velando Monsieur Dambreuse.

A cada quarto de hora, aproximadamente, Rosanette abria as cortinas para contemplar seu filho. Ela o imaginava, dali a alguns meses, começando a andar, depois no colégio, no meio do pátio, brincando de pega-pega; depois, aos vinte, já um rapaz; e todas essas imagens, que criava para si mesma, como que representavam outros tantos filhos que ela tivesse perdido — sua maternidade sendo multiplicada pelo excesso da dor.

Frédéric, imóvel na outra poltrona, pensava em Madame Arnoux.

Talvez estivesse na ferrovia, o rosto apoiado na vidraça de um vagão, e vendo o campo fugir atrás dela pelo lado de Paris, ou então no convés de um barco a vapor, como quando a viu pela primeira vez; mas esse barco agora a levaria indefinidamente para regiões de onde ela nunca mais sairia. Depois ele a via em um quarto de estalagem, com as malas pelo chão, um papel de parede esfarrapado, a porta que balançava ao vento. E depois? O que seria dela? Professora, dama de companhia, camareira, talvez? Ela estava entregue a todas as vicissitudes da miséria. Ignorar o destino dela o torturava. Ele deveria ter impedido a sua fuga ou ter partido atrás dela. Não era ele seu verdadeiro marido? E pensando que nunca mais a encontraria, que tudo estava acabado, que ela estava irrevogavelmente perdida, sentiu como se todo o seu ser se despedaçasse; suas lágrimas, acumuladas desde a manhã, transbordaram.

Rosanette percebeu isso.

— Ah! Você está chorando como eu! Você está triste?

— Sim! Sim! Eu tenho!...

Ele a apertou contra o peito e os dois soluçaram enquanto se abraçavam.

Madame Dambreuse também chorava, deitada na cama, de bruços, a cabeça entre as mãos.

Olympe Regimbart, tendo ido à sua casa à noite para experimentar seu primeiro vestido de cor após o luto, tinha lhe contado sobre a visita de Frédéric, e até mesmo sobre os doze mil francos que ele já estava pronto a destinar para Monsieur Arnoux.

Assim, esse dinheiro, o dinheiro dela, era para evitar a partida da outra, para manter para si uma amante!

A princípio ela teve um acesso de raiva: e resolveu expulsá-lo como um lacaio. Lágrimas copiosas a acalmaram. Era melhor esconder tudo, não dizer nada.

Frédéric, no dia seguinte, trouxe de volta os doze mil francos.

Ela lhe pediu que ele os guardasse, em caso de necessidade, para seu amigo, e fez muitas perguntas sobre esse monsieur. Quem então o induzira a tamanho abuso de confiança? Uma mulher, sem dúvida! As mulheres arrastam vocês para todo tipo de crime.

Esse tom de zombaria desconcertou Frédéric. Ele sentiu um grande remorso por sua calúnia. O que o tranquilizou foi que Madame Dambreuse não tinha como saber a verdade.

Ela era persistente, no entanto; pois dois dias depois perguntou sobre seu amiguinho novamente, depois sobre outro, Deslauriers.

— Ele é um homem confiável e inteligente?

Frédéric o elogiou.

— Peça-lhe que passe em casa uma dessas manhãs; eu gostaria de consultá-lo sobre um negócio.

Ela havia encontrado um rolo de papéis contendo promissórias de Arnoux, devidamente protestadas, as quais Madame Arnoux havia assinado. Por causa delas é que Frédéric tinha ido certa vez à casa de Monsieur Dambreuse durante o almoço; e, embora o capitalista não tivesse querido prosseguir com a sua recuperação da dívida, ele tinha ordenado ao Tribunal do Comércio que proferisse não só a condenação de Arnoux mas também a de sua esposa, que desconhecia o caso, pois seu marido não tinha considerado aconselhável adverti-la.

Aquilo era uma arma! Madame Dambreuse não tinha dúvida. Mas seu tabelião talvez a aconselhasse a abster-se; ela teria preferido alguém desconhecido; e lembrara-se daquele grande diabo, de jeito atrevido, que lhe havia oferecido seus serviços.

Frédéric deu, ingenuamente, o seu recado.

O advogado ficou encantado de ter sido colocado em contato com tão grande dama.

Ele acorreu.

Ela o avisou que a sucessão pertencia à sua sobrinha, mais um motivo para liquidar aqueles créditos que ela reembolsaria, querendo acabar com o casal Martinon pelos melhores métodos.

Deslauriers compreendeu que havia ali um mistério; ele tentava adivinhar qual seria, olhando as promissórias. O nome de Madame Arnoux, escrito por ela mesma, lhe trouxe novamente diante dos olhos toda sua pessoa e o ultraje que ele havia sofrido por parte dela. Uma vez que a vingança se oferecia, por que não a agarrar?

Ele então aconselhou Madame Dambreuse a levar a leilão os créditos que não podiam ser recuperados, que dependiam da sucessão. Um testa de ferro os compraria em segredo e entraria com os processos. Ele se encarregaria de arranjar esse homem.

Por volta do fim do mês de novembro, Frédéric, passando pela rua de Madame Arnoux, olhou para cima, em direção às janelas, e percebeu uma tabuleta na porta, na qual estava escrito em letras grandes:

"Venda de rico mobiliário, consistindo em bateria de cozinha, roupas de cama e mesa, blusas, rendas, saias, calças, caxemiras francesas e indianas, piano de Érard, dois baús de carvalho da Renascença, espelhos de Veneza, louças da China e do Japão."

"É o mobiliário deles!", pensou Frédéric; e o porteiro confirmou suas suspeitas.

Quanto à pessoa que realizava a venda, ele não sabia quem era. Mas o leiloeiro Monsieur Berthelmot talvez pudesse dar alguns esclarecimentos.

O oficial ministerial não quis, a princípio, dizer qual credor era responsável pela venda, mas Frédéric insistiu. Era um tal de Sénécal, agente de negócios; e o leiloeiro Berthelmot teve até mesmo a condescendência de lhe emprestar seu jornal, o *Petits Affiches*.

Frédéric, ao chegar à casa de Rosanette, jogou-o aberto sobre a mesa.

— Leia!

— O quê? — ela disse, com uma expressão tão plácida que o deixou revoltado.

— Ah, não! Continue com esse ar de inocência!

— Não estou entendendo!

— É você que está mandando penhorar os bens de Madame Arnoux?

Ela releu o anúncio.

— Onde está o nome dela?

— Ora! É a mobília dela! Você sabe melhor do que eu!

— O que isso tem a ver comigo? — disse Rosanette dando de ombros.

— O que você tem a ver com isso? Você está se vingando, é isso! É a consequência dos processos! Por acaso você não a insultou, chegando a ir à casa dela? Você, uma inútil. A mulher mais santa, a mais charmosa e a melhor! Por que você se empenha tanto em arruiná-la?

— Você está enganado, eu lhe asseguro.

— Ora, vamos! Como se você não tivesse colocado Sénécal à frente disso tudo!

— Que bobagem!

Então, uma fúria o dominou.

— Você está mentindo! Mentindo, miserável! Você tem inveja dela! Você conseguiu uma condenação contra o marido dela! Sénécal já está envolvido nos seus negócios! Ele detesta Arnoux, seus ódios se entendem. Eu vi a alegria dele quando você ganhou o processo pelo caulim. Você vai negar isso, vai?

— Eu lhe dou minha palavra...

— Ah, não! Eu a conheço, sua palavra!

E Frédéric a lembrou de seus amantes, citou seus nomes com detalhes circunstanciados. Rosanette, empalidecendo, recuava.

— Isso a surpreende? Você me achava cego porque eu fechava os olhos. Estou farto agora! Não se morre pelas traições de uma mulher da sua espécie. Quando elas se tornam monstruosas demais, nos distanciamos; a punição seria uma degradação!

Ela contorcia os braços.

— Meu Deus, quem é que o mudou?

— Ninguém, além de você mesma!

— E tudo isso pela Madame Arnoux!... — gritou Rosanette, chorando.

Ele respondeu friamente:

— Nunca amei ninguém além dela!

Com esse insulto, suas lágrimas cessaram.

— Isso prova seu bom gosto! Uma pessoa de idade madura, pele cor de alcaçuz, cintura grossa, olhos grandes como respiros de porão, e vazios como eles! Já que isso lhe agrada, vá juntar-se a ela!

— Era isso que eu esperava! Obrigado!

Rosanette permaneceu imóvel, atordoada por esse comportamento extraordinário. Ela até deixou a porta se fechar; depois, com um salto, ela o alcançou novamente na antecâmara e, envolvendo-o com os braços:

— Mas você está louco! Está louco! É um absurdo! Eu o amo! — Ela suplicava: — Meu Deus, em nome do nosso filhinho!

— Admita que foi você quem deu esse golpe! — disse Frédéric.

Ela protestou novamente sua inocência.

— Não quer confessar?

— Não!

— Pois bem, adeus! E para sempre!

— Escute-me!

Frédéric se virou.

— Se você me conhecesse melhor, saberia que minha decisão é irrevogável!

— Ah, não! Ah! Você vai voltar para mim!

— De jeito nenhum!

E ele bateu a porta violentamente.

Rosanette escreveu a Deslauriers dizendo que precisava dele imediatamente.

Ele chegou cinco dias depois, uma noite; e, quando ela contou do rompimento:

— É isso! Belo infortúnio!

Ela tinha inicialmente pensado que ele poderia trazer Frédéric de volta para ela; mas, agora, tudo estava perdido. Ela havia ficado sabendo, por meio de seu porteiro, de seu casamento com Madame Dambreuse.

Deslauriers passou-lhe um sermão, mostrou-se até mesmo singularmente alegre, brincalhão; e, como era muito tarde, pediu permissão para passar a noite em uma poltrona. Então, na manhã seguinte, ele voltou para Nogent, dizendo-lhe que não sabia quando se veriam novamente; dentro em breve, talvez viesse a acontecer uma grande mudança em sua vida.

Duas horas após seu retorno, a cidade estava em ebulição. Dizia-se que Monsieur Frédéric ia se casar com Madame Dambreuse. Por fim, as três senhoritas Auger, não suportando mais, foram até a casa de Madame Moreau, que confirmou a notícia com orgulho. Père Roque adoeceu por conta disso. Louise se enclausurou. Houve até rumores de que ela estava louca.

Enquanto isso, Frédéric não conseguia esconder sua tristeza. Madame Dambreuse, quem sabe para distraí-lo, redobrava suas atenções. Todas as tardes ela o levava para um passeio em sua carruagem; e, certa vez, quando eles passavam pela Place de la Bourse, ela teve a ideia de entrar no palacete dos leiloeiros, por diversão.

Era 1º de dezembro, exatamente o dia em que ocorreria a venda de Madame Arnoux. Ele se lembrou da data e manifestou sua repugnância, declarando que o lugar era intolerável, por causa da multidão e do barulho. Ela queria dar apenas uma olhada. O cupê parou. Ele tinha de segui-la.

Viam-se no pátio lavatórios sem bacias, madeiras de poltronas, cestos velhos, porcelanas quebradas, garrafas vazias, colchões; e homens de guarda-pó ou com sobrecasacas sujas, todos cinza de poeira, o rosto imundo, alguns com bolsas de lona nos ombros, conversavam em grupos distintos ou gritando uns com os outros, tumultuadamente.

Frédéric objetou quanto aos inconvenientes de prosseguir.

— Ah, ora essa!

E eles subiram as escadas.

Na primeira sala, à direita, alguns senhores, catálogos nas mãos, examinavam os quadros; em outra, vendia-se uma coleção de armas chinesas; Madame Dambreuse quis descer. Ela olhava os números acima das portas e o conduziu até o final do corredor, para uma sala cheia de gente.

Ele reconheceu imediatamente as duas estantes de *L'Art Industriel*, sua mesa de trabalho, todos os seus móveis! Empilhados no fundo, em fileiras conforme o tamanho, eles formavam um amplo monte que ia do chão até as janelas; e, nos outros lados do cômodo, os tapetes e as cortinas pendiam nas paredes. Embaixo, havia degraus ocupados por velhos senhores que dormiam. À esquerda, elevava-se uma espécie de balcão, onde o leiloeiro, de gravata branca, brandia de leve um martelinho. Um jovem perto dele escrevia; e, mais embaixo, um sujeito robusto, parecendo um caixeiro-viajante ou um comerciante de imitações baratas, anunciava aos gritos os móveis à venda. Três rapazes os levavam para uma mesa rodeada de negociantes de segunda mão e de revendedores, sentados em fila. A multidão circulava por detrás deles.

Quando Frédéric entrou, as saias, as echarpes, os lenços e até as camisas passavam de mão em mão, revirados; às vezes eram jogados de longe e brancuras, de repente, cruzavam o ar. Em seguida, foram vendidos seus vestidos, depois um de seus chapéus, cuja pena quebrada estava caindo, depois suas peles, depois três pares de botas; — e a partilha dessas relíquias, nas quais ele redescobria confusamente as formas de seus membros, parecia-lhe uma atrocidade, como se ele tivesse visto corvos estraçalhando seu cadáver. A atmosfera da sala, toda carregada de respirações, o repugnava. Madame Dambreuse ofereceu-lhe seu frasco; ela dizia estar se divertindo muito.

A mobília do quarto de dormir foi exposta.

O leiloeiro Berthelmot anunciava um preço. O pregoeiro, imediatamente, o repetia mais alto; e os três ajudantes esperavam tranquilamente o golpe do martelo, depois levavam o objeto para uma sala contígua. Desapareceram assim, um após o outro, o grande tapete azul salpicado de camélias que seus delicados pezinhos roçavam ao aproximarem-se dele, a pequena bergère de tapeçaria onde ele sempre se sentava à sua frente quando estavam a sós; as duas grades da lareira, cujo marfim se tornara mais macio pelo contato de suas mãos; uma bola de veludo, ainda eriçada de alfinetes. Era como se partes de seu coração fossem embora com essas coisas; e a monotonia das mesmas vozes, dos mesmos gestos, provocava um entorpecimento de cansaço, causava um torpor fúnebre, uma dissolução.

Um farfalhar de seda chegou ao seu ouvido; Rosanette o tocava.

Ela ficou sabendo daquela venda pelo próprio Frédéric. Tendo passado a sua tristeza, lhe ocorrera a ideia de tirar vantagem disso. Ela vinha ver a venda com um colete de cetim branco com botões de pérola, um vestido de babados, luvas justas, com um ar vitorioso.

Ele empalideceu de raiva. Ela olhou para a mulher que o acompanhava.

Madame Dambreuse a reconhecera; e, por um minuto, olharam-se de cima a baixo, escrupulosamente, para descobrir o defeito, a imperfeição — uma, talvez invejando a juventude da outra, e a outra, despeitada com a extrema elegância, a simplicidade aristocrática de sua rival.

Por fim, Madame Dambreuse virou a cabeça, com um sorriso de insolência inexprimível.

O pregoeiro abrira um piano — o piano dela! Ainda de pé, fez uma escala com a mão direita e anunciou o instrumento por mil e duzentos francos, depois baixando para mil, para oitocentos, para setecentos.

Madame Dambreuse, em tom brincalhão, zombava do elefante branco.

Colocaram diante dos negociantes de segunda mão um pequeno baú com medalhões, cantoneiras e fechos de prata, o mesmo que ele vira no primeiro jantar na Rue de Choiseul, que posteriormente tinha estado na casa de Rosanette e tinha voltado para a casa de Madame Arnoux; frequentemente, durante suas conversas, seus olhos o encontravam; ele estava ligado às suas memórias mais queridas, e sua alma se derretia de ternura, quando Madame Dambreuse disse de repente:

— Tome! Eu vou comprá-lo.

— Mas isso não tem nada de interessante — ele replicou.

Pelo contrário, ela o achava muito bonito; e o pregoeiro exaltava a delicadeza:

— Uma joia da Renascença! Oitocentos francos, senhores! Quase todo de prata! Com um pouco de polimento com pó de gesso, vai brilhar!

E, como ela avançasse no meio da multidão:

— Que ideia singular! — disse Frédéric.

— Isso o incomoda?

— Não! Mas o que pode ser feito com esse bibelô?

— Quem sabe? Colocar cartas de amor ali, talvez!

Ela tinha um olhar que deixava a alusão muito clara.

— Mais uma razão para não roubar dos mortos os seus segredos.

— Eu não a imaginava assim tão morta.

Ela acrescentou claramente: "Oitocentos e oitenta francos!"

— O que você está fazendo não está certo — murmurou Frédéric.

Ela ria.

— Mas, querida amiga, este é o primeiro favor que lhe peço.

— Mas você não vai ser um marido adorável desse jeito, sabe?

Alguém acabava de dar um lance; ela levantou a mão:

— Novecentos francos!

— Novecentos francos! — repetiu o leiloeiro Berthelmot.

— Novecentos e dez... quinze... vinte... trinta! — gritava o pregoeiro, percorrendo a plateia com o olhar, com acenos bruscos de cabeça.

— Prove-me que minha mulher é razoável — disse Frédéric.

Ele a conduziu gentilmente em direção à porta.

O leiloeiro continuava.

— Vamos, vamos, senhores, novecentos e trinta! Alguém dá novecentos e trinta?

Madame Dambreuse, que havia alcançado a soleira, parou; e, em voz alta:

— Mil francos!

Houve um arrepio na plateia, um silêncio.

— Mil francos, senhores, mil francos! Ninguém diz nada? Está claro? Mil francos! — Arrematado!

O martelo de marfim foi batido.

Ela entregou seu cartão, a caixa lhe foi enviada. Ela a colocou dentro do seu regalo.

Frédéric sentiu um grande frio atravessar-lhe o coração.

Madame Dambreuse não havia soltado seu braço; e não ousou encará-lo até chegar à rua, onde sua carruagem a esperava.

Ela se jogou lá dentro como uma ladra em fuga e, quando se sentou, voltou-se para Frédéric. Ele estava com o chapéu na mão.

— Você não vai subir?

— Não, senhora!

E, cumprimentando-a friamente, fechou a porta e fez um gesto para que o cocheiro partisse.

No início, ele experimentou uma sensação de alegria e de independência reconquistada. Estava orgulhoso por ter vingado Madame Arnoux sacrificando-lhe uma fortuna; depois, ficou surpreso com sua atitude, e uma languidez infinita o dominou.

Na manhã seguinte, seu criado contou-lhe as novidades. O estado de sítio fora declarado, a Assembleia dissolvida e uma parte dos representantes do povo estava na prisão de Mazas. Os assuntos públicos o deixaram indiferente, de tão preocupado que estava com os seus próprios.

Escreveu a fornecedores para cancelar várias compras relacionadas a seu casamento, o que agora lhe parecia algo um tanto sórdido; e execrava Madame Dambreuse porque, por sua causa, ele quase chegou a cometer uma baixeza. Esquecia-se da Marechala, não se preocupava nem mesmo com Madame Arnoux — pensando apenas em si mesmo, apenas em si mesmo — perdido nos escombros de seus sonhos, doente, cheio de dor e de desânimo; e, odiando o ambiente artificial em que tanto sofrera, desejou o frescor da relva, a paz da província, uma vida sonolenta passada à sombra do teto natal, no meio dos corações ingênuos. Por fim, na quarta-feira à noite ele saiu.

Grupos numerosos estavam parados no bulevar. De vez em quando, uma patrulha os dispersava; eles se formavam novamente depois de sua passagem. Falavam livremente, vociferavam insultos e galhofas contra a tropa, nada além disso.

— Como! Não vamos lutar? — disse Frédéric a um trabalhador.

O homem vestido de operário respondeu:

— Não somos tão estúpidos para deixar que nos matem pelos burgueses! Eles que se virem!

E um cavalheiro murmurou, olhando de soslaio para o homem do povo:

— Canalhas de socialistas! Se pudéssemos exterminá-los desta vez!

Frédéric não entendia todo esse rancor e idiotice. Como resultado, seu desgosto por Paris aumentou; e dois dias depois ele partiu para Nogent no primeiro trem.

As casas logo desapareceram, o campo se alargou. Sozinho na carruagem e com os pés no banco, ele meditava sobre os acontecimentos dos últimos dias, todo o seu passado. A lembrança de Louise voltou à sua mente.

"Ela me amava, aquela ali! Eu errei em não agarrar essa felicidade... Ah! Não vamos mais pensar nisso!"

Então, cinco minutos depois:

"Mas quem sabe?... Mais tarde, por que não?"

Seu devaneio, assim como seus olhos, mergulhava em vagos horizontes.

"Ela era ingênua, uma camponesa, quase uma selvagem, mas tão boa!"

À medida que ele avançava em direção a Nogent, ela se aproximava dele. Quando cruzaram os prados de Sourdun, ele a viu em sua imaginação sob os choupos, como outrora, cortando juncos na beira d'água; estavam chegando; ele desceu.

Depois, ele se acotovelou na ponte para rever a ilha e o jardim por onde haviam caminhado em um dia ensolarado; — e a vertigem da viagem e do ar puro, a fraqueza que retinha de suas emoções recentes, causaram-lhe uma espécie de euforia e ele disse a si mesmo:

"Talvez ela tenha saído; e se eu fosse ao encontro dela?"

O sino de Saint-Laurent badalava; e havia na praça, em frente à igreja, um ajuntamento de pobres, com uma caleche, a única da região (aquela que servia para casamentos), quando, sob o portão, de repente, em uma enxurrada de burgueses de gravata branca, apareceram dois recém-casados.

Ele pensou que estava alucinando. Mas não! Era ela, Louise! — coberta com um véu branco que caía de seus cabelos ruivos até os calcanhares; e era ele mesmo, Deslauriers! — vestindo um casaco azul bordado com prata, um traje de prefeito. Mas por quê?

Frédéric escondeu-se no canto de uma casa, para deixar o cortejo passar.

Envergonhado, vencido, esmagado, ele voltou para a ferrovia e retornou a Paris.

Seu cocheiro garantiu que as barricadas tinham sido erguidas do Chateau-d'Eau até o Gymnasium e tomou o Faubourg Saint-Martin. Na esquina da Rue de Provence, Frédéric desceu para ir a pé até os bulevares.

Eram cinco horas, uma chuva fina caía. Burgueses ocupavam a calçada perto do Opéra. As casas em frente estavam fechadas. Ninguém nas janelas. Por toda a largura do bulevar, dragões galopavam a toda velocidade, curvando-se sobre seus cavalos, sabres nus; e as crinas de seus capacetes e seus grandes casacos brancos, levantados atrás, passavam pela luz dos bicos de gás, que giravam com o vento na bruma. A multidão os observava muda, apavorada.

Entre as cargas de cavalaria, grupos de policiais da cidade chegavam para fazer refluir as pessoas nas ruas.

Mas, nos degraus do Tortoni, um homem — Dussardier — que podia ser identificado de longe por sua alta estatura, permanecia mais imóvel do que uma cariátide.

Um dos oficiais que marchava à frente, o tricórnio sobre os olhos, ameaçou-o com sua espada.

O outro então, dando um passo à frente, começou a gritar:

— Viva a República!

Ele caiu de costas com os braços cruzados.

Um grito de horror elevou-se da multidão. O oficial fez um círculo ao redor dele com o olhar; e Frédéric, boquiaberto, reconheceu Sénécal.

Capítulo VI

Ele viajou.

Ele conheceu a melancolia dos navios, os frios despertares sob a tenda, o deslumbramento das paisagens e das ruínas, a amargura das simpatias interrompidas.

Voltou.

Frequentou a sociedade e ainda teve outros amores. Mas a lembrança contínua do primeiro os tornava insípidos; e ademais, a veemência do desejo, a própria flor da sensação, estava perdida. Suas ambições espirituais também diminuíram. Anos se passaram; e ele suportava a ociosidade de sua inteligência e a inércia de seu coração.

No final de março de 1867, ao cair da noite, quando ele estava sozinho em seu escritório, uma mulher entrou.

— Madame Arnoux!

— Frédéric!

Ela o agarrou pelas mãos, puxou-o docemente em direção à janela, enquanto olhava para ele repetindo:

— É ele! Então é ele!

Na penumbra do crepúsculo, ele só podia ver seus olhos sob o véu de renda preta que escondia seu rosto.

Após colocar uma pequena carteira de veludo grená na borda da lareira, ela se sentou. Os dois ficaram sem conseguir falar, sorrindo um para o outro.

Por fim, ele lhe fez muitas perguntas, sobre ela e seu marido.

Eles viviam numa parte remota da Bretanha, para viver economicamente e pagar suas dívidas. Arnoux, quase sempre doente, parecia um velho agora. A filha dela casara-se em Bordeaux e o filho estava na guarnição do exército em Mostaganem. Então ela levantou a cabeça:

— Mas vejo você novamente! Eu estou feliz!

Ele não deixou de dizer a ela que, ao saber da notícia da catástrofe, havia corrido para a casa deles.

— Eu sabia!

— Como?

Ela o vira no pátio e se escondera.

— Por quê?

Então, com a voz trêmula, e com longos intervalos entre suas palavras:

— Eu estava com medo! Sim... com medo de você... de mim!

Essa revelação deu-lhe como que um êxtase de volúpia. Seu coração batia descontroladamente. Ela continuou:

— Desculpe-me por não ter vindo, antes — (e apontando para a pequena carteira grená forrada com palmas de ouro): Eu a bordei especialmente para você. Ela contém aquela soma, pela qual as terras de Belleville deviam responder.

Frédéric lhe agradeceu o presente, enquanto a reprovava por ter se preocupado.

— Não! Não foi por isso que vim! Queria muito fazer essa visita, depois vou volta... para lá.

E ela lhe falou do lugar em que morava.

Era uma casa baixa, térrea, com um jardim repleto de imensos buxos e uma alameda dupla de castanheiros que subia até o topo da colina, de onde se avista o mar.

— Vou sentar-me ali, num banco, que chamei: o banco Frédéric.

Depois ela começou a olhar os móveis, os bibelôs, os quadros avidamente, para levá-los em sua memória. O retrato da Marechala estava meio escondido por uma cortina. Mas os dourados e os brancos, que se destacavam no meio da escuridão, a atraíram.

— Eu acho que conheço essa mulher!

— Impossível! — disse Frédéric. — É uma velha pintura italiana.

Ela confessou que queria passear de braço dado com ele pelas ruas.

Eles saíram.

A luz das lojas iluminava seu perfil pálido a intervalos; então a sombra o envolvia novamente; e, no meio dos carros, da multidão e do barulho, iam sem se distrair de si mesmos, sem ouvir nada, como quem caminha junto no campo, sobre um leito de folhas mortas.

Falavam dos velhos tempos, dos jantares da época de *L'Art Industriel*, das manias de Arnoux, de sua maneira de puxar as pontas do colarinho postiço, de passar pomada no bigode, de outras coisas mais íntimas e profundas. Que alegria ele teve da primeira vez que a ouviu cantar! Como ela estava linda no dia de sua festa em Saint-Cloud! Relembrou-lhe o pequeno jardim de Auteuil, as noites no teatro, um encontro no bulevar, antigos criados, a negra.

Ela ficava maravilhada com sua memória. No entanto, ela lhe disse:

— Às vezes suas palavras voltam para mim como um eco distante, como o som de um sino trazido pelo vento; e parece-me que você está ali, quando leio passagens de amor nos livros.

— Tudo que se critica como exagero você me fez sentir — disse Frédéric. — Eu entendo os Werther que não menosprezam os pães com manteiga ou geleia de Charlotte.

— Pobre amigo querido!

Ela suspirou; e, após um longo silêncio:

— Não importa, acho que nós nos amamos verdadeiramente.

— Sem, no entanto, pertencer um ao outro!

— Talvez tenha sido melhor — ela replicou.

— Não! Não! Que felicidade nós poderíamos ter tido!

— Oh! Eu acredito, com um amor como o seu!

E que tinha que ser muito forte, para ter durado depois de uma separação tão longa!

Frédéric perguntou como ela havia descoberto esse amor.

— Foi numa noite em que você beijou meu pulso entre a luva e o punho. Eu pensei: "Mas ele me ama... ele me ama." Eu tinha medo de ter certeza, no entanto. Sua reserva foi tão encantadora que eu a usufruía como uma homenagem involuntária e contínua.

Ele não se arrependeu de nada. Seus sofrimentos de outrora estavam pagos.

Quando voltaram, Madame Arnoux tirou o chapéu. O candeeiro, colocado sobre um console, iluminou seus cabelos brancos. Foi como um golpe em pleno peito.

Para esconder dela essa decepção, ele caiu no chão de joelhos e, pegando-lhe as mãos, começou a lhe dizer palavras afetuosas.

— Sua pessoa, seus menores movimentos pareciam ter para mim uma importância sobre-humana. Meu coração, como poeira, elevava-se atrás de seus passos. Você me provocava o efeito de um luar numa noite de verão, quando tudo se reduz a perfumes, sombras suaves; brancura, infinito; e as delícias da carne e da alma estavam contidas no seu nome, que eu repetia para mim mesmo, tentando beijá-lo nos meus lábios. Eu não imaginava nada além disso. Era Madame Arnoux, tal como você era, com seus dois filhos, terna, séria, linda de se deslumbrar, e tão boa! Aquela imagem apagava todas as outras. E era só nisso que eu pensava! Pois eu tinha sempre no meu coração a música da sua voz e o esplendor dos seus olhos!

Ela aceitava extasiada essas adorações pela mulher que ela não era mais. Frédéric, inebriando-se por suas próprias palavras, chegava a acreditar no que estava dizendo. Madame Arnoux, de costas para a luz, inclinava-se na direção dele. Ele sentia na testa a carícia de seu hálito e, através das roupas, o contato indeciso de todo o seu corpo. Suas mãos se apertaram; a ponta da bota projetava-se um pouco sob o vestido, e ele lhe disse, quase desmaiando:

— A visão do seu pé me perturba.

Um movimento de pudor a fez se levantar. Então, imóvel, e com a entonação singular dos sonâmbulos:

— Na minha idade! Ele! Frédéric!... Nenhuma jamais foi amada como eu! Não, não! De que serve ser jovem? Eu não me importo! Eu as desprezo, todas aquelas que vêm aqui!

— Oh! Quase nenhuma vem aqui! — ele respondeu complacentemente.

Seu rosto floresceu e ela quis saber se ele se casaria.

Ele jurou que não.

— Tem certeza? Por quê?

— Por sua causa — disse Frédéric, abraçando-a.

Ela ficou lá, a cintura para trás, a boca entreaberta, os olhos erguidos. De repente, ela o empurrou com um ar de desespero; e, como ele implorava que ela respondesse, ela disse, abaixando a cabeça:

— Eu gostaria de tê-lo feito feliz.

Frédéric suspeitou que Madame Arnoux tinha vindo para se oferecer, e ele foi tomado por uma luxúria mais forte do que nunca, furiosa, enfurecida. No entanto, ele sentia algo de inexprimível, uma repulsa, como o medo de um incesto. Outro medo o deteve, o de ficar enojado com isso mais tarde. Além disso, que constrangimento seria! — e, ao mesmo tempo, por prudência e para não destruir o seu ideal, deu meia-volta e começou a fumar um cigarro. Ela o contemplava, maravilhada.

— Como você é delicado! Você é único! Você é único!

Soaram onze horas.

— Já? — ela disse; — em quinze minutos, partirei.

Ela se sentou novamente; mas olhava para o relógio de parede, e ele continuava a andar, fumando. Ambos não encontravam mais nada para dizer um ao outro. Há um momento, nas separações, em que a pessoa amada já não está mais conosco.

Finalmente, tendo o ponteiro passado vinte e cinco minutos, ela pegou o chapéu pelas alças, lentamente.

— Adeus, meu amigo, meu querido amigo! Não voltarei mais a vê-lo! Esta era minha última iniciativa como mulher. Minha alma não o deixará. Que todas as bênçãos do céu recaiam sobre você!

E ela o beijou na testa, como uma mãe.

Mas ela pareceu procurar alguma coisa, e lhe pediu uma tesoura.

Ela desfez seu penteado; seus cabelos brancos caíram.

Ela cortou, brutalmente, pela raiz, uma longa mecha.

— Guarde-a! Adeus!

Depois que ela saiu, Frédéric abriu a janela; Madame Arnoux, na calçada, fez sinal para um fiacre que passava. Subiu nele. O carro desapareceu.

E isso foi tudo.

Capítulo VII

No início deste inverno,[65] Frédéric e Deslauriers conversavam junto à lareira, reconciliados mais uma vez, pela fatalidade de sua natureza que sempre os fazia se reencontrar e se estimar.

Um explicou brevemente sua briga com Madame Dambreuse, que tinha se casado novamente com um inglês.

O outro, sem contar como havia se casado com Mademoiselle Roque, contou que sua esposa, um belo dia, havia fugido com um cantor. Para tentar apagar um pouco o ridículo da situação, ele se comprometera com a prefeitura, por excesso de zelo governamental. Tinham-no dispensado em seguida. Ele tinha sido, depois disso, chefe da colonização na Argélia, secretário de um paxá, gerente de um jornal, corretor de anúncios, para finalmente ser empregado como advogado contencioso de uma empresa industrial.

Quanto a Frédéric, tendo consumido dois terços de sua fortuna, ele vivia como um pequeno-burguês.

Depois, eles se informaram mutuamente sobre seus amigos.

Martinon era agora senador.

Hussonnet ocupava um alto posto, no qual tinha sob sua responsabilidade todos os teatros e toda a imprensa.

---

[65] Como Flaubert menciona no capítulo anterior a data da visita de Madame Arnoux como tendo ocorrido em março de 1867 (portanto, no final de inverno desse ano), é provável que ele se refira ao inverno do ano seguinte, 1868, ou, no máximo, do ano em que o romance foi publicado, 1869. (N.T.)

Cisy, mergulhado na religião e pai de oito filhos, morava no castelo de seus ancestrais.

Pellerin, depois de ter aderido ao fourierismo, à homeopatia, ao espiritismo, à arte gótica e à pintura humanitária, tinha se tornado fotógrafo; e em todos os muros de Paris ele podia ser visto representado com um casaco preto, um corpo minúsculo e uma cabeça grande.

— E o seu amigo íntimo, Sénécal? — perguntou Frédéric.

— Desapareceu! Não sei! E você, sua grande paixão, Madame Arnoux?

— Ela deve estar em Roma com o filho, tenente dos caçadores.

— E o marido dela?

— Morreu no ano passado.

— Caramba! — disse o advogado.

Depois, batendo na testa:

— Aliás, outro dia, em uma loja, encontrei aquela boa Marechala, segurando pela mão um garotinho que ela adotou. Ela é viúva de um certo Monsieur Oudry, e está agora muito gorda, enorme. Que decadência! Ela, que tinha antigamente uma cintura tão fina.

Deslauriers não escondeu o fato de que havia se aproveitado do desespero dela para averiguar isso por si mesmo.

— Como você tinha me permitido, aliás.

Essa confissão era uma compensação pelo silêncio que ele mantinha a respeito da investida junto à Madame Arnoux. Frédéric o tinha perdoado, já que ele não havia tido sucesso.

Embora um pouco ofendido com a descoberta, fingiu achar graça; e a lembrança da Marechala trouxe-lhe a de Vatnaz.

Deslauriers não a tinha visto mais, assim como os muitos outros que iam à casa de Arnoux; mas ele se lembrava de Regimbart perfeitamente.

— Ele ainda está vivo?

— Por muito pouco! Todas as noites, regularmente, desde a Rue de Grammont até a Rue Montmartre, ele rasteja pelos cafés, enfraquecido, curvado, vazio, um espectro!

— Bem, e Compain?

Frédéric soltou um grito de alegria e implorou ao ex-delegado do Governo Provisório que lhe explicasse o mistério da cabeça de vitela.

— Trata-se de uma coisa importada dos ingleses. Para parodiar a cerimônia que os Monarquistas celebravam no dia 30 de janeiro, os Independentes instituíram um banquete anual em que comiam cabeças de vitela e bebiam vinho tinto nos crânios desses animais, enquanto brindavam ao extermínio dos Stuarts. Depois do Termidor, terroristas organizaram uma confraria semelhante, o que prova que a estupidez é fecunda.

— Você me parece ter se acalmado na política!

— Efeito da idade — disse o advogado.

E eles resumiram suas vidas.

Ambos tinham fracassado, aquele que sonhara com o amor e aquele que ambicionara o poder. Qual teria sido a razão?

— Talvez tenha sido pela falta de uma linha reta — disse Frédéric.

— Para você, pode ter sido. Para mim, ao contrário, eu pequei por excesso de retidão, sem levar em conta mil coisas secundárias, mais fortes do que qualquer coisa. Eu tinha demasiada lógica, e você, demasiado sentimento.

Então eles culparam o acaso, as circunstâncias, a época em que nasceram.

Frédéric continuou:

— Não era isso que pensávamos que seríamos, lá em Sens, no passado, quando você almejava escrever uma história crítica da Filosofia, e eu, um grande romance da Idade Média sobre Nogent, cujo tema eu havia encontrado em Froissard: Como Monsieur Brokars de Fénestranges e o Bispo de Troyes atacaram Monsieur Eustache d'Ambrecicourt. Você se lembra?

E, exumando sua juventude, a cada frase diziam um ao outro:

— Você se lembra?

Eles reviam o pátio do colégio, a capela, o parlatório, a sala de armas ao pé da escada, rostos de serventes e alunos, um homem chamado Angelmarre, de Versailles, que esculpia tiras para prender a bainha de calças sob os sapatos com cestos velhos, Monsieur Mirbal e suas costeletas ruivas, os dois professores de desenho, Varaud e Suriret, sempre discutindo, e o polonês, compatriota de Copérnico, com seu sistema planetário de papelão, astrônomo ambulante cuja aula tinha sido paga com um repasto no refeitório — depois uma incrível comilança num passeio, os primeiros cachimbos fumados, a distribuição dos prêmios, a alegria das férias.

Tinha sido nas de 1837 que eles tinham ido à casa da Turca.

Assim era chamada uma mulher cujo nome verdadeiro era Zoraïde Turc; e muitas pessoas achavam que ela era muçulmana, turca, o que contribuía para a poesia de seu estabelecimento, localizado à beira-d'água, atrás da muralha; mesmo em pleno verão, havia sombra ao redor de sua casa, reconhecível por um tanque com peixes dourados perto de um vaso de resedá em uma janela. Moças com blusas brancas, com maquiagem nas maçãs do rosto e brincos compridos, batiam nas vidraças quando as pessoas passavam e, à noite, na soleira da porta, cantarolavam baixinho com voz rouca.

Aquele lugar de perdição projetava um esplendor fantástico em toda a vizinhança. Era designado por perífrases: "O lugar que você sabe — uma certa rua — no pé das Pontes". As fazendeiras da vizinhança tremiam pelos maridos, as mulheres de classe média temiam pelas empregadas, porque ali a cozinheira do subprefeito havia sido surpreendida; e era, obviamente, a obsessão secreta de todos os adolescentes.

Ora, um domingo, às vésperas de uma celebração, Frédéric e Deslauriers, com os cabelos que tinham sido previamente frisados, colheram flores no jardim de Madame Moreau, depois saíram pela Porte des Champs e, após um grande desvio pelas vinhas, voltaram pela Pêcherie e deslizaram até a casa da Turca, ainda segurando seus grandes buquês.

Frédéric apresentou o seu, como um apaixonado para sua noiva. Mas o calor que fazia, a apreensão do desconhecido, uma espécie de remorso, e até o prazer de ver, de um só golpe de vista, tantas mulheres à sua disposição, comoveram-no de tal forma, que ele empalideceu e ficou imóvel, sem dizer nada. Todas riam alegremente de seu constrangimento; acreditando que zombavam dele,

ele fugiu; e, como Frédéric é que tinha o dinheiro, Deslauriers foi obrigado a segui-lo.

Elas os viram sair. Aquilo gerou uma história que não tinha sido esquecida três anos depois.

Eles a contaram com todos os detalhes, cada um completando as lembranças do outro; e, quando eles terminaram:

— Isso foi o que tivemos de melhor! — disse Frédéric.

— Sim, pode bem ter sido! Foi o que tivemos de melhor! — disse Deslauriers.

As notas são referentes às seguintes edições:

(1) FLAUBERT, Gustave. *L'Éducation Sentimentale*. Paris: Louis Conard, Libraire-Éditeur, 1910.

[La Bibliothèque électronique du Québec, Collection À tous les vents. Volume 777: version 2.01]

Disponível em: https://beq.ebooksgratuits.com/vents/Flaubert-education.pdf

(2) FLAUBERT, Gustave. *L'Éducation Sentimentale*. Paris: Gallimard, 1965.

© *Copyright* desta tradução: Editora Martin Claret Ltda., 2023.

Direção
MARTIN CLARET

Produção editorial
CAROLINA MARANI LIMA
GIOVANA GATTI QUADROTTI

Capa
ALLORA

Tradução
CHRISTINE JANCZUR

Revisão
ALEXANDER BARUTTI

Impressão e acabamento
BARTIRA GRÁFICA

Dados Internacionais de Catalogação na Publicação (CIP)
(Câmara Brasileira do Livro, SP, Brasil)

Flaubert, Gustave, 1821-1880
A educação sentimental / Gustave Flaubert; tradução: Christine Janczur.
— São Paulo: Martin Claret, 2025.

Título original: *Léducation sentimentale.*

ISBN 978-65-5910-324-9

1. Romance francês I. Título.

25-278207 CDD-843

Índices para catálogo sistemático:

1. Romances: Literatura francesa 843
Cibele Maria Dias – Bibliotecária – CRB-8/9427

EDITORA MARTIN CLARET LTDA.
Rua Alegrete, 62 — Bairro Sumaré — CEP: 01254-010 — São Paulo — SP
Tel.: (11) 3672-8144
www.martinclaret.com.br

Impresso – 2025

IMPRESSO
EM PAPEL
Pólen®
mais prazer em ler

Sentimental
Sentimental
Sentimental
Sentimental
Sentimental
Sentimental
Sentimental

a Educação

a Educação
a Educação
a Educação
a Educação
a Educação
a Educação